中国作协重点作品扶持立项长篇小说

温暖的海水

Warm seawater

重阳 著

作家出版社

目 录

第一卷

第二卷

第三卷

第四卷

第一卷

1 车站

无论怎样看，这都是一个普通的日子。同原小镇乡下普通的一天。早晨阳光照亮大地的时候，村里人开始忙碌，狗们也活跃起来，对每一个过路人狂吠。我的心情淡淡的，这一点很重要，我想我对开学时间的模糊归于一种心情。不是平静如水，是淡淡的，提不起精神，什么都不想干，却又觉得恍惚间，有什么东西遗落在什么地方了，心底下隐隐有焦虑的感觉，这焦虑感似乎在很遥远的天边，就如淡淡的曙色。我坐在窗前，怀里抱着小笸箩剥蒜，这是双城的紫皮蒜，做蒜泥吃饺子，香极了。我妈说你看你这个吃法儿，跟个男孩子似的！母亲希望我像个城里的女孩，大嚼口香糖，把自个儿弄得甜滋滋香喷喷的，然后嫁个好人家。

同原小镇坐落在省城哈尔滨和前省城卜奎之间。去哈尔滨或卜奎在同原坐火车坐汽车一抬屁股就到（不包括从我家丰收村乘长途大巴去同原车站的两小时）。八十年代初的一个夏天，我妈偶然去了一趟哈尔滨，那里的大姑娘小媳妇扎古得跟个小莫斯科人似的，布拉吉飘啊飘的，把她活拉得飘晕了。她是去参加表姨的婚礼。表姨脸模子除了白净没啥优点，她的五官哪样都拿不出手，却长了一副好骨架，啥衣服到她身上就名贵。有人穿上万元一件的衣服，看着跟披了块小抹布似的。表姨穿十几元的衣服就跟上万元的大牌子似的。所以人们说一白遮百丑，你们看我表姨就明白了。啥叫穿“普拉达”的女王，你们看我表姨就行了。她嫁了个很有发展前途的空军团长，大嚼口香糖，穿雪白的巴黎新款婚纱。她的婚礼绝对是创新型的，堪称洋为中用，古为今用。她从哈尔滨圣·索菲亚教堂、中央大街一直风光到乌裕尔河崴子屯拜天地。我表姨是画画的，比如松花江边要盖楼，假如就叫观水国际吧，要设计一幅预售广告招贴画，请我表姨来完成。她画两米长的大眼睛，眼白是海蓝的，瞳仁是蔚蓝的，映满了小洋楼，在眼角处写上：坐拥自然美景，尽享人间仙境。这些字就如点点喜悦的珠泪，简直就是水和水的漩涡，然后挂在大街小巷广告位，诱惑你往里跳。我妈从此看我一吃紫皮蒜就不顺眼，希望我嚼口香糖。记得有一次春季大流感，镇里的蒜脱销，要是按我妈说的都嚼口香糖就好了，蒜就不会在流感到来时脱销。大蒜是没错的，大蒜是杀菌防病软化血管防止动脉硬化的精英。当然对于我来说有点早，我刚十九岁。

剥蒜，我使劲剥蒜，我妈瞪我也没用，我又不想嫁什么团长。我把脱去紫色蒜衣的白溜溜的蒜瓣放到石臼里，拿起石杵使劲捣，这是剥蒜的乐趣，让我想起杵舞，高山族女郎在月光下舞动长杵轻歌曼舞。辛辣的味儿钻进了我的鼻孔，我转过头冲着窗外的阳光打了一个大喷嚏。看到后街的辛家的二姑娘辛圆子对我笑呢。她旋风一样地跑进来，气儿没喘匀就连声问瑶林姐还没开学呀？

我说你这是怎么啦？后面有狼撵着啦？三十号开学。

她高兴地说今天就是三十号哇。

我用了“高兴”这个词，是说她看到我还在家，慢条斯理地在捣蒜，几乎要掉泪，撑着笑。听到我的回答脸色一下子晴朗了。不过我没心思探究了。

我跳起来说，天呢，你来得太好了，我看错日历了。好在我的行囊很简单。一只书包全装下了。圆子谢谢你！要不是你提醒，我就迟到了。我妈说面都和好了，晚半天就晚半天，中午吃了饺子再走。我说不吃了，正好你不喜欢我吃大蒜。我妈说你瞧你不会说人话！

圆子说瑶林姐担心误课，二驴子起大早就走了。她说着就跟着我跑出来，还回头说婶子你忙你的我去送瑶林姐。我说谁也不要送，我又不是三岁小孩。圆子说我看你就是三岁小孩，也不跟婶子好好说话。

我说我这臭脑袋你要不来真要迟到了。她说我以为二驴子骗我呢，来探风的。你说的是谁？谁是二驴子？就是大茂村的陈小海，家里排行老二，脾气犟，都叫他二驴子。

我瞥了她一眼。她的目光有些迷离，对自己不满意或搞不准就是这样的神态，脸蛋不知是走得发热还是春寒冻得红扑扑的，下巴颏尽力缩着，双手插在衣袋里，肩膀支起老高。很久以后我常看到她这个姿势，她的目光定格在迷离上。现在我还不太了解，我问她那个村子有两座宝瓶塔吧？

圆子说小海说从前清太宗在那里祭祀过，修了寺庙建了塔，后来寺庙毁了，就剩塔了。下次回来我们一起去看看好不好？还没容我回答，去火车站的大巴来了。我说圆子你回吧，谢谢你来陪我。圆子说我高兴陪你。你能在外面读书多好。她的眼睛竟是湿了。车子开了，她没动，看得出她很寂寞。

大巴里乘客不多，没看到有眼熟的学生。这条路通向火车站的客车只有这一辆。往年过了寒假，这个时间大巴里总是挤满了学生，去北京的上海的天津的沈阳的哈尔滨的卜奎的大连的，都要乘这趟大巴去镇上火车站，今天却这么冷清。我想肯定是迟到了。枯坐着无聊，看窗外，也没什么好看的，虽说三月末了，树木和冬天差不多，田野上摇动着稀疏的枯草，远处有些移动的黑点子，那不是乌鸦就是喜鹊。我心里盼着到了火车站就好了，急也没用，长途大巴要照顾途中的每个村子，见站就停。如果有趟直快就好了，至少节省四十分钟。

大巴到终点站同原车站已经中午，希望有同学也如我似的记错时间，这样可以搭个伴。车站里没有一个熟悉的身影。冬天的寒冷还要在北方流连一段时间，候车室里的门窗保持着密封状态，捂馊的空气，黏稠得几乎无法移动，无数人或物留下的气味儿堆积着。不急于走的人躺在长椅上酣睡发癔症。看着就头昏脑涨。我买到了车票，还有半个点剪票，我决定去外面吸点冷空气。出门的时候一头撞在一个人身上。我能感觉出这是个男人，心里有些惊慌，头也不敢抬，往一旁躲闪着，嗫嚅地说对不起啦，是我不小心。我的样子一定很狼狈，因为对方报以爽朗的笑声。这使我感到意外。我经常看到因偶然的碰撞，彼此谩骂甚至大打出手。好像人人心里蓄满火药，单等人送上门来点着引信呢。这使我想看看这个人。

眼前站着个小伙子，中等个，很膀实，白净长瓜脸，高鼻阔嘴，却配了对细小的眼睛，样子还斯文，只是这副尊容太困难了。同我一样背着双肩两用书包，开心的笑意还漾在脸上。

他说应当我说对不起，碍着你走路了，这是返校吧？我点点头。他说哈尔滨？我说卜奎城。他脸上露出高兴的神色，同路，我在卜奎南市区红岸农机学校读书。你是哪个学校的？北市区林业学校的。他说好哇。我们聊起森林的好空气、城市的园林建设、树木花草一类的话题。站在他旁边一直未语的男生终于忍不住说，该说再会了吧？剪票了。他这才发觉自己把身边的朋友忘了，忙说不好意思，这是我的校友陈小海。我们点头，微笑。我想起圆子，说的是不是这个小海？我们一同朝剪票口走去。他说这下认识了，都是同原镇的，我叫唐闻禾，咱们是老乡，出门在外读书，今后多联系。我点头，出于礼貌，我说我叫宋瑶林，欢迎你们到我们学校来聚聚。北市区有不少名胜古迹。我的学校在卜奎的中心地带，乘车步行都很方便。他说我们的学校距市中心可远喽，要有一个多小时的公汽路程。不过这不是问题，一定前去拜访。我们道过再见，去了各自的车厢。

我满怀希望地打量着车厢里的人，还是一个同学没有。对座是一位穿着格子布的女孩，十六七岁的样子，胖墩墩的。她旁边坐着一位中年女人，穿着艳色运动装。我听她们对话，始终也没弄清她们是什么关系。胖女孩说你能看清车门上方的红色电子字吗？她的神色便有了忧郁，马马虎虎吧，有时看不清。我看她的眼睛大大的黑黑的，看不出毛病。胖女孩说还得想法子治治。女人答应着，你看你再等等多好，再等等用车送你，省得换两遍车。胖姑娘说我年轻多磨磨好，也快，几天就到了。女人说出门在外学会疼自个儿，别亏了肚子。她说我最爱吃饺子。我想起早晨捣好的蒜泥，飘溢在屋子里的辛香。原本是要吃饺子的，怎么把开学的时间弄错了呢？

女人说喜欢就包。胖女孩说周围有很多的南方人，他们都爱吃咱们这儿的饺子。女人说包不过来就烙合子吧。她们都不知道说什么好了，有些心不在焉。现在只有我捣的蒜泥在喧闹了。要是晚一天开学，我就可以包饺子，白菜的，油菜的，西红柿的，想包什么馅的就包什么馅的。

胖女孩说下车吧，别等车开了，你就得跟我去哈尔滨了。女人说那敢情好。这时上来一对年轻人，看看女人又看看手中的票，女人起身说我是送人的。胖女孩跟过去了。我看着车窗外，女人站在那里对着车窗木着。车开时女孩回到座位，看着车窗外的女人垂泪。女人紧抿着嘴，很苦的样子，终于忍不住涕泪滂沱。女孩的手在窗上拍着，泪珠在脸上滚。她胖乎乎的样子真有点像圆子。只是圆子不会这么伤心，她一天到晚笑呵呵的。生气的时候她也会笑骂。车将女人落下了。

胖女孩拿起水瓶使劲灌。旁边的一对年轻人在玩扑克，开心得眉来眼去的。胖女孩回电话，说我在车上，我走了，要拐一下，办点事，当天就去哈尔滨。那里有人接我，到了南方再同你们联系，谢谢啦。收了线，她便抱着空水瓶依紧车座靠背合眼假寐了。我想旅途常常会打开梦境，会有奇遇，会陡然间使人的想象丰富起来。也会使人伤感。今天虽然没遇到同学，我的直觉是有什么事情要发生了。豆蔻年华正是多愁善感的时候，敏感好胜带着虚荣的自尊，对异性既戒备又藏匿着渴望。一个眼神一句话一个表情都会带来快乐或沮丧。这个像圆子的女孩，让我再次想到圆子，也想到刚刚发生的碰撞，心里又掀起莫名的紧张感。的确有什么事正在发生。

到达学校，宿舍里空荡荡的，整个寒假落下的灰尘不动声色地看着我。我从收发室已经知道我记错了日子。明天晚饭前到校，后天开学式。要是圆子不对她的二驴子疑神疑鬼的，冒冒失失地跑到我家，也许我慢慢地去想，就会搞清楚开学的确切时间。我就会在蒜泥里放一点山西陈醋和黑龙大豆酱油，然后包一顿香喷喷的饺子，同家人慢条斯理地品尝。我就不会发火，故意说气话，惹人不痛快。可是说心里话，我并不对弄错时间有所反感，相反心底下还有点高兴。

我打扫宿舍，找一本书翻，可是我知道根本读不进去，这要是夏天就好了，我就可以跑到树林子里，花草间，我会喊出来，你笑什么呢？笑什么呢？我的样子就那么可笑吗？那时我是懵懂的。而后来发生的事，我总是想到圆子，要是圆子不来呢？我知道圆子一定会来。就像时间一样准确，仿佛有一个高明的大导演，选择了这个特定的场景人物，在时间的进行中演绎着故事情节。

2 雪的宝贝

我生来就是个倒霉鬼。不满十一岁母亲去世。我妈走了两个月，就到了冬至。到了冬至，村人该忙年了。我们这个村子在同原小城边上，去哈尔滨或卜奎这两个城市都不太远。所以有能力的人家一定要进城办年，有去哈尔滨的，也有去卜奎的，而北驼子岭煤矿主要到北京办年。他的儿子二环拿到北京冰糖葫芦就在我面前晃来晃去，我就知道他去过北京了。这是我上小学四年级冬至后的一天，天阴着，每天一趟的长途大客车停在村路上。二环举着三尺长的北京冰糖葫芦咋咋呼呼地冲我喊："小蚊子！"他埋汰我，总是把我的名字"闻禾"叫成"小蚊子"。我啐他。他说你完蛋了，你爸给你找了后妈啦，这下子有你好瞧的啦！我说你瞎扯，你爸才给你找后妈呢！他说你还犟嘴？快蹽回家看看吧。他的眼睛里露出少有的同情。"后妈"这件事对于年幼的心灵不亚于一次可怕的矿难。他觉出他在我头上扔了一颗炸雷，相形之下，他的象征幸福的巨大冰糖葫芦，有些残忍。随后跟上来的是他的娘亲，手中大包小裹的，我猜准有他过年穿的新衣裳。接他们的家人一拥而上，争着提包裹。连二环都觉得有些不自在了，催着他们快走，他侧着身子尽量不使冰糖葫芦显眼。他没有以往那么豪横，我看出他是真动了同情心。

我傻呵呵地立在原地，看着二环他们这支从城里凯旋的小啦啦队走远走没影儿，突然发疯一样往家里跑去。天上的乌云也在跑，傍晚的风声就同古代征战的牛角号，呜呜地吹得我直趔趄。我在心里说瞎扯净瞎扯我妈才走两个月，我就这样同风一起呼叫着，像是风吹起的一粒弹丸撞开了屋门，穿过了灶间，落进了里屋。

炕沿上坐着一个女人，穿着过节似的鲜亮衣裤。她身边一左一右地靠着两个女孩，一个十来岁，一个五六岁，爸摇晃着一根棒棒糖躬着身子俯着头在讨好一个两岁左右的小不点儿。他在爸的怀里虫子一样鼓踊着，很不乐意的样子。爸的脑门子沁出了汗，硬咧着嘴笑。我从来没有看到他这么谦卑地对待一个孩子。他天天喝醉，总是对我们挥舞拳头，满脸痛恨骂我们饭桶，老太婆的混蛋崽子。我的妹妹和弟弟坐在炕犄角，一人拿着一根棒棒糖，羡慕地盯着爸怀里的小不点儿，看呆了。我的到来使他俩的脸上有了喜色。哥！他们同声喊我。屋里的视线都投到我身上。

爸说这是我大小子。女人笑了一下，下学了？我站在门口没动，她是谁？她来我们家干什么？爸尴尬地咳，我发现很多的大人遇到难以启齿的事都这么用拳眼堵住嘴咳。他说小孩子我还没跟他说。女人撂下脸子不再言语。我嘟哝说妈才走两个月——爸便喝了酒似的，紫涨了脸，猛地站起来，是我当家还是你当家？弟弟和妹妹紧张得瞪圆了眼睛。女人咳，咳出一句话，有话不会好好说。爸也是咳，嗓子眼呼噜噜响。呼噜出一堆话。他是没办法，家里不能没有个女人。他要工作养家糊口，没有工夫照顾我们。所以这个女人就来了。现在又出现了另一个问题，就是家里总共有六个孩子，你是老大，老大意味着责任，照顾弟弟妹妹。他的眼睛看着女人的两个女儿，她们低头玩着手指头。现在她们也到了上学年龄，家里收入有限，拿不出那么多学费。说到这里爸开始咳，仿佛有东西堵在嗓子眼里面，要使大力气才能咳出来。你退学吧，帮帮家里。他的声音有点可怜巴巴的。

我吃惊地愣住了。我说我喜欢读书。等以后再说吧，他干巴巴地说。我不干！太不公平了！他急了，滚你的鸡巴公平吧！难道这不是我的家吗？我凭什么滚？可是我马上就想为什么不滚？就为他的粗暴无礼吗？就为他在我妈刚去世两个月就让我退学，领回一个拖仨油瓶的女人吗？就为他吓得我小弟和小妹直哆嗦吗？我转身跑出去，外面飘起了雪花，我听到弟弟和妹妹叫着哥哥大哭起来，也听到父亲呵斥他们号什么号？我还没死呢！再号都给我滚！

我朝汽车站跑，一边跑一边流泪，再也不想回这个家了。汽车站正待回家的一个工人对我说孩子呀，有事明儿办吧，快回家吧，暴风雪要来了，提前收车了。我蒙了，因为汽车可以把我带到城里，城里很大，总会有我住的地方，现在走不成了，我不知怎么就来到了墓地。雪已经覆盖了所有的泥土，我跪在妈妈的坟前，告诉她我没家了，我被爸爸赶出来了。我相信妈妈的在天之灵听到了我的哭诉，就在我哭着哭着睡着了的时候（后来每忆起这段往事，宋瑶林说你肯定是过于哀痛昏了过去），听到有个声音呼唤我，禾儿啊，快醒醒，雪地里不能睡的！禾儿啊，快醒醒，你会冻坏的！禾儿啊，快醒醒，快去榆树崴子镇奶奶家。我突然醒了过来。雪下大了，一路上见不到人影儿。我想现在该是家家围着桌子吃晚饭的时候了。冒着热气的白菜豆腐二米饭，也许是酸菜粉条黏豆包，简单的家常饭比得上吃山珍海味，因为妈妈在呀。我一边想着一边哭着走过了十六里多的荒野路，风雪几欲把我埋掉。我敲开奶奶的家门，他们都躺下歇息了。我进屋就倒在地上了。奶奶说我的小祖宗哎，这么大的雪你咋跑来了，不要命啦？！我哭起来，爸爸不要我了。奶奶说他敢！忙给我煮了一碗红糖姜水，热了两个杂和面白菜团子。我吃饱了身上有了热乎气，这才说明了事情的原委。爷爷窝在炕沿上，点了一锅烟，吭吭地咳嗽着说先睡这里吧，明儿个再说。

爷爷去找了爸爸。爸爸对爷爷说他去自个儿土里刨食吃吧，我没钱给他交学费。他喜欢读书就把书当饭吃吧。爷爷骂他畜生。叔叔是顶爷爷的班当了养路工人。爷爷说服了叔叔，他给我交学费。我便暂时寄养在叔叔家。每天赔着小心，唯恐他们不满意不让我上学。放了学，我先帮婶婶做活，劈柴搓煤球。晚上，他们休息了，我再趴在桌子上写作业。

两年后的秋天，我去看望弟弟和妹妹。刚七岁的小妹妹扎着围裙在厨房做饭。我问她你怎么做饭？妹妹笑，哥你回来了。你走了，我和二哥就做饭看小弟。你们怎么不上学？爸不准我和二哥上学，他说饭都吃不上溜，充什么斯文？这个秋天我读初一，心底下认为自己是个大男人了。我蹲下往灶里续了块木柴。他们在吗？妹妹朝里屋努努嘴，眼睛里露出恐惧，悄声说哥不要惹事，他们该骂我了。然后摆出轻松的笑容说，我能行，你看！她在锅里倒了一勺豆油，把葱花姜丝花椒面一股脑扔下去，冒起的油烟立刻熏得她满眼泪，她就噙着泪花冲我笑，没事的，她说一会儿就好了，哥你在这里吃饭吧，我做得保准好吃。她将切好的放在盆里的白菜倒进锅里，拿起大锅铲翻动起来。

我起身一下子推开了里屋的门，门摔在墙上，发出很重的撞击声，好似给屋里人施了定身法，他们抬起头，瞪着我。爸坐在椅子上，腿上坐着那个女人的小儿子，他们在玩魔方。爸准是没料到我会在这个时候来，半是乞求半是警告地瞪着我，不要生事。可是女人的两个女儿围着炕桌写作业，女人俯身其中的一个好像在指导。这个镜头激怒了我。我说有你这样的父亲吗？为什么不让我弟弟妹妹上学？你必须让我弟弟妹妹上学，否则我就去法院告你，虐待儿童罪！他一下子跳起来，女人的小儿子摔到地上，哇哇大哭。女人也跳起来去抱孩子，责怪爸，怎么搞的你？爸挥着拳头大叫，你给我滚，滚得远远的，再不许踏进这个家门！我也挥着拳头大叫你必须善待我的弟弟妹妹，否则有你好看的！

妹妹惊慌地进屋推我出去，哥，走吧，快走吧。我很难过，我想我应该有责任让弟弟妹妹过上正常的生活。做他们这个年龄该做的事。我同奶奶说闻青和闻馨该上学了。他们在那里不方便，求你让他们和我们一起住吧。奶奶说这事得跟你叔叔商量。我说叔叔是顶爷爷的班，你说话他一定会办的。奶奶打个唉声说你还小哇，还不知道做人的难处，你住在这里已经够难为他们的了。亲爹又怎么着呢？你的堂姊堂妹也到了上学的年龄啦。我们年纪也大了。不过孩子别泄气，我听懂了。晚上叔叔婶婶都过奶奶爷爷这屋里来了。叔叔看看婶婶，婶婶看看叔叔，都难以启齿的样子。

爷爷说我这里每月还有三百多块的退休金，给闻馨交学费不成问题。我看吃住在你那头吧。叔叔结结巴巴地说，你那两个钱还要养老呢，这年岁大了，用钱的地方多着呢。闻禾他爹也太不像话了。奶奶说事情已经这样了，说那些咸淡顶什么用？看在孩子死去妈的分上吧。婶婶说谁说不是呢，只是我那俩也得花的了。我说叔叔婶婶别为难了。他俩的脸腾地就红了，去看爷爷奶奶。我说我没有责怪叔叔婶婶的意思，我知道你们的难处。我想了一个两全之策。我退学找份工作。爷爷说你太小不行。我不小了，我用我赚的钱供我妹妹上学。爷爷问叔叔你看呢？叔叔说先这样吧。我给父亲写了一封信：

> 愿母亲的在天之灵得以安息，所以我还叫你父亲。从道义上说，你不够格做父亲。你像扔掉一只小狗一样把我撵出家门不算，还虐待我年幼的小妹小弟。你人都不算，还算父亲吗？我现在把小妹带走了。我去打工送她读书。希望你好好想一想，对小弟好一点儿，送他读书。不然的话，我还会来找你，当我把小弟也带走的时候，我会请求在天的妈妈原谅，与你彻底断绝父子关系。

我去父亲家接小妹那天，只有小弟和小妹在家。小妹在院子里洗衣服，一大堆的脏衣服和被单几乎将她埋起来。小弟没有去玩，他在搓煤球，脸上弄得同黑鬼一样。他说爸爸他们进城去了。我才记起这是个星期天。小妹只是笑笑，抬头叫声哥，手下并没有停止洗衣服。我说不是有一台洗衣机吗？小妹说那个怕我弄坏了。我本想拉起小妹一走了之，可是想到他们回来或许会拿小弟出气。我安慰小妹说我不会弄坏，叔叔家有一台，我会用。不一会儿我就用洗衣机把衣服洗完了。我说小妹我接你走，咱们去上学。我重新看到属于小妹的笑容。真的吗？她仰起脏兮兮的小脸看着我。当然真的，去洗洗脸把你的东西收拾一下。小弟说哥把我也带走吧。我抱着小弟，他哭起来。我说你是男孩，比闻馨大两岁，爸爸会想到这一点的。我写了一封信，叫他供你读书。我把信留给东院的李姨，请她交给爸。将来的事再说。

那一天我又是一路流着泪回到奶奶家。我怕小妹看到我的眼泪，不时扭过头去，装作看天空飞过的鸟儿，偷偷抹去涌出的泪水，可是抹也抹不完。小妹还是觉出异样。她说哥，你哭了吗？我说我看天上的鸟儿，不小心风吹着了。她对我笑，两个小小的酒窝嘴角边抖着，伸出食指羞我，哥说谎，你是想青青了。你今天把所有的活儿都干完了，阿姨找不到碴责怪他了。过一阵子我们想办法接他出来好吗？我说放心好了，如果他们再不让闻青读书，就想法子接他出来。哥能养活你们。

奶奶见到闻馨，止不住一阵疼爱。问她和闻青每天做什么？她一一说了。又问她阿姨的孩子做什么？她也一一说了。仰着天真的小脸，平心静气同说别人的事儿似的。奶奶抱着她止不住老泪纵横，心疼地说我可怜的没娘的孩啊！爷爷实在忍不住了，跑去父亲家，骂了他，数叨他对孩子不负责任。并留下话三天两头就会来看看，直到他有个做爹的样子。

我在同原铁路运输段做了装卸工。那一阵子我总是听到一个声音对我说话。我悲伤的时候，那个声音就会响起来。白天我忙着干活儿，期待着一天圆满结束的时候，深夜，我睁着眼睛望着黑黝黝的工棚顶，期待着睡眠安抚我疲累的身体，在梦乡里暂时忘记痛苦的时候，它都在对我悄悄私语。我不知道在我前面等待我的是什么。可是那个声音却说你的故事要从这里开始。将来你会走得很远。它的语调亲切得就像妈妈。有好多次，我就为这个看不见的声音哭起来。我感到十分的迷茫了，我现在得努力不让工头炒我鱿鱼。一个没有妈的孩子，没有钱读书，在火车站扛大包，每天吃着苞米糙子拌酱油的孩子，能走多远？它说孩子不要难过，你会使自己一切都好起来的，你看你手中的图，你将在卜奎的一所学校读书。我，还能读书？

……喂！小尕豆子，你又抱着那张破图干什么？这里可不是养大爷的！

我激灵一下坐起来。我怀里抱着一张边缘已经破烂的地图。我打了一个盹儿，做了一个多么好的梦！每天只要有空儿，我就看着这张地图，沿着那上面的公路铁路线奔走，想让自己走得远远的，离开这可恶而肮脏的地方。

哎，我说小尕豆子，你还发什么呆？看不见大家都去扛水泥袋子了吗？不行，你就滚犊子吧！我最怕工头叫我滚。工头以为他收下我，是对我施舍了天大的恩惠。不错我得感谢他，我去过十几个单位应聘，只有他收留了我。他问我怎么不念书去？我说没有钱交学费。你这小尕豆子，能干啥呢？我说我马上就十四岁了，我啥都能干。他说试试吧。我就留下了。

我刚卸完一车石头。搬石头是个重活，每个装卸组都不愿意要我，别人搬五块，我才搬一块。我咳着，马上把“破图”叠好放进我的口袋，还做出挺惭愧的样子，深深内疚地唉了一声，麻利而紧张地跑起来。我一边压抑着内心里翻腾不已的痛苦，一边躲闪着装卸场内飘荡的灰尘。我知道无论我怎么躲，也躲不过灰尘混着机车放出的臭氧和垃圾堆散发出的污浊气钻进我的鼻孔，直达肺部，在血液里轮转。铁路工人管我们这类人叫外包工。不发放任何劳动保护用品，比如工作服、安全帽、防尘口罩等都没有，跟着包工头干一天挣一天的钱。凡是火车运到铁路货场的建材、水泥、石灰、原木、钢材、石块等，由我们装上汽车，运往各个建筑工地。装水泥和石灰的时候，弄得冒烟咕咚的，呛得鼻涕眼泪的，我已经患上了鼻炎和咽喉炎。

我跑到打开的货车车厢前，去抱水泥袋，一下没抱起来，我觉得有人拽我衣服的后襟，我向后一个趔趄跌在地上，有人踢我一脚，还有个人敲了我的头一下。人们哄笑起来。小尕豆子，这碗饭是那么容易吃的吗？！我经常被他们戏弄寻开心。我得表现出这是我自己不小心摔倒的。有人上来扶我，一股臭球味儿冲进我的鼻子，是那个最老的装卸工满面愁苦地望着我。他总是在衣袋里放樟脑球，他怕小虫子。他的眼神就像是我是只小虫子。他在工棚的床上若发现一只小虫子，就是这样愁苦的眼神，张着手指不知怎么办好。每次都是我帮着他把小虫子弄到外面的草丛里，因为他不停地在我耳边嘀咕：别弄伤它呀。工人们都烦他，叫他樟脑球。他干活还是蛮卖力气的。我赶忙爬起来，没事，没事，是我不小心。

一辆大卡车开进货场。离卸货段还挺远就停下了。司机从驾驶室跳出来，冲我招手。我认出是上午拉石头的那辆车。现在太阳都快沉入地平线了，他才转回来，送货的路途一定很远。喂！小尕豆子，你过来，过来，打开后车厢板，把车厢里打扫一下！我装出很乐意的样子，非常响亮地答应，哎，来了，一定扫得干干净净。我抓起比我高两个头的大笤帚，打开后车厢板爬上去。车厢里有碎石粒，有红砖粉末，竟然还有一摊一摊的羊粪球。装卸段可是从没有装卸过羊群。我直起身，看到他坐在不远处的断墙垛上，嘴里叼一支烟，眯着眼往我这边望。我立刻满脸堆笑，车厢里只有一些尘土，一会儿就好啦。我把笤帚往下一按用力向前推，这是我解决挥不动大笤帚的办法。让笤帚头像五指一样张开，抓住砖头厚的垃圾推到车厢下。快点，小尕豆子，磨蹭什么？他甩掉烟头，过来伸头朝车厢里看看，就这样吧，关上车厢板吧。他朝前面走去钻进驾驶室。

我觉得两腿发软，瘫坐在车厢沿上，脱下鞋，磕打里面的沙土。天色已经昏暗了。装卸场亮起一片昏黄的灯光。远处的装卸工们就像驴皮影儿一样晃来晃去。我想着晚上的苞米糙子该煮好了吧？今天的酱油是黑龙老抽还是山西老抽？我得想法儿多要点，中午给得太少了。我的肚子饿了。一天三顿苞米糙子拌酱油，太素淡了，肚子总是饿。苞米糙子是我每月步行七十多里，从爸家背回的，然后交给伙房。爷爷同爸说了我打工的事，要他供我苞米糙子。他没有叫他滚得远远的。我想等发下工钱，我一定割两斤牛肉让奶奶包一顿肉丸饺子。想着妹妹闻馨看着煮饺子，拍手蹦跳的样子，我身上又来了劲儿，正要跳下去关车厢板，车子轰的一下开走了。冷不防我的身子一闪，头朝下甩出去……

司机没鸣喇叭就开车了。我想我一定是摔得魂飞魄散了。我听到苍老的声音在耳边响起来。孩子你没事的，雪的宝贝在那里看着你。雪的宝贝？对，一座给人带来吉祥的圣峰。我睁开了眼睛。在我身下是石头砸得暄腾的泥土。在头顶一公分处是一块大石头，我激灵一身冷汗，看到石头上放着我不离身的地图。突然起一阵风，那图一下子就飞上天了。我绝望地朝天空张开双手，雪的宝贝！跑过来的樟脑球吓得僵立在我面前，那表情准以为我摔成白痴了。我听到那个苍老的声音在天空中又响起来，孩子，不要难过，雪的宝贝已经留在你心里了。

我不怕劳动，成人的重活压在我这未成年人的身上，我有了自信，有了藐视成人的勇气。不过我害怕夜晚，害怕噩梦的惊扰。我睡在工棚里，每天都被同样的噩梦惊醒。我梦见自己背着书包去上学。还是那条长长的田野路。我走过村道上的小树林，树溜子叽叽喳喳地对着我叫。然后是玉米地、大豆田，还有甜高粱，公路上偶尔跑过一辆大客车，我会对司机招招手。可是一进校门我的愉快心情就没有了。没有一张熟悉的面孔。大家都以一种奇怪的眼神打量我。坐在教室里，我发现周围都是八九岁的孩子，只有我一个大男人，胡子拉碴的。我臊得不行，听到同桌一个稚嫩的声音问我叔叔你留了几次级了？我一下子醒来，泪流满面。

爷爷常去数叨爸，爸准是厌烦透了，突然举家搬往大庆。突然这个词是叔叔说的，因为没有任何迹象。我乘一次去大庆送货的机会，跑到石油工人宿舍，找到了弟弟，尽管很勉强，他还是让弟弟入学了。这是我在铁路运输段做外包工第二年的事。我的口粮断了，更糟的是一年干到头，大家盼着发工资的时候，包工头卷了全体外包工的全年工资跑了。大家气疯了，但是哪里也找不到他。而我依然每夜重复同样的噩梦，因此惶恐不安。噩梦和工头卷款逃匿的事，使我下决心重新上学。我不想同那些外包工在工棚里做无望的干耗和等待。人不是尘埃不能任其在各种人脚下滚动，人也不该是命运的奴隶。

我上一年的工资存款有两千元。我对爷爷和奶奶说，我得回来住一阵子，补习初二和初三的课程，准备考学。你妹妹呢？叔叔有微词了。我挣的钱还够交学费的。待到寒暑假我再去打短工，不会增加你们的负担的。婶婶说怕你顾不过来，要实说呢，会写个字记个账的也够用了。我想考学。我看看爷爷和奶奶，征求他们的意见，不行，我就带着妹妹走吧。爷爷说，去哪里？这是你的家。去哪里？叔叔说，没有撵你的意思。我们是有些担心，考学不是那么容易的，有的考几年也白扯，不过你想试试就试吧。婶婶说这里当然是你的家。不过我听说规定是从父母居住地报考。我去大庆请求父亲，因为考学，需要暂时把户口迁到他这里。他沉着脸说没门儿，你已经独立了。我的解释他一概不听。我从大庆一路哭着回同原，又从同原哭到叔叔家。婶婶看到我的狼狈样子，对叔叔说你看我说什么来着？我说这学我是考定了。婶婶做了个怪相。

我找到初一的班主任老师。他说书一定要读。根据你的经济条件，选择要实际一些，路途近一点，学费不太高，而且把握大。在班主任老师指导下，我考入了卜奎城南区的农业机械专科学校。这个城市不错，人口全国第十一位。历史悠久，有一条清碧的嫩江可以畅游，再往北是大小兴安岭，近处有我熟悉的乡村生活，不远处有我向往的高山，你看这里虽是平原地区却不乏高山流水。我想这正是那个温暖苍老的声音对我描述过的地方：那里有一条清澈的江，有很多原生态的生物。它的东北、西北有着辽阔的丘陵牧场，它的源头是一座收获榛果和松塔的高山。我在这里开始我的故事。我的故事在这里就像流过羌唐高原的黄河上游，清澈碧透。现在我在这里度过了第三个寒假，整个假期在同原汽车修配站打工，活多，赚了五千多，我和妹妹的学费不成问题了。

寒假过后我从同原火车站乘车返校，掀开候车室敷满油垢的棉门帘子，就觉得胸口被结实地砸了一下，羽绒服也没有能挡住冲撞的分量，若是一般的奶油小生就得报销胸肋不可，我是一个喜欢登山运动的男生，体格健壮，也感受到了实在的震荡，同时伴有痒酥酥的快感遍及全身。因为我看清楚这震荡来自一个女生的头颅，她窘得满脸通红，慌乱地后退，像是撞上了吃人的老虎，我忍不住开怀大笑。我已经好久不会笑了。

回到学校的第二天，小海在学生宿舍就嚷嚷开了，最新绯闻！最新绯闻！在火车站有个妞把脑袋当绣球投给唐闻禾了。不知为什么，我没有生气，竟笑起来。想一想真有意思。我本来是要在三十一号回学校的，三十号看叔叔家有什么活要我干。小海找我去了，说还有一年多就毕业了，他约了几个要好的同学提前到校，去老师家聚一聚。我说是想为留当地蹚路子吧？他不语，只说你走不走吧？我就不再说什么跟他返校了。

一路上和学校里都比较清静，还不到返校日。小海大叫着把头当绣球投给我的女生叫宋瑶林！大家便宋瑶林宋瑶林地起哄。没想到在一个城市读书，又都住在同原相隔不远的村子，两年的岁月未使我们相遇，在第三个年头紧赶慢赶地在火车站撞个满怀。这是我妈去世后我第一次笑。我想我妈在天上听到了我的这个故事也会忍不住笑。在接下来读书的日子里，我时常想起宋瑶林这个名字。

3 老乡

我和唐闻禾在车站偶遇后不久，这个城市一年最好的季节就来了。新叶又满枝头，校园里到处打起了绿伞。小桃红和连翘花开得蓬蓬勃勃。这一天晚饭后，我抓起一本书，来到校园里，又信步去了学校附近的嫩江边，在沙滩上坐下来。看着夕阳徐徐渐远，江对岸天际一片灿烂的晚霞。一江的水就像是它披垂的金羽衣，亦像是新娘拖曳着长长的婚纱。有渔船经过，金羽衣便飘荡着升腾起来，上下翻飞的江鸥，好似托举着婚纱的伴童。我想象着地平线的那一边那场盛大的光焰。而这一边开始落下夜幕。水色暗下去，像一匹泼墨的锦缎，被晚风抖动着，发出悦耳的响声。江河水在每个时段每个季节的流淌声是不同的。也许就是在这个时期，我注意到了这一点。它就像人生的不同时期、不同心境，对事物的不同看法一样。

同学们说，这个学期开学见我的第一面，觉得我像换了一个人似的，学会装深沉了。我很讨厌“深沉”这个词，“深沉”是我们攻击对方的武器，如果哪位同学得到“深沉”这种“称赞”，就意味着要被孤立了。而我不在乎，我了解自己是深沉不起来的，总是傻乎乎的，他们那些荤素搭配的深沉话语，我弄不懂。我倒希望他们冤枉我深沉，这样我可以独处，就像这样坐在沙滩上。我想我的内心是有了问题，记错了开学时间，令我始终闷闷不乐，差不多两天的时间宿舍里空荡荡的，使我孤寂不快。当宿舍里充满寒假过后相聚的笑声，我又倍感烦躁。我想干吗不等吃了饺子再返校呢？为了吃蒜的事犯得上跟母亲使小性子吗？

宋瑶林！宋瑶林！我听到同学艾乐在叫我，沙滩上响起沙沙的脚步声，随后肩上就像一只江鸥在啄，她喜欢鸟儿一样地抓，跟你握手一定在你手心挠两下，弄得我很不舒服。我说去去，你的爪子抓疼我了。她咯咯乐，谁又惹你了？她歪着头审视我，你最近怎么啦，动辄发火？我一眼瞥见她的男朋友在不远处往这边探头探脑的。我说到年底就快毕业了，分配的事心里没底。咳，她大咧咧地说拿到毕业证要明年夏天呢，实在跟自己过不去，在城里琢磨个小款嫁了，问题就解决了。我说没正经的，天不早了该回去了，你们来散步吗？

什么呀，特地来找你的，红岸那边的农机校来了几个学生，说是你的老乡，这会儿在宿舍等你呢。我的天，什么日子呀？明天就放五一假了，同学们都回家了。你呀心不在焉的，黑板上都出示放假告示了。要不是我们晚走一会儿，你的老乡就扑空了。我去市里姨妈家，你呢？不知道。她竖起大拇指小指贴到耳朵上，电话联系。好吧。我想起在车站一头撞出的老乡，他真的就来了，事先也不招呼一声。我担心自己的坏情绪，会破坏了这次见面。

我拿起摊在膝上，一眼没看的书，悠悠晃晃地朝宿舍走去。从宿舍的墙根下站起一个人，几步就到了我面前。宋瑶林你好！我愣了一下，有点像梦幻，夜色将合，朦胧中，一个穿着浅色运动服白旅游鞋的男生朝我伸着手。我有点不知所措，竟把左手递到他手心里。是你吧，老乡唐闻禾？

没错，他笑，一晃五月了，怕你认不出我了。我说哪能呢，一头全撞到记忆里了。他说我在门口迎迎你，小海他们在屋里。你回家过节吗？

我都没迟疑，不，我打算在学校过。话一出口，我自己也暗自吃惊，因为我还没来得及想这件事。

他显然很高兴，太好了，我们老乡在一起聚一聚，你领我们看看北城区。

好啊，我高兴地答应着。我是说我的声调是愉快的。我并没有先前担心的那样自己会不耐烦，似乎我们本来就约定好了要一块儿在北城区度过五一。他就应该在我的宿舍前面等我归来，告诉我同原的老乡都在屋里。

你这里能安排住下吗？那个叫小海的大咧咧地问。唐闻禾还拦了一下，我们可以去找小旅店，别给宋瑶林添麻烦了。

我说何苦住小旅店，还要花钱，有学生宿舍可以将就嘛。

小海拉拉唐闻禾说不错，挺会过日子。唐闻禾说去你的，别阴阳怪气的。然后对我说，到了你这里，你看着怎么方便，听你的。

我领他们去男生宿舍。宿舍里有俩外地的学生没走，本市的学生都跑回家去了，刚好有空床。我说我的同学老乡，在红岸读书，到北市区过节。他们说，正嫌冷清呢，欢迎！

那天晚上我们是五个人，还有一个女生，小巧玲珑娇滴滴的，她是后被叫来的，是另外三个男生中谁的女朋友，我也没搞清楚，她住在北市区亲戚家。我请他们去这座城里的老字号古阑轩吃牛肉馅饼、杂碎汤。唐闻禾还有些不好意思，他说应该由男生表示一下骑士精神才对。我说我是东道主理应尽地主之谊。小海喝了点酒。唐闻禾不喝酒。后来我了解到他的父亲喝了酒就打骂孩子，他发誓今生不沾酒。我建议喝红茶助消化。不喝酒的就都喝茶。而茶和酒都足以使我们兴奋。

我们在夜深人静的街上走了很久，手挽手，高谈阔论。唐闻禾话语很少，只是听和笑。小海提到毕业想留在这里。我一下子想到圆子，我试探地问你是大茂村的吗？小海说你怎么知道？我说我返校那天早晨有一个叫圆子的女孩来找我。小海吃惊地说找你？是啊，她住在我们后街。小海很不自在地说这个疯丫头跟你胡嘞嘞了吧？也没说什么，就问我开学了，怎么还在家里，二驴子都走了。我说二驴子是谁？她说叫陈小海。我以为我记错了开学的日子，就忙不迭地赶到车站了。没想到提前到校了。小海说要不是这样能遇到我们班的班长校学生会主席唐闻禾吗？

唐闻禾笑起来，太晚了弄不好得翻墙了。大家笑，揶揄他是不打自招夜不归宿的问题生。我说你们睡个懒觉吧，明天早餐我用小铝锅给你们做杂和面汆汆汤。

女生们每个人都藏有电炉子。在星期天给自己开小灶。杂和面是我从家里带来的，我喜欢吃汆汆汤。将适量杂和面滚水烫好，冷却后揉成面团，揪成一个个小剂子，再搓成两头尖的汆形。汤水可做鸡汤、骨汤、清汤等随个人口味。这里因陋就简，清水里放葱姜盐调料，水开煮上杂和面汆汆，待八成熟，加上火腿肠薄片，再煮一开，加上小水萝卜片，或小白菜叶、菠菜叶什么的，点上香油就成了。那天我放的是菠菜。早餐吃到十一点，煮了三锅。他们都是头一次吃汆汆汤，大叫香死了，比吃饭店过瘾，问我这是什么地方小吃？我说不上来，跟我妈学的，肯定是穷人的小吃，长年累月吃杂和面，便发明了粗粮精做解馋，就跟“佛跳墙”一个来路。大家拍手，对对，我们都是“皇上”的口福。

聊得正兴头，收发室叫我接电话。艾乐来的电话。她说宋瑶林你没离校啊。我说老乡们都在呢。她似乎很高兴。太好了，我正怕一个人待在宿舍里呢。怎么，我纳闷儿，不是两个人一块儿走的吗？哎呀，三言两语的也说不清楚，别提了，一提就闷气，反正你在就好，过会儿见。说心里话，我不欢迎她来，我觉得她只会给人添堵，说不清怎么回事。她的脸蛋挺迷人，白嫩得同蛋清豆腐似的，生了一双凹陷的笑眼，无论你高兴还是不高兴的时候，她都在对你微笑，肢体做出一些令你浑身发痒的举动。就像一个定型的巴比娃娃。我担心她一来老乡们会待不住。

我一点儿没想错，她笑眯眯进了宿舍，看到小铝锅里的残羹，抽抽鼻子，不屑地说你带领老乡们忆苦思甜呢？土包子，在农村成年地吃窝窝头没吃吐啊，还带进城里来吃？宋瑶林你想什么呢？

我看到唐闻禾脸上刚才的笑僵住了，慢慢地转成冰冷的霜。在未来的日子里，我常看到前一分钟他还在乐，不知谁说了句什么，或是我的哪一句话使他后一分钟就变脸了，拎起背包扬长而去。你也不知他去哪里，过半个月或一个月又出现了，不做任何解释。这是第一次，也是开头，可是我并没有往心里去，从一开始交往我就忽视了这个要命的细节。我的注意力在艾乐的身上，她对我这么说也就罢了，我早已知晓她的臭德行，可是我的这些客人头一次来，唐闻禾斯文，一看就是要面子的人。艾乐这番话无异于下逐客令啊。

唐闻禾拿起背包告辞。他有个习惯，随身总是带着一个大旅行包，好像准备随时去远行。这是后来我注意到的。当时我并不觉得奇怪。许多的性格细节在当时我都忽略了。统归于一种合理的青春激情。他说谢谢你的盛情，后会有期。小海和另两个同乡也起身。我始终想不起另两个同乡的名字。他们一直嘻嘻哈哈的。我私下里便叫他们嘻嘻和哈哈。

艾乐说走什么呀，中午我请客。唐闻禾只是抿抿嘴。他是长条脸，宽额，鼻直口方，眼睛细长。见一面就死印在脑子里。不像那三位胖乎乎的大脸盘出了屋门就模糊不清了。而娇小玲珑的小女生总是隐在大胖子大脸盘身后掩嘴笑，她没留住女生宿舍，提前离开饭局回了亲戚家，后来再也没见到她。我白了艾乐一眼，去送他们。唐闻禾说留步。我说本来说好去转转北市区的，怎么这就走呢？唐闻禾笑笑，说下次，下次一样。这次相聚挺快乐的，有时间我再同你联系。我说，好，再联系。

艾乐在屋子里对着镜子整理头发。从镜子里看着我说，对不起宋瑶林，好像是我搅局了。我说搅得好，我正想他们快走呢，闹哄哄的，连个懒觉也睡不成。你怎么一个人蹿回来了？后天才开课呢。她噘起嘴唇，没劲。我姨妈问他毕业后有什么打算？他说我也不知道，走一步看一步，再说。我觉得倒是心里话，有些事情真是难以预料的。她说总得有个豪言壮语的表现呢。我觉着好笑，你就这么钟情虚情假意呀？她像被冷水激了一下，笑得激灵灵的，别门缝里瞧人，我还没有那么俗不可耐呢。向你报告一个坏消息，我们大家最喜欢听他讲课的印尼老师要走了。

印尼老师曾给我们讲过课，他精通四国外语，在印度尼西亚出生长大，酷爱园林建筑艺术。他要把他的园林精神献给祖国，就从印度尼西亚回来了。他给我们上了第一节课，同学们就私下里不约而同地叫他印尼老师了。他挺兴奋地在卜奎大地上奔走，他想把我们这座城市变成大花园。因此他的古典造园艺术课讲一讲就讲到国画上去了。他说国画中的山水亭阁，就是中华民族的园林建筑艺术传承发展的重要元素。国画的山水之美，正是造园家们追求的回归自然，亲近自然，高于自然。古典园林建筑语言的生命力重在深邃的民族文化意蕴。表现出时代精神社会发展民俗崇尚。

我想他的意思是如果让他来为这座城市搞园林规划设计，那么老卜奎就会变成传世的立体国画，造出不朽的园林文化新卷。有一阵子我满怀希望能看到这幅立体国画，我喜欢园林，就是说它不仅仅是园林，而是充满艺术质量。我说有一阵子，就是说后来就不大上心了，开始琢磨毕业后能到哪里吃这碗饭。印尼老师没给我们讲几堂课，上边有话把他调到老林区去了，在天然的大森林里实地栽培树木。虽然户口粮食关系落到了林区，他夫人没去，仍然在这座城里中学教书，每到假期去老林区背口粮。听说他工作得不顺心，因为没有实验设备搞试验而郁闷。我想这样的大专家郁闷就是多。不像我们这些学生一心想的是毕业后先找碗粥喝。我不知艾乐哪根神经不对了，这是人人皆知的过去时消息了，她却故作神秘地报告。

我还在想我的老乡，他的计划是在我这里消磨节假的。艾乐说你怎么神不守舍的？我说谁不知道印尼老师去了老林区？正想办法要回咱们学校呢。艾乐乜斜着眼睛瞄我。你那是旧消息了。我姨妈和印尼老师的老婆熟悉。你忘了？我姨妈同她在一所学校工作。她愤懑的样子，像是我的坏记性使她受到莫大的污辱。而她不马上说出来憋得慌。便摆出一副大仁大义的姿态，神秘兮兮地说印尼老师要回印度尼西亚了，半道上杀出个英国人，把他劫去了。我说你就科幻吧你，说得战火硝烟的。

她正色说真的，绝不是炫彩动漫科幻。我盯着她的眼睛。不是玩笑，印尼老师和老婆回印度尼西亚探亲，在广州候机。一次去白云机场，看到一位英国人在现场招聘园林建筑方面的专家人才，口试和笔试用英文。他想去应试，老婆阻止他，说算了，再过两天就回印度尼西亚了。他们还要在广州等两天才有去印度尼西亚的班机。他说这两年在大森林里转，也没个英文交谈对象，说不定忘光了，试试看。老婆没再阻拦。他抱着玩玩的心理，考完试，留下地址，就同老婆回宾馆了。

第二天早晨，英国人敲响了他的房门，开门见山地说恭喜，你被录用了。他本心是玩玩的，迟疑了一下说请原谅，我马上就回印度尼西亚了。现在还不能回答你。等我回到印度尼西亚后看一下情况再考虑，可以吗？英国人立刻明白，他不是专程来应聘的。便摆出了很多理由诚恳地挽留他，给的条件很优厚。这的确是发挥他才智的好机会。当时香港尚未回归，但是改革开放了，来往内地很方便。他留下了。前几天代表港方同中方谈一个项目，中方的代表见到他一愣，这不是某地的刘教授刘翻译吗？何时成了英方的港人了？

原来他们曾一块儿出国考察。印尼老师这个人口讷，不善言辞，业务上却样样精通，有理论有实践，带他出国省心，懂四国外语，林业专家，能做翻译，又能做工人的活，比如实际栽培、园艺操作，所以有出国考察任务，上面就调他去。这次以这样的方式见面，中方的代表老相识很不是滋味，就给某地领导打电话说你们怎么搞的，这样的人才不留用？某地领导说他多次代表国家出国访问，你们怎么不上调呢？艾乐觉着太幽默了，哈哈大笑。

我笑不出来，一点不可笑。艾乐说他老婆回来了，在这里有点事没办利索，这次回去，就不知猴年马月回来了，所以见见老朋友，姨妈请她吃了顿饭。他老婆把这件事看得很淡，说是压根儿不想跟他去的，现在也只好宽慰自个儿，人挪活，树挪死。世事变换，哪天香港回归了，就又回来了。

我想着“人挪活”，觉着这三字挺有魅力的。艾乐捅捅我，愣什么神？她老婆来咱们学校找印尼老师，在那条通向教学楼的林荫路上走过，我还指给你看了呢！可是我一点儿也想不出她的模样了。我很喜欢印尼老师的课。谁不喜欢呢！我还盼着他能回来讲课，请他指导毕业论文呢。走吧，说这事怪闹心的，出去走走。

城区中心大街很热闹，过了两拨秧歌队，后面跟着一群孩子，唢呐声在空中跳跳蹦蹦地转圈儿。我却提不起兴致。艾乐不停地在我耳边嘀咕她的男朋友，我一个字也没听进去。进了一家小吃店，随便吃了点东西，觉着没滋没味的。黄昏到来时，艾乐提议去新开的一家咖啡酒吧坐坐，名称贝贝 face，从下午开到子夜。

天光已经暗下来，灰色的轻雾拢上了街景，行人稀少。酒吧开在商埠大街食品店的地下室内。贝贝 face 地面迎街的门上，彩色灯珠勾勒出一双男孩和女孩的侧脸，夸张的眼睛一眨一眨的。进门就下楼梯，楼梯陡峭且暗，有点惊险刺激，转角一束神秘的绿光投过来，同时传来悦耳的音乐。过道很短，也就有两米长，仅容两人并肩通过，接着半圆的吧台，转过便是一片灯火辉煌的大厅。水晶灯饰制造了幻境，似乎来到另一个世界。座席围着一个圆形木台摆开，呈放射线形。小方桌多是两人和四人座。此时三分之一的座位有了人，都是靠近圆木台的地方。艾乐的下巴朝圆台点点说，晚上七点有歌舞表演，那时这里就座无虚席了。

服务生殷勤地靠过来，拉开座椅，欢迎两位美女，喝点什么？艾乐要了葡萄干和两杯雀巢，她说我请你。我说 AA。她说今天就不 AA 了，搅了局，你的老乡不知怎么对我咬牙切齿呢。我笑起来，我都忘了。她做了个怪相，说说你的老乡吧，是一个村的？我否认，她倒来了兴趣。我说真的没什么好说的，反正都是同原镇乡下的，一般认识。我突然想到还真是对他的自然状况一无所知。

小海是听圆子说的，当时也没认真听，同学还是远亲也搞不清，总之圆子认识小海，感情上似乎黏黏糊糊的。待暑期回家问问她。艾乐不相信，我看没那么单纯，那小子挺不见外的，老朋友一样。艾乐，是真的。艾乐说你想欺骗自己就骗吧。

大厅里人陆续地上来了。服务生开始清理圆木台，中间插上了一根粗木柱。一男一女两个年轻人走到圆木台前。他们穿着马戏团那样紧身艳丽的服装。脸上化了浓妆。他们向宾客鞠躬，以敏捷的身姿跳上舞台。开始将柔软的胳膊腿向四面展放，软中又带着刚韧。木柱好似一根玩具棒，同他们的肢体交换着隐秘的愿望。我的眼前出现了一座带花园的房子，一个男人，那个男人该是谁呢？

艾乐拍我一下，她使劲拍手，大厅里的人都在拍手。圆台上的舞者手牵着手正在谢幕。脸上汗珠闪动，呼呼喘着粗气。我说艾乐该回学校了。她说一会儿的表演更刺激。又有人进来，周围的空座满了。还加了座。客人多半是情侣。空气有些闷。但是看过去，人人都兴致勃勃。一位男歌手啃着无线话筒，用气声唱歌。艾乐说他的样子像三浦友和，歌声不是。我说你不是在想自己是山口百惠多好。哼，那有什么不可以？艾乐不小心起了高声。一个服务生满脸堆笑跑过来，小心翼翼地说小姐有什么不满意吗？您还需要什么？

艾乐说歌手蛮帅的，哪里请的？服务生放心地直起腰，啊，你问这个，他是高中生，来赚学费的。艾乐的眼睛亮了，这么说只要愿意，就可以来试喽。艾乐看我，我点头，这还算点正事，自己赚，比张手管父母要仗义。服务生轻笑一声说当然，两位漂亮的小姐想试也可以的。工作一小时五块钱。你们看报上的招聘广告好了。条件在上面写着。要面试的。

过了大约一星期，就在本地晚报上看到几则招聘广告。招聘单位都是餐饮娱乐场所，其中有贝贝 face。艾乐跃跃欲试，她是女低音，喜欢模仿徐小凤，还挺有味的。我没有想好，我一般不大习惯嘈杂的场所，夜晚也很少出去。也许这不是很充分的理由，因为我想到了我的老乡，我觉得他能给我一个好的建议。他接到我的电话似乎挺高兴，他说最后一个学年了，把所学的东西全部梳理一下，专长的又是喜欢的就是追求的目标。他一个字的建议也没给我，他只是在说他自己的打算。我说我喜欢园林设计。特别是宋朝那个时代的园林语言，有情有义。他说嗯，有情有义。

我走出学校收发室，决定还是多找几本书看，要是印尼老师在就好了，请他给我点忠告。不过我还是陪艾乐去面试了。我没想到去应聘的人这么多，大多像是读高中的男孩女孩。一个梳着马尾巴的男孩，脸蛋嫩得煮熟的鸡蛋清似的，走过我们身边，噘起鲜红的唇对我们频频飞吻。一边说好纯情的小妞。艾乐说我都可以做你妈啦。他并不生气，我爸已经给我找十个后妈了。要不要我介绍你做第十一个？艾乐恼怒地说，脑袋连着尾巴大的小猴崽子，还以为自己是举着金箍棒搅海的孙大圣呢！宠馊了的臭小子，装成下流坯子，专门恶心人呢。我说艾乐别跟他一般见识，他是怕别人小瞧他。你看他那双黑黑的眼睛，含着善，一点也不凶。轮到马尾巴男孩面试表演，他唱歌跑调，监考的总经理说长得还不错。隔一个是艾乐，马尾巴男孩没有离开，不少先考过的也没走。艾乐唱了《再别康桥》。还真像那么回事，挺动人。马尾巴男孩倚着墙，站在不远处，露出羡慕的眼神，有点可怜巴巴的，使劲鼓掌。主考的副总同总经理交换一下赞赏的目光。艾乐通过了。副总转向我，我说我是陪她来的。他说我觉得你行。艾乐怂恿我，试一下嘛。我说别闹了，下次吧，我回去考虑一下。

我牵着艾乐走出考场，能感觉到马尾巴的目光跟着我们。我说艾乐你真的很需要晚上出来两小时吗？如果利用星期天更好吧？我想操练一下，让荞麦壳看看。她给她男友起的绰号。她的男友身材细高单薄，面色黑，五官漂亮。艾乐说他妈小时候怕他胃不好，只给他喝米糊糊，喝到两岁，就喝成荞麦壳了。我乐死了。有一种人相处挺好玩的。不是幽默，幽默是一种智慧，好玩是一种生活作料。我又在想我的老乡了。我望着天空想。一钩新月，细细弯弯的，在西南远远的苍蓝的天空上。夜空中隐隐地飘荡着丁香的芳香。心里不知为何沉甸甸的，只想一头扎到枕头上，往死里睡，管他梦里有什么。

4 八爪鱼

事情就这样发生了，人生中有些事情真的就没什么思想准备可言。

二十世纪最后最冷的日子，我背着双肩包，拎着北京稻香村和一大包北京特产果脯回家。春节到了。我有半年没回来了。在北京开了一家酒吧兼西餐馆。儿子已经四岁了，我们还没有正式买房子。在大庆一幢小楼第三层租了一套公寓。我下车的时候，下雪了。漫天白茫茫的。我看到雪花飘舞中的房子，心里直喊到家了。

宋瑶林睡眼惺忪地开门，睡衣像条绳子拧在身上，一手竖起食指嘘了一下说英奇还在睡。我似乎忘记了我们的居室很狭窄，两卧一厅，加上厨房卫生间，总共不到九十平米。宋瑶林的举动使我有些迷茫，仿佛我走错了地方。她接过我手中的包裹放到客厅里。便去洗漱了。我一头倒在长沙发上。她举着一管中草药牙膏过来，压着嗓子说你怎么也不换衣服？她的食指和拇指捏在牙膏筒的中间，牙膏筒捏成葫芦，她用牙刷抹去冲出来的牙膏，一下子塞到嘴里，唇边立刻堆满了泡沫。我突然想跳起来大叫。我的手抓住身旁的羽绒靠垫，朝她后背扔过去。羽绒垫砸到门框上，里面的羽毛就同雪花一样飘了一地。

宋瑶林跑过来。嘴角上残留着米粒大的牙膏。她瞪着我又委屈又吃惊，眼里一下子蓄满了泪，神色中一百个问我怎么惹你啦？我心里烦得要命，求你啦，你注意点形象好不好？她望向卧室，轻声说我不想同你吵架，过年了。我腾地坐起来，你以为我愿意吵架吗？你看看你，你有女人的样子吗？

英奇穿着肥大的睡袍跑出来，光着脚，眼睛瞪得滴溜圆，惊恐地看看我，并不招呼，扑到宋瑶林怀里。英奇的表现使我备受刺激。我在客厅里转起来，就像马戏团的狗熊，哼哧哼哧转圈圈。宋瑶林说你放松点儿。她装得满不在乎，声音中夹着笑意，对我一个劲儿使眼色。对不起英奇，我们说话吵醒你了，是不是？你看爸爸回来了。我说过，等到过年爸爸就回来了，快叫爸爸。

英奇冷漠地看我一眼，沉默。我停下转圈儿，心里有些不安。我说英奇过来爸爸给你带新年礼物了。他抬头看宋瑶林。宋瑶林往我这边推他。他似乎很不情愿。我的火气又开始往上冒。宋瑶林用乞求的眼神看着我。我把路虎缩微小吉普拿给英奇。这是同真车一模一样的玩具车。英奇的表情有所缓和，把路虎拿到手里，转身跑回卧室。

宋瑶林追过去说英奇不说点什么吗？我听到门嘭地碰上。我想这年是不能在这里过了。也许我不回来的好。屋子里的气氛让我透不过气来。完全同我希望的不一样。我听不清他们在里面嘀咕什么。英奇没出来。

宋瑶林满脸歉意，小心翼翼，压着嗓音说他要睡到中午，晚上好守夜。你坐了一夜的车也累了，去洗洗吧。我去拾掇浴盆。

卫生间就像一个分成格子的玻璃罐，一扇玻璃拉门里是化妆间，仅容一人站立，在镜子对面硬挤下一台小型的黄小鸭洗衣机。隔壁是便器，还能伸开腿坐下去，只是废纸篓要挂在水箱上面的墙上。又一扇玻璃拉门圈起浴盆。当然这些玻璃都是特别的乌玻璃。浴盆置在一扇小窗下面。侧面墙上还挂了一幅海景小油画。泡在四十多度的热水里，心情和缓下来，瞄了几眼画，不由想起北京酒吧里的一个常客，他喜欢白话海南的气候和大海。那里日子好过哇，要饭的都天天在大东海里享受，一身单衣四季不愁。自然条件太好了，把原住民们就滋润懒了，靠天吃饭，天天度假。泡海？哪里，一窝蜂码长城，不是老将就是新秀。我说他夸张，他说你去实地考察嘛。那里的大海的确比夏威夷好多了。油画上是不是海南的海呢？

我觉得自己走进了画中蔚蓝的海水里，温暖的海水拥着我，内心里残存的火气被一丝海风吹熄了。我的资金都铺在创业的路上了。虽然脱离了要不起孩子的棚户时期，可是这样的日子也不踏实。我拿起浴巾抹几下窗玻璃上的哈气，大海没了，飘着小雪花的灰色天空涌进窗口。现实又回到眼前。不知谁家的孩子朝空中扔了一个二踢脚，受潮了，炸声闷闷的。过年了，应该是快乐的。我为什么快乐不起来？为什么要发火？我恨自己的臭脾气。宋瑶林在敲卫生间的门，给你搓搓背吗？她压着喉咙。我没有马上回答，我的心思在天上飞，同窗外那些白色的小蜜蜂一样。我拉回视线，带回许多的白色小蜜蜂，它们落到四十度水里融化了。为什么不做点有意义的事？我的身子开始燥热。很久了，忘了这回事儿啦。一个人两眼一抹黑地在北京跑开办酒吧的各种事，跑得要吐血了，晚上一挨床就想死过去。我跨出浴缸，穿上浴袍说好吧好吧。

她进来了。换上一件未过膝的短袖室内装，月白地当胸一朵金红的百合花。狭窄的兼浴室的小卫生间有了情调。我说我们将来会有一个大浴室。她愣了一下，茫然地看着我，举着手中的火山石。那是一块比拳头大一寸的黑色蜂窝石头，她说是从五大连池老黑山拿来的，搓澡杀菌止痒，她在电话里唠叨不止一次了。我过去拿掉她手中的火山石放到窗台上，我说带回北京用。我试着唤醒她的感觉。看得出她满脑子是用黑火山石给我灭菌止痒。她也不知道她胸前的百合花让那东西有了渴望。我抱住了她，她居然挣扎了一下，脑袋向一边躲，这使我火热的唇只挨着了她的腮。我抱起她冲进卧室，我们是很好的一对，不要争吵，日子会越来越好。你应该理解，在这个世界上，你比谁都应该更理解我，我需要你的理解。相信我，我要给你快乐。

宋瑶林哭起来。眼泪决了堤。该高兴的时候，她泪流满面。同每次相聚一样刚点燃的欲火被她的泪水浇灭了。自从有了小英奇，她的委屈感变本加厉。弄得我很茫然。她抓起枕巾狠狠地抹了把脸，就像是要把我抹掉似的。她推了我一下耳语说英奇。

我一下子跳起来，掩好浴袍。英奇站在门口。怀里抱着我给他的路虎。眼睛愤怒地看着我。然后使劲把路虎朝我扔过来。我一躲，路虎砸进床上我们刚压出的洼处。我哭笑不得。宋瑶林抱起他说向爸爸道歉。英奇说他欺负你。没有。你哭了。有灰尘眯眼了。真的？真的。我才不道歉呢，他总也不回来。你们最好安静点儿，我要睡觉了，晚上还要看放花呢。宋瑶林说好，晚上看放花。看着他们出去，我颓然地倒在床上。事情为什么总是这么糟糕。

我又有了溺水的感觉，身上软绵绵的，似乎变成了有八条长爪子的章鱼，被湍急的漩涡冲撞得晕头转向，八条腕脚想找到一块能歇下来的礁石，或是有一个洞隙钻进去，躲开湍急的漩涡，将身子紧紧贴在洞壁上，检视一下我肚腹里的墨囊是否完好无损，我需要这只墨囊来保护我的体力和思索。那个时候我是一边挣扎，一边拼命地吐着墨汁，爬上岸我总疑心是一个梦。就是从那个夏天便留下了这种衰弱的感觉。也许那天我不该去游泳。

宋瑶林在不该怀孕的时间怀孕了。她告诉我的时候，我愣怔地看着她，好像她不该这么对我说，我感受不到惊喜，眼神中不经意流露出责备。这是第二个孩子了！她说着泪水哗地奔出眼眶。咱们还没有固定的住处，我说，惭愧地垂下头。小海刚来电话让我去一趟。小海毕业就落脚哈尔滨了。她说朋友就那么重要？咱们现在需要钱。她不再言语。我们默默地坐了一刻钟，我起身出门开车去哈尔滨。

一路上我心神不宁。在江北那条路发生了一起车祸，路上一大摊血。有一瞬间我想地上躺着的要是我就好了。这念头惊出了一身冷汗。我不是懦夫，从来都不是。现在我竟让宋瑶林一个人去承担这个意外结果，这不公平。可是以现在的经济条件，有了孩子就会重复一种穷日子。我突然觉得一阵阵寒战，像是要感冒了。在哈尔滨入城口小海举着一件外套跳着脚摇，我踩住刹车，慢慢地溜到他身边。他拉开车门，钻到我旁边说，找了两个朋友，在博物馆对面的小巷子里等着呢，那里有个老式的西餐馆。

西餐馆隐在一幢高楼后面，乍看像个职工食堂，里面却是典雅清静的。屋里光线清幽，餐室在一条短廊的后面。墙上贴着一人高的木板围子，漆成巧克力色，配着同色系淡一些的花纹壁纸，壁灯是磨砂白的。餐桌椅也是巧克力色的，铺着乳白色厚桌布，上面摆着银光闪闪的刀叉，正中间有一只细颈袖珍花瓶，插一枝新鲜的红玫瑰。这是一座俄式旧建筑，房子举架很高，天花板贴了一圈石膏花，中间垂着花枝水晶吊灯。空气流畅，舒适清静。我说看不出外面七月流火，这里倒是凉爽如春。小海说这房子有年头了，建筑遵循冬暖夏凉的设计。不用空调。我特别喜欢这样的房子。

这是我生平第一次进西餐馆。里面三分之二的餐桌已经坐人了，却没有喧哗声，说话都是耳语般的轻音。一高一矮两个小伙子是从角落里迎过来的。矮个子有些面熟。一时想不出在哪儿见过。小海说你的老乡发小都认不出啦？翟金来，小名二环。我想起来了，煤矿主的儿子，举着北京大糖葫芦满台和村跑的二环。二环笑。多少年没见了？中学毕业就不念了，同我爸搬到哈拉滨来了。我说还哈拉滨？把省城叫成小县城了。他说就是，一不留神，吃西餐说大楂子话，哈尔滨，再不能哈拉滨了。他张大嘴要笑，又猛地捂住嘴，脸憋得通红。我们四个大嗓门男人，很文明很上流地见面。没有平素的哈哈大笑，拍肩膀。只微微一笑，互相点点头，轻轻握手，以手示意落座。

大个子同小海一起做事，在一个外贸单位打杂，会点俄语。他说大家都叫我大嘴，你也叫我大嘴好了。小海说他叫李乐尔，这名字绕口，还是叫大嘴，大嘴吃八方。大家哈的一声强忍住笑，朝周围扫了几眼，红着脸噤声抓桌沿。每人一客黑胡椒牛排、红菜汤、水果沙拉和蔬菜沙拉，吃了三个多钟点。大嘴和小海喝了两杯红酒，二环要开车就免了。小海说你还没学会喝酒？我不想学，如果不开车，我就陪你们来杯红的。二环说现在查酒驾可严了，不是闹着玩的。大家压着嗓门聊一些买卖行情上的事。小海平素咋呼惯了，说话时总是贼一样东张西望一番。几个人弄得跟秘密接头似的。我说看你贼头鼠脑的，遭那份洋罪，不如换个地儿自在些。他说，与时俱进嘛，要习惯这一套。

我全身心对付刀叉和食物。第一次吃西餐，手指不如拿筷子随意。小海看着我笨拙的样子嘿嘿怪笑，以东方小莫斯科的居民俯视我。我捏着嗓子说别笑得太早，你们早晚得给我打工。心里却丝丝冒着忧伤，要不是为宋瑶林，我也是这里的居民了。

好好，小海拍着我的肩说别黑着碗吃，我找你有正事。我是真饿了，宋瑶林闹得我两顿水米未沾牙了。我吃我的你说你的还不行？

南岗仁和集团地下商场的活儿，干不干？

主要经营什么？

海鲜。通风管道的活儿，产值保守点说也能对付个三百多万。这活儿也就你内行，我们不懂。大嘴听到信儿跟我说，我一下子就想到你。我知道你给大庆精工百货干过通风管道的活儿。

把握？

还用说。大嘴的女朋友是工商管理局的。

好，拿下，不会少你们哥几个的。

唐闻禾我就喜欢你这一点，办事果断。大嘴你看我这同学？大嘴憨憨地乐了，他那嘴同簸箕一样敞开，一直咧到耳丫子。

二环搓着手说再添点什么？

我抬手一抹脖子，到这里了。我后加了一打松饼。

小海说找个洗浴中心桑拿一把。便招呼服务生买单。二环抢着付了。小海说哎哎我请客怎么能让你掏腰包呢？二环说看你小气样儿，天好，时间还早，哥几个不如去松花江泡泡，多风凉！这大夏天的桑什么拿！我立刻响应。如果在澡堂子和松花江之间二选一，我一定是选松花江。大江大海里泡泡才痛快。在卜奎红岸读书那会儿，整个夏天我都泡在嫩江里。今天泡泡松花江，将来要找片大海泡泡。可是这个夏日傍晚，我差一点儿粉身碎骨。

出了西餐馆，大嘴说带我们去小九站。太阳岛避暑的人跟蚂蚁似的成窝。他上二环的车，小海上我的车。我们跟着二环的车去道里。他特意从中央大街兜了一圈，看街景建筑，圣·索菲亚教堂。小莫斯科风情。夕照的金辉中模拟的异域景象，好似活的童话世界。只是我已经不是十几年前的我。一边看一边想着仁和地下商场这批活儿的事儿。大嘴觉察出我的心不在焉，就说唐总你放心好了，已经电话里说好了，明天上午就同经理谈，这批活儿跑不了。我说你还是同小海一样叫我唐闻禾或闻哥。他说好好闻哥，天太热了，还是先去松花江里凉快凉快吧。

小九站并不远，我记得是从地段街过友谊路，上小九站街，很快就到了。码头上停泊着一排游船游艇，两艘小船在江心缓缓划行。江面开阔，江风送爽，的确是消暑的好地方。大嘴指着对岸，你看到那片随岸高高低低的林子了吗，露着几个积木样儿的红色尖屋顶，那里就是太阳岛。那个岛子是一九六四年才建的风景区。这小九站可有年头了。你看你右边那座小木楼，仔细着看，是不是有点像条船？这里最早是游艇俱乐部。一九一二年建的。一个叫米高扬什么的老毛子设计的。我特别喜欢它的木廊柱。内行的说它是典型的西伯利亚建筑风格。现在叫江上俱乐部啦，归铁路了。晚上你就住在这里得了。我说再说。小海说大嘴你想改行导游哇，你再白话一会儿天就黑了。江中的几个泳者在陆续上岸，收拾着东西回去了。我说大嘴你选的地方不错，有点野渡的味道。我的眼光还用说。小海从后面一下子把他推下水，他们嘻嘻哈哈打闹着游去。二环看看我，我说你跟他们游去，我先慢慢适应一下。

我仰躺在水上，望着傍晚的天空，他们好似不存在了，莫名的伤感和凉爽的傍晚一同包裹了我。有一种痛又在撕扯着我的心。仿佛天空要飘下雪花来似的。我惊恐地翻身逃也似的游起来。让自己的头脑暂时空白一下。有一会儿我做到了。我侧泳，让手臂拍出悦耳的浪花声。然而不久抑郁又抓住了我。当江面升腾起一片灰色的雾气时，他们三个上岸了。

闻哥上来吧。毕竟是江水，别凉着。我说再泡半个小时，还没过瘾呢。我换成仰泳姿势，只轻轻摆动手臂，任由波浪托着我。天空染开的橘黄的云絮，已经暗淡，退去。天空和江面连绵成灰色。我还是想流连一会儿。这里比卜奎那个午夜的江水温润多了。我想起过去的那个卜奎夏日午夜，偶然同报社记者老箪邂逅在嫩江摆渡口。两人疯狂地在嫩江大桥前扎猛子，上岸后他猛吸烟，害得我躲得远远的，他哑着声说对不起。那一次我是同宋瑶林闹翻了。老箪什么原因，他没说，我也没问，后来也没问，再后来他采访我，我才知道他是记者。从此我们交往多了些，而那次午夜相遇，那个离奇的夜晚，却是永远沉寂了。谁也没有再提起那个午夜偶遇。后来的后来，也不比那个午夜对他的了解更多。也许这就是我们始终保持联系的原因吧。记忆就像一粒种子，似乎被江水泡发了芽叶，在波浪里摇动，摇起我和宋瑶林在卜奎那段时光。那是一段胶合着甜蜜和苦恼的日子。两人常常为一些莫名其妙的小事争吵，彼此发誓不再见面，不出半个月，又被苦苦的思念牵到一起。

我问自己，我爱宋瑶林吗？我爱。可是搞不明白，相聚的日子为什么总有不愉快发生？我就这样飘着想着，陷在往事的漩涡里。突然我的身体被一股巨大的力量抓住，往水底拖拽。我从沉思中惊醒。我挣扎着，努力弄清是什么在拽我下沉。那是霎时间的事，一股巨大的漩涡卷着我，拽向两条木船的船头中间。我很惊慌，像个无助的婴儿，张开手臂挥舞着乱抓一气。手碰到了船帮，便拼命去抓，上面敷着一层滑溜溜的黏液，怎么也抓不住。我反而被漩涡卷得更紧，一个劲儿下沉。

我不再挣扎。天黑了，不知这两条船是否开走。若是开动起来，我就会卷到螺旋桨下被绞成肉馅了。这里会猩红一片，像盛开的石竹楠，随后被荡漾的江水推来搡去，腐烂，做鲇鱼嘎鱼的早餐。素食鱼不屑地绕开，余下的碎骨不久就让奔腾的江水化成泡沫，人不如石头结实。我想象着小海他们找我的焦急样子，我在空气里，我能看到他们，他们看不见我。闻青闻馨会找小海要人，你们把我哥弄到哪里去了？我在空气中看着他们，我说不怨他们，哥游泳时思想跑偏了。他们听不到我的声音。宋瑶林呢？她会怎样，当然她要大哭一场，骂我没良心的，又不告诉一声，就跑没影儿了。

我觉得身体在缩小，好像体内的液体要被绞干了，意识开始模糊，要游离我的皮囊。此时我很想念宋瑶林，想念她肚子里的骨肉。我要做父亲了，为什么沮丧呢？为什么要争吵呢？我这是怎么了？我的脑子里又出现了苍老的奶奶，她从柴门中走出来，叫着我的名字，禾儿啊，你忙什么呢？怎么不来看看奶奶呀？奶奶年纪大了，没几天日子了。好像妈妈在推我，禾儿啊，你快回去，你要做爸爸了，怎么还这么贪玩？快回家去。我的意识一下子恢复了，我要回家！我集聚起最后的力气往上一蹿，一只手碰到一块软绵绵的朽木，手指顺势掏进去，另一只手去够上面的甲板，一用力，朽木断了。我又往深处抓去，居然又抓住了一块木板，我的双脚蹬踹着漩涡，就像是脱掉裹尸布，随后我发现双肘已经搭在甲板上，身上软软的，胸前有两个奇怪的东西粘着甲板，我使劲挤挤眼睛，看清楚这是章鱼的腕脚，不由大口大口喘气。

小海他们在岸上说笑吵闹声传来，像是来自另一个星球另一个世界的声音。马上去见他们，马上！我这个念头刚在脑子里出现，一只垂着的章鱼腕脚活动起来，啪地甩上甲板，我趁势整个身子往前一耸，瘫躺在甲板上。我不能这么完蛋，不能！我翻身起来，爬上岸。我喊小海，声音不知是章鱼的还是蚊子的，水叽叽的。小海他们围过来，惊诧地叫起来，你这是怎么啦？好像你的腿抽筋啦？我水叽叽地哼哧你们看呢？小海说我看你装蒜，起来吧，一切都很正常。我抬起手臂看到五根手指白得同葱心一样，坐起来，双脚两片镢头一样竖着。的确，一切正常，一定是做梦了。

远处的天空已有了亮闪闪的星光。大嘴说我们去江上俱乐部吧，那里吃住玩全套的。我摇头，去找个酒吧。小海说我记得你最反对喝酒抽烟啦。我心想这得感谢我那暴君老爸，我憎恶他喝酒抽烟的嘴脸。我没理他们。小海跟在我屁股后朝车走去。气氛变得生硬。大嘴和二环不知我在生谁的气，赔着小心。大嘴说听闻哥的，听闻哥的。找个酒吧。要不去马迭尔吧，法式建筑，比江上俱乐部早建六年，更古老。他还没忘记炫耀小莫斯科。我没接话。小海说还是去南岗，我知道一个新开业的鲁镇酒吧不错。

一路无话。回到城中心找到鲁镇酒吧。我叫小海不要喝酒，一会儿替我开车。我和大嘴二环喝了很多红酒，直到把章鱼的影子从心里吐出去，这才觉得是还阳了。朝四周一打量，可不就是比照鲁迅小说孔乙己中的咸亨酒店设计的。当门一曲尺大柜台。墙上挂了六幅装在镜框里的水墨画，题款便是孔乙己原文，每幅上题一段。我说这倒是别致。小海嘻嘻地说闻哥，我怎么说来，你是求新的人，只吃西餐烧心。这话我乐了。左岸梅洛，配绍兴茴香豆，三鲜馅饺子。乐得他们毛头毛脑的，二环说哥，你的意思是好呢，还是不好？我说你说呢？小海说好，肯定是好！闻哥吐了三回，还精神了，这不好吗？！

我没去宾馆，直接到小海在西大直街与人合租的单身宿舍对付了一夜。第二天我们赶在上班车辆高峰前到达仁和集团办公楼。部门经理在门口遇到我们。我从他的眼睛里看到了“满意”二字，我们的谦恭守时使洽商很快形成一纸合同。走出办公楼，刚好十点钟。我说我回去处理一下那边的事，很快就过来。我心里惦记着宋瑶林。我要告诉她，这个孩子留下来。我们拿到了产值三百多万的活儿。大嘴二环小海说什么也让我吃中饭再走，天黑前能到家。我坚辞了。过两天就来了，有很多时间在一起。

他们往车上码放俄罗斯大列巴、可口可乐、老秋林香肠。小海说路上垫垫肚子，开车精神点儿，可乐提神。好久没见到你媳妇了，也给她捎份洋面包洋香肠。大嘴憋不住乐，你公开惦记闻哥媳妇，脑子进水了，找抽哇？幸亏闻哥大度。我们是老乡是同学，没说的。那也得叫嫂夫人呢，一码是一码呀！我说哪有那么多讲头，意思明白就行。小海说你如今大小也是个总了，大嘴有理，称谓是得规范些，叫嫂子好了。

他们坚持把我送到出城口，几个人这才挥手别过。剩下一人在路上，昨晚的惊惧又隐隐作祟，手脚发软。我放慢了车速。到家下午四点多了。门没锁。

宋瑶林在家里。想到她肚里的孩子，前天我们还在为这个不期而至的小生命犯愁，现在可以放心让他长大了。我说宋瑶林你在吗？屋里静悄悄的。我想起怀了孕的女人好瞌睡，不是睡着了吧？

轻手轻脚推开卧室门，看到宋瑶林躺在床上，大睁着两眼望着天花板。我说宋瑶林我回来了。把你惊醒了吧？大颗的泪珠从她眼角滚落，在她耳边枕巾上洇开一片。别难过了。告诉你一个好消息，刚谈成产值三百多万的一份活儿，现在我们有条件要这个孩子啦。她翻身趴在枕头上放声痛哭。我说你怎么回事，这不要孩子哭，要了又哭！

她坐起来，抓起枕巾捂到脸上。哽咽着说别哄我了，我去医院了。我想通了，我们还需要时间提升自己，给孩子准备一个好的家庭环境。说着放声哭起来。我抱住她，止不住泪流满面。我说谢谢你宋瑶林，一切都会好的。相信我。我不会甜言蜜语，但是我会像泰坦尼克号上的那个男主角在生死关头把生留给你。我们还年轻，再等两年，养好身体。就同小溪奔大海一样，眼前的路曲折些，前面的路会越走越宽广的。她慢慢平静下来，抽抽搭搭地问我工程上的事。我同她讲了小海、大嘴、二环。我说咱们讲信誉，工程做得好，目标会一个跟着一个在前面等着。不会没活儿干的，就怕干不过来呢。我没说八爪鱼和溺水的事。

可是她真的理解了我吗？从那以后，她眼里有了哀怨委屈，不曾退去。现在终于有了英奇。我以为从此一切都会不一样。可是我好像错了。我拿开英奇扔过来的路虎。这是我跑了好几家儿童玩具店，左挑右选才买定的红色路虎。我把它放在床头柜上。裹着睡袍躺在床上看着它。身上又有了被八爪鱼缠绕着的衰弱感。

按照习惯，除夕夜，放过鞭炮吃过饺子我们就去老叔家拜年。宋瑶林煮了冻饺子。我领着英奇放了一通鞭炮。吃过年夜饭坐下来宋瑶林哄着英奇去再睡会儿，因为一会儿要走路。我们有了空闲。仿佛都在等着这空闲。隐隐的鞭炮声，年夜饭的香气，使我想说点什么，记忆便在这时苏醒了。

我想起我和宋瑶林相识的那一年的元旦，我在学校收到她寄来的一张贺卡。这张贺卡给我心里注入了甜丝丝的感觉。从父亲家跑出来后，心里第一次感到被接纳被相信被理解的暖意。从那时起我无时无刻不想着她。很快我们的相互思念变成无眠的焦灼痛苦，而每次相聚，常常由于争吵而告终。到现在我也不明白究竟有什么事情不可以平心静气地商量。我们吵着争论着，十一年过去了。

我想也许是我对她的要求太高了，她本来就是这副平凡的样子。我把她想象成生活中完美无缺的人。在这二十世纪最后的一个春节，我们该好好地谈谈，把争吵留下，用满心的快乐去迎接新世纪。

许久，我猛地从沉思中抬起头，发现宋瑶林不在了，周围是那么寂静。除夕的第一轮接神的鞭炮声已经偃息下去。人们开始入睡了。而庆贺新春的鞭炮声，要在初一的八九点以后轰响。英奇已经睡熟了。我在厨房找到宋瑶林。她忙碌的背影，在我心里唤起一种感动，这是我的妻子，当我在外面忙着生意的时候，她在为这个家默默操劳。我冲动地从后面抱住她，感到喉咙发烫。你还忙什么？咱们去老叔家过年，早些走，正好能赶上吃初一的饺子。我嘟哝着，抱起她进了卧室。今夜我要你快乐，我咬住她的耳朵，瞥见她的眼角淌下了一行泪。那东西立刻瘫软下来。一时不知所措心里直发慌。我的心情败坏了，脑子里一片空白，起身呆坐在床头，绝情的话突然就溜出来了。

我看咱俩还是分手吧。要不然都挺闹心的。

宋瑶林扑通一下爬起来，抓起枕巾在脸上胡噜一把。你大过年的，说什么呢？

这种粗鲁的动作，我不知提醒过她多少次了，女孩子应该注意优雅，不要抓着枕巾擦脸。她满不在乎地说，你是个完美主义者，生活有时就是狼狈不堪的。优雅，我想，迅速穿好衣服。初一凌晨就有去乡下的公汽。你准备一下，去老叔家吧。推开屋门一股寒气扑到脸上，同时闻到了鞭炮的余香。

天还黑着，我牵着不停揉眼睛的英奇，宋瑶林提着我在北京买的稻香村和全聚德烤鸭。一趟从火车站过来的长途客运，车上空着三分之二的座位。三分之一的客人缩在座位里打盹儿。多半是出门在外打工赶回家过年的。像我们这样走亲戚的，要到太阳出来后才出门。车灯昏暗，不久我也陷入昏昏沉沉的瞌睡中。

老叔一家大呼小叫地跑出来接我们。老叔说你老婶天没亮就在门口瞄着你们，来来回回的，像那个什么？堂妹北北嘻嘻说热锅上的蚂蚁。老婶呸了一声说我知道禾儿好起早。路上冷吧？快上炕坐吧。北北说新年的第一餐，初一的饺子，一定要多吃，一年饿不着。饺子煮到锅里，院中老榆树上的挂鞭就点响了，纸屑桃花一样纷纷铺在树下。老叔说特意进城买了挂五千响大地红，崩崩运气。老叔办了退休回来种瓜，去年种的瓜水淹了，几万块呢。他取来苞谷酒。

酒使他兴奋，扯起我小时候的事。我谦恭地听着没有谁比我更熟悉的故事，频频点头表示记得老叔给我的恩惠。我不喝酒，这一点使老叔感到遗憾。他说都是大老板了，不喝酒多不方便？我不能说爸爸一喝酒就多，喝多了就发酒疯，在孩子们身上练醉拳，因此从小就厌恶透了酒精。我说我开车，喝酒误事，习惯了不喝酒。他说那是，雇个司机，领导是要有司机的。宋瑶林给我圆场，老叔老婶我敬您！

初一算是祥和地过去了。他们吃过饭打扑克牌，英奇和孩子们在外面放鞭炮，抽冰猴。孩子们只得到一百响挂鞭，便宝贝似的拆开来一个一个地朝天上扔，鞭炮声稀零零的。听上去就像走远的日子。

我坐在客房沙发上喝红茶。隔壁老叔他们突然吵起来，好像在责备谁出错牌了。乱哄哄的。我感到气闷，心绪坏了起来，背起双肩包跑出屋子。村街上只有狗和孩子们。脚下雪地吱吱叫着，跑吧跑吧……我快步朝村外走去。

5 梦谷

我坐在我的工作室里，在给一家丽质合资服装公司老总设计私宅园林。我的工作室是合租的，室内就两张大桌子。合租人梅恩和她的助手白豆占一张大桌子。中间木屏相隔。白豆活跃，工作空隙会讲个笑话驱驱倦怠。今天梅恩和白豆没有来。办公室显得冷清。设计图搞了一半丢在桌子上。我在发呆，心头堵满了乱麻一样的东西。夏晔耗子似的蹑手蹑脚走到我的桌子前。细声细气地吹着我的耳朵说瑶林姐你怎么了，脸色不大好？你是不是又没吃早餐？不吃早餐会得肠癌的。

她是我的搭档，她的声音像一根麻绳勒住了我的脖子，我张大嘴呼吸，说话声变得尖细，没开窗吗？屋子里好闷！夏晔立刻跑向窗户，把窗子开到最大，弄得窗框撞到外面的墙，嘭嘭直响，像要把窗子卸掉。惊得窗外的美人榆抖动起油亮的大叶子。

你要把屋子拆了吗？夏晔慌了，瑶林姐消气消气，窗子上的合页松了，我找保安用螺丝刀紧紧就好。夏晔端来一杯茶，试探着问是不是你也遇到了梅恩的问题？

梅恩的问题？什么问题？那就是还没成问题。广告上说女人闷气的时候，给自己添些行头，心情就好多了，您看我刚买了一款骆驼鞋。骆驼？是啊，骆驼。咱们的委托人刚刚来过电话，要求他的别墅私家园林仿效拙政园式的。我说去他的拙政园式的，走，去看骆驼。你这双是新买的？昨天买的。还有什么款的？看看就知道了。把你的带上，要多看再选。你说这双不好？各人眼光不同嘛。得了，瑶林姐，我带上再去选择一下，说不定就是眼花了呢。

夏晔选的那款骆驼鞋摆在很显眼的前台，旁边还摆着一大一小两匹骆驼绒手工制作的骆驼模型，眼神忧郁地望着前方，似乎它们不大喜欢这个狭小而人声嘈杂的地方，心依然留在浩瀚的沙漠上跋涉。它的旁边还有几款今年的新品，后面的角落里摆着去年的前年的，其实也不难看。我真不明白有些设计师干吗把鞋子弄得啰里啰唆，纯属糟践把人类带出森林的脚。夏晔哧哧捂着嘴笑。瑶林姐我知道了，你说我选的这款装饰过分。我拿起一双休闲款的骆驼，夏晔你穿这款试试。夏晔穿到脚上，比她先选的那款大方，容易搭配衣服。夏晔说换这款吧。售货员说需要找楼层经理签字，退差价一百八十九块。你能等一下吗？我说你看好了，可别后悔。售货员说这款同先选的皮板是一样的头层牛皮，设计感弱些，你决定换了吧？夏晔点头。那请稍等。我拿起两匹骆驼模型，托在掌心。夏晔拿过去小的一匹，瑶林姐你也喜欢毛茸茸的小动物吗？我曾经买过一张贺年卡，上面印着行走在沙漠上的骆驼，我看着特别感动。瑶林姐这里面一定有故事吧？

也没什么，那是在学校的时候，临近放寒假，圣诞节紧接着阳历年也到了。我的同桌艾乐嚷嚷着要去看贺卡。素来我不大注意贺卡一类的东西，也没谁可送，要是给我妈寄去一张贺卡，她准说我败家子。那时艾乐正同男朋友闹别扭，心情不好。当是陪她散散心。我们去了一家给少男少女预备的各种小玩意儿的礼品店。贺卡样式真不少，从五角钱到十元钱的不等。沿着一面墙拉着很多长绳，上上下下挂满了。有不少中学生在里面转。艾乐看得哈欠连连，嘟哝说不如睡个懒觉了。我倒来了兴趣，竟仔细地观赏起上面的图案。在一条茶色长柜和白色墙角之间，有一张画面是一匹骆驼背着沉重的行囊，孤独地在起伏无际的沙漠上行走。它的素淡与节日的红艳不相匹配。我的视线落在上面，无法移开，想起唐闻禾和他不离身的双肩包，眼泪一下子涌满眼眶。我买了这张贺卡寄给他祝贺新年。

“不要问能追求到什么，追求本身就是神圣的。在新的一年里愿你用你的青春、智慧和勇气去开拓新的人生。”我对他说了这些话，他回了四个字“愿你开心”。

唐闻禾给我的是一张设计精美的山水贺卡。我拿着这张新年贺卡疯跑起来，冬日的阳光，在雪地上反射出刺眼的白光。雪雾在我身边不断腾起散开。嫩江像一条白色巨蟒眠伏在长堤下，那边就是红岸，一直跑过去，就能跑进他的学校。他除去上课外总是在他的学生会办公室内。推开门，会看到他厚实的背影，双肩包放在桌子的一角，好像他写完字条马上就踏上旅途。看到我，他站起来，用他那落伍的搪瓷大茶缸子，给我倒满白开水，然后他就会解释他现在忙着的事，如何重要，他为什么必须要做，他总是有很多的想法，很多的事排着队等着他去做。他说着嗓音粗起来，怒火冲冲的，像是同谁在吵架。我觉得心中塞满了愁苦。江畔空旷极了，冬雪埋掉了枯草枯叶，鸟儿也少来了。只有长风随意地来去。我的彼岸似乎很远很模糊。我没有跑去推开那扇门。就像王子猷雪夜思念好友戴安道，连夜出发，没敲门就返回来了。

我拿着贺卡慢慢走回去。雪地上拉着长长的影子。心想不能去。唐闻禾有很多事要做。这就是我的骆驼的故事。真的没什么的。

瑶林姐我明白，夏晔小心地碰碰我的手臂，给我一块面巾纸。我摸着脸颊已经淋了雨一般。下意识把毛茸茸的小骆驼贴向脸颊。夏晔一下子抢过去，又塞给我一张面巾纸。举着小骆驼在我面前晃了晃，开心一点好吗，要知道惹你伤心，我就不拽你来了。看到售货员朝这边过来，我拿出墨镜戴上。夏晔小跑着去收银台。回来提起鞋袋，瑶林姐，换个地方坐坐吧。出了商场，夏晔指着附近一条小巷，去这里的贝贝 face 坐一会儿。贝贝 face？好像是从遥远的梦谷里贝贝 face 浮现出来。我来过这个地方。不不，不是这里，过去读书的城里那个贝贝 face。我看到另一个自己坐在过去的贝贝 face 圆台前，现在的自己坐在夏晔常来的贝贝 face 里，喝着苦咖啡，聊着苦涩的往事。

夏晔你快三十岁了吧？恋爱过吗？算是吧。我的故事很简单。在我二十五岁时爱上了大概是有妇之夫。其实他是否结过婚，到底怎么回事，我也没弄清楚。他研究生毕业后，应聘到这里的职工大学任教。我妈那时在教育学院工作，她的同学在职工大学任教导主任。有一次家庭聚会，教导主任也带上了他。听教导主任的话头，他还没拿定主意是否长期留在这里，也可能回南方，他有个姑姑在上海，很希望他回去。人很会斡旋，风雅洒脱，殷勤周到。教导主任说他一个人在这里怪孤单的，一块儿邀来了。从那以后他经常有事无事地去我妈的办公室坐坐，理由是一样的，过教育学院这边办事，顺便请夏老师指点指点。夏老师吗？是的，我姓我妈的姓。

那段时间我妈在准备有关孔子教育思想的演讲。这个话题他们几乎聊了小半个夏天。我妈下班回家进门就说今天职大的小赵老师来了，他讲了十六世纪意大利的传教士利玛窦到中国研读孔子的事。孔子“己所不欲，勿施于人”写进了 1791 年制定的《人权和公民权宣言》中作为国民道德界线，那是法国资产阶级革命时期。隔两天说今天我们聊了法国启蒙思想家伏尔泰把孔子画像挂在自家礼拜堂天天礼拜的事。人们都叫德国大诗人歌德“魏玛的孔夫子”，他天天读孔子书。噢，那个写《阴谋与爱情》的席勒还翻译了《论语》呢。你说这个年轻轻的小赵，知识丰富得赶上百科全书啦。我妈像是发现了新人类似的。

你妈妈的演讲题有了，论孔子思想的世界意义？瑶林姐，猜大啦，论“己所不欲，勿施于人”在中小学教育中的启蒙与延伸意义。这是小半个夏天后的周六，在中小学校校长短训班上的讲座。他也去听了。那一天演讲结束，妈妈请他到家里来吃晚饭。理由是他一个人度周末怪孤单的。妈妈在饭桌上说你就把这里当作你姨妈家好啦。他感动得要命似的。第二天就是星期天。妈妈提议我陪他到处走走，熟悉一下这个城市。他说我正有此意，来了两个多月，还没怎么出校门呢。剩下的大半个夏天，逢休息日我带他熟悉这个城市。

那时我正热衷读伏尔泰和培根的书，被那些睿智的哲理美文迷得颠三倒四的。他呢，是学文科的，世界上的经典他差不多读了大半，听他说话真就像在阅读“百科全书”。有说不完的话题。他特别推崇伏尔泰，由此说到孔子。而我呢应了培根的话：“爱情对不设防之心长驱直入。”他呢，是不是对“严阵以待之心随进随驻”就不了了之了。有一天，妈妈似乎是无意间问他怎么不带女朋友一块儿来玩？他说还没有合适的。这个回答正合了妈妈的心意。此后妈妈便以老丈母娘的姿态待见他了。在我的心里他一切都是那么完美，完美得像是一个梦。常担心醒来这一切不是真的。

大半个夏天过去，秋天妈妈开始张罗给我们办婚事。在临近结婚的那几天，他变得怔忡不安。坐在屋里他总是表情紧张地盯着门，像有什么鬼魂要进来似的。走在街上他不时地回头，像有人在盯梢。正说笑着，他会戛然噤声，一副神经兮兮的样子。有时他突然紧紧抱得我喘不上气来，满以为他会送上热吻，却猛地推开我。那时他的眼睛直直的，神情恍惚。我问他怎么啦？他像从梦中醒来似的，请求我原谅，他在搞一项什么课题，有点累。我把这归于婚期临近紧张症。况且他很快纠正自己，恢复常态。他这种样子，不知为什么使我生出更深的爱恋，就像面对一个手足无措的孩子。

婚礼选在了新年元旦举行。我记得特别清楚，我妈说后天就冬至啦，冬至吃火锅。我还推了他一下，他站在窗前望着外面。别忘了，冬至晚上一块儿吃火锅。他喃喃地说你看，天又阴了，又要下雪了。这时桌子上的座机响了，我妈接了电话欣喜地说，服装店的电话，让你们明天去试礼服。我还担心呢，新年前是他们最忙的时候，真怕赶不出来。这是冬至的前一天，我们说好去试定做的礼服，他没有来。我往学校打电话，他同室的人说，好像家里来人了，他父亲病了。可是我记得他恍惚说过他的爸爸妈妈都不在人世了，姑姑把他抚养大的。

恍惚？是的，我陷入一种太饱满太完美的想象，一些言行细节都被遮蔽了。从那天开始再也没有见到他。我想找出点蛛丝马迹，却是什么也想不起来了。只剩下从他嘴里跑出来的伏尔泰、培根、孔子这些使人仰慕的巨人。夏晔的脸色苍白。我握住她的手，她的手冰凉。我说你没有去找找。她抽回手，双手捧起杯子吞了一大口咖啡，摇摇头，他要不见我，能找到吗？我不知道为什么对你说出来，我向来回避这段经历。一直奇怪他从不吻我，高兴时只是轻轻抱抱我。我想我可能是掉进陷阱中的一个，钻心地疼痛，我害怕夜晚，夜晚我还会想他，不过跟你在一起工作快活多了。

你今天能说出来，就是能够面对现实了。瑶林姐说真的，我还是想找到他，我直觉他不是随便的人。这里面一定有什么迫不得已的原因。我说我的直觉是你们一定能相遇的。她笑了，飞红的脸像绽开的荷花。拿起杯子，碰碰我的杯子，瑶林姐说说你那个贝贝 face。有什么好说的呢？过去的事。

陆续进来一伙一伙的年轻人。他们穿着鲜艳飘逸的夏装，散进幽暗的角落。贝贝 face 贝贝 face，我下意识地一连重复嘀咕着这名字。贝贝 face 的夜晚来到了。

说说嘛，反正今天也没心思做事。我说喝了几杯啦？今夜要失眠了。好了，不添加了。说说嘛。

怎么说呢，我读书时那个贝贝 face 在一所高楼的地下，比这个贝贝 face 格局要大。有点神秘，年轻的恋人都喜欢那个地方，后来有一些中年人也到这个地方来了，在大厅中央圆台周边摆开的卡座里，幽暗的光晕罩着他们，吃着茶点悄声细语。大厅中央圆台上，灯光很萌，签约歌舞演员们围着一根圆柱，摇动着，用比舌头还灵活的肢体说故事。所有的人都不再是自己，他们创造故事，白天你在街上见到的写着疲惫、苦恼、愤懑、失意等等的面孔不见了，都换成了红扑扑的蜜饯似的甜蜜蜜。有时你会看到有个“罗切斯特”领个“简·爱”进来。也有一个人坐在角落里的，饮着果酒或咖啡静静地倾听，你会感到他在啃着一本书或是在看电影欣赏某个幻境。我们就猜那准是一个给报纸写点什么新闻的特约记者。我同桌艾乐说这是步入社会的引桥。每到周末和星期天蹚着灰暗的暮霭，赶到贝贝 face，唱歌消耗青春和苦恼，赚点小钱。她的男友终致翻脸。艾乐让我陪她去度过晚上这两小时，我说你不是有马尾巴吗？

马尾巴？一匹可爱的马？

不是，应该说是个可爱的男孩，他学某些艺术家留长发，在脑后扎成一束，以为这样就能够接近艺术了。在应聘时遇到的，艾乐就叫他马尾巴，男孩风雨无阻地来捧场。艾乐说小屁孩不够一盘菜呢。

快讲讲。她很急切的样子。

你得承认，悲伤的故事的确能唤醒一种勇气。就像丹纳说的人总是在观察自己的内心，倘若心中全是苦恼，就只能研究苦恼。马尾巴的故事会使夏晔伤感，同病相怜，同时为自己必定有渺茫的希望而庆幸。人们愿意跑到剧场看悲剧流眼泪，观看苦难能给人一种心理暗示，使自己看起来更像是一位心胸博大的施善者。贝贝 face，青春时代的梦谷。不，不全是艾乐和马尾巴的故事发生的地点，也有我和闻禾的故事。

吧台前来了一支乐队小组合，年轻女孩凑着无线甜筒在唱歌。她后面站着两个男孩弹着吉他，抖着腿。她唱的是有关草原的歌。哑着声唱。使人觉得时间好像停止在了什么地方。

夏晔一努唇，他们是串酒吧的乐队。有时一晚上去四五家。

我要了些面包干和蛋挞，再来两听酸奶，就当是晚饭了。夏晔点点头，说她每晚是必喝酸奶的。

我吃了一块面包干，喝了一听酸奶。似乎开始专心地听起音乐来。而我的心思却溜回到过去的日子里。想起我和唐闻禾第一次闹别扭的事。在第四个学年夏末的一个星期日。我们坐在公园里长凳上聊天，他说学生会的事，说教学改革，说将来如何，足足说了一下午。我则想给他做他最喜欢吃的苞米面糸糸汤。他说好哇。一进学生宿舍的门他就吊起了脸子，筋筋鼻子。你的被子怎么卷成了花卷儿，床单也不扯平，东西放得太凌乱了，像个大车店。我说这屋子也不是我一个人住哇，还有艾乐她们呢。又是艾乐。他皱起眉头，你最好少同她去酒吧。我想把马尾巴的事讲给他。我并不想做电灯泡，可是她遇到这样棘手的事，又是我陪她去应试钟点歌手的，总不能不帮她解解围，不管有用无用，作为同学不该扔下她一个人。我想把其中的隐情告诉他，也许他会出个好主意，就说我给你讲个故事好吗？他板着脸说没闲心，把刚卸下的双肩包又提起来。我拦住他，哎，不是说好的，吃了糸糸汤再走吗？他已经闪开身子冲进黑黝黝的暮色里。我追到校门口，还想天怎么这么快就黑了呢？他已经没影儿了。我看到路上的行人都像后面有鞭子抽着似的匆匆赶路，正纳闷儿，艾乐双手抱头跑过来了。我说你们都是怎么啦？她说你没看到暴雨要来了吗？我这才感到有风，乌云翻滚涌满了天空，很快天空就像裂了口子，大雨倾盆。她拉着我跑回宿舍。我说唐闻禾去汽车站了。他不知道下雨。艾乐说谁知道啊，气象台怕是也没来得及报呢。他一个大活人不会浇着的。我站在窗前看着雨鞭抽打着路边的树木、房屋的山墙，现出一种撕裂什么的狂暴。心想，你跑吧跑吧，不怕挨雨鞭子，你就跑吧！

我们僵持了有一个秋季。那一段时间，我几乎同艾乐泡在贝贝 face。从图书馆借来的《中国园林之旅》《园林艺术》《营造法原》《园冶注释》只翻过几页就躺在了宿舍的窗台上落满了灰尘。整整一个月的时间，我在贝贝 face 虚度时光。我面前的桌子上摆着咖啡、自带的炒货，有时是葵花子，有时是倭瓜子。一种拳头大的白陶瓷咖啡杯，只有半杯我可以喝一个晚上。空气中甜品饮料的香气混杂着脂粉香料的气息，令我昏头昏脑。签约歌手们模仿着当红歌星，邓丽君啦，毛阿敏啦，张学友啦，刘德华啦，童安格啦，等等，艾乐模仿徐小凤，歌是越唱越老到了。

马尾巴几乎迷上了她。这里适于做梦，想入非非的梦。苦恼是粪肥，这里提供了一种冥想的土壤。就像是电脑里的游戏，能够主宰自己的快乐幸福。时常是我们三人走在深夜寂静的街道上，我的心情大起大落，从百花盛开的南方，一下子坠入冰雪覆盖的北极。街灯米黄的光亮里，依稀可见到处随地扔掉的垃圾，喝空捏瘪的塑料矿泉水瓶，揉成一团的烟盒，冰棍儿筷子，各种图案的包装纸。空寂下来的城市影响了我们的情绪。我们谁也不说话。艾乐也变得沉默，她不习惯卸了妆的艾乐，她喜欢舞台上的自己，做徐小凤或别的什么歌星，总之不是坐在教室里听老师讲园林栽培。马尾巴不解这些隐秘，他沉浸在自己的愿望里，他现在已经不是他自己，他是故事里的情圣。他赔着小心唯恐遭遇拒绝。他觉得自己是个英雄是个保护神。在艾乐去唱歌的晚上，他总是提前等候在那里。演出结束后，坚持送我们回学校。满脸严肃的神情，好像随时准备同突然出现的恶人搏斗，他甚至希望恶人能够快点出现，以表现他的英雄本色。从他焦灼的东张西望的样子中就可以看出来。艾乐总是悄悄拿手指捅捅我的手背，窃窃地笑。有时他会发现艾乐的小动作，便也瞅着艾乐嘿嘿傻笑。他打算随时随地英雄救美，因而总是显得很紧张。看着他自甘陷入不可能实现的所谓爱情里，我的心里会闪过一丝不祥的感觉。

这年第一场雪是清晨落下的，星期天的清晨。我顶着小雪在校园林荫路上跑步。我想着唐闻禾，好久没见面了，不知他那边怎样了。我开始懊悔，不该生硬地对待他，他说的是事实，我不大注意生活小节。有时我会整夜地失眠，想立刻见到他，我觉得快撑不住了，爱情是一种很沉重的东西，我没有力量。我满脑子都是他的背影，没有他的日子，我盼着他来，他来了，又不是我梦中那样充满诗意的情景。他满怀热情地策划学生与学校对话的行动并未达到理想的效果。他觉得被人误解甚而被激进分子钻了空子。有一些学生借机泄私愤，不参加考试，提出一些令学校难堪的问题。我仅仅对我的园林艺术感兴趣。他那些深奥的教育改革问题，我一点也听不懂。我只是觉得他的理想主义遇到了麻烦，郁闷跟上了他。这样一次又一次地争吵，我几乎绝望了。

艾乐睡眼惺忪地在宿舍门口东张西望，哎，死冷寒天的，你跑哪里去啦？我说没去哪里，在校园里跑步。她急切地说，你知道吗？我又做同样的梦啦。这一阵子她总是对我说梦。她总是梦到自己站在二十五层高楼上，望着一片白茫茫的云海，马尾巴在云里飘啊飘。这些日子一直重复着这个梦。我说你准是吃零食太多，只要见到你，你的嘴巴就在嚅动。心脏忙着供给脾胃血液，消化食物疲惫不堪，自然大脑供血不足。她说是不是马尾巴有事？我说艾乐，明年马尾巴才读高三，而我们马上就毕业了。艾乐说我同他谈过，对他说小弟弟不要再来了，准备考北大去吧，可别学我们勉强进了个大专。他外甥打灯笼照舅

（旧），可怜巴巴地说没事的没事的。弄得我哭笑不得。常言说当断不断，其后麻烦。她说怎么办呢？我也愁，不进盐酱。又怕说深了，他做出不理智的事来。

这事别人还真就帮不上忙。我突然想给唐闻禾打电话。我想起给他写的信还没有放进邮筒。我说我出去一下，也可能下午回来。她说别误了同我去贝贝face。

我跑到公共汽车站旁的电话亭给他打电话，我说我去你学校。他说有急事吗？我说三十分钟后到。挂断电话我就上了招手中巴。他从宿舍跑出来迎我，责怪地说这么冷天跑来干啥？小心冻着。我把那封没投进邮筒的信交给他。我们还是分手吧。我扭头就跑。他追上来，一把抱住我说分就分吧，我们实在是太难了。两人抱头哭起来，哭得晕头转向。雪花包裹着我们，仿佛在包裹毫无知觉的木乃伊，整个地球都不存在了，只有两个不知所来不知所去的人。直到一群受惊的麻雀把我们当作了雪雕，在我们头上肩上叽叽喳喳，使我们终于恢复了清醒，再过一会儿或许真就成了冰人。我感到冷得发抖，嘚嘚地磕着牙说我得走了。他说不行我不放心，去女生宿舍住一夜再走吧。我执意要走。他说我们跑步去汽车站，否则就冻僵了。第二天我就病倒了，发高烧，说胡话。我的眼前总是他的背影，在一片沙漠中行走。我喊他追他，却是怎么也追不上他。

一阵高昂的敲击声，把我从过去的岁月里拉回到现实中。我朝舞台看去，不知何时乐队小组合被架子鼓取代了。两个女孩，一个敲鼓，一个击钹，两人都摇头晃脑的，瀑布似的黑发甩上甩下。大厅里坐满了人，还有后来的坐在门前候位椅上。

我说夏晔吃好了吗？门前有人候位啦，我们该回去了。

这是一个有月光的夜晚。房屋和街树被月光搂在怀里，虚幻而感动。我望着前面水墨般的街，迤逦的阴影中似乎走着艾乐、马尾巴和我，刚刚从梦谷贝贝 face 出来，身影像云朵一样地飘着。我的眼泪止不住一阵奔突。

“你轻柔地来而复去，从一条路到另一条路。你出现，而后又不见。从一座桥到另一座桥。——脚步短促，欢乐的光辉已经黯然。青年也许是我，正望着河水逝去，在如镜的水面，你的行踪，流淌，消失。”

西班牙阿莱桑德雷的诗正如这样的夜晚，月光如水。夏晔一下子抱住我的臂膀抽噎起来。我说你们会相见的，一定会的。我听到自己的声音湿漉漉的，有月光有水。

6 泄密者

我从灯火通明的商埠街，拐向幸福一条街。这条街上有几家招牌名店，外来人和机关单位在这里迎来送往。而我去钻后面的小胡同。各种家常小吃店，挤在一模一样的毫无个性的房子中，窗口迎街洒下十五瓦的灯光，宁静得不像商家，倒像是草民度假屋。这正是我经常来这里的原因，多半是晚上。这里有石锅烧烤、云南过桥米线、四川辣子面、江南春饼屋、山东火烧、清真烧麦、山西酿皮、巧儿包子等等，我几乎吃遍了。我常去的一家是砂锅牛肉馄饨店。当然为了工作，别家店我也是照顾的。

我在《新北方周末》工作，主编《饮食男女》专栏，记者编撰兼一身。这些小吃店里有我需要的故事。虽然店里多则十几条桌，少则四五条桌，经常一大半空着，我依然能听到我要听的故事。砂锅牛肉馄饨店，不仅馄饨做得好，店面格局整洁舒适，一律两人餐位和一人餐位，餐位间以原色木板隔断，我就这样一边吃着热乎乎的馄饨，一边听木板那一端的故事。当我认为完全可以填满《饮食男女》的版面，就吞下最后一个馄饨，急忙赶回我的住处在天亮前完稿。这时小胡同的空中凝聚了一晚上焦煳的烧烤味，混杂着呕吐秽物的浊气。相同的路灯照耀着同样的浊流。间或会有一个醉醺醺的男人搂着一个同样醉醺醺的女人从店里出来，他们在垃圾和蛇行的污流中跌跌撞撞地走，彼此说着醉话，像一对好玩的不倒翁。小胡同外面的幸福街虽然属于繁华地带，近午夜也如宵禁般地冷清，人行道上散落着等待环卫工人收拾的垃圾。许多冰棍筷子像是古代的竹简，刻录了这个城市的心迹。上面残留着奶油冰渣的，舔得水洗过一样的，小心地用原包装纸裹上的，都代表了不同的意义，暗示着一段段的人生插曲。只要花上功夫细心地去解读，就能获取这个城市的隐秘。还有旗子一样鼓荡着的废弃塑料袋，它们堆在墙角，挂在电线杆子上、街树的枝头、草坪围栏上，甚至屋顶上，就像是盛开的夜来香。甜点、油炸食品、熏酱肉类、果品的残余味丝丝缕缕地在空气里游动。它们像泄密者似的，鬼祟地压低喉咙说它们代表着当代科技成果，还可能代表很多内容，它们可不是白白地到处流浪和飘摇的，如果它们开口说话会有惊人的秘密。我不应该去注意这些废物冰棍筷子和塑料袋，现在应该构思今天听来的故事，有必要去故事发生的现场看看。

据说有一处私人熟食加工点，一律用瘟死的鸡烘烤名牌叫花子鸡，配着豪华的包装礼盒，礼盒上面印着神气活现的洪七公手捧叫花子鸡笑眯了眼。

我过世的老爸最喜欢吃叫花子鸡，就一壶绍兴元红，喝高兴了，还哼两句绍剧。不过青箬叶包裹的叫花子鸡不是这里的。我来北方读书，在中秋节和旧历年，总是买叫花子鸡做节日贺礼带给他们。我去山东出差，还买过德州扒鸡和聊城魏氏烧鸡给他们，他们说还是叫花子鸡肉烂好吃。后来我就只给他们买叫花子鸡了。刚刚听到有人用瘟鸡烤制名牌烧鸡这档子事惊出我一身冷汗，我记起买过有洪七公图案的叫花子鸡，是不是这家烤制的呢？要知端倪还得现场勘查一番。夜晚是最适宜勘查的，出其不意攻其不备，才有希望查到真相。政府管理部门去检查工作，车子一串，前呼后拥，大张旗鼓，场面隆重，往往看不到真相。我边想边走，越想越觉得有必要走一趟。记者嘛，要相当半个公安局的，而且是搞刑侦的，当然有 007 的两下子更好，不愁抓不到好新闻啦。

一阵流水声打断了我的思考，我发现前面是西大桥，月色和幽暗的路灯使它看上去有些迷蒙，像是幻象，也像是写满了古字的秘笈架在那里。我这样比喻是想起我的未婚妻，她不知为什么管桥叫武林秘笈，所有的桥统统归于武林秘笈。这真是一个异想天开的念头。我说你要非这么说，那就只有河北省赵县的赵州桥具备典藏秘笈资格。她把嘴撇成烂柿子，斩钉截铁地说就是所有的桥都是武林秘笈。我想女孩子要撒娇，便没理可讲。此情此景，倒真有些武林秘笈的意思了。我是说气氛。我记起她把头塞到我胸前，我们依着桥栏，一枚将圆的月在桥下水波上悠荡。她仰起头说这可是我的初吻啊，她闭上眼，噘起唇。我正俯下的脖子一下子僵硬了，停在肉嘟嘟的唇前五公分的距离上，我的心脏出现了心绞痛症状。她的话让我想起以前的准未婚妻，因为那个女孩认为我吻过她，自然就是未婚妻，都怪我一时冲动。请原谅，我在感情问题上不是很随便的人，情感性质是有区分的。我们之间认识问题发生了天壤之别。我只有逃离。我直起身子，小晔你看月亮在水里多美！我给她朗诵了阿莱桑德雷的《青春》。

一只流浪的狼狗，叼着空塑料袋，跑到我身边。我蹲下来，四目相对，它的眼睛没有恶意，倒满含着疑问，我对它说，老兄我们真是一对天涯沦落人。有什么我可以帮你的吗？它听懂了，叫了几声。塑料袋从它口中落下，我闻到一股烧鸡味，忙捡起袋子，在昏黄的路灯下，我看到洪七公捧着叫花子鸡笑眯眯地看着我。我吃惊不小，你在哪里找到的？流浪狗似乎就等我这句话呢。它低沉地呜呜两声，转身就跑，一边回头看我。

我把包装袋收好，要去探险了。这条流浪狗与我不谋而合。它跑得很快，有时停下来等我。过了桥往北穿过静寂的游览路，就像进了蒲松龄的鬼狐幻地。河边茂密的杂树形成一丛丛骇人的黑暗。一个套一个的狭窄的鸡肠子小胡同，棚户区，安居楼混杂在一起，这里人夜晚九、十点钟便都安歇了，现在是午夜，所以这里也是一片黑暗。偶尔亮着豆大一点灯光，我倒觉得毛骨悚然了。我是不是犯了一个错误？这条流浪狗只不过到处瞎转悠而已。然而我的好奇心驱使我跟上它。我的职业探索精神战胜了恐惧。我已经辨别不出这是哪一个街区。任谁在夜晚也很难辨得清。何况现在到处冒烟咕咚地不断地开发拆迁旧房屋，改建楼堂馆所以及高层公寓什么的。过去的老区已经面目全非了。

流浪狗又在前面路口等我了，发出低沉的呜呜催促声。我们拐弯经过一片堆满建材的建筑工地，再次进入一片拥挤酣睡的居民区。不久我闻到了怪异的烧烤焦煳气味，并看到一束光亮在黑暗中蹿出来。流浪狗兴冲冲地跑过去，蹲在一所大院门口摇着尾巴，向我邀功。我在裤袋里摸到一块巧克力放到它嘴里，它摇摇尾巴。很懂事的狗，它知道它不能叫，我们需要悄悄地勘查。在一间类似仓库的房子里，我看见了堆积如山的死鸡，在相临的一间屋子里，几个男女围着热气腾腾的开水桶，在给瘟鸡开膛煺毛糊泥巴。他们踩着黏湿的鸡毛和鸡的内脏来来回回地忙碌，大油罐改制的人工烤炉就在他们两米外的地方，那些泥团不断被送到里面。他们全神贯注，很少讲话。我忍不住一阵作呕。里面的人吃了一惊。

一个男人一边在围裙上擦手一边走过来，谁？谁在那里？我忙离开窗子。那是一张年轻的脸，顶多二十来岁。他看到了我，眼睛露出警觉。这么晚了？我堆起讨好的笑，兄弟我同朋友吃饭，喝了点，就走岔道了。我递给他一支红塔山。他笑了说酒就是这样的。然后提高了音量说迷路的。里面的人不再看我们。我胡乱编了个地址，他说你走反了，你那里在火车站附近。我是经常往那边送货的。我说我信了这狗，这不？

他又笑了，踢了狗一下。这狗真是太懂事了。不但没反抗他的无礼，还表示你踢得对，舔了舔他的脚，表示歉意。我装着不懂，问他送什么货，货源哪里来的？

他吞吞吐吐说是打工的，只要给工钱。他掐灭烟，把吸剩的半支放到衣兜里。指着门前的路说你记着见着路往东走，再往东走，过了一座桥就好走了。我说谢谢！只好回转身走了。那位兄弟跟了一句回家代我问候你的妻子！现在轮到我支支吾吾了。我妻子，妻子……他很客气地要搀扶我。你看你看，酒喝多了多不好，容易招惹是非的。他是暗示我？回去不要乱说，否则一家老小就完蛋了。刚才的一身热汗霎时成冷汗了。我说你要问候我哪个妻子？老大老二还是小三？他无声地笑了，一口白牙银子一样地发光。我能感到他的目光盯着我，直到我转过路口。响起关院门的吱嘎声。

流浪狗摇摇尾巴紧跟着我。我没有赶它走，它同我一样孤独。在寂寞中度过每一个夜晚。现在我该构思有关叫花子鸡的文章，要尽快见报。可是我的灵感睡着了。换成女人的脸覆盖了我的记忆。我的自认未婚妻和未婚妻又开始搅动我的心脏。她们就如精卫一样怒号着要填塞它。我的自认未婚妻喜欢吃烧鸡，我的未婚妻爱吃冰棍，我需要买一对叫花子鸡给自认未婚妻、一打北极冰棍给未婚妻，使她们息怒。文章就这样开头：冰棍和叫花子鸡……流浪狗突然狂叫起来，还叼住我的裤腿往一边拖。我从两个女人的回忆中惊醒，呵斥狗。同时听到一辆车子很愤怒地停在我身后，我发现我站在公路中间，前面就是桥了。车子是从通向嫩江游泳场那边过来的。我转回身刚想向司机道歉，司机从摇开的车窗伸出头破口大骂，你他妈的找死啊！我想这张脸在哪里见过。我采访过好多人，我写过不少企业家的故事。

我迅速搜索记忆。想起来了。不由大笑，大叫大庆来的小伙子！《大庆来的小伙子》是我的一篇得意之作。他推开车门跳下车，迟疑地说你是……我说真是贵人多忘事。兴国大厦，我提醒他。他说哎哎，你是“新北方周末 + 饮食男女”？我说你还真行，终于还是想起来了。我们兴高采烈地拥抱。我叫他闻总，他叫我名记。他说今夜我发疯，怎么你也一个人流浪？还带条狗，玩浪漫？

狗是捡来的。他说上车说。流浪狗也跟着跳上车，我踢它下车，它哼唧唧地躲闪，死赖着不下去。我想反正我一个人生活，多条狗哥们儿也不错。你不在意这条狗吧？啊？没事。闻总这么晚了，从哪里来，不是去跳江又贪生了吧？他呵呵笑，真让你说对了，黑得炭似的江面，就我一个人扑腾。有烦心事了吧？兴国大厦通风管道完活了，产值是一百多万。这我知道。《大庆来的小伙子》里已经说过了。还有九十多万利润拿不回来。这我不知道。

门槛都踏平了，各个部门的态度好极了恭敬极了，就是不给钱。都说好说好说，这点事不成问题，时间上缓缓，啊？快两年了，酒钱搭进一万了。哈尔滨的仁和工程完工后，在海鲜市场给了我几十张床子，除去跑前跑后哥们儿的份额，我只剩下十五张空床子在那里摆着。这边也是这样，资金回笼成了大问题。哎，哥们儿，愁什么？我写篇报道，舆论督促一下。他苦笑，谢了，还不想走这一步。这是一着死棋。

我告诉他住址在芙蓉街，就是银座南面。他说好久不见，去站前酒店喝一杯，那里的菜挺有地方特色。待到那里饭店已经关门。我说现在是午夜十二点半，算了。他说想起一处通宵营业的酒吧，在城中心广场附近。有一阵子他常去那里。

你说的是贝贝 face 吧？过去我也时常去那里坐坐，收集爱情故事，然后添油加醋地写出来，赚取读者的眼泪、同情心。许多读者给《饮食男女》写信，甚或跑来找我倾诉他们的感情故事，伤怀往事，希望我写成动人的故事，让所有的饮食男女分享。后来我开始跑幸福一条街，在堆满垃圾浊流的灰暗的背街里奔走，品尝各种民间小吃，耳朵里装满了骇人听闻的传说，饮食男女的悲欢，几乎每一个在那里停留的人都会留下一个故事或是一条线索。我感到巨大的压力，经常彻夜难眠，尽可能把这些如山如海的故事献给读者。我时刻想着这一点我是饮食男女翘盼的那个使他们觉得好打发时间的人。我确信不少人抱怨这个城市几乎找不到报亭，是因为他们为每天不能按时看到《饮食男女》专栏故事而焦虑。

名记我不懂你们报纸那一套，但我知道你们喜欢惹麻烦，各种麻烦。我觉得脑袋上扣了一盆冷水。偏见！他说前面到了。

贝贝 face 那不太张扬的彩灯珠在门额上勾出的小孩头形，对着寂寥的大街挤眼睛。望着这对闪烁不定、不知是欢快还是寂寞的眼睛时，我说这里是我们的《诗经》时代，而幸福一条街是巴尔扎克的时代。

贝贝 face，半明半暗的五彩灯光轻轻旋转着。转得我分不清哪是现实哪是梦，也许根本没有堆积如山的瘟鸡被烤成美味的叫花子鸡，那些恭请各位品尝的锦盒里也不是裹着锡纸盛装的瘟鸡。也许这个世界上从来没有一条具有福尔摩斯嗅觉的流浪狗，也没有什么一束蹊跷的灯光从午夜的黑暗中钻出来。那一定是我的幻觉。贝贝 face 如春花烂漫的灯光如燕语莺声的呢喃，使我确信做过一场噩梦。现在我正在醒来，同邂逅的朋友在慢慢品着迪庆高原香巴拉。不沾尘埃风景奇美的碧塔海。他耳语着澜沧江、玉龙雪山、哈巴雪山，山谷中清凉的风掠过葡萄园时的醉人感觉。我这位闻总朋友，做生意的空隙就是钻深山老林。在虎跳峡的急流里游泳，没经过训练就去爬珠穆朗玛峰。他是总能制造点新鲜事的人。

我说你说点别的，别哪壶不开就提哪壶。那次我们四人一同去迪庆香巴拉，我的高原反应太强烈。住在建塘宾馆，环境挺舒适安静，他们睡得同死猪似的，我大睁着眼，躺在床上搂着痒气袋一动不敢动，一动就上不来气，不能继续前行去看高山湖碧塔海了，第二天吃过早饭我就搭便车独自返回家。他一说这个话题仿佛同我的爱情一样令人沮丧。他轻笑说又为你的女孩们纠结？你的女孩们！瞧他说的，我只钟情一个女孩。可是我不敢吻她，我们之间有障碍。闻总拍拍我的肩，以老大哥的口气说，别总是回避，果断点儿。目前我还真的找不出从哪里下刀斩乱麻。现在怎么解释，她们也认为我是个流氓骗子。凉快凉快再说吧。瞧瞧那个女孩。顶多十八岁？签约伴舞。是。她的衣裙是贝贝 face 提供的，绿丝绸上衣的胸前后背的图案是两张可爱的孩儿脸。

我请绿衣女孩跳舞。她说先生喜欢哪支曲子啊？我随口说都可以。她朝乐师举起三根手指，莫扎特的回旋曲快速地响起来。我想在她这里挖掘一个青春故事。女孩清秀的脸上挂着设定好的微笑，就像一只芭比娃娃转啊转的。她对我说每一支舞曲结束，她想的是下一张钞票。她想离开这座城市。她已经二十四岁了。她的男朋友考上了外省大学，再没有音讯了。她的考分不高，四百九十八点三，进入录取分数线，因为报志愿报飞了。她对父母说她在夜校补习功课，准备重考。曲终她把我带回座位，鞠一躬急急退回等候下一张钞票。闻总说怎么样？他不跳舞，只喝饮料。我说像被一小股龙卷风卷了一圈晕头转向一身臭汗。他笑，还跳吗？要不，洗个澡，去去汗？走。我经过绿衣伴舞女孩不由笑笑，女孩说回去问候你的妻子。天，今夜犯邪，我不笑还哭哇？我说你真是让我为难，是问候老大老二还是小三呢？女孩弯腰笑起来。我连忙把一百元人民币塞给她，刚才忘了。

流浪狗还在门口等我。闻总说它要跟定你了。我说反正一个人，添双碗筷罢了，狗比人好处些。我们开着车在好似宵禁的大街上转，一刻钟后，在清朝末年的遗迹处，民间称西站的小胡同里，找到一家没关门的澡堂子，里面只有十个喷头。一个大池子。池子里的水已经成了大酱汤。有两个女服务员拿着拖把正要拖地。她们讶异地看着我们说早晨五点大池子才放新水，还有四小时呢。闻总说既然来了，洗个淋浴吧，有热水就行。她们说热水倒有，搓澡的下班了。我们是值班的，五元一位。不过狗不能进来。我说流浪汉你又得守门了，明天我带你去江边洗洗，它摇摇尾巴蹲在门口。女服务员笑起来，头一次听到给宠物起这么怪的名字。这五块人民币花得特别值个儿，闻总在这里产生了摆脱资金困境的灵感。他送我回家时说，以后我可以给你讲一个闭塞、贫乏与构想的故事。别卖关子，透露点信息。到时你就知道了。上来喝杯茶？以后吧。那么再见，向你的妻子问好！我的话一出口，不由一惊，我无意识地染上了语言病毒。

闻总没感觉。他说好，睡个好觉！车子一溜烟便只剩下黑夜了。这个人哪点儿就跟《射雕英雄传》里的郭靖似的，我要是洪七公也要把降龙十八掌传给他。我想到了洪七公，问题又回到叫花子烧鸡。今夜又要举灯熬通宵了。把“瘟鸡变烧鸡”这件事快点写出来发出去。我和流浪狗进了家门已经是凌晨三点。我对流浪狗说这是咱们的家。你睡在客厅。不要到处乱跑，弄坏了东西房东会不高兴的。它摇摇尾巴，跟着我转。我说我还有事做，你去睡吧。它看看我，又摇摇尾巴，走到沙发前面趴下，下巴抵着两只前爪眼睛温和地望着我。我说睡吧，有事在楼梯口叫我。晚安！

我顺着窄小的楼梯爬上阁楼，用冷水拍拍脸，煮上咖啡。这时我可以站到窗前俯瞰下面。寂静的甬道。矮灌木圈起的草坪。装得冒尖的垃圾桶。垃圾中有时会有一双野猫的眼睛闪闪发亮。我听到身后咔嗒一声，咖啡煮好了。我点燃一支烟，一边吸烟一边抿着苦咖啡。坐到我的书桌前，拿出稿纸，开始梳理乱哄哄的思绪。我花了一千多元人民币组装的电脑，静候在一边。我习惯先在稿纸上拟好提纲，再用电脑打出来。

现在我变得格外清醒，我回忆起接近午夜的一幕，堆到房顶的瘟鸡，与举世闻名的叫花子鸡。洪七公不时对我挤眼睛，捧着一只烧鸡，嘴唇上油光锃亮。思路就像春天开化的溪水流得淙淙有致。我把自封为我的未婚妻的女子和我的未婚妻写成好友的妻子和妹妹。这位好友觉得一只烧鸡能让人感觉幸福，他时常通过餐桌上新烤的烧鸡使他的妻子感到幸福。在我的想象中，他一周有三天餐桌上少不了烧鸡，鸡腿上有银色金属环，证明是嫡出，还有一张纸牌注明真传手艺师出名门。他拎着精美包装盒从食品店出来满心欢喜走向停车场，嘴里吹着口哨，车子嚓嚓驶上街路。夜晚降临这个充满烧烤烟气的城市。路灯就像夜晚的笑靥。

下班高峰，车流弯沿，拉起长长的萤火虫队伍。叫花子烧鸡从放在旁边的盒子里钻出来，车子里就不是车子里啦，仿佛变成了餐室。烧鸡俨然坐在带着金边的唐山白瓷盘里。盘子沿上绘有金红的牡丹花，把叫花子烧鸡衬得越发名贵。妻子会腻腻地嗲声对他说亲爱的，我好幸福噢！我的文思顺畅极了。一不留神，竟把他妈的，问候你的妻子写上去了。这时我的心脏隐隐作痛，痛感一直到手指尖。我离开书桌，开始在屋子里转悠。这篇文章有难度了。我知道我接着要写的该是揭秘洪七公牌叫花子烧鸡的真实面目了。一五一十，来龙去脉。这很痛苦，弄得不好要捅马蜂窝了。我由兴奋的高峰跌到低谷。我走下阁楼。流浪狗很机警，即使在睡觉也支着耳朵。它突然抬起头，凶狠地汪一声，看清是我，它难为情地摇摇尾巴，脑袋在我腿上蹭了蹭。

我说坐下，咱们聊一聊。你听着，现在我有点打怵了，要是把这个饮食男女的地下黑加工点抖出去，这可是断了人家财路。你想结果是凶是吉？流浪狗歪着头瞪着眼很严肃。你说说看？要是你发现了这种缺德勾当，你会怎么办？它把头换一个方向歪着，更严肃，眼睛露出嘲弄。我说我说错了，你已经把他们告发给我了，我是《饮食男女》的主编、编辑、记者、撰稿人，你找对人了。你知道先贤为什么“恶乡愿”“弃鄙夫”？见利忘义，善恶不分，这不是小人所为吗？我呢，是大丈夫，论是非，不论祸福。流浪狗站起来，用力抖了两下。我说当然公平地说你也是大丈夫。你接着做好梦吧。我要赶快写，明天还要交给报社总编审查，不知能不能顺利过关？毕竟不是一般饮食男女的事情啊。它又趴到沙发前，微闭双眼，一副别烦了的样子，我睡我的觉，你干你的事去吧。

7 古村

老叔把宋瑶林背到医院那会儿，我已经坐在去漠河的火车上打盹儿。

车厢空着一大半，人都蔫坐着。我对面的空位，在塔河的前一站上来一个小伙子，同我一样背着双肩包，他大大咧咧拍拍我的肩，天太冷，最好别睡觉。

我往窗外看，下雪了。雪很密集，雾状的雪割断了视线。小伙子说过了五十九个站了，下一站是塔河，他是从塔尔根上的车，坐四站，从盘古下车。他问我在哪站下车，我说去漠河。他说过几天他也去，他去盘古会个朋友。这边的雪景好，今年雪大，壮观，抢几个好镜头。他是业余摄影爱好者。我想应该带个照相机。不过就是带了，也会忘在宾馆或随便什么住处。我要是回顾一下旅途上，所经历过的无意间的精彩画面，大概要比这些专门来寻景的摄影爱好者多得多，就是没想着去留下一张照片。只是觉得，当时的心理感受是无法精确地拍摄下来的。可以在心中一遍遍过电影，却无法对人说明白。包括宋瑶林。好像一说出来就变味了，就不是当时当地那个景和感受了。还是别声响的好，就像一座什么矿藏，一旦被开采，就会变成一座废墟。因为所有那些我在瞬间决定的旅行都会治疗充斥在我内心的愤怒愁怨，以及那些如冬夜一样阴沉的工作压力。一次次奇异的经历把我从崩溃的边缘拉回来，令我振作。这一次我选择了中国极地雪乡漠河。寒冷和洁白意味着平静。小伙子好像窥见我不大开心，便笑一笑收了话，眼睛也望向窗外了，还没忘说一句，北方的雪多美啊！

小伙子在盘古下车，对我挥挥手，后会有期。我昨晚没睡好，身子有些发软，倦怠，挣扎着还是迷糊了一会儿，睁开眼，天黑下来了，雪停了，也到站了。到处是一尺厚的白雪。有人在清路。我走进遇到的第一家小吃店，要了一碗辣子鸡汤面，吃得身上热起来。小店不大，很洁净。除了我还有两女一男分坐在吧台高凳上。他们是专门喝酒的，面前堆着一堆易拉罐。男的看到我举起手中的杯子，说了声新年好！我说新年好！来点吧，爽口。我摇头。他耸耸肩，遗憾的样子转回身，伏在台子上。

我起身买单，向店主打听哪里最好看？他说冬天都是看北极村的雪景。像你这样赶在正月初一看雪的不多，阳历年来过一伙搞摄影的，拍了不少照片。他将一只打火机放到桌子上，推推烟灰缸，来包烟来包烟？我将空水壶给他。麻烦您，帮忙打满热水。再来两个烤饼，打包。他说稍等稍等就好就好。我一进门他就说请坐请坐。随后就问您来点什么您来点什么？这一连声的问就不中听了，像撵人似的。店里人并不多。莫非想早点关门？现在才恍然这个人说话习惯叠句的。我拿起桌上打火机把玩，这是一只手枪形的铸铁打火机，打火的声音很响亮，火苗也饱满蹿得高。

店主拿了水壶和包好的烤饼过来，又是一迭声，打火好玩是吧好玩是吧是吧，拿去拿去，走夜道有火好有火好！我也是一迭声道谢，把东西装进双肩包，又来到雪地里，才想到应该打听个住处。却懒得回转了，信马由缰吧。

雪把大地盖满了，往哪儿看都是白的。屋子像是建在雪下，树木和电线杆子开满了白蜡梅花似的。我的脑子里也塞得满满的白，一团雾，一堆糨糊，机械的脚步沿着穿过小镇的宽路一直走。不辨方向，也不去理会周边的情景，胸中的郁结推着我不停地跨着大步。雪地里依稀可见拐下公路的岔路。这条小路在不久前落过雪后被人踩出来的。刚刚那场雪又覆了一层，还没有人走过。洁白的雪和清冽的空气，还有大自然在完成一种仪式后的怡静。我把自己想象成一只鸟、一匹奔跑的马，或许是一条孤独的狼。我狂奔，呼啸，看到有雪粉被我的呼啸从树枝上震落下来，我像只鸟儿扇动起翅膀，或如马如狼地跳跃，甩掉头上肩上的雪粉。起初还能看到几处覆盖着厚雪的小屋，屋檐下橘黄的灯光，点点的红灯笼。渐渐地树木零落，一片空地接着一座山包或是一片密林，脚下的小路并没有断开，七扭八拐地指向某处。

我偏离了小路，泛着银光的雪地没有一个足印。这是一片丘陵地带，生长着一些枝干粗壮高大的老树，积雪使它们像长在云朵里。我想应该折回去，雪快没到膝盖了。树并不茂密，一株一株看过去，就看到在树林下面有很多圆锥体建筑，有隐约的光亮闪烁。这是一座古村落吧？我兴奋得刹不住脚步，从一面斜坡滑下去，掀起雪雾，惊飞枯叶，撞到一面墙上。墙的脚下是一条砖铺的甬道。竟是清扫过的，光亮消失了，并不是漆黑一片，透明似的冰块一样的天空，硕大的星星，四周白雪的反光，就像进了电影院看到了银幕上的背景，而我是那个银幕上的主人公。我在探险。我沿着甬道走。我的眼睛渐渐适应了幽暗的光线，没一会儿我弄清了这不是一座活人的古村落，但它也可以说是一座古村落，一座静穆的古塔林村落。我看看表，午夜十一点四十六分。新年的第一个夜晚就要过去了。甬道弯来绕去通向每一座墓塔。塔有大有小，密檐式砖塔。中间有一座墓塔最高，前面空地置放了宽大的石供桌。上面有新放着的供果，有两支冒着烟气的红蜡烛。刚才在坡顶上看到的光亮应该就是这里的烛光。准是一阵风吹熄了。摸摸供果尚未完全冻硬。来人离开不久。

我点燃上面的两支蜡烛。注意到塔的两边各有一棵魁伟的巨树。我的脑子里一下子跳出了“八万里兴安”“一座下塔林”的记忆。却记不起来在哪里谁同我聊过这些，也许是名记老箪？可能是他吧。朋友中也就他说得上来。塔林中心部位有一座高九层的塔，是金代广慧通理禅师的墓塔。两边长着千年的娑罗树。不会是这里吧？我怎么会走了这么远？一个人心中装满了郁结，是不是就像充了气的氢气球？轻得一下子就飘出几百里。轻得没有了恐惧感。在寂静的塔林里。我好像走在街上夜晚寂静下来的胡同里。经过这一阵折腾，我的胃又开始收缩要吃的。我想好好，就在这里吃我的新年夜宵吧。我靠在千年娑罗树上，拿出一张烤饼，大口地咀嚼吞咽。咕嘟咕嘟喝水。而北极村的寒气正不动声色地从脚底往上钻。供桌上的两支蜡烛一跳一跳地燃着。我想我不能等蜡烛熄灭。两个烧饼和几口开水，只是稍稍暖了暖身子，并不能与北极村的严寒抗衡。我站到九层塔前面，深深拜了拜。躁动的心情平静了，那莫名的激愤怨恨不觉消散了。我循着烛光照亮的前方，发现了一扇小门。门前有梯阶通向下面。这是一座不太高的山，塔林该是在半山处。山脚下肯定会有人家的。

现在我只想着尽快逃离寒冷。我觉着身上的热量正从羽绒服里往外泄漏。从领口袖口裤脚，冰雪伸出许多小手撕扯着我，然而我的脚步却怎么也快不起来，变得迟缓，意识时而清醒时而模糊。困意或是疲倦？不能停下！千年娑罗树在远处摇动起来，很大的声响，仿佛是个警告。我不知我是怎么走了三个小时的雪路。高一脚低一脚的。脑子完全冻僵了。眼前是无尽的莫测高深的雪地。只靠着心里那个隐隐的声音，在前面，别停下，在前面。后来，我偶然同名记老箪说起这次经历，名记说你真可以改名杰克·伦敦啦。他讲了一通他的书，雪原中的人和狼。名记兴奋地在我面前走来走去，还挥舞着手臂，我没读过他的书。但我听得出里面的故事很动人。不过说心里话，我更愿意同他探讨攀登珠穆朗玛峰的梦想。

人们第一次尝试征服世界第一高峰珠穆朗玛峰，是在一九二一年到一九二二年，七次从北坡攀登，十一人长眠冰雪中，均未成功。老箪说关键是海拔七千零二十九处的那个隘口。通向峰顶的必经之地北坳，地势陡峭。频繁突发雪崩。我说后来成功了。那是一九五三年五月二十九日，人类第一次登上珠峰，两个人，一位尼泊尔人叫谢帕·田津·诺盖，一位新西兰人叫埃德蒙·珀西瓦尔·希勒利。了不起。是，他们改在了南坡登上峰顶。你看要灵活对待困难问题。要换个角度。我说这样一九六〇年和一九七五年中国登山队两次在北坡登顶成功。梦想探秘世界顶峰者，以往谈北坳就添堵，如今北坳再也构不成威胁。只要不放弃梦想，时间就会给出满意的结果。一九八八年中、日、尼三国实现了南坡北坡双跨越。那时我还在卜奎读书。我拿着《体育报》大叫，把学生会的同学们找到一起大声朗读《伟大的跨越》。我还给大家讲，三年前我在装卸队打工时做过的梦，梦中有声音对我说有座能给人解除痛苦的雪山叫“雪的宝贝”。大家说那一定是珠穆朗玛峰。老笮说你们都误解了，那是冈仁波齐峰，冈仁波齐，藏语，意思是雪的宝贝。佛经上的须弥山，海拔只有六千七百一十四米。人们称之圣山。它下面有神湖。据说那里可以解除庸俗烦恼，洗净心中的肮脏罪孽。我说梦中的声音也是这么说的。他说我想我是该去洗一洗啦。他想笑，却扯出了满脸愁绪。他又想起了他的未婚妻。长叹一声，剪不断理还乱。人就是这样善变，从慷慨激昂，一下子萎靡不振。

我觉得头重重撞了一下，有什么东西擦着我的帽子掠过，扑簌簌掉下一些雪粉。抬头看到一只黑色的鸟儿在夜空中盘旋了一周朝我后面的山林飞去。刚才大约是靠着一株树要睡着了，在半梦半醒中撞了树。得感谢这只鸟儿，它唤醒了我。眼前还是白茫茫的。我得跑起来。埋到脚踝的雪，不知为什么变得沉重，实际上还没有平时走得快。简直是蜗牛一样地爬。我努力让脑子转动起来。想春天，想夏天。可是那样美好的时光，一定是从冰雪冬天开始的，我生命中的重大事件都是从多雪的冬天开始一样。

在卜奎读书的最后一个寒假，天气奇冷。乡下冬天地旷天高，道路和田野里铺满了雪。一如眼前的北极村，人好像住在雪房子里。我望着雪天雪地，心想就是天上下刀子我也得出趟门了。我要为我的命运做主，去拜见宋瑶林的父母。不是他们邀请我去的，而是我私自闯去的。宋瑶林说她的父母对于我们的爱情抱否定态度。我不能无视这种否定。我要去对宋瑶林的父母说说我的想法儿，我要他们相信好日子取决于人。首先我得把自己打扮利索。我提起我冬天唯一的一件贵重保暖设备，我万分珍惜的仿制牌橄榄绿军大衣，把它刷洗干净，袖口前襟，后身底摆一些磨得油光发亮的地方，使用淘米水和白醋恢复原色。既是去拜见未来的老丈人和老丈母娘，一定要有见面礼的。我买了两瓶二锅头、两瓶山楂罐头，兜里就空了。没有钱坐车，只能走着去了。

从早上走到晚上。从同原镇出发，沿着大客车行走的路线，步行六十多里。傍晚，殷红的夕阳枕着地平线，整个雪原像点起篝火，我到达了宋瑶林的村子登丰村。我的衣服帽子挂满了霜雪，眉毛眼睫毛脸上也挂满了霜雪，像个圣诞老人背着礼物从天而降。两位老人家坐在炕沿上，惊得泥塑似的张大嘴巴。宋瑶林叫了好几声妈爸，他们才回过神来，听说我是走着来的，在冰天雪地里走了一天，他们才动起来。我脱掉大衣，热汗浸透了秋衣，摘掉帽子，脑袋同蒸笼一样。老妈说瑶林还愣着干什么？这么晚了，大老远的，赶紧张罗饭。老爸说让孩子说说话，灶屋小，转不开，咱两人去做饭就行了。宋瑶林冲我挤挤眼。她对我的突然造访既惊又喜。

吃晚饭的时候，宋瑶林的老爸老妈虽然坐在桌前，脸色却是寡淡的。宋瑶林的老妈还叨咕了一句，唉，你们两个穷孩子可咋过日子呀！老爸胳膊肘碰碰老妈，吃饭了。我不会喝酒，硬撑着举起酒杯。我说叔叔阿姨我敬您们一杯。我们的事让二位老人累心了。他们彼此对视一眼，不自然笑笑，抿了一口。老爸打个嗨声，你们还年轻啊，不懂得世事的难处啊。我说我理解您的心情。我们的确没什么优势。除了年轻，在学校读了点书，什么也没有。我是穷人家的孩子，自己也一穷二白。但我认为穷不可怕，我们可以共同努力工作赚钱改变生活。就是富有又能怎么样呢？不去努力工作也会坐吃山空。相信我，困难是暂时的。

宋瑶林的父亲不再那么冷淡，用筷子点着大斗碗，走那么远的路一准是饥渴了，多吃点儿，庄户人家没啥好吃的，酸菜自家渍的，这不是过年杀了头小肥猪，灌了血肠。我说好吃好吃，比我在铁路段做小力巴吃苞米粒子拌酱油好吃多了。老妈喝了点酒，脸色红润了些。她给我拿了一块做成鱼形的玉米饼，上面用红芸豆点了眼睛，我说做得好巧，鲤鱼跳龙门，好。我全吃掉了。这面里加了面起子（苏打）吧？老妈说加了面起子暄腾。我说呢！好吃，真好吃。我一气吃了三块。老爸老妈有了笑模样。我听到的是宋瑶林心里长长地舒了一口气。她说闻禾没喝过酒，这是第一次。他不喜欢喝酒。老妈眉开眼笑，好哇，沏壶茶，橱柜里有包红茶。老妈不赞同年轻人喝酒。我心里也长长地舒了一口气，还有一学期就要毕业了。

开学后不久，宋瑶林的叔叔到卜奎城里办公事，找由子来学校看看我们。她叔叔是肇东机关的干部。宋瑶林老爸老妈拿不准的，常与他商量。我想一定是宋瑶林她老爸老妈不托底委托他来看看我，把把关的。他同我谈了两个多小时，从国际国内形势，到居家过日子，无所不聊。我不失时机地赞美了刚刚过去一年的伟大的珠峰双跨越。并说要像登山英雄一样，去面对我未来的人生道路。他临走的时候，把宋瑶林叫一边嘀咕了好一会儿。送他上车离开，我对宋瑶林说你叔叔很平易近人，挺有学问的。她说你猜叔叔说啥？说啥？不许你骄傲。他说小伙子蛮会说话的，是个上等人呢。还给了我三百元钱，让我们买件衣服。咱俩不是没光着吗，存起来，说不定有急用呢。

那段日子，我和宋瑶林少有地开心。经常描述未来的家。听说毕业是定向分配工作。未来的家自然要安在同原，这样去宋瑶林的村子和我奶奶的村子都方便。我们在纸上规划房子。我要盖一座二层楼小房子，一层有客厅、餐厅、厨房、卫生间浴室，楼上是卧室和书房。宋瑶林说还要有花园！她要设计一座带有回廊的花园。我们沉浸在美好生活的想象里，相信一切都会梦想成真。毕业在即，老乡同学们开始频繁聚会，也常去贝贝 face。她的同学艾乐还在那里赚两个小时的钱。她的马尾巴还在天天来捧场。夜晚经常是翻墙回到学生宿舍。很快秋天到了，毕业分配没有想的那么简单，要打乱地区分配。我决定自己去省农机局跑一跑。去省城的火车总是拥挤不堪，从九月跑到十一月，每一次都是站票。我一百七十斤体重，跑掉三十斤。将我塑造成现在的竹竿子。从那时瘦下来再没有胖过。结果还算不错。我分配到大庆机修厂做了机修工。附近没有适合宋瑶林的专业，好歹留在同原农机局。我们相距不远，各自租房住。

冬天，我不知为什么我们的故事总是在下雪的冬天，那时冬天总是比现在雪勤。休息日我去看她。车窗外似乎永远飘着绵绵的白雪。下了火车，脚下的雪咯吱咯吱响到她租住的小屋门前，我抖着身上的雪花，她拿笤帚拍打，总是问又是走着来的，怎么不坐车？我不再反复在纸上画二层小楼的房子。两人也不再说二层小楼房子。开始说房租、房东、水电涨价、房东要加房租、挣的一壶醋钱，何时能有自己的房子？没有房子，怎么过两人的日子？这样聊着，就争执起来。我火冒三丈地从她那狭窄的租房里逃走，一次又一次从同原沿着铁路线走回大庆。有时从亮着天走到天黑下来。那时多么难多么渺茫啊，都挺过来了。

还是看不到人家，只有白茫茫的雪。大年初一在北极村奇冷的雪野里过去了，现在该是大年初二的凌晨了。小清雪一直是飘着，严寒将空气中的水分凝结了。天蓝得同鸵鸟墨水一样，满天星星金灿灿的。我身上的热量被寒夜一点点地抓去，像一缕一缕烟絮一样飘走。双腿发僵，身子像喝醉了似的，眼前的雪地开始旋转。我说别倒下，倒下就完了。我觉得脑袋又开始混混沌沌的。双脚下意识地往前移动。不要停下，往前走就有希望。我突然趔趄一下，摔倒了。

完了！这个念头刚一出现在脑子里，我竟滚动起来。这一翻滚我的脑袋又清醒些了。停下的时候，手脚还能动，爬起来，看到自己站在丘陵的雪坡下。然后听到有人在叫骂，妈的个 ×，红军二万五，苦不苦，叫你取趟冻豆腐也叫苦连天的。下雪，哪年冬天不下雪？红军过雪山草地都不怕，你妈的 ×，这点雪算什么？一回身发现一个红灯笼，好似挂在天边。一个男孩变声期的声音，你老拿旧社会说事，你们糖豆干部就这臭德行。我心里踏实了，有人家了。你说什么？你再说一遍试试？就说就说，臭糖豆干部！一个男孩撞开院子木门往雪地里跑，险些把我撞倒。他后面跟着位老爷子，举着个笤帚疙瘩。

这位大爷过年好！我拦住老爷子打招呼。都看我。我去北极村，不小心走错路了。我的牙齿嘚嘚磕起来。快进屋，他推开大门，老婆子快煮碗红糖姜水！这人要冻成一个雪人了。他举起要打男孩子的笤帚疙瘩拍打我身上的霜雪。地上湿了一片。他说快脱掉外衣，若不寒气往身子里钻。他把我按坐到沙发上，让我喝红糖姜水。我像一个木偶一样，机械地做着这一切，躺在沙发上很快睡着了。醒来已经是大年初二的午后。身上盖着一床大花被子。听到隔壁的屋子有说笑声，老爷子在呵斥孩子不要吵，客人在睡觉呢。还是那个变声的男孩在嚷嚷他睡着了怎么能听到？

我不知道自己为什么躺在这里。懒懒地伸了个长长的懒腰。又是那个男孩大叫醒啦醒啦！我坐起来，看到一个浓眉大眼的男孩扒着门。老爷子扒拉他一下，吵醒啦？今天姑娘回门，乱糟。我说给你们添麻烦了。他说哪里，大过年的也是个缘分。我招呼在门口探头探脑的孩子们过来，把包里的几块德芙巧克力分给他们。老婆婆过来对我笑笑，招呼孩子出去玩，不要扰客人了。老爷子说小孩子太闹。饿了吧？有饺子。我们刚吃过，庄户院的两顿饭，冬天没啥活，过年都歇着。一个瘦高的女人端上来两大盘饺子放在茶几上。在这里吃吧，那边乱哄。饺子是酸菜肉的，特别油腻，在家里我是不吃这么油腻的，在这里竟吃了有四十个。老爷子看我吃这么多很高兴，能吃下饭去身子就壮啊。老爷子喜欢聊。看样子这里很少来人。听说我在卜奎读过书，拉住我的手，竟像是找到了失去多年的亲人，又拍又摇地唏嘘有声。

我惊讶得不知说什么好。大眼睛男孩进来，冲我做个怪相，奶奶，糖豆干部又犯毛病了。老婆婆端茶过来，对我说别见怪，他年轻时的事啦。我说糖豆干部？说话间四十多年前的事啦。那时候你还没来世上呢。老婆婆笑，一脸核桃纹，牙齿却白如瓷。那是闹饥荒的年月，政府给机关干部特别的福利。十三级以上的每个月供应一斤鸡蛋半斤肉，十七级以上的每个月供应一斤白糖半斤黄豆，他是十六级，就是糖豆干部。我觉着好笑。她说不好笑的，没多久，中央认为这样脱离群众，肉蛋和糖豆就取消了。叫法儿留下来了。就是大家记得有这么回事。老婆婆叹口气，感慨万端的样子。老爷子也叹口气，突然沉默下来。

我起身说我该走了。他说歇两天，不忙走，恢复一下体气，叫个小四轮子送你。到处盖着大雪，城里人分不清哪是哪。这里是边防，要是误入老毛子那边，就摊上事了。他看我执意要走，就说老太婆别唠叨了，叫丽丽来。丽丽就是端饺子送来的那个瘦高女人。她看着我，你坐会儿，我去看车。这次我才看清她。椭圆的脸，有点蜡黄，一对奇特的猫眼，绿色的，看人的时候瞪得溜圆。老爷子说我闺女马丽，她会开四轮子。

现在我心里那股猛烈的风暴已经悄然平息，只剩下疲惫。就像某季冰川湍流留下的峡湾，归于平静。我给他们留下五百元钱，老爷子坚决不要。我说我在北京做事，你们啥时有空想去北京转，就给我打电话。我接你们，陪你们各处看看。有你这话就知足哇。老爷子握着我的手，又是唏嘘，看样子还在想糖豆干部的往事。

马丽开小轮子送我到洛古河。路上她大约怕我闷，长长短短地聊个没完。我说不好意思，耽搁你工夫了。马丽说还是遇着了，也不是单陪你，也借光散散心。我们这里很少有客来。冬天就更见不着人啦，很闷的，没啥好看的。夏天避暑挺好，从黑龙江码头上船，走七十八里看源头，看两岸风光。西岸老毛子哨所，小木阁楼，不远一个。这里是最远的洛古河村，一条大道厝到头，那座最高的楼，国家水文站。我已经看到迎着江那面墙上嵌四个金字：中国水文。我说你在哪里工作？工作也谈不上工作。没考上大学，跑到黑河开了个俄罗斯日用品专卖店。一次搬货箱，摔了个跟头，两只手腕骨折了，把我侄子找来帮忙。我的手没好利索，他就打起了小算盘，要分我的店，要独立。也是伤心，就兑了店回来了。夏天，偶尔的我也揽些游客。很多人是赶夏至，想看北极光。那时节雨多，碰运气吧。年前有个在大庆做生意的老同学梅恩带着一位杭州朋友回来看漠河的雪。她的娘家离我住的村子不远。用这小四轮子载着他们到处转了转。人有时是没哪样想哪样，那个杭州朋友乐得不行，直嚷嚷太有趣了，还说是钟情北方的狼，要是有一辆雪橇就更棒啦。我说这天天不变样的景物我都看够了，你要是在这里住半年就腻歪死你。我倒想去杭州看新鲜呢。我准备过了正月就去杭州。哎呀，一说就说多了，烦了吧？哪里，不知道你有过手伤，还让你开小四轮子走这么远的路，真是抱歉了。我这人皮实，手打着石膏，一个星期后就卖货收钱了，我是左撇子，用左手的时候多，左手就不如右手恢复得好。

我们沿着黑龙江东岸走了一段，看白雪中的对岸，那些小鸽子笼一样的哨卡。我说起下塔林，广慧通理禅师的九层塔。她站住冲我瞪圆绿眼睛，你胆子真大，有这么个地方。离我们青山村三十多里。我胆小，白天也不敢去的。她的电话叫了，她说我接个电话。我想给留守北京酒吧的副理木瓜打电话，这才发现手机没电了。心想大约从昨天就没电了。我更换了电池，看到一串未接电话提醒，一个是老叔的，一个是木瓜的。一一回了过去。木瓜那里正常。老叔气冲冲地说你跑到哪里去了？为什么电话不通？我说酒吧有点急事。他说酒吧酒吧就知道酒吧！你知道你媳妇的腿摔折了吗？！我吃了一惊，在哪？送到医院去了！哪个医院？我马上赶回去。马丽瞪着眼看我。我说家里有急事了，不能再转了，谢谢你。她说那快回吧，我送你去火车站。我给她留下电话。有时间去北京玩玩。她说好的，下次来多待些日子，好好转转。我说好，再见！她看着火车开了才离去。

我买到了一张站票，站到盘古站。一位高个子男人走到我面前，他问我你去哪里？我说大庆。他说你好像没买到卧铺票？我说硬座也没捞到。他说我这张票是去卜奎的，加 2 车厢紧靠门的上铺。你要吗？他看出我的警惕，解释说请不要误会，我不是票贩子，计划改变了，他苦笑着摇头。票不好买，到这里只有这么一趟车，要提前预订。他叫住列车员，我有事提前下车，这位正好要补票。谢谢啦！他愁眉苦脸地接过票钱攥在手心里，下车时缩起肩望着天空飘摇的雪花，没有立刻走开。跟着徐徐启动的列车挥挥手。

车窗外雪大起来，一片风雪弥漫的景象。车厢衔接部，火车行进的撞击声尖厉，车厢门不断被打开，不断灌进来厕所的腥臭味。而且上铺令我没有安全感。我对来查票的列车员说，上铺有些倾斜。他说没事，就是太古董了。你将来想睡这样的古董卧铺，还没有了，你就偷着乐吧。我无奈地想这要比站十三个小时强多了。我裹在未烘透发散着淡淡潮气霉味的卧铺被子里竟睡着了。

8 寂静

医生举着片子说，两处骨折，脚踝和胫骨。好在没错位。医生开始给我打石膏。问我有没有什么过敏史，我想不起来有什么过敏的。护士送来一个大长垫子垫高我的伤腿。拎来两瓶药挂在棚顶的滑钩上。掀起吊瓶上的药卡念：宋瑶林，对吗？上午点两瓶，骨瓜和消肿的药。我说回家点行吗？护士说我只负责点滴。老叔说你看你，就是个急脾气，打上石膏就想回家，家里能点滴还要医院做什么？听医生的，急不得。弄不好落下残疾就麻烦了。唐闻禾哪里去了？打了好几次电话，他那边都关机。

我怎么知道？老叔立起眉毛。我立刻纠正，他现在的准确位置不清楚，也许在工厂，也许在酒店，也许在飞机上，生意上的事麻烦。老叔叹口气说做生意很辛苦。

医生过来看看，至少点一周。如果家里那边有社区医疗服务站也可以去那里点。

老叔说还是在这里待几天稳妥。我回家去，同你老婶一块儿照顾英奇，你就放心吧，北北在这里。北北说姐你就别急了。既来之则安之。

我想不然又能怎样呢，既来之则安之。我看窗外，雪还在沉沉地落着，没有风，分外安静。冷不丁几声鞭炮响，好似从遥远的年代传来的回音。过年了，谁愿待在这里？只要能动的住院患者都回家去同亲人团聚了。值班的护士好像一夜没睡，脸色灰暗，指着床头上红色按钮说，有事按铃。她的脚步声很快消失在走廊里。空旷寂静弥散开来。陈旧的病室，墙面白色涂料已污浊烟黄，窗侧的棚顶墙角因为返潮，一大片黑色的霉点，像是这座病房的胎记。门楣的上方挂着蛛网一样的灰尘。时间似乎凝滞了，我被抛到时间的废墟上。

高高架在专用海绵垫子上的腿，受伤初始的麻木渐渐恢复知觉，剧烈的疼痛缓解了内心的痛，开始能够平心静气地呼吸了。我想睡一会儿，昨天晚上失眠了。婶子叫我去玩麻将，我推说英奇困了，早早就睡下，却是睁着眼睛到天亮。英奇均匀香甜的呼吸吹着我的脸颊，吹得我满眼泪不停地流。隔壁哗啦哗啦地洗牌，争执吵闹，然后静止屏息，不断重复这种动与静的娱乐秩序。间或有村邻屯亲来拜年喝茶高谈阔论，吹得年味儿唱着跳着跑遍屋子，连洞里的老鼠也跑出来跳起华尔兹。仿佛嘲弄我的不开心。他跑了，一跑了之。而我要拿出一个理由，让所有的亲属相信不辞而别的合理性，使他们同情。让他们明白做大事的辛苦。我有多么担忧他的身体承受力。

早晨起床看到落雪了。婶子说今年雪勤，夏天怕是雨多。我说我去圆子同学家拜个年。她说远不远呢？雪天路滑。我没说要乘长途客车，在我娘家后街，我只说不远，心想晚饭前怎么也赶回来了。婶子，英奇就在这儿了，我快去快回。你可得小心着，婶子打量我，穿得单薄了。我穿了条红格短呢裙，黑皮夹克，高筒高跟皮靴。她说我叫起北北陪你。我说让她睡吧，玩了大半夜的。我没事，路不远。也是心神恍惚，出了村口，还没到长途客车站点，就跌到医院来了。

第一瓶点完，北北按铃，护士很快就来换药了。北北悄声说我就试试灵不灵，我也会拔针换药瓶的。北北是唐闻禾老叔的小女儿，她上头有个姐，已经嫁了。嫁到云南那边一个当兵的，从我进门就没见过她。我的老叔在肇东，工作忙，很少见面。倒是唐闻禾的这个老叔常见。唐闻禾小时候最难的那一段是在他这里度过的，感情上近。北北在家跟独生女没两样，骄横。读高三了，一点儿也看不出要高考的样子。她跟我讲学校是放寒假了，班里同学没放寒假，都上各类高考补习班了。我说你咋不上？她说放假就是放假。我说你也回去吧，不上补习班，自己看看书也好。我可以叫我的同学来。她撇嘴，知道，不是圆子就是艾乐，对不对？得了，大过年的。人家也忙。老公都指不上，还指望人家？嘁！我呢，反正闲人一个。我说你真是该抓紧复习功课了。有护士，我自己按铃还是可以的。北北落下脸子，噘起嘴巴，你可别学我妈，整天问我功课，烦死了。我巴不得在这里躲清净。哎，我可不是咒你啊。我咬着牙听我妈唠叨，也不想你摔伤腿。我忍不住笑。她说还笑得出来？疼死了！我说你就真不操心自己？我不想逼迫自己做什么。人活着就要寻求个快乐如意，快乐可不是考上大学就能得到的。世上有很多条生活大道可走，干吗非要挤一条羊肠小道。

我惊奇地看着她，一向我只当她是一个顽皮的小女孩。我说大学里学到的究竟是不一样的。嗯，她说不是不要考，不想把自己宅起来，弄得跟个呆子似的。假日，就是休息尽情地玩，要不放假干什么？课堂上做足就行了，至于结果就交给上天了。她咯咯笑起来，我有一大堆男朋友，他们经常向我讨教呢。我说这样可不好。你想哪去了，就是哥们儿。小男生们一个个娘们儿兮兮的，一点安全感没有。你瞧姐夫，男子汉！我说你是哪头的啊？我永远站在你这头，呵呵。在我没结婚前叫我姐，结婚后，还叫我姐，把唐闻禾这个哥改口姐夫。北北就是这么任性。她从包里掏出一本书，对我晃晃，你不是叫我读书吗？那你闭目养神吧。酸牙的书吧？别跟我妈似的，小瞧人，《简·爱》，现在是读第二遍了。我不想说话了，闭目养神。我想起这里是古辽国美丽的齐天皇后出生地，也是清太祖完颜阿骨达肇基王业的兴发地。在一九五六年之前叫郭尔罗斯。同原人的同学们提到这个便兴奋不已。咱这里比哈尔滨历史悠久，人迹能追溯到六千五百年前呢。历史上郭尔罗斯的属辖变换频繁，现在依旧是变换不定。我们入学时，毕业生原则是归本地分配的，待我们毕业时，同原划归大庆管辖了。辖区变了，没有现行政策，应届毕业生只好自找门路。我急于安顿下来，暂时顾不了专业对口了。

那是一九九一年。唐闻禾踏平了省农机局门槛儿，终于把我分配到同原农机局管理股。他对我说省农机局那个管人事的处长很同情我们，上上下下地帮着疏通，我给他买了两条红塔山，他坚决不要。他家也挺困难，三个孩子都上大学，两个自费生。两个月的接触他们成了忘年交，这个处长很喜欢他，动员他留在省里。他婉言谢绝了。我说为什么不？有些人想去还去不了，说不定处长有女待嫁，多好的事！他气咻咻地说，别胡说，机关工作不适合我。他学的是机修专业，大庆机修厂机修车间要技术员。他说先有个饭碗端着踏实。我在科室工作，感觉上好像还在学校里。租住的房子同学生宿舍一样简陋。早饭晚餐要自己打理，日子过得很枯燥。计算机、数字、表格，这些冷冰冰的东西令我沮丧。

我买了一些园林艺术方面的书，在夜晚一个人幻想着亭阁楼台曲廊花厅池林石趣。我常回忆印尼老师讲课的样子。他鼓励我们走造园之路。我确实被他的深情说园打动。目前看没有一个人真正去搞园艺研究或实践的。人人首要的是安居温饱。印尼老师要是知道我们的现状会很失望。他常说人要主动改变处境，当你做出令人赞赏的成果，自然会有人买你的账。也许是吧，我看不到我的机会在哪里。这就像唐闻禾背着双肩包兴冲冲来、气呼呼地走。我们不知道为什么变得喜欢争吵。那一年立春后北方最后的一场雪，办公室里光线不好，要开灯工作。我在埋头翻找资料，桌子上地上堆得乱糟糟的，这时靠近冷山墙的地面突然塌陷，轰的一声吓得我蹦起来，回头看到地上出现了一个大洞，我的眼珠几乎弹出去。

洞里湿漉漉的黝黑的地下管道，就像蛇一样盘结，我觉得它会蠕动跳起来。心里一阵阵发紧，如果是我自己站在这里，如果把资料堆在这里，我越想越恐怖，不由尖叫起来。这时唐闻禾披着一身雪花推开了我的办公室门。

他一手扶着门，一边在门槛外跺脚上的雪，一边说话，你怎么啦，杀猪似的。

他的到来，使我一阵惊喜，我立刻镇定下来。你快过来看这里有个大洞。满屋子飘荡起一股酸臭腐烂的气味。

他没有过来看洞，依然扶着门，站在门口，抽抽鼻子，气呼呼地说，什么味儿？女孩子的办公室，怎么不收拾得优雅点儿？

一种强烈的委屈感立刻升上我的心头，我嘲弄地说，别站着说话不嫌腰疼，你没看到地上有个大洞吗？他抖抖双肩包，哼了一声，带着身上正在融化的雪花转身离开了。下班后我急忙跑回我的住处，他没有来。我站在窗前看着路灯照耀着寂静的街道，一片片大雪花在空中像打秋千似的逍遥落地。我拧开水龙头，在哗哗的流水声中放声大哭。

第二天，办公室主任过来看了看那个大洞，说这房子有年头了，应该翻建了。然后找到两块木板盖上。就这样春天来了。我可以整天开着窗子办公。屋子里的空气好多了。窗前的连翘花开了，清纯的柠檬色只停留了四五天就干枯了。杨树摇动着鼓胀的褐色疱子，眨眼就让翠绿的新叶覆盖了。春光无限好，而对于我来说，这是一些最无聊的日子。无聊到把一直扔在箱子里的《园冶注释》找出来读。中国第一部园林艺术理论专著。在学校时，印尼老师一再强调《园冶》是世界上最早的造园学名著，你们一定要认真阅读。刚好，中国建筑出版社出版了《园冶注释》，读起来方便些。你们要像读《红楼梦》一样废寝忘食。我相信所有的同学都没有把它像读《红楼梦》一样通读。而是用来寻开心。早晨互相打招呼，不是“早”而是“否道人读无否？”大家便顿足大笑一阵。我也一样。但是作者名字由于特别，记得牢牢的。名字叫计成，字无否，号否道人。明朝人士。我拍拍书上的灰尘，否道人读无否？心中酿起一股暖意。白天我坐在办公桌前做表格，摆弄数字，晚上我便听否道人讲园论，古句读起来攒劲儿也特别费劲儿。总是在原地踏步转圈儿。倒是想象跑得远。就是想象也只能在老师讲过的范围内遐想，我还没去过苏杭那些园林名胜，正因为没去过，我可以随着《园冶注释》内的例图任意想象。插图当然比字好看。没读上三百句，我已经渴望有一间自己的办公室。先从设计居家庭园开始，总可以做起来。我会在办公室的一面墙上挂满全国各地拍来的园林景观照片，以及我独自创意的设计图，请他们选择喜欢的庭园风格，当然我要推荐我的主张，以自然清雅幽静的风格为好。环境的优美会改变一个人的精神状态。

这样安静的日子没几天，办公室窗外不远处，搞起了大开发。工地上机车搅拌器起重机大呼小叫，混杂着粉尘的浊气，不停地飘进室内来。这一天，我什么也做不下了，我咳着给艾乐打电话，告诉她我决定有一间自己的办公室，开始我的园艺创作。她说你疯了，你的工作多么不容易得到！你征求唐闻禾的意见了吗？我说我们分手了。她说扯淡！不要乱说。我说真的。她说你慎重考虑了吗？没想清楚的事，不要做决定。不说我了，你还和马尾巴在一起吗？她足足停了两分钟，以后吧，以后有机会再同你说。总之你要慎重，想清楚。我这里有事，挂了啊。她毕业后，没有立即找工作。去大连外语学院进修日语，我猜也许是马尾巴的事。我被她的话弄得有点头痛。

下班后，我直接去街里买了一份薯条牛肉汉堡，一边走一边把晚餐吃完了。天黑了，灯影里的街景像旧版电影虚幻华丽。到处是小吃店，一片车水马龙。我不想马上回到住处，在路边休闲椅上坐下来。想清楚？为什么不能让生活简单点呢？怎样才能算清楚呢？问题是清楚不了。深夜我给唐闻禾写了一封信：

唐闻禾你好！我不是一个完美的女人，我也做不成完美的女人，令你失望了。我们还是分手吧。你永远的朋友，宋瑶林。

他回信，在我的信上，没有任何解释，以他一贯的风格，如同领导批示：同意。愿你开心！

我看到在无边无际的大沙漠上，他背着双肩包前行的孤独背影，慢慢地在天际变成一个小黑点。我的愤怒一点点升起，信化成了碎末。我从随身带的鹿皮钱包里抽出那张山水图贺卡，却手指颤抖不忍心撕掉。看着这张小纸片上的明净山水，他在那一个新年工整地写下的“愿你开心”，我想我该大哭大叫，把自己折磨得一塌糊涂，结果是把贺卡贴在胸口上，死死地睡了一大觉。就像是世界末日来临了，反正也没有什么可担心的了。

第二天是星期天，如果圆子不来，大约我还会接着睡。她皱着小鼻子，月牙眼塞满了忧愁，坐在椅子上，一双胖手抓着膝盖。我去你家了，你妈说你有一阵子没回家看看了。家里不是还有我弟弟吗，她最心疼我弟弟，有他在就行啦。你还好吧？还在幻想小海吗？圆子脸红成下蛋的大母鸡。说什么呀？我去卜奎找了份工作。听起来是好消息。走，出去喝一杯。我昨天回家看看我妈，我告诉她我想来看你，我妈就特意给你打了糖烧饼。你知道我妈做这个最拿手，比街里卖的不知好多少倍。那谢谢阿姨啦。我下午就回去。明天要上工。那正好，我送你上车。我带她去了新开业的澳洲路北源西餐店。知道你喜欢牛扒。这是家新开张的，仿制新西兰的、澳洲的、韩式的、日式的、美式的，你选吧。圆子看得眼花缭乱，说我最爱吃的是我妈做的萝卜炖牛肉。我给她点了新西兰火焰牛扒。啊？这么贵？不要不要。又不是天天吃，火焰象征红火，愿你的前途和爱情红火。圆子说那我真的吃了。我们喝了两杯兑水的红酒。圆子哭了起来。压抑的低泣。肩膀一耸一耸的。我和小海从小在一起玩，做伴娃娃亲的游戏，偷出我妈妈的红纱巾当盖头。她挂着泪笑了。小海说他不想留在这鳖地方窝屈一辈子。他去哈尔滨前我们在一起吃饭喝酒，他要看看我的身子，我脱光了让他看，他小心地摸我，就像我是玻璃做的。他的眼泪落到我身上冰冰凉。他说我记住了。又说圆子你适合居家过日子，找个厚道人，老守田园吧。我不适合你，我心野。

我说圆子，话已经说到这份上了，还想他干什么？你一个人在外面，要好好保护自己。我没想到这是我见到圆子的最后一面。我的记忆留着的始终是圆子站在车厢门口向我招手的样子。我想当时为什么不留她住一晚上，同她多聊聊也许她就不去打工了，也就没有后来的事了。人呢，多是事后诸葛亮。当时我没有告诉圆子，我也在闹心。看着圆子坐的火车开走，心情已归平静。我有了忘记唐闻禾的方法，就是想他特别地坏，玩世不恭，从没诚意，同好多女孩子上过床，这样的花花公子不值得记住。可是每天晚上，我拿出那张贺卡，都要读一遍：愿你开心。我知道我这样想对他不公平。我把贺卡放到胸口上沉沉入梦。我认为我忘记他了。他给我的新年贺卡依然存在说明不了什么。我全心准备离开这个带大洞的办公室，我要有一所自己的办公室。那些妙不可言的园林语言在我的心里注满了故事。就像泰戈尔的那些关于夜晚和白天的诗句，还有惠特曼的《草叶集》不停往前走的韵律。这是我在新华书店特卖部新买的两本书，《草叶集》和《吉檀迦利》总共花了两元钱。有这样的特卖部真好。在过了热卖期或限时出售的书中淘宝，我感到了乐趣，我喜欢淘。我觉得我正在忘记唐闻禾，尽管我已经习惯捧着他的新年贺卡度过夜晚，一梦醒来，枕头上时常湿了一大片，我认为已经把他遗忘在沙漠里。阳光在起伏的沙丘上反射出炽热的光遮住了他的背影。我的桌子上堆了半尺高的速写纸，竹节笔筒里是一打B和HB铅笔。人应该尊重自己的生存环境，花草树木会怡养身心。我开始试着设计理想的庭园。

我租住的这间屋子在同原街一条狭小的胡同中间，土砖结构的耳房，总共十五平米。五平米做厨房，十平米做卧室。卧室内一张单人床，一张木本色一米左右的方桌，两张靠背椅。衣物整理箱和挂衣架是我自带的，反正我也没什么东西。前一位租用者，在墙上留下一幅水彩画，画面上有张长方桌。桌子上，一个橄榄绿色的圆柱形陶瓷杯，展开的方格笔记簿，倾倒的墨水瓶（过去人们常用的鸵鸟牌），蓝色墨水流过笔记本，滴下桌子，一支笨拙的大黑龙钢笔，躺在墨水里。我觉得这张画同这间小屋子挺搭调，就没动它。有时我会看着画，猜想着它的主人是怎样的人。这样时间过得很快。卫生间是小区公共的，要出屋走一百米。我在日杂商店买了一只塑料马桶。好在我很少起夜。厨房用来烧水。每天早晨我去一家百姓食园快餐店，喝杯咖啡或牛奶，一份蛋饼或一个素馅包子，在镶嵌着洁白瓷砖的卫生间方便一下，步行二十分钟到单位。我感觉到自己逐渐平静的心态。初夏的阳光，路旁树木开始茂盛起来的新鲜枝叶，一花一草的愉悦，似乎把我从郁闷中解放出来了。

七月，艾乐说要来看我。还说要带上海的朋友去各处走走。我早早到办公室，打扫卫生。听到窗外财会股的股长说话。他说唐闻禾来了，可有阵子没见了！我的心不由咚咚跳起来。我想要躲起来，我不想见他，我已经把他忘了，我们不合适，我们结束了。可是我挪不动步子，我的眼睛热切地张望着门口，我的喉咙发干，嘴唇灼热，我强忍着没有让眼泪流下来。然后听到股长过来敲门推门，宋瑶林，唐闻禾好久没来了，我张罗几个老乡中午聚一聚。股长是同原镇的，他们相处得很好，就同多年的老铁似的。唐闻禾站在他旁边，笑了一下，看着我，下次吧。我去看奶奶，顺道来坐会儿就走。股长说那就下次吧。

我给他沏杯茶。他拉条凳子坐下来，慢条斯理地啜着热茶，打量着室内，慢条斯理地说还好吧？我说你这不看到了吗，就这样吧。他盯了我一下，奶奶病了，老叔打电话让我回去看看。我迟疑一下说需要我去吗？他喝干了杯子，起身说老毛病，也许是想我了，有好长时间没回去了，厂子里这一阵子活多。我拿给他五十元钱，给奶奶买点好吃的。他接了。我替奶奶先谢谢！他朝门口走一步又退回来，看着脚下说你要好好照顾自己，好像瘦了。有事告诉我。

我就要把持不住了，我想抱住他让他多留一会儿，心里说我们坐下来好好谈谈。可是我别过脸去，怕眼泪流出来，怕喊出来我不是那个意思，我听到自己的声音由于克制显得寡情，冷淡，我知道，我会照顾好自己的。

夜晚我又失眠了。明信片也不能使我入睡。我在骗自己，实际上他依然在我心里占据着重要位置。第二天老叔给我打电话，宋瑶林你和唐闻禾没事吧？我说能有什么事？他说唐闻禾叫我听着点儿，宋瑶林要结婚的话，千万别忘了告诉他。这小子八成脑袋让门弓子抽了。我说老叔你准听差了。也说不准是听差了。接着说了一大堆如何听领导的话，如何好好工作的事。九月初，我们农机系统的财会人员去绥化学习，包括农机局下属的基层人员有二十人。要求股长带队。股长对我说宋瑶林下个礼拜去绥化学习，我实在是脱不开身，请你替我带队，个把天就回来了。我说行，保证完成任务。我给唐闻禾写信，告诉他我去绥化学习，大约国庆节回来。去的时候火车在大庆站换乘，下车看到他站在车厢门口，穿着蓝牛仔工作服，脸上淌着汗，一副我熟悉的有点挑剔的淡定表情。他说没事，看看你。回来时赶上节假，在大庆玩两天。我点头，急着换车，也没说什么。他在我身后喊一路顺利，我来接你。

半个多月的学习结束，我到大庆是傍晚，弥漫的黄道光，使我恍惚在梦里，似乎走了一个世纪的路来见他。他背着我的双肩包，我挽着他的手臂，心里是那么踏实安静。所有的吵闹似乎变得荒诞无稽。他平静而温和，脸上是掩饰不住的疲惫。白天他一连修了三台车，没顾上午休，一边干活，一边吃了一份蔬菜卷饼。我知道他是在赶计件，明天就可以陪我玩一天。

路上谁也没有说话，可是我确定我们的心一直在甜蜜地交谈着。没有解释，没有追悔，也许还会吵，可是过去就留在过去，真实地生活，时间并不苍白，就像这黄道光，守在必经的路上。我们裹挟在川流的人群中，感觉到傍晚松弛的气息，就像一对漂洋过海风里浪里走过来的老夫妻。那天晚上，走的什么路、什么街，都模糊不清了。只记得饭口时间，找到一家有空位的面馆，我吃了一大碗过水捞面，酸黄瓜肉丁卤。他要了一碗鸡蛋花西红柿汤面，吃了几口便放下筷子，只是看着我吃。仿佛他一眨眼我就会消失了。然后我紧紧地挽着他，走在秋叶飘落的街上。夜晚的风有了丝丝凉意。心里却有一眼温泉涓涓流淌。我满脑子都在想他。我在想我这一生不能没有他，除此外都不存在了。

在这个秋夜的街头，他以蹩脚的方式重叙我们之间的爱。而在以前我会嫌他啰唆的话竟听得津津有味。他轻轻说着他已经说过的家事，他和父亲的矛盾仇恨，他很小就自食其力，操心着小弟小妹的生活，他不怕困苦，他会很努力承担起家庭的责任。我在他的气息里呼吸。此时再也容不进一点别的声音。爱是这样的吗？他感觉到我的战栗。他说你是不是有点冷？随后他明白说了废话。沉默了一会儿，他的呼吸重起来，我们结婚吧！他的声音变得湿润，低沉，有点抖。没有玫瑰花，没有庞大的场面，没有华丽的装饰，只有简单的五个字。在街边的小花园里，面对一些树和大丽菊，他第一次吻了我。有许多的秋叶扑到我们身上。他流泪了，湿了我的脸。我们就那样相拥着哭了又哭。冬天，老叔主持了我们的婚礼，一辆小面包车拉着我们的两套被褥，暂时住进了在同原街租下的平房里。那一天落下了入冬后的第一场雪。

现在这病室外也落着雪。从相识到成家已经十个年头了。我的感觉里一直在冬天，这样落着雪。在雪雾茫茫中，他背着双肩包在前面行走。他的背影孤独而执拗。我以为我很了解他，就像是两个透明的晶体，彼此没有一点阴影。也许爱情和婚姻本是两个世界。在我的意识里，婚姻是爱情的升华、爱情的保险箱，而事实上它或许是一片田地、一座花园，你不去精心管理它，就会变得荒芜。

怎么啦，姐？北北跳起来，嘴角淌着一滴口水。累了吧？我说用那纸巾擦一下。她说也不知怎么就迷糊着了，我好像听到你叫了？她眯着眼，迷迷糊糊的样子。我说我准是打了一个盹，不小心碰到伤腿。护士过来说今天的静点完事了。家属给她用食醋热敷一下针眼，减轻血管刺激，用土豆片敷一下也可以，消炎消肿。北北说好，土豆片。窗外，雪下得更密了，怕是一夜不停呢。

9 房子

我把水壶坐到电磁炉上。我需要一杯咖啡。巴尔扎克在夜晚写作前，总是吃一口黑咖啡粉，不喝水。他说之后灵感就像千军万马奔赴神圣的战场。于是他创造了永恒不败的人间喜剧。像玛旁雍错一样，涤荡去人类的污秽。不过他是在同自己战斗，他是自身的永恒战胜者。而我需要滚水冲开黑咖啡粉，小口啜饮，喝上两杯，就可以在《饮食男女》栏目，给读者奉上他们最爽阅的街谈巷语中的大学问了。我等着水沸腾起来。在七层楼上的小阁楼的窗前，我俯瞰着这条没有路灯的小街，小街两侧静立的小青杨和灌木丛，对面那些黑黝黝的房子。在这整个黑黝黝中，我是唯一的亮光。如果不是遇到唐闻禾，这个时间我可能写完稿子，把自己扔到床上，汇入这片浓浓的夜色，分享天亮之前的沉梦了。

分享？我兀自笑起来。又是一种感染性的习惯用语，不知不觉，一个网络生成的虚无缥缈的词语，一个潮汐就润泽了大众实在用语，同谢谢和再见一样融入日常生活。再见唐闻禾！夜空中似留有他的别克奔跑的细微摩擦声，直向天上的星团隐去。我不知有多少人能注意到这座城市在特定时辰特有的美妙夜空，午夜过后的晴朗天空，星光特别地美，硕大，满天金灿灿。仿佛人类终于静下来了，它们就跑出来寻乐。在路上的唐闻禾一定看到了今夜满天星斗。现在我还没有从分享唐闻禾的梦想中走出来。唐闻禾把我带回了初次见面。

谈话是从房子开始的。他说他们在很长时间是租房子住的。我说我也是。租住的是一家七层上的阁楼。半年后房主的儿子考上南方大学，不久举家迁往广州。现在是家随孩子走。房子暂时不卖。月租五百没变。包括给他看房子。水电取暖由我来付。每天我只用一盏台灯，为《饮食男女》写故事。吃便民店的快餐。所以支出不算大。唐闻禾说你的起点挺高哇，有阁楼住，水电省心，环境卫生有保障，你应该偷着乐，运气不错。住阁楼偷着乐，还是第一次听说。不过听他说月租两百元的房子，我还真是庆幸了一下。

他说我最初住的那片房屋拆掉前是棚户区。我的房子在这片棚户区的边缘地带，有年头的平砖房，条件很差。没有排污设施，门前的路上总流淌着污水。墙根处常散落着垃圾，杀鸡宰鱼的血水内脏，公用的塑料垃圾箱扔在路口，龟裂得不成样子，总是堆得溢出来。夏日气味很糟糕，苍蝇在这里做窝。更糟的是常停水断电。妻子怀孕。这种条件孩子怎么能健康成长？妻子只好做流产。我开始考虑出路。妻子是学园艺的。她说想注册园艺事务所，先尝试做私家庭园设计。我觉得这个想法太离谱。人们吃饭都不知道怎么划拉到嘴里的，谁还有闲心去玩什么高雅？生活实践证明，学校里学的东西并不是所有的都能在生活实践中派上用场。

结婚后不久，为了解决两地分居，她丢下了同原的工作，搬来大庆，暂时应聘到华北宾馆做财会。辞去国家公务员工作，做私企临时工，在当时的生活状况下，确实需要勇气。老丈母娘说她疯了，不识好歹。老丈人见着我们就唉声叹气的，仿佛我们做了大逆不道的事。朋友们抱着观望的态度，看我们的眼神就同看竭泽而渔一样。自从第一个孩子流掉，她变得忧郁。我看到她抹眼泪就心烦。她认为我自私，不考虑她的感受。她对搞庭园艺术始终存有梦想。我也始终认为时机还未到。差不多每天晚上都为此争吵，生活就像陷入江南的梅雨天气。我总是梦到一个人在黑夜的荒漠上奔跑，呼喊着宋瑶林，却怎么也找不到她。有时也会梦到我们彼此吸引，可是一到关键时刻，我会突然醒来，冷汗溻透睡衣。而宋瑶林缩在床的另一侧啜泣，那种深夜压抑的幽咽，简直让我发疯。我抱着被子跑掉，把院子里三条腿的长椅用砖头支起来过后半夜。空气中充斥着就像发酵过头的臭酸菜味，还有蚊子。这是个悲哀的夏天。我没想到我们的蜜月仅仅度过了小半个冬天，一个春天，在仲夏便现出衰败的景象。

这天早晨不知怎么，她又老调重弹，你真的爱过我吗？那还用说，你能不能把这话题放下？好，你不想回答就不回答。你知道浮萍为什么随波逐流吗？没有根。我们还没有赖于生活的根。我说我们在出生的土地上，这不是根吗？她愤怒得发抖，那么你还郁闷什么，你尽可以不要孩子，呼吸这酸臭的空气，满足你的根。我说相信我，一切都会好起来的。我拿什么相信你？

我唯一能做的是逃，逃到工厂。这天下班工友拽我去玩麻将。我一向对麻将有抵触情绪，坐在那里会让我惭愧，我喜欢运动。可是那天同宋瑶林吵架，不想回去那么早。宋瑶林不知怎么找上来了，看到乌烟瘴气的一群，桌上还有零乱的钱，她的脸刷地白了，身子抖得同发疟子一样。我说一毛钱的，就是解闷儿。她一声没出，一巴掌抽到我脸上。屋里人呆若木鸡。我没脸了，起身跑出去，回家收拾东西要走。她抱住我。我把她甩开。我受够了。她拿起菜刀就剁手指。我惊恐地抱住她，刀已经落在手指上，两根手指要断了，血不住地流，我用围巾裹住就往医院跑。她昏倒在我怀里。好在治疗及时，没落下伤残。我说很疼吧？她摇头，指心，这疼。我说你真傻呀。她说我不想看着你消沉，不想看着你糟蹋自己，即使有一天分手，我知道你不是那样的人，不是自甘堕落的人。我忍不住流泪。她抱住我哭起来。我说我们多不容易。我讲起去哈尔滨跑工作的事。

有一次从哈尔滨回大庆，买的票是半夜十一点的车，事情办完了，也没地方可去，六点我就走到车站了，实在是累乏，脱下新上脚的皮鞋放到座位下，躺在长椅上竟睡着了。等被剪票的大喇叭喊醒，崭新的黑皮鞋变成了一双露趾的破懒汉鞋。这双黑皮鞋是我为了上省城特意买的。虽然心疼得要命，还是感谢这位偷鞋的人，没让我光脚上火车。我没有钱再买双新皮鞋，花五元钱买了一双黑布鞋，总不能穿露趾鞋去见大庆的农机局领导吧。宋瑶林含着泪笑起来，你穿露趾鞋怎么不来让我看看？

那个时候我不敢。

现在就敢？

可能，现在才更真实。真实有时不好接受哇，虚的东西让人舒服。

我们似乎忘记了之前的不愉快。我说咱们得豁出去搏一下啦。这么半死不活的不行。做园艺吧，又不行，你说做什么？不是我给你泼冷水，目前不行。那你拿出一个办法来。我们还得上学。上社会大学。我们两人先去成功的企业学习。我呢，辞去机修厂的工作。这可是背水一战呢！只能这样啦，你敢吗？

她点头，好，总比半死不活的好。

我们重新变成两个小裸人啦。没房子，没家产，两个人，两个背包，住在宾馆的标准间里。我们要为一天四十元的宿费拼命工作。

唐闻禾不吸烟，他喝咖啡。在北京开西餐馆养成的习惯。那时不记得这里有专门的咖啡店。较大的副食品店也很少卖咖啡。卜奎保持着传统的饮食习惯。那些西点快餐九十年代后才逐渐有了市场。麦利来，好利来，米琪，但是只热闹一阵子，一下子在这个城市铺开，没多久，又收缩到一个角落安静下来。快到九十年代末，肯德基，上岛咖啡，玛珈朵，得以在这座城市火起来。年轻人喜欢在这些地方约会。我一直在想这里一定有什么自然的秘密使人心情平和，适宜于交流。初次同唐闻禾见面，找了一家茶室，喝自带的速溶咖啡。我和这家茶室老板很熟。当觉得办公室或一些地方不适宜于谈话，就到这家茶室，它叫“湖西之春”。我的很多采访在这里完成。而今我再次遇到唐闻禾，湖西之春已经变成高层豪华住宅楼。就在它竣工不久，还没人入住时，一个读大四的男生因为失恋从二十五层跳下来。除去他的家人没有引起任何反响。

水壶鸣起哨子，水开了。我不该再站在窗前一味地沉浸在“分享”里。《饮食男女》在等着稿子，关于瘟鸡变成名牌叫花子鸡的故事，要在明天十一点之前交稿。滚水冲入放好雀巢粉的陶瓷杯里，屋子里立刻弥满了香气。我啜饮了几口，感觉神清气爽，眼前出现烤得金黄的洪七公叫花子鸡摆在精美的橱柜里，看上去令人食欲旺盛，使人一边想着《射雕英雄传》里的镜头，一边感叹饮食文化真是源远流长啊。人们还蒙在鼓里，这个传统的食品项目，已被利用，陷入一场骇人听闻的罪恶。健康的生命在被慢性地毒杀。晚上没来得及同唐闻禾说这个发现，也许是内心里总在抗拒这不是真的。唐闻禾，我的思绪又转回到唐闻禾，但愿我没有看见过堆积如山的瘟鸡，没有过流浪狗。而只遇到过唐闻禾。房子是个很好的开始。接着有很多的然后，然后是一种时间顺序。我挺喜欢“然后”这个连接词，它代表持续不断的生活，总是在体验、改变、寻找、远足、攀登。

然后，他去做市场考察，决定开一家树脂化工原料商店。同时做兼职预约修车，多半约在星期天。年收入差不多到十万元了。干了两年多，他对宋瑶林说，关掉商店吧。我想去应聘年薪三万元的经理职位。宋瑶林说这刚稳定点儿，你又想折腾，放着十万元不拿，去干月薪两千的活？什么时候能好好安顿下来呀？唐闻禾说我不想只是温饱。就是太缺少各方面的经验了。丢下十万换三万，如果学到立身真本事，值！

华南房地产是名牌大企业。我们一块儿去应聘。重要的是学习人家的管理方法，发展理念。他不知道是否能收到希望的效果，不过这一步非走不可。宋瑶林没再说什么，有些无奈的意思。华南提出的应聘条件是大专以上文化，有两年以上实际工作经验。他们都具备。面试时，主考问他如果让你来管理酒店，你认为麦克雷戈的 X 理论和 Y 理论哪个更有益？他没有正面回答，风趣地借用孔子的教育理论，因材施教，有教无类。主考乐了，何以？酒店就是微缩社会，时间就是财富。这个嘛，要在实践中不断检验改进。一句两句是概括不了的。OK！主考一拍桌子，起身跟他握手。恭喜你，你被录用了。让他担任华南房地产下属的华南宾馆兼酒店总经理。宋瑶林来担任宾馆酒店的事务主管。两人入住酒店。首先不用交宿费了。宋瑶林似乎比以前开朗了，休息日同员工一块儿健身，还组织开 party。业务上她离老本行好像是越来越远了，她要处理一些财务纠纷。熟悉了律师事务所和法院。有时她会同某个律师朋友说我其实是学园艺的，将来你要建花园洋楼，我去给你设计庭园。律师朋友便哈哈笑说好哇，那正是我的奋斗目标。秋天很快接替夏天。宋瑶林告诉他又怀孕了。我想要孩子，她说我的同学中，大多孩子都上幼儿园了。他没接话，好一会儿才说你看我们现在的条件，自己的房子都没有。然后，他开车去哈尔滨。他太投入回忆了，迟迟没有走进兴国大厦的话题。这是我采访的要点。

我说我还没有结婚。差一点就结婚了，要不是那个自封是我的未婚妻的女人来搅局，也说不定就结了。我不觉跟着唐闻禾跑题了，他的回忆勾起我的回忆。这种事我只能在心里掖着。可是唐闻禾就像把钥匙，打开了我的心锁。我只是奉命采访兴国大厦的经理。说着说着就掏起心窝子里的私家话。那天我和我的真未婚妻去领结婚证了，还要去试穿预订的结婚礼服。他说未婚妻还有真假？

我用非常通俗的比喻来说明我目前遇到的窘境。我遇到了葫芦和瓢的麻烦。远处那个瓢我几乎忘了，我只不过是在一次酒后吻了她。她就说活着是我的人、死了是我的鬼，弄得我脖梗直冒凉风。刚好我的实习结束，回校不久领毕业证，然后有了工作，在工作的地方遇到了心爱的人。我本以为过去的就过去了，我可以在这里安个家，过稳当日子。没料到那个瓢出现了，我想是缠不清啦。重新换了手机号，我真是愚蠢，应该早点换手机号。那天刚好想要去办结婚证，所有的身份证件都放在我身上的背包里，抬腿就走人了。我跑到乡村游逛了个把月。看到这里的报社招聘专栏主编的广告。我抱着试试的态度。没想到一试就成了。总编面试时说，要开辟新栏目，要零距离接近老百姓的日子，就是饮食男女的喜怒哀乐、生老病死、梦想追求、现实生活等等，要挖掘他们中的真实善良美好的故事，提升本报的阅读量，一线意识，明白吗？总编大人，明白。他笑了。他这一笑，我知道有门。我说上大学时我独自编辑过一份小报《阅读旬刊》，发行三万多份。大学附近的中小学也来订阅，因为它的知识性趣味性可读性，同他们的现实处境有关。总编又笑了。当场拍板，试用三个月，可以的话，转正。你一定不理解，我刚从一个城市逃出去，没多久又转到附近，这不是自投罗网吗？葫芦和瓢都在找我，是不是？起初我也这么担心。起初我也耗子防猫似的。后来我发现，大可不必这么小心。

当代都市的好处就是人人都忙着赚钱，都洁身自好，怕沾是非。有一次，我不小心踩空了脚，从楼梯上滚下来。邻居男人压低帽子装作没看见要从我身边过去，我一把抓住他的衣襟，才没继续往下滚。他却惊慌挣扎，哎，你别要无赖，不是我推的你，谁推的你找谁去。弄得我哭笑不得。我说是我不小心，没人赖你。他说那谁知道，我以为是碰瓷讹人的呢。你看防犯心理到极端，住在一个门洞都互不相识，这有多安全呢。说心里话，我希望离葫芦近一些，她不会找到我，我会看到她，感觉到她在同一片天空下的呼吸。我打听到葫芦已经辞去小学教师工作，去别的城市了。她的妈妈喜欢宅，十字绣控，我是越来越安全了，只是对不起葫芦。有什么办法呢？这种事越说越说不清楚，只能拖，拖到瓢终于失去耐心另嫁了，那时再说吧。

我习惯了昼伏夜出的生活。搜集别人获取不到的写作素材。《饮食男女》受欢迎，很多订户就是为了看这个栏目，才订《新北方周末》报的。饮食男女们丰富而诡谲的世界，他们的七情六欲悲欢离合铺满了一天接一天的《新北方周末》第三版的整个版面。读者给我写信，打电话。约会。当然有女人。已婚的未婚的。疯疯癫癫的，高知低知的，雅俗皆有，他们喜欢纠结两个问题，男女情感间的事，如何发财致富的事。而对我的个人生活情况他们也十分关心。我当然一律报以最亲切的笑容表示理解他们的心情，但是无可奉告。

唐闻禾谦和地听着，小口呷着咖啡，小心不弄出声响的样子，使我感动。我终于觉得有点不好意思，意识到我是在采访，不是聊天。我说我的自白书使你厌烦了吧？他笑一下，哪里，你把我当成知心朋友，一见如故，我很感激你的信赖。不知怎么就想到了卢梭的《忏悔录》。我说惭愧，喧宾夺主了。刚刚你说到了华南吧？他点头，对，华南宾馆。在这里仅仅停留了六个月，感觉这个公司不行，管理体制老套，人浮于事，有致命的弊端。我决定辞职。虽然干得时间不长，那样的地方免不了要和政界商界的要人接触，也有一些高知学者在此短暂停留，一件事两句话，就有醍醐灌顶的作用。

我说你善于淘宝一样淘智慧。

他说我上了个市场经济速成班。我的学习成绩起码九十五分以上。他笑起来，有些羞涩还有一种豪情自信。初秋城市的傍晚，窗外铺染开淡橘色的烟尘，街头的青杨低垂了变灰的大叶子，静默不动，就像停止的时钟，而无形的时间在悄悄地飞快行走。快到元旦了，他说，接连的落雪，路面的状况糟透了，总是塞车。车子排着队，蜗牛一样爬行。你就在这个多雪的冬天开始运作自己的公司，搞防腐工程。对。在大庆高新技术开发区，建起了八百平米的两层楼，厂房和办公室都设在这里。注册名是昊天责任有限公司。从河北招收了一批玻璃钢制造工人。宋瑶林协助我管理。那时候就像俗话说的天天累得抓猫尾巴上炕。东方露出淡淡的曙色，我们已经在路上了。

一九九五年的夏天。一切都是崭新的开始。宋瑶林不再说建立园艺设计所的事。公司的财务管理已经让她忙得喘不过气来了。他们住在工厂的办公室里。唐闻禾跑原料采购，去各地揽活儿。开始只能揽到一些三万五万的小活儿，比如公园里安装滑梯啦，百货商场的通风管道安装啦。他只有一台121小型货车。他是老板又兼司机。上下班接送工人。带工人去货场拉原材料。累急眼，就在车上打个盹儿。跑业务很难。工人可以倒班。他不能。他必须熟悉每一项业务。几百万的资产，疏忽不得。他压低报价，保证质量，工期短。一年后他终于拿到一个产值四百多万的大活儿：燕京百货通风管道防腐工程和中央空调安装工程。然后是哈尔滨仁和地下商城三百多万的工程。卜奎兴国大厦一百七十多万的工程。……终于说到我的采访要点了。唐闻禾指着烟灰缸里竖满的烟屁股说，我不赞成抽烟，你吸烟太多了。我说只喝咖啡还不够，我需要烟。在长夜里码字，没有烟和咖啡，我的灵感会缩水。离开湖西之春回到我的小阁楼是午夜，正是我灵感喷涌的时刻。黑夜对于我就像一本打开的书，灯光下，回忆是没有季节的河流。我过着猫头鹰似的生活，捕捉文字猎物近似一种本能。它汩汩流淌着，浇灌出一片花园或树林。我以幽默的笔调写出了《大庆来的小伙子》。反思那些豆渣工程的罪孽感。我们见面的机会不多。他很少能在一个地方待上十天。他的生意战线拉得很长。他还在做各种尝试和选择。

我望着路对面的房子，还有远处的高层那一排黑洞洞的窗口，怀疑里面是否真的有人住。有很多房子是空着的。比如阁楼下的房子是空着的。房子。我从窗口回到我的写字桌前。我吞着咖啡，点燃一支烟。我不再抗拒今夜所见到的东西，回忆带来了勇气。房子。灯光。在城市的一条偏僻狭窄的胡同里，有一所“空旷”的房子，里面藏匿了惊人的秘密。这是一个流浪汉和一条流浪狗共同发现的。我的笔像是注入了魔力，要同桌子上嘀嗒作响的闹钟赛跑似的。上午十一点之前，准可以将一篇有轰动效应的稿子交给总编室了

10 春天

走廊里传来嘈杂的声音，床车的嚓嚓声，急促的交谈，一溜小跑的穿行，我抬起手想推开门看看，手背一阵疼痛，忽地清醒了。我躺在病床上，一条腿

高高地架着。我是在混沌中听到了一些声音，也许门外的廊道里刚刚通过一个急救者。而现在唯有我的呼吸，还有趴在书上响着轻微鼻息的北北。今天是大年初二了。窗外还落着雪，好像要这样一直落下去。我将手臂挪高了些，疼痛没减轻反而加剧了，我按了一下床头铃。护士闻铃跑过来。她已经换上了便服，看样子准备出去了。北北跳起来，姐，你怎么不叫我？护士冷冷地瞪了北北一眼。粗声粗气地说滚针了，怎么搞的？手不要乱动，拿条毛巾垫在手腕下。她把针拔下来，重新找了一条血管，拍了拍，扎得我叫起来。叫什么叫？告诉你点完后，热敷一下，做了吗？她又瞪了北北一眼，出去了。北北鼻子哼一声，愤愤地说，毛手毛脚臭德行，火火，准是让男朋友甩了。我忍不住乐。北北我看还是回家吧，也就是点滴，村里的卫生所应付得来。北北说你急什么呀，我还不急呢，这刚来两天，外面还下着雪呢，我不会再打瞌睡了。让这个臭德行气没了。姐，你闭上眼睛睡一会儿。我妈说失眠时闭目也能养神。好好，听人劝胜吃药。我闭上眼睛，免得北北急。昨天晚上一直是半睡半醒的。现在补上一觉。可是睡眠没有来，我清晰地听到北北翻书页的窸窣声。我想这声音多像季节从身边交替的声音，常常是不经意的，它就走过来了，很快地又走过去了……

我在冥想中听到了一九九六年春天的啁啾声，一丝丝类似叫幸福的东西，开始在记忆里苏醒。它总是被埋没在喧嚣的尘埃滚滚的生计奔波中。就如两年多前坐着招手停的中巴到大庆高新开发区考察时看到的景象，很多追梦者，在破砖烂瓦的一片荒凉中，弄得尘土飞扬。没两年高新开发区已举世瞩目。我们自己的工厂覆盖了某块废墟建成投产，运营良好。有一天晚上，唐闻禾难得地正点下班了。我们已经很久没有这么坐在家里吃晚饭了。我做了两碗刀切面。卧了鸡蛋加菠菜。很简单，还有一盘盐卤花生米。他竟吃得很香。吃过饭，我们去明湖散步。晴朗的春天夜晚，和风徐徐吹着，湖畔人很多，欢乐的气氛使我感到一种平和宁静。他牵着我的手说，我的心思都放在工作上了，现在我们该有个真正的家了，一个小宝贝。好久了，我找不到原谅一切以往不可思议的感情伤害。现在都被这一刻的和风撩去了。我知道他不喜欢我哭，我还是止不住泪水。因为要有一个小宝贝啦，真正的家。

随后，我们有了不太大却是舒适的公寓楼。从工厂的办公室里搬出来。也没什么东西，一对旧式木箱，两床被子。一个小生命已经在我的肚子里落根。医生告诉我这个消息，我惊喜极了。不过妊娠期剧烈的反应弄得我十分焦躁狼狈。我讨厌烧烤的焦烟味、炸锅的葱花味，以前最喜欢的百合花香，也勾得我把胆汁都吐出来了。我去工厂上班，脸色一定很难看。每次遇到清洁工大婶，都会说没睡好哦，怀孕了，尽可以向男人发脾气，撒娇，要什么他都会答应你的。不要这么辛苦啦。唐闻禾粗心地没问过我想吃什么，他又一头扎进他的下一个工程中。我一个人去产院做产前检查，医生说一个人来的？够粗心的。要注意运动，多散步。必须吗？如果你不想难产。我当然想生产顺利。可是每次走进公园，我都发怵。你看那些孕妇，男人牵着她们的手，两人甜蜜蜜地散步。女人使劲腆着肚子，一边走一边还抚摸着，幸福得要大声呼喊了，瞧，我能生养，我的男人疼我！

我多希望唐闻禾也能陪我。他却说那些形式的东西有什么用？实际一点好不好？我们又开始频繁地发脾气，争吵。他说你冷静点好不好？这样对胎儿不好。你还知道对胎儿不好？他说我去叫妈妈过来照顾你。我说我能去上班理账，也能自己照顾自己。他跑了。背着他的双肩包，跑北京考察去了，想要在那里建什么西餐馆。跑卜奎住兴国大厦，要在卜奎那里再建什么烤肉店，给闻青打造一只稳当的饭碗。总之他有一万个理由不回家。他一出门，这边的工厂就撂给我和招聘的经理管理。我真成了铁人了。我自嘲地说我们两人在大庆王铁人的地盘上创业，自然也成了铁人了。这是我对艾乐说的。我对清洁工大婶总是微笑，柔声说卫生搞得挺好，谢谢你啦。

由于我的心态过于焦躁，妊娠反应拖长，辛辣油烟油腻始终让我受不了。书店便是我常流连的地方。我买了一大堆育儿的书，堆在床上。然后是满床轱辘的毛线团，我开始给肚里的宝宝织毛衣。期待着他回来说声对不起，时间似乎凝滞了。我头痛，不想吃东西。艾乐突然不告而至。她气急地夺下我手中的织针，你有病啊，商店里什么毛衣没有？你老公赚那么多的钱沤大粪啊！我们就这样又见面了。

她脸色润泽，看不出旅途的劳顿，一双凤眼还是那么神采奕奕。身着银灰重磅丝绸秋装套裙，领口开得很低，配着玫粉颈巾，玫瑰灰的高跟鞋。看上去光彩撩人。我说你挺快乐呀。你看我的样子，全身臃肿，满脸雀斑块。她颔首一笑，轻描淡写地说我也就是对着镜子喊“茄子”，或是像狗咬着肉骨头那样咬着一根铅笔，练出适应一切对象的皮笑肉不笑。哎，有什么喝的？得，你是孕妇，还是我自己来。冰箱里有牛奶和果汁饮料，灶台边的餐具架上有茶。我还是喝茶。暖瓶里的水有些温了，再烧一壶开水吧，我喜欢滚水泡茶。她拿起电水壶接冷水插上电。我说我没那么娇气，我还上班呢。唐闻禾从来不关心我。艾乐说现在的人没孩子的挖空心思要孩子，有了孩子又抱怨。

你站在谁的立场上啊，这口气怎么这么耳熟呢？艾乐咯咯笑起来，一度凝滞的时间转动起来。不知为什么我对唐闻禾的气就消了。她说你怀孕的事怎么不对我说呢？我从上海带些婴儿服来，那里的婴儿服相当讲究。没等我接茬，她自问自答了，不过没关系，我很快就返回去了，回去寄吧，提一路也够累的。她的口气好像婴儿服是很重的东西。怎么，你以为这里的婴儿服不讲究吗？全着呢，什么拉比，下一代，黄小鸭，多着呢。好啦，究竟是不一样的。我只能停留半天，夜里的飞机，专程从哈尔滨过来想你的。还想我，才用半天时间？干吗不买明天的，夜里多辛苦！这个时间段打折便宜，简直是坐火车卧铺的钱。我笑起来，也够抠门的啦。好吧，随你。唐闻禾刚好在家，叫他送你上飞机。我给唐闻禾打了电话。哎呀，我又不老不小的，说会儿话，坐大巴或火车回哈尔滨，很方便的。他挺忙的，打扰他干什么。你难得来，总得见见。水壶的哨子叫起来，她跳起来，水有点烧老了，刚一翻花九十度比较好。她沏了两杯铁观音。你喝茶没事吧？你是客，倒由你来侍候我了。说什么呢？咱们是同学呀，难得为你做点事，这算什么事，这不算事。我们说起一些同学，大都没有音信啦。艾乐说没有音信就是音信，平静于生活。小海有音信，在哈尔滨混迹商贾之间。身边围着各色小女老板。我想起圆子。可怜的圆子。我说你什么时候结婚？还没有结婚对象。

我想她会说马尾巴的事，她没有说。我忍不住问了马尾巴的事。她的脸色立刻变了，就像是正津津有味地吃鱼宴，突然让鱼刺卡住了。我很后悔问了不该问的事，竭力想绕过去这个话题。她默默地呷茶，转着杯子吹泡沫。我说对不起。她说没什么，应该告诉你。那一段无忧的日子，也是我们共同的生活嘛。只是，她瞄一眼我的肚子，我不想让小宝宝也听到这个结局。我现在好多了。马尾巴死了。她哭起来。我惊住了。脑子里一下子塞满了马尾巴在贝贝 face 的样子。我不敢相信。一个鲜活的大男孩说没就没了？你听说的还是眼见的，什么病？艾乐把纸巾扑到脸上一抹，呷了几口茶。缓缓说我记得你骂过我，不该嘲笑他的感情。让他明白道理。否则可能会铸成大错。我不知道他那么死心眼儿。这事真没法儿说。他一直黏着我，我鼓励他好好上学，考大学，他考上了本地的一所综合大学文科。我又督促他考研。我想随着年龄的增长，这念头就断了。大四的下半年，他真的去参加了考研。暑假，他去哈尔滨找我，第一次同我说他的家事。要是他早些时候说，也许我会慎重些。谁知道呢？我觉得这事太荒唐。总是应付他。这一次他庄重的表情吓着我了，他说能出去转转吗？

那是一个星期日的中午，我刚吃过饭，他刚下火车。我答应了他。我们去了松花江边。就是小九站那边。他说还没吃午饭，我猜他从早上就没吃东西。我带他去了附近的江上西餐馆，他没有以往的忸怩，狼吞虎咽地把饭菜吃了个精光。然后他开始说自己的经历。从上小学就住在外婆家。父母在青岛做生意，反正是在外面跑吧，极少回家。他十岁的时候他们离婚。妈妈去美国了。父亲在青岛安家。那时每到礼拜天，他就巴巴盼望妈妈或爸爸回来同他玩。后来电话也很少了。他觉得自己轻得就像是空气。初中阶段他总是和同学打架惹祸，老师常把外婆请到学校。他说这些事时还笑，一点小事，也会把同学打得鼻青脸肿。外婆在他惹祸时就抱怨，没人要的小可怜，法院把你判给你爸了，你爸连面也不着，你爷爷奶奶也躲了，谁愿意操这个心呢？你还淘？再淘就去要饭了。

读高中时平静下来。大约是迷上了张学友和刘德华唱歌。他幻想成为歌星，赚好多钱，让外婆高兴。他去贝贝 face 碰运气，艾乐让他感到一种谜一样的情绪，他说不清是什么，看见她总是又激动又快乐，不想走开。他还说起班上的一个女生在数学课看“查泰莱夫人”，班主任大发其火。其实她不该发火，那个女生说某个午休她看到班主任在办公室看“查泰莱”。他同那个女生好了一阵。那个女生没有爸爸。他们只是拉着手到处逛，一起吃东西。有一天下午课外活动，体育老师让他去学校仓库取网球。他看到她同另一个男生在学校仓库里搂抱到一起。他问我你是不是也挺讨厌我的？

我说不，你一点也不讨厌。你是个很有前途的好男孩。可是你好像在躲着我，以各种理由支开我。我极力解释我得工作吃饭。你也需要为自己未来考虑。我没有未来。现在想起来，他的语气是那么悲观绝望。而我那时在为我的工作焦虑。他告诉我，差三分没考上。我说没关系，明年再考。他说我考上，你能同我结婚吗？我真的很吃惊。他仿佛一下子长大了，脸上现出令人胆寒的嘲弄。因为我什么也没说。他晚上看了我的演出，他想听《再别康桥》。就是我应聘贝贝 face 那首歌。我答应了他，特别加唱了《再别康桥》，而且说明是为一个男孩唱的。我看到他在抹眼泪。我给他在宾馆订了一个房间，让他住一夜，第二天再走。我说咱们一块儿吃早餐。我送你上火车。他说没必要了，他来时买好了回程火车票，凌晨就到家了。

我坚持把他送到火车站，他临上火车突然回身抱住我说，谢谢你，今天我过得挺快乐。我说好好的，如果不想再考研，就找份工作。他亲了我一下就跑了。过了一个多月，我请朋友捎给他几本考研的学习资料，才知道一个多月前他回到家那个凌晨就跳湖了。就是夜晚我们三个从贝贝 face 回学校经过的那条湖。我听着浑身发冷，同她一起哭起来。我明白了艾乐，她被一种无助的负疚感锁住了。她一直在逃离自己的记忆。她去大连外语学院进修外语，选学了她认为好学的日语。然后去上海找表姐。表姐在那里开日本料理。她则应聘到一家中日合资的企业，做销售助理。这连串的行动都是逃避。而记忆不是一座城镇，说离开就能离开的。她先冷静下来，不说这事了。你不能哭，对胎儿不好。她起身跑到卫生间洗脸补妆。她说我现在真的觉得好多了。你现在多好啊，什么都有了。记得在学校时你还阻止过我，艾乐你真的需要晚上那两小时吗？我说已经发生的事就是已经发生啦，人生中你遇到谁都不是自己能预料的。过去的事就是过去了，纠结已经没有意义。艾乐说有些事情时间也变得无力。

唐闻禾打来电话说他到楼下了，叫我们下楼。我说他到了，一同吃顿晚饭吧。

艾乐走到窗前，看看外面，叹息着，一下午不觉过去了，路灯都亮了，我在表姐那边一年也说不了这么多的话。楼下有一辆长春面包车。我说那就是唐闻禾的车。我们下楼吧。唐闻禾满脸的倦意。招呼了一声，刚把工人送到宿舍回来，想吃点什么？艾乐说就近说会儿话，我就该上火车啦，都挺忙的。我说下次见面又不知是什么时候啦，吃过饭，让闻禾直接送你去机场。唐闻禾说一会儿有朋友来送车，我借了路虎，能跑起来。现在去老区，我知道一家私家菜馆，菜做得不错。

菜馆在一个住宅小区中间，一座低层楼的一楼，外观同普通住宅没啥区别。我们进去时，一个男孩从沙发上站起来，事先约了吗？唐闻禾说没有，来了客人。你是上次华总一起的闻哥吧？好记性。男孩笑了，楼上约出去了。他手往右一指，闻哥就去这间吧。这间很小，只能坐下六个人。墙上贴了淡雅的壁纸，挂了一幅复制版俄罗斯乡村风景木刻，窗帘是带着淡黄云纹的钴蓝厚棉布。感觉很清雅。我和艾乐研究起窗帘和画。我想这窗子一定面向我们进门时那条路的。却看到窗外是半圆的封闭凉台，三块砖高的墙上围着乌玻璃，只有夜色。有种恍如隔世的私密氛围，隔离了艾乐的悲情。她开始说起上海幽深的弄堂，古老的小洋楼。清晨里弄的馄饨摊，第一次吃荠菜馅馄饨的诱人香气，每逢休息日必去徐汇区吃的东北菜，那里的一家老知青东北饺子馆……她说得倒像是拉响了张爱玲小说中咿呀有声的胡琴，拨亮了夜晚的万盏灯火。

时间变得轻慢起来，我有了吃东西的欲望。唐闻禾点的菜也很开胃。酸菜肉元宝饺子，白萝卜糕，油煎黄米豆包，松茸鸡，黄花菜炒白菜，辣根木耳，香茅草烤鱼，炖连环湖鱼头。特别嘱咐都要小份的，要艾乐多尝几样。艾乐说这些年来第一次吃这么隆重的饭，都要被快餐弄得弱智了。我竟然没反胃。妊娠不适期过去了。还有些时间，就去明湖边散步。也许这个决定是错的。荡漾的湖水，幽明的灯光，又引起她的伤感。草草结束散步，唐闻禾送她去机场。半夜的航班，唐闻禾要在哈尔滨住一晚，第二天返回。艾乐回到上海给我寄来一大包婴儿服和婴儿床品。然后我们又沉入各自的生活。我为她祈祷，希望她从哀伤中跳出来，有一个好男人爱她。我现在越来越喜欢去明湖边散步，有时会等到夕阳的光焰从湖面退去，晚风将我从一种白日梦似的状态中唤醒。我抚摸着肚子，胎儿在急切地生长，急切地要到这个世界上来，他会如何面对这个纷纭的世界呢？我做着各种假设，总是理不出头绪。回家时，我去乘汽车或是打的士。车子开走，便感到心里空落落的，总觉得有什么东西遗落了。第二天我还会早早结束工作过来。天气不好的时候，我的心情会很糟，因为不能去明湖散步了。

我和唐闻禾的冷战，被艾乐的到来宣告结束。艾乐的故事，带来安静，唐闻禾若有所思。他不做任何评论，仿佛他是一个笨嘴拙舌的人。某些时候回忆和联想会使发声无力。他的生意朋友称赞他健谈，这对我来说是不可思议的。他开始频繁而紧张地拥抱着我们俩（我和肚子里的孩子）。这是他和解道歉的表示。他喜欢去抚摸。他的手轻轻地在我高隆的腹部滑动，胎儿就会在里面响应，欢呼雀跃似的。他说准是儿子，真淘。我说我喜欢女儿，能帮助我理家过日子。他说你就喜欢同我唱反调。我说你承认好了，你其实是喜欢男孩的。楼下的老太太说我肚子尖尖的，是个女孩。他不作声，过一会儿又说别听他们的，男孩女孩都一样。你还是在家里好好休息吧，别去上班了。我不想这么早就休息。多活动只会对胎儿有好处。他说你就是同我唱反调，固执。每次愉快的时刻都是这样结束。而去明湖漫步或坐上半天，我的心情就会变成天空。我想也许是我的语气不够好，他的出发点总归是呵护之情。

我做出什么事也没有发生的样子。我们都有意避开一些话题，这很别扭。我们谈婴儿。想象着婴儿的样子，男孩会像我，女孩会像父亲。人们都这样说。他（她）应该有一张淡绿的小床。这是春天田野的颜色，嫩嫩的新生的色彩。冬天到来的时候，从上海定制的婴儿床、隔尿垫、蚊帐、洗澡盆、热奶器、消毒罐、硅胶奶嘴、玻璃奶瓶，陆续地寄到了。一连下了几场雪。路面结冰。预产期临近，身子更加笨重。一九九七年的春节唐闻禾哪里也没去，在家里过了正月十五，他才又飞去北京，要考察个什么项目。我说要生了，你还走？他说这不是妈妈来了吗，两三天我就会回来的。

正月十六，他走，妈妈来。妈妈带来一个大包裹，里面都是尿布。她收罗了很多旧衬衣旧线裤，裁成小块的布片。我说累够呛吧，现在都买现成的尿布，还有纸尿裤，又整洁又卫生。她急红了脸，一连气地解释，我都用开水煮过了，水里加了盐，消毒很彻底，放心用吧。尿布还要花钱，太浪费了。就是有个金山银山，也架不住乱花呀。我那时候姐妹们下奶送的便是这些东西，有旧棉线衣线裤剪的尿布，孩子们穿小了的旧衣服、小被子，用得都挺好。你不也长得壮壮实实的。我和妈妈时不时地就为用什么争论一番。妈妈说女孩揽月，就是喜欢迟到。男孩往往提前，多数是急性子。

妈妈来的第三天早晨吃了一碗白米粥，我离开餐椅，就有一股温热的水从下身涌出来。我惊恐地大叫，捧着肚子不敢动。裤脚下很快积一摊水。妈妈说这是羊水破了，快去医院。妈妈叫了医院的救护车，九点钟送到产院。医生问想剖腹产还是自然产，妈妈说顺生好，孩子结实。小英奇真是知道心疼我，没怎么折腾，中午进产室，下午三点就生了。只是出来得太勇猛了，伴随一阵撕裂的疼痛，他被助产士托在手上哇哇大叫。撕裂的伤口缝了几针。

我问妈妈，唐闻禾还没到吗？妈妈说你进产室他就赶到了。那他也不过来看看我。妈妈说，生了个男孩，高兴蒙了，从医生手中抱过儿子，都不会走路了。你姐夫接过来抱到护士站给称的重，洗澡，他哭得啊像支小军号。好像过了很长时间，孩子回到婴儿床上。婴儿床在我的床对面。妈妈说唐闻禾出去买了好多糖果分给妇产科的医护们吃喜。他总算在母婴室露面了。进门直奔婴儿床，然后趴在婴儿床栏上一动不动地看孩子，简直变成石雕了。我的床像一座孤岛，仿佛在向远处飘移。疼痛和疲倦紧紧裹着我，意识模糊起来，梦里我走在一片沙漠上，炽热的阳光，腿铅一样沉重。前面颤动的热光里，骆驼移动着，驼峰间垂着沉重的口袋，那口袋里好似坐着孩子。她朝他们挥手喊叫，双脚陷在黄沙里。突然一片森林挡在眼前，从森林里走出印尼老师，他苍老得像是一株古树，你在那里干什么？你的庭院艺术设计呢？我看看我看看，你让你的城市感到骄傲了吗？艾乐跑过来，印尼老师欢迎你回来。圆子仿佛从地下钻出来，脸胖得像只倭瓜，把好看的月牙眼挤成皱褶，就像厚厚的乌云裂开一条缝，一道尖锐的细光扎着她，你知道小海在哪里吗？我找不到小海了。皱褶里涌出水，由细流变成宽阔的河流，一下子淹没了圆子。我尖叫起来。

妈妈站在床边，唤着我，瑶林，瑶林，做梦了吧？我醒过来，望向婴儿床。妈妈说睡着呢。天黑了，让他爸回家去歇着了。妈妈给我端来小米粥，放了一勺红糖，剥了一只鸡蛋。我想妈妈说话总是这么小心。他爸？过去是小辈的给长辈赔着小心，现在是反过来了。我听着觉着不舒服。妈，你没必要这样，惯的！子夜，唐闻禾又到医院来了。我和妈妈还醒着，孩子哭闹，刚给他喝过白糖水睡了。他说睡不着，想看儿子。从家里跑到这里，一看产院的大门关了，就翻墙过来了。他蹑手蹑脚地拿过一条小凳子坐到小床前，瞅着他儿子一直到天亮。我们开始琢磨给儿子起名字，说上户口的事。各自想了好多名字，都不合心意。三天后我出院回家。妈妈按照医嘱定时给我清洗下身伤口。唐闻禾看到妈妈做这事就禁不住筛糠发抖，逃也似的跑出屋子，即使孩子哭了，他也顾不得。

第五天闻青和闻馨来下奶。唐闻禾这会儿不在家。妈妈说你们坐着说话，我出去买菜，中午在这里吃饭吧。妈妈前脚出去，他们后脚走。没留住。推说店里事多，要赶车回去。闻馨、闻青由于父亲的原因，小学基础没打好，又没有哥哥的心劲儿，在学校常挨老师的训，勉强读到中学。唐闻禾一直怨恨父亲害了他们，因此特别溺爱他们。他们走后不久唐闻禾回来了，黑着脸，像是一株被怒火烧着的木桩，火星四溅。劈头盖脸一顿臭骂。

瞧你还是念过大书的人，怎么这么没教养没礼貌，有你这样待客的吗？他骂得我一愣一愣的，你魔怔了，什么客人？你说什么呢？闻馨、闻青他们来下奶，不是客人吗？你这个势利小人！我怎么势利啦？你给我说清楚！他们郑重地来给你下奶，你连壶茶也没给他们沏，有那么多水果也没给他们上，还有那么多点心也没给他们拿，我不在家就这样对待我的苦命的弟弟妹妹呀？这算什么事呀？我妈妈留他们吃饭，去买菜了呀！你简直是小题大做。我心里郁积的委屈一下子爆发了，撕心裂肺地号起来。让他好好想一下他做了什么，妈妈偌大的年纪，一大揽子家务。照顾小的，伺候大的，一天忙得脚不沾地，你却站在那里吹毛求疵，像个男人吗？生产撕裂的疼痛折磨得我睡不着觉，你安慰过我吗？你怕你儿子饿着，到处去寻找偏方催奶，为什么不关心一下我的身体状况？我是机器吗？

他愣住了，面色死灰，怔怔地看着屋地，站在门口像根石柱。我浑身颤抖着，不是生气，是痛，心里痛！不幸的童年，他与闻馨、闻青经历的那些苦日子，他像老母鸡一样呵护他们，在意他们一丝一毫的感受。极端地敏感。他爱他们没错。我明白这一点，心更痛！我知道他又会折磨自己。他会整夜失眠。他为了毕业分配跑瘦下来的身体会更瘦。在亲人间怎么就那么憨呢？你不会同他们解释！看着他自知发火太小气，一副失魂落魄的样子，心里难过得要命。我几乎歇斯底里，只觉得胸口满满的，脑袋涨涨的，一下子背过气去。我醒过来的时候，听到英奇在声嘶力竭地大哭。妈妈焦急地拍着我，唐闻禾像个惹了祸的小学生，惊恐地站在妈妈的身后。我说孩子饿了吧？

第七天，唐闻禾背起双肩包走了，没说去哪里。这是他的习惯，只说我走了。第二天早晨八九点钟吧，也就是第八天，孩子在睡梦中突然叫两声爸，清晰得让我震惊。妈，你听到了吗？英奇说梦话了。妈妈说他叫爸爸了。真亮的。你快给他爸挂个电话。出生八天的婴儿，有点神奇，他知道他爸出门了，是责备还是想念？我不由苦笑，婴孩知道什么？我给唐闻禾打电话，告诉他这件事。唐闻禾在北京，刚下飞机。听说儿子叫爸，在电话里哽咽得说不出话来。一个星期后，他回来了，给妈妈买了一块衣料，王府井绸缎庄的。妈妈很高兴，不停地在身上比来比去，一边叨咕你看看花那多钱太贵重了。唐闻禾说妈妈合意吗？哎呀，合意，咋会不合意。这么好的料子。穿在我身上糟践了。我说物尽其用，穿在身上不是糟践，放在箱子里才是糟践。妈妈不好意思地笑了。她总是把送给她的衣物收到箱子里。

唐闻禾迷上孩子叫爸爸这件事，整天围着孩子转，想再听他叫爸爸。儿子再也没有叫。唐闻禾就反复问我们，你们真的听到他叫爸爸啦？我说真的，你问妈妈。妈妈说孩子睡婆婆觉呢，准是梦到你啦，连叫了两声爸爸，可真清楚了，我活这么大岁数还没遇见过，真是奇啦。唐闻禾一拍手，男孩要有英雄气概，发生了这个奇事，就叫英奇吧。我说好，的确是个奇迹。妈妈说好好，唐英奇上户口啦。妈妈像过节似的做了几盘子拿手菜，以苹果汁代酒，开了个小小庆祝会。唐闻禾一手抱着儿子，一手举着杯子给他看，儿子今天是你的命名礼，再叫声爸，让爸爸听听。英奇笑着，吐着舌头，舞动小手小脚，把这声爸留在了一岁以后叫的。

孩子满月了，按乡俗要离开家出去躲尿窝。唐闻禾送我和英奇去妈妈家。田野里依然是光秃秃的，间或有隔年的枯草摇曳着。天气是暖和多了，树木有了青色。正是清明时节。唐闻禾说安顿好你们，我去给母亲上坟。然后直接去北京。工厂聘用了两个经理已经进入正常运转。我腾出身打算在北京正式开餐馆了。我没心情听他的生意经，顺口应着知道了。你怎么不上心呢？夜里孩子睡得不好，一小时一醒，醒了就哭闹。我已经累得要疯了。别人又不是没伺候过孩子！你就不会说句好话吗？他一瞪眼背起双肩包就走了。我去问了医生，医生说母乳不足的婴儿常有这种情况，还有的要整夜抱着才睡。你想做母亲，不会那么容易的，过了一关又一关。你觉着他大了，会跑了，自己能吃饭了，别的事又来了。生病啦，淘气啦，弄坏了东西啦，到处给你去惹祸，总之是操不完的心。耐心地熬吧。虽然是这个结论，我好像放下心来，不是孩子有什么毛病，而是我的问题。我得承受奶水不足的后果。妈妈给我做不放盐的猪蹄子汤、鲫鱼汤。我捏着鼻子喝，也喝不进多少。只能用奶粉补充了。

艾乐托她的表姐来看我。所有的话题都是男人和孩子。艾乐表姐个头高挑，穿着时尚，鹅蛋脸柳眉凤眼，很耐看的底子，离婚了，目前独身。有个女儿归给爸爸。在学校时，艾乐说起过她。她去学校看过艾乐，有过一面。艾乐表姐问起唐闻禾，你男人呢？我说在外地忙呢。孩子这么小，就扎到外地忙？唉，男人呢都是这副样子，喜欢做甩手掌柜，只分享孩子带来的快乐。做女人的谁不巴望他能够多关心你一点儿，白扯！只是希望而已。艾乐表姐说说话，从香奈儿化妆包里掏出香奈儿口红，对着包里的小镜子漆嘴唇，已经漆过的玫粉色的唇膏并没有脱落，她就是习惯这么身份一下。合上包，两片漆得五毫厚的嘴唇使劲抿了抿。日本女人都这么化妆，化得你认不出她才好。她笑。小英奇挥舞小拳头愤怒地哭叫，小脚蹬散被子，他尿湿了。

你是日本女人吗？她说习惯就好了，要改变从前的自己，就得这么矫枉过正一下。她看着我给小英奇换尿布，拍一下我的后背，使自己快乐起来，在化妆上可以像一阵子日本女人，可别学她们做专职太太，要那样可就大错特错了。

别学她们做专职太太，记住喽！她特别加重语气，啊一声调转了话题，哎，我说你妈妈辛苦了一辈子，不能再让她太劳累了，你需要工作。你的乌眼袋已经在吐露产后抑郁症，工作起来才好。后来我给艾乐打电话，她说表姐不错吧？她就这么拿得起来放得下。我说嗯。她说听你口气不大情愿呢，以后了解多了就知道了。她真是了不起的。

艾乐表姐说得没错，我需要工作，孩子十八个月的时候，我觉得可以给他找一个专职看护。打听到一家老夫妇，他们已经有过多年看护幼儿的经验。那些孩子有的已经上中学了。女的姓周，是中学教师，做过校长。他们没有孩子。据说周老师怀孕过，妊娠反应期，她没有休息。上课间她突然想呕，几个女生上去给她捶背，一下子就出血了。胎儿没保住。那是她的第一胎。以后就再也怀不上了。大家始终尊称她周老师。他们看护孩子不是为了赚钱，因为特别喜欢孩子。他们有原则，一次只收一个孩子。从十五个月看到三岁入幼儿园。他们说年岁大了，怕顾不过来，误人子弟。恰好他们刚送走一个，小英奇的事就定下来了，还很巧的。她说等小英奇上幼儿园，他们就不再接孩子啦。我们真的老喽！小英奇是我们最后一个学生。如果你们放心，也可以延长到上学前班。周老师知道了英奇名字的来历，特别喜欢他。每个周一送过去，周五晚上接回来。

我回到公司上班，依旧是管理财务，搞工程，公司里的一些杂事儿。我就像玩扑克牌中的“会儿”，哪用哪到。每天穿着粗糙的牛仔裤，地摊服，满城市里跑。唐闻禾一直琢磨着往外发展的事。他不是在火车上，就是在飞机上，总是在选择心里期许的落脚地方，总是忧心忡忡的。我一个人在家，工作，睡觉，工作……就像是一个循规蹈矩的轮子，在一条线路上来来回回转个不停。早餐面包或馒头包子咖啡奶。中午与同事在一起吃盒饭。晚上我去吃快餐面，或是买个汉堡回家一边看电视一边吃。那些关于园林的故事和一摞摞的书都放在储藏间落灰。就是那些我喜欢的小说诗歌也不再碰它。我生活的内容变成轮子，千篇一律地转个不停。我几乎习惯了这种邋遢。不用操心化妆，不用研究四季流行时装，只要冻不着热不着就行。我可以穿着拖鞋睡衣去买早点，也可以穿着工装服去参加朋友的婚礼。

唐闻禾隔两三个月回家来看看。一次他走进屋门，把双肩包往鞋柜上一摔说，你注意点形象好不好？孩子不在家，你还有什么理由？如果你觉得工作压力大，就再招聘一个人管后勤。我说不用，只是觉得这样轻松。这是堕落！你看谁好找谁去。也不是不可能。他沙发没坐热，背起双肩包气哼哼地走了。这是个周末的晚上，黑夜一下子把他的背影吞没。

我站在窗口发呆。心里乱七八糟的。似乎不明白发生了什么事。他为什么如此愤怒？刚刚接到他回来的电话，他刚下飞机，很快就到家了。我说今天事多，还没去接孩子。他说明天我们一块儿去接。我去附近洗浴中心洗澡，还请搓澡师拍美体蛋白滋润霜，做全身按摩，用茉莉香波护理头发。搓澡师还建议我用五大连池的火山泥面膜做做脸，我同意了。心里还在想，简直是在过节。唐闻禾有三个月没回来了。我给周老师打电话，延迟一天接孩子。我准备了烛光晚餐。好久没在家里起火了。锅灶几乎变成房间饰品。墙上挂着一排煎炒烹炸的炊具，崭新如初地摆在那里，它们的产地来自世界各地。上海的汤勺捞蛋器，深圳的炒菜铲油漏，广州的小蒸锅糕点夹，俄罗斯的沙拉搅拌器咖啡壶，德国的煎锅奶锅，日本的电饭煲寿司铲，韩国的榨汁机泡菜罐。还有一些纤细精致的餐具，小勺子小碗，整齐地排在橱柜里，不曾用过。我们共同置办了这些用品，却常常没时间多看上几眼。我甚至想不起当时买它们的打算。大约是想认真地做一个全职的好太太。

现在看来想做是一回事，做起来又是一回事。总是有其他的理由让这些炊具餐具沉寂，比如突然爆发的争吵……他还没有走进厨房（餐桌摆在厨房的一角。他说将来我们一定会有一间漂亮的餐室），没有看到即将点燃的红蜡烛。那是做成苹果状的蜡烛，飘在扁圆的小玻璃杯里。它们放在枝形的烛台上，看上去充满温热的柔情。菜从饭店订了两种：黑椒牛排和松茸小炒。我用白菜、香菜、水萝卜、西红柿、洋葱、芝麻酱拌了一道中国式沙拉，标准叫法：凉菜。做了一盘鸡丝米粉。它们盛在很少用的景德镇细瓷盘里，盘子是五十年代末制的，象牙白，外观釉下玫粉色的五瓣花。唐闻禾在旅行中淘来的。我真是贱骨头，根本用不着这么煞费苦心。我要疯了，我想摔东西，抓起景德镇细瓷盘，打翻了鸡丝米粉，洁白的桌布上一片狼藉，我最终还是放开了手，没有勇气摔到地上，古老的盘子是没错的，我转身跑出家门跑下楼，跑进黑夜里游荡。

午夜我给艾乐打电话，艾乐说一大早就接到你的电话，有什么好事这么急？我抬头望着满天星星，摸摸额头，还好没发烧。那就是艾乐精神出差了。这个发现让我一下子冷静下来。我吸口气慢慢说好像是深夜吧？艾乐说哎呀，我这脑袋，可不是吗，你那里是深夜我这里是早晨。我更加小心，电话给你打得太突然了吧？你一定是睡毛愣了？她笑起来，你别那么小心翼翼的，我在伦敦呢。伦敦！我完全清醒了。她说来两天了，公司休假，待半个月就回去。想试试我的第二外语英语水平呢。哎，你怎么了？大半夜的，是不是吵架了？我突然不想说了，就是有点想你了。

我用后半夜去想世界是多么广阔，而我活得是多么狭仄。迷迷糊糊的，仿佛在一片森林里，不止一条小路，我不知哪一条能很快走到公路上，记得有一趟大巴在这里停一分钟。我始终决定不下来往哪边走，我辨不清方向，不知道哪条路能走到公路汽车站。我是被叫醒的，我的头疼得要命，喉咙里像有团火。我闭着眼睛，不想睁开，觉得有强光射过来。这是哪里？

你家里呗，哪里！听声音怎么这么耳熟呢？我一下子坐起来，头沉得差点跌到床下。艾乐表姐！你怎么进来的？你的门都没插，就睡了。还不是艾乐把我折腾来了，我拿这个表妹真没办法。她怕你上吊呢。不管真假我都得来一趟。否则她不会让我安静。好在我在哈尔滨办事。凌晨四点开车过来的。现在近处我自己就能开车，方便。做噩梦了吧？听着你喊了，我以为你醒了，翻个身又睡了。女人要想容颜姣好，睡眠很重要，以后不要熬夜了，无论什么原因。怎么样？下地洗脸，现在是上午十一点，早饭午饭合一处吃吧。

我去卫生间，然后去厨房。餐桌收拾得干干净净。我们四目相对。我觉得她看到我心里去了，她好像什么都明白。过来人。她说出去采采阳光吧，多好的天气。她开车，径直去了绿岛咖啡。这里清净。她说。我说你对这里挺熟。她说常出门在外，习惯了。到一个城市，先找好住处选择最佳地点，干什么都方便，就餐，游玩，购物，银行，医院，甚至派出所、保险公司。遇到紧急情况，最好一秒钟都不耽搁。我们上三楼坐在靠窗的卡位。我没有胃口。喝一杯咖啡，吃一角松饼。艾乐表姐显然饿了。吃了一盘时令蔬菜，一罐咖喱小牛肉，一盅米饭，一杯咖啡。她说离婚后不久，她去复旦大学进修一年。学习结束留在上海，在一家中日合资公司附近开了家日本料理。生意还不错。咱们东北大米好吃，秋冬我要回卜奎采购大米，泰来的，查哈阳的。这里的大米做出的寿司口感好。前夫一直把孩子放在卜奎孩子奶奶家。同时也看看孩子，扔点钱。我有事离开呢，艾乐在那里帮我照管一下。上海说大也大，说洋也洋，说小也小，说土也土，完全看你怎么样生活，在哪个范围生活。

我被她的奇谈怪论逗喷了。如果这样想完全不必去上海复旦。她洞悉到我的心思，笑一下，你现在好多了吧？给自己选择自由的生活空间，就不会轻易地受到伤害了。这一次她没有化浓妆，身着深海蓝长裙，中袖卡腰圆领衫，蓝色和肉色相间的宽条纹，胸前吊一块羊脂玉环，头发剪得很短，在耳朵上方耸起，像一顶精致的黑色王冠。干什么这样盯着我？嗯，是不一样。同过去不一样。哪里不一样？说不出来，内里的事？她说，得得，我一个人家不要的中国老太婆有什么好看的，现在是周日的下午了，去看看你的小英奇吧。突然悲从中来，我抱着她哭起来。她拍着我，哭吧，哭吧。哭完了，心里就敞亮了。

这个星期日，从下午三点到晚上八点，我们在周老师家陪小英奇玩，做各种游戏。捉迷藏，骑扭扭车，还翻出了古老的老鹰抓小鸡，周老师也加入了我们。艾乐表姐去买了蔬菜水果、火腿肉、烤鸭、俄罗斯的大列巴、两袋三合面（小麦粉玉米粉大豆粉）早餐饼，早餐饼每片有三寸见方，一指厚，还有一盒为幼儿特制的小麦粉手指棒。她做这些事麻利又周到。自然得像我亲自在做。在我给英奇读《格林童话》时她悄悄出去的。她拎着大包小包地进屋，我瞪圆眼睛，她却赶忙对我丢个眼色。周老师说哎哟，哎哟，你这是，你真是的。她说宋瑶林太忙了。周老师说我知道，我知道。小英奇很乖，在我这里挺开心的，你们放心吧。晚餐是艾乐表姐和周老师一同做的。

周老师的先生寡言少语。很少露面。偶尔碰巧在家，仅只微笑点头，然后一头扎进他的阅读室就不出来了。他们的书房不大，十平米左右，放一些工具书，新华辞典、英汉词典到健康医药词典等实用性工具书。他们订报刊，图书一律到市图书馆借阅。所以房子不大，看上去空间很大很简洁。客厅完全给孩子用，摆放孩子的玩具和适于婴幼儿看的画册。孩子的卧室也是十平米。一张带护栏和蚊帐的床，铺盖家长自备，退教时再带走。一张小方桌，一张凳，桌上有台灯，有一台仅能放碟的CD机。孩子睡觉时，周老师坐在这里读故事书，或放爱和乐。门旁有个衣架，挂孩子的衣物。老两口住在十五平米大卧室，一张大床，一个双人衣柜，加上厨房、卫生间和进门处五平米的玄关，六十五平米的屋子让他们住得宽绰豁亮，又是正房，所以一进门，就觉得孩子交给周老师十分踏实。今天周先生也在家。他找出来很少用的折叠式太阳桌，就像是一家人团团围坐在一起欢度星期日。我看着艾乐表姐布菜，说笑，周老师老两口不住地抿嘴乐。我心想多么好的女人，很会过日子，是哪个男人瞎了眼看不见这么好的女人？是哪个男人这么没福气消受这么好的女人？他为什么抛弃了她？

这个夜晚，小英奇比接回家还高兴，简直玩疯了。他说我知道妈妈在工作赚钱，好买粮食、买菜、买鱼、买肉，长大了送我上学校。我感激地看着周老师，您使他懂事了。在家里我做不到，他哭起来，我束手无策。周老师说不要以为才两岁多的小儿什么也不懂，要同大人一样平等待他，他能觉出你对他的尊重和信任，他会认真听你讲道理的。艾乐表姐说，遇着周老师是小英奇的福啊。我变得愉快起来，甚至在想同唐闻禾的争吵是一场梦，唐闻禾没有回来过，我在做白日梦，他有几个月没回来了。我对自己有了一丝丝的恐慌。

回到家里，艾乐表姐泡了一壶莲子心茶，她说她出门常备一小包莲子心泡茶喝。这东西养心，助睡眠。你应该常备一些。她把余下的留给我，嘱我连喝几天试试，去去心火。我说我倒想去心火，别人不想去，总是往起勾火，我有什么办法？她咯咯笑起来，说你若没心火，别人怎么能勾起来？我给你讲一个传说吧。古时候有个秀才，他的爱妻病逝，因此忧郁成疾，终日愁眉苦脸。家里人找了很多大夫都看不好，秀才不吃不喝，身体越来越坏。家人急得东求西求，终于求来一位德高望重的名医。老大夫诊治得很仔细，望头面五官，望舌苔手掌纹，望神色皮肤，还让他在地上走了两圈，最后切脉。老大夫长长叹口气，紧皱眉头说，唉，你这是身怀六甲啦，妊娠不适啊！我哈哈大笑，狗屁名医，男的怎么会怀孕呢？当时秀才听了名医的诊断也是哈哈大笑，说我一须眉怎么能怀孕呢？从此，他逢人便讲此事，然后与大家哈哈大笑一阵。没几日，他竟恢复饮食，身体也好了。这叫快乐疗法。你说是不是一位德高望重的名医？我恍然。这个大夫真是太高明了。而现在我的心情也好起来。我问起她那个男人，怎么会如此没有眼力抛弃这么善解人意的她。她说不，不是他不好。他是一个好男人。这个男人太好了，好得我没办法同他在一起生活。她看着我睁大的眼睛，接着说，是真话，他太完美了，完美会破坏现实生活。没有互补性，生活就终止了。他没有抛弃我，是我逃离了他，我实在适应不了他的完美。我不明白，觉得又是奇谈怪论。就像她说艾乐，在没有家的远方思念家，在没有爱的地方寻求爱，于是知道了家，懂得了爱。我初见艾乐表姐觉得自己看透了她，可是时间一长她成了一个谜，她的眼睛后面隐藏着一个不为人知的世界。她就留下她的谜面，在第二天我还没睡醒时，悄悄离去了。

艾乐表姐的到来，使我和唐闻禾的争吵没有升级，就在它该结束的时间结束了。有了一段安静的时光。也说不上谁向谁让步，我们从来没有说服过对方。

而在这次腿摔伤好利索后我们的争吵有了升级的迹象。此时，在寂静的病房里，那个春天的夜晚，灿烂地笑着，他拥着我，轻轻耳语，瑶林我们该有个小宝贝，有个真正的家了。我伤心地想这个甜美如夜曲一样的耳语，回味着酥痒地扑向耳郭的灼热，不由泪流满面。

第六天了。输液瓶又吊到了棚架滑钩上。今天来的是位年岁稍大些的护士，笑眯眯的，好说话。扎针麻利准确。我感到手背蚊子叮了一下，她便已经粘好固定胶布，直起身放开折着的输液管，一边调输液速度，一边聊天。我刚从卜奎城回来，婆家住在那边。东北这场大雪，把不少人送到医院里来了，伤胳膊折腿的，我知道的就有几百人，医院的床位住满了。往龙江那边去的公路上，还有一辆吉普车滑到沟里，多亏一棵大树挡住了，里面的人受了伤，伤势都要不了命，司机肋骨断了，他说庆幸，要滚到沟底，就都玩完了，感谢这棵树，回家要多种树。她微微笑着，看着我的眼睛，好像有那么多人都摔伤了，我就没什么可抱怨的啦。点完叫我一声，啵？她冲北北噘起下巴，歪着头一笑转身出去了。

北北做了个夸张的手势，像要飞起来。我说她扎针很有经验。老叔打来电话，实在没辙了，英奇也不知道是怎么了，半夜里哭醒好几回，我琢磨着听说你摔伤了，这些天没回来，准是惦着了。不行我带他去医院看看你。我看看窗外，天空依旧灰暗，铺着均匀的雪云，不过雪已经停了。我说挺远的，路上有雪，不好走。我问了医生，可以回村卫生所点。还是回去吧，今天的药下午两点左右就点完了。老叔借了辆车接我回家。医生开了几盒口服的治疗跌打损伤的中成药。老叔说唐闻禾就那么忙吗？我说跑生意很难。有时身不由己。一种比这雪天难耐的寒冷浸得我不由哆嗦。北北说爸你嘚咕什么呀，天够冷的啦！你同村里卫生所的大夫说好了吗？老叔说伤筋动骨一百天，还要加点营养药，才是真的，瑶林吃东西跟不上。

老婶提把椅子出门迎我们，一边说英奇出息啦，没出去和孩子们疯，叫他老实地在家里等妈妈，他就坐在炕上等。北北白了她一眼，没好气地说看着点儿，别碰了伤腿。他们把我放到椅子上，我用双手擎着伤腿，他们抬着椅子，把我抬到炕上。英奇哇的一声扑过来，北北及时抱住了他。告诉他妈妈的腿碰不得，要等两三个月才能动。英奇惊慌地看着我高高架在被子上的腿，小心翼翼地挪到我身后搂住我的脖子。没事了，用上药好多了。不过要等好长时间，妈妈才可以走路。妈妈是不是很疼？英奇坐在妈妈身边，妈妈就不疼了。英奇说真的吗，那我不出去找小朋友了，天天坐在你身旁，你就好得快了。北北说英奇说对了，你是世上最好的灵丹妙药。英奇眨巴着黑亮的小眼睛，那会不会把我给妈妈煮吃了呀？大家哄地笑起来。北北说不用吃，看着你就好了。噢，英奇叹口气，一本正经地坐在我身旁。

11 豆腐脑

广播里音乐停止，换成了女播音员软塌塌的声调，报告前方到站卜奎站，有下车的旅客请做好下车准备。车厢里一阵忙乱。火车靠站了。我拎起双肩包，随着人流下车。脑子迷迷糊糊的，还没有完全清醒，被人流裹挟着出了站口。雪花扑到我的脸上，像一只冰凉的小手拍着我的脸颊，拍醒了我。不应该出站，直接在里面换乘三十九车。我应该立刻转回去，这里是卜奎城，宋瑶林在同原镇医院。我的脚灌铅一样没有动。雪花堆满了我的肩和帽子。站前广场上的人很快走光了。来了一辆的士停在我面前，没等他问，打开门上去，第一百货门前。时间早，街上没有多少车也没有多少人。我站在第一百货商场前的十字路口，琢磨着往哪条路走好，先找个卖早点的店，喝口热汤。忽地想起往南走不远就是贝贝 face，在这里上学时去过两次。不过现在是清晨，它只在下午醒来，到凌晨睡去。要是往西一直走下去，就会走到学府区了，学校还在放寒假。我转向商埠街北路。那边胡同里，有一家东北豆腐脑，清晨五点就开张的。这样的雪天不知会不会照常营业？

路上的雪有一指厚，还没有被踏过。转到胡同里，看到新清出的小路，直通到东北豆腐脑，心里掀起一阵热气腾腾的感觉。里面的客人不多。我是第五位。一进门就忙不迭地说来两碗豆腐脑、两张吊炉饼。门口有张旧得看不出本色的桌子，桌子上摆着两个藤编的浅筐，一个装满咸鸭蛋，一个装满自叠的面巾纸。后面坐着位中年女人，她缓慢地拿起两片面巾纸递给我，脸上毫无热情，盯着我看。我忙卸下双肩包提到门口拍掉上面的积雪，也拍了一遍身上。回头撞上一个客人的目光，他起身招手，过来坐，你一进门我就认出了你，我想这不是唐闻禾吗？果然是唐闻禾。

我遇到了熟人。他叫许乐友。他老婆是大庆开发区综合部的软件管理员，管理企业的房租水电一类的杂务。他是石油管理局的对外办事员。在建昊天公司的时候打过交道。有两年没联系了。想不到吧？真想不到。我喜欢咱北方的小吃。东北豆腐脑几乎不停业，这是过大年休了两天，初三就开门了。我说你什么都知道。他说常过这边来。你住哪里？我说去漠河回来刚下车。他说这个点下车准是那趟见站就停的慢车。来去都要从这里换车。我说也没有别的车次可选。我饿急了。边吃边听他说，必要时点点头。

他吃完了，点上一支烟吸着。他说这趟车就像摇篮一样慢慢摇。差不多走一夜又大半天。从始发站算起，共七十一个站。冬天不行，冬天就是铺天盖地的雪。夏天好看，沿途地广人稀闭塞之地，自然风景好。要是有工夫，一站一站地走，一站住几天很有意思。许多的小站名字也诱人：大哈伯，清水山，对面泉，春亭阁，翠峰，古源，林海，盘古……上次我去加格达奇坐了这趟车，没把我烦死。要是有工夫这么闲逛荡，冲着站名也有趣。我狼吞虎咽地吃掉一个吊炉饼，肚子里有些底了，这才斯文起来。我说饿蒙了。

不用急，今天反正也办不了事，初七各单位上班。我是昨天到的，我在北京买了房子。我说你不说我还不知道。他说是阿华旅游的结论。她去了很多地方，就喜欢北京。阿华暂时在一个驻京办事处坐办公室，她准备考注册会计师，学习很紧张，还要照顾孩子。我说阿华不简单呢。我呢，暂时两边跑。大庆那个化工厂我还牵扯着。经营不利，半死不活的，很棘手。我知道这个厂子，生产的是市场紧缺的氢氧化铝，利润应该是相当可观的。

我只是个小股东，技术上的事不明白。我答应阿华尽快去北京。儿子已经转到北京景山小学读书。一般转学，特别是北京上海这样的大都市，孩子要留级，怕跟不上教学进度，影响孩子的情绪。入学的时候，先考试。与全校同年段的孩子一起考。他赶上下半年期末考试，我都替他捏一把汗。阿华张罗去北京这一年，孩子误了不少课，这小子玩心大。上课听讲，下课作业完成，就去玩，喜欢踢足球。老师帮着补习，总不如在课堂听的效果好。儿子说他可以试试。考完试一发榜，全班第二。班主任问他，你在黑龙江（不管哪个城市他们习惯说黑龙江的）终考排第几？你猜他怎么回答？我在黑龙江普通中学，我们学校是最差的学校啦，我排名总是倒数。这小子！他正常跟班走，开学四年级。我得快点结束这边的工作。这不大过年的，听说这里有一项工程正在招标，提前赶来，想找有关人摸摸底。唉，人家都携家带口的，不是云南就是三亚的，到南方过团圆年去了，我还在这里拼死工作。

我说你该事先打个电话问一下，就不必这么早赶来了。他说这事只能咱等人家，要是等人家回来再来，就连勺汤也喝不上了。我说究竟是什么工程？刚竣工的兴国大厦，防腐和中央空调。我不知他们要的底价，总裁说要保证产值四百万到五百万之间，不能再少。我说这活我干拿手，你们需要到别处去买原材料，中间环节多，成本就加大了。我不该跟你说，多了一个竞争对手。他苦笑。你们要价太高，中标可能性小，不如让我试试，万一谈成给你点信息费。他说这个不重要，便闷头吸烟。我接着吃我的第二张吊炉饼。现在的吊炉饼偷工减序，一看就是煎锅里油泡出来的。真正的吊炉饼是放到特制的泥炉里，炭火烤出来的。外酥里软，要多香有多香。我吃好了，他的一支烟也享用完了。这支烟他只吸了一半，另一半自燃了。他满腹心事的样子，时不时地愣一会儿神，烟棍在双指间顾自烟缕盘桓。他拍拍身上的烟灰，我们一起走到雪地里，雪停了。

天空灰蒙蒙的云在移动。他手往前一指，前面过十字路口上坡一百米五一宾馆，地点居中，办事方便。我说正琢磨着住哪里方便呢。这个城市冬天宾馆生意冷清，过了五月来的人就多了。我要了单人间。屋里洁净简单，一张床一套桌椅，一个很紧凑的卫生间，里面安装了淋浴头，室温相当六月。他问我今天有什么安排？我说这几天太劳累了，就想好好睡一觉。我冲了个热水澡，睡了一整天，午后四点被电话铃声叫醒，许乐友打来的。他说哥们儿怎么样？一块儿吃晚饭去吧。我们在就近的烧麦馆吃了羊汤烧麦，然后去了贝贝 face。雪完全停了，灰色的天空正在变蓝。总算晴天了。推开门，肯尼基的萨克斯曲带着屋里的热气扑过来。我找到老位置坐下，要了红酒。他喝了两口，掏出烟来，刚要点火。一个服务生过来，指着吧台上的一个木牌，禁止吸烟。我笑起来。你把烟戒了吧，有那么多好吃的，干吗吃这有害无益的东西。他说你不吸烟不知道，提神，解闷。

他对服务生挥挥手，来两盘干果仁。服务生说有很多种，爆米花，乌梅，蓝莓干，葵花子，南瓜子。他说要干果仁，明白吗？服务生端来开心果、葡萄干、腰果、杏仁。他抓起两粒腰果扔进嘴里，怎么也不如吸支烟够劲。然后话题突兀地转到兴国大厦的事情上。在我呼呼大睡的时候，他同总裁探讨了能否拿下这项工程的可能性，并且把我作为强硬的竞争对手递了上去。总裁说知道昊天公司的老总，要比我们的条件优越，你根据实际情况决定。许乐友说有总裁的话，我此行结果如何对我来说不重要了。总裁目前正急于吸纳新股东。我已经正式提出要撤股，原因是阿华一个人在北京又工作又忙孩子吃不消，我要尽快去北京。

我说你想得对，阿华太吃力。他说你要能入股龙庆化工厂，那可太好了。你有管理经营企业这方面的才能，也有经济实力。这可是一个图发展的好机会。我说突然了点儿。他说市场上正短缺氢氧化铝，应该是包赚不赔的买卖。我说有金额的要求吗？二百万差不多就可以入股。我说如果拿下兴国大厦的工程，回去就考虑入股的问题。我们碰杯，算是约定。

七点以后人多起来。我发觉这里有了变化。以前这里有点像丽江古城中的那些小酒肆单茶楼的氛围，年轻人聚会亲昵欢歌，青春、生命自由绽放，豪情满怀，激情洋溢。现在到这里的人复杂多了。圆舞台上摆着的鲜花没有撤掉。服务生说很久不演出了，客人可以点曲子，CD一直在播放音乐，跳转桌舞。你没看到过道加宽了吗？这样一直跳过去。过来一个女孩，请我跳舞，我说我会把你的脚踩成蒜泥。请他吧，他什么舞步都会。女孩把脸转向许乐友，声音可怜巴巴地说先生可以请您跳支舞吗？许乐友瞪了我一眼，起身搂住女孩的腰摇晃开去。他同女孩聊着，舞姿挺范儿的。又一个女人走过来，看上去三十多了，穿着粉红的锦缎旗袍、白高跟皮鞋，指间夹一根长支烟，摇摇摆摆地来到我桌前，老弟一个人多闷呢？

不等我回答，她就坐在许乐友的座位上。看看我的杯子，喝那个多没劲呢？来杯二锅头。服务生机灵地送上两杯二两装的二锅头。我不会喝，看着头就晕。说的什么话呀？哪有不会喝的？她举杯示意，一仰脖灌进去了。眼神飘起来，眼睛浮起水汽，像清晨起雾的潭。说话声嗲起来。小兄弟不给面子吗？我真的不会喝。我去看许乐友，他不在。女人说找你的朋友吗？他在同小姑娘快活呢。我恶狠狠地瞪她一眼。她咯咯笑起来，小兄弟真可爱。你不知道佛说吗，无论你遇见谁，他都是你生命中该出现的人。来，我们跳舞吧，就算施舍。我惊讶地看着她，不由自主被她拉起来，她竟带着我真的跳起舞。她又一次咯咯笑起来。看来你没撒谎，真的不会跳舞。放松，放松，不要僵挺着身子，我不是洪水猛兽，吃不了你。

我干脆不去想跳舞，我索性去想投标的事。唉，她叹息一声，放开了手，别把我想得那么坏，我不是坏人，也不是好人，肯定是个没危险的人。我想立刻回住处。许乐友还没影儿。她端起我没喝的那杯二锅头，一仰脖子喝了。我说对不起，我去方便一下。十分钟后我回来，她离开了。又过了半小时，许乐友回来了，酒气冲天，还没到昏头昏脑的地步。说小丫头看着不搭眼，跟我拼酒，没料到酒量惊人，像喝汽水一样，输了一千块。我说快走，再不走，把你在隆庆公司的股金都搭进去了。回到住处，许乐友没事，我吐了个底朝天，苦胆都吐出来了。我说可能饮料是过期货。许乐友指着我笑，瞧你那点出息，能中标吗？

我几乎整夜没睡。我在想宋瑶林。想我们在这里共度的时光，我有多么爱她。如果我说出我所想的，许乐友也许会说为什么现在不快回去看她？我会说她在叔叔那里，有婶子和北北。她最需要的是你！我的心不会承认，拐到这里来还是逃避。我在大年三十伤害了她，我真的要离开她吗？我被自己吓坏了，不知道怎样收场。我在漠河上火车时，就没真的想要回去看她。腿摔折了？说不准老叔又在蒙我。他总是说宋瑶林比我有身份知理。

我回想着放寒假我们一块儿回家的日子。在开学又一块儿返校的日子。那时候我有幸福感，前面的路不再是我一个人踽踽独行，心里为生活做着各种甜美的设计。尽管那时也并不全是快乐。担心毕业分配，担心年轻的我们能否建起一个家，上无寸瓦，下无寸地。我们会为一件微不足道的小事闹翻，不久又会忘情地拥到一起，发誓真爱无所畏惧。现在是怎么了？几乎不能对话，一见面说不上两句就吵。也许我们真的不合适？她的性格让我难堪。可是为什么那句绝情的话一出口，就像给自己判了死刑一样，希望她立刻来求我，要我不要离开，她有多么在意我，只是疏忽，没有考虑我的感受，她理解我在外面打拼有多么辛苦，为了她和孩子。可是她没有追我，一句软话也没有，冷冰冰地任门在我身后合上。

天将亮了，总算迷糊了一觉。却看见宋瑶林，在一间雪白的屋子里，她牵着儿子的手朝我跑来，我惊讶地说你没事？她笑着说吓唬你呢。突然她前面的门重重地关上了。我跑上前去使劲敲门，喊叫！门始终不动！我大叫一声醒来，一身冷汗，心情抑郁。这时我听到咚咚敲门声，忙下床开门。许乐友进门说以为你遭遇不测了呢，门要砸烂了，再不开门就叫保安来啦。呸！你个狗嘴。市政府那个朋友联系上了，今早刚到家，我约他出来给他接风。现在是什么时候了？中午了。约的是午后四点。好好洗个澡，精神点儿，看你的运气啦。

12 手拉面

最近我陷入一种极度的挫败之中。唉，天刚亮电话又叫，我凌晨刚睡下，也不知谁这么早来电话，简直不让人活了！

自从《你们还敢吃烧鸡吗？》的檄文在《新北方周末》的《饮食男女》栏目发表，我便失去了平静。早晨《新北方周末》发出去，当天下午电话蜂拥而至。一个女人小心翼翼地问名记老筆吗？你写的使我震惊！太缺德了！法律呢？法律干什么去啦？法律采取行动了吗？一个小伙子在电话里大叫大嚷我的天啊，我吃饭时读的报纸，我有个习惯，边吃饭边看报，看到你的文章哇地满口饭喷到桌子上，接着大吐特吐，胆汁都吐出来了，现在肠子还抽筋呢，见着肉类就恶心。怎么样，警察把他们收拾了吗？有一个老爷子，颤巍巍地说老筆呢，我就是冲你的《饮食男女》订的这份报纸，你没让我失望啊。这些祸害人的王八羔子应当枪毙。有的人去报社找我，要当面谈谈。有个电话打到总编那里，兴师问罪的口气，你们是编故事的高手，虚构是你们编故事的旗帜啊，这样你们就可以毫无顾忌地胡编乱造了。请那位老筆先生声明：本故事纯属虚构。否则他要难堪的。

我知道这准是制造瘟鸡变名牌烧鸡者打来的电话。我问总编知道哪里打来的吗？总编说文化西路公用电话亭。我说是食品店里的公用电话吧？九十年代初，城市主要街道构建了电话亭，不久这些电话亭就被闲人肢解了。有几条街幸存，文化路东西两条十字路口算是坚持最久的，后来这些电话亭一个也不见了。总编说你暂时在家眯一段时间，稿子传过来就行，谈谈爱情和幸福。谈谈爱情和幸福？对。我说结局就像路边的电话亭？他说你发现了问题这很好，你的任务完成了，解决问题不是你的权限和范围。我说好吧，爱情和幸福。

我的心情让总编的“爱情和幸福”弄糟了。想找个人聊聊。说真的我这种昼伏夜出的工作，难得有推诚聊天的关系。何况还要回避真假未婚妻的纠缠。想来想去就想到了唐闻禾。心里涌起点喜悦，怎么早没想到他呢。立刻打电话。他说刚下飞机。去了趟北京。正往兴国大厦的途中。我说正好给你接风。

晚上六点我们去三十六计手拉面吃卤面。三十六计手拉面门脸不大，且在偏街，这一点是我最中意的。他说面条卤子挺不错。我说食客们都是冲面条卤子来的。大兴安岭的花脸蘑、黑木耳，咱这黄花岛的黄花菜，讷河县的土豆，加上七星园散养的笨猪、笨鸡老汤，口味当然不错。比北京的炸酱面怎么样？

他说很多东西是无法比较的，它们是以各自的独特性存在的。北京炸酱面，就是因为它是北京的炸酱面受欢迎，这里的地方山野菜打卤面就是因为它是地方山野菜打卤面受欢迎，所以吃了还想吃。我说有道理。我们俩人要的都是猪骨头老汤卤面。我说记得你喜欢鸡汤肉丝面。他说我在飞机上看到你的文章，毛骨悚然，草木皆兵。你惹祸了，是不是？你这么认为？瘟鸡变名牌烧鸡，白纸黑字坐着飞机跑。什么叫安全？什么叫恐慌？什么叫愤怒？食品安全检查部门干什么去了？

总编让我暂时不要到班上去了。读者找我找疯了。他们最关心的是这件事处理结果。有一个读者说他是洪七公叫花子烧鸡嗜好者，最近得肝癌了，要求赔偿治疗。这人的家属找总编又哭又闹又下跪的，要报社给她做主。闹死了。警察去的时候，人早跑了。把死鸡埋掉，回说正协助有关部门调查。无头无尾一屁股烂账。

算了，别上火了。你老箪做不成箪食壶浆，放在谁身上都难做。不昧良心已是上上人了。领导是不是打算劝你辞职？那倒没有，让我写爱情与幸福，永恒的故事。

同辞职没什么区别。管他呢，饭碗不是还端着吗？我给你提供一个素材。唐闻禾说起在北京开的西餐馆。每天同一个角落坐着同一个女人。她不漂亮，看着挺顺眼，衣着可以说普通，又不普通。就是说比较脱俗，有点像从森林中走出的女神。他想不出她究竟有什么地方让他注意了她。她就是那种容易让男人出轨的女人。有点意思，接近浪漫。唐闻禾转手中的杯子。我盯着他足有一刻钟，他也不理我。哎哎，想什么呢？不是你要出轨吧？

这话他听到了，抬起头，笑了笑。她总是一个人坐着，每次都喝香格里拉。我那店开门才半年，对于偌大的北京，它很小，不引人注意。她选择这里，可能是僻静，可以等什么人，或与什么人相约。但是对店铺的生意并不是好事。我已经发现地点选择的失误。并不是每一块地皮都是金子。后来真的来了一个男人，人很俗气，矮子，戴劳力士金表，女人没起身招呼他，飘去一个不屑的眼神。男人坐到她对面。亏你找这么个蹩脚的地方，好了，结束了。她死活不答应。所以拖了这么久。他们走了后，再没有来过。却有一个相貌不凡的中年男人来打听过。他彬彬有礼地问我见过这两个人没有，他一说体貌特征，我就想起这两个人。听我说从那以后再也没有来过，他很难过，那么真的是去厦门了？儿子很想她。我说女人是你的？他说妻子，不，是前妻。我请他喝一杯。他没有拒绝。我也没问。他说都是我不好，我在机关工作很忙，常常没有休息日，当然，他自嘲地笑笑，为升个一官半职的，很对不起她。她觉着寂寞，在舞场认识了矮子，矮子是做布艺家私的，很有钱，满足了她的要求，我不能说她虚荣。我们是好合好散。不过心里头，心里头——他忍住了眼泪，转头打量，你这里好静啊，怪不得她泡在这里。还是让我打听到了。这个地方是矮子的儿子告诉我的。矮子的儿子同情我和他的妈妈。我说找到她又能怎样呢？两个月坐在这寂静里，她准是想明白最终她要的是什么，铁了心了。他说是啊，真不知她想明白的是什么。我听着觉得太憋屈了。他说只是儿子怎么办呢？他开始逃学。我没有时间管他，明年该上高中了。我说这里随时欢迎你。他放下喝干的长城白葡萄，说声谢谢就走了。

我觉得有强烈的社会现实性。你讲的这个故事，一定能把读者的注意力吸引过来。教育应该对这些单亲孩子有点想法才是。唐闻禾说我认识的一个大学文科教授卖松花粉，给我打电话推销松花粉。还有一位教过我的俄语老师，在大农贸市场买了床子，亲自卖精细菜呢。碰面还真是有点尴尬。要是都能在其位全心谋其政就好了。

那样的话或许就不会有瘟鸡烤制的名牌烧鸡，铺天盖地投入市场了。唉，不好说呀。你这次回来？我是回来处理兴国大厦拖欠工程款的事。对方要用三个楼层顶债。开始我有些犹豫。哈尔滨地下商场的工程款也拖欠着。最后给了二十几台床子，还没卖出去。资金回笼成问题。又不能拖下去，我决定接受。一是受北京洗浴行业启示。搞个洗搓按摩美体高品位的洗浴中心。二是上次在这里洗澡的经历，才晚上十点就找不到开门的了。那个破澡堂子恶心人。坏事变好事。我把名字想好了，就叫“兴国洗浴中心”，全天候营业。太好了。开业我一定去。在《饮食男女》做个广告。咱们再去别的酒吧坐坐怎样？他说算了。也是，兴国大厦的事也够你忙的了。我回我租赁的窝，用整个黑夜去写爱情和幸福。呵，恭候拜读。

爱情很神秘，我还没参透它。婚姻我还没有尝试。幸福不知在哪里。一想到这个我就难过。我的生活一团糟。目前为了生活我得写下去。我要千方百计让读者喜欢《饮食男女》，由此扩大报纸的销量，总编满意，我的饭碗会稳定，我的心里会踏实。流浪狗熟悉了这里的环境，便想上阁楼来陪伴我，它跟着我上楼，看着我习惯地站在窗前。夜空，树后的房子，窗下的街树，夜归人，同每个夜晚一样，这条街几乎是寂静的，很少有人深夜经过。我抱抱流浪狗，劝它回到自己的窝里去。它突然扭动起来，头转向窗口，发出威胁的低鸣，这是一种进攻的信号。我听到可疑的声音，在楼脚的灌木丛处，有喘息扭打的声音。

我迅即下楼。流浪狗叫起来，并不凶。我看到这样的情景：灌木丛围着的草芙蓉上，一个男人站起身，后背对着我，不慌不忙提裤子。同时我闻到了酒味。他在小解。流浪狗这时反而不叫了。竟坐下来，想看场好电影似的。我刚要转身回去，似乎有一道白光扑了男人，男人跪倒了，在黑夜的屏幕上，是半裸女人的剪影，挥手扇了男人的嘴巴子。男人捂着脸不动。天呢，活见鬼了，我连喊叫的勇气都凝聚不起来，因为就像一场无声的电影。我从流浪狗泰然自若的坐姿上，觉得好像是我产生了幻觉。我使劲揉眼睛，男人朝我转过来，我浑身一下子变得僵硬。那是一张模糊的动物脸，一个满面笑容的猪脸。我拍了流浪狗一下，它会意，凶狠地朝猪脸大叫。我看到楼上有人家开了灯。猪脸伸手在脸上抓一把，竟把猪脸抓下来，露出人脸。我认出他是同我住一层的邻居。女人在这个空当把衣裙整理好，用手遮着脸跑进楼门。我这才明白流浪狗不叫的原因，它嗅出老熟人的气味。这个男人给过它肉骨头。

我打开过道门迎着他说，老兄不好意思。我的狗太无礼啦。他说你别误会，她是我妻子。妻子？我想他在撒谎。女人打他耳光，显然是被强迫的愤怒。我叫他说出让我信服的理由。否则我不能视而不见。他说我知道你是记者，有权报道你不理解的见闻。我说你说得没错。不过，我还是给你辩解的机会。她真是我妻子。你的家就在楼上，同我住在一层，那事情完全可以在卧室的床上做。如果你想在地板上、沙发上，随便你家里的任何地方，也比在这里好解释，不是吗？莫非你们想玩新潮刺激的？不对，女人并没发现我和流浪狗，她沉浸在极端羞辱中，根本无心观察周围，我在门口的暗影里，她打他耳光是情急反应。你别想抵赖。我不抵赖。我妻子还说要上法庭告我。既是你妻子，告你什么？强奸。我觉得也许真的是夫妻两人之间的事。我说要不这样，你先到我家坐会儿？他跟我和流浪狗上楼。

我说我没有酒，只有烟和白开水。他就喝白开水吸烟，吸了一支，才想起说谢谢。他说你一定有点好奇，是吧？我们结婚五年了，我特别想要孩子。为这事别扭。她说女人一生了孩子就会邋遢，男人还不领情，还会嫌弃。我说我不会。她练瑜伽，跳拉丁舞。这都行，可是晚上身子也不给我了。

所以夜深人静了，你就戴上猪脸在门口等她跳舞回来。这栋楼可能只有我常通宵工作。

记者这么辛苦？

报纸靠《饮食男女》出菜呢。

他立刻瞪大眼睛，唔，你是老箪，我就是因为喜欢看《饮食男女》才订的《新北方周末》。

我说我很高兴你喜欢《饮食男女》。不过我要劝你一句，粗暴的方式只会激化矛盾。

问题是没有矛盾。我们生活很平静，上班下班，她在学校做教务，有寒暑假。目前我开办电脑学校。

目前？

我不想再干了，操心，赚钱不多，厌倦了。我们相识时她刚从省师范毕业。在去学校上班前的一段空当，她去了我的电脑学校打零工。

于是你们一见钟情，恋爱结婚。

是的，我想让她留在电脑学校。她不同意，她说这样会使她变成坐享其成的人。她要保留自己的独立性。她去学校上班后半年，我们举办婚礼。蜜月旅行。那些日子她真的很快乐。不知从什么时候起，我们之间的话就少了，假期常常各忙各的。她在家里的鞋柜上放了便签本。出门留纸条。习惯了我也留纸条。纸条贴在穿衣镜上。起初我觉得挺好玩儿，时间久了我开始疑心她有外遇，雇了私家侦探，结果她只用心于完美自身，练歌学舞塑身。私家侦探还恭喜我，说他接受了这么多人的委托，只有我要求调查的对象是洁白无瑕的。她是一个美人。他就像说一只烤鸭很好吃，几乎让他流口水。我想我们应该好好谈谈。今天是周末，我请她留在家里，我给她做西湖醋鱼、雪蛤木瓜，这是我最拿手的菜。我们极少在家开火。锅灶基本闲着。她却在镜子上贴了纸条：十分抱歉，今天有舞蹈课，我在附近的快餐店解决。你自己慢用吧。我一个人吃晚饭，喝了半斤贵妃。

北大仓酒新创的一组牌子，昭君，貂蝉，贵妃，飞燕？

是，我喝的是贵妃。我们的日子也许太平淡了，来点刺激的。本来我想在远一些地方，谁知一出门看到她走到花池子啦。开始她很惊恐，没认出我。我堵着她的嘴。后来她大概嗅到了我的气味，不再挣扎。我知道这很可耻，我就像在采路边的野花。不仅如此，我竟兴奋得发狂，快乐得全身颤抖。她咬牙切齿地说我要上法院告你！

我真不好意思再听下去。他把我当成了一段木头。我说我明白你的意思了，你们确实需要好好谈谈，你爱她是吗？他说当然。你要弄清楚原因，这个原因是问题的结，打开这个结，你们的关系或许有新的转机。他点头。箪记者，能同你这么坦白地聊聊真舒畅。谢谢啊！别这么客气，你想聊，随时过来聊。远亲不如近邻嘛。

又到凌晨了。我送他到走廊，看着他用钥匙开门，回身对我摆摆手。我们同时关上门。我立在门口，许久静悄悄的。我上阁楼，立在窗口，周围死一样沉寂。夜将尽，炭一样的黑。我想起乡下，锅灶旁停息的风箱，锅底熄火后温热逼仄的黑洞。现在我只想睡觉。

我钻进被窝，头没挨上枕头，我就睡着了。可是电话铃声叫醒了我。我迷迷糊糊拿起听筒，喂了一声，你找谁？有时房东会来电话问一下房子的情况，房东的朋友有时也会来电话，想知道房东什么时候回来。他们之所以还留着这所房子，就是等等看的意思。我认识一位中学音乐教师，举家去了保定，一年后又迁回来了，因为实在受不了那里的夏日，没有风干热。我这才注意到卜奎夏天的和风是多么爽。电话里陌生女人的声音，鼻音很重，就找你呀老箪，过得怎么样，挺开心的吧？

腔调像是我的老熟人，不是房东或房东的朋友。你到底是谁，无聊！

她大约感觉出我要撂电话，急急地追一句，喊着说我是你的桃！你听不出来吗？

13 沙尘暴

正月十四的午后，雪停了，云没散，天色还是灰蒙蒙的。我的腿伤不点滴了，只吃接骨药，过一个月后再去医院拍张片子。打着石膏的腿高高地架着，不能动。我用小竹棍挠痒痒。婶子在看我的脚趾。动一动，她说。我动了几下脚趾，她说肿消多了，这要是三伏天就遭罪了。英奇从外面跑进来说天上出彩虹了。我说你准是做梦梦见了彩虹吧？冬天怎么能出彩虹呢？真的，快看。北北把我移到窗前。用手掌划拉掉玻璃上的水汽。

在东南方的天空，真的有条彩虹扎向地面，像是从村道伸向天边的七彩路，在洁白的冰雪上格外耀眼。我第一次看到冬天出彩虹。北北说如果不是英奇发现了，还真注意不到这样的美景。如果不是你的腿摔坏了，你就不知在忙什么，也许会对英奇说，去去，玩去吧。大家笑起来。当然就不知道冬天也会出彩虹。凡事没有绝对的好，也没有绝对的坏。我抑郁的心境被彩虹驱散了，或是带去了。我一直盯着它，一刻钟后它明亮的色彩开始渐渐淡去了。天空中的云层散开朝天边缓缓隐去。天还没黑透，一枚杏黄的圆月出现了。北北拉着英奇在地上跳舞。过元宵节喽，她大嚷大叫的，英奇哈哈笑着。我也跟着不知所以然地笑。

我相信是彩虹的原因。上元节的早晨，唐闻禾背着双肩包，拎着一个大提包，带着一股寒风推门进屋，我竟然笑着说回来了？外面好冷吧？他的眼圈一下子红了。跪到我面前，抱住我的伤腿，宋瑶林，都是我不好，我的脾气不好。腿怎么样？还痛吗？怪我走路不小心，养几天就没事了。他说明天我们回大庆吧，毕竟那里条件好些。

他给叔叔婶子带来了大兴安岭那边的干菜、干果，蘑菇木耳松子榛子一类的东西，另有卜奎三义城的清真元宵，黑芝麻馅的和青红丝五仁馅的。我们都喜欢吃三义城的元宵，这是这个春节最快乐的一天。晚上我们一同看圆圆的大月亮。英奇还给他讲了他看到了彩虹。他以为英奇是编故事。我说是真的。他说在车上没看到，挺遗憾的。我现在是低头忙事情，少有时间抬头看天空了。很好看吗？我说神奇，妙不可言。他说呀呀，下次吧。好像那彩虹会专门回来给他展示似的。第二天租了辆面包车回到大庆家里。唐闻禾说了遇见大庆开发区办公室阿华的丈夫许乐友的事，帮他揽下一项工程。他说你与阿华很熟的，咱们刚建厂那会儿，你没少同她打交道，消防安全一关是她帮着过的，不简单，定居到北京了，马上就是注册会计师啦。

后来我在哈尔滨独自生活的那段时间才醒过昧，他说的不是工程的事，一百七十多万的工程，在昊天公司算是小工程。他说的是阿华。关键是阿华很快就要拿到注册会计师证了。还有他在学校做职员的同学考上东北财经在职研究生了。艾乐的前男友托福到美国麻省理工读博了。他在旁敲侧击什么，而我无心地听着他叨叨，举着打着石膏的腿，拿着小竹棍解决瘙痒问题。我的态度很让他泄气。他说屋子里太闷了。你盖好被子，我开窗换换空气。

三个月后，老医生看过拍的片子说年轻就是好，恢复得很好。医生是位退休后返聘回医院的骨科专家。我说老医生就是好，医疗经验丰富，医术高明。大家笑。老医生说好了，也不可大意。要劳逸结合。起居饮食要有规律，注意补钙。有时腿还可能肿痛，不要惊慌，休息一下，外敷几天跌打损伤的药就好了。他给我开了备用药。我在学校时喜欢运动，看来羽毛球没白打，康复得快。我觉得我重新抓住了生活，似乎一切在按照我的意志发展。谁知不经意的一件事，做出了一个连自己也意想不到的决定，突然一切又变得很糟，我发现自己手中紧紧握着的不过是一团空气。每一天都像是一顿快餐，仅仅为了果腹。

五一劳动节前的一个星期天，我去周老师家接回了英奇。英奇已经惦记着五一假期去个好玩的地方。我说了好多地方，英奇说不好玩。城内的淘气堡、公园、电影院，他去过了，他想去看没看过的地方。我说再想想，或者等爸爸晚上回来一块儿想主意。再说过几天才到五一呢，来得及。快午夜了，英奇熬不住睡着了。

唐闻禾回来得很晚，放下他的腋夹包，往沙发上一仰，瞪着房门没说话。我说给你煮点夜宵吧，新买的速冻馄饨。他说吃过了。那，去冲个澡，睡觉吧。他说我在让湖路找房子了。我说找什么房子？他说住的房子。我住那边。我觉得太突然了。

这算怎么回事？不明不白的。有什么不明不白的，就是图工作方便。不行！两处安家太牵强了，儿子会怎么想？他那么小懂什么？你小看了孩子。他什么都会记在心里。我会慢慢同他解释。你不要找借口来骗孩子。那样后果不堪设想。你想多了。

我想这么争论下去不会出结果，不如把心里的打算说出来。我说你不用找房子。我想去哈尔滨东方国际英语学校学习。在学校打的那点英语基础都荒废了。路途很近，还可以照顾孩子。他不再说去让湖路找房子的事，起身脱掉外衣去了洗漱间。

我的脑子里还在想他要在让湖路找房子的事。想得脑袋疼，他的这个想法让我想不通。我想不出问题出在哪里。也许他对我有些厌倦了。我去看了看英奇，他像猫儿一样蜷成一团，睡得正香。枕边放着唐闻禾给他新买的沃尔沃大巴车玩具。我去卧室，唐闻禾还没过来。我担心自己会失眠，便努力去想英奇的可爱睡相。躺下没一会儿竟是睡着了。醒来看一下表是早晨五点，天却黑漆漆的，身旁的被窝空着，唐闻禾已经出门。

我又躺下，想睡回笼觉，又睡不着了。我想要走就今天走吧。彼此分开一段时间，我们的婚姻放到远处看一看也许更清楚。看看小闹钟六点十分了。如果不是英奇在家，我就躺到七点。想好一天要做的事，然后起床洗漱梳妆，去临近的快餐店吃早餐，上班。我做了西红柿鸡蛋面片，撒了一些香菜末。没等叫他，他光着脚跑进厨房，我让他快去穿拖鞋，小心着凉。他满脸紧张，妈妈快去看，快去看！不好了！他拽着我的手拉到窗前。

窗帘只拉开一条缝，往日阳光灿烂的景象没有出现。天还是黑的。我过去全拉开，看到天空是混墨的那种橘红，罩住整座城市。推开窗子，感到有微微的热风，风好像挺沉，刮不动。也许是很特别的曙色。我的话音刚落，天空却一下子又变得漆黑，白天就好像是窗帘间的缝隙，刚一透亮就合上了。黑夜又降临了。街灯亮起来，车辆并不少。已经是上班时间了。一切都在按照各自的时间表进行。窗前经过一队晨练的人们。他们小步跑着。骑着电动三轮卖菜的，卖早点的，吆喝着。

路灯重新亮起来，前面的十字路口交通警察站在了圆形指挥台上。过往的车辆都开了大灯。接续着华灯，店铺的霓虹灯重新点亮。这座城市挽留了一个繁华热闹的夜晚。只是看不到星星和月亮。不知从自然界哪里来的哪几种纯色，正在穿过城市通过我们的窗口，在人类的眼睛中印证一种人造光源的“比扎尔效应”。我的园林老师会这么说。园林在夜晚的灯光下也该是仙境。眼前是什么呢？是缺少园林的恶果吧？我伸出的手上落满了沙尘。

英奇恐惧地抱住我的腿，妈妈天要塌下来吗？我吃惊地抱起他，不会的，你怎么会这样想？那天怎么一下子就黑了呢？这座城市还从来没有过这样的情景。我说等等看，气象局的人会做解释的。我们先吃饭吧。爸爸呢？他没回来吗？糟糕的天气，我们肯定玩不成了。爸爸有事，看天气吧，总得弄明白再说。

英奇吃过早饭便趴在窗台上往外看。不停地给我报告消息。我拾掇厨房。有两件事也许很重要。一个是他大叫快来看，妈妈，有结婚的车队，好长噢。

我甩着一双湿手同他一起看着车队缓慢地经过。他们制造出一条灯光的河流。许多的彩色气球在灯河上飘舞。

我说你妈妈和你爸爸结婚时，可没有这么多人，这么多车，只有一台小面包车把两套行李送到借的房子里。他仰起小脸说所以你们就为这个吵架吗？我笑起来，心里酸酸的。不是的，这些车和人都是给别人看的，幸福是两个人的事。

妈妈是不是我表现得不好，你们才吵架呢？英奇你想到哪里去了，你表现得很好。那你们不吵行吗？我会努力去做。我想是妈妈不好吧，妈妈整天忙家务，妈妈的样子很糟糕。我知道了，你是不是不像别的小朋友妈妈那样亮闪闪的，爸爸会觉得没脸面？这些事你要长大了才会明白。现在不能吗？不能，你要上学读书，经历一些事情，你的脑子就会理解很多事情。所以妈妈也需要去上学，去哈尔滨的一所大学，学习一段时间。我想妈妈怎么办？那里并不远，星期天我来看你。如果你不乐意，妈妈就不去了。英奇低头想了一会儿说，妈妈，你不是想同爸爸离婚吧？不是，宝贝。只是想学习，改变一下自己。他叹口气，我明白了，你不想吵架了。那你保证每个星期天都来看我吗？我保证。我让你去，妈妈。你做得好，爸爸会羞愧的。真的吗？真的。谢谢你宝贝。那一段日子，我很庆幸有周老师。唐闻禾的母亲在他童年过世，与继母的关系又很紧张，周老师似乎代替了奶奶的位置。妈妈你看天亮了。

上午九点，天空变成黄驼色。从有记忆以来，还没见过这么奇怪的天色。英奇说反正哪里也玩不成了。去周奶奶家吧。周奶奶一定高兴。今天会给我讲唐僧取经的故事。你怎么知道？上一次周奶奶讲完渔夫和金鱼的故事说的，她说下一次讲唐僧取经的故事。天气不好的时候，就在屋子里讲故事。周奶奶故事可多了。今天天气不好，又能听周奶奶讲故事了。

他这样一说，我不再犹豫。大约十点的时候，我们上了公共汽车。风声突然大了起来，就像一直憋着喘不出气的天空，好容易透出一口气长嚎起来。街上的行人很多。走路前倾，扭着头躲避风沙，努力克服阻力。英奇使劲抓着我的手，紧张又兴奋，似乎很自豪经历这样的恶劣的天气。我不怕，妈妈，我很勇敢。我说没错，妈妈为你骄傲。

车窗外漫天沙尘，没有边际。所有的建筑物都蒙上了一层沙尘，看上去邋遢肮脏。周老师举着伞在汽车站接我们。她说我接到电话就出来了。从来没有见过这样的天气。现在风头过去了。我以为是地震的兆头呢，气象台的电话一直占线，就给报社打电话，还好有结果，他们找了气象专家弄清楚了，这是从内蒙古侵袭过来的冷空气，形成了沙尘暴。要持续一天的时间，朝东南移去了。风虽然小多了，沙尘毛毛雨还在不停地飘落。伞上发出窸窸窣窣的声音。我对她说我要去哈尔滨学习一阵子，休息日回来，请多费心。她说应该的。趁着还年轻，多学习，知识就嫌少不怕多，放心学习去吧。

我步行回家。心里有些乱，想走走。已经中午了，没有激烈的风，天空依然是沙色。沙尘悬浮在空气中，呼吸变得困难。所有的洒水车都上了街，成吨成吨地往路上洒水。走在路上跑生计的人们默默地走着，同平常的情形没什么两样。许多人的表情中越来越多地混杂了伍德罗·泰洛克的焦虑。这个发现使我恐惧。仿佛是一把利刃，一下子斩断了我纷乱的思绪。没什么可犹豫的了。我去国贸城买拉杆箱。

这里的人意外地多。大多是女人。看装束不少人是从外县、农村来的，有上货的，有买自家用的。她们讨论着长筒袜、连裤袜、胸罩、短裤、胸针、手镯、发卡、头花，还有那些以假乱真的“珠宝”。人造珍珠，玛瑙，玉石，比真的还漂亮。我挤过这些人群，汗流满面地站在旅行之家的摊位前。女老板在同一个女人聊天，回头看看我说买拉杆箱？我点头。你先选选看，低档高档都有。

那个女人说来买东西的人多起来了，看样子外面的风沙停了吧？她看着我。我说小多了。她说前一阵子市里组织各单位去郊区植树，我们单位种了八百棵。就你们那几个肩不能挑手不能提的烂人，一个月也种不完。吹吧你，也不看看跟谁，是吧，妹子？女老板看着我撇了撇嘴。我笑了笑。女老板指指那女人，她是民政局宣传科的，我同学，人家命好，进机关了，哪里像我吃了今天，不知明天会怎么样。那女的也不恼，顾自说半天就种完了。你看你越说越不靠谱了。女老板瞪眼睛，还伸手摸她头，发烧说胡话了吧？我说，要有学校学生参加是快。那女人说，你说什么，学生？你看这位才发烧了呢。她揶揄我。现在的学生门前的雪都不扫了。你忘了，冬天大雪，道都封了，市长叫各校学生出来清雪，校长教导主任就挡驾了，说学习任务紧，分秒必争。结果是环卫工人清扫了一个星期。女老板说怪不得有一阵子老塞车呢，道上的雪轧成冰，机动车都变成蜗牛。

我看着那女人，想知道他们一个科室的人力，怎么能用一上午半天的时间种八百棵树？运树苗，挖坑浇水填土，坑要挖得深，挖浅了用不了两天树就得枯死。瞧瞧，我真是学园林的，听着说树的事就竖起耳朵。

她说你们想不到吧？办公室提前几天就雇人挖好了坑，雇的农民和下岗职工。挖一个坑给五毛钱。女老板一脸苦笑看着我。她说我们雇得早，捡了便宜。后来有的单位一元二一个坑，还有一元五一个坑的。女老板说办事人吃了回扣吧？她说也难说。接了个电话。一脸惊诧。哎呀，对不起，我怎么就忘了呢。你再等等，我马上回去。这事闹的。有人等我呢，改日再聊啊。她毛鸭子似的走了。女老板在后面追上一句慢走哇，有空常来哟。

我选了一款黑色帆布的万向轮拉杆箱。女老板说赶上这风沙天气，还没开张，给你个朋友优惠价，两百元，三折不能再少了。拉你个回头客。这款新秀卖得好。如果你不随身带上飞机，可选容量三十公斤的，给你同样价。我想了想，也没什么可带的。也就是替换衣物洗漱用具一类。还是要了容量二十公斤的。女老板说也好，托运随身登机都可以。

我收拾行李的时候，唐闻禾腋下夹着他不离身的文件包回来了。他满身满脸的尘土，挺疲乏的样子，把包放到茶几上，坐到沙发上，看着我翻箱倒柜找衣服。好一会儿说就走哇？我说嗯。是不是太匆忙了，那边住处安排好了吗？我给艾乐表姐打了电话，请她帮忙找了房子。艾乐表姐？她不是在上海吗？她在哈尔滨有朋友。现在只要电话电脑就解决了。也是啊。原来我还想找小海给关照一下呢。得了，你的小海，提起他我就想起可怜的圆子。你找好了就好，什么地方？在火车站附近，挨着铁路职工家属楼，还算新房，月租三百，水电什么的除外。挺便宜。

他起身去卫生间，哗哗啦啦地洗开了。我穿戴好要出门时，他也洗完了。他说我去送你吧。我说不用了，你很累了，好好睡上一觉吧。我雇的车子到了。北北同我一块儿去，她直接到车站同我会合。她想去那里的大学校园看看。他垂手站在那里，看着我提起拉杆箱。他打开房门，叫了声宋瑶林，又没下文了。我想走过去拥抱他，脚却朝门外走了。他的双手张了张又无力地垂下了。我走到沙尘暴过后蓬头垢面的街道上，听到唐闻禾在窗口大声喊我会去看你的。我回应好的。钻进等候在停车场上的夏利计程车，耳边回响着唐闻禾的声音，嗡嗡的。我的眼前出现了他背着双肩包在沙漠中行走的背影。就像是电影一样。我想着那些激烈的争吵，却想不清原因。我需要静下来清理一下放置得乱七八糟的内心。

第二卷

14 英语岛

艾乐表姐提前一天专程从上海飞到哈尔滨看看住处的情况。她到车站接的我们。我说太叨扰了，电话里不是说好不要来了，又让你耽误一天的工夫。她说不看看不放心。明天我就回去，习惯了。我们三个在一起吃了顿西餐。她对我耳语说北北不是读书的料，她喜欢轻闲自在，参加高考是做给父母看的，倒是个孝顺姑娘。我说你就那么确定？她说天下活人的方式多种多样，为什么只认一个模式，大家都吊到一棵树上，这棵树就吊倒了。我说北北要是真落榜，就请你帮忙调教吧。艾乐表姐似乎代替了艾乐做了我的闺蜜。艾乐是天马行空，很少看到她的影子了。艾乐表姐得知我来哈尔滨进东方国际英语学校学习后，哦了一声，没问为什么，心不在焉地说，现在都是这样，工作一段，跑到哪个大学加点油。好像我是赶潮流似的。我在新的环境安顿下来。北北和同学在大学的校园里溜达两天回去了，还有一个月就要高考了。

夜晚我从学校回到住处，不由得去想唐闻禾，想他现在在哪里，身体怎么样？不像是夫妻间的想，也不是情人间的思念，而是一种对孩子爸爸的惦念，也如从小一起长大的娃娃友似的思念。不由自主地去想。我们很少通电话，作息时间不一致，这或许只是个借口。我觉得自己回到了学校那个阶段。想见面又怕见面，因为不知为什么总是发生口角。我开始给他写信，同那个背着双肩包在沙漠中行走的背影说话。茫茫的沙漠，那个向远方移动的黑点，我在星夜轻轻地呼唤他。我求星光把我的话送到他的梦中。我从这间屋子喁喁说起。

唐闻禾，我没同你说这事，怕你阻止我。我知道你现在要是知道了，也会阻止我。我还是不说吧。不过在这安静的夜晚，我可以在这空白的纸页上说给你听。我想如果是你，你也会决定住在这里，而不是月租一千元的房子。你不会在乎这里有无忌讳。可是我知道你会阻止我。

艾乐表姐事先说过，这间屋子是她过去一块儿工作过的老姐妹的，她给儿子预备的婚房。在即将举行婚礼前，两人骑摩托从游泳场回来，车速很快，风把女孩的裙子掀了起来，她伸手去抓，一下子就从飞驰的摩托后座上抛出去了。她的儿子被行人叫住，开始愣怔，接着看见蜷曲在柏油路上的“新娘”，一下子就疯了。人们都说这是座凶宅。一直空着，有两三年了，卖不出去。打算租房的一听这事就掉头了，不吉利。艾乐表姐问我你敢住吗？我说有什么不敢住的，又不是妙龄少女。房租便宜，还可以赊账，而且马上就可以搬进来，不用购置厨房炊具，这多省心呢。

艾乐生病了。电话里只简单地说了一下情况。艾乐表姐说等艾乐病好了，她会回来看我。我想那准是秋天了，她回来采购东北大米的时候。真的，有时候懒得打电话，就是不知道说什么怎么说好。经常是结果尚需等待。也许艾乐陷入情感困境了吧？不说她们了。我知道你不喜欢我唠叨别的女人的事。你警告过我。艾乐和艾乐表姐不是别的女人。是我的同学加闺蜜。有人来敲门了。我得离开键盘一会儿。时间也不早了，该睡了。你睡吧。明天晚上我们再聊。愿你来到我的梦里，愿我走进你的梦里。

昨天晚上来敲门的是楼下的邻居，她家棚顶上有一条水渍，还挂着水珠。我查看了一遍水龙头，都关得好好的，地上也没有洒水。我先把供水阀门关了。明天再找管道工仔细检修一下管道。上次我没对你说吧？我搬到这里来的第一个晚上，邻居就找上门来了。那天住进来已经半夜了，我没注意时间，只是忙着收拾，北北找同学去了。我带来一幅画，想挂起来。就往桌子上方的墙上钉钉子。邻居来敲门，半夜了，你们家怎么了？第二天我买了水果送去请求原谅。现在我盯着这幅小油画《读书的少女》，她穿着奶白的衣裙，坐在森林边的草坡上，青春的光芒使周围的风景黯然，打开的书放在膝上，一定是有什么声音打搅了她，她抬起头朝森林看去，清纯美丽的面容带着一点迷茫。她还沉浸在书中的故事里。一定是一本很有趣的书。这幅画表现出的生活让我感到喜悦。也许她还没有谈过恋爱，幻想着她的情人，在某个地方某个时刻邂逅，男主人公疯狂地爱上她，他们发誓再也不会分开，生儿育女天荒地老。她现在还不明白现实的生活完全不是这么回事。

还记得你说不用照婚纱照了吧？花那么多的钱，不如买两套衣服，或上高级饭馆吃点好吃的。我也这样想的，借钱照婚纱照太滑稽了。结婚三天后上班，单位同事想看我们的婚纱照，我说没照相。他们说人生大事，怎么的也得留个纪念呢。几位朋友起哄，把咱们拉到照相馆拍了一张结婚纪念照。总共用去了十元钱。不过你给我治病花多少钱你都不犹豫。我第一次怀孕流产落下了病，手指头疼得回不了弯。你到处求医问药，在云南求到治妇科病的祖传秘方，一服药就要九百元。那时你我的月工资加起来也不到九百元。我说算了，太贵了，养养就好了。你说就是债台高筑也要买。吃了两服药，病从根上治好了。现在我用凉水洗这个那个的，从没有犯过病。我想我们在学校时两次分手，又两次和好，直到生活到一起，正是你这种做人的准则打动了我。踏实感。有时我想生活只有这些就行了吗？

小英奇的到来，我真的以为生活只有这些就行了。像我们做过的游戏，石头剪刀布，就这样重复着我们的故事。而让我想改变自己的是你的唠叨。我发现你喜欢同我唠叨朋友中考研究生考博士生的故事，仿佛不虚此生的标志是读研读博读博士后，总之就是一辆不停地往前奔跑、不停地加油的赛车。你在读书与做生意之间挣扎着，为此焦虑不安。当你发火时，我觉得你是那么可怜。怜悯是一种廉价的情感，我感到羞愧，想哭。我一定也是这么唠叨，只是自己不清楚。艾乐表姐到火车站接我，我竟哭起来。她拍拍我的背，宋瑶林是该出来透透空气了。我说现在我是不是很邋遢？不能那样说，是有了惰性吧。我不是离开你，是离开惰性。一定是的，否则我不会在这里给你写信，不会这么苦苦地思念你。你也在想我吗？

我觉得我正在改变，从过去的生活模式里跳出来了。瞧我用了“过去”这两个字，其实只不过六个月前我还在大庆我们的小窝里。这六个月我差不多每天都同英奇通电话，在休息日不是我回去看望英奇，就是周老师带英奇来住一晚上。而唐闻禾的背影依旧是那么沉重。我在想这沉重里有多少是对我的爱呢？我的确在变，不知在哪一刻起那背影不再激起心里的锐痛。那些曾发生过的激烈争吵也如天边的乌云散去了。读书迷住了我。我在书里找到了风和日丽。老去的我似乎回到了青春时代。在街区的小公园里发现了一座英语岛。清晨和傍晚聚满了学习的人。成年人和孩子都围在一起，为了制造一种便于领悟语言的环境，大家只用英语交谈。讲错了，会得到善意的纠正。我试着用课堂所学表达自己。在这里没有“羞怯”二字，人们在专注、努力地去了解新的更广大的世界。

冬天第一场雪覆盖了哈尔滨。这座城市给我一个印象，冬天是故事的乐园，冰雪童话的故乡。也许是我喜欢给小英奇讲北欧童话故事的原因吧。差不多的冰雪天气，中西融合的生活方式，那些遗留的俄式建筑，营造了一种神秘的气氛。而冬天在英语岛，却是冷落的时节，因为很快就要到圣诞节和新年了。接着学校就要放寒假了。年轻人借着舶来的节日在短暂的分别之前要狂欢一场。而我对这些活动没有兴致，想到这个我有些沮丧，我已经老了吗？

在英语岛我用英语说出内心的悲哀。若是用汉语我无论如何没有勇气说出这种感觉。有一位小伙子接上了我的话茬，他说你看上去顶多二十三四的年纪，怎么会有这么奇怪的念头？我说过年都三十一岁了。他大笑，这样计算我就该死了。四十二岁，鳏夫一个，你说是不是该死。我吃惊，他红润清朗的面孔，矫健的运动员身姿，典型一个朝气蓬勃的大男孩。他的英语会话进步相当快，他比我晚一个月加入英语岛的，刚来时，日常问候还结巴，两个月过去他就能正确完整地表达他想要说的话了。他说他正试着用英语来编写故事。我说希望你心想事成。你是第一个这样对我说的。他说，几乎所有的人听到我这样说都会问为什么不用中文编写？我说我要了解世界，也让世界了解我们。那一天落了夜雪。

早晨天晴了，我照例去英语岛。这里覆着一层雪。小区的保洁员还没有清扫。三株忍冬静立在路口，枝头残留的干瘪红果，在银色的世界里格外养眼。三株忍冬是英语岛的标志。常会听到好心的小区人劝阻什么人，不要去那里，去别处玩吧。那里是学校的学生在读书呢。冬天了，这里也要放寒假了。我还没想好，留下报寒假补习班，还是回大庆。今天的早自习照常进行。我踩着雪，咯吱咯吱的声音为我的朗读伴奏。我在读惠特曼的诗。昨晚睡得不好，快天亮的时候，或许是活跃的大脑太累了，沉沉的往事堆叠着终于把我推入梦境。早晨看到雪天雪地，心里闪过英语岛大约不会有人来了，天太冷了。而万一有人的想法使我在以往每一天的会话时间到来。

现在这里对我来说不仅仅是学习英语，重要的是与人沟通交流思索。在生活中遇到的困惑、茫然，有了这么一个缓冲带，缓解一下焦虑，改变一下心里的气氛，远离一时的冲动和非理性的后果。寒冷的空气分外醒脑。几乎一夜没睡，却丝毫没有倦意。我对着天空朗读，对着三株忍冬朗读。世上所有的文学作品都是为一种心境准备的。弥合创伤，走出黑暗，做出选择。我读惠特曼是他迎合了我的心境。从大庆到哈尔滨并不远，有时我却像远隔千山万水一样思念你，我盼着你来。不是恋人的思念，不是夫妻久别的思念，怪怪的一种不安的惦记。我想给你读这首惠特曼的诗。我是那么想读给你听，亢奋得睡不着，好久没有这样的渴望了。你那天到哈尔滨来联系一项业务，近中午去国际英语学校找我，一起吃了中饭。你问我在这里还行吗？我说英语日常会话可以了。你说那就好那就好。你说读书真好，你一直没有读够书，要不是生活所迫，你一定会在大学里读个够的。然后一直聊英奇，他的一些可爱的小故事。我们为英奇的孩子气哈哈笑。我发现英奇就是一本大书，他有那么丰富的内容让我们阅读。

入冬后周老师就不带英奇来哈尔滨了。此时我心里有一种柔软的感觉，真想马上回去。你好像窥见了我的心思，既然来了，就把预定的学业完成再说。你说这一阵子老婶倒是喜欢往城里跑了。来了就去看英奇，带他玩一天。我说虽然天天通电话，见面和通话感觉是不一样的。你说英奇将来就不会像我们这样难了，完成全部学业，再选择他喜欢的生活。周老师一家人很好，在教他读《三字经》呢。小孩换一个环境本身就是在学人生的课。是啊，换一个环境会有新的发现。那一天你请我吃的是比萨饼、牛排、蔬菜沙拉，还要了两杯红酒。像两个好久没见面的老朋友，为相见和共餐感到无比的愉快。我说去我的住处歇歇脚吗？你说今天没时间了，还有两个生意合作伙伴在等你，有些事要处理，你要连夜赶回去。还说有空会随时过来的。我目送你走进雾雪蒙蒙的雪地里，钻进一辆捷达车里。接着去上下午课。晚上，中午相见的气氛在整个屋子里升腾，我去翻日历，十一月十五日，我一下子想起今天是我们的结婚纪念日。你是专程赶来的，你记得这个日子，却没有说出来。你在心里一定责怪我的粗心吧。我想立刻给你打电话。却拨到周老师家，她说英奇睡下了，今天晚上爸爸来看他了，请我们一起吃了晚饭。英奇特别高兴。放心吧。书桌上的小闹钟敲响了九点，我连忙道了晚安挂上电话。我没有给你打电话，没有告诉你我想起了这个日子。而我在这空旷的屋子里大声朗读了惠特曼的诗。为我们的结婚纪念日。

那天晚上万籁俱寂的时候，我听见波涛缓缓地不停地滚上岸来，
我听见嘶嘶的液体和沙沙的水声，仿佛是在对我细语，道贺我，
因我最爱的那个人就在这凉夜的同一被盖下躺在我旁边睡着了，
在秋月光辉的寂静中他的脸儿偎依着我，
他的手臂轻轻搂着我的胸脯——那天晚上我真的很快乐。

我的声音抖着，最后那个长长的颤音敲打着墙壁。满面雨淋一样湿漉漉的，是泪水吗？我去洗脸池前拧开水龙头，不停地往脸上撩着冷水。午夜的雪在悄声地落着，我想象着雪地里行走的背影。看着天光渐熹，倦极睡去，只一会儿就醒来了，在每天去英语岛的时间醒来。我的脚在雪地上移动，我听着雪的回应，我一遍遍重复着这首诗，用低沉或高昂的声调。直到我该回到屋子里去了，我拍拍忍冬树，挂在枝头的雪粉飘落下来。这时我听到了脚步声，我回头看见那个鳏夫走过来。

他说早！我猜你就在这里。他以英语岛的规矩用英语问候了早安，我用英语应答。他说别人不会来了，不如我请你喝杯咖啡，坐在暖屋里聊英语吧。那一天我们在咖啡屋坐了大半天。雪天，咖啡屋客人很少。他讲中国古代的文化传统，实在难以表达的语句，我听着吃力的语句，他改说汉语。这是一场奇特的交流，孔子老子孟子，他用鲁迅故事新编的格式解读给我听。我惊叹他运用语言的能力。他叫李公民。由此我参加了他参加的冬季两个月的加强班。

白天越来越短，午后四五点天就黑了，早晨六点天还没亮。英语岛只有我同李公民两个人，一边散步一边交谈，随意想到什么就谈什么。加强班没有活动的日子，我们就去泡咖啡馆。一块儿吃个午饭。我知道了他幼年同父母住在格球山农场，他的父亲是一名狱警。一九七九年全家迁回北京。后来他去吉林

一所艺术院校读书，认识了学钢琴的哈尔滨姑娘，毕业后他就同她来到哈尔滨，他很喜欢这座城市。一九八九年她跟一位朋友去了意大利。她是这么说的：“我要和一位朋友去意大利留学。”并没有征求他意见的意思。她只是在说她的决定。她说也许一年后就回来了。

李公民说这事的时候一直在微笑，仿佛指给我看远处一片灰色的景物。李公民没有固定的工作，办了家礼仪公司，组织了一支小乐队，哪里需要哪里去。婚事丧事，商家学校的庆典。乐队成员大都是有单位的人，兼作赚点零花钱。有演出任务提前预约。另外自己办流动私塾，一对一地教音乐课，论小时收费，从这家跑到那家，开一辆二手捷达。我说你挺能创新的，流动私塾？！字典上查不着，史上无记载。他正色道，有那么好笑吗？史上无记载，字典上查不到的多了。某些网络用语词典上有吗？我说你怎么没回北京啊？现如今好多人脑袋削尖往里插呢。他说我喜欢这里。你是在等你的姑娘吧？她不会回来了。他补习英语是想去做导游。就是专门跑国际线的。

整个冬天（除去春节的七天假，我回到大庆，带着英奇去了母亲家，唐闻禾没有回来，同朋友在卜奎，运作他的兴国大厦生意）加上一个春天，我们经常是顶着一枚白月或点点星光，在一起用一种异国的语言讲故事。犹如一手举着地球仪，一手不停地转着它，世界很大，用心去旅行又是很小。有一次我说到我是学园林的，喜欢搞庭园艺术设计，一直没有机会。他说将来不妨一试，行不行的，总算是有过实践。如果我买一幢别墅，首先请你去设计小花园。我说就这样定了。

春季来临的时候北北来到哈尔滨，她的高考成绩不理想（我早就料到了），录入了西安的一所普通的院校。她说城市古老，历史文化底子厚得不得了，烟气太重，看不到星星和月亮。她去看了兵马俑后就回来了。她把学校辞了。这一点艾乐表姐早就放下预言了。不过，我还是吃惊得眼珠子要弹落了。你不为自己想，也要为叔叔婶婶想想。哎呀，关他们什么事，他们又不能陪我一辈子。他们会伤心的。只要我过得好，他们就不会伤心。你怎么过得好？没文凭，像样的工作也难找哇。人家这不是来找你嘛，我想同你在国际英语学校混英语，然后考导游证。我说教育部发的毕业证不要了？你在西安那所学校也可以学外语呀。在那里不是要学好多门课嘛，在这里一根肠子就行了。在这里弄个姥姥不亲舅舅不爱的结业证？我们正争论着，唐闻禾突然到了。我说是你让她来找我的吧？他咧咧嘴算是笑。他说北北找我，要在我那里安排个工作。我想还是再读点书。我说那就回学校去读。她不愿意，何必勉强呢。放到你这里，老叔老婶也会宽心。我打算叫老叔老婶去兴国大厦那边，在那边管理兴国洗浴中心，多少收入两个。这边呢，北北就按她的心意来。有句老话说热爱是最好的老师嘛。

天气好起来，春天万物复苏，人的精神状态也充满了欲望活力。这个时节也是英语岛最好的时节，两株忍冬树，又生出新枝翠叶，丰茂得像两扇天然大屏风。学生们又聚会到里面热闹起来。北北到了英语岛如鱼得水似的，很快融入里面。她高中时打的英语底子不错，班主任说她最大的长处是语言能力。她同这个那个的打招呼，活泼随意的性格很讨人喜欢。她见到了李公民，立即把我拉到一边，耳语你同这个帅哥交往多久了？没事吧，你？我说只是普通的朋友。他的英语学得非常好，在英语岛大家都是学习英语练习会话的好朋友。她甩了一个暧昧的眼神。

唐闻禾在哈尔滨停了两晚，住在马迭尔。他同小海、二环、大嘴商议南岗海鲜市场的床位。这边的事我没有参与，这一次才知道只租出去十一个床位，还有十六个空着。难怪唐闻禾一直闷着脸。唐闻禾回去前说你带几天北北，五一前回大庆吧。这就是他说话的口气，不说理由。只说兴国大厦那边工程做完，对方拖了一年的债务，最终还是以三层楼顶了。现在是谁欠你的，谁是爹。我想是这里海鲜市场的挫败，让他下决心把卜奎兴国大厦经营起来，开洗浴中心的。我们之间的危机似乎过去了。

我会想念英语岛和那个在冰雪天温暖的咖啡馆，而不是国际英语学校。咖啡馆在落满白雪的城市角落里，记得是在博物馆的斜对面的小胡同深处，一点不起眼，一座仅有两层高的小洋楼，它的前后左右都是高楼，只有门前一条两人宽的路，通向南北大街，这里与我的住处相距不远，我们总是从博物馆路走过去，转过十字路口，再转入丁字路，然后走进咖啡馆，里面的人疏落安静。李公民说这家咖啡馆有年头了，闹白俄时期遗留的。从巴西进口咖啡豆，现磨现煮，味道纯正。我不懂咖啡，就像我不懂汽车一样，我觉得宝马同捷达没啥区别，它们的用处就是交通工具。寒冷的雪天，喝杯咖啡，暖身，保持精力，对于我来说不论哪里的咖啡豆，就是提神的饮品。李公民说好咖啡让你喝糟践了。不过，我已经喜欢巴西蓝山的苦味，不放糖。

北北来后的一个星期日，过了这个星期日，我就回大庆了。那天北北去见一个同学，没有去英语岛，李公民说想喝咖啡吗？我说好吧。咖啡馆里依旧清凉，屋子里回荡着柴可夫斯基《如歌的行板》。我内心里却升起一阵忧伤。他要了我喜欢喝的不加糖的蓝山。我们像每次会话开始那样，互相问候，谈天气，他说他在家常听的是肖邦诗性乐曲，那感觉就像是在河边森林中漫步一样。我没有回答，我在想英奇，他应该听什么，就放什么，我家那台单放机就是给他预备的，都说小孩要听乐神爱子莫扎特，会有助智商的提高，我就给他听魔笛。

李公民静静啜咖啡。我一下子回过神来，听到换了曲子，随口应了一句，这是谁的曲子？肖邦的。我又不知说什么了。他突然抓住我的手，眼睛里有了泪光。随后又很快地放开。你知道吗？这首曲子叫《离别》。

我脱口而出，明天我就回去了。其实我是准备过两天再走，临时决定马上回去。北北一来我就感觉到了。我说可以请你照顾北北吗？他点头，张了张嘴却什么也没说。

我说过去的冬天是不会忘记的，我很感谢你那些美妙的故事，我的听力和会话进步很快。他说我也是，不会忘记的，我想差不多秋天我就可以去应聘导游了。别忘了告诉我，我会在远方为你祈祷。

他的眼泪止不住流出来，我也哭了，不知为什么。我们互递着纸巾。这是个故事，冬天的故事。我对他说。他说是的，冬天，雪花铺满了大地，咖啡壶唱着古老的歌。他平静下来。我知道我该离开了。

15 无人区

宋瑶林从哈尔滨回来那天，我去周老师家接英奇。我说英奇你想吃点什么？我们全家已经有一年多没在一起吃饭了。他说妈妈回来不走了吧？我说是的。他说看电影庆祝一下。庆祝一下？当然。好吧。我答应了他。晚餐我们吃了牛肉热汤面，就去看电影。电影的名字叫《垂直极限》。内容是一家人登山的故事。那种严酷的自我挑战和不畏惊险的壮举紧紧抓住了我。让我从自己的生活中抬起头。我感觉到小时候听到房顶和超过房顶的大树的召唤，上来吧，上到高处来吧，不要怕冒险，你会发现同站在平地上看到的世界是不一样的。

看完电影快半夜了。英奇睡了。我们都期待着什么。长久不在一起生活，有一种不自在的感觉。我还沉浸在电影中的悲壮情绪里。我说还记得吗，一九八八年的五月，那些攀登珠峰的勇士们？她说怎么会不记得？

那是一个狂欢夜。我和同学们开了个庆祝会。举着报纸欢呼，冲着夜空扯着脖子喊勇士们辛苦了！那一天我们都喝多了，回学校很晚。门卫也喜欢看登山，他看到我们就喜滋滋地说，登峰成功了！我说是成功了，去庆祝了一下。他说是得庆祝一下。他没有去睡觉，给我们留着门。我把打包回来的酒菜送给他。同学们没吃了的饭菜，打包了，如果你不嫌弃。他很高兴地收下了。担心挨学校批评的事没有发生。或许他们假装不知道我们因为喝酒没有按时归寝。因为每个人都在为十二名勇士实现了两百年登山史上的伟大梦想而激动不已。《体育报》刊登的那篇《伟大的跨越》中、日、尼三国攀登珠峰纪实，我读了一遍又一遍，那份报纸至今还留着。

是啊，那是些振奋的日子。大家的话题都是围绕他们。仁青平措冻掉了六个手指，仍然走在开路前列。医生向李致新发出警告，他的大拇脚趾冻伤感染，如果再继续登山就可能切掉，而且可能连累其他脚趾。他说爬上去！我们都哭了，拥抱，狂喊，要向勇士学习不做懦夫。那时的我们真能作。

不是作，是青春激情，荣誉感。我觉得这句话说得太好了：人类对大自然的永恒好奇心和无畏的勇气促使他们对大自然新的探索和征服又从此开始。我突然极想去爬珠穆朗玛峰。我说我想去爬山了。她颓然倒回枕头上，没说话。

我的人生始终面临着翻山越岭。我想人生就是翻山越岭，我的童年早已经告诉了我这个。我得学会对付生活的各种挑战。宋瑶林，明天我回兴国大厦处理一下工作，你准备一下，安顿好英奇，过了五一你去那里协调工作。你真想去爬山？嗯。哪里？珠穆朗玛峰。你别开玩笑，那是专业登山队员的事。我特别想去。你就那么想爬山？我还想全家一起去爬山。看电影看的？你能不能不八卦？什么？她的嗓门高起来。这是争吵的信号，我忙安抚她，算了算了，不说这个了，都是我不好，睡觉。

第二天我把老叔请到卜奎，监管兴国洗浴中心的装修工程。告诉他宋瑶林过了五一就过来。我最多一个月就回来。四月三十日飞到拉萨。布达拉宫，在我驻地的二里之外，它像从天上落到红山上的奇观。我屏住呼吸，激动得浑身颤抖。我对自己说不是梦幻，我真实地站在这里。我住在大昭寺的旁边。在这里跑生意的老朋友大嘴同拉萨的体委很熟，他说你的运气不错，赶上登山节，我帮你说一下，跟他们一起登山吧。五月一日登山节启动，国家体委也来人了。西藏自治区的女副主席同登山队员会面。黑龙江来登山的就我一个。她关切地问我登山的准备情况，说了些亲切而鼓舞的话。这次活动是由西藏登山队发起的，邀请了浙江、江苏登山队员一起登珠峰，高度是八千八百米。我带的碳钢架帐篷不能用。大嘴领着我以最快的速度重新置办登山用具。买了冲锋衣、手套、护套（这种防护用品不可少，从膝盖到脚裹得严严实实，有带子绷到脚心，风都钻不进去）、雪镜、防晒霜（高原的紫外线比我想象的要强烈得多，我搽了高倍数的防晒，依然很快晒成高原红），租了冰爪、冰镐、索扣、岩锲。我看着这些同专业队员一样的装备激动不已，它们在告诉我前面有不可知的风险等着我。

在登山前的两天不准活动，要适应一下高原气候。我就像要上战场的战士按捺不住舞弄枪支一样，我做前后滚翻倒立，记下以前不了解的事情：我们七个人一室，有外国女人也同我们住在一起，她们是美国的英国的丹麦的冰岛的。我要适应营地生活，忽视性别。不在乎欧洲女登山队员在我身边打呼噜。我要学会均匀地呼吸，像个高原居民一样。我却咳嗽起来，打喷嚏流青涕。你感冒了，我的队长说，队长是女的。我搬到适宜的标准间，吃药休息。五月二日晚上搬回七人间。五月三日，天气晴朗，全体整装出发。我去宾馆前台结算，告诉他们我要去登山了。老板说等你登山回来再算吧，祝你成功！接下来我只有满怀虔诚走向珠穆朗玛。它的高度它的险要吸引了全世界登山爱好者。我始终认为这是一项最崇高的爱好。我已经感觉到店老板对登山者的尊敬和祝福：那就是活着回来，要成功。我想一定行，就这么定了！

我穿着衬衣和外套，背着双肩包，跟在那些“久经沙场”老登山队员之后，在喜马拉雅山山脚下行进。待到珠峰脚下，就要穿上秋衣了。北极村冬天的寒冷以及我所爬过的山都无法与此行相比。我被雄伟的雪山感动着，一步步走近它。体验着如此简单的生活，简单得没有性别，只有顽强的生命，你唯一想的就是攀登。眼前的景色也如此简单，简单得只有线条勾勒出的高度，白色和黑色反差，无边无际的荒凉。人就像是这巨大的造物上的斑点，一个爬行的小虫子。前面有不可知的危险，甚至可能是死亡。记得我读过一篇文章，一队登山者在登上天山峰顶的时候，看到靠着山脊坐着五具尸体，就如凤凰涅槃。在此次登山前看过一个纪录片，有的人登到山顶夜晚睡下，第二天便再也没有醒来。而眼前我也在接受死亡的考验，很可能我像那五具尸体永远留在这里了。留在我对生命极限挑战的途中。可是我的心里是多么感动，无边无际如繁星闪烁的冰峰，头上浩大的天体，给我前所未有的感觉、前所未有的勇气。

大本营设在五千米的高度。第一天顺利到达六千米。我的队友黄朝是桂林登山队的，他比我年轻两岁，有十年的登山经验。他走在前面时常回头关照我。他说生平喜欢两项体育运动，登山，漂流。他在桂林开酒吧，目的就是供他做这两项运动。他刚从法国买了一条独龙舟，花了四千美金。我说我喜欢登山和游泳。我开工厂是为了养活老婆孩子，生活得好一点儿。等到孩子大学毕业，我就不干了，去游荡，干自己喜欢的事。我说今天是几号，他说五月四日，怎么啦?

五月四日，这一天是我人生中重要的日子。我辞去了工作，一无所有，却多了一个老婆。两年换了二十个单位，摸索创业经验，筹集创业资金。他说哥们，兄弟服了，以后到桂林我那里去看看。所有的队员都睡下了，我却兴奋起来，在黑暗中听着雪山细碎的声音，像是什么小动物在雪地上跑过，或是山风惊落了雪块在滚动。想着每年的这个日子，生意再忙我也想办法跑出来，一个人去爬山。华山，嵩山，还去少林寺听老方丈讲禅。宋瑶林不知道，我不想对她说。不想她担忧什么。一个人的痛苦只能由自己去承担去解脱。

第二天起床脑袋有些昏沉。山路有冰，我给鞋装了冰爪。速度明显慢下来，比别人晚两个小时到达宿营地，第三天登七千米，有些迷糊，双脚机械地挪动，路上哇哇大吐，简直不知道是怎么到达宿营地的。女登山队长叫我去吃饭，我答应了一声就晕倒在地上。第四天醒来十点，队员们开始向八千八百米冲刺。而女队长向我宣布：组织决定，你不要参加八千八百米的冲刺了，送你下山。当时我其实就是一具会喘气的尸体，我瞪着女队长，不知她在说什么，脑子里空白，双腿不能移动。可是我下意识定格在最后的冲刺上，八千八百米，我突然明白过来，跟女队长急赤白脸，嚷嚷说眼看到八千八百米了，为什么让我下山？我不下山！协作队员拉住我说不想让你变作一具尸体。我似乎哭了。因为女队长递给我一条毛巾，口气和缓了一些，我明白你的心情，每一个登山的人都不想半途而废的。还会有下次的。协作队员说，有了这次经验，你下次做好准备再来。我又昏了过去。缺氧，体能的不适，使七千米的经历多半模糊不清。

后来的情况还是协作队员把我送到安全地带告诉我的。

女队长命令协作队员迅速送我下山。那是早晨，我清醒的瞬间，再次同女队长争执。那些话刻在我的梦中，它自己就溜出来了。我很快会好的，休息一下会适应的，你能到八千八百米，我也能，请相信我！女队长表现出不同我废话的脸色，就像对一个不知深浅的孩子。她对协作队员说快，还愣着什么，抓紧时间，要出人命的。协作队员一把薅住我，撂到背上就走。一边气喘吁吁说你别挣扎，要滚到山窟窿里就都完了。我已经挣扎不了啦。当我确信只能下山，便软成一摊泥，什么都不知道了。

走了一会儿协作队员也觉体力困乏了。他把我从背上放下来，一会儿拖着我，一会儿半拖半抱，在白茫茫的雪山上，我们就像两只相互依存的小蚂蚁，连滚带爬地往前走，一步不敢停留。午后三点距离大本营还有一半的路。我清醒过来，可是浑身软得拿不成个儿，双腿面条一样软。这时看到一座庙。协作队员说我实在弄不动你了，我去庙里请藏民来背你吧，要付点钱。我给藏民三百元钱。藏民走路快多了。天快黑的时候，还没到珠峰脚下，藏民放下我说他走不了。我看到他双脚的脚趾都露在鞋外面。我请协作队员帮助脱下我的登山鞋给藏民穿，我穿藏民的鞋。藏民难为情地说鞋太脏了。我的双脚往里一伸冰冷得要叫起来，仿佛踩到泥潭里。我的味觉似乎开始恢复，有一股强烈的腥膻味令我眩晕。我试着迈步，摇摇晃晃地朝前跌去，协作队员忙扶住我。天就要黑了。他给大本营打电话，请求派车。大本营那边说现有的车是不能上来的，不安全。协作队员说就是冒险也得上来，否则天黑会出事的。那边不知想了什么办法，弄到一辆丰田大吉普，以超常的速度赶过来。在天黑透之前回到了大本营。驻地医生立刻给我打了两针，打完针，我排尿了，整整一天尿不出来，憋得难受。

我做过大手术。小时候落下的病根，我生命中的一段又一段灰暗的日子，许多的困苦所埋下的身体隐患，在此时加剧了。丰田大吉普又载上我朝拉萨飞跑起来，珠穆朗玛峰隐在黑夜里。我在努力想什么，可是我发现我还是不明白发生了什么事，脑子里浑噩噩的。我怎么爬到七千米的，怎么晕倒的，事情的细节过程怎么也想不清了。就像我在远处遥望隐在云雾里的珠穆朗玛。午夜我们到达了拉萨医院，医生给我打上吊针，吸上氧瓶。过了一会儿，协作队员和大本营护送我的人，长吐一口气说现在你真正没有生命危险了。我将购置的全部登山装备用品送给了协作队员。我说欠你们一条人命。我会想念珠峰的。

出院后，去来时住的宾馆结账。老板说恭喜你！爬过珠穆朗玛峰了。我说就差一天就到八千八百米了。你不是专业登山队员，能活着回来，已经够幸运的了。我就是住在这里还没敢去爬珠峰呢。我谢过他，并不想马上踏上返程。我乘长途大巴上了青藏公路，唐古拉山的无人区，似乎一直沉浸在自己的哀伤里。沙漠，戈壁滩，沼泽地，蔫头蔫脑的黄乎乎的草，奔跑的羚羊们。我想眼前的景物恰是我此时的心情。

车上分三层铺，我在二层。车厢里空气混浊，有一种刺鼻的腥膻气弄得我头昏脑涨，一阵阵反胃。路况不好，车颠一下，我的头便撞一下顶铺。我想去看青海湖，企盼着快点到站。我问司机还有多长时间到青海湖？他说你坐过站了。我说怎么没人报站？司机说你在前面小站快下车吧，越坐越远了。司机说的小站是一个连站台也没有的荒凉小站。此时是傍晚，有几个人在小站附近，昏黄的光线里，他们像是一群雕塑，默默地看着我走近，有的在啃烧饼、糍粑，喝酥油茶，有的在吸烟。我问一个抱着膀子发呆的人，去青海湖有车吗？他说去青海湖要从冈察县去，你怎么跑这里下车？这里到那里好几百里呢。所有的人都盯着我，像看一个疯子。有去冈察的车吗？我焦虑起来。大家收回目光，顾自想心事，啃食物，吸烟，发呆。我急得原地转圈儿。这时一个蹲着吸烟的中年汉子在地上踩碎烟头，站起来说小伙子，有一趟邮车经过这里，每天一趟。时间不一定。多半是黑天了。在前面不远的路口。他指着前面看不见的路口。你快跑步去吧，兴许赶得上。每天有很多人挤邮车，也不知哪里来的人，挤不上去的只好蹲在无人区过夜了。

我撒脚就跑，天黑透的时候到达路口，看到不少人站在这里，脖子伸得同鹅似的张望，车还没来。我这才觉得又累又饿，擦擦满头汗，就着白水吃了一个面包。邮车是后半夜三点到的。一群人蜂拥而上。我溜边扳住车门挤了进去，还捞到了座位。邮车开出去不久，尽管我累得发晕，还是把座位让给了一个站着的人，那人千恩万谢的，看样子也是走了不少路累乏了。弄得我十分惭愧，因为我是实在闻不了靠着我坐的那人身上的气味才让座的。

五月是冈察的旅游淡季。没有直通青海湖的车。我下了邮车。一群私家车围上我，争着要送我去青海湖。我选择了看样子老实巴交的一对夫妇的小面包车。他们说顺利的话一天就到了。我记得走的是日月山那条路。傍晚下起了大雨，山路变得泥泞，车子不小心陷进翻浆的黄泥洼里，轮子呼呼空转起来。我下车帮着推车，车子还是憋灭火了。我们只好在车子里过夜。司机始终沉默。在这无人区的大山里，风雨鬼哭狼嚎地拍打车窗，我们就同瞎子一样，沉在黑暗里。简直是在上演恐怖电影。心里七上八下的，谁也说不准会发生什么，紧张得要命。我不会吸烟，车子里也不能吸烟。只能把耳朵塞上闭上眼睛，像等着挨宰的祭品。不知哪一刻这恐怖的夜晚对我失去威慑力，我竟然睡着了。身体已经疲乏到极点。

我被一束强光唤醒，新的一天新的太阳升起来。我推开车门，不由欢呼起来。四周是雨洗过的草木，明翠得要滴出水来，空气是那么纯净，散发着甜丝丝的清香。我喊着呼吸着，心想没有昨夜的抛锚，能看到这么难得的好景吗?无人区的大山，是植物的天堂，它给了我无限的惊喜，大山留我一夜原是让我领略这里自然的魅力。我的心情好起来。车子开动时，不知从哪里钻出一头白若仙翁的牦牛从车前悠然走过。司机高兴地说吉兆。车子开得同唱歌一样美滋滋的。在经过一座寺庙时，从庙里飞出五只雪白勇猛的大雕，它们在车前划一个优雅的弧，直冲蓝天。我惊得呆住了，接着欣喜若狂。司机减慢了车速，他低声叨咕着什么，然后宣布说大大吉兆。

也许就是在这里我决定再做一次事业选择，开辟一片绿色家园。这一路的青翠浩瀚留在我的心底，在青翠的浩瀚间有白色的牦牛，有翱翔的白雕，还有青海湖。它比我想象中浩大。在四周高高的山峰中，铺展出一片神异的蓝，叫我惊叹。它像世界上一切梦幻的东西，我完全淡忘了昨夜的惊骇和疲乏。在青海湖边坐了一整天，什么也不去想也不去做，就看那片蓝。然后，我去了小西山，看鸟儿幸福的家。寻找白雕。它勇猛雄健地翱翔，扫去了我心中的抑郁。一种搏击长空的豪气让我激动，我仰天长啸！想回家了。有个游客站下来用责备的目光看着我。我歉意地笑笑。我说这里太美了。他也笑了，简直是神奇仙境。好在这是旅游淡季。要在旺季，你可能会挨揍的。我说有可能。好畅快，那座至高无上的雪山已经永远留在我心里啦。一个人的山有多高，他就会走多远。你说呢？他说什么？我说再见！再见！他点点头。

16 乘客

桃？我被这声音一下子震得清醒了。我说你蒙谁呢？桃？黄桃还是白桃？老和尚对下山的小和尚说渴了吃白桃饿了吃黄桃。

我真的是桃。如今你有名气了，想不认我了是不是？

你，你说，说什么，我不明白呀？

你结巴什么呀？以为我是鬼呀？做鬼不是便宜了你吗？我就那么不得待见吗？你把我一个人扔到山上跑了，是不是以为我叫狼吃了？

我就不该拿起电话，让电话在那里不停地叫，叫得她以为是空房子。现在怎么办？我装不下去了，被逼到墙根了，应付一下再说。我调整了一下声音，桃，真的是你吗？不敢相信，因为工作关系，电话很少，一般人找不到我的。你怎么知道这个电话？

我是你的桃哇！你是我的男人。我对你的气味是最熟悉的。你把赵桤栋改成老箪，我就嗅不出你了。你的《饮食男女》出卖了你。犄角旮旯到处在说"瘟鸡变烧鸡"，这下子你火了，你的气味铺天盖地。我去报社找你，我说赵桤栋在吗？梳着大波浪的女人说你是说老箪吧？我说对对，我是《饮食男女》老箪的粉丝，想同他谈谈"瘟鸡变烧鸡"的心得体会。他们就告诉了我这个电话。

混蛋弱智！

你说什么？

对不起，我连夜赶稿子，弄得很累。有事快说。

你就这么对待你的未婚妻？为了找你我辞掉了工作。

可别，姑奶奶，我们是普通朋友。有事我可以帮你。

她抽咽起来，你个没良心的。

在小兴安岭爬山的时候，已经跟你说得很清楚了。你是个好姑娘，找个好男人结婚吧。我二流子似的东游西荡的，不值得你这样。请你别再骗自己。

我愿意，我爱你。

你一定是在误会自己，也误会我了。没什么事，我撂电话了，现在我得补一觉了，晚上还要赶稿子呢。我们见面谈谈好不好？如果没什么事，这样通通电话不是挺好吗？我保证你不会后悔的，有件很重要的事。我想见面就见面，她还能把我吃了？我又不是唐僧吃了延年益寿。那晚上九点我在贝贝 face 等你。

夜晚的贝贝 face，在灰暗的光线中模糊不清。门楣上的 face 霓虹灯残缺不全。笑脸仅剩下一只眼诡异地眨着。贝贝 face 的老板看来是不想在这里混了。我伸手去推门，门从里面猛地推开，险些撞着我。我说有这么开门的吗？开门怎么啦？碍着你什么啦？这个大嗓门竟是桃。桃随后认出了我，愣了一下，嘟哝说怎么是你？真倒霉。

看见你才倒霉呢，好悬没撞死，我还忙着呢，你死缠烂打的要见面干什么呀？她说你迟到半小时。我说塞车。她说你看街上有几辆车？我说别挑小字眼，我真的很忙，要赶稿子，完不成，要扣奖金的，你没什么大事我可走了。你就这样对待你的未婚妻吗？桃，你能不能理智些？你看我们堵住人家的路了。要么进去，要么离开。她说里面太闷，去兜兜风吧。坐你的车还是坐我的车？你有车？怎么就兴你有啊？你吃了多少枪药，出口就火愣愣的，我的车是自行车。她笑弯腰。蒙谁？怕我图你的财？老娘能赚，今天找你就是请你别堵老娘财路。我心里好笑。不知她又唱的哪一出。

桃就是这样武断。这一天固定要来的。不在此地就在彼地。我说我们俩不合适，还要怎么样呢？我想这一次我一定要说服她。她有一辆捷达。她按下空车的牌子。我讶异地说这是辆出租？她笑了，没错。开始我是开出租，后来开了家熟食店。我知道要切入正题了，不由绷紧了神经。我想最好不要打断她的话，同采访一样，只在必要时用一个连接词或提示语，始终把握着话题的方向。

你知道我到这个城市为什么首先想到的是开出租？

我避开她火热的目光，装作看夜晚的景色。其实真没什么好看的，除去通车站的龙华路，商场集中的商埠街，近两年才发展起来的幸福一条街，还亮着灯外，这个城市已经入睡了。我去看天，晴朗的夜空，站满了巨大的星星。闪烁的光芒使暗蓝的夜空神异而深远，我的未婚妻夏晔的脸出现在星光里，她的眼睛星光一样迷人。我提醒自己这个时候不该想这些。桃在喋喋不休。桃的车子离开城市的中心区，开向游泳场。路黑，白天看上去挺有情调的林荫路，今夜不知为什么看上去挺阴森可怖的。我说桃，咱们还是去贝贝 face，那里起码灯火通明。

桃不作声。从张牙舞爪的树木间一口气开到嫩江游泳场。逢月初，唯有一线细钩，隐在繁星里，幽幽星光在水波里跳荡，倒是十分的怡静。桃，你不会是想游泳吧？我有个朋友特别喜欢在夜色中游泳，他说那感觉同神仙一样。桃的呼吸粗重起来，像是要犯哮喘病。她说赵桤栋！我吓一哆嗦，已经好久没有人直呼我这个名字，读者只知道我是老箪，爸爸妈妈在世时喜欢叫我栋儿。她这么声色俱厉地叫我的大名，有点像在学校做了坏事被老师点名。接着她声泪俱下，你是不是人？你难道看不出现在我还爱着你吗？为了找你我辞去工作。离乡背井到处找你。我想这有点夸张，现在到处是离乡背井的人，我也是，不是维持生存，是为了寻梦。

我到这里开出租，就是为了能碰到你。她很聪明，真就是这样见面了。我说有话好好说，大半夜了，别弄得跟聊斋似的。你知道有人晕车我晕眼泪，简直是上刑。我要是晕菜了，你只好送我上医院了。她止住了哽咽。我不知道是不是有点冷酷，我讨厌眼泪。桃，你说你一边开出租，一边开熟食店？我听着有点糊涂了。

这要从一位乘客说起。她是开熟食店的，坐车同我搭话，得知我是外地的，来这里寻未婚夫。她说你很爱他？我说是。她说这里的洪七公叫花子烧鸡不错，非常畅销。她告诉了我她的店铺地址。整个晚上我都在想“非常畅销”这句话，如果仅仅是让我去她的店买烧鸡吃，她不会这样说。隔一天我去了，在南大街路北的小胡同里。她似乎料到我能来，一点没有惊讶。老朋友似的招呼我，地点偏了些是不是？我说老话酒香不怕巷子深。她笑了，都是一些回头客，也有给外地亲友携带的。她的熟食店兼营冰点，店面不大，却隔出一角可以让顾客坐下的地方，那是两套卡通似的小圆桌小圆凳，桌子是粉色，凳子是绿色。两朵美丽的花。店名也好玩，叫大拇指。

她完全投入到自己的故事里去了。仿佛忘了我。我窃喜，小心地望着车窗外面，江水披着星光流淌的样子，天空越来越深，午夜了吧？我们真像两个幽灵，有谁偶然赶夜路，比如进城办货的农人，从这里过桥回家，一定会吓个酒醒。我要忍耐不能催她回家。免得又会想起她的主要目的，逼迫我就范她的爱，为她的爱负责。指不定说出什么让我起鸡皮的话。她是一个好姑娘，除了这个霸道的爱。

她哥们儿似的拍拍我的肩膀，哎，你猜老板娘是干啥的？不是开熟食店的吗？唉，她开店前的身份，她以前是中学音乐老师。难怪两套小桌凳也设计得那么有歌唱感。我说这引起你吃烧鸡的欲望了吧？江风从车窗吹进来，有点凉，桃打了个激灵。我说半夜了，江边的凉气加重了。她往我身边挪了挪，我不在乎凉，只在乎你。我脸上被一股热辣辣的口气熏了一下，忙往江边一指，你看那是什么？一条小船悠悠过来了。

这条小船出现得太及时了。我跳下车，招呼那船，打鱼的吧？摇橹的人往我这边靠了靠，这么早就来买鱼啦，头网还没起呢。四五点上早市吧。要下露啦，别着凉。我心里一热，从兜里掏出一盒烟，谢谢啦，把烟扔到船上。他有些忙乱地捡起说，你看你，这咋好意思。我说很辛苦哇。他说习惯了。我回到车上，小船往北摆去。桃恶狠狠地瞪我一眼。我说我要着凉了，头一蹦一蹦地疼。她发动车，往回开，赌气地沉默。我的神经刚放松点儿，她又开口了。在你心里我真就那么可恶吗？我已经很累了，稿子怕是完不成了，这个月的奖金一准泡汤。这和可不可恶没关系，你是个好姑娘，又聪明又漂亮，出嫁的空间很大，比如陆毅、古天乐、王志文、周杰伦等等吧，都配得上。我有自知之明，相形见绌，你还是别难为我了。

赵桤栋！你正经点行不行？我被又一次点名，不过听她的声音色厉内柔。我真感谢洪七公叫花子烧鸡让我见到你。她双手握着的方向盘也跟着她慢悠悠地抒情，语气不再亢奋，有些虚弱。我真想抱住她，可是不成，会使事情复杂化，我只有怜悯，我需要说点有咖啡作用的提示语。后来你和音乐老师怎么样啦？

后来她把她的店兑给我了。她的儿子考上了港大，她想往儿子身边挪挪。去深圳广州一带，近点好照应。她很通情达理，让我付一万元定金，其余的分期付清。她说你来这座城市时间不长，赚钱不容易，花钱的地方多。这个店不是给钱就兑的，店的信誉不能丢。这个老板娘挺有意思。开始我还犹豫，不知在这里能停多久，她这么一说，我倒铁心兑下来了。

车子回到市区，那些稠密的黑着窗的悄无声息的楼，空寂的街道，令我发毛。她突然咯咯地笑起来，在这黑夜包裹的城市里，这笑声冷飕飕的，我几欲跳起来逃出车外。你怎么啦，发什么神经！她说你想什么好事呢，已经到你的家了，你怎么没反应？

我往外一看，真的是到了我住的地方。我想我得说点什么，她找我不是来说开店的事，我很清楚。你发什么呆？到家门口了，不让我进去坐一会儿吗？太晚了，你也累了，回去好好休息，下次吧。你不想知道今晚为什么找你吗？不就是见见叙叙旧吗？你不会认为这么晚了，我跟你去爬楼是想同你干那事吧？

我跳下车去开门。她跟过来。在经过四楼的时候，那个戴着面具冒充劫匪强奸妻子的男人，蹲在楼梯口抽烟。我已经知道他的妻子把他告上民事法庭，法官觉得很棘手，没有哪一条刑法规定，丈夫应该以何种方式同妻子发生性关系，这纯属隐私，法律是保护隐私权的。那么我的权利呢？女人挥着拳头，激烈地说，他突然把我按倒在花坛边，像恶棍一样扯掉……法官感到难堪，或者说厌倦了车轱辘话，连连摆手，阻止她，知道了，刚才你说得很详细了。男人从法庭回来当天晚上就敲开我的房门，要同我谈谈法庭上的事。我给他十五分钟的时间。女书记员认为他的妻子可以读点弗洛伊德什么的，建议他读点法典之类的什么，建议他们一同去世界各地走走，看看美丽的风景什么的。结果什么，他的妻子怒火冲天回家收拾好衣箱走人。我们从他身边走过，他没有动，垂着头抽烟。桃有点紧张，快步上到前面。我说是同一楼层的邻居。喂，老兄烟瘾犯了？下露了，回家睡一会儿吧。我没听清他回说了句什么，我在开门。

桃抢进去，几步奔到冰箱前，拿出一听可口可乐，很舒展地坐到沙发上，咕嘟咕嘟喝起来。是啊，她几乎说了一夜，的确口干舌燥了。条件反射，我的肚子开始咕咕叫起来，这才想起，从昨晚到现在没有吃东西。我找出一瓶酸奶喝了。

桃说你饿了吧？有点，去贝贝face本是想吃东西的。你这房子不错，我突然有了下厨的心情，有什么食材可以利用的？声明一下，这不是我的房子，我租的是跃层阁楼。主人不在家，你才能在这里待两个小时。我大多在外面的快餐店解决，冰箱里看看吧。

她像是这里的女主人一样扭着腰肢，已不再是说话腼腆的林场主女儿。我想我们吃饱肚子可以在沙发上干点有用的事，或者在地毯上打几个漂亮的滚，就像凤头鸟那样舞蹈。我浑身变得燥热，跑进洗漱间打开水龙头，脑袋伸过去。我在写东西倦怠时，常用冷水浇头。我甩着湿头发，爬上阁楼，随便拎起一张报纸，坐到我惯常坐的位置上。听着下面厨房里传出吱吱啦啦的烹炒声，强烈的食欲抓住我，在我实在忍不住想冲出屋子去找二十四小时快餐店的时候，桃居然做出满桌子夜宵，鸡蛋甜卷，西红柿大头菜沙拉，罐头玉米羹，荷叶饼，苹果酱。外加一瓶红葡萄酒。我惊讶不已，这女人简直是只耗子，眨眼工夫找出这么多可吃的东西。

她说这样的人家能没点存货吗？你们就是懒。你们？她说我爸就是这样。塞得要爆的冰箱也懒得去动手找吃的。桃的眼神变得缠绵，我立刻快速扫荡桌子上的饭菜。桃说别噎着。我端起葡萄酒当水喝，把一团塞在食道里的甜卷顺到胃里。我说你怎么不动筷？她说我吃不下。那么喝葡萄酒吧。桃说你忘了我还要开车，若不这一瓶都喝得下。她只抿了一小口，然后拿出一支烟抽。桃，你抽烟？刚学的。她的烟圈儿吐得很自在，就像在空中摇起呼啦圈。清晨很多人跑到公园里摇呼啦圈。人们都去做的事情，我就觉得乏味了，我去江堤跑步。

红葡萄酒的味道不错，正宗拉菲古堡。我很耐心地一小口一小口地抿。因为稿子是肯定写不成了，桃扰乱了我的思绪。而吃过夜宵，不知道做什么，就是说桃在这里，我很不习惯。

桃说别磨蹭了，我要出早车，九点交车，然后去我的铺子。我说这葡萄酒口感太好了，不忍一下子喝光。她笑了笑说，给你说实话。我的饭碗要砸了。我说铺子的事，我可以给你写点宣传文章发在我的《饮食男女》专栏上。

别提你的《饮食男女》了，都是你那篇“瘟鸡变烧鸡”的文章惹的祸。洪七公叫花子烧鸡断档了。开始我以为是货紧俏，时间一长，我的铺子撑不住了，顾客主要是冲烧鸡来的。我跑去送货点那里关闭了。有一天恰好那个送货的坐了我的出租车，这才知道有个记者写了篇文章，结果加工点被查封，他们丢了饭碗。他说老板正在想法子找这个记者在报上道歉，报社的总编给拦住了。老板说如果敬酒不吃，他将用自己的方式解决。他就是靠洪七公叫花子烧鸡起家的，现在有上千万的资产呢。

不会吧？我惊讶地跳起来，他那个破加工点顶多是个小作坊。

桃说你看到的是小加工点，就像一棵树的末梢，或许他都不知道有这样一个加工点。这些事都由聘用的部门经理来打理。经理当然不怕事情闹大，抬出大老板保住自己。大老板的心思主要放在农牧业上，听说他的后台很大。你就在报上声明一下说是你弄错了，与大牌洪七公叫花子烧鸡没关系，是一处冒牌的黑加工点，不就得了？我说有人授意了吧？桃急了，狗咬吕洞宾，我为什么呀？还不是为你好！桃你别急，我小心地安抚她。桃恶狠狠地说你会后悔的。我想她担心的是她的铺子经营不下去。她竟没有想瘟鸡制烧鸡对人的健康危害有多么可怕。桃你听我说，我不知说什么能让她理解一种责任。我把她按到沙发上，突然来了灵感，唐闻禾曾坐在这里。

桃你知道吗？你坐的地方，有一个了不起的企业家坐过。桃说别蒙我。真的。那一天他来是要发一则广告。他在商埠大街北段新开了一家餐馆，金汉斯烤吧，要招聘两位经理。我喝茶，他喝咖啡，一杯整喝了一晚上，我们只顾着聊天了。聊起他走市场，自己干实业，经验不足，决定先实习，去成功的企业应聘部门管理人员的事。结果去好多家应聘都不用他。后来去一家生产涂料的外企，他们的产品在仓库里积压，销售科急需推销员。唐闻禾以为这次十拿九稳了，搞销售很苦，应聘者不多。没想到人家得知他大专学历摇头。唐闻禾说你们不能光看学历，要看实际能力。这样行不行？一年内不要工资，生活费用从销售中提成。一年下来，赶不上其他人，自动走人。您没有任何损失。厂长想了想答应了，我想主要是被他的热情打动了。只干半年，他的销售额竟占全科总销售额的百分之二十六。一年下来，去掉生活各种费用，净赚三万六千元。厂长决定正式录用他，聘他做销售科长，他却辞职不干了。他对厂长说我在上实业实践大学。产品销售专业在你这里以好的成绩毕业了，我该读点别的了。

桃睁大了眼睛说真牛啊！我说你看，事在人为，你的大拇指关键在你如何经营。桃的眉毛立起来，这么说你还是坚持你的“胡说八道”，不道歉啦？桃，那是事实，绝不是“胡说八道”，我坚持的是正义。这时座机响了，我抓听筒时，桃抓起她的白色小坤包。老箪，你照量着办吧，我可没工夫同你磨牙。我该出车了。砰地一摔门出去了。

电话是唐闻禾打来的，他要出趟远门，约几个哥们儿见见。我望望窗外天已经大亮。桃像是一个梦，在门的外面。我走到窗前，站在我午夜常站的位置看街道。街道还有些睡眼蒙眬的样子。淡淡的霞光在树尖屋顶闪耀。有辆的士一闪而过。看不清里面的人。我希望昨夜不过是一个梦。

17 海的语言

宋瑶林你在听吗？李公民的声音很遥远，像空气。我在美国，在夏威夷。我不知为什么突然想给你打电话。他不知为什么想给我打电话。我做导游了。

先做着看。你什么时候开庭园艺术设计所？别忘了，我第一个请你给我设计。你还需要房子吗？你有在天上飞来飞去的房子，不是挺好吗？我总得落地嘛。我想在哈尔滨买一所有小花园的房子，最好在松花江附近。你可以先设计着。我想没事闲的吧，逗嗑子？我得去实地勘察一下，才能落实啊，对不对？他笑起来，声音变得清晰。你还好吧？他才想起来我还好吧。我挺好的，刚从卜奎兴国大厦回到大庆的家。在那里搞了个洗浴中心，我是打理先期工程，现在开业了。你什么时候打飞机过来体验一下。好哇，不是不可能。他沉默了一会儿，我该出发了，挺想念英语岛的，再挂给你。他没说再见。

唐闻禾从西藏回来就一头扎到兴国大厦。他要带老叔一段时间，还要在那里开烧烤餐饮店，加盟金汉斯。他说这个店交给闻青管理，闻青不小了，书没有读好，再没有点经济基础，对象不好找，有了这个店，就有了生活依靠。他说做完这件事就去北京。我说你想把一辈子都实验进去吗？他的脸色立刻撂下来。宋瑶林你想要猪一样的生活吗？或者像只麻雀吃施舍的米粒，在屋檐下喳喳叫？你一辈子就想从厨房到卧室，再由卧室到厨房吗？阿华已经考上注册会计师了，还有你的什么艾乐和艾乐表姐，你不是说她们想去国外留学一两年吗？我心里说还有李公民在夏威夷用海的语言说海呢。我说你真想听我的愿望吗？他说你说说看。英奇秋天就上小学了。他可以独立地做一些事情了。这边有闻青和闻馨，既然他们对读书没兴趣，就专心在兴国大厦帮老叔做事，经营烧烤店。我一直想开办庭园艺术设计所，不妨先试开一下。

唐闻禾沉默，在地上走，好一会儿才说让我琢磨琢磨再说，闻青和闻馨都是我爸那个暴君害的，他愤愤地说，他毁掉了他们的童年，扼杀了他们的天性，断送了他们美好的未来。提到他的父亲他又变得怒火万丈，充满怨恨，我早晚要帮助他们去大学里补一课。我知道他是一厢情愿。他们的父亲已经从幼时就阻断了他们和书本的联系。学校会使他们头疼。他们宁愿做些简单的能够生存的工作。我说过去的事了，就过去吧。目前是他们需要赚钱恋爱结婚弄个独立的窝了。

有半年的时间，我不再插手工厂和洗浴中心的事，专心带英奇。秋天他上了小学，我的时间腾出来，开始进行庭园设计所的前期工作。确定办公地点，跑工商注册办手续，等等。这是我和唐闻禾相处放松很融洽的半年。看得出，他努力腾出一些时间来回家。夜晚，英奇睡觉的时候，我们会坐在凉台上随便喝点什么，随便聊点什么，好像一对热恋中的情侣。他甚至说到了那次去攀登珠穆朗玛峰。这是他曾不愿涉及的话题。我问了几次，他都说你烦不烦？我想那次攀登对他打击很大。我说你没参加正规训练，能上七千米已经不错了。他说他们就是这样安慰我的，可是八千八百米才是一个完整的攀登。当时我脑子里一片空白，我不会知道我到达顶点是一个什么状况。也许就像攀登前，指挥部给我们放的那个电影，我坐在冰雪上像一个雪雕一样睡着了。那个护送我的协作队员紧张极了。我想我能活着回来，是因为我特别想念英奇。还有店老板对我说的话从山上回来再结账。我不能欠人家的钱。可是我还是想去攀登珠穆朗玛峰。有一天我会带英奇去。你记得我们一同看的那部电影吗？我会像那个父亲，在危险时刻把生留给你们。他很少这么动感情，常年在外地奔波，这个家变成了他的旅馆。现在这些纠结隐去，我是说看不见不意味着它不存在。这样的良辰美景让我觉得奢侈。

兴国洗浴中心开业的第二个春节，我们在卜奎过的。见了很多朋友。英奇很快乐。可以说从来没有这么快乐过。我第一次见到了唐闻禾的两位朋友，相见恨晚的。他们是夫妻：古言和星语。古言在公安局工作，星语是搞艺术的。正月十六我们在一起庆祝了新春，来了有二十多人。古言和星语同英奇玩到一起，令我惊奇不已。他们聊天，做游戏，古言待他和同辈人一样。他们很认真地探讨松鼠为什么喜欢吃松子。英奇说我也喜欢吃松子。古言说可见好东西谁都喜爱，好人到哪里都会受到欢迎。英奇说过去我们那里有个钻井工人王铁人就是好人，大家都喜欢他。嚯，英奇这么有学问呀，他是世界级劳动模范呢，你知道我们这里过去也有个世界级劳动模范马恒昌吗？我爸肯定知道，你考不住我的。大家哄堂大笑。后来我告诉他们英奇是太开心了，从来没有这么放声大笑过，也没有说过这么多的话。从那次聚会以后英奇的好心情保持了好久。卜奎朋友们的欢声笑语也久久流连在我的记忆里。

不久，我终于注册了五十万资金，开办了庭园艺术设计所。与别人合租一所写字间。我只招聘了一个设计助理，她叫夏晔。我决定录用她。因为她喜欢园林。造园施工队根据实际需要。这些造园工人是事先在园艺设计所登记造册的，有工程的时候就过来，完活结算解散，就同一些建筑工程队一样，我们只同工头联系就可以了。实际上我的工作量不大，拿设计图纸，现场指导，质量把关。我告诉李公民我的庭园艺术设计所正式营业，目前刚在报上刊登了广告，接到了一些询问电话。他立刻送来第一笔生意。

李公民在哈尔滨江北乡村买了一所小平房。房子不大，三间加一个小偏厦。院子很大，前后空地加一起有三亩地。房主原来是用来种菜的。李公民说我的要求是你要把我的院子造成一只海螺，无声中求声，静中求动，海和海的语言。这对我来说太难了。用有限的银子做无限的事。他说要造园就造你自己的名堂，否则就不造。我翻遍我所掌握的资料，从先秦到明清，皇家园林，私家园林，理水，叠山，植物，建筑，实用性，观赏性，点景，借景，看得头昏脑涨。好些书我早就读过了，临阵未免惶惑。夏晔说都是这样，书本上的框子，容易把人框糊涂。我看不如实地仔细勘察，也不妨住一夜，看昼夜光线变化，感觉一下自己的心情。这倒是个好主意。设身处地地去做，会更接近委托者的要求。英奇上小学了，早晚要接送，我请母亲来住几日，帮忙照看英奇。我同夏晔住进李公民江北乡下的房子里，原打算住两天却住了六天。只带了必要的衣物和不可少的笔记本、环保碳笔和素描本，当然还有 CD。

这所房子的邻居至少在两里开外，隔着大片的田野。我每天在这三亩地漫步，看日出日落，清晨和傍晚听肖邦。我不懂音乐，却懂得自然的声音。从小到大的乡村生活帮助了我。北方大平原风大，尤其是春秋两季，江河开化封冻都要刮上几日的大风。于是我想到了风铃。第六天我的造园图落到纸上。草坪，树木，风铃山。树木必是云杉忍冬耐寒一类的。风铃山会有泉眼日夜发出清越的流水声，树上隐藏着各种音调的风铃，随着风的大小发出不同的乐声。这些风铃就像肖邦的钢琴曲，会使自然的诗意回荡在这座小花园里，任凭你的想象在无垠的空间漫步，大海，松涛，人生的幽秘，远去或走来的爱情，朋友和朋友的往事……我给这个私家园取名“心园”。李公民说好，就是这个名字。他说暂时回不来，你就尽情发挥吧，费用不成问题，千万别替我省钱，我一个老鳏夫赚了几百万，连个继承人都没有，万一哪天飞机坠毁，不是可惜了。我说呸呸，童言无忌。赶紧抓个空姐恋爱，心园造好，回来成亲，别在天上飞了。他大笑。我们开这些玩笑，都是用英语岛的语言。

在我忙碌着造心园的时候，唐闻禾在北京开酒吧的事终于定下了位置，好像是建国门那一带，投资二百万，由试营业很快转入正式营业。听说很有情调的，过了午夜才关门。在卜奎金汉斯烧烤店开业半年后，他把闻青调教得可以胜任店长后，他便跑到北京亲自管理他的酒吧了。有了不少北京朋友。我几乎看不到他。直到他做得烦了，转让出去，我也没有去看一眼。有时我想他现在做什么呢？就像是在想一个冗长的故事，那个故事似乎停留在一个路程上，模糊的背影，一个背着双肩包的男人，不知道什么时候能找到那个他渴望的城堡。也许他根本不知道那个城堡在哪里，可是他执着地去找，甚至不惜去珠穆朗玛峰送死，他已经两次被人从雪峰上抬下来，他做过大手术的腰子病已经犯过两次了。我一想到这个便有一种恐惧在心底升起，我不知未来等着我的是什么。我有溺水的感觉，紧紧抓住心园，就像抓住我的园艺梦。有时我被想同唐闻禾聊聊的愿望抓住，就拼命打电话，午夜，他还在酒吧里忙着，早晨他在睡觉。别的时间我在忙着做园艺梦。我选择等待。用了整个夏天造好了心园。工程队秋天散了。十一月，李公民带完最后一个北欧团，回到阔别的家，来验收他的心园。

我和夏晔在心园等他。相见是如此愉快。就像我一个远行的亲兄弟归来。夏晔很能干，她说咱们应该试着在这里起火，体验一下心园生活，她四处张罗买食物，跑很远的农家买小笨鸡，买菜，她总能编一些理由使那些卖家把鸡杀好，菜择好，回来再洗一下就可以下锅。我和李公民在心园里转，努力挑毛病，他说感觉是对的，在风铃山脚的草地上再加一套石桌凳，朋友来此小憩不是挺好吗？我说疏忽，是该加的，应该同风铃山自然一体的。那时秋叶就像歌里唱的落成堆了。忍冬的红果却饱满地挂在枝头。云杉看上去一片粉绿。从大兴安岭买来的两年生山杏已经脱光了叶子。这些树木都要过一个冬天，才能确定成活率，我觉得不会有大问题。李公民有一个月的假期，圣诞节前返回北京。他说他没有什么非去不可的亲戚，基本就在这里休整了。他兼做《旅游》半月刊的撰稿人。一次一个版面，中英对照，两三千字游记。在这段时间争取多赶出几篇。你怎么样？什么怎么样？生活工作还是——英语？我看到他热切的目光。心恍惚了一下，他当然说的是英语。

在他休假这一段时间我们重温了英语岛。我们用英语会话，夏晔也学会了简单的日常用语。我说园艺设计所临时搬到心园。他笑了，一年我能在这里一两个月就烧高香了，你们完全可以把这里做园艺设计所第二办公地。星期天我接英奇过来。英奇很喜欢他，学着韩剧叫他大叔。冬天生意的淡季，我们过上了世外桃源的日子。

半个月后，造园的费用都结清了，风铃山下的石桌凳也快递到位，安置好了。李公民说要庆祝一下，心园圆满竣工，还要庆祝宋瑶林庭园艺术设计所第一笔生意成功。他说若不是寒冷的冬天迫使我们像鼹鼠一样躲在窝里，在风铃山下石桌上就可以开个小宴会，夏晔的厨艺不错。他开车带我们去城里酒吧，十几分钟就到了。门脸仅有彩灯管组成的“酒吧”两字高高闪烁在夜空里。半地下，要下三级台阶。里面却宽敞。让我想起贝贝 face。我听到了美妙的钢琴曲，肖邦的《月夜》。我想这是李公民熟悉这里的原因。整个晚上放的都是肖邦的乐曲。里面人不多。有两对不停地在跳舞，旋转得要倒在地上，没少喝。我和夏晔喝波尔多红葡萄酒。李公民要了汇源橙汁，他要开车。李公民说下去转几圈，我说不会。夏晔摇摇头，脸上露出我熟悉的忧愁。我知道她一准在想她的不辞而别的未婚夫。李公民拽起我，很简单，我教你。开始我总是踩他的脚，紧张，害怕别人的目光，害怕自己的笨拙。李公民一个劲儿说跳得不错，什么也不要想，心里只流淌着音乐，美丽的早晨，宁静的夜晚，走在林荫路上，是不是好一点儿？真的好一点儿，我渐渐忘记了自己，走进乐曲里，看见了晨雾、朝阳、星空。

我们聊起肖邦。他美妙的乐曲，背后为常人所不能理解的悲愁孤独恐惧幻觉。他身体很弱疾病缠身，狂躁多疑，他音乐上的巨大成就与他巨大的精神折磨成正比。差不多每一首天才的曲子都伴着一场大病。就像乔治·桑说的：“这位可怜的、伟大的艺术家是个令人讨厌的病人。”李公民说天才的女人是无法永久承受这种责任的。你研究得挺透彻。他说前女友迫使我读的。我说肖邦是一个很令人崇敬的音乐家，但是要像普通人一样同他生活会很痛苦。乔治·桑即使能够克服这一点，肖邦也会被自己的幻觉吓跑的。他逃回波兰，最终还是他的乐曲陪伴他。李公民的舞步乱了，我的手被他使劲攥在手里。我说你怎么啦？屋子里回旋着肖邦“自然的声音”，人的声音淹没在潮汐里。其实是压力，太沉重了。什么压力？你还在想肖邦？他这些短小的不朽的美妙曲子，是他旅居西班牙时期谱写的。乔治·桑同他在一起吗？我的脚一下子踩到他的脚上。他说累了吧？去休息一下吧？潮汐引来落叶的声音，秋天树林里踽踽的身影。

那天一直待到酒吧打烊。我们实在为心园高兴。没想到第二天就有客户打来电话要谈项目，只好留下李公民写他的游记。他邀我再走一遍心园。夏晔收拾东西。我们在铺着秋叶和薄雪的风铃山下走，他说明年，明年不知道这里是什么样子？我说明年就知道了，你争取六七月份休假，那是这里最美的季节。

他苦笑一下，当然好，而公司那时最忙。我说岂不辜负了心园。他几乎要流泪。哑着声说你不想出去走走吗？我带团很方便的。风不大，可是落光叶子的林间，铃声直接洒向空中，清晰醒耳，随风时近时远。我一下子想到驼铃，在浩瀚的沙漠间，地平线上那前行的背影。我说你去过撒哈拉吗？他说没有。沙漠，无边的沙漠总有一个幻影召唤着我。你和唐闻禾有些相似，又不完全相似。

他怔了一下，微微一笑说你先生还好吧？也许吧？我有半年没见到他了。这个回答出乎他的意料。他肃起脸色。宋瑶林，你是善良的，不该说不着边际的话。我说真的，我没有理由在你面前装可怜。不过，十天半个月的通个电话。我苦笑，心里一阵针扎似的痛。对不起，他说。我有时候特别恨唐闻禾，一边难过一边又惦记他。这一次因为孩子的事。他望着我，眼神中有一丝忧虑。

我说这些琐事真是难以启齿。过去的那个春节，他同朋友去了香格里拉。他就是这样不考虑我们的感受。朋友们玩了几天就散了。他遇到登山队，就去爬雪山，好像是梅里，刚到宿营地他的肾结石就犯了。110 接他送到医院。他患这个病多久了？吃了六年药，一九九八年发生了粘连。在哈大二院做的手术。刚过了三天，还没拆线，他就跑回大庆，住到工棚里。当时我们在给九百五十多平米的燕京百货装中央空调，限定工期四个月，完不成不但不赚还要罚款。他爬梯子做质检，还从上面摔下来，疼得站不起来。工人感动了，说保证提前完成任务，晚一天宁愿罚一万。他这才回到医院。医生很生气。这一次是旧伤复发。回来已经是过了正月十五了。他直接去了兴国大厦。随后我和英奇去的，在那里补了庆祝新年。我曾担心他会患自闭症。我们家似乎就是儿童心理学关注的那种隐性单亲家庭。这次聚会让我舒了口长气。你不会想到，英奇高兴得换了个人似的。他同闻禾的朋友古言和星语夫妻成了好朋友，他同他们讲了许多心里话。他说他希望爸爸能多陪他玩。

李公民专注地听着，眼睛鼓励我说下去。我说这的确是好的开始。隔两天是英奇的生日。晚上我准备了家宴，从饭店里特意订了两份精细菜，都是他喜欢吃的，他没有回来。英奇坚持等他爸爸，饿着肚子坐在饭桌前。我说你先吃吧，妈妈祝你生日快乐！他摇头，不，爸爸就快回来了。竟是趴在桌子上睡着了。快半夜十二点了，只好把英奇弄到床上。那时我真说不出什么心情，只觉得疲惫不堪。后半夜两点他回来了。我说酒吧关门撵回来了？他没理我。他不喝白酒不吸烟。一杯红酒能陪他的朋友一夜。我指着桌子上的蛋糕还插着未点燃的蜡烛、未动过筷的饭菜说，不是说好今天一同给英奇庆祝生日吗？他说多是非，我们不是在一起吃过早饭吗？我说那能一样吗，你考虑过孩子的感受吗？他的态度很冷。我在客厅哭着睡着了。我是被英奇叫醒的，他说饿了。我问你爸呢？他说我爸？在哪里？他起早走了。他就是这样。

晚上他回来了。嚷着说饿坏了，这是他和解的信号。我做了饭。他说我们一起吃吧。我心里很灰很冷。就说英奇你陪爸爸吃饭吧，我一点不饿，英奇说不饿，吃了不少水果。他说明天他同古言去海南，那边有几个朋友邀请他们去。我立刻明白，古言劝他回来的。古言使他比过去多分了一点心思给家里，而我心里不抱什么希望，我知道唐闻禾作为一个男人很优秀，作为一个丈夫像是一块太硬太冷的钢，我接受不了这样的生活。我不知道你们男人是不是都这样？

李公民尴尬地笑笑。我说对不起，不该同你唠叨这些家庭琐事。李公民说我该谢谢你对我这么推心置腹。家里其实没小事，每一件小事都可能是大事，酿成大的后果。你应该同唐闻禾，他叫唐闻禾是吧？你们该好好谈谈。他哪里给我时间呢？见面就吵，若不就是生意上出了难题，弄得焦头烂额，想谈什么也忘了。经济危机过去，又开始争吵。李公民说总会找到机会的，慢慢来，别想太多，问题没有那么严重，多沟通一下就好了。我感到风很冷，瑟缩起肩。他拍拍我的背，有些冷了吧？回屋里吧。把暂时解决不了的问题交给时间好了。夏晔过来说东西收拾好了。李公民说我送你们去车站吧，要下雪了。天空时密时疏的灰色云层缓缓移动，没有夏日雨云的自由飞扬，像是严寒中步履蹒跚的老人。北方的冬天令人滞闷，就像我的生活，提不起精神。

李公民打破沉闷，讲起了海。宋瑶林一定找空儿去看看海，海的蓝色会让你的心一下子清亮起来。它是一本大书，值得你读一辈子。肖邦的乐曲是海的语言。你坐到大海边那些美妙的声音会不绝于耳。说到海他变得兴奋起来。

夏晔来了精神，说，游子啊，你要到什么地方去呢？李公民乐了，可以说是精神抖擞。他们一唱一和起来。我要到大海去沐浴，那里的清晨红霞万道，那里的海滨绿树成行。夏晔说，游子啊，大海在什么地方呢？李公民说，在河流的尽头，拂晓时，晨光从那里升起；黄昏时，夕阳从那里沉下。夏晔说，游子啊，有谁和你同行呢？李公民沉默了。夏晔从后座探过头去，怎么啦？接下去，多有趣啊。我接过来说，和我心爱的人，整夜持灯赶路，整日唱着歌跋山涉水。夏晔乐了，大海有多远呢？当我们停下话语，轰鸣的波涛震撼天宇，它既遥远，又似近在身边。我的心狂跳起来，我想捂住它，怕李公民听到这奇怪的声音。好在夏晔又接下去了。游子啊，烈日炎炎，大地蜡一般在熔化呢。是的，我们的路程艰难又痛苦，精神疲倦时我们唱歌，心灵怯懦时我们也唱歌。我说，游子啊，夜色降临时，你们怎样安身呢？李公民那么严肃地看着我，使我吓一跳。他说，我们将安然睡下，直到新的黎明在歌声中到来，直到空中飘来大海的召唤。我感到眼睛湿润了，心像是汹涌的潮汐涌向岸。我闭上眼睛，看到在沙滩上开出一片美丽的白色花朵。

夏晔说知道吗？我和我失踪的未婚夫就是这样认识相爱的。在要结婚的前一个星期，在要去婚姻登记处的时候，在要去试结婚礼服的时候，他没有来，以后再也没有出现。没有任何解释。她哭起来。车子嘎地停下来，到站了。我抱了抱夏晔，给她擦干泪水。李公民说对不起。夏晔破涕为笑，没什么对不起的，过去的事啦。应该感谢你和瑶林姐，这么说一说心里宽绰些。车外面很冷。李公民碰碰我，塞我手里一张面巾纸，擦擦脸。我才发现我也流泪了。夏晔拿围巾遮住脸，她为自己的失态忸怩不安。李公民安慰地对她笑笑。坚持我们上车他再走。他挥手时还说，别忘了心园。十二月我回北京，还请多照顾这里。好的，放心吧，以后我们设计所办公就两地跑。但是时间不长，两年吧，李公民只住过两个多月。很多时候是带团回来的间隙，到这里小憩两三天。接着是城市拓展，这片地圈进开发区，盖高层。李公民觉得自己运气不佳，没再买房子，定居在北京。他给了我电话、住址。我突然想学跳舞。我要夏晔一同去舞蹈班。忘了你的未婚夫吧，你越来越像个修女。夏晔摇头。

我上的是半年期的拉丁舞班。快结业的时候，唐闻禾突然来到舞蹈班。我说你回来了，有事吗？近两年他一向是无事不回家。我已经习惯了这种方式过日子。操心着英奇的学习，忙着庭院园艺设计，还有李公民和英语，舞蹈班和同学们，而他在远方是沙漠间一个躬身前行的背影，令我既眷恋又痛苦。我们就这样奇妙地生活着。唐闻禾出现在舞蹈班，我感到很突然，他对我的问话置之不理，拉起我的手，对我的舞蹈老师点头微笑一下，然后冷冷地看了我的舞伴一眼，就往门外走。正在练舞的同学都扭头看我们。我只好道声抱歉随着他来到外面。你把我的手腕子攥紫了，什么事这么急？也不先来个电话。他说跟我回家再说。我的女人凭什么让别的男人搂？我说这是舞蹈学校，你太不理智了，简直是丢脸。他激动起来。没进家门就吵翻了。他咆哮着，像只被怒火烧灼的狮子，转身钻进他的车子独自走了。我给李公民打电话，李公民在机场接团。他慢条斯理地安慰我。不时会听到那边有人在招呼他，他不停地回复那边，少安，我有点急事。然后再同我讲话。我不忍再唠叨，你忙吧，我好多了。他说我的感觉是唐闻禾因为爱你，所以矛盾，动怒。宋瑶林好好地研究你的庭园艺术吧，得空儿再打给你。我跑到街上，没有目的地走。街上的人很多，拎着大包小裹的，快过大年了，周边县城和乡下的人来办年货了。

这个春节唐闻禾没有回来。也没有给儿子打电话。我不知道怎么同英奇解释。李公民从美国给英奇寄来一件吉他玩具土狼。一个农场主用很滑稽的声音唱歌。英奇背在身上又蹦又跳。而我不得不编理由，向父母叔叔婶婶等一群亲属解释唐闻禾没有来拜年的原因。唐闻禾在外地处理几件棘手的生意上的事，以此赢得大家的同情，都为他叹息，做生意真是不容易。做生意确实不容易，但是用在这里，我觉得啼笑皆非。李公民不时会从大西洋那边打来电话。那边的夜晚恰好是这里的白天。我似乎在倾听着潮汐的声音。一次说到他此次带的是个大团，操心的事多。有四十多人，里面有十几位独身男女，这些人最怕过旧历年和中秋。李公民你也怕吗？他说不一样，我是工作。你的工作？你告诉人们海和海的语言。他轻轻笑了一下，用英语说，从那永远摇荡的摇篮里，从模仿鸟那婉转如簧的歌喉，从九月的午夜，在荒瘠的沙洲和远处的田野上，那儿有个从床上爬起的孩子光着头赤着脚在漫游……他的声音低下去，我听到遥远的远方海浪涌向岸边的轰鸣声。他说我又得出发了。

18 渔船人

把航班经停的时间算上，差不多要七个小时才到三亚。我要了一杯红酒。望着窗外宁静得山一样的白云朵，就要到大年了，我却在南航的飞机上。我的脑子里乱糟糟的，纷纷扰扰的事务搅得我不得安宁。海南那边的朋友凯子说有一档子装中央空调的生意。我还没有去过海南。他说你还是来看看吧，这里很有发展前途的。我在北京的酒吧，生意火了一年，开始冷清。我已经打算把它兑掉。更糟的是投入隆庆化工厂的资金打水漂了。我太信任他们了。许乐友在我投入第一笔资金时，就抽身到北京了。他是在找替身，否则总裁不放他走。

我做过市场调查，生产氢氧化铝是完全可以赢利的项目，头一笔入股三百万。三年过去，他们只说在采购原料，并未投产。我这里赶上有装中央空调的大项目，便叫宋瑶林缓一缓她的园林艺术到工厂看看。这一看不得了。他们先前欠账八百万。技术人员也不行。我找许乐友，他说真不知道是这样，他不是驻厂股东，说话的分量不大。我决定亲自出任这个公司经理，占股份百分之五十一。重新招聘技术人员，合作者。第一批产品出来不合格。找专家鉴定，原因在原材料不合格，需要再投五百万。我想已经开始了，没有回头箭。合作者没诚意，请他们退出。他们不但不撤，还找原股东开假欠条坑我们，查封化工厂。没办法只好上法院打官司。我把这些烦心事交给了律师。我不知道怎样对宋瑶林说这些事。我不愿意再谈它。明明可以赢利可以养活上千人的好企业，竟让这些不会干活只会捣蛋的小人弄垮了。

现在我不应该再想这些了，这个官司不知道拖到猴年马月，他们在到处托人弄景，把不是当理说，竟然有人听！我耗不起，还是让律师去应对吧。不如专心去想想海南，这要是在过去，朋友介绍的几十万的小产值我是不接手的。为了尽快摆脱眼下的困扰，不妨去那边蹚蹚新路子。就如乔治·阿克洛夫由一只拖延邮出的箱子得到人在经济行为决策中并非绝对理性的启示。这次出行并非绝对理性的，我可以过了年来，我没有这样做，不知道自己怎么了。我在飞机上，在异地，想家，想英奇，想宋瑶林，我会有丝丝的柔情，会被感动。而回到那个狭小的屋子里，很多不愉快的往事便一起从沉睡中醒来挤压着我，而生意上的不如意更令我闷得抓狂。现在我在空中飞向新的未知数，那片充满烦恼的土地离我越来越远了。那些烦恼似乎变成由高空俯瞰的山间雾缕，我扔下它了，交给我的理性去审视，我不再觉得重压。打开前面座背上的小电视，戴上耳塞，合上眼，便只有天籁般的陶笛声萦绕心间了。

放下心事的时间好像变短了，只打了一个盹儿似的就到了三亚，凯子在接机的护栏外又蹦又跳地冲我挥舞着一面三角彩旗。他说怕你看不见嘛。我说空气好水腥，还没见海，海的味儿先过来了。凯子说等你见到海就不想走了。我们就是这么留下的。你们？一会儿找几个大陆来的给你接风。晚上，他带我去了渔船人海鲜坊。在海岸上看，夜色中的海天相连处，一片璀璨的灯火，潮声起伏，令人浮想。如果不是事先说好到这里吃饭，我会以为自己看到了海上仙界。我们乘机动船过去，上浮桥，走进海鲜的街市，这是由很多渔船连在一起的餐饮作坊。渔船人，我觉得这名目形象而美。船隙间挂了深入海水里的网，放养那些从远海捕捞的鱼啊虾呀牡蛎什么的，也有的在两船之间圈起鱼池，客人看着更方便，旁边放了长竿网捞，想要什么，自个儿动手捞。所以在这里吃到的海鲜永远是真鲜的。

我们坐在靠船舷的餐位，吃海鲜，看海。我们在明亮的灯光下，海在暗影里，倒不如说是听海。听海浪在远处低啸，在船与船连接处涌动，长吟短唱。凯子不无得意地说怎么样？我说第一次体验了这么自然的浪漫晚餐。在这里我见到了三亚市政府的秘书长秦成，哈尔滨人六子，四川人橡子。我不喝酒，喝浓茶提神，他们喝他们的酒。凯子说我，他就这德行，从来滴酒不沾，他肾结石很重，做过大手术。大家惊讶地啊了一声，说好好，都不是外人，随意。随意。秦成很少说话，也不拼酒，微笑着听大家扯淡。我就是给他搞中央空调项目。他说你要的价不高，不黑，薄利广交友，我喜欢，以后在海南有需要兄弟帮忙的，尽管说。

六子一杯酒下肚，话匣子就开了。他说我六岁就跟父母过来支援边疆建设啊。这里的好多人都是大批支援边疆建设时过来的。咱们大陆人勤奋，不像这里，男的抽烟喝茶打麻将，女人下田。那时空地多的是，气候好，雨水丰足，种啥得啥。我说你自己有大庄园吧？他说父母是生产建设兵团的，如今好多生产建设兵团都转为农场，农垦系统里的人多数是兵团战士转业。从这些农场租地，比较划得来，一般能承受，下死力气干几年，稳赚。凯子说他在陵水县搞了三千亩荔枝，发了。六子就笑，哪有你凯子厉害，起了那一片的高楼。凯子在这里搞房地产开发，政府招商引资项目他包了不少。这次是海景楼。凯子说咱那是下死力气，哪有橡子命好，打打工就发了。

橡子才三十岁，我们几个中最年轻的一个。海南建省那年过来的。打工十来年。有一次遇到个农场主，种杧果的，急需用钱，就把杧果园很便宜地卖给了他。头一年他就净赚五十万。这小子命确实不错。现在拥有一个大庄园了。他很谦卑地笑笑，哪里哪里，政府的政策好，吃得了辛苦，大家的命就都不错。互相支持，互相支持。凯子说你看人家橡子的思想境界，能不命好吗？大家笑，好好，为命好的干上一杯！橡子敬我说欢迎来海南，这里是一片没有农闲的土地，你在这里会有用武之地的。

夜空，海，渔人的灯火，和朋友们的交谈，在我眼前打开了一片新天地，我不知道杧果园是什么样的，也不知道荔枝园是什么样的，我想起奶奶家的菜园子，在幼小记忆里那是一片很大的西红柿园。奶奶给我一只很小的篮子，她提一只大的筐，对我说摘些柿子到镇上卖，给你买双新鞋。奶奶喜欢唠叨，就像在不停地跟柿子说话。那时妈妈还活着。我还没上小学。我给他们说起奶奶的小菜园子。大家感慨了一番。又各自说了一些小时候的趣事。凯子说来日方长。闻哥今天旅途劳顿，早点散了。大家说好好，今后有什么事只管招呼。我说我初来乍到，还仰仗各位兄弟多指点。他们打哈哈，说客气了不是，都是好兄弟，互相帮助，互相帮助。秦成握着我的手，醉眼蒙眬地连连说欢迎你来海南投资，欢迎啊。凯子说让秦秘书长先走，他明天要起早去赶会场。送走秦成对我说闻哥，去大东海泡泡，解乏，再回住处休息。我说客从主便。

离开渔船人海鲜坊，我坐在车上睡了一觉儿。到了大东海觉得精神多了。过后才知道这里距我住的白鹭公寓很近。海岸宁静，游人大都回去了。六子、橡子、凯子和我毫无顾忌地脱光了，扑进温暖的海水里裸浴。天空阔大，星星也大，闪动着奇妙的光。海的远处时而有一点灯火闪过，大约是去深海捕捞的渔人吧？我仰躺在波浪上，看着天空，头脑里回放着同奶奶在菜地里的画面。海水抚摸着肌肤，哼唱着古老的音调，在我心里注满了感动。温暖的海啊，我还没有看清你，可是我已经躺在你的胸怀里，感受你的浩大和宽容。我们像四叶小舟在波浪上荡着。远处的喧闹和歌声，若有若无。六子说临春河那边不到后半夜是静不下的，又唱又跳的，天天乐呵。以后你就知道了。午夜过后各自回住处。凯子送我到白鹭公寓，他将第五层给我租下了。技工过了年就来干秦成那项中央空调的活。凯子说租金就从秦秘书长那批活中支出，省事。我说你想得挺周到，怎么谢你好呢？都是大陆人，举手之劳嘛。我说老话来日方长。

第二天我去了他们的杧果园荔枝园。有一种醉人的香气使我不忍挪步。我知道我一见钟情地爱上了这片土地。大海，阳光，沙滩，椰林，热带雨林。生满奇珍异宝连绵的山。人类的家园围在这丰茂的热带植物群落里，四季如春，天地明净。我就像一只飞倦了的候鸟，找到了没有冬天的地方。我想停留在这里。同原和大庆的冰雪，台和村，大茂村，登丰村的寒冷，都成为往事。白鹭公寓带给我宁静。东山朝霞，山下的临春河，红树林，在河中捕食的白鹭鸟，这一切都让我愉快，神经放松。每天早晨我早早起来，保持在北方的习惯，做健身运动。然后到附近的早餐店喝碗甜粥，吃一块紫薯或玉米。卖早点的小老板多半是老乡，觉着很方便。我在一夜间就决定先在海南买一块地试试。一周后我就同熟人四处去踅摸合适的地。我是那么急切着这件事。给秦成干的一单装中央空调的工程完成后，安装队回大庆。我留下来接着跑地。我已经摸清了跑地的路子。不再同熟人盲目地转。我开始在报上登广告，在网上挂帖子：求租求转大面积的农业用地。接着是等待回音。

19 证据

我下午到报社交稿子。门卫从窗口探出头说真看不出，你小子交桃花运了。我说你发癔症了吧？门卫从里面跑出来，黑铁塔似的挡在我面前，你蒙谁呢？我亲自把她送到总编室。我说你忘了我们的规章制度了吧？怎么随便向一个来路不明的人交底？她不算来路不明。她说请问赵桤栋在吗？我说你是他什么人？她说未婚妻。一般人根本不知道你的真名。以后就是有人说是我的亲娘老子也不能交底。你知道你给我惹多大麻烦吗？不就是人家承认是你的未婚妻吗？未婚妻个×。你小子又有新欢了吧？懒得理你，我还有事呢。编辑部主任在办公室等我。

你小子怎么才来，我四点有个约会都误了。对不起，被无赖缠住了。晚上泡妞去了吧？你也太小看我的素质了，事业是我的上帝。上帝说上午北京时间八点三十分交稿，你怎么下午北京时间四点三十分才到？请领导谅解，确实有特殊情况，还是关于“瘟鸡变烧鸡”的事。屎吧你！瘟鸡和妞吧？有人看到你和一个妞在一起，还想说什么？奖金别想了。领导这不公平！我简直忍不住要掉泪了，我还指望这笔奖金下来回趟老家呢。这下泡汤了。我想再争取一下，便说你只能扣本月的，不能把半年的全扣吧？我们是半年一发放。领导沉默。

我气冲冲地走出报社，天已经擦黑，心想又是倒霉的“瘟鸡变烧鸡”。都他妈的瘟死算了。我不由对着眼前的车流大吼一声。这时我听到耳边吹来一股伤食的酒糟味，接着听到有人说你早该这么想。这声音几乎从牙缝里挤出来的。我的脊骨飕地冒出一股冷气。我说你是谁？就觉得有东西抵住我的后背。到车上就知道了。我说你手头紧了，也不看看是不是有钱的主。我也就是穷打工的，刚被领导撸了一顿，奖金都没了。少啰唆，我饭碗都让你砸了，还奖金呢。你一定认错人了。扒了一层皮我也认得你老筆，我找你有一个星期了，像个耗子似的躲在地洞里。这得感谢大拇指熟食店的老板娘。别企图逃跑。我往旁边蹭，心想千万不能上他的车，我蹭到一个墙角，再也无法挪动啦，从这里能看到路上穿流的车辆。路人却看不到我们。这时我的手机叫起来。我说我有个约会，我不去，他们会找来。接电话，不准胡说八道。他那抵住我后腰的硬邦邦的东西威胁地用力戳了一下。你放心，我知道分寸。那就好，他又用一下力，一阵钝痛。我接了电话，告诉唐闻禾我有点闲事缠住了，很快就到。算你小子走运。老板可不会像我这么客气。老板要你在《饮食男女》上声明，“瘟鸡变烧鸡”是你瞎编的。

可是我明明看见堆了满屋子发臭的死鸡。他说你信不信我让你在盲人道上爬。他拽住我的脖领，把抵在腰间的硬物举到前面来。那是一把没有卸掉刀裤的水果刀。在我的脸上划了一下。就像有一只大蚊子狠狠叮了我一口。我盯着有精美鱼鳞图案的刀裤说，您真是太客气了。能采集那么奇特的食材，做出那么万人迷的烧鸡，您还有什么做不出来的呢？

啊哈，明白就好。限你三天。他走了。我急忙赶到金汉斯烤吧。唐闻禾迎过来，愣了一下，指我的脸。我用手一抹，抹下一手血。我只好说跟人吵了一架。唐闻禾陪我到附近的妇女儿童医院包扎了一下。聚餐因为我气氛变得压抑。我说了叫花子烧鸡的事。桌子上的菜几乎原样未动，大家只是一门地拼酒。其实酒也不全保真啊。最后烂醉如泥而归。唐闻禾滴酒不沾。他送大家回家。我清晨醒来，发现他睡在沙发上。他说你的样子很吓人，喝得太多了。我的心情的确糟透了。我说是不是误了你的行程？他说明天去北京，从北京飞三亚。你要小心谨慎，说不定招惹了黑社会。给他十个胆，一个打工的不会这么猖，骂骂杂是可能的。报警了吗？还没顾上，我只想着你的约请别迟到。你的上司怎么说？怎么说？他在全力想法让报纸赚钱。不饿肚子是第一位的。我有个朋友叫古言。你去咨询一下。记者无冕皇帝。无冕皇帝？我想这样说未免幼稚，也许是蹚地雷的死士。太悲观了，不致如此。如果干不下去了，去我那里，做公关如何？反正我只是聘用记者，灶王爷贴在自己腿肚子上。我们去早市，在大排档简单地吃了早餐。他叮嘱我早点去找古言。

我从早市回来，沏了一壶茶，想捋捋思路，然后去古言那里。桃当当敲门进来。我说桃，你不要再来了，我们最好不要见面了。你给我带来的麻烦够多的了。桃看到我脸上罩着一块纱布，并未惊讶。听了我说的话，她哭起来。鼻涕一把泪一把的。她说这事纯属偶然，叫花子烧鸡加工点的送货人，又“碰巧”坐了我的车，很想找你讲和这件事，大家都丢了饭碗很窝火，指不定闹出什么事，只要你发个声明，说明“瘟鸡变烧鸡”是虚构的。这事就了了。我没有想到他们会这样下三烂。

桃不说这些了。这件事我自己解决。你和我仅仅是普通朋友。我有女朋友。如果那个夏什么的是你的女朋友，你为什么逃走？你怕什么？桃！请你不要再抱幻想了，你知道我为什么选择暂时避开，依你的性情会闹个鸡犬不宁的。我不希望无辜者受到伤害。无辜者？我是什么？桃，别闹了。我没心情，一点心情也没有。你要是真的对我好，就离我远远的。算我求你。桃扑通坐到沙发上，又要号。我使劲摆手，极力压抑着火气，桃，你要控制好自己的情绪，动不动就号啕，是一种精神讹诈。你要冷静再冷静。桃忘了哭，怔怔地看着我。惊讶愤怒。我给她倒了一杯白开。桃，你一准没睡好觉，眼圈儿是黑的，白开水含锌高，有助睡眠，多喝点。她伸手打翻了水杯，少他妈黄鼠狼给小鸡拜年。桃对不住，感情的东西不是勉强的。再说我有什么好呢？

我的老家原来在乌镇那边乡下。父亲大学毕业后去海城教书，母亲是他在学校认识的，学舞蹈的，跟父亲去了海城，自己开办民间舞蹈班。我快要上小学时，母亲突然走了。我记得那些日子他们总吵架。母亲走后在上海的姑姑回来住了些日子。然后带我去了上海。姑姑没有孩子。一个人生活。我的姑姑很可怜，家里穷，一心想上大学，在县城念到高二，我爷爷病倒了。爸爸和姑姑两个人只能有一个接着念下去。家里决定让弟弟也就是我的父亲接着念下去，她辍学回乡劳动。父亲考上师范学院，学费成了问题。这时村里的媒婆来说媒。说上海有个亲戚，儿子快大学毕业的时候，去东北煤矿上体验生活，不幸砸伤，瘫在床上。他本来可以坐起来，他的女朋友离开了他，他就再没有坐起来。有人出主意，也别管什么门当户对的啦，到乡下找一个标致女孩冲冲喜，说不定就此好了，不好，做父母的也尽心了，你们百年之后也有人照顾他了。父母也没有别的更好的主意，只说这样太对不起女孩了。这好办，丑话说在前头，孩子的状况如实说，乡下穷人家的女孩，进城吃香的喝辣的，再给家里带点收益，他们也就不说别的了，多给人家点钱，大主意他们自己拿。那时我父亲上学急需要钱，姑姑想诗书人家，瘫子念过大书，她喜欢读书，说不定瘫子真就冲好了，再说人家答应给弟弟出全部学费，还给了蛮有脸面的彩礼，村里没有哪个得过这么厚重的彩礼。姑姑是带着满脑子幻想进城的。

父亲说瘫子模样长得俊，只是长期不见阳光，面色苍白孱弱。举办婚礼那天，瘫子真的站起来了，满面红光。我想他同姑姑一样，幻念在他体内注入了力量。父亲说姑姑那天极美，就像画上的仙女一样。酒席排场，气氛好得不得了。瘫子携着姑姑挨桌敬酒，宾客高兴啊，出奇迹了。没料到，瘫子入洞房睡下再也没有站起来。姑姑带着他寻遍南北大医院也没有寻到治愈的办法。就这么守着他过了十几年。瘫子死了，她的公婆也相继去世。她就守着这份家产过日子了。我父亲劝她再找户人家，她说一个人挺好，让栋儿到上海读书吧。父亲哪有不应的？我书读得不好，贪玩。姑姑很伤心。我的作文不错，好歹被东北的一所师范学院录取了。后来的事你知道了。我的导师很喜欢我，帮助我考研，我因为做一个偏远地区教育现状调查的课题，跑到你们山沟的中学。谁们的山沟？你别生气，城市里有森林吗？林场不就在山沟里吗？这就是你的弱点，慕虚荣，不承认现实。现在你看看我有那么好吗？我只是想猎奇，想看看南方没有的东西，想看看北方的山沟教育是什么样儿，我想看看别人不想去的地方。我没看过真正的雪花是什么样的，北方和南方的温差真的像姑姑说的那么骇人吗？

我快速地说着，不让她打断我，我也不去看她，对着空气说，空气中游荡着梦中的我。我想姑姑不讲那些北方严寒的骇人故事，也许我不会想到北方看看。姑姑越说不能去，去了会冻死，我越要试一下。报考的学校是北方的，实习的地方是更北方的，我选择的工作单位也是北方的。

桃嘴一撇说你想做乘龙快婿。你想让导师看看你有多么不俗，你想……

我一巴掌使她闭了嘴。怒火顺着发梢往外蹿，就要酿成火灾了，我说你要对你的言辞后果负责。他们不过是普通的教育工作者。你的虚荣心，你的乱猜测害了你。这里的空气，大平原的辽阔，四季分明的气候。大江大河撒欢儿奔流的样子，都是我喜欢的。你可以说我别的什么，你不可以污辱我纯洁的情感。

桃大哭起来，跑出去。我望着咣当碰上的门，突然像泄了气的皮球，只觉口干舌燥。我找到屋主的法国波尔多。这是用精致的保暖箱装的，大约是冬天买进，春天他们走的时候忘了，放在储藏室的角落里。桃竟然发现了。这个桃！我抓起一瓶，心想主人抱歉了，先斩后奏吧。起瓶时木塞弄碎了，落到里面，酒有些变味，我一口气喝干。倒在沙发上睡着了。我错过了见古言的时间，第二天我找他的时候，他参加省里的一个考察团走了，要一个月后回来。我知道三天的时间我什么也做不了。

我没有去找别人。后来我想是一种社会风气在潜意识里左右了我，信任熟人。这种想法完全是对法律的一种蔑视。没有谁去想追究这种风气的根基，原因和结果。就像是排着队上车，既节省时间又安全，大家偏要往前挤，塞住车门，不信任秩序。三天很快过去，我没有去报社，桃也没有再来。《饮食男女》专栏是逢单日出，就是一、三、五、日见报。第四日我又该送稿子。我们规定送审稿子一定要书面的，总编签字后，再发电子稿。“瘟鸡变烧鸡”事件以后的稿子令我羞愧。只是为了把《饮食男女》栏目填满，失去了锋芒和力量。我像耗子一样躲在洞里，害人者变成了猫。

我对总编说这不公平。总编说没有证据。公安派出所的人很重视，去现场了，那里什么也没有，对方还说夜黑里一定是看错了，把柴堆看成瘟鸡了。在梅鹿区北面，有一座很大的现代化养禽场，这是他们加工点原材料供应基地之一。我参观过。鸡站在饲养架上，排着长队，哀怨地咕咕叫着，每只鸡只有一个刚好能容身的空间，尖嘴巴下是食槽，屁股对着产蛋道，产出的蛋会顺着蛋道滑到下面的蛋槽里，安全准确。看到鸡们这样为人类受罪，我就不想再吃鸡肉和鸡蛋了。这座养禽场就叫“洪七公养禽场”，叫花子烧鸡是这个场的特产，加盟店很多，遍布大中小城市。这里属于一所很成熟的，信誉很好的大型企业集团。

我说这能说明什么呢？没有证据。我和总编一块儿到职工食堂吃午饭。接着掰扯了一下午，总编的耐性崩溃了。我也昏头昏脑的。没有证据！我只是偶然得到消息，那天去得太匆忙。过去说眼见为实。现在眼见不能为实，要抓拍，就像公路上的违章摄像。我不是一个合格的记者，有理说不清。我一个人去酒吧喝闷酒。不知怎么就到天黑了。我往住处摇晃。走到楼角花园的时候，就是我的邻居蒙面强奸他妻子的地方，突然有一个人扑向我。我说你一定搞错了，我不是你媳妇。第四天了，记者大人！我的外套被从腰部掀起蒙住脸，胸口狠狠地挨了一拳，我哎哟一声，差点背过气去。我双手抱住脑袋，肩膀，胳膊，屁股，被雨点般的拳脚踢着砸着，我惊恐地躲闪着，心想我就要变成一块肉饼。我说兄弟有话好好说。他说谁是你的兄弟？这是最好听的话了。我倒在地上，他们踢球一样踢得我满地翻滚。给他一刀算了。

这时响起刹车的声音。来人了，快走。事情没完，以后再找你算账。静下来。我听到桃的尖叫声。

我在医院住了一个月。浑身瘀青，嘴巴肿得不能吃饭，肋骨断了两根。我不得不面对桃。桃哭肿了眼睛。一个劲儿说是她不好，她不知道会惹出这样大的麻烦，会闹得这样凶。她要停下跑出租，关闭小店照顾我。我说不要冲动，我还没残废，还可以自理。日子还得过，不能没钱。这里有护士，医院有定餐，一日三餐小车送过来。你忙你的，这里不用你管。桃是不能不管的。她认定她的位置在我这里，每天交了班就过来。

总编过来看我。桃说我是老箪的未婚妻。有什么事你跟我说。我只有苦笑。总编当然说了一些安慰的话，好好养伤什么的。最后一句是有什么困难吗？桃说医药费、精神损失补助，希望领导考虑。总编说好说，单位保卫科的人已经同辖区派出所联系，抓住罪犯一切都不成问题。桃看着我说，他妈的，去你的箪食壶浆吧！总编没听见，他已经到走廊了，单位要操心的事多啊。

我出院回到寓所。桃欢天喜地做了一桌丰盛的菜，开启了最后一瓶波尔多。她说咱们是一定要付钱的。桃走进这所房子，就会去找波尔多。付钱挂在她嘴边。房主好久没来电话了。付过取暖费和物业费，就没有音信了。他们没提过要卖这房子，也没有亲戚朋友来访过。邻居自从妻子出走，变得静悄悄的。对于我清净难得。对于这所房子便有了凄凉的味道。而断了两条肋骨，身上还带着瘀青的我，在这凄凉的空气里旋转，会不会倒地长眠呢？箪食壶浆，箪食壶浆，我是不是疯了？桃说你像个旋转木马，转得我头晕，快坐下吃饭。我没有胃口。我只想喝酒，喝十瓶波尔多或是长城白葡萄。她说喝吧，喝死你！这瓶全归你，明天我买十瓶长城白葡萄。她的角色感太强烈了，如同十年以上的夫妻那么嘴冷。无遮无掩地憎恨。我在两个杯子里平分了这瓶酒。心想夏晔你怎么不来找我，护着你的矜持，知道什么后果吗？

我喝干了杯子，朝桃走过去，我说桃我要报答你，照顾了我一个月，你辛苦了。桃扑到我身上，咬牙切齿地说你是该报答我了。我的脑子里闪过楼下邻居同他的妻子在楼脚小花园里的一幕。只是一闪，我和桃已经倒在地板上。脖子被桃死死搂住。我说不能这样，却发不出声音，像在三伏天烈焰下行走，喉咙里干渴得冒烟，急切地想找到一眼甘泉。清晨醒来，我一个人睡在沙发上。

桃走了。我看到桌子上桃留下的字条：老箪事平了。不会再有人找你麻烦。我把大拇指熟食店卖了。那块地皮涨价了，一笔不小的数目，足可以让那些人去别处谋财了。爱你。不过我不会打扰你了。只是有点觉得辜负先前那位音乐教师的美意了。我离开了。哈拉镇往北，卧牛镇之前，有旺达养禽场，据说是你崇拜的大企业家唐闻禾的，这个场得过禽流感，几天鸡就全瘟了。现在这里变成了花窖，专门批发各种鲜花。祝你幸福！我不知为什么有点惊慌，不知所措。我套上风衣就跑到大街上，一整天，像个梦游者，不停地换乘出租车。街灯亮起来。所有的烤肉店灯火辉煌，支起了露天席位。烤羊肉串的长铁箱也搬到了当街，经过特别调料腌渍过的牛羊肉在炭火上冒着烟，天空中飘浮着一种诱人的奇香。

五月是这个城市真正春天的开始。而烧烤是他们表达春天心情的方式。朋友来了就领到烧烤店，他们一个店一个店地吃，开心得不得了。现在我只想找个僻静地方眯一会儿。我钻进贝贝 face，坐在靠门的角落里，一边喝鲜榨苹果汁，一边盯着每一位进来的宾客。他们个个表现得很幸福。女人香气飘荡，男人扬扬自得。他们喝着酒精勾兑的红酒，吃着被各种调料弄得失了原味的坚果，兴致勃勃地调情。有个男人嘲弄地瞟我一眼，我认出是那一夜在瘟鸡加工点出来同我说话的年轻人。我以为他要说点什么。他扭头搂住身边的妞，大声叫服务生，有没有好一点的红酒？先生，店小，最贵的三千八一瓶原汁香格里拉。怎么样？他问身边的妞，将就吧？我突然想起他现在是个有钱人了。我起身离开，我听到后面的笑声。

我走进黑夜里，夜雾很浓。我是说烧烤的烟雾。我觉得这雾挺好，它呛人的味道，分散了我的注意力，就是内心中一股杂味的痛，不知道错在哪里的惶惑。我茫茫然地挪动着双腿，脚代替了我的大脑。脚还真是识相的，它把我带到了新嫩江大桥。在这座城市与桃第一次见面，我们开车到摆渡口附近，我远远地望着这座桥，渔人摆着小船从桥下过来。现在我站在桥上远远望着我们停留过的地方，那里只是一片迷蒙的黑色。江面上跳着灰冷的波浪，没有渔船，现在还不是子夜，子夜是嗜钓者的时刻。从这里看天空不错。没有市中心的烧烤烟雾，星光格外明亮。月亮是一小牙儿，那是西南角吧。天边的江水收下了这些灵光。就像海市一样明明灭灭。如果扑通从这桥上跳下去，一定能顺流到达那里。同鱼群在一起游，躲过渔人的网，想象着大西洋、太平洋、印度洋、北冰洋、南极北极，地球在星河里旋转，神秘的永无尽头的星系，地球就像我儿时玩的花皮球，人如一粒灰尘，没有了烦恼恐惧，我甜蜜的呼噜声会在宇宙的光芒里蚊子一样歌唱。

蚊子的歌词是：瞧，星月下远处的灵光多么迷人！我跨上桥栏，渔船今夜还能出现吗？我不想出现在它的网里。渔船没有出现，鱼儿一定不会走远。飞起来吧！我张开双臂，像泰坦尼克号殉情的男主人公，他叫什么来？有关系吗？一,二，等一等，那是什么声音？从远处过来，是雷声吗？我不该睁开眼睛，睁开眼睛一切都变了。星月并没有被乌云遮去。有几颗又大又亮的星在我头顶飞过。那嗡嗡声像是呼唤的声音，就是这个移动的星团发出的。

我好像一下子醒过来，我展着双臂睡了一觉，做了一个不愉快的梦。那是从别的城市归来的飞机。在南面的机场降落。从北京或是上海？这个时候准是近午夜了。唐闻禾在飞机上吗？他总是在空中飞来飞去的。不过他不会这么快回来。他说过他要把庄园搞定，再请我去。渔船就在这个时候，从桥下出现了。我长舒一口气，小心地翻下栏杆。我不能等唐闻禾来请，我要去找他，问问他的旺达养禽场的事。我一定是疯了，在夜晚跑到嫩江大桥上玩命。

20 女人

梅恩和白豆的办公桌空了两个月了。有时白豆来坐上一会儿，埋头写点什么，盖上印章，便又匆匆地走了。我给李公民修筑心园的时候，她们也接到一份酒店室内装潢的活，日子还混得下去。当白豆对我说她们不想续租了，我还是有点意外。她说梅恩到底是离婚了。孩子跟了爸爸。梅恩决定去杭州。她有个发小朋友在那里做服装生意。白豆没有新的打算便也决定跟了去看看再说。我说一块儿吃顿饭吧。

梅恩开车，用了一个小时跑到卜奎。因为我说到贝贝 face 的学生时代，她便加大油门一阵疯跑，弄得我提心吊胆。没有找到贝贝 face。到处在拆迁旧建筑。贝贝 face 的地址变成了建筑工地。我说去西餐店吧，我知道附近有一家新开业的上岛咖啡，主要是幽静，便于说说话。梅恩喝了很多白葡萄酒，心情糟到极点，眼泪弄得脸上的妆跟花脸猫似的。梅恩喝多了，她说就想醉，醉的滋味妙极了。我们为了给她醒酒，去了公园。正是一年里草木茂盛时。凝重而幽密的树林，宁静的湖水，似呼唤起了生活中的甜美。梅恩喃喃自语，我怎么有一点点惦记他，我们好像来过这个地方，我们的儿子庆庆在树林中飞跑追松鼠，把他的葵花子撒给它们，屏息静气地看着松鼠一粒一粒地嗑。可是现在不知他们在做什么，我也不知自己去哪里，梅恩说着泪流满面。白豆说不是去杭州吗？你的朋友马丽来过电话啦，我告诉她了航班，她说准时接我们。我们还是早些回去好收拾行李。梅恩拍拍脑门说怎么搞的，我好像忘了呢。哦，现在是宋瑶林给我饯行，还没谢宋瑶林呢，我们再找家餐馆，我回谢。我们同室办公这么久，真有点舍不得呢。你醉了。我没醉，清醒着呢。我们把她劝上车，安顿她在后车座上躺下来。车子上路，四周已是灰蒙蒙的暮色。梅恩的情绪渐渐平息下来。白豆说瑶林姐，你不知道梅恩姐有多么能干呢。我说怎么不知道？我们在一个办公室。那次给杜蒙的一个度假村搞装潢，我给你们搞庭园设计。午休时看着她还在涂大白呢。她把请力工的钱省下了。白豆说她当初做服装裁剪生意时就是这样没黑没白地干。我说那时候你们就在一起搭档啊？白豆说哪里，我们是在社会办学美术装潢技术培训班认识的。结果是她迷上了美术装潢。我刚好想自己开家装潢公司，苦于没有资金，梅恩有资金，就这么一拍即合了。

人生就是这样子，过去了，就过去了，不像读一本书，听一首乐曲，看完了听完了，还想看还想听，再从头看从头听。生活是开弓没有回头箭。所以当下要紧的是，把自己的打算想想清楚。梅恩说宋瑶林你算说到点子上了，现在装潢公司多，有规模，信息灵通，掌握世界最新装潢趋势，人才设备配套，相比之下我和白豆太单薄了。杭州挨着上海，苏州南通南京都不远，走走看看学学，还是重操旧业把握。车子摇晃了一下，灭火了。夏晔说糟糕，没油了，跳下车，又说没油了。白豆说真是太糟了，前不着村后不着店的，天又黑了，就我们几个女的可抓瞎了。梅恩说白豆我最不愿听你说这话，不要女的女的，女的怎么了？白豆吐了吐舌头，好吧，这里肯定没有加油站。最近的也要在三十里地以外吧？我们都下了车，围着车转。

四周瞄不到灯光。野草甸子静得瘆得慌。我想起了大庆一家熟悉的加油工。我要通了他的电话，他说他试着找一下林甸的加油站，但愿有人值班。梅恩说大家推车！推到有人家的地方，住一宿再说。她真的推起来。车子竟然往前滑动了一下。夏晔说站在这里傻等，不如推着滑一步是一步。几个人用力推起来。

不一会儿，我满头大汗，手臂软塌塌的，腰也疼起来。梅恩直哎哟，大叫腰受不了啦，岔气啦。白豆和夏晔一屁股坐到地上，几乎同声说梅恩姐酒醒透了。我找了块岗地坐下来，以后谁再喝多，罚推车，酒就顺汗溜了。梅恩依着车门咳。不知是笑的还是呛了风。没人再说话。彼此粗重的呼吸在空气中跌绊着，像在拼拳脚。我觉得嘴被蛛网粘住了，我一上火就这样。梅恩说你那位加油工怎么样啊？我不知道，唐闻禾同他一块儿站道边摆摊修过车，后来他去加油站上班，唐闻禾常去照顾他的生意。还算靠谱。梅恩吐一口气，白豆你不爱讲故事吗？白豆嘘了一声，你们闻闻有一股隐隐的香气。梅恩打开车门钻了进去，我们也跟着回到座位。关着车窗空气闷得要命，我说打开车窗，没人动。我去开窗。梅恩拦住我说找死啊！我望着外面的黑夜，缩回手。我们盯着外面，试图穿透稠密的黑暗，看看有什么东西移动。车里更闷了。我打开车门跳出去，我不怕，我倒要看看。

空气里已经没有那股淡淡的香气。我说是风的事，风把哪里的花香吹来了吧？夏晔说可不是，大平原，只要有风，就香飘万里了。梅恩说我以为是聊斋的香熏来了呢。哎，瑶林，你的加油工呢？一个小时了，难不成在这野地里过夜？我又打电话，没人接。梅恩说推车。往前挪一寸是一寸。今晚怎么就没有一个过路的呢？夏晔说点不对，下午四五点往回赶晚饭，再就玩够了，后半夜赶第二天上班。我们是幺不幺六不六，当然遇不到车。梅恩烦躁地挥着手，别贫了，推车，干耗着发毛。我们又开始推车。车子一寸一寸地移动着，没注意到前面的斜坡车子突然跑起来，把我们都闪到地上。梅恩穿的是高跟鞋，鞋跟崴掉了。气得骂街，马仁王八蛋，都是你妨的。马仁是她前夫的名字。我的电话响了。加油工要我告诉具体位置。我朝四周看看，几棵黑黝黝的小矮树，车子在坡下横过来，车头顶着一团黑乎乎的东西，是草堆吧？草堆？草堆多了。夏晔拿过电话，这里没灯光。出了林甸的路上，要不我们点一堆篝火吧？祖奶奶别再招来消防车。电话挂了。真不够客气。快半夜了，把人折腾来够给面子了。梅恩坐在地上揉脚。白豆举着断了跟的鞋。

我闻到身上一股油污味。我们的样子一定很狼狈。身上脸上一定沾了不少灰土。好在是黑夜。我正想着听到汽车声，紧接着两束强光投到我们身上，车子停下，车门打开，电话里的声音响起来，是你们吧？我应了一声。他跳下车，看到横在坡下的车，还真是草堆，要是石头，这车就得拖走了。跟在他后面还有一个人，打开后备厢提出一大塑料桶。他们开始加油。我这才感觉到我一直提着的心，咕咚归了位。神经一放松，浑身散了架子，屁股疼腰疼胳膊疼，真想哎哟哎哟大叫几嗓子。

白豆搀着梅恩，夏晔拉着我，拖拖拉拉朝车子走去。空中浮起汽油味。我一向躲避这种气味。虽然考了驾驶证，始终没开车。今天我却使劲吸了两下，心中涌起欣喜，马上可以离开这片令人不安的黑暗了。我想开车了。宋瑶林嫂子！我吃了一惊。我想是夜的幻觉。我摇摇头，心想这个加油工挺够意思，得请他吃夜宵。夏晔先说了，谢谢师傅啊，回到大庆，请你吃夜宵吧。别谢我，你得谢我的顾客。我给林甸这边的加油站打电话，没人接。我没有车。刚好他来加油，听我一说立马自告奋勇。宋瑶林嫂子！这次我听清了，是那个顾客在叫我，他站到车灯处，笑着又说宋瑶林嫂子，认出我了吧？我吃惊地看着他，小海？我不是做梦吧？你怎么会在这里？加油工也觉着新奇，太巧了，你们认识？岂止认识，我们是从小的同学，她的丈夫也是我同学，比我早生半年。加油工说太好了，油钱就从你的卡里扣吧。

这条路很荒凉，草甸子里有狼什么的。吓坏了吧？可不是。别站在这里了，上我的车走吧。夏晔说她跟梅恩回去。梅恩说瑶林你代我们好好谢谢他们吧。回到大庆，我请加油工吃夜宵，他很高兴。问他想吃什么，他说涮锅子吧。找了一家四川辣味火锅店，店名也有趣，叫“蜀道滋味”。加油工喜欢辣的，吃得满头大汗。我没有胃口，还在刚经历的黑暗里。小海也没怎么动筷。我殷勤地劝加油工多吃点，心里希望着快点结束这顿夜宵。加油工吃得差不多了，有些不好意思，我没吃晚饭，都让我搂了，嘿嘿，谢谢哥们儿。我得去值班了。送他回到加油站，我和小海找了个咖啡屋。好久没见了，心里有好多问题要问小海。屋子里喷香的煮咖啡味使我立即提起了精神。眼前的小海变化很大。时间在他脸上刻下了太多的痕迹。他说你看我的样子告诉我，我老了。我说熊话，才三十多岁，哪跟哪呀！这些年你过得还好吧？从钱上说还好。闻哥在哈尔滨海鲜城的几十张摊位都折腾出去了。闻哥没亏我。接着我应聘商场副理。就这么一直混着，年薪八万。还可以。他默了一会儿说，看你欲言又止的样子，你想知道我和圆子的事吧？

我点头，如果你不为难的话。你知道这些年我们都在外头忙着生意上的事，圆子那年见一面，告诉我她去找你，就再没消息了。他唉了一声，圆子太傻。

我们从小一起长大，一块搓泥巴，钻草垛，总之小孩子的把戏。她迷恋上儿时的把戏了。可我不能骗她，我不爱她。只好躲着她。两年前吧，她突然出现在我哈尔滨的住处。我说你不该来。那时我处了女朋友。她这一来把事情弄砸了。我的女朋友已经办好了去新西兰的手续，我们正商量结婚的事。这样顶多过个三五年的我也能去定居了。圆子正好撞上了她。她不听我解释，大骂我不是东西，闹翻了天。你们认识多久了？还是我在南岗外省驻哈招待处的宾馆做领班时候的事。要说也是缘分。有一天早班，我刚接班，有一个辽宁顾客说她价值六千八的金项链不见了，大吵大叫地说一定是哪个服务员顺去了。把住客都嚷出来了，影响很坏。我劝说她冷静，想一想去了哪些地方？我说找不到，我会给她买一条同样的。她这才安静下来。虚惊一场是吧？一定是在淋浴间的夹空里，或是床头地毯缝里。小海摇摇头，叹息一声，她晚上出去逛，喝了不少红酒。天知道。我吃惊了，你真的给她六千八？算我倒霉，我们有规定，凡顾客丢东西，在谁职责范围内谁处理。她在什么文化部门工作，不管真假，宾馆的信誉就砸了。后来你们成了朋友？不是，有位叫溪兰的女孩来看她。溪兰家是从卜奎迁到哈尔滨的。溪兰叫她二姐。我在卜奎读过书，聊起来就近乎了。一见钟情。有点那个意思吧，从那以后，她常来看我，溪兰知道了赔金项链的事，好像是挺替她二姐过意不去似的。不久她说她录入了出国劳务培训班，要学习半年。

我们相处得特别开心，有无忧无虑的快活。她很开朗活泼，对一些事物有她自己的看法，独立，做得了自己的主。我称赞她这一点，她说我很小心眼的，最不能原谅的就是欺骗。圆子的出现使她误解了。你不知道她有多伤心绝望。我恨死了圆子，她怎么就那样不开窍呢？溪兰没有给我解释的时间，去了新西兰后再没有消息了。我盛怒之下揍了圆子。她哭着走了。一个月后，我妈捎信叫我回去。回到家我爸骂我，我妈说你跟圆子结婚吧。圆子梦里都叫你。咱不能没良心。没想到圆子是怀了孕的。怀了孕的？她去找你是怀上了什么人的孩子？对，她做事很可恶，也很可怜。她回到家就流产了。两家子的父母都以为是我的种。我劝圆子说出那个人，别让我背黑锅，圆子就是不说。她说小海，要不是因为你，我不会落到这地步。我一个人太痛苦了。你也得承担点什么，也不枉我对你的心思。她说她睡不着觉，就想好好睡一觉。她再也没醒来。她就那么睡过去了。不是吃了什么吧？没有人问这个。她的父母觉得圆子让他们抬不起头来。我妈一直以为圆子肚里的种是我的，抑郁成病，前几天走了。唉，窝囊透了。你不要太伤心了。我窝囊得劫飞机撞大楼的心思都有了。这事，又荒唐又悲哀。小海，圆子最后也许是想明白了。宋瑶林你不觉得愚钝很可怕吗？我知道，也许我们都有责任，至少对她说圆子出来读书吧，念念职高也好哇。小海垂下了头，泪水流下来。是啊，她小海哥小海哥地叫着我，我只是烦，就是没开导她做点什么。他使劲擤鼻涕。像个老头子一样叹息。

小海，我有时会想，人都是可怜的，丘吉尔说人是虫子，人在某种境遇里的确很渺小。人偶然来到这个世上，偶然地存在于某个地方，遇到一些人一些事，被情感驱动，并不清晰的欲念，执着占有对方和对方的心乃至在这个世上的一生。误伤他人也误伤自己。因此不要再折磨自己了。小海仰头喝了一整杯咖啡，我吃惊地夺下他的杯子，这不是酒，你会睡不着觉的。没事，我开车得精神点儿。一会儿我还要去铁人广场那边接大嘴和二环回哈尔滨。那就趁早赶路。来得及，我十一点出发就行。

现在，我是说现在，你有什么打算？这次回来顺便处理了家事，去看了圆子的父母，他们还是通情达理的。只说圆子没福气。圆子的弟弟该上高中了。我给他留下了足够的学费，嘱咐他一定要好好读书。现在没什么能阻挡我的了，我去找溪兰，我不能让她误解我一辈子。我举起咖啡杯，祝你好运，心想事成吧。他脸上现出迷茫的神色。异国他乡，谈何容易。不过我已经铁了心了。我的手机响了，母亲担忧了。她说英奇睡下了。我说你也睡吧，临时有点事，我带了钥匙。

小海说还是送你先回吧。没关系的，唐闻禾去了海南，我就把妈妈接来了，每天有妈妈照顾英奇，我自由多了。你就要去新西兰了。不知什么时候能这样坐坐了。我又不是不回来了。我们聊了一些过去的事，不免有些伤感。他说走之前还要去参加一个实用英语速成班。然后是大嘴来电话叫他了。

小海送我回家，我蹑手蹑脚上楼，开门换拖鞋。母亲却开亮了客厅的灯。我说妈你没睡呀？母亲很严肃地说你干什么去了？那个男人是谁？我想起刚才在门口，小海拥抱了我一下。母亲一定是在窗口看到了。妈你怎么了？那男人是小海。我以为你睡了，要不就叫他上来坐坐了。我把母亲拉到沙发前坐下。我给她讲了梅恩和车子半路抛锚的事。她这才舒口气，去睡了。我毫无睡意。冲了个澡。给李公民打电话。他在北京，正在倒时间差。

我站在窗前，望着午夜的星空，悄声同李公民聊梅恩、小海……忽地想起一本书，说起了书中的主人公，五金店老板泰洛克，直到死前还在念念“没开上几家连锁店”。李公民说你在照镜子。他的声音温和，好像带点笑意。我在照镜子？你站在窗前吧？你怎么知道？无边的深蓝，星星在里面畅游。明净悠远，这是海的灵魂。我心里一阵翻涌，就像海浪扑打着沙岸，我说夜空使我要流泪了。他说因为你看到了海，无边的浩大。我就这样拿着手机，听着彼此的心跳，呼吸，让时间咔嗒咔嗒走。海的啸音若隐若现。我的茶凉在茶桌上。

你怎么不说话了？我在听海的声音。他叹息一声说去海南吧，去找他。去看海吗？你已经感觉到了海的灵魂。你是说海水毕竟是温暖的。他说真实的海水是咸的。温暖来自你的内心。

当我离开窗子的时候，我已经决定去看海了。大海，夜空，星光，李公民遥远的声音，带我走进深沉的海的梦乡。

21 有酒是娘

海南的农耕地多，找起地来学问也多，只能耐着性子找。在十一月中旬吧，网上有消息了，秦成回帖，他在居民区的告示栏看到临高县一家私人农场想转租。我立即回信去看看，我说我独自去完全可以，快一年了，海南的路基本摸熟了。他说我一看你就行。

我带了一张海南地图。去临高县那里要上西线高速。我开着上海别克大约走了三百多公里的时候，接到农场主的电话，告诉我他在前面岔路口接我。不久，我看到一个矮胖的中年男人，在下高速的路口，靠在一辆皮卡上吸烟。看见我立刻熄烟迎上来。他的脸色几乎同非洲人差不多。他说到这边的车少，不用问，你就是我刚才打过电话的那个人。

去他的农场有十公里的土路。我的上海别克，一路尘烟滚滚，把车都要颠零碎了。人就更甭提了。多亏我平时注意锻炼。我说这路太困难了。他说你去别的农场看看，这国营农场的路算是好的。以后我去的乡村多了，这条路还真就是好的。他说你来了就奔农业，是对的。这个地方还是农业潜力大。干了八年，想回城里同老婆孩子团聚，在广州开个小饭店养老了。我的农场是从国营农场租下的十二万亩地。原来都是军垦农场的。主要种植龙眼、荔枝。先去场部办公室休息一下，我给你弄点茶喝。我说不休息了，直接去果园吧。他说你是个干事的人，好，去果园。

临高的土地肥沃。眼前的龙眼、荔枝树比我见过的长得高大粗壮，树上有果不多。他说你看这树长得多好，有你这样精明强干的年轻人，准赚大钱的。我老了，干不动了。你打算多少转让？他说三百二十万吧，租金你交。我说高了点儿，还要交租金。他说这样吧，我老婆那边急需这笔钱，你说个价，我听听。我说最多两百万。还要交租金。他说租金不高，一亩地一年二十五元，有一少部分一年四十元。你再给加点儿。二百八十万，吉祥数。二百五十万吧，不能再多。我转身要走。他拉住我说好吧，赔点就赔点。我说先说到这儿，回去还要商量一下，不能算定了。回到三亚，我就去找了橡子。橡子的杧果园主要交给技术员在那里管理，他兼做三亚一所四星酒店。他说有一个月没去果园了。走，我带你去问问技术员。

技术员是海南当地人，农业大学毕业。他从杧果树中走出来，脚穿一双灰色的塑料拖鞋，黑布裤子挽到膝盖上，一件汗渍浸黄的白棉背心，紫红的脸，笑一口白牙，有些腼腆的样子。可是一说到土地，他便换了一个人，霸气十足了。他说不行，你不能要临高的地。临高在海南的北半部，季节同两广、福建、云南差不多。在海南要做反季节的生意。冬天内地没有的农业产品。临高的气温是顺季的，冬季不产果，即使有果也很少，待水果大量下来的时候，两广、福建、云南的水果也大批上市了，根本赚不上钱。要在岛的南部找地，冬天产水果。

我说橡子，孔老夫子说三人行必有我师焉，真是对呀。操之过急，容易盲目。岛北岛南生产季节区别这么大，我第一次知道。我去了三四次临高，往返六百多公里，耗了不少车油，也没想到季节问题，觉得海南就是海南，整个岛都是一样的。再说那些生长高大健壮的龙眼、荔枝树真让人向往啊。我给临高农场主去了电话，表示歉意，我不能转租这个农场了。橡子说你想妥当了，该做个长远打算。我说想到一处了，做个长远打算。我卖掉了北京酒吧，把资金投到海南来，做大农场。酒吧的副经理也跟过来了。他做事显得木讷，大家就叫他木瓜。学历比我高多了，政法硕士，我不在北京的时候，酒吧的业务全由他管理，人很板正，勤奋可靠，肯吃苦，厚道，计算机搞得好，东北老乡，才二十八岁，还没有结婚。我想先落下脚，注册一个公司。干老本行，轻车熟路。主要是机电设备安装，农林产品生产和销售，兼做建材经销，国内外贸易，旅游开发有关咨询服务。公司的名字叫南海和风实业有限公司。让木瓜张罗着，白鹭公寓做了筹备公司的先期办公室。我的精力主要放在选土地的事上。在橡子那里上了一课，我的注意力转到海南南部。

不久有一位广东老板的农场想转手，地址在乐东县。不太偏，一百多公里就到三亚了。广东老板叫阿壮。他常年待在广州。四十多岁，谢顶了，一身肥肉，走路直喘。我们约在广州老街喝茶。人倒挺爽快，说话开门见山。广州生意离不开。没精力管农场了。这农场是八年前老头子搞的。就是我父亲。早几年老头子在乐东搞房地产开发。那时政策刚放开，他赚了一千多万，同县长交下了。县长说乐东地好，一块土地传万世，楼还有扒的时候，土地谁也动不了。谁能离开土地？吃的用的哪一样不是土地里长出的。老头子被说服，说县长啊你是大智之人呢，讲的都是至理真言呢。县长说我有一块地就在山脚下，平地，你上哪儿找这样的好事？多少亩？一千亩，我转租给你，二十万,五十年。哪找这便宜去？我看你是干大事的人。我呢官身不由己，没时间去管地，待我退休了，就亲自种块地。

老头子说那好，我要了。年租金每亩地二十五元，怎么样？好，朋友就是朋友。老头子这几年是太操劳了，六十岁就去世了。县长和生意朋友给他过生日。他很兴奋，他说农场要全部实现机械化，用机器浇水，除虫，收果。县长说好好，良禽择木，宝地遇到才干非凡的实业家。我敬你！老头子站起来仰头吃干一大杯。大家说好！他坐，椅子跑了，他溜到桌子底下了，就那么完事了。医生说酒精过量，突发心脏病。老头子活着的时候，在广东置了七栋别墅。那时便宜。现在可值银子了。我和老婆都不想在海南养老。经营这个农场，只是为了老头子的心血，全部交给了聘用经理来管。结果一年投入上百万的资金，三年才开发了三百亩，越投越多，那些树都变成老头树了，也不知道投入的资金哪里去了，一分钱没赚回来。我有钱不能填无底洞啊。你瞧，我把实情都同你说了，我可不想像老头子那样，拼命赚赚赚，早早把命搭上了。

我说你定时间，我去看地。他说这容易啊，你回去找醉鬼。醉鬼？他挠挠腮帮子，下意识动作，好像那里贴块年糕，想把它抓下来，说话的时候，他总是重复这个动作。就是我聘用的那个经理，好喝几口，一喝就醉。他名字叫白宝泉。你叫他醉鬼，他还蛮高兴。我把他的电话给你，看了地再说。我一见你就觉得是个真正的买家。以前来过几个，不诚心。我想尽快看地。阿壮说急什么，住一晚上，去好玩的地方享受一下。我说还是先看地。他摇摇头。你还真像我们家老头子。当天晚上返回，第二天我同醉鬼联系。他说阿壮给他招呼过了，随时可以去。我说上午就过去。听到一个大大的哈欠声。我说醉鬼，昨晚上又喝酒了？他嘿嘿笑，阿壮说给你了，不会误事，喝一斤，我也能从三亚骑摩托到广州，不误事的。你来吧，我在千家镇那里路边候你。

我开着别克赶到千家镇。没有看到他。他在电话里说过了千家镇一公里处。开出去六公里还是没有见到他。我又开回去，怕是走过了。兜了两个来回，不见他。我又打电话。他说我就在路边，你往前边走，前边，前边……他在电话里一个劲地前边，我不断地往前开，千家镇已经看不见了。路两边都是树林和庄稼地。连个人影儿也没有。我告诉他我开着手机，这边路不熟，他就是SPX了。他就不时在电话里喊前边，前边……这个醉鬼终于在路边出现了。扶着一辆破摩托，中等个头，壮得像头牛，样子凶悍，脸色黑，像是涂了一层河底泥，如果不是通过话，真像是拦路劫道的。

我说你是醉鬼吗？他说是呀。你的一公里咋这么远？二十公里都造出去了。他笑着说是呀，我说的就是这里嘛。他的眼睛特别亮，露着狡黠。一看就是常年户外风吹日晒精力旺盛干体力活的人。这里是哪里呀？路边这里嘛，一直等你在路边嘛。他说话地方口音重，使用倒装句，挺难听的，好像在故意卖萌似的，弄得我哭笑不得。他的眼睛不住地眨巴着，总是在动心思。

太阳烤得慌，快去看地吧。看地嘛就是，在前面乐东，上车吧。又跑出去大约十公里，看到房子多起来。他说车子你的，存一下吧这里，车子的不可以进得去，底盘，他比画了一个擦地的动作。我说别克底盘低，在农场开不了，是吗？他点头，拍拍摩托的后座，让我坐上去。我坐上去，一股腥臊的体味冲鼻子，我忙捏住鼻子，他说抱紧了，摩托嗖地射出去了，就像参加奥运会，要夺金牌似的。我吓得双手搂住他，他身上那股说不清的浊气肆意地飘荡着。他就像刚从猪窝里打腻爬出来的，一股馊酒糟味，长期不洗澡的臭汗味，尿臊味，腐败的食物气体，随着摩托带起的风，不停地变换着他身上的浊气，扑到我的脸上，钻进鼻子。海南的好空气活脱脱让他糟蹋了。我腾不出手捂鼻子，尽力屏住呼吸。

出了县城上了扶贫路。路两边都是茂密的庄稼地。他越加发了疯似的跑。他的身体剧烈地摇晃，点头如捣蒜，脑袋要掉下来似的，又像是在打瞌睡，我吓得张大嘴巴。这个时候聪明的做法就是千万别打扰他，说话会加重他的混乱，就如突然的声音会使一匹沉浸在奔跑中的马受惊。我完全忘了闭气，大口大口吞咽着他的体臭。心想阿壮的脑袋让门弓子抽了，雇来这么个货。跑了十公里乐东扶贫路，又跑了十公里尘土飞扬的土路，拐进了深山小毛道。他停下来说，三里路还有，走的用脚，下来吧。

我跑到一边去方便，对着一片叫不出名字的山林深呼吸，阳光在轻轻摇动的叶子上跳舞，好像在嘲笑我的狼狈相。终于我觉得呼吸顺畅了，山野的香气给我的肺部洗了澡，我觉得我可以正常讲话了。我说你疯了，抢孝帽子呢？东摇西晃的，算我命大。他倒是好脾气，挠挠稀疏的头顶，不好意思地笑笑，麻将搓了一夜。没睡觉？没。电话的过来，老板，看地，说你，你这么早没想到的。那你可以说明情况。没情况，夜里还要玩的。你玩命吧！他又笑，几乎把满口烟熏的黄牙都龇出来了。都这样的。我喝醉了，倒在地上，泥巴一样，朋友，冷水喷一口，我的脸上，拖起来扶上摩托，放到车把上，我的手，往前一推摩托就跑开了。惊醒过来，开到住处。睡着了有时，半路摔下来，躺在地上睡。朋友都这样，大家都骑这个，田里方便。有的不走运，摔在硬地上，摔坏了，死掉的也有，挺走运的我是。

我被什么噎住似的说不出话来，一种比他身上的怪味更令我难过的东西塞住了我的喉咙。在这寂静的山野里，我感到了比童年更强烈的孤独。我听到潺潺的流水声，转眼看到山溪水漫延了一片烂泥地。要蹚过去的。他看我，盯着我脚上崭新的耐克运动鞋。这里不是城里，随便的。我脱掉鞋子，光脚踩到烂泥里，打了一个激灵，我在走一条艰难的泥路。一切都要从头开始。阿壮不想来有他的理由，他忍受不了这种寂寞和艰苦。我的泥脚在水流清澈的地方冲洗干净，上岸我穿上鞋。走了不到一百米，又是泥沼。我懒得脱鞋了。看着烂泥糊到耐克上，好懊丧。既是去农场的必经之地，为什么不铺条路呢？架座小桥，山中有石头，有碎石，有泥沙，下些力气就行了。醉鬼在前面推着摩托，自管东倒西歪地走。我怎么就敢坐他的摩托？

我说醉鬼，这里铺条路不就方便多了。没有话老板。你是经理可以提建议嘛。他嘿嘿笑。听我的？没有时间老板。交给你了，地，他说。你就只管要钱？咋种树？没有钱。我叹口气，我的旅游鞋造完了。醉鬼抬抬脚，泥浆从他的塑料凉鞋上往下淌，穿这个，他说。

我看见了阔大的山谷。这山不高，也就七八百米。山脚下，有一排房子。前面就是果园。看看吧，醉鬼把摩托靠在一块石头上。我说房子就不看了，抓紧时间看地吧。他说就种了荔枝和龙眼。我虽然暂时不大懂果树，在朋友六子和橡子那里多少也学到一些。眼前的果树一看就没长起来，就像是荔枝和龙眼中的侏儒。一看就是偷懒的结果，不浇水，不施肥，树长不大就老化了，果农管这种树叫老头树。我说地旁边有水源，怎么就让地渴着？干不过来的。雇人呢？要钱的！每年不是投一百多万吗？买果树苗了。不是要钱了吧？他不好意思地笑笑，几个钱呢那才用，不多的。我说你瞧瞧，一千亩地，还荒着七百亩，这三百亩的地又长成老头树，那么多的投入都打水漂了，你不怕坐牢哇？他大笑起来。好哇，盼着我就，当兵呢！比家里好当兵的，不用操心吃穿呢。我说美的你，当兵？你这样的兵也是逃兵。我是说会把你关进监狱！还是的呀，这不就是当兵吃国粮吗？我这才明白，他把囚犯叫当兵。高兴着呢，他说村里有人叫派出所抓去，邻居们眼热呢，还去道喜呢，当兵去了，家里省下一个吃货。我瞪着他看。他因为得意，脸扭歪了，眼睛像滴在木炭上的水珠，急于要蒸发似的。想到当兵这件事，他的瞌睡麻木跑了，活跃起来，说话也顺溜多了。他说不是吓唬你，小心着点，村里有劫道的。他们什么也不怕。抢了你的钱财往林子里一钻。找吧追吧，抢的人躲一阵子回家了，找的人出不来了，不是饿死就是狼吃了。深山老林的，外地人进去就迷糊，我都不敢进。

我听着，半信半疑。一千亩中有这片山林地吗？有的，有土地证。林业局不让开发。为什么？各唱各调吧。村里人不吃那一套，有土地证怕啥。当兵更好哇。你们外来人不行，有土地证也不行，要去搞特批。那片荒地上种了什么？不是农场种的呀。那是村里人偷种的呀。他看到这里有水源，省力，种了木薯。既是种了，怎么也不管理？你看长得稀稀拉拉的，种子也收不回来吧？吃什么？吃山呢。野菜多。屋前吃光，吃屋后的，都吃光，吃深山的。说着话醉鬼俯身在水边拔起一棵草，放到车筐里。这是草药，回去用的。他笑，遍地是宝哇。

这片地的确不错。一条小河绕地而流，不缺水。在环绕这片谷地的青黛之间，无论果园还是荒地，平展开阔的翠绿视野，都使我感到一种秀美。醉鬼在这青山绿水间俯身采草药的一刻，我已经喜欢上这块土地。我说好吧，地看过了，回去商量商量。回到乐东，我请他吃饭。我说我不会喝酒。你也要少喝。给他要了一瓶小烧。讲了一些保健的话。他很高兴，他说还没有人这样关心他。他是越南华侨。一九六〇年随父亲从越南过来的。当时越南同中国交恶，华人待不下去了。那时才四五岁，什么也不懂，妈妈好像死了，爸爸的脾气很坏，消沉，天天喝酒。他好奇，以为酒一定很好吃，拿过爸爸的酒碗舔，就这样养出了酒瘾。爸爸就是喝醉了，酒友把他架到摩托车上，一踏油门，他直冲出去，人没醒就在一棵树上撞死了。他说海南这里好活，一年四季有一套单衣、一双塑料凉鞋也过得下去。树上结的，地上长的，都能填饱肚子。做三个月的工够三年吃的。

我说你这不叫过日子，这是糟蹋日子。勤快一些，过一种文明舒适的日子，是做得到的。他哭起来，我老婆也这么说，跟别人走了，去了广东那边。噢，对不起，让你伤心了。没事的，他使劲擤了擤鼻子，好了，好受了点。没人这样同我聊的，大家在一起喝酒耍麻将，不管明天的。阿壮怎么会雇你？熟人介绍的。老板的朋友阿广在乐东卖家电，我们常在一起喝酒。村里我熟，好说话，当然啦我有技术。醉鬼，对了，宝泉，醉鬼我叫顺嘴了。你就叫醉鬼好了，大家都这么叫没关系的。趁你没醉，说说这块地。你要诚心，转让费五十元一亩。太猛了吧？那地到手要重新开发，老头树必须都砍掉。而且去农场的路不好，整个农场要从头规划建设，你说现有的东西有什么可利用的？现在不比前几年，大陆人来这里买地的租地的多了，费用抬起来了。那也得看地的条件，是不是？醉鬼挤着亮晶晶的小眼睛，透出一股老谋深算的生意人的狡黠。你给个价看看。我说在你原有基础的租金上加五块，三十元一亩，不少了。再给加点儿，加点儿，三十五元吧，就这样，七折了，朋友价。我想看看土地手续。明天吧。去阿广的店里，他那里宽敞，有大沙发坐着，有茶水。我希望明天见到的是宝泉不是醉鬼。他嘿嘿笑起来。

我床头的闹钟，准时得像雄鸡一样唱起来。我先到阳台上热身，每天起床我都要打一套自创的闻式太极，流一身热汗。这时的白鹭公寓前，沿着临春河的公路还静悄悄的。偶有一辆轿车跑过，准是外地的。海南的睡眠在晨光中正酣。然后我坐在一把粗糙的红木摇椅上，吃早餐。头一天晚上放在冰箱里的面包牛奶，有时会加一只水果。临春河在路的对面。我一边嚼着面包一边看着临春河，它平静得如一面镜子。一片片的红柳林倒影，我只看那些倒影，它会时而微微摇摆一下，准是睡在里面的白鹭梦见了什么。这些白鹭要在天大亮时才起来。洁白的身影时而空中时而水面，欢快地舞着，新的太阳便徐徐破开东山顶的云雾，红彤彤地升起来，整个临春河都披上了红纱，像个新嫁娘。

我摇动着摇椅，迅速解决早餐。黎明前的灰暗迟迟不肯退去。这里的日出时间比我的故乡要迟一个钟点，山和浓重的雾把白昼隔远了。我想今天不等日出，我就得出发去乐东。在我咽下最后一口面包时，电话叫起来，这么早不是木瓜就是宋瑶林。我拿起电话却听到老箪大叫，哥们儿想不到吧？这个时候海南还在酣睡，你扰民了。别人酣睡你不能。我想去你那里看看。好哇，白鹭公寓现在就我一个人住，正闷得慌呢。你的左膀右臂呢？公司有了独立的办公楼。这一阵子建材和林产品内地需求大起来。木瓜和公司的人，吃住在公司了。你不坐镇行吗？木瓜是个顶硬的人，没问题。又有新的打算？我在寻找土地。考察了一下，在海南还是农林发展的空间大。隆庆化工厂的官司，给我的教训太深了，赔进了上千万。我操，这学费也太昂贵了。不过的确是负面的醍醐灌顶，我不想使我的企业陷入血腥的“红海”，我要开创“蓝海”，寻找蕴含庞大需求的新市场空间。老箪兴奋起来，没有永远卓越的产业，是吗？是啊，实施“价值创新”战略，甩脱竞争对手，释放新的需求。老箪，不多说了，我约了农场主，要赶一百多公里的路，去乐东看买地的手续。就这样，你来时给我打电话吧，我去机场接你。

东山已露出霞光，我急忙奔下楼，今天出发晚了半点钟，我不知道能不能按时到达约定地点。醉鬼别等得不耐烦再去酗酒。别人有奶是娘，他有酒是娘。可怜的宝泉。他总是想醉，尽管他知道不喝酒时更聪明些。路上还没有车，三亚依然在睡觉，我猛踩油门，用一百二十迈赶在宝泉醉酒之前。

22 逃离

我预订了飞机票。开始收拾行李。还要去总编那里告假。为《饮食男女》专栏写好一个月的用稿，一些淡而无味的故事。这些稿子用不着深夜站在窗口冥思苦想，更不必像唐朝大诗人杜甫那样为一字捻断三根胡子，只要开心逗乐胡编乱造也无所谓。每次在稿子上签名时，我都不由迟疑一下，这是我老笨的风格吗？然后我狠狠地签上名，把纸都划破了，纸洞在嘲笑我，人格都不要了，风格算个屁呀。我想最好地上裂条缝钻进去，那要八级地震，得死多少人呢？我拿着一沓稿子，走进总编室。

总编苍白严肃的面孔，使我想退缩，咬咬牙，豁出去了，我清了一下嗓子，话一出口还是吞吞吐吐的，我想，我想休假。主编接过稿子，掂了掂放到桌子的右上角。马上就审阅的稿子他是放到桌子中间的。这个过程他准备好了一脸理解的笑容。好的好的，是该休息一下，这一段时间工作太紧张了，准备休几天？我给你的是一个月《饮食男女》专栏的稿子。总编哦了一声，很意外的样子，看了看右桌角，脸色平和许多。他了解我多么热爱这份工作，为了《饮食男女》给报社带来的双效益，我可以一连几夜不睡。可是“瘟鸡变烧鸡”的事件，也让他掉了一大把头发。一个月的时间，我们都可以重新慎重斟酌和选择。他沉吟一下说，我给财会打个电话，给你预支两个月工资，这事就不要对别人讲了，还没有这个先例。我笑了，道了一串谢谢。我像捡了块金砖似的回到住处。

我从来没有这么放松过，仿佛肩上挑的担子卸下来，人就像片叶子不知往哪里飘了。这时我特别想念姑姑，拿出笔想给姑姑写封信，我又拿起电话想给姑姑打个电话，最后什么也没做，说什么呢？我颓然倒在沙发上。姑姑的希望在哪里呢？我想着不由哭起来，为姑姑为自己。我知道这时姑姑会说，不要哭着睡觉，会生病的。起来喝杯水，心情就舒坦了。我感到累，我不想起来。我几乎睡着了。突然听到轰隆隆的雷声，一阵紧一阵。流浪狗大叫起来。我睁开眼。好一会儿才弄明白，有人在不客气地敲门。

我猛地清醒了，会不会是……可是桃说一切都平息了呀。我喝住狗，开了门。一高一矮两个男人，态度和蔼，说出了房主的名字。我提着的心归位。你们是……

你是他什么人？我是房客，兼给房主看房子。矮个儿说，对不起，你需要另租房子了。我们是办案的。请问房主怎么啦？犯事了。高个儿说巨额索贿。逮捕了？这所房子查封了。我立刻想到《饮食男女》。把这个故事发上去，《新北方周末》的发行量一定会暴涨。不好意思，矮个儿说，你要抓紧时间搬出去。我心想真是记者的职业病。都是什么时候了，还想这个？你笑什么？高个儿有些不悦。我在笑自己，我是签约记者，想到新闻采访的事。对不起，案件在审理中，暂时不能接受采访。我简单收拾一下就离开。矮个儿说屋子不用打扫了，把自己的东西拿好别落下就行了。午饭前能收拾利索吗？我指指楼上，我住上面小阁楼，很快的。

他们点头示意我上去，然后在客厅坐下来，吸烟，等我离开。流浪狗乖巧地趴在沙发前，似乎也感觉到气氛有些不寻常。我停下迈向楼梯的脚，回身抱住它。我对办案人说，我无法带它走，它一直是住在这里的。矮个儿过来摸了一下狗头。狗和气地呜了一声。他说蛮懂事的狗，送到收容所去吧。高个儿说也只好这样了。我替狗谢了他们。我对狗说我无法带你走，我自己尚无安身之处哇。我会想念有你陪伴的夜晚。狗好像知道什么，竟泪眼蒙眬出呜咽之声。我说对不住了，奔向阁楼。

中午，我背着自己的全部家当，一只二十乘七十厘米的拉杆箱，外加一个双肩包，先去德顺楼饺子馆吃了饺子（乡俗，一个人的上车饺子），然后乘车去机场。这座城市的优点除了空气好，就是不塞车。或者说由于车少，空气特别好。半个小时就到机场了。候机厅里空荡荡的。坐在东北土特产专柜后面的女售货员，抬头瞄了我一眼，大约看我的样子也不是买主，便又俯下头玩手机。还要两个半小时才能登机。这里没有直达海南的飞机。我乘坐的这趟航班，还不错，只经停一站杭州，大约要六个小时到终点海口。我索性躺下来。想睡又睡不着。我离开的日子，竟是这样不可思议，似乎在强调我在这里存在过。

我的确把人生重要的东西留在了这里。我曾想有一天房主不要那所房子了，我一定买下它，在窗子上面挂一块匾，找启功那样的书法大师题上字：老筚文化工作室。现在一切都变成了一团模糊不清的雾，看不清前面是什么。我的状态介于半睡半醒之间。我迷迷糊糊登上飞机，半夜迷迷糊糊地落到海口美兰。唐闻禾仿佛刚从运动场上下来的运动健将，穿一身运动装，浑身热气腾腾地笑出满口白牙。站在护栏前，双手高举一面写着“老筚”的纸牌。我振作了一下，快步上前拥抱。他拍拍我的背包说，在海口住一夜，明天早起奔三亚。路上不必急，到处看看，难得休假。我连连说是，只怕误了你看地。他笑起来，叫你说的，地跑不了。到三亚玩几天。他提起拉杆箱放进车后备厢，上车吧，你会看到海南处处都是美景如画。

下雨了，雨不大，毛毛雨。灯光透过雨丝照在高大的椰树上，叶子肥大的滴水莲上，虽是雨夜里，依然感受到了一种南国的情味。我钻进他的别克。雨刷擦着车窗。椰树在视线里出出进进。我说是什么使你决定买地的？椰树？他笑说我的确很喜欢这些高大的椰树。有些事情就是一瞬间的感觉。他说这个“一瞬间的感觉”，我的心不知为什么抖了一下。刚舒展的心情，不知为何又变得抑郁起来。唐闻禾说有时一瞬间就是很小的一个动作，便改变了你的人生道路。有一个农人在山溪边走着，很随意地弯腰采下一株草，他举着那把鲜绿的草对我说这是药材，回去要用的。我立刻有了感觉，感觉特别好。眼前的青山绿水瞬间亲近起来。我想就在这里生活多好。老筆你不妨也去试试。我说如果我能喜欢上这里太好了。记得给你打电话，你提到去看“地契”的事？怎么样，有谱吗？

噢，你说的是乐东县那块地。地是真不错，价钱也谈得差不多了，他拿出手续给我看，手续上的承租人还是县委书记侄子的名字。他说由这个侄子同我签转让合同就行了。我考虑到这块地需要重新开发，需要大投入，拐了这么多弯，将来出纠纷不好办。我提出要求，这块地必须过到我名下。农场经理做不了主。农场大老板阿壮在广东，过两个月才能过来。这些酒瘾君子，也不知怎么都让我碰到了，十元钱的事，喝了五百元，还没眉目呢。我的耐性是磨出来了。唐闻禾苦笑。那天在阿广店里看“地契”时，遇到一位来买电水壶的。我在看卖地手续，他就过来搭话。阿广说他叫安东，店里的常客。安东说他们村里也有地要卖。我问他那里离乐东多远？他说也就二十多公里。这两天我正想着去看看。现在是我一个人在跑地。木瓜在公司那头离不开，你来得正好。我说太好了，看看海南的乡村。

第二天走海口东线。一路时雨时晴。这天气正合我的心情。在博鳌玉带滩逗留了一个小时。这里没有一个人，毛毛雨孤独地飘落，雾气大，视野混沌，我坐在沙滩上淋雨发呆。忽而太阳拨开云雾。看清了万泉河入海口。一线之隔，海的那边，波浪滔天，不停地撞击沙滩。而万泉河呈现着温文尔雅的姿态，它与内地的河流不同，蔚蓝得玉带一般，在奔向入海口的时候，也如大家闺秀般平静斯文，直到扑入海的怀抱。在看到万泉河悠然入海的瞬间，我有了诗兴。

唐闻禾说这入海口不如前几年了，那时水势浩大，入海的景象雄伟壮观至极。这么说吧，以前的气势豪放，眼前的现实是婉约。我说闻总你恰如以前，而我正是眼前。唐闻禾不解地看我，你有点悲观？我心想何止！他说老兄，不快乐的时候，就同大自然聊一聊，心情会完全不一样。现在咱们经过的地方叫卧牛山，你看大雨瓢泼。这个地方很古怪，别的地方雨少，这里雨多。同下一程的华侨山庄一样，一天一场雨。中午就在那里吃饭休息。

车子转过弯道，下公路，上乡间土路。唐闻禾高兴地说咱们运气不错，刚好雨过天晴。空气湿度大，凉爽清新。翠绿的植物叶子上缀着晶莹的水珠，阳光下闪烁着七彩。空气中的土腥味使人舒畅。山庄的房子好像就是为了迎来送往的，设备简洁适用。我们到的时候，刚好有一个旅游团在用团餐。我说要份游客餐，体验一下。唐闻禾说你能吃得惯吗？我说在家里，如果那也算是我的家的话（心里不由一阵伤感，我还真的很留恋那所房子），为了赶稿子，经常是街边小摊上弄份土豆丝卷饼就完事了，哪有四平八稳地坐着吃套餐舒服。有美丽的田园风光佐餐，吃什么都香。我不知道世上还有这么珍巧的香蕉，就像幼儿的肉嘟嘟的手指一样的可爱。唐闻禾笑，我头一次看到这种小香蕉也非常惊奇，它叫帝王蕉，市场价五元一斤。目前在海南只有这个山庄生长，稀有品种。我吃了一抓，口感好极，一种特别刺激食欲的清润甜香使我着迷。我想如果患厌食症人吃了这种帝王蕉，一定会恢复旺盛的食欲。我就带着这种清润甜香的回味，一直到了三亚。

我们直接去吃晚餐。他说近处有个地方叫“红河渔排”，特色鱼火锅。我说越简单越好，跑了一天的路，明天你还要工作，早点休息。你第一次来，怎么也得玩几天。我说你不是去看地吗？看地就是游玩。你若是专门陪我去玩我明天就走。再说，你急什么。渔排在离海岸二里之外泊着。一家挨着一家，有二十几家，点点的灯影儿，不到近前，看着就以为是歇下来的打鱼船。坐到船舱里无端的愁绪又搅动心头。我疑心自己患上了忧郁症。已经离开是非之地，烦忧之地，记忆之乡，我应该快活，为什么不？海浪灯影儿多么幽美，这里或许就是我的家。跟着唐闻禾学看地。我也弄块地，盖所有花园的小房子，种上红玫瑰黄玫瑰，等候夏晔的到来。

唐闻禾说三亚之美可比夏威夷。慢慢你就了解了。应该比那里更美更丰富。你会喜欢这里的。我说我会的，我就在这里等她，我不会再逃了。等谁？逃？为什么逃？噢，我在作诗。你看这里，海天渔火多么有诗意！唐闻禾笑，还有比这里更有诗意的。咱们慢慢地一处处地体验，你会写出不少好诗的。我说春日在天涯，天涯日又斜。海墨天远，不诗自诗。唐闻禾笑，确是婉约，如若古言在这里，会说不着一字，只需读来。用眼用心看海南就行了。哎，你那事找古言平了吗？我叹口气，别提了。把事情的几番遭遇同他说了。他叹息一番，说老箪你是实际上的胜利者。你使人们提高了保护自身健康的意识。人们不会再轻信什么牌子之类了。我想起桃说的什么旺达养禽场。就问他创业起步的时候，有没有投入过养鸡场的事。他说你让“瘟鸡变烧鸡”搞神经啦？瞧你还是名记！对不起，桃不是东西。

他说你怎么回事，又是“逃”？一个人的名字，不说她了，现在我就想平淡地过日子，只在今天里呼吸，日出而作，日落而息。在海南想过这样的日子太容易了。要不要再来一条石斑鱼？石斑鱼喜欢吃鲍鱼，石斑鱼的营养就更丰富了。我说已经营养过剩，还是去你的府邸吧。船家摆着小船送我们上岸。一边说着生意上的事情。他说生意越来越不好做了，还望两位多多照顾。唐闻禾说一定一定。别过船家，驱车回唐闻禾的白鹭公寓。我说这么好吃的原汁原味的深海鱼锅，还愁客吗？我一个人就吃了一大盘子贝类和鱼虾，外加椰肉饭。唐闻禾说现在游客多，做海鲜餐饮的也多啦，加之高科技花样翻新的环境条件跟着，竞争激烈啊。他们总是很担忧。我是喜欢这种纯朴的海风渔火。当然我也是。明天还是休闲一下吧，看看著名景点。别别，海南每一处，对我来说都是新鲜风景。那样太辛苦。没事。唉，随你。

第二天天没大亮出发。在遇到的第一个露天菜市场旁的小吃排档，喝甜粥吃紫薯和小玉米。赶到乐东县，安东已经在上山的路口候着。唐闻禾迎上去说不好意思让您久等了。他说我也刚到，车子不能开了，上山只能用脚。要看的地归村委会管，村委会下面是生产小组，小组下面还有村民。他哈哈笑了两声，领你们上山的是组长、村民和你的老乡。他指着身边的老者，这位是老司组长，本地人，山上面的地有他的。老司组长看上去像一株花梨木一样结实。脸上刻满了日光风雨的威严和纹理，双眼凶而锐利，令人想到遨游天空的猛禽。另一位三十来岁，安东叫他林仔。安东说林仔好好招呼你的老乡，我还有事，不随你们去了，要走几个小时哩，有组长带着你们很安全的。回来再说话。安东骑上摩托走了。唐闻禾说老箪你看这里的人最钟情的交通工具就是摩托，骑摩托上山下田进城，骑摩托拦路抢劫。

林仔说大陆人千万当心点儿。有的村子就是劫匪村。有些人好吃懒做，染上耍钱，不劫不抢怎么过活？他们不抢朋友的。摆上一桌，给他们灌老白干，喝成烂泥，就是朋友了，能顶几个月。唐闻禾说我的别克在山里让他们劫过，给他们两百块打发了。林仔笑，要是硬拼就惨了。林仔叫林雨，辽宁人，来了几年了。他学的是农林专科，在乐东谋了个护林员差事，在各村附近的山林里转，去认识热带植物种类习性，打算写一部关于海南与北方植物生态清议一类的书。老司组长六十来岁，没话，走在前面。脚步矫健。只是点头，或以手示意。他的样子小心翼翼，怕惊了什么似的。林仔说组长真名实姓弄不清，他过去跟谁做过祭司一类的事，大家叫他老司。总是黑着脸，你若有求于他，他会尽心竭力去办的。

天气很热。我同桃爬过小兴安岭以外再也没有爬过山。眼前这条弯曲的羊肠山路，隐蔽在荒草乱石中，看样子很久没人来过了。小路上空枝叶稀疏，阳光直射进来，人像放进了烤箱里的感觉。不久，我的脚就沉得抬不起来了。我说钻林子走不好吗？热死了。林仔说你要不想迷路，只能从这里走。走了这么远，怎么没看到有水啊？正说着一条山溪在前面出现了。有水了，喝点水就好过了。我跑过去就要把双手伸进水里。组长抢前拦住，很严厉地说，这水不能动！忍一会儿，前面有水。

老司组长领着我们转向右边的一条岔路。我分不清山里的方向，我说是向西走，林仔说是向东走。他也没有来过这里，走这么远的路，也觉得吃劲了。眼前这片山林，只有采药的敢进来。没有向导，必困死无疑。大约半个小时后，看到一条比刚才宽阔得多的河面。我落在后面了，唐闻禾喊老箪快过来！

老司组长脸色立刻难看起来，冲唐闻禾摆手，急得说话了，不行的，不行的。林仔说这是我的责任，忘了告诉你们这里的规矩了，当地人的忌讳，在山里不能喊人的名字。山里的异类记住被喊人的名字，会招惹上祸事的。唐闻禾捂住了嘴，连声说对不起。老司组长叮嘱我们站着别动，他去去就来。他去了旁边的林子，一会儿拿回一把大砍柴刀。肃着油黑的脸，走到河边，很庄重地把大砍刀劈在河的上游，嚅动着嘴唇叨咕了些什么，放下大砍刀，又去林子里摘了一片蒲扇大的叶子，在水里蘸了蘸，凑到每个人的鼻子底下，让我们吸气，叶子散发着淡淡的幽香，挺清凉的。我们都嗅过了，他举起大叶子在每个人头上点了几下。然后指着砍刀的下游点点头。

林仔说他说你们可以在刀的下游洗脸喝水了。我悄声问林仔，他这是干什么？林仔说这是当地人的规矩。到山里来，不能动小溪水，小溪是属于山神的，人类只能喝大河水。如果天晚了，来不及下山，要在山里过夜，也要向山神祷告，得到允许后才可以过夜和使用大河水。大砍刀是可以辟邪的。

我望着周围的深山老林，觉得里面的神秘如雾一样慢慢飘出来将我裹住。记不得翻过几个山头了。唐闻禾走平地似的，一步不落地跟在老司组长的后面，他不时回头招招手。我说你参加世界马拉松比赛一定冠军。两个小时后路边的山坡上，出现了住人的寨子。唐闻禾说走这种山野路看到有人家了，那就是快到目的地了。我看到在墙边立着个奇特的大竹筒，便说这也是辟邪的吧？老司组长过去双手举起大竹筒，一头放到唇边咕噜咕噜地吸了两口，龇龇牙算是笑。他的牙很黑，嚼槟榔嚼的。林仔也过去吸了两口。唐闻禾举起来摆个姿势又放下了，笑说享不了这福。原来这是苗族人的大烟袋。给过路人解乏预备的。

老司组长挥挥手，还要翻过三座山头。我一屁股坐到了地上，告饶走不动了，我在这里等你们。唐闻禾说你一个人留下怎么行？深山老林的可不是闹着玩的。林雨你留下陪他行不行？林仔说你和老司组长行吗？老司组长一个顶你们十个。老司组长龇龇牙，点点头。我想他是说没有我或许更快一些。因为他们走一段路就要稍稍等我一下。林仔说也只好这样了，歇一会儿，我们先慢慢往回返。

唐闻禾说我们一定能赶上你们。我说你简直是山林里的老虎雄狮，跳跃自如。即使不来看地，也要同珠穆朗玛峰较劲。他朗声大笑，这笑声像一阵风吹过山林，树木似乎吃了一惊，枝叶窸窣。他忙捂住嘴巴，嘀咕对不起。如果是在以前，我会为《饮食男女》写一篇《北方来的小伙子》。可是现在我觉得衰弱不堪。长期熬夜写稿子，日复一日的没有规律的记者生活，不知不觉中掏空了身体。我感到孤独。在这深山老林中思念起不知在何方的夏晔。我该把这些瞬间的感觉写出来，创造一种新的诗体。像百科全书那样包罗万象的长诗，给世界一种独辟的解释。

林仔看着我，伙计怎么样？不要打断我的思路，我的第一首诗就要出现了。这曲曲弯弯的深山小毛道，它连接着山顶洞猿人，汉墓女尸，对，女尸，诗的名字就叫女尸，这是诗集的卖点，还有这苗人的大烟袋，山神的溪水。你没事吧，老兄，你盯着大烟袋干什么？想试试？林仔把烟袋举到我面前。我忙摆手，这样大的烟袋，看着就够沉的。林仔说体验一下。我吸了一口，猛烈地呛咳起来，鼻涕一把泪一把，就同对着灶坑吹火，让干冒烟的湿柴熏了，诗意全跑光了。

下山的时候，我几乎没有心思去看景了，只是沿着小毛道机械地往前走，腿灌了铅似的。正午的太阳烤得头晕。不过还是觉得下山比上山快多了。好像没多久就到了来时的大河边，我趴在河边牛饮了一通，觉得好多了。林仔说附近有座小村子，去搞点吃的。我说大晌午的唐闻禾他们不知怎样了？林仔笑，他们饿不着，有老司组长呢。

我们离开山毛道，转过一片杂木林，经过几株木瓜树，看到半山坡上有几所房子。靠路边的房头杵着大烟袋。林仔对我说这里是汶茄村。他登上土阶走到最近的一家去叩门，出来一个女人，我在路边坐下来，听他们叽叽呱呱地说什么。不一会儿，林仔端来一碗米饭，白水煮野菜。他说他们吃鱼吃肉也是白水煮，蘸盐吃，都是野味，原生态食物，这深山老林里的苗人黎人多的是老寿星。看着白水菜叶已经没了胃口，为了走路我勉强咽下几口米饭，就是北方人叫作线米的那种米。林仔说闻老总一看就不是平常人。你呢还是待在你的屋子里写字吧，你吃不了这苦。我来时的许多愿望还没有说出来就这样灰溜溜地溃散了。

林仔说我也是一样的，有时心情很糟。不过无论如何我要完成那部书。做护林员吃饭不成问题。串村走户的能够收集到不少第一手资料。你强迫自己吃几口菜吧，不然一会儿你走不动的。我说弄点野果子带上。他送碗筷去带回两根黄瓜，这黄瓜像没长大的乳西葫芦，没有刺，短胖光亮，味道也和东北菜黄瓜不一样，倒似一种素淡的水果。我说就这么三四户人家也算村子？

他说你是不知，这里原来住着二十多户人家，人口挺兴旺的。因为什么事闹矛盾了，就互相下开了降头。下降头？就是我们说的下蛊，他们叫下降头。一报还一报的，死的死，逃的逃，最后就剩下这三户人家了。他们这里与外面基本隔绝，同这里的植物一样。近一两年有一些年轻人开始去山外了。你感到好些了吧？前面很快就到乐东电器商店了。电器商店这两年成了买卖地的中介了。你在那里睡一觉就好了。我说到了平地上好多了，这一段时间我都没有好好休息，身体熬差了。

傍晚时分，安东过来了。唐闻禾他们也回来了。安东说你们走得不慢呢。我才知道我只走了三分之一的路程。他们又翻过五个山头才到，小山头老司组长没算在内，小山头对他来说就是平地。我说地看好了？他说那里有两千亩山林属于老司组长的村子开发，村里始终没人去开发。太远了，单是修路就够呛。安东听他说话的口气不大上心，有些急，怎么样？两千亩的好林地，路远点怕什么，以你的实力，两年路就修好了，那时候果园就干赚了。唐闻禾笑，山头太多了，生长着茂盛的森林毁掉也太可惜了。安东说我去约镇长，晚上一块儿吃饭。唐闻禾说好好。听唐闻禾的口气，知道他没当回事，安东说话口气大，虚张声势。安东说今天住在乐东吧，等我电话。话音没落人已经出去了。

阿广说今夜宿在我这里吧。我来了这么多年，还没有去爬过山。很辛苦的。当地人很敬重能爬深山的人。唐闻禾说那就打扰了。咳，都是大陆人。天将黑，安东的电话到了，他说了一个酒店，在那里等我们。阿广笑起来，一会儿你就会看到，不止镇长一个人。我和唐闻禾不知他要说什么，请他一块儿去。他说以后有机会，先忙你的事。我们到了才明白了阿广的意思。两张两米见方的大桌子拼到一处，挤满了人。安东一一介绍，镇长乡长村长队长小组长村民代表。镇长客套一番，欢迎大陆企业家来投资什么的。唐闻禾说都是为了国家的繁荣昌盛嘛，还请多指教。镇长说彼此彼此。酒过三巡，六瓶六十五度底朝天。镇长说话竟不走板，真让我吃惊。听说你以护林为上只寻耕地。好好，我喜欢。属下的村子有块闲耕地，大家叫它光头山。不长树，只长牧草。现在闲置着。这块地是古溪村的。他手往旁边一指。

古溪村村长舌头打卷说我们村的。村长又抬手指两个队长，归他们管。两队长一位是苗族，一位是黎族，笑着点头。镇长说闻老总你跟他们商量吧。安东你看这样好不好？好好。那天闹腾到半夜，说好第二天要去光头山，这才散了。阿广在店里等我们。他说没闹到天亮便宜你们。就这习惯，好热闹，请一个人，带十个人去。热闹点好，交朋友嘛。看来闻老总成心买地，不只是玩玩的。唐闻禾说当然，我是认真的，要亲自去看去选。明天还要去看地。我这里方便，家里人又都跑回广东了，一栋二层楼空着，怪冷清的。

唐闻禾从他的双肩包里掏出一瓶白酒和一个塑料袋，递给阿广。做夜宵吧，烧鸡和火腿肠，我让厨子留的。阿广双手捧了东西，又惊又喜的样子，连说闻老总真是周到，真是周到。唐闻禾说别那么客气，你就叫我的名字，听着亲切。哦，好的，好的，我领你们去住处。

住处在店的后面不远。一栋花园式的江南小楼，的确十分方便，一人睡一间，开着窗，能看到星星。很快听到唐闻禾鼾声如雷。他爬了一天山，一定是累乏了。我却睡不着，只是感到空旷，像是一个人钻进了过大的袍子里，四面是风，冷飕飕的。我想起我在北方的那个小阁楼，那些个无眠的夜晚，一阵惆怅袭上心头。我不知道我将要去哪里，明天会怎么样？我还同唐闻禾去看地吗？我起床站在窗前，头感到一阵眩晕，仿佛又站在嫩江大桥上。星光是一样的美。只是下面没有水，一片树丛花草。不久那些花草竟水一样涌动起来了。我惊叫了一声。随后听到有人敲门。阿广小心翼翼走进来。你这里怎么啦？我说对不起，头晕得很。他说我去拿酸梅汤，喝上一碗就不晕了。

23 决定

我第三次被英奇的班主任请去，他揍了同学满脸花，因为那个同学说了一句羞辱他的话。我批评英奇不该动手伤人，你可以同他讲道理。他说我自己的事自己解决。你什么时候带我去爸爸那里？我在梦里看到过好几回大海了。我知道不能犹豫了，在这几日没有客户上来的时间，结束这里的工作。

这是个明朗的周末。周末是个做决定的好时间，夏晔可以在星期日适应一下我的决定。早晨上班，我对夏晔说有一个重要消息宣布。她惊喜地看着我，有大客户？不是，我要去海南。海南？她由惊喜转惊讶又转沮丧。你们都走？梅恩，白豆，接着是你？你喜欢这间办公室吗？我喜欢同你一起搞民居造园艺术。你到海南能做什么？我们的造园艺术刚有点影响。我答应英奇带他找爸爸去。那么你的园艺呢？走一步看一步吧，我还没想好。说你吧，你还没说你喜欢这间办公室吗？人都走了，我喜欢有什么意义呢？我把它留给你，找个助手接着做下去。瑶林姐！那是不一样的。你还是把这间办公室退掉，把押金取回来吧。那你怎么办？再流浪着看呗。你不打算回到你父母身边？她摇头，我受不了他们的提问。那你是否考虑跟我去那边先看看？夏晔跳起来搂住我的脖子，在我脸上亲了一下。真的吗？真让我同你一起去？我骗过你吗？她又一次跳起来，异常兴奋。我说你想通了，去看看你的爸妈。

她摇头，不必，过年我都回去过了，差不多天天同他们通话，发园艺照片，视频，我跟他们说我同你在一起工作，蛮开心的。你不知道这样做免去好多尴尬，他们只要一提到那个问题，我就说哎呀，老板叫我了，下次再聊。现在我就是想要好好吃一餐东北大豆腐。卜奎那家豆腐坊是我的中学同学程方和姐姐程媛在那里开的。待到了海南再也吃不到北方这样好的大豆腐了。豆腐坊里的卤水豆腐做成各式各样的小点心，好吃极了。你要我同你去海南啦，我请你去吃东北大豆腐，今天周末，就今天好吗？正好赶得上午饭。别做出可怜巴巴的样子，那就去吃东北大豆腐好了。我给母亲和英奇打了电话，告诉他们临时去卜奎一趟，晚上回来稍晚一些。我有好几年了吧，不坐这趟火车了。夏晔说开车来回跑方便，坐火车消愁解闷。坐火车去吃一餐东北大豆腐，我们怕是天下第一人吧？

夏晔笑，我偶尔在星期日，独自这么乘一个小时的火车，跑一趟。在一种假设的行动里，使伤痛转换成别人眼里的幸福。不过这里的豆腐的确好吃。它替代了走街串巷卖豆腐的车子，车上摞着小山一样的方木盘，白嫩嫩的豆腐，冬天还冒着热气，买一块拌上豆瓣酱和葱末蒜末就可以当早饭吃了。现在那卖豆腐的喊声没了，豆制品厂也没了，变成了各类各式的中世纪的小作坊，蛮有趣的。生活总是在创造中前行。无论是有意的还是无意的，伟大的或渺小的，行动起来的生活都会有所增充和拓展。瑶林姐你发什么呆，尝过了这里的豆制品，就会觉得我说的没错了。对面座的男孩哧哧笑起来。他说我妈天天做豆腐，我都吃腻了。男孩十二三岁左右，样子活泼。他的旁边坐着个胖子。胖子穿着老头衫还直冒汗。胖子扯他，胡咧咧什么呢？你们别在意啊，小孩子不会说话。我说没什么，实话实说吧。坐在斜对面的穿报喜鸟西装的中年人，探过头来，小子又闯祸了不是？你才闯祸呢！我说的是事实。胖子伸手撇了小子一下，怎么跟李总说话呢？得罪了李总，该扣爸爸的工资了。

李总看到流动小货车，招手，买两瓶绿茶、一瓶矿泉水。他抓住两瓶绿茶给胖子。小子接过来一瓶，蛮孝敬的嘛。小子的头又挨了一撇子。夏晔笑。小子挤挤眼。胖子拿起那瓶矿泉水，拧开盖子就喝。李总说矿泉水是我的！操，给你们爷俩买两瓶绿茶也不说声谢谢。我用胳膊肘撞夏晔，你说得对，坐火车消愁解闷。夏晔捂嘴笑。胖子脸凑近李总说我有白水。他冲窗前小桌上的不锈钢杯努努嘴，满着呢。然后又咕咚咕咚灌矿泉水。李总讪讪笑说车上烧的那水还能喝？三个人默下来。小子喝绿茶，胖子喝矿泉水。李总什么也不喝。这时来卖冰棍的。胖子问哪儿的冰棍？李总说想吃我这有零钱。卖冰棍的说哈尔滨米琪，二元一根。李总递过去五元人民币，来两根半。卖冰棍的女人哧哧笑，找回一元。胖子和小子吃冰棍。李总从包里抽出一本书，一边看一边叨咕，这书不怎么样，怎么这么多错字呢？没人搭话。胖子和小子吃完冰棍心情很爽。小子找出扑克牌，胖子抓起扑克牌，我上后面找人打牌去。李总啪地合上书跟了过去。

小子愣了一会儿神，望窗外，窗外是一片盐碱滩，低矮的芦苇丛，一圈圈的小水洼，有野鸭子出没。在列车的行进中，差不多的景色在视野里出出进进。我竟奇怪当初我和唐闻禾怎么觉得这沿途的景色是那么美。我们一趟趟地在卜奎与同原之间往返，看不够这景色。小子打电话，怎么还没起床？小子提高了嗓门，那就好好睡吧！啪，关了手机。想想又打开手机。听话头是打给母亲。你还好吧？中午吃啥呀？总之你要自己照顾好自己吧。小子不说话了，在听着，随后笑笑说，你想什么呢，哪里呀，还没下车呢，刚过了大庆。嗯嗯，什么？我爸？你想哪去了，不是我一个人，我爸同我在一起。他在后面和同事玩牌呢。谁说的？净扯淡。我爸挺惦着你的。他去玩牌时嘱咐我给你打个电话。真的，真的，我骗你干啥？真的真的。好了好了，你把心放回肚里吧。嗯嗯。我心想那个胖子什么也没说呀，眼里不知怎么就潮了。小子慢慢合上手机盖，肩膀拱拱靠背，开始打瞌睡。脸上却是一种成年人的倦怠。

李总回来，扑通坐下，拿出书接着看。卷起一边，头跟鸡啄米似的上上下下。原来是竖版的。似乎是刚看得入兴，手机响了，他很不耐烦，大嗓门，没人？怎么会没人？他就像要摆擂台似的，从座位上跳起来。捏着拳头在过道上跳脚。我知道，知道！哈，喂，看看没啥问题，就让他（她）走吧。我都给了。没多钱，昨天装完的。门口和瓷砖。没问题。那你看吧，你处理不就完了吗！门口装上看看，严不严？不会有问题的，放心吧。他吐一口气，又开始鸡啄米一样地看书。没看到一页，手机又叫开了，他盯着手机看了一会儿，才拿起来接听。什么什么，钥匙在哪块儿？出柜的还少哇？电话？我儿子那里。卫生间。地板？是否缺压条？怎么整？我他妈也不会粘那玩意儿！他摔掉手机，气呼呼的，也不看书了。小子睡沉了，响着鼾声。夏晔趴到窗桌上，脸藏在臂膀里。我也想睡一会儿，闭上眼睛，毫无睡意。不知谁又在打电话。

我怎么管好自己，管什么东西？嗯？我这个人是恋家的。我不由坐直身子，循声望去。在李总前方，只隔着椅背，靠过道坐着的那个男人。样子像是很有身份的。……不是恋房子，是恋那份亲情。……我打电话不是找气生的。我再说一遍，是恋家，不是恋房子。……你懂什么是言情吧？……好了好了，你忙你的去吧，不说不愉快的好不好？……我认为我对工作处理得很好。你说怎么管，管什么？你看到了，我已经不喝酒了。不说那些，不说了好不好？……他提高了嗓门，你这人太拿别人不当回事了！不说了，不说了，你愿意怎么想就怎么想好了。……那次？我已经给你发过短信了。他没好气地关上手机。只停顿一会儿，手机响了。你有完没完，找不到你，发短信怎么了？短信不是上次我乘飞机给你的吗！我打了几次电话你都关机，你回短信了吗？你没有。我希望你正确对待一个人，不是带着某种情绪对待一个人。我刚刚发的短信是联系不上你，你怎么会想那么多呢？我接这个电话太窝火了，行了，这么着吧！……喂，歇着？把你耳朵支着，这是你想象的，我对天发誓，这是你想象的。……这和信不信有关系吗，到此为止吧。愿怎么猜测怎么猜测，你成天跟一个仇人在一起不觉得累吗？……随你便，我明白你怎么看一个人。……话没说完，电话中断了。他瞪着躺在掌心的手机。缓缓按了几个数字，接通，声音柔和，啊，是 × 主任吗？你看贷款的事……

我没有再听，心里突然烦躁不安，起身去卫生间，发现我又来事了，与上个月相隔十八天。这几个月总是不到日子，我感到一阵沮丧。莫非我到更年期了？夏晔哧哧笑，你才三十七岁。我说我的同学三十六岁就绝经了，医生说吃避孕药的事，嘱她服用维尼安。女人真麻烦。夏晔说没事的，到了海南就好了。胖子嘴里叼着黑桃老 K 过来推醒小子。小子睡得挺香。一个劲儿拱座背。李总在懒洋洋地拿行李。他们好像都不大情愿下车似的。我想这车上是梦，下了车梦就醒了。有时是多么希望永远在梦里啊。我们跟在拖沓的人群后面移动。夏晔说你要不要去兴国大厦看看。我说唐闻禾全部移交了，我更不想掺和了。专程去你的豆腐坊。我们坐了两站公汽，夏晔说还有两站地，需要换乘。我说走走吧，坐车乏了，活动一下筋骨。我在这里上学最后的一年，寒暑假和唐闻禾一块儿回家返校，下火车后，总是步行。十里多地，觉着一会儿就到了。夏晔笑说能一样吗？

豆腐坊在过去老西站北面的一条胡同里。从老大鱼市门前那条路走。要经过新建住宅区王子花苑，经过古老的清真寺。我特意绕了一下，从王子花苑的东门进去，在北门广场处出来。广场上立了一座外国王子的雕塑。夏晔说罗密欧到中国来找朱丽叶啦。然后就看到清真寺。这条路刚拓宽不久。以前是很清静的。现在车辆川流不息。行人也多。新开业的沃尔玛超市也是原因之一。我和唐闻禾读书时在这里闲逛过。拐向清真寺北面，我记得遇到一位中学的外文老师，我们向他问路。听说这附近有清末的将军府。他知道我们是外地在这里读书的学生，特别高兴。好哇，你们算问对人了。他说我会说俄语和英语。研究国际共产主义运动史。今年八十岁了。年轻时天天熬夜写文章。南斯拉夫铁托月月给我寄杂志。唐闻禾说老人家，敢情你同铁托是哥们儿啊！老人一愣随即笑了，按你们年轻人的说法也不错，哥们儿！呵呵！历史让我感到枯燥，我的历史考分总是将巴巴及格。唐闻禾喜欢一切历史人物的故事，他毕恭毕敬地听着，唯恐漏掉一个字。老先生说就因为与铁托是哥们儿成了右派，我的女朋友嫁了别人。我一直一个人生活。后来去外面游逛了几十年，回来看看。我们觉得真是奇遇。老先生说反正我没什么事，我带你们去将军府。

将军府不远，往北走到十字街，再往北也就几百米就到了。那是个难忘的星期天，老先生使我有了想了解这座城市的欲望。我们在青砖瓦舍的四合院里转，古老的房子里透着一股陈年樟木的气息。我觉得是走在大森林里，那种气息是千年古木和倒木旧叶积成的，令人立刻有了肃穆之情。老先生沙哑的声音，在空旷的大房子里回荡。他说他要用余生把他知道的经历过的历史写下来，书名都想好了，就叫古城钩沉。听着书名好似回放一部金戈铁马的电影。后来我和唐闻禾又去了两次，再没遇到老先生。夏晔你喜欢上历史课吗？她说我喜欢园林，它直接同我的生活发生关系。说着话，转到清真寺北面又走了一站地，拐进一条偏街。豆腐坊临着街，门脸使我想起贝贝 face，门楣上也有男孩女孩笑脸状的灯饰。不过多了动作，举着两只白色高筒瓷杯，杯上绘有崩开的翠绿豆荚，豆粒飞出一边，非常醒目活泼。我想当夜晚灯光亮起来，一定很美。门开处，一个瘦弱小巧的女孩，穿着嫩绿大摆白花点连衣裙，扎着墨绿短围裙，像童话中的豌豆公主飞跑过来。夏晔给我们做了介绍。我说程方，夏晔这两天净叨咕你了。她羞怯地笑笑。快进里面说话吧，晌午了，你们一准饿了。

里面的餐桌靠两边的墙，木板和乌玻璃相隔，中间过道。看去就像一列火车，停在弯道上。最里面的餐位与外面略有不同。加高了木板和玻璃，入口多了竹帘，帘上有松鹤图，面积同火车上包厢差不多，这里大约算雅间了。过道两边坐满了人。看样子生意不错。几乎所有的盘子里都有麻婆豆腐。程方引我们到里面。在这里说话方便，她说，这里的位置是要预订的，接到夏晔的电话，我就给你们留下了。说话间茶和菜单上来了。夏晔说瑶林姐你点菜。我说不看菜单了，就来一大碗豆花，加一份烤麦饼。程方笑，瑶林姐会点，这是这里的招牌菜。夏晔说我什么都想吃，先来点凉拌豆腐，去去火。最原始的吃法，加酱和葱的那种。我要去海南了。程方笑，我知道，你在电话里说了。你还好吧？老样子，先赚几年钱再说吧。姐这里生意还好。姐原来是卖炒货的。都是土特产，榛子，毛嗑儿，哑巴豆啥的。赚了点钱。就投到这里开豆腐坊了。主要是想换个环境。姐的男人没了，挺孤单的。也是帮帮她。菜来了，她撩开竹帘，从传菜员手上接过托盘。豆花，冷拌豆腐，全麦烤饼，还有印度抛饼。她笑一下，抛饼是我给你们点的，这是刚增加的项目，试吃一下怎么样？我说还不知道你这里会有印度抛饼。一块儿吃午饭怎么样？我请客。谢谢，有规定，现在是工作时间，不可以的，你们慢慢用，还要什么，按桌铃。她笑一下，出去了。她笑起来很好看。

隐隐有乐声回旋，古筝《梁祝》。我说古曲配传统饮食真是太相宜了。夏晔，你要想好。你真的想跟我去海南吗？到那里你真就吃不上这么好的大豆腐啦。我呢，是因为英奇。你呢？只要跟着你，我高兴，今天吃个够就行啦。你呢，不单是英奇吧？我想更重要的是你还惦念着唐闻禾。我怎么会惦念他，他根本不需要我惦记。你这样未免武断，你怎么知道人家不需要你惦记？程方跑过来，怎么样，还满意吗？何止满意！程方抿嘴笑，很得意的样子。在这里你不会喊叫活得太累了，在这里坐上一会儿，会对自己说好好活着。音乐加美食，在我们累了的时候，不只需要大自然的新鲜空气，更要有饮食的新鲜空气。夏晔笑起来，你这广告做得太绕口，绿色两字，多省事，兜圈子。程方说绿色是狭义的物质，我说的包括精神心理的。我说有道理，再给我来碗豆花。怎么没见你姐？她叹口气，回龙镇那边跟孩子待两天。有个四岁小女孩，寄养在姨奶家，等上学时再接过来。大家一阵叹息。吃过饭程方带我们参观后厨。为保证菜的质量，所有的豆制品都由他们自己监制。从收大豆固定农家，到磨豆浆、点豆花等等全由自己做。夏晔说留着你的制作秘笈同行家交流吧，吃了这么多东西，出去走走。程方说晚餐之前，有两个小时自由。一块儿走走。

我说你知道附近有座古建筑将军府吧？程方说每天只是忙店里的事，还没顾得好好看看四周呢。得，可别学泰洛克。谁？瑶林姐说的是书中的人物，你肯定不会像他。小豌豆你没去过将军府，就去那里看看吧。瑶林姐你不知道吧，她的绰号豌豆公主。我忍不住笑，还真是的。

天空蓝蓝的，有淡淡的云絮游动，时有微风吹来，是嫩江的风吧，这里距引嫩劳动湖的入水口很近，能感到水的爽气。而周边又有一些古迹，沿着宽阔的北大街向南走。一边走一边又讲起在此地巧遇铁托的哥们儿老先生的事，她们听着就想马上看到将军府。路比那时候好走多了，一个小时过去，可是那条胡同却找不到了。程方说看来我同将军府没缘。夏晔说得得，你瞧那里有座新建的仿古楼吗？她跑过去，很快跑回来，气吁吁地说，真让程方说对了，这座城市都与将军府无缘了，不知哪个自认聪明的家伙把将军府流放到明月岛去了。这古迹多少钱都求不着的宝物，怎么随意就拆迁了呢？因为什么？扩路。哎呀，绕个弯嘛。我的情绪一下子败坏了。我想起火车上那些人的行为谈话，仿佛那些人一瞬间同这里的将军府毁掉有了联系。我知道我的这种联想有些荒唐，可是他们的影子在眼前人群中晃荡，我怎么也驱赶不掉。我想文化的差异，会产生的误区，甚至会犯愚不可及的错误。夏晔碰碰我，瑶林姐你冷吗？她抬头看西斜的太阳。我说我好像是站在一片废墟上。你出现幻觉了吧？程方说真不好意思，白走一趟。夏晔说没白走，健身助消化了，知道了一座古建筑的失落。我说不知那位老先生再来，找不到将军府会怎么想？夏晔说还能怎么样，捶胸顿足去明月岛上哭呗，他在"古城钩沉"里补充一条，古迹拆毁，于明月岛上复制。不在原址上的古迹还叫古迹吗？复制的文物，终究是复制的，比如商周时代的一件陶器，你现在复制了一件，意义仅是那个时代曾有过这个样子的陶罐。你把金字塔搬到中国来，那些法老们不就是笑话吗？

瑶林姐，将军府关我们屁事？怎么是屁事，你不是中国人呢？这和中国人有什么关系？它是一个城市的历史文化怎么没关系？夏晔说不说这事好不好，真是的，豆花吃得好好的，看什么将军府哇。程方睁大了眼睛，紧张得结巴说都、都是、我、我不好，……我忍不住笑，程方没你的事，别紧张，我们争论问题就这个样子，不是你想的那样。程方笑了，是吗？我多想了。那样就好。该吃晚饭了。瞧，客人都上来了。豆腐坊里换了曲子，马头琴曲《天边》。程方说怎么样？还是这里忘忧。我本来就是同夏晔来豆腐坊的嘛，豆腐坊很有趣。

我瞭了一眼，坐满了人，门口处的两条长椅上也坐满了人。人们静静地坐着，有的在读报，有的在织毛线活，有的在看手机。我诧异地转回来，不由放低说话声音，程方，你这里的确同别处不一样，有序安静。她笑得甜丝丝的。现在你们想吃点什么？我说夏晔你点吧，我还不饿呢。夏晔说好了，忘了刚才的旅游吧，民以食为天。来份鲫鱼烧豆腐。克东干豆腐丝炒麻椒，还有素油抛饼卷克东腐乳，克东臭豆腐。程方说瑶林姐你看我这位老同学口福不浅。

我的心情却无法振作起来。我给英奇和母亲挂了电话。母亲说水豆腐就不用带了，弄不好路上会变馊，可以捎些克东的干豆腐回来，用黄瓜丝拌凉菜。这是母亲吃不够的清爽口味。夏晔过足了吃东北大豆腐的瘾。我们赶午夜的车回大庆。程方给我带了干豆腐，还提了几瓶克东腐乳和臭豆腐。夏晔抱着程方哭了一鼻子。她是想着那个失踪的男人，有一种折磨是无形的看不见的，那就是寄希望于或许根本不存在的东西。她跟我去海南是离那个或许不存在的目标越来越远了。我知道她不会留下来。即使她那么喜欢吃东北大豆腐。我想起我同唐闻禾关于浮萍的争论。夏晔你读过沈从文的《小草与浮萍》吗？在午夜的火车行进声里，我的声音像呓语。夏晔蒙眬着眼说我吃得太多了，往这一坐就茶了，要睡着了，要是永远这么睡着就好了。她的声音小下去，像蚊子，话没说完，响起鼻息。午夜的车窗外是墨一样深的水，我看到许多浮萍逐着水，这疾驰的火车也是浮萍吧。

我困了，挣扎着，怕错过站。我拿出手机，这时候给谁打呢？唐闻禾、母亲、英奇都在睡梦中。可我要说说话，免得睡着。李公民，他一定还没睡。他总是在倒时间差。也许他正在早晨或中午。我按下键子，他的声音如潮水一样漫过我午夜的倦怠，我立即坐直身子，喂，你在哪里？还好吗？

24 山神的贵客

我给老筆在大东海附近租到一间民居。一个月租金三百元。包早餐。他可以天天泡海，在沙滩上溜达，开始做他想做的诗人。老筆情绪低落。我说我从小就到处奔波，后来又常去爬山，虽然也落下病根，不过一直坚持健身，自然要比你整天囚在房间里写字的抗折腾。你的长处是写文章。这里的海一定能激发你的灵感，好好写吧。等我把农场落实了，盖上两栋房子，专门给你一间写作，那时就好了。老筆苦笑，猴年马月，你别安慰我，我还没有那么脆弱，这房租伙食费，算我借的。我手指缝掉粒米够你活十年。什么借不借的，小家子气。我不能吃白食，这是一种羞辱。等我的诗集出版，畅销世界，我会还的。

此时老筆很像个未涉世的孩子。我不知道他经历了什么，我知道他在某个有漩涡的地方挣扎。不去探究也许是对他最好的帮助。有时伤口的自愈能力，比外力猛药效果好。我说好吧，好吧。你觉得这里还可以吗？没的说，我喜欢。那我就放心了。该吃晚饭了。在白鹭公寓与他住的地方中间一条小街上，找了家东北菜馆，要了蘑菇鸡丁打卤面，沏了壶普洱茶。我知道老箪习惯熬夜写稿子，不过午夜睡不着。我因为生意上的应酬也常熬夜。喝了几杯茶。店里人多起来，十分吵闹，便驱车去了大东海。沙滩上还躺着几个人，像刚从海里爬上岸的大白鱼。老箪说但愿我能钩上一条美人鱼。我说别是一条鲨鱼吧。他笑起来，呸呸地吐，骂我狗嘴。我告诉他，闷的时候，我常一个人泡夜海。他说你就非得事必躬亲吗？我给他讲了万宁的失败。那是我刚萌生在海南办农场的事。一边找地一边回大陆处理公司业务。我离开海南时，木瓜留在这里。我们广发广告，征求租赁可耕地。一次木瓜告诉我有一个叫周劳德的先生留下电话，有重要商业信息要同我面谈。

周劳德瘦高个子，看上去体质很差，说话细声细气的，彬彬有礼，十分文弱的劲儿。我心里直画魂儿，这样的人能提供什么有价值的东西？约在一家清静的茶点店，我们是上午仅有的客人。他对小跑堂的说，放盘音乐吧。他说贝多芬《献给爱丽丝》这首钢琴曲听了几十年还是听不够。我说在北京开酒吧时一直喜欢播放柴可夫斯基的“田园”。很不错，很不错，他说，你看上去很年轻，有三十岁？我笑起来，真想回到三十岁，那时到海南来，现在不是买地，而是果实满天下了。往四十奔了。周劳德抿抿嘴，笑得十分谦和，比我有优势。他先从经历说起的。这使我增加了对他的信任感。

我已经四十七了，混成海南人了。他是说他变得听天由命了。听他的口音像是北方人。他说没错，内蒙古人，父母是早年从吉林过去的。我在北京林业大学毕业后，留在林业部工作。一九八七年那会儿，开发海南热，我和妻子满怀着淘金梦跑来了。我妻子是演员，她放弃了演艺业。我落在海南对外贸易公司，在非洲驻外八年。很辛苦。后来去了马来西亚的一个国际财团。这个财团在海南开办金华公司。在海南洋浦区投一个纸浆厂，需要大量木材。起初我做征地总管，大约买了有一百五十多万亩开发林业，这样我又干起了老本行，做昌江林场场长，种了九万多亩的桉树。桉树长得快，转眼间就有了一片壮观的森林。桉树纤维多，材质差劲儿，生长速度快，这是优势。你也可以先从种桉树开始，现在纸浆场急需原材料。

你现在做什么？他苦笑一下，漂着呢。怎么？内耗，裁下来了。我那时迫切需要一位懂行的。他不仅是提供信息，也是在寻找工作。我说我正缺一个助理。他的眼睛亮了，话多起来。茶的香气很浓，一级茉莉，他小口小口抿着，他说他最喜欢这香气，家里养了两盆茉莉。我说了几次看地的经过。他说在海南看地千万小心，有很多陷阱。海南的土地，目前还没有全部“确权”，管理极其混乱。历史遗留问题很多。农人与农人之间，村子与村子之间，农人与农场之间，村子与农场之间，一直打成一团乱麻。有的土地明明确认了归属权，农人不认可，有政府的大印也不行。只要这片土里埋过自己的先人，祖上在这里种过一棵树，这片土地就是他的。如果你买了这样的土地，就倒霉了，政府找你，个人找你，实际拥有者找你，你就陷在官司网里挣扎吧。

我听天书一样，真不敢相信海南的土地会这么复杂。他说以后慢慢理顺会好的。但至少两三年内局面不会有太大改变。一般靠近村子的土地，国家划分给村子，村子划分给村民小组，村民小组再划分给个人。土地证发给村民小组，所有权归村民小组。有的村民委员会还要私自留一部分。没有划分的荒山荒地都属国有资源。有些农人投机取巧，把国有土地说成是他的，几千年前祖上在这里种过树。他苦笑，这里国有农场，村与村之间，土地面积大，隔着山，临近个人居处或个人的田地，他们就以个人名誉出租。你要上了这个当，不仅租金打水漂，种的农作物也搭上了。外来人根本理不清，一忽悠就上当。所以看地要看国土局 GPS 定位系统划分的红线图。弄清所属权。就这样还会有骗局。我吃惊了，还有骗局？难道国土局用卫星制假？他连忙摆手，那还了得？红线图在村干部那里，他可以拿另外一片土地的红线图说是这片土地的。村民们为了赚钱，合伙骗你。周劳德说他也上过当，好在他在林业部门干过，很快理清了。我立刻决定聘他做助理。然后再说。恰好又有个琼海人来南海和风公司找事做。他叫潘若川，五十多岁了，矮个子，看上去挺精明干练的。说话声音如钟，嗡嗡的回音。他年轻时在广东军区服兵役，还当过作战参谋。这样我有了周劳德和潘若川两个开发土地的助手。潘若川说澄迈有个认识人要卖地。我们三个去的。

他的那个认识人说地不是他个人的，村委会要他张罗的。带我们去了村委会。村长说八百亩地，种了桉树。请他们拿红线图，回说管图的去了海口。村长说，饭时了，吃了饭住下，明天再看。天也擦黑了，我请村委会的人吃饭。他几乎把全村的人都叫来了。第二天，管图的还没回来，他找了一大堆人，又吃了一天。村长说地呢看过了，是块好地，图没问题，你们看着行，先交几千块钱定金。管图的还没回来。我和老周要回趟公司。留下潘若川看过红线图，没问题，再交定金。村长说保证没问题，你放心忙去吧。我给潘若川留下八千块。转眼一个星期过去，潘若川两手空空跑回来说，村长说让我等等，管图的肯定是有事耽误了，专门来办地还差这两天等？我想也是，哪里知道六七天过去了，管图的没来，钱用光了。

我想这样不行，自己去微服私访一下。结果打听到这地不是他们村的，村长组长都是假的，他们就是骗吃骗喝的一伙。潘若川说是他的错，他太急了，中间人是他在酒桌上认识的，吹得挺邪乎。周劳德说接受教训吧，我还没有遇到过假村长。潘若川说是是，是这话。这就有经验了，我再多方托托朋友，一定要实在的朋友。我那一阵子有很多公司业务需要处理，周劳德不喜欢吃吃喝喝那一套，潘若川正好相反，与当地人谈生意离不开酒桌。潘若川就各处疯跑，不断来报销车费、餐费。他说闻老总你放心，我有很多朋友，大家都很卖力气。他每次来报销车餐费，口吐白沫地讲卖力气，一直没结果。

这样东奔西跑半年后，有一次我和周劳德去万宁，那里有一个国营农场。听说刚换了场长，新官上任三把火，第一把，就是归拢土地，有一部分要出租。我和老周盯了上去，请他吃顿饭。唠起来，他是霸王岭的前任林业局副局长。当即拍板租给我一百亩平地。比市面个人流转的租金低，不过每六年每亩地上涨百分之零点五。这样依然比个人出租的土地划算。万宁一带大多数果农种菠萝。菠萝要一年半才收，效益低。我想创新一下，不能老牛拉车似的晃悠。潘若川说种甜瓜吧，我从前做过技术员。甜瓜见效快。我就让他主管。他拿来甜瓜种子的图片，我看了觉得没啥问题。他带人买来种子，就开始播种。我从东北招来十几个农工，多半是我原来公司的雇员，找不到合适的去处，就投奔我来了。种了一半的时候，潘若川找我说种子没了，要再去买。我另派了人去买。有个工人去解手，不经意发现林子边的倒木下露出个衣角，他拽出来打开看竟是一包甜瓜子。他认得这衣服是潘若川的。提着包来见我，潘若川把甜瓜子藏了一半多呢。我说你快开车把买甜瓜子的追回来。周劳德说我去追，工人赶紧接着种地。

我叫来潘若川，他脸不红不白的，说哎呀，有这事，一定是忘掉了。我这脑子记忆差了。我激他说，怎么不忘领工资？他笑说肚子饿呀。他开始白话他买的甜瓜子如何好，跑了多少家种子店挑选的。很快就见效益了，你就等着大把大把收钱吧。他眉飞色舞，好像偷藏种子的事，与他无关。我想用人之长避其短吧。他贪便宜，就不让他管钱和物。只管技术就可以了。我想得太简单了，宽容也需要有一种自省精神的头脑来理解。一百亩地，种了七十亩甜瓜。收甜瓜的时候，头一天摘了两百多斤入库，夜里下了一场暴雨。第二天甜瓜地起病毒。潘若川说治不了。我说你是技术员呢，这是你的职责范围。他狡辩说我又不是诸葛亮，能算天老子什么时候下浊，反正我没办法。我要气疯了，七十亩甜瓜呀，眨眼间全变成烂泥。潘若川跑得无影无踪。

老箪听得直发急，这是欺诈渎职，你去告他，怎么也得让他接受教训。我只有苦笑，这里到处是深山老林，只有当地土人敢进，就是警察带着警犬进去，也出不来。周劳德去找来当地人探讨，这才知道这里天气土地特点，只适合种菠萝，旱涝保收。潘若川并不懂得甜瓜栽培技术，因此他买的种子也不纯。总之是上当了。一夜几十万打水漂了。周劳德十分内疚，他说他太轻信他了。我说就当我交学费了。你不用自责，你以前也没种过瓜果一类的。不管怎样，我们明白了热带作物对气候土壤条件要求十分严格，哪片地哪种气候适合种啥就得种啥，要创新需要谨慎试验才行。周劳德说是得摸索一下，我们的头脑有点过热了。现在你这里没有我的事可做了，我不能白拿工资，还是去别处看看吧。我说你最拿手的还是林业，依你的年龄条件不适合东奔西走了。还是回林业局吧。他苦笑，我从那里出来多年了，领导都换了，回去不容易。我说包我身上。周劳德人品好，只是年龄长了，染了些惰性，刚来时的斗志消磨得差不多了。再加上家庭生活出了点差头，人有些颓唐。后来他才同我说，他从非洲回来后不久，妻子提出分手。没有争吵。他说有一天半夜，他醉醺醺地回家，妻子说老周我们还是分手吧，我想重回演艺业。他把所有的财产都给了她。后来和一个海南妹结婚生子。她人很纯朴，没读几年书。他说很想念过去的日子，我们一起听音乐读剧本，我给她讲森林的故事，我们还设想自己设计一座有园林的居所。可是这一切都过去了。看到你那种雄心勃勃的样子，就会想起我当年的样子。我说这就是你到我这里工作的动机吧。他难为情地笑笑。开发海南的艰苦曲折劲儿，有点像是当年的美国西部大开发，很刺激，对年轻人特别有诱惑力。但是由于热带气候的原因，当地的一些懒散恶习，就像病菌一样不小心就会传染上。我老了，也就这样了，你以我为戒吧。

我很感激他对我的坦诚。一个好人呢。我说老周把你过去的老朋友找来，承蒙你帮我一回，我怎么也要请一回大的。我当然是借此机会给他找关系。他不好开口的话，我过后为他一一打点，少不了来点物质刺激。这样周劳德又回到林业局，在下属的一个林业监理总公司担任副总工程师。海南的一圈海岸线，种植防护林，维护生态环境，总之是这类事情吧，正对他的专业口味。

老筆叹息，你救了他，一部好书哇。种甜瓜的队伍就这么散了？散了。摘下的甜瓜给工人分了，给他们开了三个月的工资，让他们另找事做。我呢，转到乐东这边来，这里的气候条件好。寻地你也小历一回，很艰苦，就像我们北方俗话说的，有时候累得抓猫尾巴上床。万宁学费够昂贵的。不贵，最起码土地是真的。老筆哧哧笑，土地还能有假的？你是不知道，这里的怪事多着呢，比如你看到了土地，红线图是真的，土地证也是真的，租吧。你刚要种树或种菜，有人来找你了，说这块地是他一年前租的，这树是他种的。原来这块地包出去第八九次了，你是第十个上当的。租金已经付了，想要拿回来，只能上法院。法院调查取证要三四年才判定，这期间你会花更多的钱。比万宁的天灾损失更大。在这里你最大的成功就是不上当。

老筆的嘴巴鲇鱼一样张大合不拢。我大笑，长见识吧。好，回住处吧。我就暂时不陪你了。明天的行程就同在奥运会赛场上似的。还记得那天晚上一块儿吃饭的两个小队长吗？老爹和黎族兄弟？对，这二位土地不领我去秃头山。他们说还没有哪个大陆人上得去的。镇长有话，你要诚心要，就议议价，以后你们修好路就容易了。我坚持一定要实地考察。他们说你信不过镇长吗？我说不是信不过镇长，是信不过我自己，要看过地才好做决定。我买了两箱矿泉水、两条烟给他们，黎兄弟总算同意了，答应给我找向导。放心放心，有大海陪伴我不会寂寞的。等你回来听听你的历险记。

我在老筆的租房里眯了一觉，赶往乐东。进乐东界的公路上，一个人影也没有，赤热的阳光，尘土，一条懒洋洋的黑狗趴在树荫里。我想村长电话里说向导们已经候在路边，大约是镇里的路边。我一踩油门，车子往前一蹿，不知从何方忽地冒出几个人来，我急刹车，惊出一身冷汗。在海南乡下，开始的时候我很紧张，到处空旷无边，阔地林莽，走很远的路，看不到一个人，如果有头牛拦住你的车，便会感到庆幸，总算有喘气的了。要是在荒山野岭真看到几个人，又会忐忑不安，联想到传说中的劫匪。当地人常年暴露在强烈紫外线下的黑皮肤，贼亮的眼睛，槟榔染的血唇，怪异的衣着，真像电影中出没无常的异类。我弄了一条防身棒放在车里，以防不测。看到扒着车窗往里张望的是黎兄弟，咧着嘴笑呢。我拉开车门，他还手搭凉棚。弄得我哭笑不得。

我说太客气了，不必迎出这么远。我以为是劫道的呢。他们便一起咧嘴笑。我看到林雨推着摩托过来。我说林雨这么巧？他说二仔叫我过来的。黎兄弟说二仔是村里护林员。多找了几个人，一块儿去。闻老总哎，你就别亲自去了。我说我不去来干啥？派个人就好。我事必躬亲。总共七个人上山。我又到镇里买了些饮料、小食品和烟，分装在他们的背篓里。他们也像上次老司组长一样，对山充满敬畏，小心翼翼，一脸郑重，就像要上战场蹚雷的死士一样。

刚到山下，村长带着他的手下人马赶过来了。村长说别急别急，上前拉住我，语气恳切，闻老总哎，我看你还是别上去了，这山有四五年没人上了。大陆人来买地的，没有一个能爬上去的，你白白瘦瘦的，更不行了。让他们去，回来说给你就行了。我说你说这山有珠穆朗玛峰难上吗？村长和手下人对了个眼色，这小子不见棺材不落泪呀。当然比不上。他们阴阳怪气地嘿嘿笑，意思是万一有点什么事，可别怪没提醒你。我想这次我一定得加快速度，在气势上先赢，改变他们对大陆人的印象。

热带雨林雨多。上山时，刚下过一场雨，路滑极了，体力消耗大，走了半个小时，林雨就告饶了。我说你这么熊，怎么完成你的热带雨林研究？他说我喘不上气来，我想过这次一定要赢。他坐在泥地上大口吸气。看他的样子，这几天没休息好，有点哮喘的症状。我说身体劳累是一方面，你应该找时间去医院排查一下是否有花粉过敏的原因。二仔你留下陪他吧。林雨满脸通红，眼泪在眼圈里转。我说林雨别泄气，生在海里的鱼，到不了淡水河，生在水里的生物，不能放在陆地上，根据自身的条件状况行事不丢人，我刚才是玩笑话，你研究平地上的热带植物，不是一样有意义吗？他的泪水一下子涌了满脸。二仔惊讶地看着他，不明白上不了山，有什么值得这么难过的？好多人都上不去的。他用这话劝他。我们要赶在天黑之前回到山下。为了安全，你和二仔还是先回村里等我们。他抹了一把泪说，好，不要耽误时间啦，你们走吧。我们走了几步，听到他大声唱起来，我的眼睛也禁不住潮湿了。后来我跟他学会了这支歌。

我是异乡人，为了一个梦境来到这里。朋友啊，你可知道破碎的希望，那锐利的碎片，怎样切割着睡眠。梦境啊，不要醒，不要醒，让我像拥着心爱的女人一样，拥着你，让晨曦叩响门窗，用金色的手指把我的哀伤变成彩虹。我需要你，需要你，爱和梦。我是异乡人，为了一个梦境来到这里……

我加快了攀登速度。不由想起周劳德疲惫忧戚的面孔，好像他们把希望都放在我身上了。约在半点钟后，跟着我的本地人落在了后面，叽叽咕咕地说什么。山路曲而不陡。确实有几年没人问津了，野草长得特别壮，遮盖了小路。黎兄弟赶上来拉了我一下说，我来开路，免得走岔路。放心吧，大家快点儿，你们还赶不上小白脸闻总？大家哈地狂笑，速度果然上来了。途中只坐下来休息了一次，一气登上了秃头山顶。

秃头山真是名副其实，山上生着稀稀拉拉的野草，患了斑秃似的，没有树。而远处和周围岭连着岭，茂密的杂树覆盖，一片翠绿。谷地狭长，形象点说像是一枚巨大的海星星，秃头山是中间，它的尖角就是朝四外伸展的谷地。看不出有人开发过。我问这里为什么不长树？他们摇头。有一个伸手比画了一下，你要了这片地，下面你都可以种的。这是他们的逻辑，挨着自己土地的地方，都可以据为己有。我指着山谷，那里你有土地证吗？埋着祖宗呢，祖宗就是证嘛。我知道同他们说不清，他们就是这么一说，谁知道那下面是什么，也许是雷龙或剑龙的石蛋呢。我说既是你们村的地，怎么一直这么闲着？辛苦呢，一天走个来回。这也正是我犹豫的。要开发这片地，员工物资怎么上来？雇人运送，成本可太大了。不修路是不行的，修路战线太长，耗资耗时，耗不起。在万宁的惨重损失还不知道什么时候能补回来。我心情很沉重，很茫然，我的土地梦似乎变得模糊。天还大亮时，回到村子里，往返路程用了七个多小时。

一进村，呼啦拥来一群人，把我围起来，像看怪物一样看我，看得我毛发直竖。我担心有什么地方招惹了他们。我想起老司组长小心翼翼地把刀切进河水的上游，想起有位黎族老爹墙边的大木偶。不过爬秃头山这一路没有山溪河流。秃头山近处没有水源，它唯有雨水。是不是跟我上山的人猜透我不想要这块地，他们以人多势众强压我买下这块地？我一个劲儿赔傻笑，不知我的笑容是什么样子，是不是比哭还难看？村长被一伙人拥着跑过来，像是发现了火警似的。边跑边嚷嚷着人呢？人在哪里？一个像是组长的人指着我说这里，在这里！我倒退两步。村长双手伸过来，莫不是要来场格斗？有几个女孩躲在树后面看热闹，墙角处也有人偷偷张望，表情很紧张。我正拔腿要跑的时候，村长已经抓住了我的手，我浑身一激灵，还手还是不还手？村长用力摇着我的手，摇得趔趄了两步。他忙松手扶住我。嘿嘿笑，旁边的人也嘿嘿笑，接着所有的人都嘿嘿笑起来。村长一回头，厉声吼笑什么笑，一点眼色也没有，还不赶快给大英雄砍些椰子解渴？

人群呼啦散了，几个棒小伙猴子一样爬上最近的椰子树。我愣怔着一头雾水。村长和组长们挎着我的胳膊，走进屋子。屋子很旷，只有一张长木桌、一圈粗木凳。我忽然想起林雨，林雨呢？护林员二仔说回他们村了。一个女孩笑吟吟地把削好的椰子递给我，我真口渴了，咕嘟嘟喝了一整只。他们都惊喜地递着眼色。笑眯眯地看着我。还是村长说话，大英雄啊，你今天得留下来吃饭。我心里咯噔一下，不是下迷魂药吧？我说城里公司还有事。组长说你得给村长面子，你是大英雄啊！我想他们一定是弄错了什么。我不明白你们想说什么？有个年长的老爹走到我面前说闻老总，你是不知道，这里的山啊，还没有一个大陆人上去过，这里的壮小伙子，要九个钟点走来回呢。你是山神的贵客呀。理应受到我们的款待，你就不要谦让了啊。

嗯？我心想他们在说什么？组长说他是我们德高望重的地质老爹。地质老爹？上次带我和记者老箪去看过地吧？还用大刀劈水？地质老爹说我们是初次见面呢。你说的是老司吧？对对，老司组长。组长说这里的人晒得黑黑的，看样子都差不多，时间长了，就不会弄混了。可是很快我就认准地质老爹了。我发现他的眉眼间没有老司那么凶，苍颜中透着慈祥，善面中又含着忧伤。他似乎又见了远亲似的，愿意同我搭话。起初我以为老爹前面冠以“地质”二字，或许是姓或许是名，慢慢我才弄明白，既不是名也不是姓，而是一段忧伤的往事。

地质老爹年轻时在广东某地质队工作过。他是这一带唯一在外面世界闯荡过的人，见识广，且是见过山神的人。大家都叫他地质老爹。族里有什么事，喜欢找他商量。一些纷争矛盾只要他出面就摆平。有一次夜晚他宿在山溪边，半夜被惊醒了。他悄悄起身，躲在一棵大树后观望，在满月的银光下，看见小溪的上游，有一群小矮人，顶多一米来高，有男的，有女的，光着身子在溪水里洗澡，蹦蹦跳跳的，像一群撒欢的白鱼儿，跑到岸上的，还摇头晃脑地唱着奇怪的歌儿，就像花绷上的彩丝线在月光里出出进进，天空中立时开出一片片的牡丹花。地质老爹看得眼花缭乱，心敲得像只小鼓。他一下子醒悟，这就是传说中的山神。他立刻匍匐在地，喃喃祈祷。村人们从此更敬畏他，他是族里唯一敢在山里过夜的人。他说的话就是山神的旨意。

组长说地质老爹说话，还没有不给面子的。我疑惑地被他们拥到饭桌前，挨着地质老爹坐下。然后是村长队长组长，老老少少坐了两大桌子，有三十多人。吃饭的过程中，地质老爹很少说话，没喝酒，喝椰汁。对我说多吃菜，这菜好养身体。桌上的青菜，都是山里采来的，清炒，白水煮鸭和鸡，蘸着盐面吃。就像过节一样。我发现有几个女孩躲在门后，偷偷往屋里看，悄悄议论着什么。村长说现在的女孩子野了，想去外面看看，我们村有两个在海口酒店的，混得挺好，不少拿钱。组长说闻老总，我那女孩十八了，就想嫁到城里去。我随口说要什么条件的？富裕人家就行。有女孩在门外哧哧笑。地质老爹说闻老总是来看地的吧。村长用胳膊肘推推组长，以后再说，以后再说，说地。组长咳两声说，这个红线图，土地证都有，请闻总放心。我说回公司那边要商量一下。地质老爹说，这块地不行，古溪村那边还有好地。

我觉得认识地质老爹是我的土地运气来了。可能是由于地质老爹的在场，那天他们没有往死里喝。地质老爹邀请我有空儿去他家。村长说地质老爹的家在大山里头，远着呢，自己有座大寨子。他下山来，就是到镇子里卖药材。这一次刚好赶上你来，听说你去了秃头山，等着看你呢。我说地质老爹我一定去拜访您，他好似铁铸的脸上发亮了，露出白瓷样的牙齿说，随便哪个路边玩的小孩子就能领你去。我说好，一言为定，改日我去寨子上拜访。

我回到镇上，去阿广给我留的客房，倒头就睡。手机把我叫醒了，午夜两点，我刚睡了一个钟点，秃头山那边组长的电话，他说村长来了，带了几个朋友，在镇旅馆开房按摩呢。我爬起来，开车去给他们付了按摩钱。回到住处，睡梦中电话又叫，组长朦胧的声音传过来，村长饿了，想吃点消夜呢。我骂着不知谁的娘爬起来。凌晨三点三十分，吃什么鬼消夜？组长站在道边举着手拦下我的车，已经让这里的厨娘做着菜呢，村长叫你也来呢。我忙掏出一千元钱给他，一定请村长谅解，公司那边有急事要我去处理，我得马上赶回去。这些钱用来结账吧。他摇摇晃晃地说那好，那好，你放心吧。我一踩油门，跑上公路。我想我得去大东海，同老箪休息两天。再去地质老爹那里。

天空好像亮了，星光淡去了。有几条薄云，像是绢丝手帕，在擦拭夜晚的睡意，使天空明亮起来。可是我的周围还黑暗着。山和植物还在睡着，只有鹤立鸡群的椰子树正在伸懒腰，举着宽大的叶子，仿佛先要抓一把远处走来的晨光，把自己梳理亮丽。我喜欢这些椰子树，它们独有的风韵，就像舒畅的爱情。

我真想停下来给宋瑶林打个电话。好像有一个世纪没有听到她的声音了。你好吗？小英奇好吗？此时我奔驰在寂静的山路上，听着车轮嚓嚓碾着凹凸不平的山路。满脑子都是你们的身影。我好像又牵着你的手，在卜奎那座老公园里漫步。百年前那个叫程德全的老将军真是做了一件好事，他创造了这座名园，有多少人在这里流连过？怕是有星空那么多的人吧？你说我是学园林的，应该拜拜这位金戈铁马的造园者。可见园为心园，并非读过大学后才去造。这位将军戎马生涯，苦守边塞，冰天雪地里，倒体味出情深至园。慧眼识得这座北方最大的天然园林。你说我的心园在哪里呢？我说寻找，会找到的。我刚刚寻地回来，认识了地质老爹。也许我们的土地庄园在那里。我们的心园在那里。你们怎么样呢？我盼着你们来，又怕这样颠簸的生活，会影响小英奇的学习。我们不要再吵了，真的，我们会有一座庄园，在这里我们会有丰富的生活。一定的。今天，应该说是昨天，已经是凌晨四点多了。昨天爬秃头山我赢了。他们都在等着欣赏我的狼狈溃退，结果我凯旋而归，黎族兄弟们欢呼了，那场面若是你们在就好了。你知道这意味着什么吗？他们接纳我了。黑暗渐渐退去，曙色升起，淡淡的曙色正在我周围弥漫。我听到大东海的声音了。

25 一只贝壳

我换上泳衣，走向大海。潮水退去的样子彬彬有礼。宛如循着乐曲的舞者，曲终歇下，深深弓下腰，垂下头，徐徐后退。空旷的沙滩没有一个足印，像静下来的舞台。我弯腰拾起一只贝壳，举着它，扑入海水，挥起手臂划动，贝壳被波浪卷去。不久我就觉得有些累了，回到岸上，裹上浴巾趴在细小的沙砾上，就像被潮汐抛到岸上的贝壳。我想唐闻禾爬山的样子，想他的土地。我想到快睡着的时候，开始在迷糊中搜寻诗句。我睡得很沉。脑袋重重挨了一下，醒来，看到沙滩上，来了很多人，有几个男孩在打沙仗。沙团落在了我的头上。沙团把我砸醒了。我回到海里。在泳区警戒线外有两艘快艇，拖曳着白浪飞快地行驶。在快艇靠近泳区时，激起的大浪扑过来，女人和孩子们尖声惊叫，随后响起一阵笑骂声。阳光变得灼热。沙滩上遮阳伞花儿一样一朵朵开起来。在远处，有一顶宝蓝色的伞，像一朵小小的喇叭花，独立在空旷地。一个喜欢清静的人。

临近中午去浴房冲洗了一下，穿好衣服，回住处，喝一杯酸奶，打开手机，看到唐闻禾的短信。

怎么关机了？还好吧？我过两天去你那里。我忙回电，听到他的声音很疲惫。我说地搞定了？他沉吟一下，回去再说。还在看地吗？没有，我回大庆了。你要搬家吗？想儿子，临时决定回来看看。又有地的消息了？见面再说。好，见面再聊。我挂了电话。回味着他的语调，觉着有些我熟悉的情绪。我准备和夏晔结婚，桃突然出现时就是这种遇到麻烦的厌倦。我对自己的推测万分惊讶，职业病，不放过蛛丝马迹。剩下来的时间，我不知做什么。我想只有写诗了。我摊开 A4 纸，拿出碳素笔，用小学一年级的笔画开始写诗，我觉得这种笔画圣洁得几乎让我落泪，我以死去的父母和不幸的姑姑起誓，我做梦都想重温这种笔画。我写下“海”字，它就像一只太子蟹，张着不太协调的细腿在沙滩上慢慢腾腾爬行，很快它跑起来，沙滩上满是它的足迹。

月光君临大地/海便响起狂喜的吼声/你从不愤怒/只是把激情，奋力摔碎在岸上/一次又一次，直到晨曦露出隐秘的笑靥/潮汐死于生，生于不安的灵魂/我不是潮，不是汐/我是追求你的宽和深里的流浪者/一只被抛到沙滩上的小小贝壳。

A4 纸填满了这又大又笨的蟹字。我愤怒起来，把纸揉成一团，摔向墙壁。它包上烧鸡会怎样？油叽叽的瘟鸡多么香啊。我突然感到一阵眩晕。我觉得我喊了一声什么，便沉入黑暗。我好像是在一个漆黑的山洞里爬，不知过了多久，我看见了洞口，一丝微弱的光，我想我爬出去就好了，沙滩上有很多的遮阳伞，远处有一顶落单的宝蓝色遮阳伞，这回我要过去探访一下。醒过来了，他醒过来了。这声音有点刺耳，谁在大声说话？我烦躁起来。马上到洞口了，我要去看那顶宝蓝色的遮阳伞。你说什么？我是木瓜，闻总没能赶回来，要我来看看你。木瓜，有这么大个的木瓜？我一下子坐起来，又被按倒了。别乱动，点滴呢，马上好了。这是什么地方？医院。你晕过去了。没有大事，医生说你焦虑过重，引起低血糖。没好好吃饭吧？没胃口。可能是天气太热的原因。闻总天黑前能赶回来。你刚才说你叫什么？木瓜，我的昵称。我笑起来。这一笑，精神似乎恢复了。

我们去渔船人那里解决晚餐吧。闻总直接去那里找我们。闻总说你一定会喜欢那里的。很野很自在的。怎么样，能行吗？一听说去找渔人寻吃的，我来劲了。以后要按时用餐，起居要有规律，这要是在海里或路上就危险了。医生严肃地看着我。

我使劲点头表示赞同。家族里有没有糖尿病史？我茫然看着医生。我故去的爸爸妈妈没说过，他们因为忧愁，操劳，早早歇着去了。姑姑，瘦弱得一阵风能吹跑。可怜的姑姑。我摇摇头。医生说没有就好，不过你最好三个月体检一次，最多也要半年一次。你服用三个月阿司匹林，调解一下。我没觉得头疼。不要等觉出来，就像不要等到饿得眼发黑再用餐。要有保护健康的前瞻意识。我频频点头表示感谢。木瓜说我喜欢渔船人，你去过吗？医生说海鲜不要过多食用，否则要痛风的。我想到处是陷阱，最好找条井绳把脖子吊到树上，不会痛风不会晕倒不会心烦。

木瓜问医生可以出院了吗？当然，床位很紧。我的耳边似乎有一百个知了在叫，我赶紧夺门而出，怕自己不小心把医生当作“瘟鸡变烧鸡”。我为这个念头吓了一跳。木瓜，我拍着自己的脑袋说你说我这里是不是有点病？木瓜让我上他的皮卡。我说你不用使劲拍车门，我知道它叫“奥陵·福田”。没忘了医生给你拿的阿司匹林吧？我坐在副驾位。不想说话。看着车窗外。路边的椰树垂着肥大的叶子，有两个女孩站在树下卖槟榔。笑着的嘴里像刚喝过血。我闭上眼睛，疲倦又袭上来，我需要睡眠。也许我有点不适应海南的炎热。海风吹来，我感到好过些了。同时一种莫名的内疚撕扯着我的心，我得做点什么。木瓜说到了。睡了会儿？闻总说得不错，不知情的，会以为是传说中的海市蜃楼。介乎人间与仙境之间。我愣愣地看着海。苍茫的夜海苍茫的夜空，远看渔船人的烟火隐约在天际。同红河渔排一样，要乘小船摆渡过去，不过路远多了，海浪也大，待踏上颤悠悠的木桥，融入渔船人的灯光里，仿佛进入了世外仙岛。

唐闻禾已经先到了。他笑着迎过来，过得怎么样？还习惯吧？我说我都快腐烂了。那就在这里接接仙气。他揽住我的肩，安慰我。最现实的是你现在需要补充营养。经过一个装着大鳖的木池。大鳖伏在水底，没游动，像是一个巨型化石。我说你们把它放回海里，关在这狭小的地方，它会很不舒服的。大厨小厨阿哥阿妹们狂笑起来。很蔑视地看着我。唐闻禾拽住我，来，吃饭去，菜上来了。木瓜说跟他们说不清。桌上摆着来自深海的蟹、大对虾，我却没了胃口。唐闻禾说动筷动筷，这大对虾难遇，产量低，还是上次来预约的。也不知怎么了，看着饭桌胃里就闹腾。木瓜说倒像是怀孕了呢。我们笑起来。我想不要负了唐闻禾的一片热心，吃了点清炒地瓜叶，喝了半碗稀饭。唐闻禾说你可能是太焦虑了。木瓜把剩菜打了包。我们挪到靠船舷的位置，喝苦丁茶，看夜海。我说灯火在苍茫的夜海苍茫的夜空下是多么美啊。唐闻禾说明天我带你去看地质老爹，怎么样？我说我不想爬山了，坐着都冒汗。明天地质老爹要到县上卖药材，我请他喝茶。我不知道明天早上我的情绪怎么样？你别婆婆妈妈的了，你有什么打算？我摇头，能有什么打算？也许该去广州看看，去《羊城晚报》，试着找点事做？还没想清楚，别说我了，你的地怎么样了？

地没有定下来，但是有七成把握，会找到我需要的地的。我不知怎样理解你的意思。

他笑，不是盲目乐观，海南人，或者说当地人从内心里接纳了我。木瓜嘿嘿笑，就像毛泽东说的同群众打成一片，他找镇长办事，全村人跟着喝酒，能不接纳他吗？唐闻禾说去去，那不是主要的，他讲了去秃头山的经过。我来了兴致，好吧，我同你去地质老爹的山寨。

第二天我们到达乐东近中午了。在阿广的电器商店看到了地质老爹。他举着一瓶矿泉水在喝。脸色黑得发亮，目光锐利地瞥过来，就像是鹰鹫搜寻猎物。看到我们他的目光柔和下来，笑笑。唐闻禾说老爹生意怎么样？都卖掉了。阿广从柜台后转出来。今天老爹的药材卖了好价钱，大陆那边来了一位药材商，把他的野灵芝全包了。还有一些还魂草、龙眼睛、小里白、吐烟花、叶像花这几样草药也都要了去。我说叶像花是一品红吧？一品红？老爹说你是说我的红牡丹吧？我自己种的，不是山里采的。他看着我说你是来买药材的？要哪一种？

唐闻禾哎了一声，我说老箪，你干吗不做个药材商呢？山里的药材俯拾皆是。这就是在海南聊天的内容，离不开一个“商”字。到海南你不做生意，好像就是白搭工夫。本地人想脱贫，外地人想开发，这才是正宗。我来干什么呢？或许做个药材商，的确比写诗实惠。我说好主意，首先解决了生计。老爹不大明白我们在说什么。老爹说“捞喝”了。唐闻禾说可不是嘛，晌午了，民以食为天。老爹不小心说了一句方言，吃饭叫“捞喝”。唐闻禾说在这里村与村隔山发音都不同。比如喝酒，在乐东这里叫“拉兵”，下面的报告村却叫“懊恼”。我不由大笑，有趣。语言在这里变成怪物。不过地质老爹同大陆人说话从来用标准的普通话。他几乎就是这一带的正宗翻译。

我们在附近找了个小店，阿广我们四人。吃饭时，有认识老爹的，就打招呼，地质老爹有客呀？老爹点头，你吃了？还没。坐下一块儿吃？那人就坐下来，自己便叫服务员，再添双碗筷。刚吃了几口，接了个电话，他笑得哈哈的，一个劲儿说“懊恼”。我想这么懊恼，还笑得兴高采烈的。不一会儿，摩托车声响成一片，进来一群人，小店挤满了。一边嚷嚷“懊恼”，一边和老爹打招呼。那个打电话的大声招呼，再摆两桌，坐坐。我说这是谁请客呀？阿广抿嘴怪笑不语。唐闻禾不动声色，也热情地说坐坐，人多热闹。你们想吃什么，尽管点吧。他们毫不客气，七个碟子八个碗的，要了一桌子。老爹顾自吃，没有表情，跟他招呼，他就嗯啊的，点点头。他们都很能喝酒。一举杯就喊“腐败”“腐败”。一会儿就“腐败”了六七个酒坛子。我气得跳起来，哎，没人请你们来，你们白吃白喝，捡了便宜还卖乖？明摆着挑事吗，谁腐败了？你们说谁“腐败”了？我一通嚷嚷，把那些半醉人搞愣了。都静下来看我。一个人举起杯说你“腐败”？你他妈才腐败呢。阿广拉我坐下，他们说的是土话，干杯的意思。土话，干杯发音是“腐败”。这下子我不好意思了。老爹很严肃地看着我。我说对不起，弄错了。阿广说他们还没明白你的意思。

可是我看出老爹听懂了我的意思。过后我从唐闻禾那里知道我的感觉是对的。老爹在广东读过六年书，还在地质队工作过六年，加起来十二年，普通话讲得好。唐闻禾说这也算是他们的风俗吧。只要听说哪里有酒席，不请自到。地质老爹没有责怪我的唐突。反而听说我是记者，高兴起来。老爹在大都市生活过，特别留恋那里的文化生活。我心里苦笑，唐闻禾你别替我吹了。我现在什么也不是，就是一个流浪汉。可是职业习惯，要想彻底改变还真不容易。我听唐闻禾说地质老爹有个朋友在山里熬鹿骨膏，来了兴致，便想去看个究竟。

吃过午饭，食客们，我不知道怎样称呼他们，一些不请自来的陌生人，有些人老爹也不熟悉，他们打着饱嗝，酒精的作用，兴奋异常，大声喊叫“捞白”，土话，谢谢的意思。他们不喝酒时，会站在一边一声不响地看着。男孩们惊喜地围着车转。女孩们躲在暗影里偷着看，她们期望着有什么奇迹发生，使她们离开寂寥的山村进城。唐闻禾跟他们摆手话别。饭店老板跑堂的，都跑过来，把醉醺醺的食客扶上他们各自的摩托车，把他们的手搭到车把上，伸脚一踩油门，摩托车顺着街路一溜烟没影了。我的心脏一阵狂跳。我说给他们喝点茶水醒醒酒再走哇，最好睡一觉才好。老板笑起来，他们在摩托车上睡。唐闻禾说他们就这样“潇洒”，赶哪儿算哪儿，躺在路边草丛里来一觉常事。

我也喝了一点酒，酒劲儿开始返上来，也有些晕晕乎乎的了。我几乎不相信自己的存在。但是很快乐地看着眼前发生的一切。唐闻禾照例不喝酒，或者说各种有度数的酒，不过有个例外，如果有正宗的法国波尔多红葡萄酒他也会抿两口。他把我塞到后车座上，眯一会儿，渴了这有矿泉水。他拍一下座背上的口袋。地质老爹善酒。他就是那种喝酒同喝白开水一样的人。可是他极少参与喝酒，后来才明白，酒会使他忧伤。他坐在副驾位。我们从乐东到富国镇是二十二公里，从那里去地质老爹朋友的家。我的确睡了一下，睁开眼，看到一群灰头土脸的孩子，趴到车窗上来。我推开车门，他们哄地散了。唐闻禾和地质老爹坐在树荫下喝矿泉水。不远处有座土坡，跑散的孩子都聚在那里，灵巧得猴子一样攀上爬下，一边往我们这边张望。

唐闻禾说醒了，车子只能停在这里，不能往前开了。要步行一个多小时，不用翻山，直接走谷地。地质老爹脚步轻快地在前面走，在自己家里的自在如意。我感觉到他在这里便是山林的一部分，他们是融洽一体的。我紧跟着他，唐闻禾在我后面。穿过一片杂树林，树木看上去很古老。中间有天然水池，生着粉红的小莲花。惊起两只手掌大的蝴蝶，它们飞飞停停。我说去捉来做标本。老爹说你会迷路的。唐闻禾说听说有个学生物的大学生，在这山里失踪了。他的同伴说他是追一只斑斓的大蝴蝶没的。老爹说半年前有个找古花梨木的人也没回来。这山里有原生花梨木。我说这几年花梨木升值了。老爹说这种木头做家具好看耐用。在我眼里它就是一种药材。你一定知道哪里能找到这种树吧？也不是一定知道。碰运气。在挺远的山里，碰到了两棵，一棵有上千年了，一棵有四五百年吧。每年去看一次，刮风下雨的，一些老枝就掉下来了。捡它掉下的树枝，配药就够了。有一次还捡到一根小娃娃手臂粗的。老爹很满足地晃晃头。要是没有落枝呢，不是白跑了？你干吗不砍些粗枝或是伐掉一棵？那多省事。老爹责备地瞥我一眼，你想杀鸡取蛋吗？这种古木太稀有了。原生木药性好。老爹说你不能写到文章里，会招贪心鬼的。老爹脸色铁青，停下脚步。唐闻禾说老爹我的朋友只是好奇，随便说说的，他最想做的是诗人。我说当然，这是我现在的梦。

在海南，天然的大花园中，我轻轻地走着/欣赏着那些古老的浓荫/鸟儿们唱着世纪初的小夜曲/于是爱化作精巧的睡莲/在林中宁静的池塘里，拂去旅人肩上的尘埃/我看到穿着唐朝丽服的巨大蝴蝶/在山神鼓鸣中起舞/也许它就是创世纪智慧的蛇/来自古苑的苹果芳香……/像一条多彩的悬水，流动于青翠之间。

我被自己感动得要流泪了，对着草坡上一朵无意的百合花，我想说感觉是不是来得太迟？老爹在前面叹息了一声说，赶快娶了她吧。我真想在这深山老林里号啕一场。唐闻禾说老爹，恕我冒昧，听传说老爹离开国家地质队是为了一个女人。老爹唉声说那不是传说，是真的。老爹的脸色柔和了，他的眼神告诉我那是一段难忘的恋情。我在地质队有个相好的，他说，湖南妹子。第六个年头，我带她回海南准备结婚的。在海口买了房子，接了母亲过来。母亲一进门就叹气，我死了，她怎么哭哇？我们这里的风俗，老人死了，一定要用本族土语哭丧。我的老母亲很不幸，生了七个男孩，只活了三个，我是老三。抗日战争那时候，大哥参加了琼崖支队，在一次战斗中牺牲了。我说我知道这支历史上著名的武装抗日部队，还拍了电影。老爹点头，是的。有名。在抗美援朝的时候，二哥参加了人民解放军，死在朝鲜战场上了。老爹爹想念儿子们，一病不起。扔下老妈妈和我。老妈妈一个人把我养大很不容易。我想得蛮好的，找个心上人结婚，给她生个孙子，让她老人家晚年快乐。这样我还可以在地质队干。可是她说我死了，她怎么哭哇？湖南妹子哭着离开了海口。我的心灰了，离开了地质队，回到老家乐东，钻到山里了。老妈妈给我找了一个采药工的女儿。我随便了，能照顾老妈妈就可以了，能给她哭丧就好哇。我没了工作，也不想种田，就跟老婆学采药，熬着日子倒也太平。这个爱情往事使我心里酸酸的。我说了句废话，老爹你一直爱着那个湖南妹子？老爹抹眼窝了。唐闻禾拉了我一下。老爹，前面有人家了，看到炊烟了。

暮色萦绕了树林，空中飘荡着一股浓烈怪异的香气。在林间一片空旷的草地上，支着一口大黑锅，锅下架着木柈子，火焰在灰暗的天色里分外醒目。有点神奇。大锅后面约五十米吧，几株树木掩映着几所小房子。老爹抹了抹额头，像是刚刚睡了一觉醒来，快步朝大锅走去，大声说怎么样了？从锅旁站起来一个人，迎过来，招呼着地质老爹，这么说今天很顺利呀，药材都出手了？老爹说赶上一个大买主。好哇，鹿骨膏还要一天就好了，地质老爹我会给你留一块的。唐闻禾说我们可以买一点吗？他说不是卖的，朋友们分分的。老爹指指我们，他们是我的两个大陆朋友，专程来看你熬鹿骨膏的。天黑了，住在这里吧。他说哦，地质老爹的朋友，欢迎！

我们住下来，叫他新朋友，等着鹿骨膏熬好。我见过熬梨膏。在姑姑家的时候，邻居有一家是卖水果的，卖不了的大鸭梨，损坏的或烂了的梨都用来熬梨膏，放在砂锅里添上水烧开后小火煨，熬成类似糖饴一样的黑色膏，特别的浓香。对咳喘、气管炎一类的气候季节病，有很好的保健效果。老爹说梨膏哪能同鹿骨膏比，吃了鹿骨膏，百病不沾身。每天只要小指甲那么一小薄片就够了。你们在这里候着吧，老妈妈一个人在家呢。孩子们不喜欢在山里，去城里读书就不回来了。唐闻禾从背包里拿了罐头、啤酒、糖果放到老爹背上的竹篓里。老爹以后再去你的寨子看你，路上小心。新朋友说他嘛，闭着眼睛也能摸到家。老爹摆摆手身影很快消失在林子里了。

新朋友说你们大陆来的，能得到地质老爹的信任真有福气，这苗村黎寨的没有他摆不平的事。我想是唐闻禾的果敢强大的个性赢得了老爹的敬重。我们把双肩包里剩下的食品都掏了出来，与新朋友一家分享。肉罐头，鱼罐头，听装啤酒，面包，巧克力。新朋友的老婆还给我们煮了两碗地瓜叶和山葱。夜晚的星空，隐约的山峦，密林，大柈子燃烧的火光，咕嘟咕嘟冒泡的大锅。这是奇异的夜晚，使我既兴奋又怀疑它的真实性。我仰躺到草地上，双手垫在脑袋后面，几乎忘记了我为什么会来到这个陌生的地方，过去变得同星空一样遥远。我被探险一样的神秘氛围紧紧包裹了。唐闻禾的声音变得缥缈。他原本就喜欢自然的山水。与其说他想收获到一块鹿膏，不如说他想收获到一份哥伦布的心情。我听到新朋友的老婆踢踢踏踏地走过来了。

她在招呼男人。第七个夜晚了，就好了。你蹲了六个夜晚，该回到床上睡一觉啦。男人迟疑着，最后的两听啤酒、一盒牛肉罐头，已经进入他的胃里。我听到唐闻禾说就这样吗？他说不用续木柈子了，都回屋睡吧。我觉得我是睡着了，被拖进屋的。中间被一阵尖叫声惊醒，听到隔壁的床嘎吱吱地叫，呼呼地喘息。你疯了，熬鹿骨膏的热气熏着了，轻着点儿。女人压着喉咙。男人吁吁地说我高兴，我高兴，这深山老鹿难得遇到，明天鹿骨膏就好了，大补大补。声音总算小下去，不久是如雷的鼾声。

唐闻禾一直没动，他喜欢挨着窗子睡。我想应该去看看那口大锅，我满脑袋木栉子噼噼啪啪燃烧的响声，和着锅里咕噜咕噜冒泡的声音，我想象着鹿骨膏的形态，竟睡着了。我想我当时跳起来去看看就好啦。唐闻禾说新朋友进屋时往锅下又加了两根松木。他想过要留下看火的。新朋友老婆说没事的，柴烧透就熄了。我们都放心地睡了，等着新的一天大功告成的欢喜。

我们醒来时太阳已经升到山顶。新朋友的老婆先去的，她狼嚎一样大叫天呢！跪倒在那口锅前哭起来，一边含混不清地说都怨我，都怨我，不该叫你回屋的。我们冲过去，眼前的情景令我们呆住了，脑袋里嗡嗡直叫。那口锅的锅底没了，只剩下一圈窄小的锅帮架在石头上。灰烬凝固，似乎是天外飞来的小行星，由此穿入山体。七天七夜的努力，只差半夜没有坚守，就完蛋了。

新朋友呆若木鸡。唐闻禾先清醒过来，他拉起女人，事情已经发生了，别伤了身子。这次不成功，还有下次。女人抹抹眼睛，哪有那么容易，山神不会把好事全给你的。这可是深山老鹿，它自个儿走到这里的，嘭，倒下死了。是我不好，不该叫他回屋的，我们该守着它。是我不诚心，山神惩罚了我们。

我心里沮丧极了，唐闻禾心里会更难受。不是为了干瘪了的双肩包，我能体会到他心里的复杂挫败感。男人踢了踢没有燃尽的木头，很抱歉地说闻总对不住，你要真想要鹿骨膏，山里人家有存货，一般是不轻易吃掉的，有一家熟人，就是山道开不了车，要走着去的。唐闻禾说那给你添麻烦了。他不想就此罢手。他就是这样的。知道了山里有鹿骨膏这种东西，就一定要寻出个究竟。我本来也是这样的。我本来？

我在焚掉的锅和灰烬边坐下来，嗅着焦煳的臭味，望着草地尽头的密林，风在树梢上轻轻摇，看上去很寂静。唐闻禾拍我的肩膀，你在这里等我，不知有多长的路，我们快去快回。我听到自己说快去快回，声音像来自锅底。他们已经走进那片树林。树枝挤到一起，挡住我的视线。新朋友的老婆没有说话，很丧气的样子回到屋子里去了。我往远处挪了挪，伸直了胳膊腿，躺下来，等待。朝阳下的草地散发出新鲜的香气，覆盖了焦煳味儿。有两只黑色的小羊在林边寻觅。还有一只牧羊犬，卧在我和羊之间。阳光在我身上盖了一床被子，山林夜凉完全散去了。暖洋洋的，我睡着了。

26 山楂树

我一直不明白，在那个夜晚的火车上，我要通了李公民的电话，为什么一开口，就说你知道那个故事吗？香奈儿举着烛火，走在街上，看到了把她送到修道院的父亲，她兴奋地同嬷嬷说那是我的父亲，我得去见见他。当她怀着幸福的心情跑过去，看到父亲已经再婚，正在亲后妈的孩子，她扭头就跑开了。唐闻禾也是这样从他父亲身边跑开的。你懂吗？

电话那头沉寂下来。我看到田野上出现了磕头机，我们管布满油田的抽油机叫磕头机，在浓墨似的夜空下，它们像被施了魔法的怪兽，痴立原地，永无休止地重复着同一个动作，使这片原本平庸的土地有了神话。然后我听到他说，你在外面？我说了同夏晔去卜奎吃豆腐的事。他说你终于决定去海南啦？然后火车长鸣一声到站了。

夏晔伸个长长的懒腰，睡眼蒙眬地嘟哝，人家正睡得好香呢。我说火车到站了。他说好，回去好好休息。我们道过再见，我总觉得他有什么话要说没说。还要继续旅程的人，有的打盹儿，有的望着窗外。车站的灯光是昏黄的，给人迷迷糊糊的感觉。午夜在这里下车的人并不多，稀稀拉拉地朝出站口走去。看着那些挥手和高举接站牌的接站者，我心里一阵发空。不由自主在人群中搜索着。也许唐闻禾会突然出现在这里。我苦笑了一下。他在海南，他并没有说来接我们去海南。夏晔叫来夜班出租车。她说发什么呆？快上车。

我回到家，母亲还在等我。这么晚还不睡？我有钥匙的。她说小声点儿，英奇刚睡着不久。他因为要去见爸爸，兴奋得不行。妈，你真希望我离你那么远？我的心里还是犹豫不决。好像我在扮演着一个角色。这不是希望不希望，理该这样。一家人东一个西一个的还叫家吗？你要想想英奇。过日子有什么大不了的事？别由着自己的性子。快去睡吧，明天再说。明天再说？从我上小学时你就这样说。一时难以决定的事留给明天。现在想想不无道理。也许一觉醒来我已经改变了主意。

一觉醒来，夜晚的忧郁被阳光化去了。英奇急猴似的，抱住我说我都带些什么好哇？我说还没跟你老师说呢。等你说黄花菜都凉了。昨天放学姥姥去接我的时候，跟老师说好了。看来是没什么说的了。明天再说，挺瀸的啊。我去订飞机票。要从大庆坐火车去哈尔滨，再换汽车去机场，登上飞机就直飞三亚了。隔一天的行程。我的庭园艺术办公室房东，打来电话，新房客来了，要我去最后清理一下。墙上的两幅油画，我添置的一对桌椅、花盆和一对木雕娃娃。木雕娃娃还是我去黄山游玩买的。

我们到的时候，矮胖的房东，领着新顾主已经在等着了。看样子是新毕业的女大学生。朝气四射，面容白皙，长发如瀑，短衫短裙，一双腿漂亮健美，好像随时踢踏起大河之舞。她笑眯眯地看着我们的样子挺韩版的。房东介绍这是这间屋子的新租客。握过手，房东说她们二位要去海南发财了。她立刻说那么远，这些东西要带走吗？我迟疑了一下。她说不如就折算给我吧，我挺喜欢的。她很天真地看着我。夏晔说带走，我也喜欢呢。她讪讪地说算我没说。我说你用这间屋子做什么？房屋装潢空间设计。我对夏晔说人不要以物累，她既是喜欢就折给她吧。她跳起来抱了我一下。我把银行卡号给她，只要了两折。此时，我才真觉出要离开这个城市了。

走到街上，夏晔要去买内衣和卫生巾一类的“小护士”。我说在海南还能没有这些吗？她扮了个鬼脸，旅途是漫长的，也许中间出个什么岔头，比如天气啦，暴雨啦，劫匪啦，误点啦，甚至漏油迫降，等等。闭上你的乌鸦嘴，你怎么不想点好事呢？有什么好事呢，自从我的未婚夫失踪，我觉得事事都有不测。我察觉到我的口气太重，缓了缓说你应该试着从他的阴影里走出来，来一个新的开始。我试过，那个谜团一直压着我，我害怕夜晚，我要靠吃安定才能睡上几个小时。瑶林姐，你不知道长夜的滋味。我心想我怎么不知道？我说随你吧。瑶林姐你说卜奎和大庆哪个城市在你心里更重要？都重要，都是我人生中的链环，缺一就断了。一个个经历过的地方，就像人生旅程中的一个个车站，我们登上火车，故事跟着就跑了，发展，或是终结。我们就要乘飞机到远方了，你说我的故事该是发展还是终结？夏晔不等我回答，急急地说，这几天我总是心慌慌的。你怕那里是一个终结？不知道。完全换一个环境，也许会淡忘痛。你早该淡忘，重新开始。也许是这样吧，那里是重新开始。重新开始？是，重新开始。

我正想要不要同夏晔一起买点什么。北北打来电话。有好久没音信了。我说稀客。她说我现在在你的办公室门口，这里人说你刚离开。你不干了？见面说，你别动，我去找你一块儿回家。她说先找个茶室歇脚。好像远望街还是西湖街有一家憩园小镇挺幽静的。那里会合，你打车过去，司机都知道。她很霸道地定下来。我说哎哎，她挂断了。这个毛丫头。夏晔说好像在昆仑购物中心附近。不显眼的小胡同里，很幽静的。我说我叫出租，把你留在购物中心，我再去憩园小镇。她说我想多走一会儿，反正今天我有一整天的时间。要不一块儿？我才不当电灯泡呢。我笑起来，小人，是我堂妹。她跟你回家休息才对，理应看看你的妈她的大娘呀。毛丫头就这德行，玩浪漫，疯疯癫癫的。夏晔诡秘地笑笑说，她肯定是有什么私密的话要对你说喽，你快去吧。

憩园小镇，不临街，有些绕脚，当是酒好不怕巷子深那一类的。门前一块绿地，有五十平米见方，中间植了两株野山楂树。在北方的河曲沙埠或江心岛上有很多这样的野山楂树。春末夏初满树白花，如连绵的白云。霜降叶落满树红果，又灿若红霞。我和唐闻禾在卜奎读书的时候，深秋，艾乐要她姨妈雇船去嫩江的白沙岛采摘野山楂。远远地就看到那一片奇异炫目的蓝天绿水间的白沙红果。我们喊叫欢呼，弄得船东倒西歪的。我们乘的是一种两条相连的铁皮渔船，柴油发动机，嘟嘟叫，散发着难闻的油烟味。可是探幽的愿望克服了这些障碍。吓得船工大叫姑奶奶们行行好吧，上了岸你们再跳。艾乐便说大哥你怎么不说男生呢？男生便捡了大便宜一样狂笑。

眼前的野山楂树长得没有江心岛上的壮。刚过花期不久，露出绿豆大的雏果。我记得那次我们把带去的布袋或篮子装满了，就脱下外衣做成袋子，可是岛上的山楂果好像一点没减少。晚上船接我们回去。我们分给船工一点儿，船工说我自己会摘的。他还是盛情难却地收下了，并告诉我们如何用它炖鱼炖肉。我们想做山楂罐头。多半的都给了艾乐的姨妈，只留下一点，准备做山楂罐头。可是我们始终没做。哪有时间啊，功课太多了，彼此总是这样说。野山楂很酸，吃了几粒便留在空罐头瓶里，直到下一个春天到来，发现它们枯干了，像一粒粒褐色的小石子儿。它不腐烂，就像是一种不灭的精神。唐闻禾见到这些干瘪的野山楂就说，我等着吃你们做的山楂罐头呢。艾乐说秋天吧，秋天我让姨妈再弄条船。我想念起校园，那是些多么有趣的时光。憩园小镇，这名字也好。瑶林姐！你对着山楂树发什么呆？

北北从店门里出来，立在当地，就像搞了个聪明的恶作剧，笑眯眯地等着我的反应。我惊讶地看着她，你行动真够快的。她一下子搂住我，想死我了！我说没看出来。她说给你一个惊喜。拉我进店里。我说你怎么了？慢点儿。然而我愣住了，应该说是吃惊，李公民站在我面前。我眨一下眼睛，又眨一下眼睛。他微笑不语。我回头看北北，北北狡黠地挤挤眼。我急忙理理头发，我想我的样子一定有点狼狈，这几日纠结去海南的事，也无心打理自己。李公民伸出手，怎么我变化很大吗？他微笑着握住我的手。我说不，你看上去很好。他的手温热柔软。就像他从不会发脾气。总是慢条斯理，使焦躁的心安定下来。我是不是很糟糕？他说只是看上去有点疲倦。他看着我的眼睛。我说就是这一阵子张罗走给闹的。北北说坐呀，这里还不错吧？

我们坐到临窗的位置上，能看到山楂树。北北只喝了一杯咖啡。她没有解释她为什么同李公民在一起，撒娇地说姐，求你一件事，我得先去老爸那里。李哥就交给你了。你是去卜奎兴国大厦吗？不是，闻馨和闻青在那里呢，我爸回同原那边啦，我妈又犯病了。前天老婶还来城里去瞧英奇呢。哎呀，她是心病，怕我成老姑子，不知在哪里划拉个团副，催我去相呢。我笑起来，怪不得婶子同我妈悄悄嘀咕了一上午，保不齐想抱孙子了。瞧你还幸灾乐祸呢！我还要自由呢。她一噘嘴一扭身，拎起她的手提箱就走。我说北北吃点东西再走。她莞尔一笑说饱了。李公民说让她去吧，胃里塞满心事，装不下什么了。我倒是饿了。

服务生麻利地拿来菜谱。我说想吃什么？他说我什么都可以，没有忌口的。那好，来份连环湖的鲫鱼，家常炖；再来份松仁香玉米。服务生殷勤地说，这松仁可是大兴安岭的，玉米是精选本地黏玉米速冻的，保持本味，建议您加一盘山珍小炒，蘑菇木耳土豆片。这同连环湖的鱼一样是我们的招牌菜。大兴安岭的山珍讷河的土豆。李公民笑着看我，能吃下吗？我说可以要小份吗？服务生躬躬身说当然，我们也怕浪费。我说那就来小份吧，再来点北大仓怎么样，有菜有酒才够味。忘了？我不喜欢喝酒。哦，对不起。那就来瓶蓝莓汁，一种野生浆果。服务生重复了一遍菜单，就通知后厨备菜了。然后沏了大麦茶。我说这个助消化。

他开始用英语问我怎么样，还好吗？就像在英语岛那样，好像在复习往事。我觉得我们是沿着一条林荫路在走，心事安静，只听到微风吹着树叶沙沙作响，远处吁吁的潮声。在很远很远的地方，一个故事的开头，总是这样的。我去拿茶杯，他说小心烫着，可我的手已经被狠狠地烫了一下，大麦茶刚用滚水沏上。我看看，他小心地托住我的手，噘起嘴唇吹着烫红的手指肚。我说没事，幸好我缩手快。我抽回手，指给他看窗外的山楂树。他摇摇头。你认识这些树吗？

他迷惑地看着我。我给他讲了我们在学校去嫩江那些荒岛上寻它的事。

我们从记忆中的英语岛走出来。他操着标准的京腔说起艺术。他说他特别喜欢“挖掘”这个词，挖掘，真是太生动了，给他的感觉就像古希腊米隆雕塑《掷铁饼者》，让我振奋。你瞧，他抿一口大麦茶，用纸巾抹抹嘴。公元一八八八年挖掘出了古埃及的《老村长》，十九世纪初，古希腊的两位《青铜武士》从地中海底挖掘出来了，又一天《米洛的阿芙罗蒂娜》在米洛岛挖掘出来了。公元前二世纪希腊被罗马人毁掉推入黑暗的文明，就是在这挖掘中，找到了自身强大的力量。希腊新生了，以雕塑艺术辉煌于世。那些精彩的雕塑用在建筑上谜一样美，有点像蒙娜丽莎的微笑。我在他投入地描述中想象着那些离我十分遥远的埃及、古希腊、雅典卫城、帕提农神庙遗迹的白天。伦敦的水晶宫，巴黎的埃菲尔，和那些世博会，以及让他着迷的圣马可广场的夜晚。我说这些和我们是什么距离呀？他说零距离，一种挖掘的意志。我们一直在说挖掘。远古文明。祖先的光辉。那种看不见的民间力量是多么强大。问题是没有遗忘。我说是，遗忘或许是一种罪过。他说遗忘是一种消亡。你是个出色的导游。他含蓄地笑一下。菜上来了。请，地方特色，不知道你喜欢吗？他笑笑，尝过才知道。我喜欢他这样笑。仿佛春天的一个早晨，迎面吹来一股暖暖的风，一下子拂去了郁闷，使人想唱歌。

他说鱼很鲜，就是盐多。松仁玉米还好，甜香，稀释了咸。吃过饭，快到晚上了。他说你还有好些事要做吧？明天晚上我去送你。第一次到这座城市，我自己随便走走。我说没啥要准备的。等北北回来，她说晚上能赶回来。他不经意地说我自己成立了旅游公司，北北做我的助手。我说是吗？应该祝贺！自己听声音都干巴巴的。我忙改换了口气，以很感兴趣的腔调说，快说说叫什么名字？心园之旅。这名字引起我的伤感。我的庭园艺术设计室已经属于别人了。我承认我并没有做好去海南的准备。一切都是匆匆的。为了英奇，妈妈年纪大了，我不想再让她操心，也不应该让她操心。李公民似乎看透了我的心事。不要犹豫了，一件事定了就是定了，这里的事结束了就是结束了。海南的气候或许更适于你的园艺。我说谁知道。现在是傍晚的良辰美景，不如去铁人纪念馆吧，你这个搞旅游的，该是行程的一站呢。他说已经在行程里了，还有一站是扎龙湿地。我们公司开设的国内旅游项目，不走俗套，要独创一些新线路，乡村小镇，风土人情，自然特色，返璞归真。深度地方文化游。我说听上去真的很不错。他说什么叫听上去，就是这个方向。

铁人纪念馆的管理人员拦住我们，快到下班时间了。我说外地的，时间紧，从车站专门打的赶来的。他秒拍地把我们打量了一番，那，抓紧时间吧。展厅里只有我们两人空洞的脚步声。李公民兴致很高。走走停停，不断地发表议论。这些土红色的雕塑，让我想起古希腊的神话传说，阿喀琉斯，阿伽门农。我看到一直跟着我们的管理员怪异的眼神。拉拉他，催促他抓紧时间，管理员怕我们磨蹭吧？他转身对管理员笑笑说，这是共和国的英雄史诗，它该走出纪念馆在乡村游走。那管理员哧哧笑说又一个精神跑偏的，快点看，快点看。我说你这人怎么说话呢？李公民抓住我的手说算了，他不懂。就仿佛我是个不懂事的小女孩似的，紧紧牵着我的手匆匆地走完了二千五百平方米的展厅，出来的时候才松开我的手，他说不要打车了，走走吧。他从亢奋的高处跌入沮丧的低谷，陷入沉思。走了很远，他回头看了看，昏黄的暮色给所有的建筑物戴了一层面纱，升腾的烟雾给人一种飘浮感。

我听到李公民用英语说，那前一个精神跑偏的可能是位诗人吧。我说还在想刚才的事？他说没有。然后奔跑起来。从西路跑向南路，我们在英语岛，清晨常这样奔跑，我们叫晨练。我跟了几步，便告饶了。他在与新城街的交叉路口等着我。我说去游游明湖吧，那里有水上乐园。他摇摇头，我送你回家，我和北北明天起早去扎龙湿地。下午赶回来。我纠结了半天，还是问他了，你是因为我说去海南专程来的吗？他叹息一声，这有关系吗？我是因为公司的事，顺便。我说我熟悉路。他说天就要黑了。他不再说话。我们就这样默默来到阅园新区。我站在单元门里，他挥挥手转身走了。

母亲从楼上下来，怎么不让进来坐会儿？我吓了一跳。我挽起母亲的手，英奇呢？还记得英奇？他在吃饭。我开门进屋。他是北北的男朋友，同北北一块儿回来的。母亲的脸色和缓下来。

北北呢？怎么不过来？我说有点特殊情况，老叔不想她在外面逛荡，给她找了对象，想把她拴回来。她一下车就把她男朋友交给我，独自跑回家解决问题去了。

你怎么不领他家里来？我让他来，人家不来嘛。母亲点点头，不再说什么。英奇叫我同他下跳棋，玩了两局，我哄他睡下了。

跑了一天了，觉得很累。洗了个澡，上床躺下，却怎么也睡不着。我们非得离开不可吗？我现在想不出海南是什么样子。我还没有去过。现在都六月了，据说去海南春秋冬三季最好。而我想如果在那里定居，又不是去玩，无所谓。前几天唐闻禾来电话让我在去海南之前，看看隆庆化工厂的案子怎么样啦。他说这里留给他的只有悲伤的记忆。隆庆化工厂的合作者用劣质的原材料坑害我们，谈好条件，请他们撤出，我们独立经营，他们却拿了钱不走人，还勾结原股东，开假欠条封工厂，无奈至极，同他们对簿公堂，耗费了大量的时间和钱财。这些无赖，把好好的企业搅黄了。案子并不像想的那样一下子了结，取证，一直在取证。前些天去见郝律师，他说打假欠条的人还没找到。他们躲起来了。需要时间。我说我要去海南了。唐闻禾那里需要人手。这里的事全靠你了。他说没什么，职责所在。就是棘手，对方胡搅蛮缠，那些被他们买通扣屎盆子造假的人，肯定是隐藏起来了。大海捞针，不如守株待兔，他们还有老婆孩子在这里呢。需要时间，遇上这样的案子，不止一件了。我说费用不会亏你的，可以比通常的高点儿。郝律师说哪天走，我去送你。我说要乘火车去哈尔滨搭飞机，我的助手夏晔一块儿走，没什么行李，不必多劳了。电话联系。他说好，就这样，请放心。他出门习惯躬一下身，好像总怕撞着头。我去他的事务所，第一次注意到他这个动作，感觉到他的谨慎。他是一个让人放心的人。

别想了别想了宋瑶林，再想天就亮了。想想秋天河埠黄沙滩上的山楂树、红红的果，我在心里哼起了山楂树那首歌，我就这样哼着起身去厨房，找到一袋蒙牛，倒在杯子里。我把杯子放在微波炉里热了一下，一口气喝下去，重新躺下。楼上不知道什么东西掉在地上，嘭的一声，有车子从远处驶近，喘着粗气的吉普，疲倦的声音说明一定赶了很远的路。谁家的狗叫起来，杂沓的脚步，是隔一个门洞那个单元的，二楼的男人是钓鱼协会的，经常出远门，名钓，全省比赛第二。终于静下来了，只听到楼前那几株柳树发出窃窃的语声。我闭上眼睛，我呼唤的睡眠却是慢条斯理地走，我不知道在树上的小鸟歌唱以前它能不能走到。

第三卷

27 野瀑布

我从双肩包里抽出一瓶矿泉水递给新朋友，你属骆驼啊，走这么远的路也不渴？他露出一口染着槟榔汁的黑牙，接过瓶子喝了一口，每天都是这样的路，惯了，前面有小河的。我们靠着一棵榕树歇了一会儿。它的根稠密得像是一丛小森林。这榕树有上千年了，他说。热带雨林里面丰富的植物让我兴奋。他指着榕树根边大叶植物说那是蒲葵，这个是海芋，做药材的。那个红楝子，做家具可好来。听着他说话，两个多小时的山路，好像几分钟就过去了。几乎忘记是来做什么的了。我说这大山这雨林真是太迷人了。他说也就是你们大陆人大惊小怪的，我没觉得有什么新鲜的，很普通的。我那三个孩子待腻了这地方，都跑了。一个在三亚，一个在海口，一个在广州。你还是喜欢这里？只是习惯了这里，哪儿也不去了。我想着城市，正张着大口，土地在减少。而我想留住一片土地，住在能看到地平线的房子里。新朋友喊起来“懊恼来”！他们说话是汉语夹土语。大陆人的蜂拥而至，土语显得越来越不方便交流了。我也跟着喊了一句“懊恼来”！山里响起悠长的回声。

我们下到了一条谷底，小路两边是佛肚竹。一个黑泥人似的男孩跑过来，油光发亮的前胸悠荡着一支野猪牙，他身边跟着一条黑狗，冲着我们狂叫。新朋友用脚踢他，叫什么叫。男孩伸手拂了拂狗头。那狗躲开了，不满地哼唧两声，伸出长舌头坐下来。男孩看新鲜似的咧开嘴露出豁牙子，瞅着我们腼腆地乐。来到一片空地上，空地对面是香蕉林，一个男人从香蕉林里钻出来，大声说“懊恼来”！他们笑起来。新朋友介绍我。大陆来的，地质老爹的朋友闻总。那人立刻现出恭敬的样子，叫我阿四好了。

阿四请我们进屋喝茶。新朋友说闻总忙啊，不喝茶啦。说事吧。他便说了他熬鹿骨膏的事。闻总在我那里住了两天呢，你看看，唉！“懊恼”了吧？那个男人取笑他。我记着你有的，先卖给他吧。我从背包里掏出最后一瓶矿泉水给他。以后去镇里我请你“懊恼”。他把矿泉水递给男孩。男孩一蹦高儿，跑开了，狗跟在他后面，朝远处山坡下的屋子跑去。那男人摊开双手，看着新朋友说我的鹿骨膏用完了。我不会吸烟，但是我兜里总是揣着两盒烟和打火机。现在本地人不只抽传统的长烟袋了。我掏出烟请他吸。他抽出一支，还在手心掂掂，我给他点上。新朋友说还有谁家呢？想想看。他说山后的阿杰家看看。这烟够味儿。我把打开的这盒给他。拿去，红塔山，当然好抽。他说我领你们去。我说走了一百多里山路，不会再走两百里吧？他说直着走过不了十里。翻过山梁就是。把这座山搬到一边去就看到了。他挤挤眼，好东西还怕远。他那里可是好货。

他没有诓我。过了山就看到房子。扑鼻香气远远飘来。嚯，煮肉来。新朋友喊起来，老哥哥有喜事呀？这房子是建在半山的，修了一条石板路通上去，两边生着海南红豆树，近门前有几株野牡丹。柴门打开，有男人应声来门口。他细高精瘦，两只大眼睛有点吊，厚嘴唇噘着，让我想起机警的马鹿。这就是阿杰。香气是从院中架起的大铁锅里飘出的，女人蹲在灶口处添柴。他说是你呀，打了只野猪。现在这野猪可是不好碰了。好运气呀，老哥。男人憨厚地笑了笑。看向我。新朋友马上说明了来意，照例强调一句，地质老爹的朋友闻总。阿杰点点头，又看阿四。阿四说我的那块用光了。你有存货卖给他一些。阿杰说我那可是上等的野鹿骨膏，整整熬了七天七夜，老太婆白天看着，我晚上看着。新朋友说我就没熬住，全砸了。阿四说快把你的宝拿出来吧。阿杰迟疑了一下，嘟哝说不打算卖的。看看阿四和新朋友，进屋去了。不一会儿拎出一个米袋子，他抖开袋口，我看到陈年白米，有些发黄了。疑惑间，他手伸进米袋子，在米里捞出黑色的块状东西，有砖头大小。分给你一些吧，你是地质老爹的朋友，便宜你啦，两千块一斤。

我心想两千块还便宜我，正考虑要不要还价，他麻利地放到木板上，操起刀剁下一块。称了一下，多出半两。我说你真有准头，他说这次没搞好，多出了一点，算在地质老爹头上吧。他找出一条用过的皱巴巴的黑色塑料方便袋，灌上大米。我说不要大米。他笑起来，嘲弄的笑，好像我是乡巴佬。鹿骨膏不放在米里，你还没出乐东就臭掉了。我还是不明白，任其把鹿骨膏放在米里，我给他两千一百块。哦，够朋友。新朋友说肚子饿了，还要走好多山路来。阿四说阿杰这么多野猪肉能吃得了吗？卖给闻总一些。我一听这是让我请客呀。我又掏出一百元，晌午了，行个方便，简单地吃个午饭，以后去乐东镇上我请你喝酒。他们一起喊“懊恼来”，哄哄笑了一阵。

吃了饭回到新朋友家天快黑了，老筆还在那堆灰烬不远处躺着。我把他叫起来，没吃饭吧？他说吃了紫薯和稀饭。告别新朋友回到乐东，赶不回三亚了。阿广去广州进货了。他给我们留了房间。洗漱了一下，我说老筆出去走走，带你看看小镇的夜生活。话没落地，宋瑶林来电话了，我说你挺会挑时候哇。她说没心情同你打哈哈，英奇在学校同人打架了，把人家的头打破了，家长找来，陪了一千块钱的医药费，这次考试班级倒数第三。我火冒三丈，你管啥的？！在电话里同宋瑶林吵起来。老筆说算了，你别陪我逛了，这一阵子你看地看得太紧张了。我给木瓜打了电话，我说我想离开几天，叫他来乐东探地，有谱我再来考察。

宋瑶林不在身边，可我还是想跑开。老筆，我的脾气是不是很坏？孩子的事她给我添堵。我叫她不要操心生意上的事，全力去管孩子，管成这样？！老筆吸溜吸溜喝茶。小孩子的事，没有准头的。玩着玩着就打起来了，家长们闹得鸡飞狗跳的，人家没过一天可能又玩到一起了。依我看都是大人不懂事，才把事态扩大。唉，饮食男女们呢！可是他竟打破了人家孩子的脑袋！我的儿子怎么会这样野蛮？不一定是野蛮，有什么话刺激着他了。再说你是父亲啊，你管什么啦？依我看，别等你的庄园成什么规模啦，让他们快过来吧。

不说这些了，越说越心烦。我一直想去井冈山看看，那里风光不错。好哇，说不定就触发了“百科全书长诗”的灵感呢。带着这鹿骨膏，路上补充能量。真去呀。当然。我还是回三亚蜗居。我需要好好想一想。我不是说了嘛，等看好了地，大不了在这里做事，广告策划什么的。你可以安心写你的“百科全书长诗”。老筆摇摇头，我还是回三亚，守着大海构思我的“百科全书长诗”吧。好吧，拗不过你，你去向大海要灵感吧。第二天我送老筆回三亚的住处，然后开车奔海口，去美兰机场乘飞机到长沙，从长沙乘大巴到吉安，奔茨坪。开始我的徒步旅行。

我不会像游家那样事先制定景点目标，只是信马由缰。我喜欢雪山和急流瀑布。这一次我从笔架山，走小路去了小溪洞、长坪、仙口，看了三个大瀑布，走累了就住下，第二天再走。那是从仙口回来，走的是与前面不同的路线，大致是往小溪洞方向。中途在一家小客栈落脚。我坐在窗前喝茶。看到一个女人，走过来在门前同游客搭讪，店主似乎很讨厌她，大声呵斥她，这里没生意啦，去别的地方好啦。她难为地笑着，还在不停地拦着游客，自助游吗？要服务吗？我能挑担带路。有人不耐烦地拨拉她一下，她一闪身摔倒了，爬起来，正好面对我的窗口，我看到她脸上的悲戚，就像上苍的雨和雪。这是个中年女人，个子不高，风吹日晒的脸面，粗壮的手脚，一看就知道是个干体力活的人。她看我在看她，就对我笑笑说，去哪里玩来？

我说听声音你是湖南那边的？她点头。我说去看瀑布啦。哪个？我告诉她。她说有个野瀑布来，好多人去看，都说好看呢。我一听有没开发的野瀑布，来了兴致。远吗？在湖南那边。我一听湖南那边，有点泄气。因为我打算回茨坪。她看出我的心思，你这里离垭口不远的，过了垭口不远就看到了。店主又来撵她。我说让她进来同我一块儿喝杯茶吧。店主瞪圆了眼睛，这种人？他摇摇头走了。女人很拘束地坐在我对面。她双手捧起茶杯啜了口茶，流了泪，无声的泪沿着脸颊湿了胸前。我说你不要在意店主的话，做什么都不容易的。

她摇摇头，习惯了，不是的，我想我的儿子活着有你这么高了。她开始讲她是从湖南嫁到江西的，男人起初是种地的，后来跟人家跑长途货运，路上出车祸死了。她和儿子、老婆婆住在山里，儿子生病发高烧，山里交通不方便，来不及医治就死了，老婆婆一股火瞎了眼。她的身体也不好了。年轻时是在山里给人挑脚的。挑一百斤的竹笋，一气走三四十里的山路。男人就是相中了她这身力气。现在不行了，从儿子死了就衰了，挑不了担了。她就给自助游的游客，带路，背行李。去看野景点，要走小路的，没有山里人带着会迷路的。她坐在我面前絮絮地唠叨，手握着茶杯，始终一副取暖的样子。她一定是很久没有诉说对象了，目光里有了感激。她开始喝凉下来的茶。我说再沏一杯热茶？她摇摇头说不要了，去看野瀑布要起早的。你早些歇着吧。明天我来叫你。

晚饭我请店主煮了一碗鹿骨膏汤喝。这几天体力消耗很大。鹿骨膏汤同晚饭一起上来。老板娘笑吟吟地说这东西还给你喽。我接过布袋子觉得轻了不少，拿出一看，少了三分之一。我说一碗汤用得了那么多吗？她瞪了眼睛，怎么样？提起喉咙喊你可不要无理取闹哟！店老板闻声过来，不容我说话，他指着我说可不能乱说哟，坏我们店的名声，还从来没有人在这里丢过东西，有一个长沙人钱包落在这里都给送回去了，你那黑不溜秋的东西，还怕有毒来。我不由笑起来，你也没问我怎么回事，上来就说黑不溜秋的东西，此地无银三百两吧？他张口结舌，脸涨成猪肝色。我摆摆手，我没别的意思，想尝尝可以开口管我要嘛，算了算了，就当什么事也没发生。你们忙吧。

第二天早晨天还黑着，女人就来敲门把我叫醒了。她说怕我睡过头，她已经吃过早饭，叫我快收拾，抓紧吃饭，她在外面等着。天刚放亮我们就出发了。走的是未开发的山野小路，我好像又进入寻地的探险之路。为了赶时间走得很快。从井冈山往衡山方向走，迎面来了一帮湖南小青年，女人说土语，叽叽呱呱地同他们说了一阵。我听不懂。他们走过去，女人用普通话说从衡山那边过来的，来江西看瀑布的。我问他们垭口那边的野瀑布水怎么样，有些日子没去那边了。他们不知道。我看你是不大喜欢随大流的。女人虽说身体差了，毕竟山里人，她竟走得飞快，我要以急行军似的速度跟上她。我背着双肩包，她帮我提着吃的喝的。中途歇了一次脚，喝几口矿泉水。

走路时，女人从不说话，只是汗流满面地引路，遇到陡坡或仄地提个醒。阳光越来越强烈，我有一种奇异的感觉，阳光遮蔽着的山隙植物中，好似有许多眼睛惊奇地看着默默行走的两个人，脚步匆匆，目不斜视，汗珠不断滴落。就连风也藏在某个地方窥视着。我们的脚步声使周围如此宁静，心平气和。现在我的心里只装着野瀑布，想象着这个野瀑布与别处的有什么不同。低着头紧跟着路导疾步快行。风终于按捺不住，从天空带着暴风雨要来的雷鸣，轰面扑来。要变天了吗？

我停下，看到太阳在头上。女人回过头来，前面就是了，听到水声了吧？

我看表，中午十一点半，我站到了一座险峻的山崖前。一条三米左右宽的瀑布，仿如从天上直落崖底深潭。潭水溢满翻滚着，汩汩有声从一侧流走。我问女人，这水从哪里来，流到哪里去？女人摇摇头说，要不怎么是野瀑布呢？我想可不是，它从想来处来，想去处去，潇潇洒洒，自由自在。它保留着天然野性，不沾尘埃。它就像童年那个声音对我说的雪的宝贝一样，使我感受到了洁净的愉悦。我面朝瀑布，闭上眼，深深吸气，水雾扑到脸上，脑子里一片清凉。我蹲下来，撩潭里的水，洗手洗脸。我真想跳进去洗个澡。我招呼呆坐在远处的女人，你也过来洗洗手和脸，吃午饭吧。

她过来铺开一次性的餐布。这里潮吧？我说就是来看野瀑布嘛。她把塑料袋里的黄瓜、煮鸡蛋、火腿肠、鸡汤熏制的豆腐卷、五香花生米、榨菜丝、黑面包、矿泉水摆在餐布上。我欣赏着野瀑布演奏的交响乐用餐，胃口大开。我想起以前同古言去云南观虎跳峡，看到翻腾的急流，我甩掉外套嗖地跳了下去。惊得他和同行者大叫，以为我失足落水。他们在岸上呼叫着追着我到下游，我湿淋淋地爬上岸，嘲笑他们胆小。古言很严肃地说不能拿生命开玩笑。古言感觉到，在我身上就像有一种周期性精神痼疾又发作了。后来古言说我往下跳的样子，就像一粒小石子，坠入汹涌咆哮的激流中，是粉身碎骨的惊骇。为此我惭愧不已。古言身上有一种清静理性的品质，他能够熄灭我心里的火气。如果古言在这里就好了。他会比我更清楚地告诉我，我为什么听说是野瀑布，就毫不犹豫地跑来。而且我竟同这个萍水相逢的陌生女人，唠叨起我的童年、我的父亲。也许是说给这条野瀑布听的。女人虔诚地吃着她那份午餐，安静地听着。就如这条野瀑布一样，不动声色。她很珍惜这个工作机会，她为此快活。因为这一天的生活有了着落。她说这么多面包吃不了会坏的，我能不能给我的瞎眼婆婆带回去。我说行。她就像小鸟啜食似的，在自己手里的面包上又啜了两口，就小心地包起来。

我突然对着野瀑布像狼嚎一样扯开喉咙。女人吃惊得忘记了咀嚼，瞪圆眼睛，像一尊石塑。我说我恨所谓父亲的那个男人。她哦了一下，又开始咀嚼，咽下去，伸长脖子说不是失恋就好，失恋的想不开就寻死觅活，跳涯跳水吃耗子药的，城里是跳楼动刀子吧？当爹的没藏小三，不吃摇头丸，娘死爹嫁人还是不赖的。人穷气不顺，饭都吃不上还穷讲究个啥？我一下子噎在那里，还从没有人对我这么讲话。她见我不言语，又说穷有错吗？穷没办法，日子得过，男人要女人，女人要男人，男人女人算个囫囵家啊。你别扣死犄角了，天黑前要赶回住的地方，现在该动身了。这野瀑布就这么大地方，我就不明白你们城里人跋山涉水的图个什么，我都看腻了。她收拾起吃的东西，放到她的背包里，站在那里看着我。我坐在石礅上，又看了一会儿野瀑布，它奔腾跳跃的姿态，它自由的歌声，它不顾一切地夺路向前，它让我感动的是它的永无止歇的激情。那些倒木乱石，坑坑洼洼，被它覆盖，进入视野的总是活力喷发的奔流。再见！我对这条野瀑布说。

我们往回走，瀑布的流淌声，好像在身后娓娓相随。渐渐弱下去，然后被深山的鸟鸣和林中的各种植物的低语吟唱所代替。回路似乎比来时觉得快。路上我们还是没有话，闷头走，就像做得烂熟的导游，完成了此行的任务，便心不在焉，只求快快结束行程，拿到佣金走人。好像眨眼工夫就到了来时经过的垭口，我说等等，方便一下，怎么也得给湖南留点纪念。我对着湖南边界的山岩滋了一泡尿。然后过垭口。

小孩子把戏，你不乏吗？过了垭口，女人哈哈大笑一阵说话了。我说想赶到茨坪。她说不要赶夜路了，还是找住处，明天起早走安全。天黑时我们走进一户房子宽敞的人家。女人说路边的大房子，常收留散客，提供饮食，只是简单些。我们一同吃了晚饭。女人说行程结束了，按规矩这顿晚饭她要自己承担的。我说这一路挺顺的，走小路节约了时间，算满意奖。女人说你这人办事挺真诚的，前程无量，遇险化夷，逢凶化吉，万顺万顺。我说你这是拜年呢。女人说真的吗，笑了起来。又扯了些闲话，她才走。她说到她的梦，多赚些钱，盖所大房子，瞎眼婆婆过世，找个疼她的男人，不要这么操劳了，安静地过小日子。我为她的梦想多付了点小费。她没有显出高兴，而是在手里掂了掂，我们事先讲好的，是多少就多少。她把多出的还给我。还说你这样会惯坏我的。我说诚心给你，拿着吧。

我不要施舍，不能破坏规矩，你已经多管了我一顿饭，给了那些面包香肠，够好的了。我的确需要钱，赚我工作该赚的钱。我惭愧不已，小看她了。我坚持送她出门，她很承情地笑笑。到了门前的路口，她说请回吧。女人迈出的脚又收住了，回转身，迟疑了一下说，别怪我多嘴，我看你是个好人，父亲究竟是父亲，有时间看看他吧，穷人真是没办法呀。女人消失在黑夜的山路上。

我变得烦躁不安，胸中又填满了愤怒。他算什么父亲，他给过我童年吗？

给过我快乐吗？我不想再看到他。我在房前绕起圈子，我知道即使回到房间也无法入睡。我必须让我的愤怒在夜空中消散。让入夜变凉的山风浸透我，直到冷静下来。路上还有一些迟归的游客，三三两两走过来，停下来或走过去。渐渐路上静下来，夜深了，我找一块大石头坐下来，瞪着我过夜的房子，那里灯火通明，不止我一个游客在这里歇脚。山里人家只要有游客到的地方，就是客栈。窗子还亮着灯光，人影晃动，时而传出说笑声。他们多半要闹到后半夜才静下来。我想不明白他们干吗非要找一帮人出来游逛，弄得跟酒会宴席一样吵闹。我一向认为凭心情，独自旅行才是旅行。路线自己定，没有约束，把本真的自己交给山山水水，就像一个婴孩在母亲的怀里。可以任意啼哭，吐露烦恼，然后获得安抚，平静下来。在我失去母亲后，我就这样做了。山水异地是我愤懑烦扰的灵丹妙药。我的心绪平和了，面对一个陌生人，毫无保留地打开我的心结，就像江河发了一次洪水，现在回到槽里，开始歌唱着去赶海了。

电话叫起来了。木瓜打来的。木瓜兴高采烈的声音，带着一点酒晕传过来，他说闻哥好消息，在古溪发现了一块好地，你快回来敲定一下吧。百分之百。我跳起来仰天吼了一嗓子，土地，一片属于我的土地，是多么让人快乐啊！我想我能睡个沉实的好觉了。

28 宝蓝的海滩伞

太阳升起的时候，我从海水里疲乏地爬上岸，仰躺在沙滩上，阳光暖暖地裹着我昏昏沉沉地睡去。也许我并没有睡着，主要是我感觉上是睡去了。因为我发觉我眼睛一阵刺痛，有泪水流出来。沙滩上散落着被潮汐带上岸的小贝壳，一闪一闪的，醒目耀眼。它回不到大海里去了，它被潮汐遗忘在沙滩上，它不小心睡去了。它醒不过来了。我盯着它们看。就像在看自己的尸体。阳光太强烈了。我闭上眼睛，泪水滂沱。有一个月了吧，总编没有来电话，应该是丢掉幻想的时候了。只是我很牵挂那个地方。我在那里相逢夏晔，偶遇唐闻禾。我开始打算和夏晔结婚，然后把姑姑接来，似乎岁月会由此静好下去。不幸的是桃出现了，桃出现了！我没有告诉唐闻禾桃的事。我飞来海南的初衷，当见到唐闻禾时就觉得荒唐了。唐闻禾的心思都在土地上，雄心勃勃得像头猛牛。他那宏大的土地梦震慑了我，以至于我自己也弄不懂我为什么匆匆来到这里。我觉得惰性开始跳出来袒护我，太累了，休息一段时间再说。满眼的海韵椰风，阳光沙滩，彩虹般的遮阳伞，懒洋洋的沙滩椅，装饰着窈窕身材的比基尼，人们好像都很快活，我却怎么也提不起精神来。

我听到沙滩上多了嘈杂的人声，翻身坐起来。好像是有旅游团过来了。一个小女孩在我的旁边捡贝壳，抬头冲我笑笑。我跳起来，扑到海水里，海浪扑在身上的凉爽快意，刺激了我的神经，我使劲挥动起胳膊，用我最擅长的侧泳蛙泳，与海同舞。喂喂，你想喂鲨鱼呀？有一只手推了我一下，然后涌来的排浪把我推到一个女人身上，女人没有尖叫，我连说对不起。快艇驰过掀起的巨浪，猝不及防，差点蛙出警戒线。我没有听到回音，女人没有动。我的脸紧紧贴着宝蓝色的比基尼泳装里肥硕的双乳。我立刻直起身，竟站起来了，原来海浪就像抛小贝壳一样，已经把我抛到浅水区。现在我和女人面对面。她半仰躺着，我俯视着她。女人被海水润泽的脸上闪耀着红铜的光，那双生着弯曲长睫毛的眼睛，像拿不准什么主意似的眯缝着，挂在上面的小水珠随着颤动滑落下来。我怔在那里，几乎变成了石柱。

老箪！不会是你吧？我往后退了一下。这声音耳熟得叫我发晕。桃？桃一跃而起，溅起的水花险些把我扑倒。你的眼神怎么同见到鬼似的？难道在这里相遇你不觉得三生有幸吗？在这如此迷人的大东海，不期而遇你的未婚妻，你不觉得很浪漫吗？我苦笑。桃说，得了，别一见面就同斗鸡眼似的，刚才没吓着你吧？听说前几天在警戒线二海里外发现一条鲨鱼。走，去晒晒太阳吧？你的脸好苍白。我木然随其后，心情沮丧到极点。命运真会跟我开玩笑，桃是上天派来惩治我的无意之举吗？我的脑子里不知为什么突然闪过梅里美的《伊勒的维纳斯神像》，这个故事荒诞而又使人心惊肉跳。桃看着我，我真想撒脚跑开。你的气色不大好，海南这么热的天，你冷吗？她的手抚了我的后背一下，我打了个冷战。同时看到那顶宝蓝色的大遮阳伞。桃指着伞下的双人沙滩躺椅，在这里休息一下吧。我觉得有点饿，腿软。她举起一只巧克力色的方纸盒，来点吃的？我接过来，是一块奶油蛋糕。我两口吃了。喜欢吃？她说，又拿出两盒。我照收吃掉。

她惊异地看着我，然后说从我们见面到目前为止你还没说过一句话。我还没吃早饭。我提起放在小桌上的矿泉水灌了两口。拉过毛巾被蒙头倒下。我很快睡着了。醒来，看到桃斜靠在沙滩椅上看书。她已经穿戴整齐。像个芭比娃娃，她的裸体很美，穿着比基尼挺动人。有时候复杂的衣着反而把人变丑。你睡得真死，呼噜比海浪声还大。看看什么时候了？她伸过手腕给我看表。一股浓郁的薰衣草味钻进鼻孔。我扭过头去，看到海岸上已经冷清了。我说好多天前我就注意到这远离人群的宝蓝色大伞。她说那边人太多太吵了。服务生过来收起伞和沙滩椅。我跟她去了她住的酒店。

从客房的窗子便可以俯瞰大东海。桃叫了送餐。把晚餐摆在阳台的茶座上。夜幕倏忽间垂下来。我喜欢夜晚清新的空气，静下来的世界，朦胧了的视野，让我的想象力活跃起来。桃换了身露背晚装，丝绸的，走路窸窸窣窣的，那股薰衣草味更浓了。在佳肴的伴随下，我有些晕晕乎乎的。我起身靠到围栏处，几百米外的海域闪动着幽光，阵阵涌浪声扑过来。感到脸上潮乎乎的，我深吸一口气，为什么会这样？我的身边不是夏晔而是桃？

很迷人是吧？桃举着两杯红酒站到我身边。我接过酒杯，摇动着，一仰脖喝进去。我想起北方的小阁楼，我想念我的小阁楼，那些个只有键盘敲打的节奏伴随我的长夜。满脑子丰富的想象泉水一样流到指间，流到电脑里，一页页的文字不停地滚动上去，直到叫卖炸甜果子的声音在楼后面的胡同里响起。那是一对老夫妇在卖炸好的甜果子，同加了白矾的空心油条不一样。它是使碱的全麦发面，做成橄榄形，放在东北大豆油里炸过，出锅放在加了桂花的绵白糖中滚过，有一种特别的香甜气。喝一碗豆浆或豆花，吃两颗炸甜果子，挺可口的早餐。他们的摊位在龙沙早市的街北角，一辆脚踏三轮车支在当街，上面置有液化气罐、小铁锅、面案、装豆浆的陶瓷筒、碗筷汤勺。到了散市的时间，他们便骑着三轮车钻胡同叫卖剩余的甜果子。我想念甜果子。你怎么了？不合你的胃口吗？我同桃说起甜果子。她撇嘴，街头小摊有什么留恋的？不是小摊，乡愁你懂吧？她咕哝说真弄不懂你这个酸臭劲儿，屁，吃饱撑的。走，蹦迪去。

我觉得自己晕晕乎乎地到了一个歌厅，那是个模拟夜空的星光月色的歌厅。旋转的灯光制造了水一样的漩涡，人们鱼一样疯狂地在漩涡里转。歌女站在台上，用沙哑的嗓音唱着一首旧上海的歌。靠近舞池，看到舞者的脑袋和手臂断了筋一样地摇摆甩动，扑面一股浓烈的汗馊混合香水的浊气冲进鼻孔，我一阵眩晕，南国的炎热和闭塞狭小的空间，令我窒息，哇地吐出了肚里的红酒。桃准是喝多了。她随着人群摇晃着身子，一边喊，箪，你弯腰给谁鞠躬呢？快过来！我看着她月白的晚装在暗黑的人群里一闪一闪的。我说桃我感到很不舒服，我先回房间去了。我不知道她听到没有。服务生拎着拖布过来，我连忙道歉，快步走出歌厅。胃里空了，脑子清醒多了。我沿着拐来拐去的楼道走到天空下。

夜晚海边的空气多么清爽。我深深吸气吐气，坐在了沙滩上。看着不远处黑幽幽的海水，想着桃现在的样子，是不是同我有关系呢？明天，明天酒醒，我跟她说一起回北方吧。我得去报社看看，我真的放不下《饮食男女》呢。这样一想，觉得好多了，空下的肚子叫东西吃了。我乘电梯回到客房，那些饭菜几乎没动，地上躺着空酒瓶。我抓起面包蘸着果酱狼吞虎咽。把盘子里的培根肉全吃了。然后歪在沙发上看电视《自然传奇》。一部描绘南极帝企鹅的纪录片。春天来了，它们成群结队，步态优雅地走向大海，在洁白的冰山下，开始逐爱，它们交颈，对舞，做爱，简直是冰山脚下的《诗经》，我这么想着睡着了。

醒来，发觉自己在床上，桃睡在我身边，脸上还残留着昨天的浓妆，怪模怪样的。我忙溜下床。阳光穿过落地玻璃窗的白纱帘铺了一地。我努力想着昨夜发生的事情，却怎么也想不起来，只是模糊地看到一座冰山，许多的企鹅……白天将夜晚的情景都粉掉了，我觉得头有点疼。一双手臂从身后缠过来，我激灵一下闪开。怎么我是鬼吗？你那样子！桃不悦的声音。我不敢回头看她，走过去将纱帘拉开，我看到了阳光下明净的大海，沙滩似乎还带着睡意，寂寥无人。桃发了一通火，去洗了澡，换上晨装。我也冲了个澡，穿戴整齐。我们一起去餐厅吃早饭。

早饭间，唐闻禾打来电话，他说我回来了，过来看你，房东说你晚上没回来，没事吧，你？我立刻告诉了他我的位置。回头对桃说我该回北方了，那边的事撂荒了。你能同我一块儿回去吗？桃用奇怪的眼神看我，你不是挺厌倦那个地方吗？有时候厌倦是一种爱和恨的综合，在我远离那一切的时候变成思念了。桃迷惑地看着我。我说一会儿一个朋友要来。要我回房间吗？我的怒火一下子冲上头顶，桃，你怎么回事！随后我知道不该发火。我该对自己发火。我问了一直想问的问题，桃你怎么住在这里？

她搅着咖啡，终于搅得我心烦意乱的时候，幽幽地说你一定要回北方，我考虑一下吧，同你回北方，再开个小铺子。我们出餐厅的时候，唐闻禾风风火火进来了。他说老箪吃早饭了吗？刚吃过了。我还没吃呢，本打算同你一起吃的。我说这里有早餐，咱们过去吃。他注意到桃。我说碰巧遇到老乡。他同桃握手招呼，一块儿再吃点儿，我请客。领情，领情，就是吃不下了，呵呵，你到我们这里来，哪里能让你请？我忙说我请我请，我叫桃一块儿坐坐。桃说你们先聊，我回房间收拾一下东西。

餐厅里人不多了，大都是游客，很快地结束早餐赶去景点，这正合我意，我们可以清静地聊天。他说到徒步旅行的好处，不仅仅是体能锻炼，更重要的是心理治疗。不同的野外风景在内心里唤起的感受，恶劣天气带来的沮丧，意外发现的惊喜，还有旅途劳顿中宁静的夜晚，酣沉的睡眠，然后你又会对生活充满耐心和向往。听着他兴致勃勃地说，我想起史蒂文森的《徒步旅行》，赫兹利特的《论出游》，我读到这两篇美文始知什么叫爱不释手，它带给我许多奇思妙想，我对《饮食男女》专栏的深情，是寄予了很多的幻想。我一边在城里像个私家侦探一样地转，一边幻想着。《饮食男女》包括世界各地、各种人群、各样的生活。我应该比唐闻禾更了解关于孤身旅行的妙处，我想我必须马上回去，我可以向总编建议《饮食男女》可以在内容上调整。这个栏目可以引领一个旅游时代。

我兴奋起来，一推椅子站起来，我得马上回去，我得工作了。唐闻禾说你不留在这里写诗了？不是不写诗，我发觉我的心思一直在《饮食男女》上。唐闻禾说我明白了，就同我寻找土地一样。好吧，我叫公司里的人给你安排一下。我忙说两张机票。你别瞪眼，刚才那位。唐闻禾说当然那是你的私事。我回去第一篇就写你去观野瀑布的事。徒步旅行要点，去寻找，去发现，一些新的东西，天然的美景。唐闻禾就笑，有什么好写的，等我有了自己的土地你来看看吧。那还用说。这么说你真慎重考虑过了。我想我不会改变主意了。他说你打算哪天走？这两天，我也没什么行李。他立刻给公司打电话购两张明后天的机票。他说木瓜在乐东等着我看地，小仁会同你联系。我争取赶回来。他急匆匆地走了。桃下楼来，走了？我一摊手，去沙滩怎么样？

宝蓝色的沙滩伞又在我第一次见到的地方支起来。只是我不再远远地望着它。我和桃躺在沙滩椅上，像一对老情人那样，不加修饰。我终于决定回到那个让我伤心又思念的第二故乡。这个决定使我多日的抑郁一下子散去了。辽阔的大海，那些顶着白花的翡翠色的波浪，我们走向那些波浪，白色的泡沫舔着我们的脚趾。我说警戒线二海里外来了一条迷路的鲨鱼，你敢去那里吗？她笑起来，伸手搂住我的脖子，我告诉你的吧？你就是那条鲨鱼吧？我拥着桃倒在浪花里，远离了人群，像两条水蛇扭绞在一起。我附在她的耳边说你为什么不放过我？她嗷嗷叫着，远处海水浴的人渐渐模糊了，一个大浪把我们裹起来，像两粒花生米裹在壳里，我听到自己声嘶力竭地在叫谁的名字。我知道没人听到我的喊声，海啸的吼声，覆盖了一切。

29 临春河

车窗外的田野、房屋、大沼泽，都罩在一层金色的光里。这些看惯了的景物，今天让我分心伤感。夏晔也蔫巴巴的，我能猜到她在想她的赵桤栋，失踪的未婚夫。只有英奇兴奋得像只等来春天的喜鹊，一刻也不安宁，问东问西的。趴在车窗上，看到外面跑过一只羊、一辆汽车、一个割草的农人，也要叽叽喳喳地欢呼一气。过一会儿又不相信似的问我，我们真的是去爸爸那里吗？爸爸会喜欢我吗？

我的眼前出现唐闻禾挂霜的面孔，英奇惹他不高兴，他就冷冷地看着他，好像对英奇很失望，觉得他辜负了他的期望。当然也会迁怒于我，然后我们开始辩论，争吵，结果总是他摔门而去。英奇吓得大哭起来。英奇担心的是我们见面又要争吵。英奇问我，妈妈是我做得不好，爸爸才跟你吵架，才不回家的吗？我向他保证，不是，是爸爸太累了，心情不好，爸爸想让我们生活得更好。他说什么是更好呢？我想他，看不到他，看到了，你们就吵个没完。这就是更好的生活吗？

我哑口无言。他摇着我，你说嘛！我支吾说这个一句两句说不清楚，以后再说好不好？夏晔揽过他，妈妈累了。我给你讲故事好不好？童话故事吗？安徒生小时候的故事。他小时候是一只丑小鸭，长大后变成了天鹅。怎么变的呢？熬过了冬天，春天到来了，他在一个大湖里，看到自己落到水里的影子，原来是只美丽的天鹅。这算什么故事，太短了。好好，从头讲起。我的确感到很累了，昏沉沉地眯了一会儿。火车进站了，英奇叫着。我看到李公民快步过来，接过行李箱。我说你们到底是赶来了。他笑笑。北北从他身后小步跑过来，把提包也接了过去，李哥借了一辆车，送你们去机场。你看多麻烦，车站附近有机场大巴。李公民没有接我的话，就像我不存在似的，拉着行李箱，牵起英奇的手，朝停车场走去，两人挺亲密地交谈着什么。

北北背着我的包去接夏晔的旅行箱，夏晔说我不老不小的自己来。瑶林姐说你在做导游？嗯，我是社长助理。不带团？李哥都要带团呢。境内团，我可以独自带，境外团李哥带。我们还缺少工作人员，正在物色。北北你挺喜欢你李哥是吧？北北说嗯，大家都喜欢他，他对游客可有耐心啦，可是我捉摸不透他。有时我感觉他还是喜欢我的，可是过不久我就对我的感觉怀疑起来，他的举动语气好像在提醒我，不要想入非非，我们之间只是合作默契的伙伴。我说李公民难得的好人，你也该想想往后的事啦。眼下不是时候。现在旅行社刚开张，多半也顾不上想这个了，赚钱要紧。我们的办公室暂时借的。以后要买写字楼。这次来黑龙江，想要扩展旅游线路，北方游览主题就是原生态的食品，原住民的生活风情，冬天冰雪，夏天消暑，回去要做时段安排，同卜奎的旅行社做了交流，学生的寒暑假应该是旺季。李公民站在车子前喊起来，你们叽咕什么呢？北北应了一声，对我吐舌头，快上车，我们这位老板最讨厌迟到。

这是一辆高底盘越野，李公民扶了我一下，看到他眼中的询问，我说我和北北好久没见了，这丫头成熟了。北北冲我笑一下，抱起英奇坐在副驾驶座位上说，我早就考了驾照了，李哥只准我在市内开，跑长途绝对不行。其实我的车技完全可以胜任。李公民没看她，一副不跟小孩子一般见识的表情。去机场出城区就用了半小时。北北说哈尔滨还算行，要是赶上北京的堵车，那就没个点了。有北北你不会觉着冷清。她总是让空气流动，打开窗子让明亮进来。时间真的不宽裕，进候机大厅就听到去海南的航班准备登机了。在忙乱中，我听到夏晔尖叫一声，桤栋！她面色苍白，扔下手提包向出口走去的人群跑过去。我说你们稍等。我过去拉住她，你怎么啦？马上登机了。她说赵桤栋在那里。哪里？我顺着她手指看过去，一群晃动的背影。她又喊了一声。你看你看他转过身来了。此时出口已经空了，她跑过去张开双臂在空气中扑了个趔趄。我扶住她说你一定是思念太重，眼花了。快走吧。她说咦？我明明看到他转过身还对我笑了一下呢。她满脸疑惑不解地望着此时空下的门口，自己拍拍头，我神经出毛病了？我有点担心她了。据说二十四小时不停地焦虑同一个问题，就会造成精神分裂。我想快点离开这里吧，分散她的注意力。我说你的神经没毛病，你想啊，这么大的世界长得有些相似的人肯定会有的。咱们有一位顾主不是说过你有点山口百惠相吗？她笑了起来，也是啊，世上本无事，庸人自扰之。我们急匆匆登机。李公民跟我告别，好好照顾自己，他看着我的眼睛，我说你也是，北北是个好女孩。他的眼睛暗下去浮上一层水雾，后退着挥挥手。

英奇绷着脸，第一次坐飞机，既新奇又紧张。很快就见到爸爸了吗？很快。他的紧张感马上被兴奋压倒了。夏晔胡乱找些话题扯东扯西，好像她是在做世界各地教育问题分析，英国的，美国的，德国的，日本的，小学生的现状，英奇倒听得津津有味。而我在想，到达海南后，首要的是给英奇马上找一所学校。

我在出发前，已经同唐闻禾通过电话，他说去机场接我们，先到三亚再说。可是他并没有去凤凰机场接我们，接机的是公司总裁助理木瓜和办公室的一位职员。木瓜我熟悉。木瓜介绍另一位说小仁，来半年了。闻总在乐东山里，小仁小心翼翼地说，下雨了，山路不好走，容易出危险，等天晴了，闻总就会过三亚这边来了。我心想还是不诚心，可以早几天下山来嘛。他给英奇打电话，说很抱歉，他在山里，用他的推土机给一位黎族老爹推宅基地，赶上落雨了。他赶不到机场了。英奇把电话给我，我说你就忙吧。他说是真的离不开，一家人弄虚的多没意思。冷冷清清的有意思。他说好好说话，我不想吵架，我真的很想你们。我狠狠哼了一声，把电话挂了。

我看到小仁有点紧张地看着我，木瓜什么也没听到似的搬着行李。我大声说海南的空气好香。脸上感到湿润清爽极了。小仁笑了，是啊是啊，椰风海韵养人呢。夏晔仰着脸，海南的风吹去了她脸上的恍惚，她感动了似的，把手伸向天空，真好哇！两行泪滚下脸颊。我给她纸巾，她有些羞涩地捂住脸。我舒口气。英奇已经同小仁热乎起来。小仁一张娃娃脸，一笑还有俩酒窝，同个孩子似的。木瓜说他才十九岁。英奇叫他小哥哥。我说这一下英奇不闷了。英奇拉着小仁坐前面，他要看风景。小仁一样一样地告诉他路旁植物的名字。高大的椰树使英奇很兴奋，嘴里嗷嗷惊呼。小仁就笑，新鲜吧，椰汁好喝着呢。木瓜在一个卖水果的摊子前停车，买了三个削好的插着吸管的椰子给我们。甜甜的椰汁去了躁气。

我们到达白鹭公寓时，已经是晚饭时分了。吃过晚饭就天黑了。木瓜说让小仁在这里住两天，陪我们熟悉一下环境，他先回公司那边，有事再联系。送走了木瓜，小仁说这里的阳台上也能看到附近的好景，就像，就像天堂一样。我们笑起来。他急了，真的，哄你是小狗。英奇在一边学狗叫。他们嘻嘻哈哈在屋子里追逐起来。我去阳台欣赏小仁的天堂。

这所公寓坐西朝东。阳台面对临春河。河东是连绵的山。夜晚灯光亮起来的时候，的确是有心醉神迷之感。从凉台上可以看到两座长长的东西跨河桥，灯彩醒目，像两条宝气闪烁的彩链浮在幽暗的河面上。右边是一条通向河中小岛花园的拱形步行木桥。左边是一条连接公路的直桥，这座桥经过一座造型独特的建筑美丽之冠。夜空下它发出优雅的淡蓝色的光，像一条华贵的抹胸晚礼服，高高地穿在一个隐形的美人身上。长桥下如墨的河水中，映出它优雅的影子。长桥上车如梭，车灯连成一条光的河流，明灭闪烁，令人恍如置身科幻世界。我招呼夏晔他们也过来看看。英奇哇一声，指着美丽之冠说，那里好像是外星人的飞碟。小仁说那里做过世界小姐选美赛场。偶尔的也举行音乐会什么的。此时空中飘荡起婉转的歌声，仿佛就在前面不远的地方。

夏晔说现在就在举行音乐会吧，你听听。小仁就笑，你再听听，这嗓子能进美丽之冠吗？那是河对岸的树林里，聚着一群人唱卡拉OK呢。夏晔说听着很不错呢，这里的人挺浪漫嘛。什么呀，都是外地来的，在这里寻梦，搞开发。多数像我一样打工的。我还去凑热闹了呢，我生来五音不全，扫人家兴，就不去了。我说小仁你这么小就出来打工，你妈妈舍得？我念不了书，一上课就头疼，高中没念完。我不是读书的料，妈妈就叫我去学理发。过去卜奎有个东风理发馆，我姥姥是那里最早的理发师，还是有名的劳动模范呢。我妈接了姥姥的班，也成了有名的理发师，大领导大名人公众人物都愿意找她理发，生意老好了。她让我先去理发学校学习。整天对着一个塑料头剪啊剪的，剪得要疯掉了。我跟我妈说宁可扫大街也不摆弄脑袋啦。这回我妈要疯掉了。你说也巧，木瓜的姨住在卜奎，常找我妈剪头。有一次她去剪头，闲聊，聊到外甥在海南做事，最近说公司要增两个人手，这两天就回来招人，还问我妈能不能推荐两个知根知底的。工作嘛，很简单，在办公室打杂协助接待客户。总之是一个跑跑跶跶的差事吧。我妈一听立刻动心了。回头跟我说了这事，还说你在家这副样子我领教够了。眼不见为净。自个儿出去闯吧。人家她外甥靠自个儿都做到总裁助理了。你去跟人家学学。我就这么学来了。

夏晔说故事编得不赖嘛。小仁急了，真的。不信你去问木瓜哥。我说她逗你玩呢。你在这里觉得怎么样？开心，当然开心啦。我不回去了，将来把我妈也接来，这地方养老才好呢。是啊，这地方空气都是香的。小仁抽了抽鼻子，晚上的空气也是香的，咱们那里到了晚上就低气压，到处是烧烤东西的烟霾，没法儿出屋。你们今天旅途劳累了，要不要去海里泡泡？很舒服的。英奇过来抱住他的胳膊，小仁哥，她们女人总是喊累啦，我不累，你开车带我去兜风吧。小仁忸怩地说我现在刚学开车，还没考驾照呢。那要等木瓜哥来。木瓜哥给我两项用业余时间必须尽快完成的学习任务，一是掌握文书那一套电脑办公技能，现在没问题了。第二个就是学开车啦。我估计再有一个月，驾照怎么也拿到手了。那时我就能带英奇兜风啦。夏晔说这回学习不头疼了？学的内容不一样啊。在学校里整天坐着演题，都成机器人了。再说我想留在海南，心情愉快，怎么会头痛呢？我说你妈妈听到你这么用功一定很高兴。当然啦，她现在给木瓜他姨理发不要钱了。你不知道，起初木瓜不想要我的，他要有学历的，会电脑办公的，会开车的，我一样也不行，还是他姨硬逼着他带我来的。他姨说木瓜，小仁就同我的儿子一样，你教他不就得了。我说小仁好好干，你会不断进步的。英奇来一句实践出真知嘛。两人又开始斗嘴打趣。怎么看小仁还是个孩子。

第一个夜晚，我只打了一个盹儿似的，早早就起床了。英奇和小仁他们却睡得香。我走到阳台上，面对着临春河，坐到放在那里的一把粗木摇椅上。在清晨浅灰色的光线中，突然像飘起雪花一样，有许多的白点儿飘在了空中，很快地轻盈地落入岸边的一片树林上。树林上便出现了许多白点儿，像开满了白梨花。临春河没有一丝波纹，只有天空和树木的倒影。那些倒影比实物美了许多，它更像是临春河的记忆。临春河是海水倒灌进来的河，随着潮涨潮落。河中的浅滩上生长着茂密的红树林，有许多的白鹭鸟在这里栖息。我看到的白雪花，就是白鹭鸟。这就是天亮的序幕吧。然后一切进入寂静。临春河对面的临春山，隐在青黛的雾障里，不经意间玫红的朝霞一下子从山凹处抖出铺开。然后朝阳带着笑声从霞云里跳出来。它就像梦一样。我听到肖邦的潮汐曲从心底涌来，我就像坐在一条船上，有一种摇晃的眩晕感。

临春河变得清晰，白鹭鸟从它隐身的地方飞到水面上，开始它们的早餐。朝阳温和的光使每一处林丛和浅滩亮丽起来。我做了几次深呼吸，仿佛从颠簸的船上回到陆地。我想我会很快熟悉这里，有许多事情要做，首先要给英奇找所学校。我要同唐闻禾好好谈谈，他从山上回来，一定不要争吵。夏晔从她的房间里出来盯着眼前崭新的早晨，用了一篮子的惊叹号。然后自己喊号子做广播操。直到楼上的窗子打开说请你们安静一下好不好？小仁也被夏晔的号子声吵醒了。英奇还赖在被窝里，声音追着小仁说，告诉那些女人小声点儿，我还没睡醒呢。小仁来到凉台上，这里的人们都习惯晚睡晚起，气候的关系。闻哥在这里时，也是按着老习惯每天早早就起床，坐在你坐的这张摇椅上看河滩上的红树林，等太阳出来。我心里动了一下，从摇椅上站起来。走到阳台前面，临春河绵长的身形，负载了那么多的美妙展现在眼前，我好像已经感受到海韵椰风的祝福。英奇在床上喊，妈妈你在哪里？我饿——啦！

30 懊恼

我告诉古言我去看野瀑布的事。古言说心情又糟了，是不是？你呀，不是纯粹的商人，骨子里钟情一种浪漫的优雅的东西。有时会用想象中的现实代替事实中的现实。确实，有时候我会为某种情调打动，我在北京开文化酒吧，想有这样一片空间，酒吧文化聚谈。聚起历史和当代的文化头脑，古代的头脑，未来的头脑，现实的头脑，也许有点堂吉诃德，可是在那个时期我会不由自主沉醉其中，沉醉在想象的生活里。我喜欢不同的生活，一直奔跑，寻找我梦想中的美好生活。它仿佛总是在我前边，有时似乎很近了，跑过去，它又退到天边去了。古言说你的童年没有安全感，你蔑视你父亲。你的原动力，使你恐惧，你期许的未来宏伟气氛诱惑着你，那里或许能拯救你痛苦的灵魂。可是未来不就是现在决定的吗？原动力？未来和现在？当然，有道理。现实是酒吧开得并不顺利，开始还不错，后来也许是我厌倦了那些很艺术的空话，以及混熟了的欠条。我兑掉了酒吧。我不知这是不是中转站。总之又一次失败的记录。古言说，不是失败，是实验期结束。已近不惑之年啦。你儿子上学了吧？我说是啊，真快，儿子需要我，我也需要儿子。我得给他一个安稳的家。古言说，是这样，他是你的未来，给他一个安稳的家。我现在在寻地，明天要去一个叫古溪的村子看地。

古溪！一定是青山绿水的地方吧？溪水清澈，涓涓有声。小时候的事记忆不多。有一件事倒常常记起，就是外婆牵着我的手去种地。那个时候嫩江黄沙滩一带有荒地，外婆开出三四分地，种豆角、茄子、秋白菜。蓝天白云，碧玉似的江水和菜园，在我走过半生的记忆里常常浮现出这幅画面，就像读一卷《围炉夜话》。我说我也有相类似的记忆，它是我幼时唯一的亮色。我们都是土地的子孙，对不对？没错，我们都离不开土地。希望你此番寻地顺利。借你吉言。

这一夜我的睡眠格外沉实。早晨醒来，就想着木瓜说的古溪村。我记得地质老爹也说过古溪村有地，他们说的是一处吧。古溪这个名字听着就有愉悦感。这之前因为看地惹的气，都为这向往即将到来的涧溪流淌冲洗去了。我的确不是纯粹的商人，内心被想象鼓荡着，驱车赶往乐东。

我告诉老箪我不能去送他了，请公司的小仁全权代办。或许是老箪终于决定下来，精神上感到了轻松。他又开始说笑。他是说桃同他一起走，还是说结婚，说没说同谁结婚，他的话在我记忆里是一本糊涂账。我的心思都放在土地上。他后来的古怪行为在我这里是无从考证了。小仁给他送机票，回头给我打电话，说他满眼红血丝，好像一夜没睡，不让去送他。我说有美女陪着他，不送就不送吧。那时，我和木瓜已经到了乐东富国镇。给镇领导都点上了烟。镇长说没错，副镇长高兰有一块好地，在古溪。镇长派人找来了副镇长高兰。

高兰戴一顶大草帽，矮壮的身子，肥大的家织布夏衫，赤脚塑料凉鞋，从外面热火火地进来，粗犷得很，乍一看像个老哥，摘下帽子，握手说话，才知道是条女汉子。她说话简单直接。买地的，是吧？镇长介绍说，这是大陆那边来的闻老总，地质老爹的朋友。地质老爹的朋友，好说好说，坐坐。有块好地，没错，谁买谁发财。木瓜又散了一圈烟。高兰吸烟，烟瘾不轻，一支接一支。她吐着烟圈儿对屋里人说喂喂谁去叫牡丹来，牡丹来了，就去看地。她的目光很快扫了一遍屋子里的人。有个中年汉子应着我去吧。他出去，我便听到摩托车吼叫一声便静下来。我已经熟悉了这里人骑摩托的猛劲儿，不是骑，而是像鸟儿一样飞。不过此时倒合了我的心意，他很快就能带那个叫牡丹的人来，就可以看地去了。高兰说快晌午了，在这里吃个便饭吧。我这才看表，中午十一点了。我说我请客。请镇长、屋子里的人一块儿赏光。我们去了镇上的连利善酒店，这个酒店是广东人开的。高兰一路打了一通电话，到了酒店，由开始的正副镇长、镇上的正副书记增加至正副村长村民小组，一落座十八个人。我和木瓜殷勤地征询他们喜欢吃什么，有无忌口，把菜单举到他们面前。

高兰一摆手，客气什么，工作餐，随便一点儿，若不这样，她接过菜单，每个人都点一份想吃的菜。她把菜单往书记镇长面前递，书记说随便随便，一个工作餐。镇长也说你看着来嘛。她说那我可就不客气啦，点啥你们就吃啥。一人一份红烧鲨鱼翅。我心里咯噔一下颓坐在椅子上，对木瓜说招呼着点儿。木瓜咧咧嘴，还用招呼？高兰说都别谦让了，都点一个。好家伙，他们不论盘碗，而是要盆菜，这个说来一盆水煮酸菜鱼，那个说一盆煮羊排，很快桌子上摞满大盆菜。他们叽叽呱呱地用土话交谈，不停地举杯，像是举行什么酒会，空的白酒瓶子啤酒瓶子在地上排着队。我礼节性地给他们斟了一圈酒，要了一壶苦丁茶，沏得刚着色，枯坐一旁，慢慢地小口品着苦茶，耗着时间。

高兰只喝白酒，终于喝得差不多了。回头对我说，你放心，这地是难得的好地，你去看看就知道了。这才想到牡丹怎么还不来？都过了大半午，接着该吃晚饭了。镇长说不是在镇办公室候着吧？高兰说，走，看看去。一顿午餐这才散了。牡丹没在办公室。高兰找了辆摩托亲自去了。天擦黑的时候，来了一帮人。先前高兰派去找人的中年汉子摇摇晃晃进门，喷着满嘴酒气，闻总让你久等了，我去的时候赶上出殡的，红白喜事的酒能不喝吗？那是一定要喝的，这是对活人的安慰，对死者的尊重，能不喝点吗？他勾起大拇指和食指，比画着酒杯状，凑着噘起的唇，发出吸溜的声音。

高兰厌恶地把他拨拉到一边去，把一个小伙子推到我面前，过来牡丹见见闻总，他是地质老爹的小朋友。一个小伙子叫牡丹，令我感到意外。高兰呵呵笑，闻总奇怪了吧？叫了个大陆人女孩子的名字是吧？他妈生他的时候看到山牡丹开花了，就叫了牡丹。后来我从地质老爹山寨那里看到他们认定的牡丹花，完全同我们通常说的倾国倾城的牡丹花不一样。这是一种有点像一品红的野花。高有两米，叶片肥大，单瓣花，花瓣也大，大红色，五瓣大张开，像只阔大的手掌，没有一点曲线，倒真有点阳刚气。该叫男人花才好，不知哪位先人就叫了红牡丹。海南的雨林里真是充满了奇花异草。高兰说牡丹各处去采药，路熟，让他带你去看地。那块地也有他的一份。牡丹说那块地，在白偭公岭的对面。有广东人问过的，没成。是地不好吧？不是，那块地挨着骨头岭，岭上是乱坟岗子，外来的人死了，就往那岭上一扔，也不埋。附近有村子吗？有的，山下就是岭骨村，不大，四十来户。高兰说我们这里的住户分散，像地质老爹那样一家人住在深山里的不少。牡丹望望窗外，明天去吧。

这时从外面进来一位五十多岁的男人。倒剪着手，挺胸腆肚，拉着长声说，嚯，这么多人呢，有好事了吧？高兰堆起满脸媚笑，地质老爹的朋友来看地的。闻总，这是我们镇的人大主任。后来我私下里一直叫他“懊恼”。他握住我的手说看地呀，“懊恼”了哇。他的意思是看地得喝酒哇。高兰插嘴说中午工作餐没找到你，晚上补，晚上补。他黏湿的手使劲捏了我一下松开，闻总啊，那我就不客气了啊。

木瓜在一边冲我挤眼，我没有完全弄清他的意思。让我拒绝？这样的人物能拒绝吗？中午木瓜结完账，把我拽到一边说气死人了，老板说我们拿了十条红塔山，我只要了一条，分到两张桌上抽嘛。老板拿来记账给我看，也不知谁要的。老板说讲信誉嘛，我蒙你，下次你还能来吗？酒店要的是回头客，我也不能白搭这东西嘛，那我就不开酒店做慈善去了。我只好劝木瓜，别生气，现在办事，不花几个能成吗？这叫宰人，哪叫办事！我说算了，下次多长几个心眼，摆到明处。我就是看中木瓜的做事仔细认真，把公司当日子过。其实我心里也挺生气的，不过要办成一件事，该付出的不该付出的都要付出，不然哪来的经验？我说高兰镇长，晚餐要几人桌？

她看着懊恼。懊恼说你说你说，我听安排。高兰说一桌吧。我叫木瓜先去连利善那边安排一下。木瓜说还是连利善那家？高兰说就那家，主任最喜欢那家的凤爪。我说晚餐就听高副镇长的。牡丹等到静下来跟我说，闻总今天是天晚了，明天再说看地的事吧？还得找古溪水筒队的队长、乾言组的组长，要一同去的。高兰说明天再找，吃了饭再走吧。牡丹有些迟疑，老妈妈做好了饭等我呢。高兰说等我同你妈妈说，这是工作。牡丹看看我，我说在一块儿熟悉一下。牡丹便到一边静静坐下。高兰用土语同懊恼、镇长叽叽呱呱聊天。他们都吸烟，弄得屋里烟雾缭绕，不时因爆笑呛咳。我看到牡丹朝外面走，跟了过去。他对我笑笑。指着一块石头说这里坐一下，屋里闷。我同他坐下来。你不吃烟？他摇摇头。我说烟和酒同我没缘。他无声地笑了，我不喜欢烟和酒。问他多大？他说二十四岁了。我说读书了吧？他说海南林业大学，已经结业了。让我猜猜你做什么工作？他说没什么好猜的，老爹爹去了广东，广东原来在这里做事的老板带他走的。他在那里做厨子，我们不喜欢吃的土菜，在那里很受欢迎，白水煮鸡煮鱼什么的，他们叫原滋原味，绿色空间，饭店的名字叫“黎家小厨”。老妈妈不去，这里清静。妹妹中学毕业就与同学去了海口，她喜欢在那里工作。做什么呢？能做什么，按摩师。我还没想好做的事。靠山吃山，这里野生药材多，就常去山上转悠采些药材卖。我们很多人不愿意在这里了，你怎么从我们想去的大陆来这里？

我吗，我还真不知道如何恰当回答他了。也许是命运驱使吧。我喜欢看到小树变成一片林海，种子在地里发芽，开花结果。果实摆在世界各地的餐桌上。这是我现在最想做的事。一丝嘲弄的笑从牡丹的嘴角迅速扯动得整个脸生动起来，他哧哧地说我原以为简单浪漫只是好做梦的初中生高中生的事，像我妹妹那样的，你都是闻总了，怎么还会让没有的东西感动。这可不是件容易的事。我心想老成真是不分年龄的。我从周劳德那里已经领教了不容易。周劳德？就是林业局的副总监理老周吗？你认识？他给我们讲过几堂课，往大陆捣鼓药材，娶了黎家阿妹。他的语气不爽，刚刚还阳光明媚的脸，忽地乌云密布，就要下雨了。牡丹哪儿不舒服吗？他激灵一下，摇摇头，看着我，脸上的肌肉慢慢放松了，叹口气说不是。明天看地你要仔细看清土地证。你是地质老爹的朋友，我才提醒你。地质老爹是个好人，我是跟地质老妈妈学的采药。

木瓜来电话招呼我们过饭店那边吃饭。牡丹进屋把高兰他们叫出来。于是摩托车轰响一片，它使懒散的小镇有了紧张气氛。平时镇上人很少，走过那些巷子，偶尔会看到谁家门前支着麻将桌，围一圈人影子，静悄悄，慢吞吞，搓麻将。牡丹似乎与他们不同。不屑于他们的日子。他骑着摩托从我的别克旁边飞驰过去。坐在我车里的镇长说这毛头害了降头样的。高兰笑，没的人给他下降头，他相好的跟那个周监理跑了。你们说周劳德？你们认识？认识。好人。心下这才明白牡丹心事重重和阴阳怪气的样子。

酒店门口只停着一台覆满尘土的北京吉普。这里不是旅游区，多半是路过打尖或来这里办事的人吃饭。木瓜事先点好了菜，我们进去正在上菜。木瓜解释说为节约时间，还要赶回三亚。大家坐下来菜便齐了。一杯酒下肚，懊恼说哎哟，忽视了，还有个朋友。他掏出手机打了一通。摩托车声很快响到门口，随后飘进来三个美艳女子，都在二十出头左右。我们的桌子已经坐不下。牡丹起身说他吃好了，先回去，老妈妈还在等他。高兰说你什么时候断奶呀？他在大家哄笑声中出去了。高兰追了一句，明天看地呢。

懊恼看着我说另开一间吧。我叫木瓜在我们隔壁开了一个包间。过一会儿懊恼说去隔壁敬杯酒，抬屁股走了。高兰说闻总你真不会喝酒哇？她冲隔壁努努嘴，他提的酒还没人不喝的。不好意思，我真的滴酒不沾。木瓜全权代表了。

闻总你让他觉得没面子了。高兰意味深长地拖着长音。木瓜站起来给高兰满上酒，闻总天生就不会喝酒，酒精过敏，我代闻总敬高副一杯。高兰说老规则连吃三杯。木瓜说好！没想到高兰比爷们儿还爷们儿，一斤二锅头下肚，跟喝凉白开似的。木瓜藏了心眼，佯醉，大半洒在衣服上地上。已经半夜了，懊恼还没有从隔壁出来。间壁墙只是涂了漆的薄木板，不隔音，起初喧闹声还收敛着，现时似乎到了不可扼制的兴奋点了，粗话和着锐利的喘笑，几欲掀翻屋顶，推倒隔墙了。我说高副镇长，明天还要看地。她说没问题。举起拳头敲墙。喂，差不多了啊！好一会儿，那边静下来。懊恼过这边来，对我说闻总活动费。活动费？高兰说五百元吧，醒醒酒。木瓜跳起来，我忙摆手，我的目标是买到地。好好，醒醒酒。

他们并不急于走，我托词公司有些事要处理一下，留下木瓜结账。这种应酬比爬山累多了，回到宾馆，倒下便睡着了。一阵刺耳的电话铃声把我惊醒。懊恼打来的。让我马上去一下。我去对门叫木瓜，木瓜还没回来。我打电话，他说闻哥气死我了，老板说是隔壁女客要了七条烟。我想就算她们是烟鬼也抽不了这么多。我说我不管，没经过我们同意，一律由饭店负责。我说别跟他们吵了，明天要看地，认了吧，快回来休息。我想跟他说懊恼打电话的事，话到嘴边又咽回去了。木瓜见到懊恼说不定打起来。我穿好衣服开了十五分钟的车，到了镇东口的一家什么欢乐谷。懊恼说你们的木瓜真是木瓜，在那边结账叫他跟过来，他说闻总没说让他跟着，我只好劳您的大驾了。我的肺要气炸了。心想这不是耍人吗？我满脸堆笑，恭恭敬敬地说您有什么吩咐？他说给我们每人付十元的按摩费，一共十八个人。哦，人家说要连按一个星期才见效果。我说给你们预付十天的。懊恼笑眯了眼说我说闻总是个讲究的人嘛，等哪天我请你吃黎家菜。没什么事我走了，明天还要去看地，困死了。懊恼说没事了，没事了。

我回到宾馆，看到木瓜在哭，我大吃一惊。你这是怎么了？闻哥，这也太过分了吧？他们多要东西的事吗？这还不够窝囊吗？我心里也窝着一团火，不能发泄，只能忍着，不能勾火，只能做灭火器，否则还能去看地吗？算了，吃亏就吃亏吧，目标是买到土地。你就这样想吧，就当是娶媳妇了，人家丈母娘能不敲你一笔竹杠吗？

木瓜扑哧乐了，这是哪跟哪啊，真有你的。我拍拍他的背，去洗个澡休息吧，忙一天了，够累的。辛苦点不要紧，活气死人！明天你回三亚去公司看看，我一个人看地就行。木瓜回房间去了，我却怎么也睡不着了。想着明天看地时，不知又会出什么样的难题。

31 海啸

我从沙滩上爬起来，发现只有我自己，望着暮色苍茫的海，脑袋一片空白。我打了一个寒战，起了一身鸡皮，像逃犯一样慌忙爬起来就跑。我觉得有些怪怪的，丢了什么重要的东西。我站下来回头望望，什么也没有，只有莫测高深的灰蒙蒙的海，还有海啸过后零乱的沙滩。原来支着宝蓝色沙滩伞的地方，堆着白色的贝壳，一个小小的金字塔。我慌忙转身跑向宾馆，走进桃的房间。打开衣柜，里面挂满了她的艳丽衣裙，抽屉里是各式的鞋子，好多还是新的。在另外的抽屉里有两双男鞋，我拿起来看看，又扔进去。然后看梳妆台上的化妆品，我拿起口红在唇上抹一下又擦掉，对着镜子笑一下，笑得很难看。我不想再看了。屋子里的一切都在等着它的主人。我好像也在等着桃推门进来。我知道她可能不会进来了。床头柜上摆着桃穿泳衣的照片，她笑得妩媚性感，桃长得真不赖，我拿起来吻一下，唉，你干吗不放过我？

天黑下来，我突然感到紧张，飞奔下楼，回到唐闻禾给我租的住处。我把箱子送给了房东，把必要的东西塞进双肩包。这一夜特别长，我吸烟，趴在窗口看天空，打开笔记本写诗，结果我画出了桃的头像，又急忙地撕掉。我的手机大唱，我惊得跳起来，好一会儿才抖抖地拿起手机，唐闻禾打来的，他说还在睡吗？我打了个哈欠，顺便伸了个长长的懒腰，故意含混不清地说，早哇！早什么呀？快八点了。我这才想起没开窗帘。我不能送你了，这边土地的事很啰唆。我说有机票就行了。我们又说了些什么，好像约定明年冬天过来。小仁送机票，告诉给我发了两箱水果。我连声道谢。海浪却在脑袋里一刻不停地轰响，折磨得我无法静心。我总算摆脱了小仁的热情客气，登机。以为在飞机上我会好好地睡一觉，忘记桃和宝蓝色的沙滩伞，睡意却没有来。蝴蝶一样的空姐在我面前飞，先生需要喝点什么，茶？咖啡？我挤着笑容，脸像一只被挤压的柠檬，正在干瘪下去。我受不了啦，要疯了。可是我极温和很君子地说谢谢！然后看到空姐惊异的眼神，盯着我的头上。我仰起脸，看到我举着的右手。她笑了一下，很小心地说请你不要总是不停地举手，如果对我们的服务有更好的建议，请拨打服务热线。电话号码是……我忙说谢谢，我知道我知道。我将双手握到胸前，心里恨恨地说，老筆我要把你这双讨厌的手铐起来。

我开始想去哪里找手铐子，当然是公安局，可是他们要说你不是罪犯，你没有权利享用手铐子。我就要讲我在飞机上总是像小学生一样举手，空姐总是不停地问我先生您需要什么，警察愤怒地说你这是蔑视法律，手铐子不是医疗器械，不是用来医治精神故障的。我说你这样讲就不对了。于是我就手铐子与精神障碍之间的辩证关系，对他做一番长篇大论的阐述。我想到一个绝对能表现出我的睿智的开头，就是用加缪的《局外人》来论证我的观点有多么的不俗，我想就从“马森问我，是否愿意同他去沙滩上散散步”那一段开始，我开始打腹稿，沙滩上的沙子滚烫，下一句，该是脚掌烫焦了。桃，别捣乱，那些阿拉伯人走过来了，马上就到关键时刻了，干吗呀，桃？

喂，醒醒，到终点了。我刚开头，怎么会到终点了。先生，先生，借光，我要取行李。我发觉我已经站在两排座位的中间随着人们走下飞机，上了大巴，这是机场大巴，它把我卸到长途客运站，我又上了一辆大巴，这次路途很长，而且道路有些颠簸，我的身子摇个不停。使我无法继续思考手铐子和精神障碍的问题。更主要的是我在这里举一天的手也不会有人问我什么。乘客们低头玩手机，或者打瞌睡。坐在我前面的人大约睡着了，他的头左右摆个不停，弄得我也迷糊起来。哎哎，终点站到了。我嘟哝着怎么又是终点？眼睛半睁半闭着，被推推搡搡下了车。

一股凉风使我立刻精神起来，我认出车站旁边的建筑白云大厦，这一次真的是到了终点，我回到了卜奎。我的脚不容我辨别一下方向，立刻沿着北街走去。很快我认出这是我夜晚常来探秘的腐败一条街，通常也叫幸福一条街，我觉得还是腐败一条街好，海南原住人说干杯的发音是“腐败”。每到夜晚这里灯红酒绿的，你听到的就是“干杯啊”。现在是白天，这里逊色多了。没有霓虹灯的照耀，所有的酒店现出颓靡。我一边看着白天的幸福一条街，一边想以前自己从不在白天过来。那么现在也不必在这里流连，我该去的是以前住的那条街，去看看那所我日夜为《饮食男女》写稿子的屋子，然后再去报社同总编好好谈谈。两箱水果就孝敬总编和同仁们了。可是我将要到达那条小街时，听到有人在身后大吼一声，就是他！我想有热闹可看了。我刚回来就有《饮食男女》的素材送上门来了。我转过身却看到两个警察，饿虎扑食似的冲到我面前，二话不说，捞起我的手就铐住了。根本没有给我时间表现我的学识。小年轻的警察一声吼，你给我放老实点儿！加缪和局外人一下子就吼没影了。

我说不是我。还想抵赖？不是你是谁？是海啸。真的。我想救桃。警察在做讯问笔录的时候，一个劲儿打断我的话，你不要转移话题，想逃？可能吗？法网恢恢，你知道这个词吧？不是逃，是桃子的桃。蟠桃还是久保桃？还逃吗？我说的真是桃，一个人的名字叫桃。他们给我看一张照片。那是一个三十多岁男人的照片。憨头憨脑的。你认识这个人吗？我摇头。再想想，他叫马仁，他的前妻叫梅恩。我认识一个很机灵的男孩，十七八岁的样子。他们失望地彼此对视。然后又问马仁的问题。我不认识这个人。我刚下飞机，从海南回来的。说到海南，我的头就发晕，身子就像乘船一样摇晃起来。我记得唐闻禾对我说在城里他常常迷路，而走进深山老林他的方向感好极了，从没有迷过路。我确信，我在海里游泳，从不会眩晕，回到陆地上倒晕头转向了。

喂，你迷迷糊糊的怎么回事？另一个人说他不是说刚下飞机吗？困了吧？也许是空中感太强烈了。抽支烟提提神。先来杯茶。我说我两夜没睡，也忘了吃早饭了。哎呀呀，食堂开晚饭了。他们给我拿来一杯茶，打来他们的工作餐。委屈你一下，先到看守所睡一觉吧。我好多了，你们就别绕弯子啦。桃的事就说桃的事，我想快结束这件事。我说起和桃的认识过程。我为什么想摆脱她，主要是她不要友谊，死活要爱情，我没有爱情给她。我要疯了。当然我不想加害她，起初想摆脱她，后来又想帮她，谁知道发生了海啸。他们问了发生的时间。一个人出去了一会儿，回来说近一个月海南没有台风也没有海啸。三五级风，海浪可能会很高。无风海浪也是很大的。他们讨论了一会儿海浪。对我和气了些。他们似乎确定我脑子有毛病，至少喜欢妄想什么的。

现在我自己也不能确定自己是不是健康人了。我晕晕乎乎被送进看守所。据说我一直呼呼大睡，睡得很踏实，就同到家里一样。第六天，那个逮我的小警察来了，把我提出来，一边往外走一边说对不起，我搞错了，那个马仁的同伙长得同你很像，昨天在沈城落网，已经押回来了。请你原谅我这个新兵。他说他刚来三个月。迎面来了个警察，瞥了我一眼，走过去又走过来拉住我，你不是《饮食男女》的老笔吗？我说有些日子没看到你的文章了，原来跑到这里深入生活来了。

我忙说你认错人了。

他说你扒层皮我认得你的骨头。他很玩笑地拍了我一下。深入生活保密呀？你们搞写作的就是神经兮兮的。

小警察满面通红说高科长，我是江东派出所的，我叫孟巍。高科长说好好，你们聊。《饮食男女》过去办得不错。需要哪方面的素材，我们一定提供方便。有时间再聊。高科长跟我握手急匆匆走了。孟巍很羡慕地看着他走去，不无自豪地说高科是我们大局宣传科的，全局有名的大手笔。听到他说话的平等态度，我想我已经从嫌犯到自由人了。他说一定请你原谅。我说我感谢这几天给我的充分休息，我感觉好多了，不做噩梦了。我接过他们还给我的双肩包，走到蓝天下，眯起眼，强烈的日光使我有些不舒服。我发觉走到街上过横道时对我竟有了难度。那些奔驰的车辆使我眼花缭乱，头晕得厉害。我必须找一根棍子支撑我哆嗦的双腿。

我在漫无目的地行走中，进了看到的第一家餐馆，吃了一碗四川辣面，出了一身透汗。在餐馆的卫生间用冷水搓搓脸，尿了一大泡尿。我就像睡醒了似的，想到要去洗个澡。找一个叫澡堂子的地方就行，就同几年前的深夜和唐闻禾去的那种一元两元一位的。我走出餐馆对着天空眯起眼，我觉得不用拄棍子我也可以过马路了。我的双脚把我带到江边。这里一分钱也不要花，我把自己洗得干干净净，把双肩包里仅有的一套秋装换上。这个能容下一床厚棉被的双肩包还是唐闻禾送我的，他说出门在外用这个比你那单肩包强多了，你那包看着好，塞个笔记本就满了。还是旅行者的双肩包实用，现在真就用上了。

我想我该回去了。在浓重的暮色里，我恓惶地走着，不知道去哪里？警察和看守所，使我打消了去报社找总编的念头。总编一直没有给我打电话。他多支付了我两个月的工资。我不能羞辱自己。过去的住处，还要去看吗？无非是贴着封条，或者封条打开了，开门一个新面孔。许多的回忆从门里涌出来，我还去自寻烦恼吗？可是那里留下一些多么让人激情洋溢的夜晚啊！我狠狠地抹去泪水。就在这时我看到路边一家餐馆，看样子新装修的门脸，却故意做旧，像是千年前遗留下的古堡，而门旁却安装了电子屏幕，此时上面跑着红字幕，本店诚聘经理助理一位，传菜工两位，洗碗工一位，年龄不限，需要面试，工资面议。我毫不犹豫走进去，看到守门人，我说我是来应聘的，他领我去楼上办公室。他敲门说秦哥有应聘的来了。里面应了一声，他说祝你好运，便转身走了。我推门进去，看到一间挺简朴的办公室，也就是与我曾为《饮食男女》采访的那些大款小款企业头目一类的办公室相比，这里只算收发室的格局。干净洁白的四壁。一张靠窗摆着的原木本色写字台，同样质地色泽的高背椅子。桌子对面一张小条几，上面是茶具，配着四张普通座椅。写字台后面的高背椅上坐着那位秦哥，四十左右岁，面容白皙，样子有点书卷气。我不知为什么竟有了点亲切感。

秦哥欠欠身子说请坐。欢迎你来到我们古驿饭庄。然后问了我一些所有招聘者都要问的套话。突然说你对项目开发运营策划社会宣传这些熟悉吗？他走到茶几前给我沏了一杯菊花茶。安徽婺源的婺菊。我点点头脱口而出小菜一碟，话出口我自己吓一大跳，忙结巴着改口，我是来应聘传菜员的。他脸上的喜色立刻凝固了。你不想试试做助理吗？我想从最基础的工作干起来，这样比较踏实。现在招聘工作人员的单位很多，比如万豪那样的大店，我这个店才开张一个多月，而且店面你都看到了，格局不大啊。我不大在意酒店的大小，特色很重要。我觉得这里距江边近，水煮鱼，川菜，是很有诱惑力的。夏天游人多，吃了香辣，再去畅游嫩江，很美的感觉。我心想太抱歉了，这样胡说八道，我根本不知道你经营什么，只想暂时找只饭碗捧着，以免饿肚子，越简单的劳动越好，我好每天去游泳场享受阳光、沙滩。我所以应聘，因为这里距江边近。我能说吗？不能说。真话有时会伤人的。

我捧起秦哥给我沏的菊花茶，一气喝光。我还没吃晚饭，空肚子喝茶，饥饿感更强烈了。我不得不转移注意力，去看秦哥椅子后面墙上的一幅水彩画。我说这画上是黄山吧？好像取景仙人指路，他说正是。请问，你是安徽人？我说是蚌埠的。王安忆写过的蚌埠。那篇文章不长，我读了十遍。你被录用了。我嘟哝一句很好。

他的手指按住桌上的黑色圆钮，很快进来个小伙子，秦哥找我？带这位赵楷栋先生去财会，先按传菜工预支一个月工资，开始工作，不设试用期。我有些难为情，他看出了我的窘境，却没多问，心下有些感激。我真想纠正一下，我是浙江的。对这么一位豪爽而又善解人意的人，我不该胡说。秦哥挥挥手说去吧，他会替你安排好的。我的眼泪几乎要出来了。财会室就隔一间屋子。出纳是一个中年女人，她说还没有这种预支先例，你是他亲戚？我摇头。她说底薪一千二，以后有满勤奖、出色服务奖。我心想我在报社月拿八千元呢。不过，此一时彼一时。我一连气地谢谢。弄得女出纳，瞪眼看我，不必多礼。秦哥这个人心眼好。

我最满意的是这里有单身宿舍，提供中餐晚餐。每天除去工作，我就去江边。这样平静的日子，直到中秋节到来。节日临近的一天，我请假去邮局给姑姑寄包裹，她喜欢北方的青红丝的土月饼，野生的榛子，葵花子。办理完手续走出来，刚好有一辆招手停经过，在我身边减速，我摆手示意不要搭车，司机误解了我的意思，车子竟停下来。我想这一摆手倒误会了，有时还真就不做任何表示好，便想转身走开。车上跳下来一个人从后面拉住我，哎，别走。我想还有强迫人上车的？便有些火愣愣地猛转身，只见一位穿着长及脚踝粉绿丝绸风衣头戴黑帽子的女人，抓着我的衣袖，她的身后并没有车子，招手停已经开走了。虽然北方中秋天气有了凉意，还不至于捂上口罩，她的白纱布口罩一直拉到下眼睑。我心想这女人肯定有病，小心地推开她的手说，女士您认错了人吧？她说扒了一层皮，我认得你骨头！我惊得一哆嗦，怎么说话的口气跟警察似的。声音有点耳熟。还没等我回过神来，她一把扯下口罩。从车窗里就认出了你。你让我找得好苦。

32 红线图

第二天天气还不错，山区往往阴晴不定，这一天一直是万里无云，有小风吹着也没觉着太热。我觉得是我很快习惯了这里的气候。牡丹按时来到约定地点。地点也是牡丹定的，他说你要是约到镇上，他们又会要捞喝（吃饭）的。这里是去毛婆村的路口。不是古溪吗？相距不远，一样的。村民组长带着五个人过来时已经快到中午了。他们身上喷着隔夜污浊的酒气。我想我怎么竟遇到醉鬼。牡丹说他们不想种田，不喝酒做什么？没有挨到晚上来已经是很给你面子了。我已经准备了面包矿泉水火腿肠煮茶蛋，在路上打尖吃中午饭。牡丹说蛮好的，出发吧。

这片地在栖霞岭下。对面是白缅公岭。旁边有骨头岭。在山岭的青翠环抱中，很阔大的一片土地伸展开去，我的第一感觉好极了。我开始想象在这里盖房子，怎样部署种植园。当然需要开出一条公路，通向镇里。

组长喜滋滋地说这块地好吧？一千多亩地呢。我说你确定都是你们村的？我往极远的朦胧的天边指了指，从脚下到那里——那里——那里——那里——真的都是你们村的？牡丹蹲在一边抱着膀子不作声。组长同他带来的人起哄，都是，都是，都是，都是，不会有假。这土地就躺在这里，搬不动吃不了的还有假。把土地证拿来，我要核对一下。组长说没带身上。我说回去取。他说天黑前怕是赶不回的。牡丹过来说你说哪里，我去拿，保证天黑前赶回来。组长用土语说了句什么。牡丹立刻满脸怒气，提高了嗓门呜里哇啦地说了一通。他们好像在吵架。组长脸红脖子粗。牡丹改用普通话说我已经同你说过副镇长要你拿土地证的，今天早晨还打过电话的，怎么会忘？你都去"懊恼"了哇，不要丢黎家人的脸。我去找地质老爹来。组长不作声了，走到一边与同来的几个人叽咕了一会儿，蔫头耷脑地从衣袋里掏出土地证给我。我确认是国土局的红线图，悬起的心才放下。静待一边的人围过来，七嘴八舌地说没假吧？组长说等你同高镇长定下来，交了钱，这证便是你的了，现在还给我吧。

我说别急，我要按红线图勘查实地核对。他有点急，上手来拿，一边说该回去了，我们可不想赶夜路。我说很快，我觉得红线图上标出的界线，没有你们比画的那么广阔。组长说你看你看，真是的。他怪腔怪调地一甩剂子退一边去了。那意思是说你有能耐自个看去好了。我说千万别误会，不是不信任你们，有句俗话说亲兄弟明算账，对大家都好。他们扑通都坐到地上，摆出看热闹的架势。我照着红线图开始步量。牡丹跟了过来，闻总你能行吗？我说珠穆朗玛峰都上了，这点地小菜。牡丹笑了，你一定能成的。组长说牡丹你给我回来，别给闻总添乱。我说你跟他们坐着去吧，免得生是非。

我一个人连跑带颠地花掉一个多小时量完了土地，不出我所料，他们把大面积的国有土地谎称是他们个人的土地。我走过去的时候脸色一定透露了什么，村民组长盯着我看的眼睛慌乱起来，像要寻路逃跑的兔子。牡丹在一旁垂着头，为他的同族害羞。坐在他后面的人都站起来奔向摩托车。我说你们不卖地了？村民组长回头说了句什么，土话，我听不懂，很粗鲁的语调，像是在骂娘。大家都站住了。看着组长。

我说你们为什么蒙人呢？蒙得太狠了吧？一千多亩地？你以为我看不懂红线图是吧？想让我上当是吧？我是给你们悔过的机会，不想你们脸上不好看，你们不自觉，对不起，我只能揭穿你们的诡计。你们想偷梁换柱，把国有土地卖给我，让我同政府去对簿公堂，你们溜到深山老林里，或者欢天喜地当兵去。是不是？你们竟然明目张胆搞欺诈，将七百多亩国有土地都说成你们的，是不是？

组长狡辩说这一片嘛，连着的，谁分得清？我说红线图上有标识，你不会看吗？这是多少，只有三百亩嘛。摆出拳击架势的组长突然大笑起来，其他人也莫名其妙地跟着哄笑。组长说闻总你太聪明了，服你了。只有这一小片地是我们的。先前马来西亚的老总来看地。我们说只有两百多亩地要卖。这土地证上不是三百亩吗？那时牡丹说他的地不卖，他大学毕业是要回来种地的。现在他又改了主意。高副担心我们亏了这小子，有买地的，让他拿主意。上一次，马来西亚老总的造纸厂需要大量桉树。要买几千亩地。我想诓他，牡丹抢先说只有二百来亩。他说那就不用看了。牡丹说我就没打算让他看。桉树长得快，根吃地下水像酒鬼一样贪婪，地下水位会迅速降低，几千亩桉树，把海南的地下水吸干，海南的生态就完了。我看闻总不是那样乱开发的人。

组长说你怎么知道？一看就看出来了，他是因为喜欢这里，那位是想疯赚。我说我也得赚钱，不然吃椰风海韵呢？说得大家笑起来。刚刚有些紧张的空气飘散了。组长说我们也不想吃亏呀。那不能蒙人呢。我们服你了，你是行家。他们一起喊“懊恼”哇！好，回镇上我请你们喝酒。组长说这地你要不要啊？回镇上同高副谈过再说。你不会因为面积小吧？我故意笑而不答。心里也确实在衡量利弊。我想做的绝不是这一小片地，弄得太分散，肯定比集中一地吃力。组长说我们去镇上等你。我说你们先找地方吃上，我回去结账。他说好嘞，带上他的摩托队一溜烟跑了。他们总是把摩托骑得很疯。牡丹还是坐我的车，我似乎并不急于回到镇里。我们经过骨头岭下的一座小村庄。往这边来的时候没有留意这个小村庄。我停下车，招呼牡丹下车看看。

牡丹说这村子叫骨头岭村。村子不大，背靠青山，晕染在暮色里，几缕炊烟摇曳，村道上静悄悄的。从山野里传来昆虫们的鸣唱，在空中盘绕，从头顶飞过去，飞得很远。我的心里生出暖暖的想流泪的感觉。这时山路上走过来三三两两的水牛，中间有一个戴斗笠的女子骑在牛背上。牛们把我的别克围起来，好奇地张望着。从后面赶上来一个光头男人挥舞着草棍赶牛，他们都光着脚，缓缓地走去。接着出现了一队孩子，都是小学生的年龄，他们扛着捕鸟网，头上戴着矿灯那种照明灯。不时猫下腰往路旁草莽中探照。我叫住一个孩子，你们这是做什么呀？他说捕鸟呀。什么鸟？他摇头，手握拳在我鼻子下晃了一下，这么大，很多的，回去烤着吃。

暮色深了，牡丹始终默默地跟在我身旁，我想这里的生活对于他来说再熟悉不过了。我们重新上路，加快了车速。心里有一种感觉，这里会有我的香蕉园。我对牡丹说多么宁静祥和的傍晚啊。你们为什么要离开呢？牡丹过了好一会儿才说，你为什么要离开你们那样漂亮的城市呢？……我不知怎样回答他。

骨头岭村住着四十多户人家，到现在还没安电灯呢。他指指山上，那上面都是外来人的尸骨，外来人死了也不埋，就扔在上面烂掉。住在这山下会做噩梦的。他给我描述了一个恐怖的夜景，没有灯光的村庄，散落着尸骨的山岭。他说先前来看地的老总，嫌地少是托词，依我看是怕这山上的野鬼。我说外来人死去怎么不埋？他说不晓得，祖上传下的。是战争吧？或者瘟疫？那就更应该埋了，避免细菌泛滥。不晓得怎么回事。我说我很小的时候在坟地睡了一夜，趴在妈妈的坟前哭着睡着了。醒来四面都是黑黝黝的坟包。我没有害怕。因为我对如何生活下去的恐惧超过了这一切。我不怕死人，死人没什么可怕的。死人不会伤害人。牡丹被我的这番话吓着了，默默地望着车窗外，不再说话。

夜幕还没有完全落下，山路白亮。不久一枚银盘似的大月亮升起来。山路便始终是白亮的。我蓦地想起快过中秋节了吧？牡丹说还有一个月。一路上山林中的各种虫唱从半开的车窗送进来，像是一首首美妙的乐曲，一直把我们送到镇里。后来我想也许就是同牡丹的这番交谈，使我决定买下这块地。那天晚上先到镇里的组长们已经坐在酒店里“懊恼”上了。牡丹拿了两只烧饼就回家了。他说他累了，想早点休息了。我知道这不是理由。他不喜欢这种喧闹，还有不想让母亲担心。他挥着烧饼说，你有事叫我随时到。

第二天我就同高兰说毛坡村的土地我要了。高兰接过我递给她的红塔山在手心上蹾，放到舌尖上从头舔到尾，烟纸湿一溜，这才点上，深深吸一大口，朝屋顶喷去。这么好的东西，你怎么就不用呢？她眯着眼看我。我说没有口福呗。她说我头一次见到你这样的老总，烟酒不沾，沾不沾色呢？我们这里的姑娘就喜欢大陆来的老少爷们儿。屋子里的人哄笑起来。我也跟着傻笑。地质老爹说过高兰是个泼人，心眼不坏，能办事。瞧瞧你脸红什么，又不是没睡过女人。大家又是一阵笑。听说组长没骗得了你，算你走运。这么样吧，你先交点定金，再走手续，办齐，再交全部租金。我说要五十年。她说一般也就三十年。我说五十年。二十五元一亩。她说四十元一亩。我说前期工程太大，要修路，没有场房，条件差，你不能要那么多。她说四十元，那是块好地。我说这样吧，我可以加点儿，但是有个条件。那要看你加多少。我说三十五元一亩，条件是给骨头岭下的骨头岭村安上电灯。高兰瞪眼看了我一会儿。我说用你们提取留用的租金安装足够。

屋子里空气似乎凝固了。高兰把烟屁股往地上一丢，脚踏上去使劲蹍，半晌说好吧，就这样。先交五十万。屋子里的空气松动了。有人起头说“懊恼哇”，大家便歌唱一样地齐声“懊恼哇”。我给木瓜打电话让他给富国镇打进五十万，然后来镇上。他说是不是又要吃呀？我不去，让别人去吧。那些人气死我了。我叫他先去打款了。

高兰招呼我说还有好多事呢。她说第一步找毛坡村的村民按手印。然后到村委会签字，再到镇政府盖章，你这才可以办理过户土地证。这第一步烦琐一些。村民按手印费每人二十元，大人孩子都算。有多少人？这个村子不大，一百一十位村民。我说今天可以吗？她说可以。村子在古溪东，从这里去，开车十几分钟。我说他们的土地怎么在百里外的骨头岭下？她说我接手工作前的事，我也不清楚什么道理，有的还分到三百里外呢，这山山岭岭的，有很多地方不适于农业开发。我说这按了手印后，村民得“懊恼”一番吧。高兰哈哈笑，闻总你真是个聪明人呢，就不用请到镇上了。弄些牛羊鸡鸭鱼鲜的让他们宰杀，在村里摆宴就行了，我把镇上五大机关的人都叫上给你长脸，你闻总讲究，我也不含糊。

我差点晕过去。只有这个时候，我特别感谢我的父亲，他的凶暴，他扔在我身上的污秽狂吼，他使我在坟地里哭着睡着的雪夜，他使我未成年的瘦弱身体屈从尘土飞扬的货场做了装卸工，因此在我的内心铸就了超常的意志。于是我从内心深处漾出满脸谦和的笑容，并且说那就有劳您了。她说不算事的，大家的事嘛，助人为乐嘛。

我叫来木瓜和小仁。那一顿饭吃得铺天盖地。想想吧，家家把餐桌拉到村街上，烤东山羊，煮杍果鸡，炖二尺长的石斑鱼，满街飘着原生态的香气，热闹得像一场隆重的婚宴。当然这是在村民按过手印后举行的。

村民按过手印后木瓜又阴下脸，不停地嘀咕气死了气死了。一百一十个村民，竟然按出二百五十个手印，小仁分不清谁是谁，换一套衣帽，就蒙过去了，还有一些是他们别处的亲戚，也不知怎么这么巧，这时候来了。木瓜细查手印，发现大多是重复按的。他把小仁拽到一边，气呼呼地说你怎么不看仔细？我说算了算了，总算按完了。都午后三点多了，这顿饭还不吃到明天早晨。木瓜急忙张罗开饭。我没有看到牡丹。晚上他们围着篝火跳舞唱歌。冒泡的大锅里，又新煮了鹿肉和牛肉，村民们兴致勃勃地到处走动。孩子们追逐嬉笑。

懊恼已经醉了，右手举着酒碗，光脚踏在凳子上，左手抠着脚丫巴。长着舌头说闻、闻总，不够意、意思，去连利善怎、怎么不叫上哥哥？高兰过来拉住他，老哥不是没叫你，是没找到你。噢，没、没找到我？我在哪里呢？高兰笑起来。他也笑起来。高兰说后来不是补了一顿吗？补了一顿，有，有这事？

我说你们继续，我得回镇里啦。高兰说好好，这里没事啦。明天在镇里办手续。那这里就交给高副镇长了。好好，助人为乐呀！木瓜把账目都结清了，我们告辞。木瓜和小仁回三亚，我回镇里，抓紧办土地过户手续。正如人们常说的那样，到了海南才知道时间通货膨胀。

早晨上班时间我到了镇政府。打扫卫生的小干事说镇长还没来，昨天都下村搞调研去了，今天不一定能回来。我说昨天定好了的。他说定好跟没定好没啥区别。

我给各位管事的打电话，一律关机。我是一言既出，驷马难追，在这个地方全没有了实际意义。我的焦灼，引起小干事的恻隐。他也就十八九岁的样子。他说我叫古溪的牡丹吧。过了一小时，牡丹和高兰来了。高兰说今天凌晨才到家，喝多了。然后东张西望地说会计呢？小干事说前天跟你请假去乐东了。哎呀，这记性，你去趟他家看看，该回来了。高兰说闻总你先坐下等等，他请了一天假，今天该上班。会计比预想的来得快。小干事在路上遇到了他。会计拿过合同看了看说镇长，没有村长的签字。高兰说哎呀，昨天都喝高了这事忘了。给村长打个电话，让他辛苦一趟。会计打电话。我只能等。牡丹一直坐在角落里没说话。

我说牡丹昨天没见你？他说老妈妈去按手印了，我去山上采药去了。我说你总不能一辈子采药吧？还没想好。去我那里怎么样？他有些羞涩，我能做什么呢？指导果木栽培呀。我还没想清楚。他的眼睛望向外面现出迷茫。外面高大的槟榔树和椰子树静立在阳光下，天空没有一丝云，远处青黛的山，轮廓清晰，只有淡淡的烟霭，又是炎热的一天。在海南你得习惯漫长的高温季节，就像习惯东北漫长的寒冷冬天一样。好吧，我等你想好了。无论怎样，我们已经是朋友了。他笑了，脸上露出孩子气的喜悦。他说你得等一阵子了，在这里办事就是这样。我说已经略有领教，我有的是耐心。他说，也只能这样了。我会尽力帮你的。谢谢你，牡丹。没什么事我想先回去。我说好吧。村长接近傍晚才到。他说吃丧宴去了。他同死人的那家因土地纠纷闹翻了，他前去吊唁，这样就会前嫌尽弃。我满脸堆笑，这是我千锤百炼的态度。村长大笔一挥签完字。高兰叫来会计，嘭！木疙瘩很响地盖了一个红印。懊恼从外面摇摇晃晃地进来，完事了？完事了。“懊恼哇！”

屋子里的视线都投到我身上，我觉得被许多小细麻绳缠绕着一样，动弹不得。我说“懊恼哇”！高副你说，你说去哪里就去哪里。换个样子吃吧，不如去乐东吃四川麻辣烫。我小心地说已经四点三十分，路远呢，诸位辛苦，肚子已经饿了吧？懊恼说坚持一下，高兰想吃麻辣烫。他使劲搓手。屋子里的人哄笑。他搓手的意思是麻辣完了，搓麻将。我当时不解，吃过饭，懊恼又提出加活动费，才知道去棋牌社。阿广新开的娱乐馆。我请阿广照应着点儿，阿广说我了解这些人，你回去休息吧。

第二天我叫木瓜去国土局办理过户手续。我该去看看地质老爹了。不能开车，只能步行。前一半的路是山毛道，地质老爹长年经过这里到城里卖药踩出来的。后一半的路是地质老爹从山寨门前用石头铺的步步高的石阶。这石阶两边比一路走来的风景多了一种树，开着大红花，花瓣像一品红，涂了蜡一样的鲜亮，使周围的植物相形暗淡。老爹说那就是我们的红牡丹啊。我第一次认识了海南的红牡丹。老爹站在他的山寨门前，黝黑的脸，俯瞰着我，高大的椰树叶子衬在他的头顶，像一顶印第安人酋长的羽冠。

老爹你很神气啊。他笑出一口白牙，他不吃槟榔。推开身后的柴门请我进去。我看到墙边站立着一个同真人差不多高的木偶人。那是用一整根原木雕成的，已经很陈旧了。小木屋也同这木偶人一样陈旧。屋里十分凉爽，海南夏天的炎热被出出进进的山风带走了。老妈妈粗大的手捧来一碗山泉水。我用黎族语道谢，妩媚！老妈妈笑了一下，回头看老爹说，拉它？老爹说老妈妈不会汉话，她说在这里吃饭吧。我摇摇头，妩媚！改日吧。老妈妈点点头便退出去了。我喝过山泉水，告诉老爹买下了毛坡村的三百亩地。老爹说那是块好地。我要先修路，盖工房。镇里要设办公室。他说我就知道你是有魄力的干家，万事开头难。我能帮你什么？老爹你年岁大了，不如搬到山下去吧，想采药就进山，比住在这里方便多了。去山下？他摇摇头。在山下你去镇里办事，只要站在公路边一抬手就能搭辆车多省事啊。住在这深山老林的，要走半天的山路才到公路边，太不方便了。他说是这样是这样，还是摇头。一切都不用你操心，你选地址，我来盖。这样我来看望你们就方便了。你住到了山下就是帮助我了。老爹最终点头了。他在半山的盘山路边的山坡上选了一块宅基地。从这里下公路就进入去山寨的山毛道。距我即将开发的栖霞岭农场十多公里。中间地带，交通方便了。

我在富国镇先租了房子，办公室兼宿舍。去理发馆剃了个光头，然后到镇上的商店买了一辆建设牌摩托。交了钱，发动摩托我就跨了上去。店老板随后殷勤送客说走好哇，话音没落，我就像醉鬼一样摔出二百米，店老板惊叫一声，跑过来，扶起我。还好，我摔在草丛里，有点擦皮伤。摩托摔灭火了，店老板一个劲儿说人没事就好。他去叫来人检修了一遍摩托，打起火。一定要小心哦，先要慢慢骑，熟能生巧嘛，那时想不快都不行，它自己就跑得快了哦。店老板的口音很有趣，像广东又像山东还带点江浙尾音。

我的别克多数时间留在办公室看家啦。我将耐克鞋换成塑料凉鞋。经常是穿短裤打赤脚，廉价的白棉背心。暂时我一个人住办公室。木瓜来回打短。买了一台挖沟机和一台推土机。招募民工，修路，给地质老爹造房子。招聘组建农场领导班子。每天往返于农场、修路现场、地质老爹的宅基地，地点都在一条盘山道上。好在从农场到我的办公室不算远，二十多公里黄土路。当我满身泥土从工地回来，第一件事冲浪。健身是每天必做的功课。冲浪是一项新运动项目，我没有学习过如何去控制风向帆。小帆船总是把我掀到海谷里去。我不断地从海浪中挣扎出来，把船扶正把帆扶正，就像在驯服一匹烈性的野马，一次次地冲向浪尖，然后被甩下来，再跳上去。强烈的挑战性正如运作中的农场。在海南找一个合适的人来协助管理农场太难了。我在做牡丹的工作，请他来担任技术指导之一。现在满脑子都是农场的蓝图。缺少管理人才，缺少技术骨干，缺少吃苦耐劳的人。我不得不把招募视线扩展到大陆，这样增加了投入资本。为了平稳发展，也只有这样干了。但是还是出了大问题。

33 老阿婆

瑶林姐！我听到夏晔的惊呼。

那时天还没有亮。来海南快两个月了，还没有从心里安顿下来，像是来海南度假的，每天早早就醒，坐在阳台上，享受一天最宁静的时间，想想做点什么，或是什么也不想。仿佛北方那个园艺设计所还在等我，那所有小院子的房子并没有卖掉。不久我就会回去开张。院子里夏晔种的向日葵该是籽粒饱满了。

我们到海南的第三天唐闻禾总算回到三亚，他的遮阳帽太阳镜还没摘，我们就吵起来。他一进门就农场啊香蕉林、荔枝苗什么的说个没完。我说你就是一个粗人，一句关心的话也没有。他急了。我都想不起来当时说了些什么，总之他很生气，扯起英奇的手说来爸爸带你去兜风。英奇回来说吃了一顿海鲜。他连夜回山上了。因为要确定英奇上哪所学校的事才同我通电话。问问英奇怎么样，他已经请木瓜张罗学校。我说我还没决定呢。他说你不要置气好不好，现在是我最难的时候，等农场完备了再说。木瓜很快在海口找到一所学校。他说三亚侧重旅游，读书还是去海口。他找的是一所可以寄宿的学校。英奇没有反对。他对这种生活习以为常。这一点倒像唐闻禾。我在海口住了几天，又回到三亚。我们可以通过视频天天见面。这叫生活吗？它的确是事实上的生活。现在我需要的是安顿自己。夏晔昨天还同我嘀咕说，在海南做园林艺术有得天独厚的条件。我说先让她去公司里赚碗粥喝。她还在犹豫。

瑶林姐！随着惊呼声，她人已经出现在阳台门口，两手提着白色的睡袍，带着梦游者的神情瞪着双眼。我说做梦了吧？她使劲点头，脸色苍白。我把她按坐在藤椅上。她抓起小几上的水杯灌了一大口凉白开。瑶林姐，我梦见他了。他回到了卜奎，他好像在江边来来回回地走，天色很晚了，江边一个人也没有。我喊他，问他还好吗？他只回头笑笑。你的未婚夫？她点头，愣一会儿跳起来说不行，我得去找他。我说只是一个梦而已。你还记得吗？往这边来时，在太平机场看到一个人特别像他。也许是你太心切了，相似的背影呗。我想回去看看才能静心。如果还是遇不到，就死心了。我担心地看着她。她笑了一下，瑶林姐，你放心，我正常着呢，候机大厅擦肩而过的那个人，实在是太像了，回去证实一下也好。也好，待我这边筹备建立庭园艺术设计工作室的事有了着落，你再回来。她跳起来，挂在我脖子上转圈儿，谢谢你瑶林姐。

我和小仁送她去美兰机场，把英奇找来一起吃了一顿饭。英奇有了新朋友，他不停地讲他那些朋友们的趣事。我对夏晔说了很多祝愿的话。这些话连我自己也不相信。不过听者是快乐的。当事者迷，就是这么回事吧。愿望终究是愿望，它在苍茫的高处，你根本看不清它。因为看不清，才急着往那里攀爬。能够揣着愿望疾走的人还是幸福的。我们在登机处挥手时，为这最末一句话流了泪。

回到三亚时天空暗下来，随后下起了雨，雨不大，挺愁闷的。木瓜过来看看。他带来令我吃惊的消息。有个种西瓜的广东老板在山路上被劫了。这个老板在山里有个农场，主要种西瓜。一群乡下人偷西瓜，他带着看家护院的去阻止，动了手。第二天夜里偷西瓜的就把农场的房子点着了。人没伤着，房子没了。总共三十多万元的资产一夜间成灰了。老板开车回城里想法子，没开出多远，灭火了。他是太紧张了，鼓捣了半天，还是打不着火，就去找人帮忙推车。找来的一伙人却把他和车扔进山沟里去了。太恐怖了，那群偷西瓜的人干的吧？估计是报复。可也说不准是不是偷西瓜的那伙人。这山里也有劫路的，有的村子就是劫匪村，到这里搞开发的人都要在车里放个防身家伙。报案了吗？不报案怕是烂在山沟里了。他的家里人同他联系不上，请当地民警帮忙找一下，没想到出了这么大的事。

这个坏消息使我坐立不安。这么说当地人并不欢迎我们？木瓜仰起脸望窗外，雨停了，太阳出来了。海南的天气，一场雨凉快一会儿，便一下子又热起来。小仁从冰箱里取出冰水倒进杯子里。来，喝水压压火。嫂子别紧张，事情肯定会有解决办法的。木瓜说，怎么说好呢？一句半句说不清的事。我们使他们本来安于现状的生活动荡起来，尤其是年轻人。平静的内心被外来的东西搅乱了，有点失衡。他们习惯抓一把种子撒向土地，然后全不管它，安心地等待上天浇灌，他们呢，跷着二郎腿喝茶，搓麻将，秋天收上多少是多少，山上有山珍，海里有海味，你说他们怕啥呢？好多的土地都闲置着。现在他们看到了不同的生活，现代科技的便利。他们被点燃的欲望承受着文化局限的重压，一方面想享有外来开发者带来的利益，又不想改变懒散的习惯，而人本性中的私欲和嫉妒常常会使他们不辨是非，丧失理性，甚至滋生仇恨。小仁说我们还为他们修路了呢。木瓜说我想有些事就得慢慢来。当他们认识到我们确实在帮助他们在夜晚过一种有光的日子，坐在家里会看到丰富的外面世界，情况就会好多了。我说我得上山看看去。

闻哥没事的。闻哥好着呢。你就一百个放心吧。开头是难点儿，缺少土地方面的知识，一个公章盖上就解决的问题，他们支得你团团转，太熬人了，没黑没白地熬，闻哥到底熬出一块好地。从不懂到懂需要一个艰苦的过程，这个过程可不是谁都能挺过来的。现在这里人很尊重他的。我说我想上山上看看去。现在？我给闻哥打个电话。你们就不要打了，免得他又不放心。得空我给他打电话，明天早点走凉快。

临春河还是一片灰暗，那些白鹭鸟还在红树林里睡觉，我们出发了。出了城区，天渐渐亮起来。路两边葱茏的田园风光，使我紧张的心情不觉放松下来。经过好大的一片香蕉园，当收获一串串果实时是多么快乐。相信一切都会好起来。就像种子播到泥土里我们希望的那样。突然木瓜急刹车。我忙撑住了前面的靠背，才没撞着头。他回头抱歉地说嫂子没伤到你吧？还好，怎么啦？一条蛇，擀面杖粗的一条蛇在过路呢。哪里？我探身去看，只看到一条蛇尾，头已钻进靠山一边的草丛里。木瓜说这盘山道上常有蛇出没，以后有的是看的。我说它们老实地待在深山里好。这样太危险了。木瓜说有一次我和闻哥上山看地，看到路上有一条蛇，停车等，等半天没动。下车一看，是条死蛇。闻哥拿条棍子挑到山上的草丛里，他说死蛇也不能轧，它们是山的居民，要尊重它们。你看到前面那座岭了吗？叫栖霞岭，农场在那边。今天不去那里。要拐一下，在山上山下接合部，闻哥在给地质老爹造房子。这里距离山脚不远，临着公路，去镇上很方便。闻哥劝说地质老爹从深山搬下来，毕竟有把年纪了，有个头疼脑热的不方便。地质老爹很倔的一个老头子，他儿子都没把他劝下来。

我好像有些迷路了。我看不出这山路转来转去的有什么区别。山山岭岭的，稠密的树木，强光下的绿叶子，村庄相距很远，看不到人影儿。椰子树仿佛都长在海岸上了。这山上只有热带杂树林。我一下车就觉得一股从天而降的热浪淹没了我，晕头晕脑的。他们叫着闻哥，我愣没看出来。他的变化很大，剃了光头，穿着大路货短裤，光着膀子，赤着脚，身上晒脱皮，脚上糊满泥。他转过身，我才看出来。他看到我，咧了咧嘴，界于哭笑之间，总之没表现出兴奋，也没表现出不满。也许他不想让我看到他这副样子。他转向木瓜和小仁说，推土机又泡蘑菇了，刚找人来修了。你们领你嫂子先转转吧。我去工棚收拾一下咱们去富国镇上的办公室吧。他说完顾自去了。

眼前是一块刚开始清理的宅基地。一台红色的挖掘机，在挖一个土堆，两个工人用手推车运土。一台黄色的推土机趴在一堆原木前面，检修工钻在车底下检修。在不远处的林子边有一座临时搭建的木板房，那就是工棚了。木瓜和小仁同工人们打过招呼，回头招呼我。嫂子不习惯这热吧？我说眼看秋天了，还跟蒸笼似的。木瓜笑笑说我已经习惯了，年底年初的三四个月舒服，这边小树林里凉快些。我认出了青皮竹和小叶榕。我在花盆里种植过。那些草长得真猛，像一丛丛小灌木似的。虫鸣长一声短一声的，我们一走动它就停下来。木瓜说千万别蹚到深处去，小心有蛇。小仁抓到了一只大蚂蚱给我看。我说长得是同蚂蚱一样，可是蚂蚱哪有这么大的？快赶上小麻雀了。小仁说咱北方那里的蚂蚱是小，小得同饭豆似的。我刚来时也奇怪，这里的草虫都比家里那边大得多，人和猪都个头小。木瓜说注意你的言辞。不能什么都混到一起说。小仁哈地笑起来，你要不说倒没谁注意啦。木瓜瞪他，他举起双手，好，不说啦。

唐闻禾换好衣服过来了。依然是黑短裤，赤脚套上一双塑料凉鞋，白色T恤衫，扣了一顶白色鸭舌帽，戴了墨镜。他又同工人交代了点什么，这才上车。对我说我们正在修路，通向农场的路，还有通向附近村子的路都要修好。工程很紧。农场还要尽快种植。这是我来他说的最长的一句话。木瓜说去古溪村的路最烂。有雨就翻浆封村。土太黏，人出不来。这个工程吃力，要去河里挖沙。下山回到镇上，他也没责备我怎么没事先招呼一声，我松了一口气，免得木瓜、小仁尴尬。不过他的平静又使我有点疑惑，这不是他以往处事的风格。

小仁说嫂子我打保票，你保准能喜欢上这里。咱们的房东是老阿婆，都八十七岁了。我说八十七岁了，谁在身边照顾她呀？小仁瞪起眼，照顾？她自己照顾自己，还要照顾她的三层小洋楼。这是一栋被槟榔树围着的小楼。要走过一段槟榔林才能进到院子里，院门和围墙是原色木板，其间有方木柱牵着。三层小楼立在院子中央，楼的两侧有宽阔的水泥道，包着个大花坛，花坛里是一色的那种叫长寿花的小红花。车子一进院子，洞开的楼门里走出一位老太太，我想这准是老阿婆了。可是我怎么也同八十七岁对不上。说她五十七还差不多。她腰杆笔直，胖，不过分，肤色很黑，面部光亮，只是眼周有些皱纹。大步流星走出来，嘴里起劲地嚼着槟榔，嘴唇血红。她向唐闻禾点点头，木瓜一迭声地问候老阿婆，小仁孩子气地过来挽住老阿婆的手臂摇，一边说阿婆我想你了。

阿婆伸出一根手指点他的脑门一下，然后转向我，上下打量着。

小仁说阿婆她是我们闻总夫人。哦，闻总老婆。她吐掉槟榔渣。过来拉起我的手，像检查一匹骒马，仔细地看我。嗯，像电视剧中的女子。小仁说阿婆是所有电视节目的粉丝，每个节目都从头看到尾。有一天半夜，我们睡着了，突然听到楼下大吵大闹。闻总扑棱爬起来往楼下冲，以为来歹人了，险些骨碌下去。三楼二楼是我们的办公室。阿婆住一楼。一楼大客厅放着电视，阿婆看得入迷，一个人手叉腰跳着脚在同电视里的人吵架。我们下来，她都没发觉。我去拉住她，她才看到我们，还一脸怒气。我说阿婆你怎么了？把闻总吓得要晕了。她指着屏幕说气死我了，没这么欺负人的，看热闹的一大圈怎么没人管一管呢？气死我了！好容易把她劝回卧室睡觉。阿婆还冲着电视踢脚呢。我说有这事吗？阿婆一口喷出槟榔渣，做了个挥舞什么的姿势，猛地大声唱道，路见不平一声吼哇！我们一愣，随之捧腹大笑。阿婆招呼我去她的屋里坐。

这个老顽童似的阿婆驱散了我心头的郁闷。见过驻守在这里的公司新员工，阿新阿美夫妇俩，略略洗漱了一下就忙下楼去老阿婆屋里了。她拿出槟榔给我吃。我说不习惯。她说慢慢就习惯了。这东西好，强身去病提神，我从小就嚼它。你看我生了十二个孩子，这不挺好吗！我瞪圆了眼睛，生了十二个？我的天！她看我吃惊的样子，开心极了。她说孩子们都飞到城里去了，小楼是二儿子给她建的。他们很少回来。她带我参观她的屋子和花园。我说阿婆你的宫殿真是太美了。老阿婆使劲嚼槟榔，满意地哼着，我的小女儿也是这么说。

唐闻禾请阿婆同我们一起吃晚饭。阿婆说吃不惯你们那咸饭。阿美说有五米饭，还买了肉粽呢。阿婆眼睛亮了。阿美说阿婆吃不惯呢。阿婆说肉粽吃得惯吃得惯。大家不由一阵好笑。阿婆最喜欢吃肉粽。竟一连气吃了五个拳头大的肉粽。我惊得不行，怕她撑坏了。阿美跟我挤挤眼，窃窃说一会儿你看吧，啥事也不会有。那一餐吃到月亮都升到正空了。木瓜要回三亚，被唐闻禾留住了。尽管有大月亮照得山路雪亮，毕竟是走很远的山路，万一有劫道的，就难说了。我们又说起那个被扔到山沟里的广东老板，大家唏嘘一番。唐闻禾玩笑说你们放心，我不会被扔到山沟里。我是他们的哥们儿。阿婆回到客厅看电视。那样子已经忘了我们的存在。她站着看，一边看一边说话，挥手跺脚喊叫，简直是她在拍摄电视剧。真是个感情丰富的老阿婆。我明白阿美的意思了，她吃十个肉粽也能消耗掉。

我和唐闻禾去院子里散步。这里夜晚特别爽，空气中漫溢着一种香气。我发觉一肚子的牢骚，什么也说不出来了。干巴巴地走着，至少我是这样感觉到的。英奇还好吧？学习怎么样？我说还好。学习挺努力的，班上前十名吧。他有些兴奋。嗯，假期要报几个补习班。别的孩子参加补习班，你不参加就要落后。还是由英奇自己决定吧。你不能惯他。我没有惯他。他喘了一口粗气。月色下的花和树有些朦胧，我去辨别着白日看到的景象，或是抬头看月亮，终于忍不住开口了。说说你自己吧。就这样吧。刚开始。那你总该告诉我一声。你看到了，不敢松弛啊。我觉得有些倦了。回屋休息吧，你在工地上忙一天了。他站住了，有些歉意的样子，想说什么，然后叹口气说，明天我找来牡丹领你去海湾钓鱼。是个女孩吧？开始我也以为是女孩呢。其实是我们素常习惯了对花的概念。牡，也指鸟兽的雄性。在当地人的概念里，牡丹花是花中之王，有英雄气象，所以男孩叫“牡丹”不足为奇。这里的牡丹和大陆的牡丹不一样，以后你就看到了。等有空带你去山寨地质老爹那里你就看到了。

这一夜是我们过得比较愉快的一夜。我们已经很久没到一起了。他很快乐。大开着窗子，让月光流到屋子里。我们在三层楼，这一层只有我们两人。他讲起土地的事，地质老爹年轻时的事，他就在给他建房子。我说他可以教他的女友说黎族话嘛。你的脑筋就是不会转弯。这是他惯用的语气。女友不愿学呢？不喜欢回山寨呢？他的老妈妈不愿下山呢？我说你那么激烈干吗？他感觉到自己的情绪，不再说话，将一杯冷水灌到肚子里。然后我们都去看月光。

站在窗前，树丛花丛近于水墨画，高大椰子树或槟榔树，我在夜色下是分不清这两种树的。你能看清哪个是槟榔树哪个是椰子树吗？他伸出手揽住我，有关系吗？他这算是为刚才的不愉快道歉吧。快天亮时才迷迷糊糊要睡去。我听到他含混不清的呓语，有一句我听清了，还是同你放松。我的睡意一下子被这句话赶跑了。记得一次同星语聊天，她说人们说话是很平常的事，生下来一岁多就会说话了。说话这东西实在奥妙。同样是说话，有的人说话你爱听，有的人说话你不爱听。有时候啊，一句话可以打开一个人的心扉，一句话也可以关闭一个人的心扉。打开一个人的心扉可能不太容易，关闭一个人的心扉要容易多了。这句不经意地钻进耳朵的呓语，使我热切起来的心又变得彷徨无措。刚走近的生活，又拉开了距离。我刚试着去憧憬这里未来明媚的景象，就迎头降下一片雾霾。就像看着一盘好菜，舌头品到的却是一股馊味。我爬起来，跑到屋外，忽然想到这不是白鹭公寓，看不到临春河，红树林，东山日出，以及在金色阳光中飞起的成行白鹭。

天已经亮了。庭院是那么安静。我去看椰子树和槟榔树，去找出它们的不同点。一夜的沉静，它们都变得精神多了。叶子不再低垂，舒展得同飞翔的翅膀一样。我在相当长的时间里还是分不清它们。看着这些高大的树，我不知为什么很伤感。我克制着情绪，跑回楼上，趁他们没起床，冲了一个冷水澡，直到情绪稳定下来。阿婆在庭院里大呼小叫时，我觉得能很好地控制自己了。

唐闻禾伸着懒腰出来，他说我总算睡了个踏实觉。你怎么不多睡一会儿？我说到一个新地方睡不着。慢慢就习惯了。早饭是甜粥、烤饼，一些小炝菜。主食是南方口味，副食是北方口味。阿美说这里一年四季都有新鲜菜，人稍勤快点儿，就成年吃绿色健康饭。我真喜欢这里，就是夏天太热了，不过克服点儿，哪里有那么十全十美的。别看我叫阿美，就是让我记着生活不全是美事儿。她自个儿哈哈笑起来。阿新说别听她瞎白话，误了吃饭，闻总一会儿就回山上呢。我说阿美你们的孩子呢？阿美说还没要呢。阿新说我想要孩子都想魔怔了。男孩女孩我都喜欢。阿美就说再等等，再等等，等到什么时候啊？我们都三十出头了。你们看我的生活的确不全是美事儿。阿美说去你的。现在的条件不行，等我们有了房子，家底再厚实点儿再要。我想起我们当初的情形。有时整夜地商议怎样使孩子有一个好的成长环境，不像我们小时候那样经历太多的磨难。我不知道我们这样考虑问题是否科学。从未出生就安排他们的一切，甚至一生，我们从没想着去问孩子的愿望。

唐闻禾说明年春天我们的农场就开工了，春节前排云村的路修好，修古溪的。然后盖场房。有了固定住所，秋天你们就可以要个孩子了。阿新再有一年你们的愿望就可以实现了。阿新羞涩地笑，闻总，我们逗嘴呢。唐闻禾说我也是这么过来的，你们的年龄是该要个孩子了。阿美说闻总对朋友和员工的事总是想得周到。唐闻禾说我得上山了。不知推土机修好了吗？阿美你陪你嫂子转转。待会儿我叫人找牡丹，领你们去海湾钓鱼。晚上我去找你们，咱们在那里吃鱼锅。阿美阿新高兴得拍手，连声说好。唐闻禾又去嘱咐木瓜和小仁，这事那事，木瓜点头，小仁不停地说放心吧，闻哥。我心里犹豫着要不要跟小仁他们回去。唐闻禾转身跟我说我走了。我说加点小心。然后我上楼去。将衣物收拾进我的提包里。无意间掀起枕头下的褥子，看到一个笔记本。我想妻子们遇到这个发现都会生起好奇心的。放在枕头下面的本子，就同放在枕边的书一样，一定是每晚必打开的。我拿起来，随手翻开一页。

某年某月某日

目前我深感海南人才奇缺。诸多因素限制了人才的能力发挥。现在组建农场最缺的就是人才。而找一个合适的人太难了。没有技术骨干，缺少吃苦耐劳的人。或许是因为天气炎热的原因，本地人大多一年四季处于避暑状态，懒散，迷糊。外地开发者的到来，打破了他们因循守旧的生活，使一些人不自在起来。他们因此怀恨，做出许多不理智的事情。广东老板的西瓜农场就是一例。开发成本高昂，加之人为障碍，有些大陆来的开发者打退堂鼓了。有些留下来的自甘堕落了。劳德就是一个例子，他付出妻离子散的代价，然后投降了。显然前面是一条艰难的路，我不会退缩。也不能重蹈他们的覆辙。好在有地质老爹在，不至于落入某些陷阱。我最头疼的是花费大量的精力物力去协调关系。物力还好说，生命中最宝贵的时间搭不起啊！

他在这后面放了一串北京糖葫芦那么长的惊叹号。我心想我们得好好谈谈，我们的付出值得吗？我不该马上离开这里，晚上他回到这里我们好好谈谈。我又翻了一页，他在说英奇。他好像在写信，却没有发出去。

英奇你不会怪爸爸吧？虽然来海南了，近在咫尺我们依然很少见面。从你生下来，我们是聚少散多。儿子也许你长大了，就会理解，要想过舒心的生活，首先要忍耐不舒心的事情。同你的几次通话，我觉得你成长了。你的声音变得快活，这是不是说明你已经学会了处理与周围的关系。你说你刚刚被全班同学推举为班长，我真为你骄傲。我知道你需要我，而我也需要你呀，儿子。你会理解的。慢慢的。当这个世界在你眼前越来越宽广的时候……

在这后面是一长串的删节号。然后另起一行写他自己的心情。

不能常陪陪孩子，是我最大遗憾。

我心里酸酸的。走到窗前，看到小仁提着油桶正在给车子加油。木瓜看到我，他说嫂子我们过一会儿就回公司了，你有事吗？我说等一下，我下楼去。我已经决定留下来。我去把笔记本重新放回枕头下面的褥子下。这时鬼使神差的事情发生了。我随手翻了一下，一行字跳进眼睛里。

她又来了。我叫她南汇。她是南汇公司对外宣传部门主管，聪明有才智，通过劳德认识的，朋友聚餐，劳德向大家介绍说我的红颜知己，不要小看此爷，弄不好，你们都是她手下吃货。劳德已经离婚多年，一个儿子在美国读书，前妻跟着，他无须操心什么。有一阵子朋友轰轰他要结婚了，我想就是这位爷吧。世事有时的确无法预料，劳德竟不声不响地同一个黎家小女子结婚了。据说是槟榔谷那边的人。仿佛就这个话题我们开始了频繁的聚餐，起初我以为她是失恋者，出于同情，觉得劳德不够意思，这么多年说甩就甩了。事情的发展使我疑惑。她说你们都误会了，我和劳德是生意上的铁哥们儿。就像两把算盘，见面就是噼里啪啦的算盘珠响。她开自己的车，后来她说车坏了，要换新的，在新车还没买之前，她搭我的车，有时我请别人去接她或送她。那天聚餐后，她醉得厉害，我和朋友们一起送她回去，她扯住我，为什么躲着我？怕什么？你知道有多少男人追我？你怕什么？大家都清楚我对你的感情，是不是？你们说是不是？大家便玩笑着回答是。她说你们做证我今夜嫁给他了，洞房花烛夜了。我逃了。我一边走一边想，感谢上天，我从不喝酒吸烟，海南的夜晚多好哇。我跑到大东海一头扎到海水里，游了一个多点儿，回到白鹭公寓，我想好好睡一觉，却折开了饼子。好容易睡着了，又被敲门声惊醒。

天已经大亮，一定是公司那边的人来了。我打开门，却看到她，没有化妆，脸色很难看，长期睡眠不足的黑眼圈，苍白的嘴唇，使我大吃一惊。她一下子抱住我，呜咽着说她不知道自己是怎么了，心里好难过。这是我始料不及的。她的确是个好姑娘。但不是我的好姑娘。宋瑶林，你快点来吧。

我合上日记本，闭上眼睛，但愿我没看到这些。下面会发生什么事呢？下面，这个念头令我鼓足勇气又看下去。

若不是木瓜来签一份文件，我真不知道怎么脱身。我已经快四十岁的人了，应该做个理智的人。这样的酒会最好少参加。最好不要同她联系了。来海南三年了，农场的事刚刚敲定，要想在海南农业项目上立住脚，不是轻而易举的。还要拼搏。我还想去大学读书，去游历。人的一生很短，要做的事太多了。

这时我听到车子发动的声音。忙跑到窗前，招呼木瓜和小仁。老阿婆也在院子里。下来耍啊。她叫我。我挥一下手。回到床前，放好笔记本，收拾好手提包，快步下楼。木瓜和小仁惊讶地看着我。几乎同声说嫂子，你这是……老阿婆说这么快就走？这里不爽吗？我说爽着呢。我放心不下儿子。回去看看再来。阿婆的嘴张成个O形。她又在嚼槟榔。满嘴红得吓人。可能木瓜和小仁感到意外。不明白我是怎么了，死活要来的是我，椅子没坐热就走的也是我。我讪讪地说换一个地方总是不习惯。小仁说我们这些出力气的到哪里都睡得着。木瓜捶了小仁一下。我说怎么没见阿新阿美。木瓜说哎呀，他们去镇上的菜市场了，还说中午要给你煮东山羊排呢。去镇上找找他们，把羊排给你带到三亚去。我说算了，留给晚上山上工地上的人下来吃吧。木瓜开了音乐。舒缓的旋律令我感到一阵倦意袭来，竟然睡着了。

回到白鹭公寓，我又变得烦躁。在每个房间里转，叫来洗衣店的拆洗工，把每个房间里的铺盖和窗帘都拿去洗。然后我收拾一下，乘大巴去海口。木瓜接到我的电话，我已经到海口。他说这让闻哥知道了非骂我们不可，公司有车送你一趟就行了。你看天都这么晚了，万一有点什么事不好。我说哪里有那么多事。你不会不让你闻哥知道？他说这样不好吧。我说我惦着英奇，一会儿我给你闻哥打电话。

英奇在海口入学后不久，我在学校附近租了一套房子，就是通常说的伴学屋。每逢假期可以把英奇接出学校住。这是一座有五年以上使用期的旧楼的三楼，七十多平米，收拾了一下，还是蛮舒服的。我进屋就打开电视，没心情看，只是想有个动静，调到大音量，站到窗前，望着夜空，心里琢磨着怎么同唐闻禾说这件事，唐闻禾却先打来电话，声音很倦怠。你又怎么了？

我心里叮嘱自己，说正事，一定要稳住，和颜悦色，生气发火解决不了问题的。没怎么。我轻声说，努力控制着情绪。没怎么，怎么不告而别呢？唉，我累了，你也工作一天了，休息吧。你说我能睡得着吗？他提高了声音。有些情绪真就是不能说控制就控制的，我发觉我没有忍辱负重的修养。我的语言不知怎么就尖刻起来，酸溜溜的。那是后来的事了，星语点醒了我，你缺少的是理性、冷静。否则不会把事情弄得这么糟。若不是星语及时赶来，事情就不可收拾了。

我不明白。我们都老大不小了，没有精力打哑谜。有事你直说。我说什么呀，你自己做的事你装什么。他好像在思索，呼吸粗重起来，压抑着怒火，算了，你愿怎么着就怎么着吧，别影响英奇。我不争气地哭起来。他沉默了一会儿，挂了电话。

第二天是星期日。我领着英奇逛了一天。告诉他姥姥病了，我得回去几天。我想我带着英奇会过得很好。他越来越懂事了。他盯着我的眼睛，姥姥病得很重吗？爸爸同你一起回吗？我说常见病，风湿一类的。我从这边给她带点草药泡澡驱寒。把姥姥接到这边来不好吗？唉，她不来呀。我回去试试说服她吧。你乖乖的。回来给我带点好吃的。我说龙江小米吧，给你煮粥喝。那算什么好吃的。大白菜，大萝卜？英奇叹口气，算了，等我过春节回去吃我姥姥包的酸菜肉饺子吧。下个星期日我去同学家参加派对，我猜老卜奎的五仁果饼，大家一定没吃过。我说好吧，若来不及，就快递过来，不会误了你们派对。

我给母亲打电话，她没在城里住，也没回村里，而是在镇上老姐妹家。她说我跟你表姨每天结伴去跳广场舞，身体好着呢，放心吧。母亲说的这个表姨，是她娃娃时的玩伴，如今一个人生活，母亲常去看她。这是一个从老的到小的都繁忙的时代。母亲不在城里的旧宅，也好，我这样的心情恐怕只会给她添堵。回去再说。

我忽视了节气，北方已经转冷了。我竟穿着单衣单裤走出机场。好在我有个随身带风衣的习惯，裹上风衣，叫了一辆出租。

34 晚钟

有一片金黄的秋叶飘到我的胸前，沾到化纤毛织外套上，我去抓，手被静电打了回来。我呆呆地看着这片秋叶。哎，你别装糊涂，我是谁，你认不出吗？我摇摇头，你一定是认错人了。中国这么大长得相像的人太多了。请自重！我夺路而走。她一把薅住我的胳膊，我的化纤毛外套几乎被她扯烂。两年不见，力气见长。胸前的黄叶飞起来，被风吹走。我要是一片黄叶就躲过这个女人的纠缠了。你笑什么？她恼怒地撕扯着我。我的手臂脱臼似的摇。我笑了吗？我不知道。你他妈装什么装？

我吃惊地看着她。她不是这样的。她温文尔雅，《诗经》中的淑女，她应该这样说："彼采葛兮，一日不见，如三月兮。彼采萧兮，一日不见，如三秋兮。彼采艾兮，一日不见，如三岁兮。"她或许患上了焦虑症。现在这是一种时尚而很普遍的高贵病。平凡的人无所作为的人是不会懂得焦虑的作用，就是使人迷路，发疯，像一头闯入城市的野牛六神无主横冲直撞。我小心地推开她的手，彬彬有礼地后退，略弓腰，一只手背后，一只手伸前，小姐你一定是误会了，我真的不认识你。她似乎越发暴怒了，脸涨成霜叶红，两眼喷火，牙咬得咯咯响，我赶紧扭头跑开，也许她会当街吐出一串串不堪入耳的粪话。我听到大吼一声，赵桤栋你给我听好，你是跑不了的。没人知道赵桤栋，只要别满街喊老箪就好。

我跑回宿舍，坐在床上扇自己的耳光，老箪你不是人，你怎么能这样待她，你不是日夜思念她吗？我呜呜大哭起来。偏僻的好处，任何动静都不会影响别人。这房子后面是一片菜田，距古驿饭庄四百多米，中间是一片小树林，本来是几畦苗圃，育的是银杨，房子是苗圃主人的，他们赚了点钱，买下临道的房子，兼做卖大糙子粥的生意，居然火得不得了。粥铺的名字叫"土味居"。那时秦哥还在滨湖酒店打工，刚由客房部主管升任营销经理，他也是土味居的热心食客。粥铺的主人熟悉他，无论吃粥的人多么多，他不必排队等候，来了就吃，清静之位总是给他留着。有人不爽，老板便说是事先订位的，他工作忙啊。

这一日，秦哥来到土味居，老板叫他后屋说话。对他说，你有没有做个长远打算，总不能一辈子给别人看铺子，自家的铺子还是踏实点儿，凭你的本事挺个饭店没问题。秦哥说你这番话啥意思？

唉，无奈啊，老母这两年一到冬天就气管不好，医生说东北气候病，迁到南方就好。厦门那边买了房子，马上迁往南方了，老母催得急，店要急出兑。你能盘下最好，肥水不落外人田嘛。哥看你是块料，给别人我还不放心呢。你要有这个意思，哥不难为你，出个成本价，七十万，现金立马付清。这店和后面的平房就是你的了。所有设备现成的，你进店就可以营业。

秦哥用脚后跟想，也知道这店白给一样。可是当时七十万对于打工的他依然是个天文数字。不过自己心里已有了开店的想法，这样现成的条件不是随处可得。那什么时候办过户手续？明天一手交钱一手办。这么快？我上哪儿凑齐这七十万？你可以去借呀，以你的能力有个一年半载的，连本带利的都还上了。秦哥一咬牙，好，拼一把。不过，咱们得找人把店里的设施验一验，亲兄弟明算账嘛。这好办，请市内最大的建材市场的行家做鉴定。当晚技术人员就来了。鉴定地面砖一瓷到底，刀叉掉上面不易受损，目前是国内最受欢迎的公共设施铺地瓷砖。而其他设施也可以延续使用，起码二十年内不用更换。秦哥决定买下来。土味居老板说只有一个条件请他理解，他对这个店感情太深了，希望他保留店名两年。秦哥说这个好办，我对土味居也是有感情的，初来乍到时，这里就跟我的家一样。土味居老板说，那好，那就好，就这么说定了，钱明天晚饭前一定要到。秦哥说好，君子无戏言。

秦哥向滨湖总裁申请七十万借款，理由是母亲病了，需要去北京治疗，他保证半年内还清。秦哥万万没想到，土味居老板真正急兑店的原因是因为豪赌。在办过户手续时，土味居老板的哥们儿没留神漏了嘴，操，我好赌都不敢去，输个百八的还行，上千上万的不要命了吗？叫他别再去，他不听劝，第一次赢了二十万，就晕了，跟我吹半个小时二十万，起早贪黑颠大勺，冒烟咕咚煮大粒子，一年也保不准挣这些。结果中了套，第三夜输掉四百万，眼睛都输出血了。四百万赌债要了命了。他不逃还有好？

秦哥听这话脸白了，这不成了替罪羊了？那哥们儿脸也白了，这嘴不是惹事吗？情急之下就说不摊事你也得不到这个大便宜呀。你让土味居老板出个字据，之前土味居的一切瓜葛与本人无关。我领你去公证处公证一下，不就安然无恙了吗？这哥们儿也是个人物，一天之间连过户带公证，所有手续全办完了。当夜土味居老板全家只携金银细软就走了。两年后秦哥才知道他去了河北，做起了栗子的生意。债主是在他走后一年左右在去大庆途中死于车祸。秦哥守诺言，做足两年才将“土味居”更名“古驿饭庄”，招兵买马，要创出点新玩意儿来。真该在《饮食男女》专栏上大书特书一下，我经常在洗碗碟时构思。实际上我一个字也没动，就是日记也不写了。我这是在惩罚自己吗？瘟鸡变名流烧鸡是我的错吗？天呢，我怎么像头蒙着眼睛的驴子似的在原地瞎转呢？

手机叫起来，我听到唐闻禾的声音，你怎么没个动静啊？还好吗？我心里哀叹一声，好个屁！都快成杀人犯了。我哈哈两声，还行，我能怎么样？还在《饮食男女》呢？哦哦，我正在采访古驿饭庄。你的庄园怎么样？马上开始育苗了。育些什么呀？

木瓜。香蕉。现在缺管理人手，你什么时候过来？有人敲门，古驿饭庄的经理来了。忙吧，再聊。再见！我收了线说请进。进门的是女领班。她的面容颇像早年明星谢芳，一向板着脸，像谁欠她钱似的。我暗中叫她要账鬼。这么半天才开门，干什么呢？她声音中明显带着讥讽，视线抛到床上想钓出点什么。我赔笑，让您久等了。她暧昧地笑了笑，你们这号人！前台的小李临时有急事请假，你去照应一下。马上到饭口了，晚上客人多。她翘起下巴，高跟鞋跺着地，蛇腰一扭走了。我忙去椅子上抓外套。心想算我倒霉。一眼瞥见桌子上的影视明星画报，正冲着我微笑呢。妈的，我恨恨地摔上门。

我站前台，对所有进门的人点头哈腰，欢迎来到古驿饭庄。半个钟点后，我哈下腰还没直起身，被一只手拍了一下，紧接着衣领被抓住，脖子勒得直不起来，我闻到一股丁香味，淡淡的若有若无的香味，莫名的惊慌使我两腿发抖。我似乎熟悉这种香味。我极力回忆着。我们坐在林荫路的长椅上。穿着坎袖白连衣裙的夏晔，像个天使似的娇羞地依着我的肩。空气中有一股清雅的丁香味，我喜欢丁香的气味，只是七月了，丁香已经挂满了翠绿的果实。她哧哧笑，傻帽，我在腋下喷了一点香水。

好啊，猫在这儿呢！她尖厉的叫声，使我一哆嗦，回忆中断。冤家路窄。我沮丧地想小李怎么偏在这个节骨眼请假，害死我了。我挣扎着，劝她尊重些，有事好好说。尊重有屁用！你信不信我宰了你。她大吼，手跟鹰爪一样，简直要勒死我了。我看到许多条腿许多双脚，我们像猴戏一样被围观了，没有一个人劝阻，人们似乎在这个突发事件面前不约而同地噤声。我绝望了，哀戚地说，夏晔，别闹了，快撒手，再闹把警察闹来了。她松了手。你认我了。哼，早这样不就得了。

我知道我这份工作完蛋了。女领班冷冷地把我往边上一推。我发现，她这会儿脱去了绿缎纹风衣，换上了宝蓝色软缎旗袍，风情万种地对着来客鞠躬，欢迎光临！我一阵眩晕，沙滩，刺目的阳光，一把宝蓝色的大伞，朝我飘来。我抓住夏晔的手冲出大门，秋夜的凉风使我一激灵。夏晔这会儿平静了。你是怎么了，脸色煞白，身上筛糠？她吊在我的手臂上，我能感觉出她骨碌着一双总像要流泪的大眼睛探视着我。我没心情理她。气压低，烟霾呛得鼻腔火辣辣的。那妖精是这里的老板吗？我甩脱她的手。你要不想滚，就闭上嘴。

饭庄后面那座叫着宿舍的房子还黑着，在树林和旷地之间孤单地立在烟霾中。远处有灯光染出一条粉红的带子。我不知为什么想起米勒那幅油画《晚钟》。有一股宁静的气息吹向我的脑门，这幢房子设计得有些奇怪，八间屋子，五间正房，三间东厢房，在连接处开一个门，门设计得矮了，看着就像凹进去，一个人屈着膝想肩起一副担子，由于两侧重量不平衡，怎么也担不起来，总之这门是太别扭了。进门是方厅，连着东西走廊，这走廊也做每间屋子的前厅，正房那边只有卧室，如今改成员工宿舍，屋里架起上下铺，跟火车卧铺包厢似的。东厢房三间，最里面是厨房，占据一间半，另一半是卧室，大双人床，双门衣柜，写字桌。秦哥刚买下土味居时住在这里，现在他买了临江别墅。我来时他说职工宿舍没床位了，本想招聘不需要提供住宿的，你先住在这里吧。他没把话说完，我也识趣地没问为什么留下我。人有时候是会受感觉支配的。

这栋房子使夏晔产生了好奇心。她的脸上又露出少女般的调皮。踮着脚走进西走廊，这里好像七个小矮人的住房。她悄声说。你不用跟猫捉耗子似的，他们要到十点才下工呢。你还没吃东西吧？她剜了我一眼，疯狗，这还像句人话。我去厨间开始用电水壶烧水。她脱掉外套，换上我的拖鞋，坐到餐桌旁，双肘支在桌子上，两手托着腮帮子，看着电暖壶。记得第一次见到她就是这个样子，夏母叫她烧水给我沏茶。屋子里潮湿而灰暗，那座七层旧楼窗前耸立着一座高层，遮光。夏母双手摩擦着膝盖。她说我妈有严重的风湿症。天要下雨了。她怯怯笑的样子很可爱。那时她总是恭恭敬敬地说话，不笑不发声，仿佛她面前永远是阳光明媚鲜花盛开的春天似的。

夏晔突然变得扭捏起来，娇声说你干吗直勾勾地看着我？水开了。我去冰箱里拿出两袋牛肉泡面。将就吃吧。我一向是在饭庄订饭的。她大约想到刚才的一幕，脸腾地红了。嗫嚅着好不容易找到你了，你干吗躲着我，就那么讨厌我吗？我叹口气，我不想让你跟着我遭罪。她瞪大眼睛，你说什么呀？我们就要举行婚礼了，你为什么临阵脱逃呀？你知道我妈急火攻心差点死了吗？对不起，我不是蓄意的。她霍地站起来，这是什么话？不是蓄意的？我请她别急，坐下吃泡面，凉了不好吃。

我心里犹豫着，要不要把桃的事告诉她？我感觉她的身子软下来，俯在我胸前嘤嘤哭起来。你咋就那么狠心！我下意识地不停地吻她脸上的泪水。猛地箍紧她。她仰起湿漉漉的脸，双手钩住我的脖子。我无耻地想，我趴在桃的身上，曾经许多次为你勃起，你知道吗？我的唇就像被磁铁吸着，贴在她的还存留着泪水咸味的唇上。不要说话，不要声音，我流泪了。悔恨，或者什么都不是，只是感到疲惫，厌倦。我抱起她，让一切烦恼滚他妈的蛋吧！不要说话，不要声音，默默地没有彼此，只有欢悦的河流。就在我要说我爱你的时候，她说话了，她的双手奋力推开我。她说去见见我妈吧，你总得去解释一下，表示一下歉意。我悲哀地长叹一声，刚膨胀起的一点感觉，就像一只被牙签刺破的气球，噗地瘪下去。我突然变得怒火万丈，有什么可怕的念头钻进我的脑袋。别逼我，别逼我！你嘟哝什么？我冲进卫生间把脑袋伸到水龙头下，冷水从头顶流到胸前后背，我看着我胸中燃烧的邪火摇曳着，暗下去，变成一堆灰烬，挣扎跳跃的几点火星，闪烁一下熄灭了。

我看了一下表，还有半个小时，员工们就要回到宿舍。夏晔要马上离开这里。我吹干头发。在浴房门把手上拽条毛巾擦干净脸。卧室里夏晔坐在椅子上，双手抱着脑袋，好像头疼似的。我送你回家吧。她吓着似的转过头，面上渐露喜色，真的吗，去见我妈？再说吧。我从床下拽出新添置的羊皮手提箱，将我的衣物装进去。我本打算在这里长期过一种隐居生活，双肩包也装满土特产给姑姑寄去了。而夏晔的突然出现，使我貌似安定的生活动荡起来。现在我又不知漂向何处去了。她迷惑地看着我手忙脚乱地在屋里转。我的东西不多，只是随手丢满屋子，比如一双上脚不久的袜子，一只晾在南窗台上，一只在写字桌下。我在前厅的衣挂上扯下我的运动外套，在洗衣机滚筒里拉出我的保暖内衣。夏晔笑起来，捂着肚子，妈呀，我受不了，你的东西怎么这么乱呢？最后我从抽屉里取出笔记本放在箱子里。我说走吧，笑够了没有？

走过古驿饭庄，看到他们正在打扫饭厅，靠窗的位置居然还有一位老先生在慢慢咀嚼。路上遛活的出租车看到我们停下来，去哪里？司机摇下车窗探出头。我说先到崇德一号楼，再去如家宾馆。夏晔推了我一下，就住我家吧，有地方。再说吧。我不知从什么时候喜欢上“再说”这个中性词语，主动权在自己手里，又给对方留有希望，不伤和气。在实际生活中，你要听到“再说”吧，这样的回复，就没戏了，不过所有的人都会安慰自己，也许还有门儿。

我不是也这样吗？一心躲在嫩江边的古驿饭庄里脱胎换骨。这里的食客多半是自助游者，江西进城的农民，还有旅行团来订团餐。要去本城一些著名风景区一定要经过这里。当初秦哥便是看中了这种潜力。我看中了这种潜力中的陌生面孔。这些陌生面孔会使我自由地思索，或许会找到一种诗歌似的小说，小说似的诗歌，百科全书似的长诗。我不再是《饮食男女》的老筆，真正地脱胎换骨。我会原谅一切不公平。我会让公平在我的笔尖上跳舞。我房间对面的员工宿舍几乎给了我这样的信心。他们的故事冲淡了我的不幸。我的确是个不幸者。我怎么也不会想到夏晔会出现。这里位于城区边缘，距市中心远，距商贸区远，尽管公路平畅，住在南北东市区的人也很少来，这是我在《饮食男女》时一大感慨，他们多半是活在眼前利益中，像伍德罗·泰洛克一样，很少离开每天所要做的事情，何况到这边游江逛岛，至少要一天半天的。我没有去想夏晔同他们不一样，她在陌生和美景间逛着，就把我逛到了。

醒醒吧，上了车就瞌睡，到站了。夏晔推推我。我像模像样地伸个懒腰，下车。我突然想到我不能下车，她到家了，我该去如家宾馆。我说还是再见吧。一转身车子已经跑了。我说哎，还没付钱呢。她说你嚷什么呀？不给钱他能开走吗？我顿顿手提箱说夏晔，不好意思，我不小心睡着了。夏晔揶揄地去拿我的手提箱，走吧，到家进屋吧。我好像听到有开门的声音，想到夏母看鬼一样的眼神瞪着我，我忙夺过手提箱，不劳费神，我得走了。她死死拉住我的手臂，怎么也得见见我妈，她好悬没病死，你知不知道？我就那么讨厌吗？当初你不是这样的！

夏晔吗？夏母已经来到单元门的台阶上。妈，你看我带谁回来了？桤栋吧？她的声调平和，没有惊讶，没有走下台阶。进屋说话吧，这大冷的夜会着凉的。夏晔不作声地狠狠搡了我一把。我趔趄几步就到了台阶前。夏母侧过身子让我们先走。我松开了手提箱，让夏晔拎着，我挽起夏母的手臂，您老还好吧？挺好，没什么不好。她不像是在生气，好像我昨天还来过这里，口气是她一贯温和的低音，无论她怎样忙着做事，对莽撞的闯入者，总是轻轻地说什么事呀，这么急？你满心的火气，一下子灭了。在她面前，你无法说不，这正是我担心的。我已经不是两年前的梲栋。我心乱如麻地搀着夏母上楼，虽说只是四层梯级，夏母竟是喘得厉害。她叹口气说老了。那低沉的语调差点把我的眼泪勾出来。屋子里熟悉的陈设，扑面而来的家的熟悉气味，我便如遇热的蜡烛一样瘫软下来。我看到我习惯坐在东墙沙发角上看电视的位置，依旧摆着满绣靠垫，上面芦苇荡中的丹顶鹤依旧鲜活欲飞。

夏母张罗泡茶。我知道阻止她是没用的。她一定要张罗的。茶点摆满茶桌，看着斟满的杯子升腾着蒸汽，她才坐下来。夏晔进屋的第一件事，回房间换衣服，没有半个钟点出不来。我说李老师还好吗？李老师是夏晔的父亲。夏晔从母姓。夏老师说，好着呢，这不去年退休了，应聘到杭州那边的一所师范学院客座讲师。那边气候好，像我这老寒腿到那边就好了。这不等晔儿安顿下来，就也过那边去养老了。我说好哇，那边确是养老的好地方。我抱过靠垫，抚摸着飞翔的鹤，希望它给我灵感，编织出合理的解释。也许我能试着重新面对夏晔。

这么久了，我在干什么？我去拘留所体验生活，要写一些关于犯罪心理的综合性文章，也就是考察生长环境在人后天行为中的作用。为此还去了海南，从南北气候差异中来找出突破点。我发觉气候温暖湿润，没有季节感的区域，生活在这里的人，神经放松，喜欢享乐，没有梦境，讲究现实，眼前利益就是一切。唐闻禾在买地的过程中体验到了气候在人精神需求上的作用。本地人沉溺酒足饭饱及感官的满足。当他们得不到这种生活需求满足，就会想法子去开发商口袋里掏。他们把拦路抢劫叫同甘共苦，他们去农场偷东西叫一家人不说两家话。他们把进监狱叫当兵，管吃管住捡了天大的便宜。而像地质老爹、牡丹一类开始采取一种和缓的抗拒，把自己融入引领新生活的队伍。我沉入冥想之中，一步步扩展它，使它合情合理，富有魅力……

累了吧？要不要先去休息一下？我被夏母柔和的声调拉回到现实中来。窗外漆黑一团，人们已经沉入北方深秋夜的梦境。我端起茶杯啜了几口。在海南此时人们还在狂欢。今天是周末吧？我看到夏晔换了家居服，玫粉色的长袍，头发披散在肩头，脸上化了晚妆，弯着嘴角笑，眼睛征询地看着我，好看吗？韩范儿。我说你自己原来的样子就挺好。我把一杯茶都倒进胃里，人立刻精神了。以往这个时候我在全力为《饮食男女》写稿子。夏母说小晔你去睡吧。我和桤栋说说话。夏晔迟疑了一下，叫了声妈！她担心夏母兴师问罪。夏母柔了声说去吧，天不早了，去睡吧。我和桤栋说两句工作上的事，我们单位缺人手呢。没想到这两句话说到天亮。

我做好了接受任何训斥的心理准备，脸颊准备好了挨耳光的麻痛。我不想为自己辩解。我不对，我缺乏道德，我一时昏了头。心里想桃再来找我，我还得跑。我打了一个激灵，一片站立起的巨浪兜头拍过来，桃不会来了。

你的脸怎么这么白？夏母关切地拍拍我的肩。我又激灵一下，这个激灵是从现场回到现实。我说熬夜熬的，我做了记者，要经常熬夜赶稿子。要不，明天再说吧。我说没关系，习惯熬夜了。夏母起身轻轻走到夏晔的房间，开个门缝瞧了瞧，回来说她是真累了，你的到来使她安心了，睡熟了。她开了 CD，放进一张碟，屋子里响起莫扎特的小夜曲，音量刚好能入耳。她说晔儿喜欢莫扎特。听着莫扎特长大的。只是她没有音乐天分，后来就进了林业大学。夏母心不在焉地叨咕给我听，这样她睡得沉些，小时候她闹觉，放上莫扎特她就安静了。

夏老师对不起。她一摆手不说这个，你有你的难处吧？我想你还不了解晔儿，这件事我本想就烂到肚子里了。也许我早些告诉你好了。你是知道了这件事接受不了吧？

我因此不但没挨耳光，还有了理由拒绝婚事。有点，不全知道。我回答得比较滑头，这样我不太被动，其实我并不明白她要说什么。

唉，她长叹一口气，她这声叹息，不像是我以前认识的教育科研所教育研究部主任，倒像是一位无助的孤独老人。我立刻告诫自己不要让怜悯做出轻率的决定。我为自己这种念头惭愧，于是摆出洗耳恭听的样子。夏母沉浸在回忆里，并不注意我。

饮食男女放下包袱，轻手利脚追求梦想，把你们难解难分的心事告诉我吧，我给你们解忧。这是《饮食男女》专栏广告词。我怎么想都觉得逃婚后，在为《饮食男女》撰稿的这段日子是我人生颇为得意的时光。夜深人静，孤灯方寸，遐思信笔，搅动万千心灵。

那个时候你知道了晔儿不是我亲生的，是吗？什么，您说什么？我从午夜沉思的窗口醒过来，把丢在星空下小街上的视线拉回现实中来，现实中的饮食男女遮盖了小阁楼上的梦幻世界，头顶上好像有雷声，正滚动过来。什么？夏老师您说什么？

晔儿不是我亲生的，你知道了，是这个原因吧？地震在我内心深处，震感强烈，有八级，不，十二级，我看到高楼倾倒时在内心引起的恐惧。我努力掩饰着惊讶，装作知情的样子，用手势掩饰我的虚伪。夏老师我蒙了，究竟是怎么回事？您应该告诉我的。

夏母又叹气了，我也想过，毕竟是结痂的伤痛，揭开那层痂也许会害人的。事到如今，也只好把话说透，何去何从你自己做个最后的了断。说来话长，我尽量简单明了。我们没有小孩，做了种种努力之后，也就死心了，决定抱养一个。有一天在学校看收发的李阿姨说她的邻居刑老太太同她闲聊，把她从阎王那里救回来的神医晓春想替一个可怜见的孤女找一户好人家。我说我正想抱养一个孩子呢。那是二十多年前秋天的事。她像一只小猫一样蜷缩在蓝色家织布的包裹里。我后来才知道到我家是第三家了。头两家知道这女孩的母亲是杀人犯后，不要她了。这件事在当年轰动挺大。

我的神经绷紧了，被这突如其来的信息震蒙了。是的，杀人犯，她的生身母亲杀了她的父亲。无论我们之间有无婚约，我都不能正视这个事实，杀人犯的女儿，不，这太荒唐了。夏老师，您没事吧？您一定是弄错了。我的女儿，怎么会错？医生晓春给一个女杀人犯治病保胎，等她生下孩子再收监问罪。晔儿就是那个女犯的遗腹子。夏母的声音平静下来，她终于说出来，心里悬着的一块石头落了地。

夏老师，您知道她的来历后为什么还要收养她？孩子是清白无辜的。我决定收养她。那时我在中学教书。为了她的身世永不再提起，我们迁到大庆。后来她考上这里的林业学院。我想这么多年过去了，邢老太太九十六岁那年去世，晓春医生也迁居外省，李阿姨退休去了南京儿子那里。当事人都不在了。我动了迁回来的心思。晔儿在这里读书，假期回家也方便。当时这里的教育部门恰好需要人，工作挺合我心意。这样就又想办法迁回来。我们始终守口如瓶，没有告诉晔儿。让这件事永远是个秘密。现在无论你做出怎样选择我都能理解，只是不要让晔儿知道。可是就在这时夏晔的房门突然大开，她泪流满面，伤痛欲绝，喉咙里发出噎住的哽哽声，她是想说什么，极度强烈的震惊使她发不出声。我们霍地奔过去，夏母撕肝裂肺地叫了一声晔儿呀！夏晔昏倒在夏母的怀里。

第二天，夏晔离家出走了。那是下午，电话铃声将我惊醒，折腾了一夜，我困急了，睡着了。看到桌上夏母纸条，我出去买菜，晔儿睡着，你醒来看看她，桌上有水拿给她。电话是宋瑶林打来的，她找夏母，问夏晔怎么样，能否回海南。我去她房间，夏晔已然不在了，床头桌上留了纸条，不要找我，我不会寻死，只想一个人静一静。

35 香水月季

我庆幸没有卖掉这所旧宅。房子是为了父母到城里来有个落脚点而买下的。也希望他们搬过来，探望方便。那时工厂刚上道，我们还住在高新技术开发区的工厂办公室。并不打算在老城区买房子。母亲习惯了乡下敞亮的生活，她说城里过日子太憋屈，不想搬家。可是我也没处理掉这所小房子。唐闻禾去海南后，我把在高新开发区的一百八十平米的大房子卖掉了。在这所房子里并没住几天。英奇住长托，唐闻禾跑北京，我多半时间在我的庭园艺术设计所。英奇放假总是喜欢住到这所小房子里，英奇回来，母亲便也过来。那空荡荡的大房子多半荒凉着。我甚至都奇怪当时怎么会去买那样大的房子。我的办公室合租者梅恩也买了一所大房子。

梅恩特别喜欢新兴起的跃层楼，她以原来的房子做抵押，银行贷款买了一所楼中楼，二百八十平米，以黄和蓝为主要元素，装修成地中海风格。她请我去燎锅底。在大客厅坐下来，面对窗外的天空。从这个落地窗只能看到苍白的天空，夏天会看到云和雨，秋天有风吹过的枯叶，冬天漫天的雪花，总之都是高处的景物。我想坐在这里只适合发呆，我不大喜欢高层住宅。那是唯一的一次在这所房子里开伙。她兴奋得同新娘似的。手舞足蹈地描述这所房子里未来的笑声。她想再要个孩子，最好是双胞胎，这么大的房子，就是一打也玩得开。她兴奋地描述着孩子们楼上楼下跑的情形。而后这所房子里再也没有了笑声。也许这房子太大了，她的心事变得单薄，化在空气中从大落地窗中飘走了。楼前楼后的小花园，她同丈夫竟然没有光顾过一次。有一天我没什么事，梅恩出出进进的，不像有事的样子，倒像是烦躁。我说白豆没来，夏晔给客户送设计图去了，从那里直接下班了。不如你跟我去看看我最近的庭院园艺作品。她说哪里有那心情啊，求你陪我回家好吗？我无法拒绝，尽管我也有一大堆糟心的事。

我们坐在客厅里，她开了灯，落地窗上遮着厚窗纱。她拎来两瓶矿泉水。我说还不到夜晚，遮着窗帘多闷呢！她说也不知怎么啦，站在那里往外看就头晕，就像要往下跌似的。你有恐高症？只是最近这样。我说大约是休息不好的原因吧？她说失眠。突然地就哭起来，哭得上气不接下气。趴到那红油漆地板上。我握着矿泉水瓶，坐在沙发上发怔，拿不准是劝说她冷静点，还是任其发泄？后来我想还是等待她自己平息下来。她的号啕在这所大房子里如同在山洞里一样回荡着。她平静下来已经是晚饭时分了。我烧了热水，找到一个落满灰的面盆，洗净，倒进一些醋，用热水搅匀，浸入毛巾，把拧干温热的毛巾敷在她哭肿的眼睛上。两个小时后，她可以化妆见人了。我说出去吃点东西吧，你想吃点什么？喝粥去？她说叫外卖吧，我常叫外卖。怎么，家里不开伙？记得有一阵子你张罗保姆，看了一个又一个的。她说后来只雇了钟点工，打扫一下卫生。她叹口气，经常我一个人吃饭，有一碗泡面就够了，雇保姆不是浪费吗？梅恩，我不同意你这个想法。你赚钱是为了看着吗？她说我的心没了。我们叫的外卖是牛肉打卤面。由于要加上送餐费五十六元一碗。那以后，梅恩告别了她的大房子。我们这个写字间的女人为她送行聚会，此后便没她的音信了。我不由打个冷战。

九月北方屋子里已经阴冷阴冷的了。从前觉得还可以忍耐，海南的气候使我已经不习惯这里的秋寒。我好像从没有觉得这么凉的秋夜。我在屋子堆杂物的角落找到了自备的电暖气，这还是为英奇准备的。妈妈蔑视这种东西。用这个？得多娇性？北方人就得有北方人的耐性，要像霜降后的大白菜，耐寒健康。她唠叨着要将这玩意儿送人的，大约说过便忘了。我心中一阵高兴，拖到浴室门前开放电暖气。洗个热水澡吧。什么也不要想，好好泡一个热水澡，好好睡一觉。开热水器烧水。电视调到音乐节目，这么忙活一阵，觉得暖多了。我害怕停下来，还是停下来了，因为等待热水。我站到窗前，窗外灯光寥落，偶尔会听到一辆车子驶过。只有天空是热闹的，大粒星星布满天空，一颗流星滑过，天空似乎抖了一下。我开始数星星。我的右眼皮不知为什么一个劲地跳。跳得心慌。我撕掉一块面巾纸贴上。热水已经烧好了。我又不想马上洗澡了。找出海南用不上的丢在这里的羽绒服穿上来到街上。

冷风吹着脸，人觉着清醒好受了些。我沿着街快步走，就像那些暴走族一样。只是我没佩戴着唱流行曲的音响。耳边回荡的是我一个人单调的咚咚脚步声。路灯似乎被我的脚步踏醒了，亮得可以读书了。大约我走到主街这边来了。已经记不得哪条街跟哪条巷了，任着双脚带着我见路就走见弯就拐，偶尔迎面走来一个人或一辆车，便大吃一惊，冒一身冷汗。有一个穿着运动服的男人在跑步，这让我稍稍安点心，并不是我一个人在发疯。半个小时后我发现面前的低层建筑有点眼熟。朦胧的光线，百叶窗都落着，没有灯光，在第一层单元门上临着街的一个窗台上放着一个大花盆，青花瓷还分得清，我认出这是我栽种香水月季的花盆。我走的时候留给新主人了。这么说这是我过去的庭园艺术设计所？我怎么走到这里来了？这里距我的住处要五站地呢。夜晚，黑灯瞎火的小写字楼，这里已经不属于我的了，我该马上回去。可是这盆月季怎么了？四季都开花的月季，屋子里天天飘溢着它淡淡香气的月季，怎么给丢到外面来了？每次的庭园设计，总是会给月季留一个位置。北方冬季长，就设计成盆栽，天气冷下来搬到屋子里去。有的委托人嫌麻烦，我还极力说服他们，这月季风水好哇，四季常开的。人家说侍弄麻烦。我对李公民说南方的月季我想让它漂到北方来，雇主们总是摇头。李公民就笑，你要实行自己的主张，就要找到有说服力的佐证。比如古代宋朝时，上流人家就特别欣赏月季，留下不少妙诗佳句。“花亘四时，月一披秀；寒暑不改，似固常守。”这是叫宋祁的人咏叹的。还有：“一枝才谢一枝妍，自上春工不与闲。纵使牡丹称绝艳，到头荣悴片时间。”这是宋朝朱淑贞的诗句。“牡丹殊绝委春风，露菊萧疏怨晚丛。何似此花荣艳足，四时长放浅深红。”这是韩魏公的。“只道花无十日红，此花无日不春风。一尖已剥胭脂笔，四破犹包翡翠茸。别有香超桃李外，更同梅斗雪霜中。折来喜作新年看，忘却今晨是季冬。”这又是宋朝杨诚斋的。我说你怎么知道这么多？学来的，搞旅游的，走得地方多了才知道自己有多么浅。有一次我带团去美国，在夏威夷海滨花园，游客中有位女士大叫这花真是太美了。负责当地游程的地导很骄傲地说当然，这是我们的欧洲皇后。我说这明明是中国的月季嘛，老百姓叫月月红。他说你怎么能证明呢？

它确实生长在美国的许多地方，不仅仅是这里。我证明不了。我一心想弄清楚美国的月季和中国月季的根，有朋友建议我去找大园艺专家陈从周，找到他一下子就清楚了。我还真的去了同济新村，可是那时他已经抱病噤语，不能会客了。后来你猜怎么的，一位中学老教师把问题解决了。暑期团，去的是法、意、瑞，她对当地居民的小花园特别感兴趣，她喜欢花卉，我问她你喜欢月季吗？她说喜欢。我讲了欧洲皇后的事。她说月季的原产地是中国。十八世纪末经由孟加拉湾传到欧洲的，他们的园艺家进行改良培育重新创造了它。花形更加优美大气，色彩也繁多绚丽起来，香气有了浓淡醇雅，它综合了蔷薇科的优秀部分，而它自身特点是四季开不败，人们特别喜欢它。无论它走到哪里，它的根在中国。你不妨以诗为证。我背下了这些美丽的诗句，却再没有遇到那位美国地导。李公民嘲弄地哈哈笑。我当时说我去买一盆月季，于是就跑到花市买了这盆香水月季。而当我读熟了有关月季的诗句，这盆香水月季却枯萎了。我只能站在这深秋的夜里凭吊它陪伴我的那些日子。我去摸口袋里的手机，没找到，一定是丢在房间里了。我现在需要同人说说话，讲讲我的庭园艺术和一盆香水月季。

我跑起来。一群醉醺醺的人站在路旁，闹哄哄地扯着嗓门寒暄着。他们身后饭店大门上方的电子屏幕上跑着大红字：李先生北女士公告宴在二楼。我迅速转向另一条路，一般是订婚、结婚、寿诞、学子、答谢什么的名目，这里真新鲜，公告，公告什么呢？跟悬念剧似的。只有北北能如此离谱搞笑。自从他们上次送我去海南，再没联系过。

我发现到了商业街，看到家乐超市的霓虹灯一闪一闪的，我的心情好了些。就像李公民说夏威夷人口头禅“唰嘎唰嘎”，意思是放松放松，我干吗弄得自己紧张兮兮的。“唰嘎唰嘎”，我走进去，买了一袋子蔬菜水果。走回家半夜了。累得头发昏。胡乱洗了洗，钻被窝。疲惫有助睡眠。因为脑袋沉得没法思考了。第二天早晨被大太阳叫醒了，没拉窗帘，太阳笔直地照在床上，我不得不起床。坐在床边，觉得脑子里乱糟糟的，有许多的人许多的事搅在一起，似乎还没从梦中的情景中走出来。李公民，月季，园艺，好像还有街景。我就像捡拾散落的珠子一样往一块儿穿。我拿起手机，给李公民打电话，干吗费力去想，打电话不就清楚了。我的手机还在关机状态。这么说从飞机上到现在一直关机。我刚开机，英奇电话进来了。他说手机怎么了？急死我了，姥姥没事吧？我说没事。爸爸给我打电话找你。你没告诉他吗？他忙，准是没在意我的话。噢，我要上课了。下周能回来吧？看情况。你要照顾好自己。放心吧，我已经长大了。

长大了？他收了线。长大了，多大？刚读初一。我觉着饿了。先去厨房弄点吃的再说。

厨房里够十个人吃一星期的水果蔬菜吓了我一跳。我拍拍头，终于想起昨夜昏头昏脑地去过超市。我真有力气。我想人在愤怒的时候，能像鲁智深力拔垂杨柳。我做了西红柿炒蛋拌挂面。吃过饭，给母亲挂电话，我要去看她。她说我和你表姨在杭州呢，还有你叔和婶。我说你们真够神速的，广场舞跳到杭州去了？北北心园旅行社办的夕阳团。噢，北北带着你们呢。北北没带我们团，北北到鹤乡参加什么会。旅行社的小导游带我们，五湖四海的人都有，可开心啦，你放心吧，杭州是第一站，还要去几个地方，怎么也得十天半个月的回来。母亲强调说不想参加的，婶婶说你来吧，支持一下北北，我就拽上你表姨一块儿来啦。母亲大半辈子过苦日子过的，仿佛提到山川之乐便有些难为情似的。我摆了很多理由说她今后应该多多参加这样的活动，并列举了许多例子证明旅游对身体的好处。放开手脚过自己的生活，也是一种深度与时俱进的表现。母亲诺诺地听我啰唆，然后说集合队伍要去西湖了。我又叮嘱她注意身体问候叔和婶。收了线，我颓然倒在沙发上，天呢，我什么时候变得这样唠叨了？我突然间觉得自己像一艘搁浅的小船，抛在一座孤岛上。一阵恐惧袭来，我睁开眼睛看到白色的棚顶，竟有一只大蜘蛛在上面结了网，它正在缓缓爬向被粘住的蛾子。我跳起来，找到笤帚，就像儿时玩捕蝶一样，将它们粘在笤帚上然后飞快跑下楼，投入垃圾桶。已经过了上班时间，小区里很安静。我仰头望着属于自己的那个窗口，白色的窗框使玻璃显出暗绿色。两尺上面是别人家的窗户，挂着蓝色的布帘，此时掀动起来，一只白手推开窗子，随后探出一张披散着刨花头发的白脸，俯视着我，我看了一眼自己身上的丝毛睡袍，急忙离开。我在三楼，那是四楼，总是静悄悄的，上面的人动作多轻啊。我倒到沙发上，打开电视，不停地换台，什么也没看进去，只觉得烦。要想个办法，这算怎么回事？李公民，对李公民！

电话里李公民的声音懒洋洋的，好像电话吵醒了他，他是在遮着窗幔的床头抓起的电话，不大耐烦的语气，哪位？这是过去从来没有的状态。他在国外吧？倒时差？他又重复了一次哪位？我说但愿没打扰你吧？他听出了我的声音。宋瑶林？你还好吧？兜头一盆冷水似的，他的声音立刻精神起来。你在哪里？你在海南吗？他反问我。我在大庆。他沉默了。你听到我的话了吗？他惊醒了似的，哦，听到了。有事吧？没事就不能打电话了？我不是那个意思，习惯了。你还没回答我。什么？他变得吞吞吐吐。说话不方便？他说哪里，你说吧？我有点麻烦事，你在哪里，我打飞机去。他沉吟了一下，我刚被你的电话叫起床，你耐心等一会儿，中午去憩园见面吧。我的脑筋竟没能急转弯。他在哪里，怎么能在两小时后到达这里的憩园？

我洗脸化妆用去半小时。李公民对女人化妆颇有微词，不过有时他也会毫不在意，当然是针对与他毫不相干的人。这几天我一直疲劳奔波，睡眠极差。不收拾一下，会让人以为见着鬼。我将长发绾成大发髻，脸刷白，涂了点腮红，看上去还有点精神。为穿哪件衣服费去了半小时，实际上这里仅供我选的衣服只有三件秋装。剩下的一个小时我走在路上。我不想坐车。我要好好想一想见面说什么。我说什么呢？一个小时我想不出说什么。憩园门前的小花园改建成了玻璃房，从外面就看到高大的月月红开得同夏季一样。进到里面我简直要惊呼了。这里面是一座微缩的苏州园林。小桥流水，池鱼。还设了两条粗糙的原木长凳。你可以坐下观鱼，也可以看头顶上的天空。喜欢吗？嗯，太美了。我觉得这声音耳熟，回头竟看到李公民，他先我到来，笑吟吟地望着我，就好像在英语岛。我说这里做英语岛不错。他别过脸去，抓过我的手，拍了一袋湿巾。他说去夏威夷包房，里面有洗手间。镜中的脸，像挂了一层霜，眼角处有湿痕，脂粉斑驳。我记起来初走在街上，风吹着了眼睛。我看着眼泪流下来，在脂粉间奔突，阡陌纵横。我就扶着脸池看着镜中陌生的脸，动弹不得。直到李公民在外面敲门。宋瑶林你没事吧？我看到镜中的脸极力调整出一个微笑，大声说没事。把脸伸到水龙头下哗哗冲洗。镜中露出经过海南紫外线染过的皮肤，像是半个黑人。我把弄湿的额发撩上去，用水抹匀。压抑的心情随着脂粉被冷水冲走了，有了轻松感。走出来看到李公民沿着窗子焦虑不安地踱步。我用英语岛上的习惯，说了一句英语午安。他站下来，笑了，回了一句英语，海南的风把你吹得很漂亮很健康。

我想起那些躺在大东海的沙滩上，执意要把自己晒黑的白人。回说我并没想有意去赶时髦。为什么要有意呢？有意与无意之间更理性。不觉间开始像在英语岛一样，使用英语争论起来。我的脑子里出现了哈尔滨那个充满澎湃气息的角落。这里包括了阶梯性的年龄段。从幼儿园的到老年公寓的，大家都结巴地和流利地说着英语。因此大家都有一种趾高气扬的自豪感，狂热得像是忧国忧民的精英，相信一种语言的力量，能打开全新的生活。它不过是一堆篝火，曲终人散罢了。我用英语说了这句话，李公民说你在说什么？我说哈尔滨英语岛。不是这样吗？他改用了汉语，还记得兰兰公主吗？这是英语岛上最小的女孩，只有四岁，她的姑母每天清晨和傍晚都带她来。她很可爱，眼睛水灵灵地看着我，向我问好时，灿烂的笑容和眼神，使我想起童星秀兰·邓波儿。我用英语同李公民说她真是个小秀兰兰。李公民说什么小秀兰兰？秀兰·邓波儿。女孩听懂了我的话，仰着头看着我们说真的吗？她姑母立刻严肃了脸说，你和大家没什么分别，你想想今天要问什么问题，就问吧。然后附在我耳边说不要这样赞美她，她会分心的。开始我一直以为是她母亲，后来才知道，这个女人不是她母亲，是她姑姑。我看着李公民，她该升入中学了吧？她病了。姑姑带她去北京看病，北北救了她。北北？她得的是白血病。现在稳定了，不会有生命危险。我提起的心落下了。

北北呢？过一会儿就见到了。你们都在这里？嗯，巧吧。说说你的事。我满肚子的话突然不知从何说起。我说昨晚我去写字楼，那盆月季在外面窗台上，枯枝在冷风中抖动着，心里好难过。李公民将热茶推到我面前，你已经连同写字楼一块儿给人家了，还想那个做什么？你一定有什么不解之事，若不然你不会独自飞回来。记住我们永远是好朋友，说说看，我能帮你吗？我几乎弄不懂我怎么坐在这里。就如在所有紧急状况或情绪低落时，我脑子就发僵，一片茫然。我急得流泪了。他似乎不知所措，抓起面巾纸给我拭去眼泪，可是不听话的眼泪又滚滚而出。没什么，我哽咽着说，只是难过。他说等我再带团出去给你弄盆改良的好品种。我木木地点头，并没往心里去他在说什么。我的样子一定很狼狈。他不再说话，以手示意我喝点热茶。他转头去望窗外玻璃房内的景色，变化的光线使那里如梦如幻。我也去看。或许是注意力转移了吧？我不再流泪，去洗手间洗脸，然后喝热茶。一股热流通遍全身，我觉得额头脸上有细汗沁出。好些了吧？他伸手捂了捂我摊在桌子上的手。寒气驱出去就好了。秋与冬的变换之间人最敏感，特别怕冷。尽管此时的气温比三九天要暖得多，人却觉得冷得受不了，现在穿的保暖服在三九天也不觉得冷多少，适应就好了。在适应的状态下，你才会冷静，领会到冬天其实在调整生态平衡。我瞪起眼睛反驳怪论，那么海南呢？生活在赤道边上的人呢？所有人类居住的地方都有冬天。不过温差比例不同，我们从四季分明的地带去，感觉模糊，实际是已悄然调整过了。可是有时候也会有海啸台风。你总算说到点子上，这是一种毁灭性存在，它如彗星一样，在人们忘记它的时候，它使人们吃惊地从琐碎的快乐中抬起头。他目光有些迷蒙，脸色发白，手转动喝空的茶杯，好像看着台风海啸或彗星正走过来。喃喃祈祷，是啊，现实存在，你无法回避。我挺直身子靠到椅背上，觉得舒服了些。

北北带一阵风走进来。她穿着一件西瓜红薄毛呢大衣，宽摆风衣式，配一双同色短靴，头戴英伦黑呢帽，手提一款黑色镶皮锦缎包，天使一般落到我的面前。红润饱满的脸面，就如雷诺阿笔下的大浴女。瑶林姐，你来怎么也不提前招呼一声？我说你这样子像个新娘子。她抿嘴笑，看李公民。李公民说原本过几天要去海南的，这里见面了，就不急了。我看着他们，你们不是……北北说就是嘛。我猛地想起那家酒店大门上方的电子屏幕，不由脱口而出，李先生北女士公告宴？北北孩子气跳起来，呀，瑶林姐，你知道，怎么不进去？我知道什么，姓李的多了。李公民尴尬地笑笑，这事情我觉得越简单越好。没有张罗，家里人吃顿饭。北北的同学和朋友这边多，大家都很支持我们的旅游公司。借个由子答谢一下。送你去海南回来就定下来了。接着分别带团国内国外地跑，分多聚少，旅行社还在发展期，哪里敢松懈？这个月有几天空闲，也是快年底了，短暂的淡季，旺季随后就到了。所以一切从简。你也了解北北，她喜欢与众不同。北北娇嗔地噘着嘴说什么呀，就是好玩。李公民说点菜，边吃边聊，瑶林饿了吧？

我看到墙上的时英钟指到中午十二点，发出小鸟一样的啾鸣声。它的报时声使我感觉到憩园的幽静。你来点菜，喜欢什么就点什么。李公民把菜单推到我面前。我推给北北。北北一笑，拿起菜单认真看。其实我一点胃口也没有。北北报了几个荤菜名，我只好说我要小份热汤蔬菜面就可以，赶路上火了。瑶林姐你急着要走吗？事没办完，要待两天。我好像真的有什么要务要办似的，有点官腔，厌烦身不由己，不得不做，以博得同情。北北说那你可多注意身体，别太累了。突然想起似的，哎呀，姐夫还好吧？他会不会挑我的理呀？我的胃一下子满满的了。他呀钻到深山老林拓荒去了，没工夫挑理了。

李公民说还是边吃边聊。你点好了吗？你想要什么？什么都可以。冬吃萝卜夏吃姜，那就牛肉萝卜，炸鸡翅，意大利炒面两份。我勉强吃了两口素面。瑶林姐你不舒服吗？就是这一阵子太累了。我心想该给他们点贺礼。你瞧你们，总该打一声招呼，为你们高兴嘛，自然要贺贺喜的。李公民起身说我出去一下。北北说公民说结婚只是个形式，给别人看的，过日子才是内容，好好地过日子，结得红火不如过得红火。我说有道理，不做头重脚轻的事。他有过失败的婚姻。不说这个了，你们什么时候去海南再补个庆祝会。还有你救了兰兰公主。想起她的小样儿，便心生怜爱。公民跟你说了？顺便提了两句，详情还真不知道。在新东方学英语时，你走了以后的事。没有人见到兰兰会不爱她。她特别乖，叫我北北姐姐，在一起相处得快乐极了。那时公民已经去做导游啦，一年后我也投奔他去了，同兰兰她们也就断了联系。忽然有一天，兰兰的姑姑领着兰兰去北京找公民。兰兰一向挺好的，近来突然经常头晕，低烧，身上无力，面色发白冒虚汗，吃了几天治感冒的药，不见好，去哈医大附院看医生，却查出白血病，她不相信，想在北京确诊一下。北京医院证实无疑，而且要尽快移植干细胞，还有希望。医院里没有合适的，公民急得快不行了，吃不下饭，睡不着觉。我想试一试，没告诉他就去找医生了，你说巧不巧，真的就行了，完全符合要求。兰兰有救了。我把这个消息告诉公民，他抱住我放声大哭。我捐献了骨髓，兰兰康复了。后来公民帮助她们去了南方，他没有对我说具体的地方，总之是个山清水秀的地方吧。再后来向你求婚，然后结婚。她说就这么简单。说实话你爱他吗？

北北说当然。我第一次见到他就被他吸引住了。他博学幽默，为人细致周到体贴，你知道我是个粗拉拉的人，嗯，我真的很喜欢他。她玩着手腕上的白玉镯。不过，这样近距离接触他，我有时感到捉摸不透他。他有时会很沉默，即使谈笑时也隐隐感到他揣着心事。当他站在窗前望着夜空时，他的背影总是显得很孤独。我说也许是一种错觉呢。比如远看平整的路面，近看总是有些瑕疵的。我不知道。我隐隐感觉到北北的不安。李公民长你十多岁，经历得多，考虑得多，你不要想得太多，以我的了解，他决定同你结婚一定是下了很大的决心，克服了很大阻力的。我又年轻又漂亮，至于吗？我叹口气，你真是太年轻了。我不想说下去，他会很好地呵护你的。瑶林姐，你说他真的爱我吗？这份上了，你还有疑虑？不是的，我有时觉得他像哄小孩子似的，好像背负了一种沉重。你救了兰兰。兰兰那么重要吗？生命都重要。何况我们认识她，她又是甜美得如秀兰·邓波儿。北北思索的样子，他爱兰兰，像父亲似的，你没看到他抱着她哭的样子，痛不欲生。瑶林姐，我爱公民。那你就相信他。北北嘛起小嘴，唉，愁死了，以前我怎么没有这些疑问？结婚了嘛。结了婚的人会改变吗？不说这些，多煞风景。什么时候要个孩子？哎呀，哪把壶不开提哪把。他说我的身体需要好好恢复。我说他是对的，况且正在创业，时间和精力有限。孩子生下来交给我妈呗。那怎么可以？怎么不可以？比进长托班放心。毕竟是我妈。我怔住，想起英奇，长托班，这是矛盾的，让他习惯独立生存，学会管理生活。因为我们这一代的生活，就是从儿时一个人挺过来的，自己给自己定目标，遇事得自己拿主意，困难要自己独立面对。

北北是迎着八十年代晨曦出生的，社会发展毕竟不一样了。改革开放带来活跃的新鲜的思想，洋插队像流行的时装一样。她虽然生在农村，特别能吃苦耐劳的叔叔已经像燕子衔泥一样给她垒起小康之巢。她尽可以轻松地去做梦，接受城市给她的思想。甚至超越了城市。一种没有边界没有顾忌的生活。她哇哇大叫着，从娘胎里出来，看到了一个无比开放的新时代。她幼儿园毕业时，我正在为黑色的七月焦虑，考试不佳，只能进入一所中等学校。同原这个小车站，客流量不大，很偶然，一定是来来往往地错过了许多次，却在第三个学年的寒假结束时我们相遇了，仿佛是上天的安排，让我心情灰溜溜地一头撞入唐闻禾的胸口。我兀自笑起来。

北北诧异地瞪着我，怎么了？我不对吗？不是，我在想自己的问题。什么是快乐的生活。她莞尔一笑，财神爷呀。傍紧财神，你想做什么就做什么，想去哪里就到哪里。你们要去哪里？李公民回来了。他听到了北北的后半句话。我的心情被北北搞得很糟。没有理会他，看着北北，北北的小脑袋瓜里究竟在转什么念头？我被一种思维的惯性冲击着，像刹不住闸的车，脱口而出，你就没有别的想法吗？北北情绪激昂起来，看来同样的问题她不止一次被质疑过，嗓门高起来，你不会像有些人那样总是奢谈什么大道理吧？现实呢？你说说看，现实是怎么一回事？李公民丢给我一个求援的眼色，他说去英国的深度游组团已经完事了，我们得马上赶回去。北北说你不是已经交代过负责出境游的业务部了吗？说好的，出发前一天我到位就行了吗？再说那时我妈他们就回来了。李公民干巴巴地说临时有些问题要我处理。北北的孩子脾气要发作。我看到她脸涨红了，咬住涂得通红的嘴唇。我真怕有些什么不敬的话爆出来。我说北北……下面就说不出来了，现在是他们的家务事了。

我看到李公民惊讶地朝我背后望去。我转过身，不由也愣住了。唐闻禾站在门口。这也许是件好事，北北的脸色和缓下来，大叫，姐夫！真是太神奇了，刚才还说起你呢。我来不及思索，立刻跳起来，你们慢慢聊，我们还有事先告辞了。李公民如释重负，好好，改日，改日。唐闻禾挤出社交的笑容，点点头。我拉着他冲出门。你怎么找到这里？你跟踪我？他甩掉我的手，别说得那么难听好不好？我只是路过而入。我刚下飞机，想吃东西。我有点惭愧，去别处吃吧。我想说北北的事，觉得不是时候。去吃碗山西削面吧。他打开停在小街口的一辆银灰色的别克，看着还很新。他从到海南就开别克，在大山里把别克当作战马一样地使用，几年就造得衰老了。他便不停地去修车厂给别克美容。我说你就不会换一个概念吗？他说这一辆不是我的车，化工厂朋友的。我听说化工厂就来气。气哼哼地说朋友朋友，你就知道你的朋友，你从里到外都是朋友的，怎么样？他们还不是照样坑了你八百万，到现在案子还悬着，律师头疼得要命，找不到当事人，他们石沉大海了，我们又没有搅海神针。我正纳闷他今儿脾气咋这么稳，一次也没打断我。急刹车，我从座位上弹起来，头撞了一下，我说你疯了？我看到车前方有两个挽着菜筐的女人不慌不忙地过马路，而指示灯是绿的。

他没有说话，脸色很难看。车子再次跑起来，我倒忐忑不安起来。你不去吃饭啦？车子停到了我们家楼下。他径自朝单元门走去。我想起被子没叠起的床，厨房里没洗的盘子，刚刚离开的憩园，诸事一团糟，就像大海收回了海市蜃楼。我说家里没预备吃的。他没言语。我们一前一后进了屋子，他没换鞋，走入小客厅，在光亮的红地板上留下几片大鞋印，把自己摔到沙发上。你文明点好不好？你好，你文明，我就没看出你有什么长进，化工厂的案子你只会在那里抱怨。我这才去想他急匆匆赶来，莫不是化工厂的案子有了新进展？胡律师叫你来的？胡律师说原控股方回大庆了。许乐友和阿华昧良心，做假证，勾结原控股方开假欠条。律师没给我打电话。你电话不通。也许那时我在飞机上。你洗个澡放松一下。

天擦黑时约到了胡律师。他手头又接了别的案子，忙得很。希望我们尽量把紧张的关系松弛一下，全部款项要回来可能性不大，坐下来谈谈，总比拿不到好些。唐闻禾说这无疑蔑视法律。他很同情我们。但是同情解决不了问题。他说对方当事人不着面，与本案有牵涉者做假证，你明明知道，却没办法戳穿。有那么多工人呢。胡律师苦笑一下，他们还想找你要工资呢。那是前任拖欠的，我接手从未欠过工人工资。如果不是前任瞎搅和，企业效益是相当可观。人的劣根性，红眼，嫉妒，无赖。你们在接手时法律观念不足，合同有漏洞，还是主动找找他们，这里就这样。

我们没有找到他们，他们的消息灵通得很，我想唐闻禾同朋友从机场开车出来他们就得到消息溜之大吉了。自然我们又空忙一场。他装了一肚子气。我们又吵了一夜。他指责我办事不力。我说那时我有园艺设计所，还要照顾英奇，律师办不了的事，我又能怎样呢？你至少要竭尽全力。我做得还不够吗？我是人不是机器，你体会过我的感受吗？他一摔门走了。星语给我打电话，问我在哪里？我说在大庆。她说怎么不一块儿过卜奎来？唐闻禾和古言找了几个朋友去嫩江鱼坊开鱼宴。我们吵翻了。我说嘛，他同古言总是在一边叽咕。吃过鱼宴开车去了哈尔滨，赶第二天的飞机回海南。

我犹豫了一下，还是如实说出我的感受。我们好像变得陌生了，沟通有些困难。她说也许是你的错觉妨碍了你的判断吧？他正在创业阶段，你多点体谅，这个问题不难。说是不难啊。我回想着唐闻禾满脸寡人的冰冷，动辄指责，要么沉默，仿佛深刻得不会笑了。这日子还有个过吗？星语喂喂地叫着，你怎么啦，你没事吧？我走神了。有点迷糊了，我不知道怎样做好，左不是右不是。星语笑起来，那就站在中间试试，中间是客观的，客观地去理解一下，或许别有洞天呢。我刚好去哈尔滨，在你那里停一下，有挺长时间没见面了，怪想的。

化工厂的案子真是烦透了，我们在这边忙活得疲惫不堪，被告却逍遥在暗处，我似乎都听到了窃窃的嘲笑。我们没有经验，急于要成果，让小人钻了空子。星语劝我等待。接受教训，后果也是前因，当初太轻率了。唐闻禾过激的反应，不能面对律师法官，回到家说说也是正常的。他同古言嘀咕海南的农场正在关键时刻。你要冷静，那句老话，棘手的问题交给时间。我生气地说他心里根本没有我这个人。星语就笑说主观。那你倒说说古言好吗？星语不笑了，严肃地说你千万不要做类比，那会破坏了你的生活。你要尊重你自己的生活，每一种活法都有它存在的道理。

我愣住了，对不起。星语又笑起来，呵，没什么。慢慢你就体会了。我说交给时间。对，交给时间。我真想去海南看看。你还没去过吗？

大海和椰林一下子出现在我的脑海里，是那么温暖，英奇在沙滩上痴迷地挖沙，我始终搞不清小孩为什么那么喜欢挖沙，我坐在一边看着他把沙子堆成城堡，专注得几乎把我忘了。我回海南等你。好，就这么说定了。当真？当真。星语的到来使我没等母亲和叔叔他们回来就返回了海南。

36 异乡人

国庆节那天地质老爹的房子上梁了。放了两挂五千响的鞭炮，地质老爹孩子气地踏着铺满房前的鞭炮碎屑转圈子。我还从没见他这么开心过。他素常脸是板着的，揣着心事的样子。同我这个大陆人不厌其烦地讲他在大陆就要结婚的汉族女孩，他快乐的地质生活。我就要同那个汉族女孩结婚了，唉，真是可惜了。他惆怅地说。每逢说起这段感情经历，他总是一个人长时间惆怅地坐在那里发呆，忘记了我们的存在，默默地站起，默默地离开。他的族人便以恭敬的目光送他远去，隐入山脚的树林，还要看一会儿，默默地赞叹，这是多么坚强的汉子啊！今天他变成了孩子。来看热闹的村人起哄要喝酒。“懊恼！懊恼！腐败！腐败！”叫嚷成一团。我说好，地质老爹的新房子顺利落成了，吃个喜，我请客！杀杧果鸡宰东山羊，做五色饭。

我给牡丹打电话叫他过来，他说，这两天正想着去那里看看，你这电话就来了。高兰不知听谁说了，在海口的事没办完就跑回来了。她一来动静就震天了。她让附近的村民把自家的桌椅搬来，十里摆长席，热闹得如一幅清明上河图。因为临时动意，一切食材现去找，从中午忙到晚上，到了新月初上，总算落座。电灯还没装好，临时拉的电线。有人点起篝火，吃喝兴头上，自然少不了唱歌跳舞。我也喝了一点葡萄酒助兴。年轻人叫着闻总闻总唱一个，我摆手，他们围着我跺脚起哄，闻总闻总来一个！

我突然想吼了，我唱起了《异乡人》，我跟林雨学会了唱《异乡人》。

我是异乡人，为了一个梦境来到这里，朋友啊，你可知道破碎的希望，那锐利的碎片，怎样切割着睡眠。梦境啊，不要醒，不要醒，让我像拥着心爱的女人一样，拥着你，让晨曦叩响门窗，用金色的手指把我的哀伤变成彩虹。我需要你，需要你，爱和梦。我是异乡人，为了一个梦境来到这里……我需要你，需要你，爱和梦。

年轻人大叫好！跟着一起南腔北调地吼……我需要你，需要你，爱和梦。他们当中的很多人也跑到异乡去寻梦了。天下所有有人居住的地方，每个人都是此地或彼地的异乡人。那便是永远的源源不息的乡愁啊！

地质老爹面朝新房子坐着，眼睛看着新房子，那目光便有些直，虚虚的，也不怎么吃东西。他一向是很少喝酒的，今天开了戒，只是往嘴里倒水一样地倒酒。我想他准是又回忆起那个跟他就要结婚的汉族女孩。我没话找话转移他的注意力，讲海南的菜多么绿色好吃，应该专门开土特产饭店，一店叫“东山羊”，一店叫“杧果鸡”。地质老爹诺诺地，抓着酒碗不撒手，直到趴在桌子上。高兰初次八分醉了。人们常说醉与不醉十有八九是心情搞的。她指着地质老爹说去去，叫他的老太婆煮些汤喝上就好了。

木瓜附在我耳边说你去送老爹吧，我留在这儿，反正我也习惯了，他们不到后半夜是不会散的。你明天要去海口，还是回去休息。我叫过来牡丹，天太晚了，你给你老妈妈拿些菜和饭回去吧，这里有木瓜。我背起老爹。车子只能开出两公里，就得步行上山寨。牡丹说我熟悉山路，我来背老爹，你忙了一天啦，你先回去吧。这黑灯瞎火的山道就是熟悉你一个人也是不行的。他说我的背包里有手电筒。牡丹身上总是背一个黑色家织布挎包，颇似军用包的款式，包盖上绣着一片大荷叶，荷叶上坐着一只小青蛙，鼓鼓的两只眼睛就像会说话似的。

我拿出手电筒，在前面开路。很快看到莲花池，夜晚闭合的花受到了惊扰，莲花池起了一阵小小的骚动。石阶前老爹的红牡丹站得笔直，山寨门前挑起的汽灯，照着大红的叶花，它们仿佛成了灯饰。那汽灯是老妈妈举着的，想必是站在这里等候多时了。老妈妈担心了吧？我大声说。老妈妈走下梯级，一个劲儿地说“妩媚”（土语谢谢的音译）。房子上顶了，老爹爹高兴多喝了两杯。很快就能住人了。噢噢，“妩媚”，“妩媚”。我们经过依墙而立的木偶人，屋门打开很响地撞了墙，我吃惊地去看门后的木偶人，夜色中她好像活了似的，朝我们看着。我心里说你要说话吗？然后我轻轻关上门。牡丹把老爹放到床上，老爹一摊泥似的还睡着。老妈妈端来醒酒汤。牡丹一迭声叫着老爹。老爹总算动了动，撩了撩眼皮。我接过老妈妈手中的碗，哄着老爹喝下去，他头落到枕头上睡了。牡丹说没事了，睡一夜就好了，老妈妈的醒酒汤可好用了。

老妈妈是个沉默寡言的人，平素听不到她说话。今儿个不住嘴地说“妩媚”，“妩媚”着同我们走下石阶，高举着汽灯，走出很远还能看到那灯亮着。牡丹说老妈妈很感激你，她能说的汉语不多。他又叨叨咕咕地说老妈妈自从嫁给地质老爹就在这深山里钻。地质老爹的母亲从不出山林。你来的前一年，地质老爹的母亲去了，活了一百多岁。她的孙子孙女都去大城市读书工作了。

我说你呢？你想好了没有？他说还在想。还想什么？马上过到我这里来吧。你学的是东方热带农业。你的用武空间是在这里。通向野龙眼林边的那三百多亩地的路开好了，现在马上开地，育果苗。你来这里做技术指导吧，先干着，觉得不合适再换地方，怎么样？我没有实践经验，怕误了你的事。你可以先做技术助理。前些天有个天津老哥同我说一嘴，他那里有位中国热带农业大学毕业的老汪先生，人很好，可以做技术场长。过了十一我去会会他。

背着地质老爹去山寨走得慢，回来很快就走出山林了，来到停车的公路旁。看到有两个人围着车转。牡丹用本族话吼了一嗓子，有一人回了一嗓子，那两人便离开了。牡丹说这两人是后山村过路的，以为车熄火过来看看。这条路还可以，去三亚的山路上有歹人。我说自从那个种西瓜的广东老板被扔进山沟，我就在车上放了两根狼牙棒，一个人两个人劫道，打！三个人四个人劫道，要啥给啥。牡丹嘿嘿笑说，你不会遇到歹人的，地质老爹说你是吉人。我笑起来，第一次听到有人这么说我。工作的事回去考虑一下，过几天我再找你。牡丹嗯了一声，回去同我妈妈说说看。

回到镇上老阿婆小楼已经后半夜三点了。车子进院，老阿婆出来招呼了一声又回屋睡了。老阿婆总是这么精神，她想睡倒头就睡着，有动静就会惊醒，弄清声音来源，回头马上就能进入梦乡。真是羡慕啊。我上楼进了办公室踢掉鞋，喝了一瓶矿泉水，把自己扔到床上，想着木瓜可能要闹通宵了，便沉沉睡去。醒来满屋阳光了。木瓜坐在椅子上愁眉苦脸的，熬一夜，脸色灰戗戗的。他说你醒了。

我说木瓜你怎么在这里坐着？熬了一天一夜了，还不快去睡觉，补补精神，坐在这里发什么呆？这一问不要紧，木瓜就像跌跤的孩子，终于找到哭诉对象了。他抽噎起来，他们太不像话了，闻哥你不该这么惯着他们。我说什么大不了的事，喝口水喘口气再说。他喝了几口水，平静下来。一开口又是气不打一处来的样子。我受不了啦，实在受不了啦，简直是欺负人嘛。凌晨总算撤席了，结账的时候，发现多出十五条红塔山和十瓶西凤酒，用我们公司的名义在镇上要的。我们只订了当地小烧和几箱啤酒，我问是谁干的？那些人喝得东倒西歪的，没人理我。高副镇长领着醉模咕咚的乡长、村长找我要活动费，要去按摩。我说我没有钱，饭费还赊着一半呢。请高副镇长弄清楚谁没打招呼要了那么多的好酒好烟。她说找闻总。我说闻总有急事去海口了，这饭钱还要等他回来算呢，上哪整活动费去？他们的脸色很不好看，总算脱身了。明明是在办好事，最后准惹一肚子窝囊气。

木瓜没错。可是在这节骨眼上，该花的钱得花，不该花的钱也要忍一忍。这话我没说出来，说出来他的心会流血。我说咱们就看在地质老爹的面子上吧。高副镇长那里我去说。你把账结了。马上就要开地了，技术人员到了就育苗，农时不能误。明年三月要种植两万株的果木。这是咱们的大事要事。到国庆节了，安排职工休息两天，给职工弄点福利，发钱还是物，你看着办，还是老标准，五百元。你交代清楚，让小仁去办，你最重要的是睡个好觉。木瓜答应着，心情还没能从沮丧中摆脱出来。阿新阿美过来招呼吃早饭。我说我去海口看英奇。这两天你们也休息，来这里还没去三亚玩玩。去了在白鹭公寓住，木瓜有钥匙。阿新说他哪里也不想去，这里的山沟沟就蛮好玩的，转转看有啥野物。阿美就一眼眼剜他。我说你该陪阿美去买几件新衣裳了，三亚河那边有两家大商场。阿美眉开眼笑。木瓜说小仁给你们做向导。闻哥说他在山里不迷路，到城里总是迷路。大家笑。我的确有这个毛病。在城里经常晕头转向，找不到北，到这深山老林里，还从没迷过路。我说开早饭吧，木瓜好好睡一觉再说。

吃过早饭我赶到海口，已经晌午歪了。英奇在我们租借的伴学屋睡觉，桌子上丢着半个面包和一听喝过的牛奶筒。我叫醒他。他眨眨眼睛，惊喜地叫一声爸爸，搂住我的脖子。怎么吃这个？不是给你在附近的餐馆包餐了吗？不想去，我同学的爸爸妈妈都带着他们飞到大陆去玩了。不会全班都去了吧？我的两个老铁去了。都说好今天一块儿玩的，变迁子了。现在他们在杭州呢。爸爸带你去广州好不好？妈妈怎么还不回来？你惹她了吗？我怎么敢惹她？你妈妈在那边有事要处理。她的园艺所？是吧。我胡乱应着。心情又变得糟起来。我不知道哪儿出了问题，我不愿去想，只想逃避，这种不快总是把童年的大雪纷飞的夜晚带来，我会不断做噩梦，在渺无人烟的雪地里奔跑，北风诡异地呼啸，枯槁的树枝张牙舞爪地要抓住我，枯叶狞笑着在我身后追赶。我听着自己粗重的呼吸，深一脚浅一脚地奔向那个六十里开外的小村，奶奶那盏像月牙儿一样昏黄的灯，会等着我，等着我。可是我总是没有看见奶奶的小屋就惊醒过来。一身冷汗淋漓。我绝望地捶着头，我不要再回忆那些可怕的日子。

英奇惊慌地看着我，爸爸，你怎么流泪了，我做错了什么，让你伤心了吗？我难为情地挤出笑。他伸出手擦着我湿漉漉的脸，为什么？他的眼睛满是疑问。你没做错什么，爸爸不好，奶奶去世的时候，我竟没在她身边，想起来就难过。我该早些回去的，奶奶生病时我就该回去的，我接到电话没有回去，在广州谈生意，七天后回到村里，奶奶已经等不及了，奶奶对叔叔说告诉禾儿别太累了，身子要紧。爸爸你给太奶买过那么多好吃的呢，太奶可高兴呢，她总是给我留，我和妈妈去，她就拿出来，北京稻香村的点心都留哈喇了。我妈还说好吃。你们大人呢，就会装假撒谎！那是为了让奶奶高兴呗。爸爸忙，不能时常来看你，你能理解爸爸吗？英奇说我离太奶的九十八岁还远着呢。英奇的话倒把我逗乐了。你小子是回三亚过节，还是去广州？三亚，我有好长时间没去大东海啦。

白鹭公寓上着锁，阿新阿美没有来。看来他们去山里了。屋里新打扫过，换了床单被罩，散发着皂粉的香气。桌子上新插了一束桔梗花。想必是昨日木瓜小仁他们忙了一天，想得真周到。我给木瓜打电话说声谢谢。他说他陪大陆来的朋友在亚龙湾，要不要叫人接我过去。我说没事不过去了，我和英奇在一起，待会儿去大东海。我劝英奇睡一会儿，攒点力气好去冲浪。结果我也睡着了。醒来已是晚上了。我说吃了晚饭再去大东海吧。英奇说那就去弯弯饭庄吃酸菜鱼。单听这名目就很有趣。饭庄距公寓不远，迎道立着醒目红字招牌：骚鸡公，酸菜鱼。英奇喜欢吃酸菜鱼，吃得满脸流汗，还说这家的酸菜鱼正宗。我看着英奇高兴，心情好起来。驱车去大东海。临春河岸已经静下来。

临春路上没有多少人。闪烁着钻石光芒的美丽之冠今夜不知出了什么故障熄了灯火。白天它像柄巨大的旧伞立在山脚下。白色的伞盖现出人老珠黄美女迟暮的岁月感。可是一到夜晚，灯光就使它恢复了灿烂的初生，像一朵星空下的奇葩，光芒四射。南汇说她来到海南的第一件事，就是来看美丽之冠。整整转了一天，把门的不让她进去参观，说是在维修。我也没进去过，举行过音乐会，买了票因事又退了。南汇说多可惜呀。我进不去，就在四周转，从不同角度观赏它。这里是花的世界。不知她为什么要对我说这些。我居然能听进去。

她做过服装模特儿，在哈尔滨和广州都走过T型台。只做了几个月。她常来临春河，为了看夜晚的美丽之冠。我看到你的屋子亮着灯。她气喘吁吁地跑到我的屋子里来，对我解释说。但愿今晚不会来敲门了。爸爸你说谁不会来敲门了？我想是你木瓜叔叔吧。

大东海海岸一片梦幻似的白亮。附近的海景房灯火通明，与沙滩上的灯光连成一片。海的深远处神秘狰狞，近处却涌动着人间的温情，一排排雪白的浪花扑打着沙岸。一些人还眷恋在海水里，一些人像我一样刚刚到来。我喜欢星空下的海。海水拂去我身心的疲惫和伤痛。我第一次带着英奇来游夜海。他兴奋得同个小猴子似的蹿蹿跳跳。巨浪拍来，响起一片尖叫嬉笑声。英奇也大喊大叫，一边对我说太刺激了，好玩死了。节假日来度假的人多，晚上九点以后，泳区的人就上来了。英奇游了一会儿，就叫我同他去沙滩上跟孩子们堆城堡。有一个小女孩穿着漂亮的裙子奋力挖沙，一边气咻咻地说我的城堡是最高的。英奇便说我的城堡是最高的。小女孩直起腰，看了看，扔下锹，跑过来一屁股坐在英奇的城堡上，然后咯咯笑着跑了。英奇恼怒地去追她。要她赔一个城堡。她却笑着跑着，把沙滩上所有堆起的城堡都坐塌了。孩子们乱成一团，在沙滩上追赶喊叫。有位中年女人从浴场跑过来，分开孩子们拉出小女孩，她漂亮的裙子上糊满了沙泥，却毫不示弱，挑衅地瞪着眼睛说就是我的城堡最高。女人责备女孩，你就不能安静点吗？出什么事了？从我身后传来询问声。这声音使我心头一紧，有些耳熟。随后那个耳熟的话音到了近前，她的身姿步态使我立刻想到南汇。

英奇看不过女孩的嚣张，愤愤地说你破坏了人家的城堡还有理了？这时刚俯身要安抚女孩的女人朝这边扫了一眼，一下子直起身子，也许灯光的作用，她的脸色苍白，人显憔悴。的确是南汇。我想转身已经来不及了。我们打了招呼。她指了指那个中年妇女，南汇公司副总的母亲，带外孙女过来玩两天。这位是海南和风有限公司总裁唐闻禾。这是你儿子吗？没伤着吧？副总的母亲满脸歉意地冲我点点头，这孩子惯坏了。我说小孩子嘛，没关系的。副总母亲让女孩道歉，女孩说不，就不能比我的城堡高。副总母亲尴尬地扯走女孩，一边数落着她的不是。南汇露出一脸无奈，看来我得送他们回宾馆了。我说午夜了。她摆摆手，怎么就你一个人带着孩子？孩子妈妈回大陆那边去了。噢，她又摆摆手，回见。英奇在叫我看他的新城堡。他对我的态度很不满意，你没上心，什么叫嗯？我说样子很雄伟，走，去洗洗身上的沙子。咱们该回去了。沙滩上空寂起来，孩子们都回去了，那些堆叠的沙堆好像孩子们丢下的故事，还在对大海吵闹不休。

英奇在岸上的淋浴房冲洗完，又跑到沙滩上看他的城堡。我答应他明天再来，这才离开。而我本打算明天带他去富国镇办公室，然后请小仁他们送他回海口。我心里惦记着育木瓜苗的事。回到白鹭公寓午夜一点，英奇先睡下了。我毫无睡意，便从书架上抽出《蓝海战略》。耳边响起古言打趣我的话，你不是一个纯粹的商人。而星语一语双关地说蓝海不仅仅是在商场。那时我和宋瑶林又吵翻了，因为隆庆化工厂账目的事，有一个月没对话了。这种沉默近于冷暴力，或者就是吧。童年在暴风雪中奔走的孤独悲哀在我情绪低落时又开始折磨我。我去求助大海，温暖的海水给我力量。无论是傍晚或黑夜，当我从辽阔的大海走上陆地，心情焕然一新，充满自信。我会自责，不能再为隆庆化工厂那些龌龊卑鄙的勾当浪费精力了，同宋瑶林大吵没有道理。我要在海南开创我的“蓝海”。静静的夜晚，在阅读中进入梦乡，令我升起奢侈的快乐。

这时响起轻轻的敲门声。木瓜？小仁？这个时候一定是有急事。忙去开门，却看见南汇站在门口。怎么，不想我进去坐坐吗？她满脸讥诮。你不是……你说副总妈嘛，她们就住在大东海附近，她们睡下，我就过来了。算了，反正睡不着，聊聊天。她穿了一款坎袖旗袍，月白色绣红花的，脸上施了脂粉，看上去同沙滩上的样子判若两人。我把食指放到唇上，示意她轻些。她脱掉了高跟鞋，光脚在地板上走。我说抱歉，去阳台坐吧，英奇刚睡着。我找了双塑料拖鞋给她。深夜的阳台，像是在梦呓中。天空又深又远。缀着几颗大星星，上弦月已隐入天际。临春河只余着一片幽光。浅滩上的红柳同东山一样混沌成一团墨。这是三亚最安静的时刻。南汇阻止我搬椅子沏茶。她扯过一条小矮凳坐下。我仰坐在我惯常坐着的半躺椅上，同黑夜融在一起，听着她的呼吸在空气中流动。她轻轻地发声，小心翼翼的，寂静有时使人惊心。

我真喜欢海南，这里的海，椰林，常出现在我童年的梦里。你的口气中怎么有惜别的味道？嗯，今天我就想来看看你。她有些烦躁不安，站起身走到围栏前。你看美丽之冠睡沉了。我惊起，一步到她身旁。没有理由从这里下去。美丽之冠并不是一切。她倏地转向我，眼睛里闪动着泪光，你是在意我的，是不是？她身上散发出香草的气息。这种气息使我沉醉。母亲活着的时候，每到端午，都要给孩子们缝一只香荷包挂在脖子上。我问香草哪里弄的？她说，一连几年了，一到四月底，有位老爷子就到大旺集上卖香草，他卖的香草是整棵的，带着根叶果荚，看着就跟秋天的干草一样，可是一闻就知道是山野地里生的香草，闻着心里舒坦。人工做的香料荷包气味发贼，刺鼻子。

你用的什么牌子香水？我从不用香水，衣服熏了香草，天然的香草。怎么？没什么，我去拿饮料。我先去看看英奇，他睡得很沉，发出酣甜的鼻息声。然后去厨房从冰箱里拿出两瓶蓝莓汁出来。南汇说我不喝果汁，有葡萄酒吗？我迟疑了一下，给她拿来了波尔多。你好像说你是来辞行的？什么是好像，明天晚上我送副总妈去广州，从那里去上海，再回哈尔滨，暂时在南汇驻哈办事处工作。她举起酒杯同我碰杯，不陪我喝一点吗？我举着蓝莓汁，酒后是不能驾车的。我是打的过来的。

她说起大学毕业后在机关工作的事。她缺乏严谨。年少老成持重的样子使她窒息。刻板的工作程序她也受不了。三年她就辞职跑到海南来了。我说即使这样，驻哈办事处，可以派别人嘛。我自己要求的，这不提职了嘛，做鸡头不做凤尾了。她一脸讥讽，像说一个不相干令她讨厌的人。别喝了，我夺下她的杯子。你让我怎么样，在这里我会疯掉，眼不见心静。她拿起酒瓶狂躁地吹瓶。我说我最痛恨醉鬼。她笑起来，又哭起来，我怕惊醒英奇，给她擦去眼泪，好了好了，天要亮了，我送你回去休息。抱我一下吧，辞行。把她送到大东海的住处。她还能找到自己的房间，我松了一口气。

返回白鹭公寓，看到英奇光脚站在阳台上。爸爸，那个女人是谁？一个过去的老朋友，明天要走了，来告别。他用怀疑的目光看着我，她就是大东海沙滩上那个女人，为什么不在那里告诉你？当时不是有那个小女孩捣乱嘛。你不会是要二奶吧？小孩子！胡说些什么呀？你懂什么是二奶呀？快回屋里睡觉去。我不是小孩！我警告你，不许欺负妈妈！他晃动着小拳头，眼里闪着泪光。我的眼泪也要出来了。一下把他搂在怀里。宝贝你想多了，相信爸爸，真的没什么事。今天咱们去鹿回头。你不回山里了？明天你开学啦，再回去。这还行。

37 红灯笼

湿热的风，带着海的特有的味道，扑面而来，钻进我的鼻孔。你又来三亚了，心底的一个声音在提醒我。我没有告诉唐闻禾来接我。任何一辆出租车都可以把我送到白鹭公寓或富国镇他的办公室。我想先去大东海。桃说我们不会分开。那时我躺在那把宝蓝色的海滩伞下，她咬着我的耳朵恨恨地说，我在哪里你必定在哪里。

我已经坐在沙滩上，潮汐不断送来汹涌的激湍声。随之而来的是所有关于桃的记忆。她卖掉了大拇指食品店，离开了卜奎后经历了些什么？她从未提起过。有一次我提起这个话头，她趴在沙滩椅子上吸烟，随着烟圈吐出一句，有意义吗？很无聊的事。然后就说还是回到海里去吧，被海浪抱着真好。今天这里出奇地冷清。只有两个半大的孩子在捡贝壳。桃，你胜利了，我回来了。也许去闻总老兄那里打工。是的，你见过两次。我们是好朋友。海上起风了，我觉到了凉意。天空堆起云层。要下雨了。

叔叔你在同谁说话呢？一个孩子站到我面前。七八岁的样子。脸色黝黑，一双大眼睛晶亮，好奇地瞪着我。一个朋友。在哪里？在那里。我指着大海。男孩惊奇地看着海，可是那里一条船也没有哇。天气预报有大风，所有的船都留在港口。你一定是听错了。噢，谢谢你！你提醒了我。孩子不好意思地笑了。我离开沙滩，来到街上叫了出租车，给闻兄打电话。他的声音听上去很疲倦。你在哪里，我叫人去接你。我说你在哪里？我去就行，已经在三亚市区了。他说坐了那么长时间的飞机，累了吧。我在山里，出了点乱子。宋瑶林在白鹭公寓。你去那里先休息。我说还是我去你那里吧，就想同你聊聊。那么，你先去富国镇我的办公室，我晚一些时候回去。我告诉阿新阿美带出你的晚饭。就这样，见面再聊。

傍晚，我看到了那些站立在金色晚霞中的高大的椰树槟榔树，我听着自己单调的脚步声，惊扰了这里的安静。两条小狗循声蹿出来，冲着我狂叫。谁在那里？我听到老阿婆的声音，加快脚步穿过那些树，高兴地招呼，老阿婆！你还记得吗？闻总的朋友。老阿婆喝住了狗，精神抖擞地叉腰站在院门口。身着藏青色黎锦长褂，肥腿镶边七分裤，一双绣花鞋，鞋面上绣着一只青蛙像要跳起来。她打量着我，神情现出努力回忆的样子。噢，她想起来了。眼睛笑眯眯，你是那个大陆来的记者，还给我照过相呢。我说正是。闻总太忙啊，去他的农场了。他知道我来。我做了个打电话的手势。两只小鹿狗摇着尾巴跟我们走进院子。窗口有人探一下头，随后是急促下楼的脚步声。

阿新出现在门口，双手在身前扭扯着，笑容满面地冲我点头。我第一次见到他，他就这样扭扯手，好像在给自个儿打气。是箪记者吧？闻哥来过口信了。阿新你好啊！还是那样呗。嘻嘻。把包给我。他拿过我背上的双肩包，对老阿婆说晚上做了山西刀削面、辣子鸡、烧排骨、几个青菜，过来一块儿吃吧。老阿婆说晚上我有五色甜粥，这里舒服。她拍拍肚子。阿新说阿婆很会养生的。箪记者你没喝过吧？同八宝粥差不多，用五种米煮的，营养丰富易消化，我始终认为喝粥最科学。赶明儿个煮给你尝尝。今天是给你接风，当然得吃面。阿美迎在二楼的楼梯口。箪记者，闻总挂了好几次电话，还说你最喜欢吃刀削面辣子鸡。小笨鸡纯粹农家散养的。先谢谢啦，一来就给你们添麻烦。哪里哪里，请还请不来呢。阿新说让箪记者去客房洗洗休息一下。回头说话。你先收拾一下桌子吧。

我松了口气。这种交谈使我感觉很累。我站在莲蓬头下，使劲冲洗。用力搓揉头。身上被我搓得红一块紫一块的。水，总是使我幻想冲掉记忆。

吃过晚饭，阿美备了茶。这是保健茶噢。阿美说，当年的龙井，配了山楂和陈皮。降三高。她又舀了一羹匙蜂蜜加到我的杯子里。口感好得很。她盯着我。我端起杯子品了一口，表示欣赏她的劳动。原有的茶味冲淡了，这不是茶是饮料。我喜欢喝纯粹的茶。看着阿美期待的眼神，我点头，称赞。

正喝着接到了闻兄的电话，问了饭菜是否可口后，就开始抱歉，很想同你找个茶室，静静地喝茶，聊一夜。今晚实在是脱不开身，事情很棘手。委屈你一个人替我看守办公室吧。声音疲倦沙哑。我说如果能够的话，愿意前去助一臂之力。他说如果可能当然好。你今天最需要的是睡个好觉。我想我也只能睡觉。不知他那边出了什么状况，心里觉着空落落的。阿新赔着一脸乖巧的笑，箪记者，你不知道，闻哥的肾结石犯了，在镇医院正点滴呢，山上有紧急情况，他拔下针头就上山了。木瓜从三亚总公司过来了，急火火地到这里把大吉普开走了。肯定是有重要情况。若不早回来了。再换一种茶品品好不好？

阿新又去拿过来一听茶叶，今年的铁观音，怎么样？我接过茶筒看看是安溪乌龙，就沏它吧，要纯粹的。好唻，阿美接过去，这可是正宗的，很快就好的。她的样子就像在茶馆跑堂的。阿新说我们刚来海南时，跑过茶堂的。我说怪不得有点筛茶娘子味道。阿新笑。我说唐闻禾这小子不要命啦？我记得在卜奎忙兴国大厦的业务时，他去做了碎石。阿新说都做过两三次了。阿美托着茶盘过来，满脸得意之色。我端起杯子呷了一口，强咽下去。这是正宗乌龙？阿美说是哟，上好的。刚才那一听？阿美点头。你加了东西吧？对呀，杭白菊，金银花，保健呢，特别有滋味吧？我苦笑一下，心里想糟践了这乌龙。我只喜欢纯粹的清茶。又想总归是好心吧。阿美说你怎么跟咽药似的。第一次这么喝茶，不习惯。啊哟，喝喝就惯了，降三高呢。我倒宁愿享用茶本来的味道，否则还分什么龙井、铁观音呢？心里嘀咕着，已兴味索然，又不好驳人面子，权当是喝菜汤吧。一边挤出满脸的笑，不断说好，心情陡然坏下去。

阿新嗡嗡地说着养生之类的俗套。我的耳边自生屏蔽，什么也听不到。可是阿美的话却无法屏蔽。小仁在大东海见过你的女朋友的，又有钱又漂亮，哪会儿领到这里玩玩，好几间客房，住得开的。什么时候办喜事呀？听说有一对新人穿潜水服下海举行婚礼，也有乘轮船在海上旅行的，还有的坐飞机跳伞的，他们在空中戴戒指，好让人嫉妒哟！

我终于忍无可忍，说了声对不起，我得出去一下。阿新说这么晚了？我陪你去。我坚决拒绝。如果有了事情，怎么向闻总交代哟？我一大活人还能丢了？以前经常一个人出去夜访。放心吧，不会走太远，一个人周边转转。阿美推了阿新一把说，噢，晓得，来灵感了。他要一个人想想结婚的事。我飞快地奔下楼。看到老阿婆站在门厅里，脚下铺了一小片稻谷，电视开到最大声，随着音乐在稻谷上踏舞步。我说阿婆碾稻谷？她说碾一盆稻谷。玩去吧，夜长着哩。

我发现我又回到出租车白天停留的地方。原本寂静空旷的街面，亮起冷暖各异的灯光。夜色下的灯光，无论怎么明亮，都会产生一种不真实的效果。人们的神经不由自主依附于灯光的调节，多愁或狂喜。仿佛降过雨的林间草地，街两旁生出蘑菇群一样的小餐馆小店铺，街门敞开，沿街拉开餐桌牌桌，很多人在吃火锅，脸上洋溢着食欲旺盛的快活。吵吵嚷嚷，夹杂着哗哗啦啦打牌之声，还有不知哪里音响涌出的音响，仅仅为了增加喧闹气氛的音响。

我觉得头在涨大混沌无意识。我在这些快活的人群中蹚过去，想找个静点儿的酒吧坐一会儿，要点什么喝，就像我为《饮食男女》煞费苦心钻胡同那会儿，做一个忠实的听众。天呢，我为什么又想到《饮食男女》？我觉得嘴里要冒烟了，见胡同就拐了进去。走不到二百米就见一家门口挑着一串红灯笼，灯笼下靠墙立着块白木牌，字迹模糊，凑近看，大字是棋牌、泡脚、按摩，旁边一行小字，免费供应茶水酒水。我还没从牌子前直起腰，肩头挨了一下。回过头，看到一个身着宝蓝色旗袍的高挑女人正对我媚笑。黑灿灿的鹅蛋脸，一双晶亮的凤眼。桃？我顿觉毛骨悚然。她满脸疑惑往前凑。逃？你为什么羞辱我，我的样子不如你以前的女人？我往后退，她逼过来，脸上有了怒容，我就那么可怕吗？你往哪里逃？

桃，你不要吓我！不是我的错。那天突然起大风了。我无能为力。桃！我绝望地喊叫着。可是桃的眼神更加不对劲儿，想要吞下我的样子，发出狼一样的绿光。她身后的门有了响动。我转身就跑。听到后面紧追不舍的脚步声，咻咻地喘息声。我又陷入夜市的漩涡中，刚想舒口气，不知怎么绊倒了。我的屁股挨了一脚，瞎呀！我的肋骨又挨了一脚。我就像狗急一样号了一嗓子，跳起来，脑袋不知是撞上什么还是被敲了一下，眼睛直冒金星，我的双手抓住了桌子，用力太大，桌子翻了。火锅翻了，女人尖叫。揍死这个大陆佬！我绝望地抱着头要逃离这愤怒。我不敢看，耳朵里塞满了脏话怒骂。我以为我肯定会死在乱拳之下，我放弃了解释反抗，进入挺尸状态。警察来了。他们把我带到居民派出所。我交了赔款。候在门外愤怒的人群散去了。我想象着他们重新摆好桌子，架上火锅，旺盛的食欲使他们很快释然的样子。

警察说你流鼻血了。他把一包纸抽推给我，去镇医院处理一下。我说你还是把我押起来吧。他奇怪地看着我，一场误会嘛，押你？开玩笑。我杀人了。我说桃被我丢在大海里了。两名警察对视一下，哈哈大笑。认定拳头把我的脑子打坏了，我有了妄想症。讨论着是送我去看神经科还是外科。我证明我是正常人，我是来找朋友闻总的，他刚好在山上有急事。闻总？他们对视，无奈地笑，一个做个怪相，一个马上拨电话。接通电话，他用温和而甜丝丝的口气问好，说到我，好好，我们等你来，放心，放心。然后他们耳语。给我端来一杯凉白开。静下来。我是说他们摆出等一会儿就真相大白了的架势。我喝水，浇冒烟的嗓子。请再来一杯。世界上没有比等待更漫长的时间了。其实唐闻禾一个小时后就赶到了。他接电话时正在往这边送伤员。他把伤员放到镇医院做紧急处置，就赶到派出所。一会儿还得把他们送到三亚医院。他对我说。我一点也不明白他在说什么。他穿着短裤老头衫，鸭舌凉帽，光脚凉鞋，双臂肌肉强壮，脸色黝黑，目光锐利。两位民警看见他，立刻起身，就差敬礼了。

他说这老兄给你们添乱了吧？打电话的说没什么，另一个做怪相的警察说他脑子好像出了问题。别听他的，我急起来，我什么事也没有。不过求求你同他们说说，把我送到监狱里去吧！唐闻禾一愣，伸出手摸我头，你没发烧哇？出什么洋相？不会是谁给你下蛊了吧？唐闻禾看着一旁憋住笑的警察说谢谢你们。他这样子没被人打死是捡了个大便宜。做怪相的说你要谢就谢那个来报案的九妹，否则他不死也得残废。她就是街东头巷里按摩店的。你是说穿宝蓝旗袍的？我听出自己的声音在发抖。是啊，你们认识？那一定是桃！闻兄，她是被我害死的桃！唐闻禾说你们说得没错，他的脑子出了问题。他接了个电话。那边处理好了，要尽快赶到三亚。你别回办公室了，跟我去三亚，你也需要查一下，小心别留内伤。不，求求你，给我说个情，让我服刑吧。唐闻禾用异样的眼神看我，你真是被下蛊了，怎么也要当兵？瞧你还是个记者文化人！今天是他妈的什么日子，祸不单行。你走不走？我已经焦头烂额了。没时间同你玩泡。他转过身朝门外走去。

我猛然清醒，唐闻禾那里一定有严重的事情发生了。我急忙追上去。肋部一阵疼痛，我弯下腰去。听到后面打电话的和做怪相的一阵捶胸顿足大笑。呛咽着似的说这个人肯定是这里有问题。我觉得一阵头晕，栽倒在地上。

38 松蓝的浓雾

英奇很骄傲地跟我说，爸爸陪他玩了两天。他说大东海的夜晚有点奇怪，半夜有一个女水妖还跑到我们家里来了。我笑起来，你就哄我吧，水妖，还一定是女水妖，对不对？你就不害怕吗？英奇做了个怪相，你不信拉倒，还是去问爸爸吧。假期你还去哪里玩了？鹿回头挺好玩的。山崖上有块平地，有一帮阿哥阿妹在那里表演神话故事。一条梅花鹿被猎人追上山崖，一回头变成美女，猎人就娶她回家过幸福日子去了。就这些吗？还有好多鸽子。我买了鸽粮喂它们。妈妈你去三亚看看爸爸，我想他挺想你的，在鹿回头，他说要是妈妈一块儿来就更好玩了。你爸还会说这话，你就编故事吧。英奇说咱们还是琢磨吃点什么好吃的吧，我该回学校了。

我的确想白鹭公寓了。同英奇吃过中午饭，他回学校，我乘下午的大巴回三亚。车窗外是远远近近的已经熟悉的风景，那些挺拔的椰树使我心里发热，眼睛竟有了潮润。有一会儿我记起憩园的水云间，它就像椰树肥大的叶子上的一颗美丽的露珠，在阳光下灿烂地一闪，便落入无尽的绿色、光和空气里，伴随着大巴一直进入市区，我提前下车，想走一会儿。从那个著名的佳人有约广场下车，步行回白鹭公寓。这段路要经过三亚河，我喜欢夜晚的三亚河步行桥。

步行桥的灯火已经点亮。有很多人趴在桥栏上，眺望三亚河的夜晚。三亚河有三座桥，通向白鹭公寓的是中间的唯一的步行桥。桥体呈波浪曲线形，白天看似凝固的海浪，夜晚的灯火幻化作动感的海浪。我走在上面，总觉得是踏浪而行。我趴在桥栏上，望了一会儿映着灯火的河水。前方不远处的一座直行的拱洞桥，此时车辆川流不息。而我在冥想中就是通过那座桥被载到了这里。阿姐能行个方便吗？我转过头看到一个中学生模样的小女孩，小心地对我笑着，胸前双手抓着相机，食指在快门上示意地点着。当然没问题，这里每天人都比水里的鱼多。小女孩笑说谢谢阿姐啦。

我走下桥，走进一条小巷。这条小巷同大多数小巷一样，到了夜晚才会欢快起来。临街处都是门市，还有一家农副产品综合贸易市场。街上人流成河极热闹。我买了几罐牛奶和面包蔬菜。我在想要不要给唐闻禾打个电话。白鹭公寓已经出现在我前面。只有几个窗口洒出了灯光。这里面住的多半是外来人。我看到五层属于我们的窗口也亮着灯光，那是客厅的窗口。唐闻禾在家！

我疾步跑上楼。开门看见木瓜，门口放着一包垃圾，他正弯腰穿鞋。看见我，他怔一下，嫂子从东北回来了，怎么不告诉我一声接你。我先到的海口，轻手利脚的。闻哥现在忙着育木瓜苗呢。我忍不住笑起来。他迷惑地看着我。少顷自个儿摸摸头也笑了，你是笑闻哥给我的绰号吧，我挺喜欢的，木瓜树结果多，不怕台风，硬朗。农场里两个技术员都到位了。一个是刚毕业的大学生牡丹，还聘了场长兼技术总指导，本地人，三十多岁，叫王海玉。闻哥可累坏了。万事开头，马虎不得。明天我过那边去，跟闻哥说一声。我说我没告诉他我回来了，他忙吧，别让他分心了。我这里还有一大摊子的事呢。木瓜提起垃圾袋，那好，嫂子休息吧，床单被套都送洗衣房洗过了，刚换上的。我送木瓜到门口，嘱他不用过来了，有事会叫他的，两边跑太辛苦了。

我在清洁的散发着皂粉气的屋子里转了一圈，对着空气说这个木瓜心到手到周到，难怪闻禾喜欢他。我觉得饿了，煮了碗菠菜面。英奇来电话了。问我到了吗？我说正坐在白鹭公寓电视机前吃面。他说我爸还没回呀？你木瓜叔刚走，说你爸在农场育果树苗呢。我说呢怎么没给我打电话，在山上呢。告诉你个好消息，班长转学了，同学选我当班长了。这使我有点振奋。我说好，加油！你要什么礼物？他说你和我爸好好的，就是最好的礼物。我一时语噎。英奇从什么时候开始敏感了？他说怎么样？没问题，我保证！晚安！晚安！

我必须好好想一下，英奇感觉到了什么？我和唐闻禾的问题出在哪里，有时候真是莫名其妙就恶语相加了。桌子上毕加索那幅著名的油画《哭泣的女人》，对着我泗泪滂沱。这是梅恩的化妆镜，镜子背面是仿造毕加索的画。她走的时候，留给了我。我从不面对这面镜子，而是一直让这幅画对着人。女人哭泣的时候有多丑？我拨通了李公民的电话，他好像总是守候在电话机旁。他的声音立即充满了我的耳鼓。慢声细语，略带一点沙哑。这么晚打扰你了吧？他在微笑，我能感觉到。不晚，才早晨七点，我刚好要去吃早餐。电话里蜂鸣音很大，就像按了免提。早餐？满天星斗，早餐？你没事吧？我在夏威夷。又出团了？是。你在哪里？三亚。从这里回去，我准备去三亚。带团？三亚不比夏威夷差。只能带团吗？噢，你看我，一根筋。在意吗？我像在英语岛那样改用英汉混说。这就像肖邦的即兴曲，有了月夜、晨雾、荒原、落叶、自然界的声音。

他沉默了一会儿。我听着他的呼吸声越过太平洋一直落到我的心底。他开始说英语。我努力回忆着，过去的某个时段，他同我的对话不说英语了，好像英语岛被松蓝的浓雾遮住，远去的时间色彩，就像秦始皇求仙的蓬莱，走入传说。过去的某个时段，应该是北北去他那里工作后不久，的确是不久的事。现在这个岛钻出浓雾在天边闪烁。二十六个字母迅速组合成一条金色的小溪流着。也许他面对的正是翡翠似的海、宽阔的白沙滩、沙岸上的椰树。海浪轰然有声。我忘记了回答。你在吗？噢，我在。你那里午夜了吧？北北呢？还好吧？还好，在北京。我很快会去海南的。我去接你。我把《哭泣的女人》转向后面。镜子里映出我热红的脸。眼睛神采奕奕，我原本是要同他讲毕加索这幅画的。我去冰箱取了盒牛奶放在桌子上，十分钟后喝掉。然后洗漱，吹干头发，一个小时后休息，就想沉实地睡一大觉，让东山冉冉升起的朝阳把我唤醒。我看见我从一片森林中走出来，前面一匹美丽的梅花鹿跃上远处的悬崖，后面一个年轻的猎人对着它举起弓箭，这时我被刺耳的轰鸣吵醒了。天刚放亮，以往最宁静的时刻，被突兀的噪音搞得就像烧煳的米饭，散发着叫人跳起来的焦烟气。

我去阳台上，看到公路上有工程车急躁地响着喇叭。今天是个热天。空气中夹着硫黄的气味。东山笼罩着混浊的烟障，山下立着好多塔吊，临春河蒙着灰现出憔悴。我恍然，寂静的东山下也在搞开发了。污染的空气和噪音来自于那片建筑工地。昨天回来时天黑了，没有注意到。我想起英奇说的鹿回头，睡梦中还看到了奔跑的梅花鹿，猎人。与其面对这乌烟瘴气的工地，今天不妨放松，去鹿回头。

开出租的是位女司机，声明都是大陆来的，只收我二十元。路上还给我讲了一件最近发生的案子。情节不算新。女农场主丢了一台拖拉机，报案。案子没办法破。穷人偷的。不同的是，女农场主的弟弟，在外省大学毕业自愿来海南当村官，从村小组长到现在干成县长了。他很生气，这么个小案子都破不了，你这警察吃白饭的？片警挨了县长的骂，回去自己掏腰包买了一台柴油机送给了女农场主，还嘱咐她说姑奶奶，这案子是纠结不清的，不如买一台送你。千万别告诉你弟弟，就说案子破了。我哈哈大笑。把清晨的焦烟气笑出去了。

景区游客不多。不用排队购票。乘索道四十元，步行二十元。乘索道上去吧，都是乘索道的。售票员建议我买四十元的。我选择了二十元。你会后悔的，售票员的脸子难看起来，把票子使劲拍到窗口。狠狠地说要走两千多个台阶才到公园大门的，这么热的天，不累死也晒死人哎。我对着天上那团赤白的光眯一下眼说，谢谢啦，今天天气的确超常地热。

故事发生在山崖上，景区中心自然设在高处。岩壁上的常青藤大多枯萎了。天气炎热。我买了一把芭蕉扇，一边人工造风，一边拾级而上。山道两旁是热带杂木林，我想为了认识这些树木走两千多台阶也值。没想到只用吸一支烟的工夫就到了山上景点入口。入口处摆着几顶花轿。轿夫蹲在阴影里，有个轿夫站起来招呼我，大姐乘轿子上吧，前面七百多米的路呢。我今天就是来漫步的，两千米也不够爬的。有两位老者在我前面，也没乘轿子。老老太太（就是八九十岁的，小老太太就是六七十岁的）走在后面，老老爷子走在了前面拄着一根登山杖。老老太太看到我，指着山道旁的树，真好看，真想摘几颗。山道旁边长着几株高大的柳叶树，上面竟有许多红豆。我记得相思树是春天有红豆的。不知这是不是相思树？老老太太脸上的每一条皱纹都对我笑着，大约是希望我这一米七〇的个头给她摘几粒。若是在别处，我很可能给她摘几粒，她的眼睛在说这红豆激活了甜蜜的记忆。不过这是风景区，我只好还她一个抱歉的笑。她转过头。我经过拄登山杖的老老爷子。他问我累不累呀？也不需要我回答，自个儿笑笑，我也笑笑。他停下，双手拄着登山杖歇脚，一边自言自语，登山嘛，坐轿子不如待在家里啦。回头望着老老太太，老老太太还站在那棵树前，半张着嘴痴痴地看着。我到达山顶，看到老老太太才赶上老老爷子。两人说着话，缓慢地登着梯级。

山顶是一片台地，两分钟就可以环绕。靠着一株树有一所做道具的原始木屋，前面坐着几位年轻黎族艺人，穿着本民族传统服装，准备随时为游客演出的。他们木然地看着寥寥的游人，并不像有的旅游景区那样去拦游客极力怂恿。在他们场地另一侧的树下，有一群鸽子。这是些经过特别训练的鸽子。专门陪游人照相的鸽子。不过需要花两元钱喂食它们。没有人喂食它们，也没有人照相。鸽子很寂寞的样子。它们或待在树上不动，或懒散地在空白地上转悠。树木看上去蔫头耷脑的，呈现着旱相。我走到观海处，坐在传说的山崖边。我想那条梅花鹿一定是在正午跑到了这山崖边，海水发着灰白的光，炎热掩蔽了它生动的本色，若是在清晨和傍晚，它一定会跳下去的，不会回头。我顶着芭蕉扇，感觉炎热就像一个催眠师，我的眼睛昏花起来。正午的确不是看海的好时间。我想我还是回去吧，跑到这里来有点傻。也许我早点决定回去，就什么事也不会发生了。

我突然被一阵欢笑声惊回头。看到那几位艺人开始表演了。这时我看到了唐闻禾，他不知在笑什么，身子朝后仰着。我快步过去，在他肩上拍了一下。他的笑声被截回去了，他一脸疑惑地转过身，看到我正对他笑，起初是惊讶，接着似乎在强压着怒火，冷冷地说，回来了？怎么不先打个招呼？站在唐闻禾身边的女人看看唐闻禾说不介绍一下吗？这个女人二十七八岁，长发披肩，无袖素花真丝长裙抵踝，鲜红的脚指甲在两根细带缚着的皮拖前十分张扬。此时她那张秀气的鹅蛋脸上双目傲气十足地在我身上扫。就像大超市收款台扫描商品条码似的。这时走来一个满头大汗的小青年，胸前抱着一箱饮料，气喘吁吁地说闻哥矿泉水只有娃哈哈，冰镇的，我拿来一箱，还有绿茶是常温的。唐闻禾点点头。小青年把箱子放到看歌舞的人们中间，先拿了一瓶绿茶给女人。大家又专心看表演了。

唐闻禾招呼说牡丹你过来，送你嫂子下山，让阿新送她回家，天太热了。我说刚听木瓜说新近请了大学生技术员，就是你这朵牡丹喽。他不好意思地笑笑，还请嫂子多指教。他若梳两条辫子就是个文秀的女孩。唐闻禾拍拍他的肩，啰唆什么，快去叫阿新送你嫂子。在车上阿新告诉我，那女人是哪个种子公司老总的秘书，总之与种子有关，专程来回访客户，其实就是来宣传他们公司的种子，给他们公司拉客户。听说我没来之前在万宁那块地种甜瓜，种子不好，瓜熟的时候，一场雨就全烂在地里了。买种子那小子一定是吃了回扣了。闻哥不得已，亲自陪商家，免得再出差错。你不知道闻哥要操心的事可多着呢。是有这么回事，万宁损失很大。说着话猛地想起今天是个特殊的日子。便要阿新直接把我送到后面的菜市场，我要买点菜。阿新说好嘞，我在巷口候着你。从菜场回家也就五六分钟的路，还是那边的事要紧，不用等我了。我知道唐闻禾的脾气，阿新回去晚了，怠慢了客人的午餐，他准会鼻子不是鼻子脸不是脸的。阿新说那好，有什么事打电话吧。

我买了喜庆蛋糕，做了一桌子丰盛的晚餐。我没有给唐闻禾打电话。忙完了，我坐在桌子边，看着用碗扣起的饭菜，等着他回来。他已经知道我回来了，再忙也会回来看一眼。我要同他平心静气地谈谈，英奇在学校稳定下来了，我呢，也该考虑一下重建园林艺术所的打算。在乡间造一栋房子。我走到阳台上，看到美丽之冠亮起来了。临春河里映出她美丽的倒影。东岸的歌声又升上天空。惊出几颗老星，躲在深空上眨巴着眼睛。我发觉我的心情不错。唐闻禾的车子或许就在这桥上的车流里。我回到起居间，穿上晚装，一件淡紫碎花长裙。重新绾了绾发髻。听到门外楼梯上有了熟悉的脚步声，心里竟有了喜悦。还没到午夜，他一定是特意早回来的。我去餐桌把扣碗拿掉。听到开门声，我说你还知道回来，不简单。我点起蜡烛，立即关灯，送给他一个惊喜。你没事吧？他的声音不悦，径去开了灯。白炽的灯光立刻使一切黯然无色。他朝洗手间走去，一边说我吃过了。我的胸中开始乌云翻滚，闪电、雷霆，不要暴雨，我颓然坐在餐桌前，还是忍不住抽泣。我听到他走过来，他只要说声对不起，这个夜晚还会灿烂起来。他站着静默没动。许久说我们出去谈谈吧。我再也无法控制自己的情绪，谈什么？同你这种茅坑的石头谈什么？他提高了声音，你知道你在说什么吗？这个夜晚完蛋了，我绝望地挥舞着手，哆哆叫着唐闻禾你说清楚，你到底要不要这个家了？你说！你说！他后退转身拿起外套，我们出去谈。别扰了邻居。

我还是跟他出去了。坐到一家二十四小时营业的综合饮吧里。名字对我现在的心情而言，简直是莫大的讽刺，叫“快乐饮吧”。快乐饮吧歪着头眨着眼不断变幻着色彩，仿佛在拒绝一切严肃思想入内，这里只接纳快乐。这使我想起贝贝 face。不过里面的格调大不相同。进门就像古宅厅堂，迎门一段红木影壁，居中牡丹，后有山居，旁有梧桐栖凤。深红的本色，精细的刻功，富丽华美。经过时闻到一股淡淡的香气。我的神经松弛下来。唐闻禾喜欢红木。他紧绷的脸色有了柔和，有了血色，目光在影壁上转了一圈，赞赏地自语，好红木，上千年。进去是十几平米的过道，两边安放了长条沙发，再往前是圆岛似的吧台。从中间分开，一侧供应咖啡，一侧供应啤酒。有 T 台，上面摆着钢琴。四面置放了茶几和高背椅，四人座和两人座，看着十分敞亮，却又照顾了私密性，低矮的木隔墙上嵌着乌化玻璃。高处的墙壁上挂着几幅油画，高仿静物世界名画。而走过来的服务生，却一律着齐膝短旗袍，梳发髻。笑吟吟地问，先生女士想用点什么？我说咖啡吧。她把我们领到供应咖啡的那一边，一边说我们这里还有广式和港式茶点。唐闻禾说先来两杯现磨巴西蓝山吧。服务生答应着离去。隐隐的乐声游丝一样飘过来，好像是贝多芬的《月光奏鸣曲》。唐闻禾拿出手机看了看，关掉了。咖啡的香味同服务生的笑脸一同送到眼前。先生女士慢用，还需要什么，请按桌铃。服务生莞尔一笑退出。几乎同时各自拿起勺子搅动咖啡。我的耐心终于到了极限。

你说话呀，你不是想谈谈吗，我洗耳恭听呢！粗鲁的话一出口自己先是惊住了。我捂住嘴巴，刚刚和缓下来的情绪立刻坏掉了。有时就是这样，神经上的问题猝不及防，我绝望地想是不是更年了？唐闻禾没有北方男人的粗犷，细高的个子，白皙的面孔，倒像是生在江南的文弱书生，与他骨子里的坚忍那么不相称。而他有时露出北方严冬的冰冷，会一下子使我意识到我们来自北方的冰天雪地，我们其实挺相像的。

他没有愠怒，至少现在看不出来，他转着杯子，微微皱着眉头。正在为一件事举棋不定。他宽容地望着杯子笑笑，算是对我火气的谅解。就像一个成年人宽容地面对孩子的撒泼。我感到屈辱，像以前好多次冲突的开始那样，霍地站起来。他抬起头目光冰冷，不要胡闹。我的眼泪立刻充满眼眶。不争气，我怨恨自己，努力望着天花板，不想让眼泪流出来。他把头扭向一边，一口干了咖啡，而不是同以往那样细品。按响呼叫器，服务生一溜小跑举着咖啡壶，斟满了他的杯子，看着我的杯子，笑吟吟的，冷了吗？给你换杯热的？我坐下来。不必了。那好，有事请按桌铃。

唐闻禾又开始转杯子。他说，你觉得委屈，是吗？我想你该清楚。我们的沟通越来越少了。简直要成陌路人了。你去北京人民大学商学院进修，属于商业机密吗？他垂下头，我承认我有时好发火，脾气不好。这同脾气有半毛钱的关系吗？你并没把这个家放在心上。我？你这样讲太欠公允了吧？我拼死拼活的不都是为了这个家吗？为了你和英奇吗？你这样讲未免冠冕堂皇了吧，你是想实现你自身的社会价值，证实你的存在，好不好？他吃惊而伤心地看着我。你真这样想？那又作何解释呢？他古怪地笑一下，又转起杯子。求求你，别转那杯子，看着头晕。他举起杯子一饮而尽。你不是喝咖啡，是灌中药汤，粗野。他居然没发火，没戗我。在以往准会唇枪舌剑地干起来。我颇感意外，竟为自己的刻薄话感到歉意。他把空杯子往桌子上一蹾。我真有点扛不住了。家应该是温暖的小窝，在外面飞得累了，回来休息一下。可是我怎么觉得这么沉重啊？！我沉重？我的火气又蹿起来。他摆摆手，别急，我不是说你沉重，生活太沉重家庭太沉重。还不是一回事儿。不是一回事儿。我是说眼下我们生活的状态。

我忽然想起李公民的话，我们这个民族活得太沉重，太悲壮。因此太感人了。那是他带团去希腊给我打的电话。他说他在做功课，丹纳的《艺术哲学》是其中一项。他只略读地理风光这类的介绍，还要找一些哲学艺术的书来读。他说希腊是一个美丽的乡土。使人心情愉快。把人生看作一个节日。尤其是酒神节那样的节日。他哈哈大笑。你猜埃及人怎么说他们的？噢，希腊人！你们都是孩子！我也跟着傻笑，说我宁愿做个孩子，那样无忧无虑。他说你读过书再选择好不好？

唐闻禾拔高了嗓门，喂喂，想什么呢？没听到我在说话吗？他把手中转动的杯子，猛往桌子上一丢，杯子滚到地上，破碎声很响，使静悄悄，轻轻环绕着滴水般乐声的茶厅，轰然一震。服务生跑过来。我激灵一下从记忆回到现实，下意识说对不起。我们都盯着那些碎玻璃。我忙对跑过来的服务生说失手了，真是对不起。一阵忙乱。地上的碎玻璃被扫走。服务生将新换的杯子斟满咖啡。他说这些年了，你不痛快，我也不痛快。我们总是在一个地方打转儿。我们干脆各自重新去寻找另一半儿，换一种新的生活。我再也忍不住了，哭起来。他说你很不错，真的很不错，再组织一个家庭没问题。荒唐，荒唐！我冲出快乐饮吧，眼泪不争气地流个没完。

他没有追出来。我就任脚带着我往前走。到家时天亮了。夜晚发生的事变得恍惚。两条腿又酸又沉。冲了个热水澡。想好好睡一觉，找不到睡意。厨房里散发着隔夜冷菜的馊味，心形的喜庆蛋糕，没有及时吹熄的蜡烛把上面弄得一塌糊涂，瘫软在盘子里。我找到一根胡萝卜，对着这狼藉的餐桌大嚼起来。楼道内响起关门锁门的声音，响亮得就如盗贼在撬门。接着是急促的脚步声，像是一溜鼓点儿。这是打工族在赶时间。在时间上老板和打工的没有区别，大家都在赶时间，因时间而恐慌。我们的生活就像是一辆赶时间的车子，为了想要的生活，一个劲儿地跑。没有时间去看看沿途的美丽风景，没有时间去养护一下劳累不堪的车子。而想要的生活似乎永无尽头。

我的眼睛盯住了蛋糕上的蜡烛，应该说是燃尽的躯骸，像一滴泪凝固在洁白的奶油上。我去取了一只装垃圾的塑料袋，把桌子收拾干净，然后送到楼侧的巷道里垃圾集散地。还没有等我离开，两只流浪猫不知从哪里蹿过来，从容地掀开袋子，开始它们的早餐。而且不时发出满意的喵呜声。晨光从东山升起，朝这边漫延过来。温热的光线轻轻抚过这些摇头晃脑的咀嚼者，向更深处更远处伸展过去。我随着晨练的人们朝临春河东岸跑去。这些人大都是近两年选择候鸟生活的东北人。过了步行桥，人们便被红树林、高大的椰树、叶子肥大的幸福树遮蔽了。有一片鹅卵石地，在树林与河流之间，像是一座舞台。男人和女人在上面赤脚雁行。我不是候鸟，尤其唐闻禾不是，他是为了生命之梦来的，忘记噩梦，创造美好。他坚强执着，仗义好友，他是个难得的好男人。不过他的个性太让人难以忍受了。也许真如他说的我们各建各自的生活，大家都会快乐些。我甩掉鞋子，跟在这雁行人后面转圈儿，光滑的鹅卵石按揉着脚底，丝丝缕缕的疼痛兜头泼了一盆冷水，夜梦淡去。太阳透过树隙洒向这片空地，很快就感到热度。晨练的人群散去吃早餐了。沉寂重新笼罩了临春河东岸。我穿上鞋子在树林间逛荡。我想我还是去搞庭院园艺设计好了，让城市的庭院变成小花园大景观。我几乎是小跑着回到公寓，找出笔和纸，开始设计我的理想花园。

三天后，唐闻禾回来，他烦躁不安，把桌子上的一套茶具砸了，上法院，咱们去法院说。我说好，去法院办理离婚手续。我的平静使他有些不知所措。我们是步行去法院的。我不知道车子明明停在楼前，他却建议我们步行。二十多分钟的步行，我们无言，像两个机械人。一位中年女法官接待了我们。她很严肃地盯着我们。你们真的想好不在一起生活了吗？唐闻禾说感情不和，在一起生活太痛苦，长痛不如短痛。女法官说我听着怎么像背书啊！你可要慎重想好了，世上没有后悔药。想好了。你呢？女法官看我。我说想好了。她又看唐闻禾，你的结婚证。他一摸随身的夹包，才发现没带结婚证，只揣来一纸协议。他对我说你在这里等我，我回去取吧。中年女法官看着唐闻禾走出门，回头招呼我，你过来一下。我说你有事吗？我们是走着来的。二十多分钟的路。回来时他会开车来，不会太久的。不是时间问题，我想给你一个建议。你看协议上没有清晰的经济分割，似随意潦草写下的几句气话。你们是怎么认识的？

我简略地陈述了我们的相恋结婚的过程以及最近争吵的事情。她神情专注地听着。然后皱着眉头看桌上那份所谓的离婚协议。谁先提出到这里来的？他呗。你听我说啊，你们的感情基础是很深厚的。没有原则性的矛盾，就是说感情没有真正破裂。你到这里来是轻率的。这样折腾，感情会出现空缺，万一有什么，你后悔就晚了。我建议你要冷静，先回去，再好好地考虑一下。你丈夫对他的事业很痴迷是吗？是的。我分析是工作压力大，身体过度疲劳，情绪焦躁，精神厌倦，你们之间缺少必要的沟通和理解。草率处理问题，会误了一生。她把协议拿给我。希望你们好好生活，我不想在这里见到你们。

我没等唐闻禾回来，自个儿走了，一边走一边把他写的协议撕碎扔到垃圾桶里。叫出租车去了大东海，在沙滩上坐了一天。天空不知什么时候上来了乌云。游海的人们都回去了。要下雨了，赶快回去吧。收拢沙滩伞的工人对我喊着。我走着回白鹭公寓，进了屋子就听到窗外噼里啪啦砸下几颗大雨滴。而屋里早已被暴风雨洗劫过，地上到处是镜子、花瓶、杯碗的碎片。天空上的大雨没有下来，乌云也没有散，夜晚过早地降临了。

第四卷

39 骚乱

农场周围的村民们一窝蜂把地分圈的事件发生时，正赶上我的肾结石又犯了。在三亚医院做碎石，回镇医院打吊针。海玉调查村民圈地的原因，结果查出问题出在村干部身上，我们交给村委会的土地租金，村委会没给村民们发放。第二个隐晦的起因是有一位村民对现任村长不满，想把他轰下台，取而代之。找到问题的结就好办了。海玉全权代我同村干部们"懊恼"（土语喝酒之意），狠狠地"腐败"（土语干杯之意）。请他们把村民们该得的租金发给他们。海玉同他们喝了一个多月的酒，好悬没喝死。酒桌上下来，村干部们一个劲儿地说"妩媚"，拍胸脯，他们很快会找村民谈，签一个协议，不会再有问题。你们放心种木瓜吧。闻总好眼力，这可是块宝地，种木瓜保证有好收成。他们喷着酒气大声保证。第二天他们就变了口风，推说没找到人啦，等等看啦。海玉跑到镇医院同我诉苦，我说人等得起，农时等不起，我去找镇长。我拔掉吊针，就去了高副镇长办公室，她刚沏了一碗苦丁茶。

她说哟，闻总啊，我刚进屋，喝了这杯茶要下基层呢。我说本来是不想搬你这尊菩萨的，现在是没办法了，请你救苦救难来了。她哈哈笑，瞧你说的。我们谁跟谁呀，有话说，别给我戴帽子，我怕热。你没看我在喝减肥茶呢吗？这一阵子油腻大了。你也来点这个？她端起杯。我再减肥就成干了。可不是，你这竹竿子，怎么干吃不胖呢？说吧，什么事？古溪后山的地被村民们圈了。原因是村委会没有把租金送到村民手里。她很爷们儿地吼起来，有这事？不像话。她吱溜抽进一口茶，吧嗒吧嗒嘴说，苦，就这苦味儿降火。她看我盯着她，噢，说事说事，这事是麻烦。要把有关人叫来，要开个会，做通他们的思想工作。我忙说我安排午饭。你看看，又让你破费。我说工作餐工作餐。她抓起电话叫人，“懊恼来”。

没过一个小时，村委会全班人马到达连利善酒店。起初他们否认没给村民发放租金。村长气咻咻地说古溪村有人整事儿，想接我的班想疯了，乱咬啦。高兰说我倒有个法儿，不行先让圈地的种一季，完了，闻总再收回来。我苦笑，我了解他们，我们退一步，他们会进一丈。我说我们给村民最大利益，不仅有租金，还帮他们修路架桥，拉线安灯，甚至盖房。高兰说哎哎，都知道，都知道，你们给这穷乡僻壤带来了文明，我们感谢对不对？大家点头，村长举杯说合作愉快！“腐败！腐败！”高兰又说老百姓嘛，觉悟有高有低，慢慢来。这顿酒等于什么问题也没解决。我心想慢慢来，我得要饭了。我说能不能先做一下工作，比如他们说你们没发放租金，这里面是否有什么误会？正在搓脚丫巴的村长，拍拍手说有什么误会？还不是乾言组那两口子做梦都想我下台好接班呢。我下台也轮不到他。

我的腰又开始隐隐作疼，弄得我烦躁不安。海玉说闻总你的脸色不好，哪儿不舒服吗？肾结石的事。海玉说我送你去镇医院吧。高兰说散了吧，散了吧，你看闻总有病还坚持工作呢。以后再说。我忙说没事，去镇医院看过了，已经做了几次碎石，再点几天药就没事了，我一个人去医院，把今天的药点上就行了。抱歉了，海玉留在这里，还需要什么跟他说，他是我的全权代表。高兰说真没事呀？真没事，常见病。你们接着“腐败”。高兰说听闻总的，有海玉助理，接着研究问题嘛。海玉说我送闻总上车，你们先“腐败”着。来到外面，我说我没事，这两天的药没接上。高兰的那一招是损招，不能同意。想法说服他们把租金还给村民，这是唯一解决问题的办法。海玉叹口气，这从中午都到晚上了。我说只要能解决问题，要沉得住气。

镇里最大的医院，也就是大陆居民小区的卫生所格局。每天这里都人满为患。远道来就医的，当天赶不回去，就在院子里打地铺，好多需要住院治疗的，没床位，在露天地里摊开铺盖卷儿。晚上开车从这里经过需要十分小心，马路边上都睡着人。男人女人孩子老人，坐着倒着歪着，不时传来呻吟和咒骂声。一个婴孩突然大哭起来，女人恨恨地说哭，哭死你，拉出乳头塞到孩子嘴里。刘医生看到我没好气地说，闻总，你怎么搞的，要连续点半个月的，你可好，三天就没影儿了，也太不拿医嘱当回事了。这要出了问题算谁的？我赔着笑脸，道歉，说明情况。她鼻子哼了一声，你们呀，都是不见棺材不落泪的主儿。她亲自配药，一边唠叨。昨天骨头岭那边有个大陆开发商被扔到山沟里了，赶上我休班，听说吓坏了，立马从家里跑来了。我说你以为是我呢吧？她白我一眼，好在只断了一条腿，肋骨也折了，命是保住了，挂着吊针去的海口。家属来接他回大陆。好像是河北那边的人。也许是我的熟人？护士站一边，抿嘴笑。她说我真以为是你呢，记得你说过骨头岭那边有片地。对，骨头岭村的电灯还是我给安装的呢。不过地不是骨头岭的，去我那块地必经骨头岭。她说还是呀，吓死我了。那边的人凶。还是到外面点吧，凉快。来到院中的大榕树下，刘大夫把吊瓶挂到树上，小护士在我手背上扎好吊针。我靠着树坐下来，不由叹口气总算能静一会儿了。

……喂，你怎么弄得这么惨呢？我听到一个熟悉的声音，是宋瑶林吧？我抬起沉甸甸的眼皮，看到一张模糊的脸俯向我。宋瑶林，你怎么来了？你看着我，她将脸转向灯光。南汇？我一定是做梦了。我往起站，嗷地叫起来，忘了手背扎着针。小护士跑过来，没好气地说滚针了，这么大的人啦，真是的！她麻利地起针。别忙，坐下，还有十多毫升呢，再挨一针吧。南汇一把抓住我的手说，这地方，没病也熏出病来了，走吧。小护士在后面“哎哎”叫着。

你不是回东北了吗？临时有变，副总妈的什么亲戚来海口办事，要腻两天。我从木瓜那里知道你在这里。你从海口过来？可不是，开了一天的车。先找个地方休息。她说前几日看你还好好的？我说现在也好好的，年轻时作下的老毛病复发了。年轻时？她笑起来，三十几岁就卖老了？我十四岁就干整劳力的活了，可不是老了。也许药物起了作用，我感到好一些了，惦记起山上木瓜育苗基地的事。她似乎感觉到了我的变化。幽幽地说别只想你的那个庄园，不能想点别的事，比如在这么好的星空下，我们该去喝一杯。为了看你，我跑了一天的路。如果忘记刚才我蹲过的院子，没有一大堆的事务包围，唯有暖蓝的天空，灿烂的星光，这真是一个良宵。哎，你怎么不直接给我挂电话？她一步跨到我前面盯着我说，免得你苦心找理由在南非什么的。我心里明白，只要接到她的电话，我会告诉她我刚到达澳洲。你想多了，我说请原谅，你忘了吗，我从不喝酒。红酒医生也不准我喝。我以茶陪你吧。你好像不怎么听医生的话。我想宋瑶林不会这么说，她会同医生站在一个立场。好，不听医生的。她说，我带的是正宗法国波尔多红酒，上我的车吧。我也是开车来的，你看在那树下。她扯起我的手臂，朝相反的方向走去。我想宋瑶林不会这么强硬，她会说只要你觉得方便。

一辆路虎停在道旁，有两个孩子在那里鼓捣车。南汇跑过去吓唬他们。他们就站在旁边不动。眼睛炯炯地望着南汇。我说这里的孩子对车特别好奇。这里还没出现过你这种车。这车是我们副总的，要是划上几条道子，我就惨了。我说你那辆上海大众满可以的。趴窝了。走吧，有个好地方。我的一条腿刚抬起来，手机哇哇大叫起来。海玉大喘着气，明显在极力克制情绪，先问了问病情，说了一通安慰话。我问他那边情况，他支吾说你还是好好养身体，这边我照应着。我说你肯定有事，直说，静点完了，正在散步。他说闻哥真对不起，我没安抚好，打起来了。本来不想惊动你……

我的火一下子蹿出脑门子，这么大的事不早说，弄不好要惹大祸的。南汇，我得赶回山上，出事了。南汇说要钱不要命了？这不是钱不钱的事。事关重大。你不懂！南汇一把扯住我，别那么盛气凌人，我不懂，你一定要赶过去，就坐我的路虎去吧。我说这么好的车就不怕被砸了？至于吗？耸人听闻。我开车，你还可以略事休息，再说这车安全性好。好好，别啰唆了，上车！

海玉在连利善陪着村干部们“懊恼”，商讨如何解决村民圈地的事，接到木瓜育苗基地工人的电话，只说让他快回去，要出事。他没有惊动村干部们，只对他们说山上临时有点事，去去就回来，让他们安心“懊恼”，需要什么就跟店老板说。他已经在酒店押了钱。他到山上，村民已经和农场工人发生冲突。现场的情况比我想的还要糟。工地的拖拉机刚开到地头，乾言组的两口子就冲上来砸碎了拖拉机的玻璃窗。他们是村民中抢占土地最多的一户。司机急忙从车上下来制止。女人竟挥着砍柴刀直劈过去，司机没提防倒在地上，女人抡着砍柴刀往司机肚子上一顿乱砍，在不远处干活的员工发现情形不对，跑过来从后面抱住女人拖走。乾言组两口子杀猪似的号叫。附近村里人不明真相，都围过来，工地上的员工们也都拥过来了，稀里糊涂地打起来。

我到的时候，双方正在厮打。在朦胧的暮霭里，我仿佛到了古战场，柴刀木棍，嘶叫。我叫海玉快去请村委会的干部。牡丹先请来了地质老爹。地质老爹吼了几嗓子，混乱停下来，人群忽地散去。我说村委会的一会儿就到了。这里太乱你先送地质老爹回家。牡丹说他们脑子发热，你也小心点儿。

我赶紧安排人送伤员去三亚治疗。镇医院医疗条件有限，而且距村子太近了。我们正往车上抬伤员，村委会的全班人马到了。我对村长说乾言组两口子牵头起事。多亏地质老爹赶到了。村民心头的结，还需要你们村委会来解。你们应该马上把租金发给村民。村长想了想说，请镇里出头，召开全村现场会，大人孩子都到，把有关的事情解释清楚。副村长说明儿个再说，我从早上起还没米落肚呢，这都到晚上了。我想起来中午这个副村长没到场，不是肚饿是酒瘾上来了。我说正好，我的肚子也叫上了，边吃边聊。你们想去镇上哪家餐馆？就那家有洋马的。他说的是广东餐饮，最近招了两名俄罗斯少女，在那里卖艺，唱一些谁也不懂的歌，跳艳舞。我说好。副村长立刻操电话，给组长们挂电话，嚷嚷着“懊恼”去呀！村长拍我的肩，豪爽，我喜欢。我说海玉辛苦你，留在这里收拾残局。有事第一时间向我报告，稍有不慎会出大问题。我叫木瓜和小仁赶过来。他们不闹通宵不会散的。

村长副村长组长们在镇上广东餐馆吃得热闹，两个俄罗斯妞来敬酒，我抽身出去接电话。一个员工打过来的。闻总不好了，我们的人在古溪河被撂倒了。我说别慌我马上到。古溪河这条路是去木瓜育苗基地必走之路。我回到包房，看到两个洋妞双手上举，颤着大奶扭动蜂腰围桌转舞。村长副村长组长们醉眼蒙眬。我想此时是什么也说不清楚了。我对木瓜耳语说你坚守这里吧，别出什么娄子，山上叫我，我带小仁去看看。木瓜点头，闻哥你放心，电话联系。

我万万没料到事态变得这么严重。在古溪桥边，被砸翻的客货倒在地上，化肥袋子扔了满地，有的用刀划破了，趴在地上的司机还以为我们是村民，大声叫骂，你们的良心狗吃了，我们为你们办了那么多好事，好吃好喝地供着你们，你们他妈的干此下三烂的勾当。

小仁跑过去抱住他说阿忆是我们，闻哥赶来了。阿忆叫了声闻哥，呜呜地哭起来。呜咽着说了事件的经过。我和阿六进城拉化肥，着急往回返，这条道咱们修好的，天黑了也没事，道熟。车刚开过古溪桥，有两个人站在路中间冲我们招手。我探出头，一看是村民，还挺熟络的，就停下车，招呼他们。问他们去哪里，要搭车吗？话音没落，忽地从周围的草丛里钻出一伙人，我们糊里糊涂的就被掀翻到地上，刀棒齐下。阿六挣扎着滚到河边草丛里，拼命朝山上木瓜育苗基地那边跑去了。那些歹人便扔下我，嗷嗷叫着举着刀棒朝山上追他去了。也不知阿六怎么样了。他忍不住又哽咽起来。

我说阿忆啊，对不住啦，山上圈地的人与我们的员工发生冲突了，情况紧急，太突然了，忘了通知你们一声，晚回来一天就好了。看样子是山上那伙闹事的没回村，躲到咱们常走的路上寻仇来了。我查看他的伤势，腿好像打折了，站不起来。我说小仁你开我的车，立刻送阿忆去三亚医院。那里有我们的员工。对了，那个南汇在那里帮忙照顾伤员。你找她也行，请她找大夫。小仁说我认识她。

看着车开走了，我跌坐在破肚流肠的化肥袋子上，脑袋一阵眩晕。我对自己说一定要冷静。现在只能抓紧时间去镇派出所报案。我先给海玉挂电话，告诉他阿忆已经让小仁送往医院。阿忆说有一伙歹人上山啦。海玉说跑到山上的是另一伙村民。他赶过来时，他们和几个员工正在交手。这几个员工只想着去搀扶阿六，没料到歹人也冲着他们来了。好在这伙人多数和海玉熟悉。他们看到海玉，就停手了。我跟他们说我们是朋友，有话好好说。现在打了也就打了，都过去了，我保证不追究你们的责任，以后不要再打了，打坏了谁都不好。有事好商量，不要冲动，不该使用暴力。我们的员工是无辜的。他们说乾言两口子说你们不讲信用，想白使用地。我说你们是稀里糊涂地受人挑唆了。你们同我们的员工一样也是无辜的。我们保证同村委会给你们一个合情合理的交代。现在大家散去吧，家里的老人孩子一定在等着你们呢。村民们忽地就散去了。没有酿成大祸。逃上山的阿六受的是皮肉伤，其他几个员工也没大碍。这几个伤员我亲自送他们去医院。放心吧，闻哥。我长吐一口气。海玉这个人挺沉稳，采取了息事宁人的态度。我说好，山上的事就交给你啦。我去镇上的派出所报案。

镇上派出所的所长很客气。警员是上次处理老箪那次意外遭遇的出怪相的民警。我们都叫他“怪相”。听我说完事件的过程，所长说，到这里来搞开发的，哪有不发生点冲突的，这跟居家过日子一样，要磨合嘛。我说这怎么能一样呢？弄不好要出人命的。怪相说这里打架斗殴是家常便饭，哪管得过来嘛。我说你们应该去现场看看，就知道严重性了。不去出了大事，你们也要担责任的，因为我报案了。所长沉吟了一下回头对怪相说，你去找人走一趟吧。怪相说反正也是那么回事。所长对我说你先回去吧，我保证他们马上去古溪桥。

我回到镇上办公室，取了摩托车，我要回到现场等派出所的人到来。在给地质老爹盖房子那里遇到了海玉的公勤车。这时派出所的人也骑摩托上来了，一位老警察带着一位年轻的警员。我说一部分伤员已经送往医院了，这几个是埋伏在古溪桥旁的村人干的。他们检视了伤员。老警察说好了，就到这里吧，法医搞个报告来。我说你们必须去看看现场。我让海玉往三亚赶，我陪他们去现场。闹事的人已经跑光了，只有掀翻的货车、狼藉的化肥袋子、滴在白色袋子上的血迹。海南晴朗的黄昏，这番景象令我有一种头发奓起来的感觉，一种隔世之感。不相信会出现这样愚蠢的事件。

年轻的警员叫起来，快来看这里。古溪桥下，桥柱子上有很多貌似胡涂乱抹的字：挖掘机，货车，手机号。年轻的一脸困惑地说这是什么意思。老警察说显然这次冲突是有预谋的。这是他们彼此在发信号，确认袭击目标。我说你们过古溪那边村里去看看，做个笔录吧。老警察叹口气说，你是不知道哇，这些人难缠着呢，理不清的。人既已散了，还是先治伤吧。这种事由村委会处理要好些。你找过村委会吗？他用警棍敲了敲那些残破的化肥袋子，没把你的人扔下山崖，还是挺给面子的。听他这么一说，我真是哭笑不得。我说你们是执法人员，法律是干什么的？他笑了，年轻人，慢慢你就知道在深山老林里法律是干什么的啦。好啦，因为你是闻总，有人缘，所以所长很给你面子，派我们来啦，我们会如实反映情况。相信我一句话，解铃还须系铃人。

此时我有一种四面楚歌的感觉。跟两位警察别过，几乎没力气跨上摩托。我推着摩托蜗行。我的脑子很乱。会不会有一天我也被这莫名的愤懑者扔到山崖下？我从老警察的话里，似乎明白了高高在上的法律，对于这场深山老林里的暴力事件，就像高射炮打蚊子。文明与愚昧，先进与落后，人类演进的悲壮与艰辛，一些并不遥远的野蛮故事，一个改革过程的完成，索要着昂贵的代价，人类文明的进程中总会遗漏一些死角的，简单的暴力解决不了本质问题。靠人不如靠自己。这是一个存在与意识的问题。经济文明与精神文明的辩证关系问题。不能硬拼，要绕开竞争，开创自己的蓝海。蓝海战略的广义拓展，与自己和解，不要针尖对麦芒。我想得有点累了，也好像豁然了。我跨上了摩托急奔三亚。

不知从哪里传来午夜十二点的钟声。我下了摩托感到自己像一辆快散架子的破车，双腿僵硬东摇西晃的，只想找一张床躺下。小仁看到我，惊讶地说闻哥，有我和木瓜你还不放心？瞧你累成啥样了，听说明天还要同村委会商定召开村民现场会的事？是，目前这是化解矛盾的最好办法。医生给他们打了镇静剂，现在都睡下了。我看一眼再回去，不然睡不踏实。

海玉还在病房里守着。员工有四名重伤的，一名腿折的，一名断了三根肋条，两名身上遭了乱刀，失血过多，好在抢救及时，都脱离了生命危险。我让海玉同我一起回白鹭公寓休息，明天一同上山。我们刚驱车出了医院，山上来电话了。村民刚刚又袭击了木瓜苗圃那边，值班的守门人受伤了。好在他们没去农场总部骚扰。我让他们赶快用通勤车把伤者送下山。我和海玉去接。我们还没到给地质老爹造房的山坡处，就接到了他们。海玉跟通勤车回山里。我送看门人去三亚医院。

伤者是本地人，脸部糊满了血，神志很清醒。他用很别扭的普通话骂了一通，今晚好在我值班，如果是你们大陆人小命就难保了，他们一棒子就把我的鼻子打破了。我骂了他们，我说我会去告诉地质老爹，让你们永远别想到山下去。他们的手轻了些，还是把我揍了一顿。骂我是狗，不该给你们做工。他们真是疯了，我一山下人怕他们，以后有他们好看的。看他们还敢去我们村！

守门人挺牛地称自己是山下人，是有缘故的。当地的人有一种先天的恐惧症，住在深山老林里的怕外村的人，住在山上的人怕山下的人。地质老爹住在古溪河外面的山里，因年少时在广东地质队干了六年，见过大世面，在本族中又是出了名的大孝子。因此村民都尊崇他。他在村民中相当于一种道德和法的权威力量。无论是山里的、山上的、山下的，又都是听他的。尽管地质老爹有如此威望，这件事老爹出面也只能是一时的安抚，不会从根上解决问题，隐患还会存在。这些人同老爹不同，从没有走出过这些大山，最远到镇子里转转，卖药材或山野菜，买或者换些生活用品。思想简单，容易激怒，喜欢使用暴力。法律对他们来说，是莫名其妙的东西，他们的想法就是法。这件事还是要通过镇乡村三级管理机构来解决。我想已经不是一两个人的事，这里的误解很深。

哎哟，看门人叫起来。我说很痛吧？坚持一会儿很快就到医院了。看门人说我的手机也被他们抢跑了，刚才晕了头。我马上给派出所挂电话。这次值班的警察来得挺快。医生在给看门人处理伤口时他就到了。他认识我，一眼瞧见我就笑了。闻总怎么又是你？我的员工遭抢劫了。他听得很认真，然后拍拍我的肩膀说闻总我理解你，你要给员工出头，可是这头出不出没啥意思。我说还有没有王法了？他们是抢劫。我知道，可是抓他们有啥用，穷鬼，榨不出油。要是抓了他们，正合他们的意，他们喜欢进监狱，他们把班房叫兵营，他们进去就是去当兵了，一日三餐有人端送，可不是捡了大便宜。我说你编什么故事呢，就说你们懒得进山算了。闻总你没听说吗？前几天的事，镇上的大陆投资商，叫诸葛什么来着？四个字的名字，难记。价值三十多万的房子被上百的村民一把火点着了。我们和镇领导都去了，拉上警戒带，那火没法救，泼水得泼，房子咔嚓咔嚓落架，很快成了一堆灰。你对这些喜欢蹲班房的肇事者，除去想法子调解，没有更好的办法。怎么调解？他们打伤了人！没死不是？你们也打伤了对方。对方只是破皮轻伤，他们上山嚼一把鲜草药敷上就好。我这得花个十几万的医药费，重伤者我还得给一笔生活费，送他们回大陆。这些后果本应由肇事者承担。

理是这个理，在这里行不通，调解也要由你们去调解，效果会好些。我说的这些都是为你好。你和有些开发商不大一样，一些本地人还是很赞赏你的，因为你给他们办了不少好事，听说没见过城里人的骨岭村都拉上电线了。我不多说了。你可以找法医来，鉴定一下伤残程度，做好鉴定报告。手机嘛，算了吧，他摆摆手就走了。走了两步又回头说闻总，我看你还是自己调解好，从根上消除矛盾，我可是为你着想啊。你好好想想。

我觉得自己就要撑不住了，腰又痛起来。我不知道南汇什么时候过来的。她突兀地走过来，还叫来了医生。我说没事，别添乱。她对医生说我看到他满脸虚汗，腿都哆嗦了。他有肾结石，晚上在镇上点滴，农场出事了，他拔掉针头就走了。你看看他脸色，这样会要命的。医生问我点的什么药，就说接着点吧，否则病情严重就不好办了。南汇说不到天亮你也办不了事，不如接着治疗，你小睡一会儿，天亮再给有关人打电话联络。医生安排我在监护室静点。南汇说你闭上眼睛小睡一下，我在这里你放心吧。我真就睡着了。醒来天亮了。南汇握着我的手，熬红的双眼正盯着我。我慌忙抽出手，坐起来。我睡得好死，怕是误事了。她笑了一下，在海南这个时候人们还睡回笼觉呢。阳光已经从窗口射进来，四周静悄悄的。看来这是个平静的早晨。药物加休息，我觉得精神好多了。我说不好意思，让你跟着遭罪，你们那边一定在找你了，快回去吧，这里白天怕是又乱糟糟的。我去看看受伤的员工，就得回山上了。你总得用早餐吧？她说，双手揉搓着脸颊。她一定是倦得很。我说你不如趁这屋子没来病人，在床上躺一会儿。她咧咧嘴，快去吧，我在这里等你。

我去看了那几个重伤员，他们还睡着。小仁拿一本杂志在看。他说没什么事。他和木瓜轮换值班。正说着木瓜带会计来了，还得补交住院费。这回惨重。我说要对医生说只要能使他们尽快恢复健康，费用不成问题。木瓜说这几个员工很配合，还没通知家属。医生说打石膏的两位大约半个月就可以回家养伤，皮肉伤的，也不能大意，再待一个星期就出院了。我想还是先不要通知家属为好，免得节外生枝。这里由木瓜全面照应。我还得去村乡镇周旋。

我说你们谁去同我吃早餐？木瓜说我在公司食堂对付了一口，小仁饿着呢，去吧，然后回去休息。当然这顿早餐吃得南汇有火发不出。鬼灵的小仁想法儿找话提到宋瑶林。他把我都弄得一头雾水。我闻嫂可不一般，他把一根油条塞进嘴里好悬没噎着，咳着还说她精通园艺，她在北方的园艺设计所老有名了。她写了一篇《中国传统园林艺术与当下生存环境审美需求》的文章在新加坡一本杂志上发表了。我说油条也堵不住你的嘴。南汇脸色泛红，摆出一副好奇的样子，噢，真了不起，哪天拿来拜读一下。她很响地喝了一口豆浆。起初的斯文被这粗鲁破坏了。她为自己的失态有点发窘。小仁一脸得意，甚至要唱起来。我说那不过是一些雕虫小技罢了。小打小闹小聪明。小仁啪撂下筷子，闻哥你怎么会这么想呢？这太不公平了。嫂子本来可以好好发展她的园林艺术梦的，为了你的事业才来这里的。小仁捅破窗户纸，干脆让南汇难堪了。放肆，员工竟操心起老板的家务事。我撂下脸子，小仁，你忘了你的身份。我的身份怎么了？我的身份是人。你是人，我叫你闻哥，你不是人，我就炒你鱿鱼。南汇脸色惨白，急得按我坐下。误会，有话好好说，都坐下，也许我不该来这里啦。

我说南汇，你留下来，帮我照顾伤员。南汇说对对，别误了大事。你放心去上山吧。这里有我和小仁他们。小仁说你算老几，指手画脚。我真急了，小仁，你回去卷铺盖。南汇说有点幽默感好不好。小仁这孩子心地不赖，挺有刚的。小仁恼怒地说你少套近乎，谁是孩子？我是一名职员，请尊重些。我看到南汇好像在极力忍住笑。而且不管小仁的嫌恶，附在他耳边嘀咕了一句什么。她留下来了，每天在医院里守着伤员，晚上回到宾馆。我搞不清是南汇集团副总裁妈没走，还是有什么变故，她没有告诉我。不知什么时候南汇和宋瑶林联系上了。她们变成了盟友。然而这些事在此时已经不是我关心的问题。单是农场的事已经焦头烂额。牡丹带来准确信息，村民闹事还有一个重要起因，村支书在捣鬼。我说每次请酒他都到场。牡丹说这个人好猜忌，村长换了台新摩托，他就猜想是在你这里捞了好处。土地放在那里不种可以，长荒草可以，看到有大陆的人来开发了，生地变成熟地了，这里的人就想占便宜。村支书就是利用了这一点，往起勾火，等双方干起来，他稳稳坐在家里，专等着你上门去求他，捞些好处。你要是不去求他呢，村民们就会不停地骚扰，直到把你们赶跑。

我想到不久前诸葛什么葬身于火海的公司，不由浑身发冷。诸葛公司化为灰烬，也只能干瞪眼。当地肇祸者往深山原始森林中一钻，谁也没有办法。不好的消息一个接一个。土地几乎被村民圈去一半，从大陆招来的员工，被这场冲突吓着了，有几个人已经不辞而别了。而村民们还在集结。我感到头疼，浑身虚弱。我就是四肢着地爬上山，也得尽快把现场会开了。这样闹下去，后果不堪设想。公司的人已经被这种种变故分散使用了。他们被派往各个可能出现突发事件的地点值班，还有一些伤员要照顾。

牡丹你跟我上山，会不会很为难？若不我来干什么？还是请地质老爹辛苦一趟吧，他现在在海口儿子那里。他解决不了根本问题，可以缓解一下，容我们的空儿。他的女孩在三亚，我已经叫她带话去海口了。牡丹谢谢你！不说客气话啦。还是想想说服村干部们抓紧开村民现场会的事吧。我说高兰答应马上开。牡丹只是笑笑。

镇里的头头脑脑一叫就到，他们喜欢“懊恼”，举起酒杯“腐败”，什么事都答应。第二天就忘了。高兰对我说现场会要开，我们都参加，不过召集人的工作，还得你们自己做。我们要去召集，他们会更生气，以为我们拿了你们的好处。高兰的话听着是先喜后忧。好在我已经习惯了这套推诿扯皮。就像我满足他们“懊恼”后，再满足他们的“活动费”。歌舞厅、女人、按摩所、开房。我想他们只要参加就行。我的大农业不能半途而废。在酒的问题上，他们已然宽容地接受我以茶代酒。村长还问候了我的病。我说在打吊针。他们唏嘘着为我的健康“腐败腐败”。牡丹一向厌恶“懊恼”。为了促进这件事，他第一次沾酒。似乎对事件的发生充满羞愧似的。他喝醉了。他们说把他扶上摩托一推后屁股就行了。我想起初次看地时，遇到的醉鬼。他们习惯了，生命看上去如此微不足道。

我送牡丹回家。我听到牡丹呻吟，呕吐。他喘息着说闻总，对不起，弄脏你的车子了。不要说话，你躺下，会舒服一些。他压抑着哭起来。我说想哭就放开哭。心里会好受些。我也想哭，可是我不能哭。在牡丹呜呜的哭声里，我想着怎么去面对村民。我的眼前出现他们仇恨的眼神，他们挥着砍柴刀追打员工的疯狂样子。镇长村长乡长公安警察，他们都束手无策。因为他们不需要法律。你怎么面对不需要法律的深山里的村民呢？

午夜的山路，发着银色的光，午夜的天空，大月亮，没有路灯，胜有路灯。如果我是个游客，这样的午夜是迷人的。恍若落入仙境，山如靛，树如蓼。月光使缭绕树梢头的雾缕如一条条银纱。偶尔会有溪流的清音入耳。山路弯曲，如梦如幻的山林不断从眼前闪过，朦胧而神秘。想起第一次同黎族老爹进山寻地，他说的关于山神的故事。午夜大月亮下的溪水，他们是不会错过的。牡丹的家在深山谷里，十几户人家。牡丹还在哭。我想牡丹如果不走出大山不进城不上大学，他不会哭得这样痛心。我递给他一瓶矿泉水。前面就是村子了。他立刻坐正身子，咕嘟嘟喝了起来。哪所房子？他说停车，不想老妈妈吃惊，就到这里吧。再给我一瓶。你行吗？没事。他下车，将一瓶水浇到头上，划拉划拉脸，冲我挥挥手，喊了一句，会好起来的！我们只有自己行动了。

40 一杯浓茶

天色暗下来，唐闻禾没有回来。他时常同朋友或生意伙伴聚会后直接回山上。他会来个电话。有时也叫木瓜或小仁转告一声。过两天再接到他的电话，准是外地来什么人要在这里入住，要照顾周到，千万不要怠慢。他就没想想是否怠慢了我。此刻我不是妻子，而是旅店经理、财务、后勤之类的角色。这样说有点刻薄。事实就是这样。白鹭公寓最初的意义便是双重的，一半是办公室一半是家的地方。今天不同，我们吵架吵到法院去了。半路我逃跑了。接下来我继续逃，逃到在济南做大超市的艾乐那里。

艾乐还是老样子，从马尾巴死后，她便成了独身主义者。只知道她在四处流浪，居无定所。一年前她又电话通知我她定居济南了，她喜欢济南遍地泉。我的突然到来，她又惊又喜。园艺家，你终于想起我了。确实人生中总有那么一些个时段，你的过去会跑过来，把你所有的光环退去，你还是你，真实得如同空气和土地。

我走进她的贝贝超市，她跳着脚过来搂住我。她的都市丽人正装丝质咖色套裙，被她的粗野动作扯拽得蹦掉了扣子。正在工作的员工们惊讶地看着她，就像突然发现他们平时敬畏的头儿，可能是同性恋。她扯着我说走，先去我的小窝坐坐。猴急的样子，简直就像真的要做点缠绵勾当似的。我悄语注意你的形象。她回头对员工们说，孩子们，加油工作！我的老同学来了，这月奖金加百分之十。超市细流般的音乐声突然放大，员工们在过道站一排跳迪斯科。刚好进来的顾客，也跟着摇头摆尾，五分钟戛然而止。商场恢复秩序。

她的小窝就在超市后面的住宅小区楼上。六层，八十平米。屋内家具极简单，显得空间很大。一室做书房兼办公室，一室睡觉。二十四平米的厅，电视，一条几，一张可做单人床的大长沙发，配两只小沙发。她踢掉鞋子，甩掉外套，穿着吊带内衣，光脚在地板上走，张罗茶点。我说你的小窝拾掇得不错，够简洁的。她说我的生活同我的经营理念一样，赚钱是手段，使生命快乐是目标。我的员工就像是我的孩子们，他们在这里得到了丰厚的心灵财富。你的到来带给我的快乐，这里所有人都可以分享到。以奖金的形式。说了半天，还不是用钱解决问题嘛。不一样，真的不一样，意义不一样，目标不是赚钱，是分享快乐。这会在员工之间营造一种开心的气氛，好心情会激发潜能和力量，减少矛盾摩擦。这里就是一所大家庭。来点菊花茶怎么样？这蛋挞和苏打饼是我早晨自己烘烤的。就是菊花茶吧。她披上一条睡袍，仰躺在沙发上抽烟。我想这是她每天回到小窝的第一件事。她弹弹烟灰。你不来一支吗？我还没有那福。她说我一天至少半盒。进屋第一件事。你从什么时候开始的？

她没作声。我突然意识到一定是马尾巴自杀之后的事。我说还没有合适的？她说你看我有那么多孩子要照顾，哪有空闲啊。早晨起床，去槛泉公园晨练，回来洗漱，喝杯奶，吃一块早点，或者找一家早餐店吃碗馄饨，上班。先处理各类文件、订货单、催货单、会议邀请，有关的展销会、博览会、工商会，我们这里还搞小商品批发，下班有时自己做晚餐，更多的时候，是商务聚餐，然后去沐足，午夜归来累得一摊泥，倒床便睡。节假日的时间交给了人际。郊游，钓鱼，打牌。真想自己在家躺一会儿，看看电视。最近商友们开始热衷于参加五花八门的培训班，精神疗养。

我嗅着菊花茶淡淡的清香，心神安闲。觉得自己就是专程来看艾乐的，就是和老同学品一回菊花茶的。婺源的秋菊吧？除去婺源不是菊。她说，我只喜欢喝婺源的菊花茶。听你说话怎么像是在做商业广告哇，职业病吧？她笑起来，你听广告听多了，觉得处处都是广告。现在可不是满世界商业广告控。她的电话忙起来。不是说让你找副理吗？啰唆！这两天我外出。她换了台手机，把那台关掉了。这两天我就陪你，咱们好好散散心。让我猜猜看，你是吵架出来的吧？我说不吵架就不能来了？你还真说对了，不吵架就激不出你的灵感，没有灵感你哪里能想得起我呀？我们大笑。就像回到少时，没来由的也会跺脚大笑那样开怀。我开始抱怨。

她接着吸第二支烟。突兀地打断我，哎，你不是在搞园艺什么设计所吗？旧的留在北方了，新的还没想好呢。为什么不去快点想？这是一项很了不起的工作。激发人们向往美的生存环境，那些总是造脏的人，也许因此会有所改变。我们兴奋地聊起海南得天独厚的自然条件。我的新园艺设计所地址应该选在大东海或亚龙湾附近。工作感觉累的时候就去泡海。房子有两层楼就好。总共三百平米就差不多。一楼办公室、客厅，还有基础设施、卫生间、厨房、餐室，二楼，卧室、更衣室、储藏间、化妆间。不过庭院要大。把园艺设计理念表现出来，要设计出人间仙境，就像马上要做起来似的，还在电脑上画了图，做了许多标记。聊得肚子咕咕叫起来，顶着星月，去街里大排档找馄饨吃。坐在街头捧着热腾腾的馄饨碗，瞪着熙来攘去的人群，我突然想到星语，我是谁？我从哪里来，到哪里去？星语一次对我说，只要你有梦想，有一天你会想到这个经典。

有人招呼艾乐，从里面的一家饭摊里挤出来，仿佛她在拨云破雾的驿旅中，发现了祖宗的遗迹，双臂还摆着拨开人堆夺路的姿势，面露惊异，艾老板，你怎么在这里？艾乐笑笑，你也在这里呀？一边微声对我说，生意朋友的大老婆。外号“肚脐眼”。我一口馄饨喷到碗里，不想吃了。艾老板，你看我这旗袍怎么样？我家那位从杭州给我定做的。她扭了扭腰。一等的重磅真丝缎面料。艾乐说好好，真看不出你的老情人挺有眼光嘛。那是一件长袖秋款，花色艳丽，玫红绣金牡丹，把她箍得像只肉粽。大脸盘涂了浓妆，顶一头爆米花，简直是漫画中的人物。我在桌下踢了一下艾乐。艾乐回了一下，继续说，你看我们大老板叫着好听，也只能穿棉布衬衫加风衣之类，哪里有你那么尊贵呀！你呀一看就是福相。不像我们操劳命。她笑得浑身肉乱颤，这一笑眼睛真成肚脐眼了。艾老板，你不发财谁发财呀，嘴上抹蜜了呀，把人能齁死。艾乐说要不要来碗馄饨？她一撇嘴，哪天你去我家，看我家的馄饨，让你得相思病。我真的吃不下去了。艾乐说你怎么到这里来了？还不是我那孽子，从澳大利亚回来，就想吃这里的烤肉串。噢，听说你儿子出国读书啦。是呀，在家待十天八天的就走。这不又想去英国了。一个清亮的男孩手里举着一把肉串过来，不耐烦地招呼肚脐眼。肚脐眼忙说失陪了，有空去我那里坐呀。我长出一口气。艾乐说一定去品尝贵府的馄饨。

艾乐你的馄饨冷了。算了，我没胃口了。我们走走吧，你看月夜多美！不觉竟是走到了槛泉。槛泉也叫趵突泉。那个晚上我们就倚在石栏上，看着泉水腾跃。夜空很深很远，星光稀疏，淡云，上弦月似有似无。树木墨影婆娑。幽白的照明中，泉源兀自雄歌劲舞。泉池明明灭灭。虽看不清水的碧色，看不清游鱼，却可嗅到水质清醇。有几位练客，在宽敞处舞剑。我仿佛回到了贝贝face的夜晚。恬静无邪，任何事物出现都会觉得理所当然。世界上一切事情皆可理解。我的心态在近一个时期以来初次变得平和。我想唐闻禾此时在这里，我会很宽容地看着他，容忍他在我逃离离婚现场后，恼怒地把客厅的瓷器都摔到地上。甚至我会帮助他摔碎比较沉重的景德镇青花瓷瓶。

艾乐开始激情洋溢，像她当年豪情满怀地要在酒吧的圆台上唱成巨星一样，描绘她生意的前景。我打算在我的孩子们中间选个稳重能干的，去东区开个连锁店。这样一个个连锁下去，你猜会怎么样？我猜你此时眼睛发亮，完全不在现实中。朦胧的灯光中她的眼睛星子一样闪烁。我的内心却完全被这清冽的泉水迷住了。我能够理性思考了。不必纠缠愤怒时的不逊。我想我完全可以处理好逃离和瓷器碎片之间的关系了。我拿出手机。我得给唐闻禾打个电话，你不介意吧？艾乐说我为什么介意，又不是我丈夫。她笑起来，她常这样哈哈大笑，并不代表高兴，多半是一种复杂的心绪反应。夜晚的寂静吃惊地抖起来。这就是说你想要离开，突忽而来突忽而去。看你神不守舍的样子。

你说什么呀？我只是想打个电话。心里不知怎么忽然紧张起来。我重复打第三次他才接电话。他说你跑到哪里去了？声音嘶哑，口气焦躁，透着疲惫。然后他含混地说出了点事。我知道小事他从不会这样说的，一定是出了大事。你能不能马上回三亚？我说我在济南艾乐这里。我心里想你就这么急着去法院办手续吗？那边电话突然断了。再打过去，总是占线。心里又泛起忐忑不安的感觉。艾乐说怎么？话不投机？他叫我马上回去。话没说完，掉线了。那边线路一直在忙。说着觉得心区一阵疼痛。我可能心脏不好了，出现心绞痛的症状。艾乐从背袋里抓出一瓶矿泉水给我，赶紧喝，放松一下，别吓我，你精神太紧张了。我喝了几口水，稍后果然好了。

你太紧张了。艾乐挽起我的胳膊，回去吧，你要是在这里出点什么事，我可没法同唐闻禾交代。他才不在乎呢！瞧你，嘴硬心急。谁呀，我才不会那么没筋性呢。就是突然一阵阵不安。你还是赶紧回去吧。虽然我特希望你多住几天，我们有几年没见面了。你还是先回去，要是没什么事，你再来。免得在这里心里七上八下的。我也觉得奇怪，出门在外，还是第一次这么闹心。艾乐玩笑说不是我让你闹心吧？你嘛，还没有那个资格。你也就装装潇洒的样子，你要真潇洒起来，就不会是现在这样子。那会是什么样子呢？不知道，总之不是现在这样子。她的手伸进背袋里抓，不一会儿一股浓烈的烟味儿飘荡在夜空里。一朵指甲大的红火，在她唇前明明灭灭，整个人暗入夜色里，仿佛只有这红火在半空里游移。艾乐！不要抽烟了，好不好？她说那怎么活呀？你不是说你和你的孩子们一个店一个店地连锁下去吗？你不知道静悄悄的夜晚呢。她叹口气，捻灭烟头，叫了辆出租车。我倒是忘了问候你的表姐了。她常来的吧？艾乐叹口气，她嘛，又嫁了。

我们回到她的窝。她总是把家称窝，独身的原因吧。她拿出一套茶具，放到一只原木树墩子茶台上。开了音响。肖邦诗意钢琴曲。我知道你喜欢听这个。与其说喝茶，不如说我在喝浓浓的月夜曲。

第三次出嫁。嫁给了一个日本老头。她四十大多了。虽说看上去还是年轻漂亮，毕竟没有年龄的优势了。我现在这个店就是她结婚后我才开的。咱们毕业后，我四处转了转，总是安顿不下来。你呢，忙着垒窝，下崽儿。我记得我还请表姐去看你。后来她带我在上海中日合资的企业打工，你知道的，我有日语底子，会话交流没问题。后来我们又一块儿到上外进修英语。我们合租的公寓，每月租金要两千块，住了半年，表姐说进项不如出项多，猴年马月出头哇。

你发现没有，日本人晚上下了班喜欢去酒吧。我们不如租间门市，自己开店，做日本料理居酒屋。我起初以为她也就说说而已，哪有钱呢？没想到她给所有的朋友打电话，当然编了故事，说领老母到上海治病云云，其实她老母早已在天堂里享福了。艾乐大笑，有点神经质。我说你别吓着邻居。小店真开成了。由于我们会点日语，沟通方便，请的厨师料理不错，兼营茶室。在上海工作的日本人几乎天天去。一年下来没少赚，还清借款，还买了一所二手房，屋子不大，收拾得挺舒服。谁知这好日子没过多久，表姐就出事了。

有一位儿童玩具设计师常来小店，他叫尚阿童。表姐同他很谈得来。不久两人就频频地单独约会了。小店常由我一个人打理。我警告过她。你知道热恋中的女人都是没头没脑的，表姐是想结婚了。她一定是误解了对方。一次当她问尚阿童什么时候向她求婚时，他就没了踪影。表姐痛苦不堪，一病不起。我一边经营小店，一边照顾表姐，真是焦头烂额。一次常来喝茶的东山树吉，问我怎么不见樱？樱是他对表姐的称呼。第一次见到表姐，他就声称表姐同樱花一样美，同时也使他感受到忧郁和伤感的味道。我真不知道他这种感觉是怎么形成的。我倒觉得表姐像一朵黄月季，你见过表姐的。我想了想，我没见过樱花，也想象不出来，但是她的确像一种春天的景象。樱病了？他要去看表姐。我几次婉言谢绝，托词屋子里很乱，表姐病体很弱还不能见人。他执意要去。他说我去看看她，樱就好了。真是莫名其妙。

他同通常印象中的日本人不一样。似乎过于外向。五十六岁了，独身。初看面容沧桑，头发像珠穆朗玛峰的空气一样稀薄，中等个头，偏瘦，总之不起眼，可是一举一动像个活泼的大男孩，喜欢说笑。常了，同他玩笑，你真不像日本人。他说为什么要搞得那么沉重。架不住他一再恳求，我带他去看表姐。表姐的样子可想而知。憔悴不堪，就像雨中几欲飘落的花。东山树吉仿佛视而不见，不问病，一进门摆了个拥抱的姿势，大呼，噢，樱，你不在，茶都没味道了。你在这里逃学吗？表姐勉强挤出一个难看的笑。你看上去有点憔悴，是不问茶的原因啊。你看我带来了什么？他就像一个急切的孩子，不等别人回答，马上自己说出恩施玉露。我对茶知之不多，只是大家平常喝的花茶、绿茶、红茶，再细的分类便不知了。便说润肤霜吗？这一下表姐笑起来。东山树吉也大笑，像小孩子一样跳脚，出怪相，笑出了泪。他就这样。原来他说的是茶，湖北恩施五峰山产的茶。樱，你只是脸色差一些，去化妆间收拾一下，我们点茶。

虽说只有十多天，却好像有一年没点茶了。他的声音小心温婉，就像怕碰伤他手中正在轻轻擦拭的景德镇青花茶具。

表姐竟听话地起身去洗漱了。我说我得走了。他说这里需要你。你可以打电话请别人代管一下吗？我说我不会喝茶。他郑重了脸色，你来煮水，姐姐要过几天才好，你明白？表姐一出现，他又嬉皮笑脸，逗表姐开心。今天我们要开个茶会。他大声宣布。也没问过我就说艾乐要拜我为师。表姐说凭什么呀？你们日本的茶道都是从中国学的。是啊是啊，日本的茶祖荣西禅师在大宋时代学到的，他两次到中国来。我记得是一一六八年吧，他二十七岁，历尽艰辛到中国学习佛经，同时对中国的茶文化发生了兴趣。四十六岁时他再次到中国来，回国时带回了大量的茶籽，在九州圣福寺种了茶，到京都他将茶籽送给拇尾高山寺的明惠上人，明惠将茶籽种在寺内。拇尾产的茶味道纯正，叫“本茶”。此外产的茶一律叫“非茶”了。荣西还写了《吃茶养生记》，介绍了你们唐宋时代的末茶饮法。不过日本茶道真正兴起却是在十六世纪，千利休禅师创建的利休茶道。他是在和美茶之祖禅师村田珠光的四铺半草庵茶基础上发展起来的。千利休让中国的茶文化走入日本的平民百姓。和美茶的最高境界是清心。千利休茶道最高境界是平等互惠，具体一点就是：和、敬、清寂。人与人要平等相爱，人与自然要和谐相处，人们在生活上要坚守清寂，人与人要礼貌相待。

我说别白话了，水好了。他对我的粗鲁态度毫不在意。依旧温和地说，好，今天我们来品末茶，用你们的话说正宗古典末茶，兴于大唐盛于大宋。这是我们日本传统茶道之一，之二就是煎茶道了。我毫不客气，什么日本茶道，还不是中国古老的茶道让你们偷去了。他脸上堆满宽容大度的微笑，当我两岁的孩子。他小心地用竹茶勺取茶粉放入茶盏，加少许水，拿茶筅轻轻搅起来。艾乐你应该看到我们是一个善于学习的民族，尊师重道，神农氏是我们至高无上的茶神，每处规范的茶室都布了他的神位。我生气了，你别吹了，神农氏是中国的茶祖。你请中国的神给你消灾，有什么值得骄傲的？他说这正是值得骄傲的地方，善于拿来别人的长处。表姐说别吵了，我头疼。他说樱，你喝了这茶头就不疼了。这是我用茶磨自己制作的，味道一定很好。他似乎陶醉在即将品茶这件事情中了。专注地点茶。不再说话。

我看着不知为什么特别来气。我开始叫他小鬼子，讲起他们发动的那场战争，对中国人民犯下的罪行。他脸上现出暮气，并未停止搅动，搅好茶糊点上水，双手捧给表姐。表姐把茶盏托在左手心里，右手轻轻转着，靠在胸前轻品慢啜。艾乐，他捧起另一杯给我，请。他站起来，躬起身子，我向你们赔罪！为那些法西斯战争狂对中国人犯下的罪行。我是痛恨战争的，它不仅给中国人民带来灾难，也给日本人民带来灾难。战争是违背茶道精神的。表姐瞪了我一眼，还不快接过去。我接了过来。他并不介意我的敌意。我理解艾乐的心情。他谦恭地笑笑，我也一样，那是一段不堪回首的历史，再也不要有这样的罪恶发生了。这不仅是我们的责任，也是全人类的责任。茶的味道怎么样？

表姐点头。脸上现出喜悦之色。从此东山树吉常来陪表姐，我尽管很反感，可是我忙店里的生意，不能守在身边照顾她，看着表姐的精神一天好似一天，我担忧的心总算放下来。后来他们还一块儿去四川旅行了一周。说是去了蒙顶山上清峰拜了甘露祖师。他是中国人工种植茶树第一人。说是那山上有他亲手植的八株古茶树。表姐迷上了茶道。精神也好起来。有一次她对我说不知尚阿童可好吗？自己是太贪心了。贪心不仅是对物质的，感情、友谊过多的索求都是贪心作祟，伤害自己也可能伤害对方。我说你不恨他了吗？表姐说，他有权利做最终选择，过去的怨恨是因为贪心呢！我想表姐总算活过来了。

从此表姐的心思全放在茶道上了，还说要把日式料理店转为茶坊，名字起好了，就叫“甘露茶坊”。这件事还没做，东山树吉所在的公司迁往东南亚一带了，他的任期也满了。主要是他恋着表姐，不想跟公司去，就得返回日本。在临行前，他请了几个朋友喝茶。用西湖的龙井做的末茶。他不让我和表姐帮忙。从清洁各类用具器具、煮水、搅茶、点茶，他都要自己来做，不许别人插手。他说头一道茶单饮。今天是我一生中很重要的日子。我们都被他神秘的表现弄得云里雾里的。我说小鬼子你搞什么名堂？我对他的“不礼貌”，他已习以为常。只是笑笑，艾乐要有耐心，你们中国古话说性急吃不了热豆腐。今天他特地把珍藏的一套红珐琅釉茶具，用红木茶篮提来。小巧而华美。茶碗内底上三分之二是白釉，接近碗沿是淡红的。我说该用淡雅的龙井茶具，或是景德青花。他又笑笑，等会儿你就知道了。他摆了五只饮杯，摆在那里就像五朵花。他开始专注地点茶。大家不由屏息，他的神秘使人猜不出他要玩什么花样。这首先的是单饮，他并不举杯，而是请大家探身观看。

这一看不得了，那碧绿的茶末上，搅出的白色泡沫，组成五个汉字：樱嫁给我吧。我们都惊住了，大家不由去看表姐。表姐满面涨红。东山树吉在地毯上行了跪礼，头点到地毯上。有人说秦艺喝了吧，嫁给爱你的男人吧。我说你表姐叫秦艺，以前说起她只是叫她艾乐表姐。是啊，她叫秦艺。我从不习惯叫她名字，总是叫表姐，朋友们说起她也是叫艾乐表姐。表姐满面通红双手缓缓地去捧杯，大家屏息静气，看着那手缓缓地走向她的命运。五杯茶订婚，真是奇特的求婚形式。是啊，我想表姐正是被他对茶的那种参悟吸引了。大家不由鼓掌，噢噢叫，茶婚，茶寿，好哇，有白头偕老的诚意。东山树吉看到表姐喝了茶，很激动。他说樱，我配不上你，你漂亮，比我年轻，勤劳，努力，可是我会好好爱你。以前我是酗酒的，为了公司的事不得不喝。现在我要戒酒，好好爱惜身体，一直陪你到很老很老。这真是极朴实而实在的婚誓了。可不是，听得太多的是山盟海誓锦言绣语，听到这茶汤话，改变了我对他的偏见。我想他是真的爱上了表姐。现在他们已经结婚了。住在东京，表姐开了间风味小茶室，经营中国茶。东山与人合资开了家公司，开发什么软件。表姐让我也过去，我不想去。后来我到济南玩，恋上了这里千姿百态的泉，也巧，朋友的朋友要去新加坡陪孩子读高中，急兑这家超市。便兑了上海那家买的这家。要不是你来，这些往事只能压箱底了。肚脐眼不会懂这个的，她也不喜欢听，她只喜欢购物，香港，迪拜，提起这些地方，她眉飞色舞，腾空驾云。艾乐表姐的故事，好似一杯浓茶，把睡意驱散了。我想起古言和星语是喜茶的。同他们见面很少，想起他们却总觉着飘荡着一股淡淡的茶香。古言知道唐闻禾没有酒量，电话里会说你们两口子过来喝杯茶吧，正闷得慌呢。星语有一套青花茶船，配上白茶碗，碗里展叶绿茶，看着心便清静。我们喝茶时，并不去触及烦恼或争吵的事，单是品着茶，说东道西的，聊得兴头，古言便撷诗助兴。待散时，心情已朗朗晴天。

我说见也见了，你在这里过得挺好的，今天我就飞回三亚吧。她嘴一撇，你哪里是看我呀，跟老公怄气想起我来了吧。哎呀，你这人还是老脾气，不给人留面子。你也是老脾气，人家说什么你都认真，开玩笑嘛，即使和老公怄气跑我这里来，也是当我知己。一年到头忙，偶尔的电话，还真想你呢。要不是怄气，真不知你猴年马月来看我。你别总是自疚了，不能让马尾巴的阴影跟你一辈子，毕竟那时还是小孩子，搁谁身上也不见得处理得好。她说也不全是这个原因，就是提不起兴致，我那根感觉神经好像死掉了。别瞎说，还是没遇到使你动心的。现在我都不敢给我妈打电话了，开口就是让我相对象。你爸妈还好吧？老爹过世了。噢？你怎么不吱一声？很突然的，吃过晚饭，坐在椅子上看电视，不知怎么就出溜到地上人就没了。我从上海赶回家，就下葬了。忙乎老妈，怕她悲伤过度，再有个闪失。还好过来了。小弟刚好高中毕业，没心思考大学了。我让他和妈到我这里，那会儿表姐已经去日本了。他说谁去你那里，漂东漂西的，看人眼色，我在家多好，自个儿说了算。他说想扣大棚种反季菜，我在上海开餐馆赚的钱除了办下这超市还有余，就给他建暖棚买菜籽了。这不好歹把小日子过得滋润些了，我妈有闲心了，这就操心起我的婚姻大事啦。你一个人孤身在外，她总是牵挂的，她认为找个好男人，比月月给她汇钱更让她开心。艾乐说我也明白，每次妈都说，我老了，说不定哪天一蹬腿就找你爸去了，我可怎么向他说呢？你不成个家我不安心呢。可是我一点也打不起精神谈这个。我说若不你去咨询一下心理医生？得了吧，搞得太邪乎了。她哈哈笑起来。

我的电话叫了起来，这大半夜的谁发神经？艾乐说不会是你老公或家母吧？我说就不会有第三种可能？电话终于叫得声嘶力竭了，我才接听，因为我心里突然有了莫名的战栗。直觉，这样执着不会是李公民吧？果然是他。他说英语，声音嘶哑，听上去心情很糟。我知道他心情不好时就说英语。我想用英语回答，顾及艾乐，便只说汉语。他说我特别想见你，我要去你那里。我说你喝多了吧？说什么疯话？北北呢？北北好吗？他默然，好像有压抑的低泣。没事吧？你没事吧？他终于出声了，有些鼻塞。你不欢迎我去吗？哪里！你看看时间。我知道你没睡。你知道？我笑起来，要睡了呢？把你吵醒！我说有什么事电话里不能说，同北北吵架了吧？见面再说。你在哪里？北京。最近没出团？话出口，我拍了一下额头，睡眠不足，思维迟钝，他在北京，当然没出团。他只嗯了一声。我说我在济南，这两天回去。你来之前，给我电话。我合上电话。艾乐说这个时间这个口气说话，关系不一般嘛。普通朋友。你别打马虎眼。是不是因为这事儿同唐闻禾闹开了。我心里一惊，难道我脸上有什么吗？不，从来没有。你别说那么肯定，也许你根本没意识到。有时伤害对方，并不是有意的，就是这个道理。真的，只是普通朋友。她说别说我没提醒你呀。

快天亮时，我们眯了一小觉。吃早餐时，艾乐办公室主任送来了飞机票，临登机时，艾乐抱着我说要能留住时间多好。她极力克制着，一边流泪，一边笑。我说你这是怎么啦？那边没事，我就过来多住几日。她只是点头。也说不一定我很快就来，还给你带一个丈夫来。得啦，我虽然很想念在学校时我们腻在一起的日子，也不想你很快就来，那也许是你同唐闻禾闹翻了。我没事。有时候就是想哭。我不能在母亲面前哭，也不能在弟弟面前哭。也许我该多待几天。没事的，不知唐闻禾那边有什么急事，你还是快回去看看。我没事，真的没事。那你以后把这里的事安排妥当，去海南待些日子，帮我筹划一下园艺茶艺馆的事，怎么样？嗯，好主意。电话里定。她握住我的手摇了摇。我觉得缺了什么，猛然想起，她没有了挠手心的毛病，在学校时，她跟你握手时总是调皮地在你手心里挠几下。我挥挥手说再见！

41 做朋友

别克飞驰在寂静的山路上。天空乌云翻滚。我祈祷，老天爷，千万别下雨，路修好了也不能下雨，雨中的路有想不到的险事。还好，只掉了几颗大雨点儿。风在掀动乌云，天边好似点起一片篝火，迎着我燎过来，忽地又散去，天空低垂着发紫的灰云絮，车子似乎从通往富国镇的水泥路上能一直开入那片云层里。我突然发现路中间有一团磷光。赶忙急刹车。车前大灯照过去，看到一条蟒蛇盘在路中间睡觉。估计这条蛇有两米多长，神秘的磷光便是它身上的花纹在黑暗里发出的。我使劲按响喇叭。许久，那蛇才摇摇晃晃抬起头，傲慢地望了车子一眼，然后不慌不忙地爬向路边的矮树林。我又按响喇叭谢谢它。我要谢谢这些森林生灵，也许这条路就曾是它幼时的乐园呢。

十一月中旬了，木瓜苗已经育上。古溪这三百多亩地是农场里最好的一片地，也是很适合种木瓜的地。我喜欢待在这里。车子开上盘山路，心里便充满了喜悦。原来这条路路况很糟，山溪水雨水弄得到处泥泞不堪，车过不去，人打赤脚跋涉到山里，至少要花费半天的时间。要开垦育苗地，就要修路架桥，人力物力没少耗费。桥架好了，路也畅通了，刚刚舒口气，竟发生了圈地事件。

下盘山路，进入开阔的谷地，第一眼看到的便是那株野生的像巨伞一样的龙眼树。它就长在木瓜育苗基地地头上。在它的后面是起伏的山岭，这里的山都不高，丰茂的植物营造了深邃，神秘。这株野龙眼树仿佛是木瓜基地的守卫。也像是我亲爱的朋友日日夜夜在这里等着我。每次到这里我总是去拍拍它，说一声老朋友你好哇。今天我心情沉重地站在野龙眼树前，它看到了这里不久前发生的冲突厮打。我说老朋友受惊了，虽然事情还没有结束，我保证这样的事不会再发生了。要把村民们请到这里召开现场会。化解误会怨怒。这是比寻地还要艰难的路程。

海玉和木瓜迎过来了。木瓜说刚同海玉去看了看员工们。留下的员工情绪稳定。就等着现场会后开工了。海玉说去场部休息一下吧。我说现在去堵饭碗，或许能碰上。木瓜说召集人应该是村委会的事，他们拍了胸脯的，也不能一点力不出哇。海玉说村支书下降头，谁敢去解？解蛊还须下蛊人。木瓜说你这个比喻还真贴乎。啥叫贴乎，就是这么回事儿，他们不会积极主动来召集村民的，他们想避嫌。而现场会不抓紧开，误了农时，农场就死定。村民们根本种不了那些地，他们自己的地还处在刀耕火种阶段。把种子往地里一撒，就趿拉着鞋，骑上摩托，喝茶、打牌去了。即使颗粒无收，也不会忧愁。确实，他们的生活简单，这里遍地是宝。亚热带气候滋养成了人的惰性。木瓜说我真担心在这里待下去会同他们一样。海玉说我相信你们不会的，因为你们是推进文明的创造者，把外面的世界带进来。木瓜说，创造者？总是受这种窝囊气也太痛苦了。我知道他指的是什么，而这次圈地事件给内心造成的打击几近崩溃的边缘。我又何尝不是呢？我必须挺住。我来到这个世界上好像就是为了冒险和创造。就像对我爷爷说的人生下来不是为了吃苦的，而是为了创造幸福的。我说海玉你要多操心了，山路和村民住所你比我熟，召集村民的事，只能靠我们自己了。他说那还用说。现在去古溪后面山梁下的谷地，截阿忆拉化肥车子的人家。

走了一个小时的山路，敲门后发现又是人走屋空。木瓜瘫坐在门前，喘吁吁地说咱们这样翻山越岭，东奔西跑。一家一家地去叩门，何时是头哇？土地是老老实实地等在那里的。人是会动会跑的，带有抵触情绪的人尤其跑得比山兔子还快，他们躲起来，留一座空房子，奈何？我说目前还没有更好的办法。开始总是很难的，人身上最坚忍的力量是什么？痛苦！伟大的人物都是因为不堪忍受痛苦的折磨因而成就伟大事业的。任其痛苦重压还是奋起反抗，这是平庸和非凡的分水岭。木瓜说闻哥我明白，可是太难了。我说你要看到地质老爹、海玉、牡丹这样的不同者，他们是我们坚强的支持者。海玉叹口气，笑笑，我明白你们的感受，就连我这个本族人都为他们的行为感到无地自容。不进步，只有消亡。我说唯一的就是使他们相信我们。有一些人从镇里的生活变化感到了不安。渴望新生活的，自然喜欢这种改变。而守旧的，自然感到现有的生活受到威胁因而有了敌意，他们很容易接受同我们对立的意见，把我们赶走。我们要让他们知道我们的到来只会使他们的生活更好。我们商定在下一家若碰到人，先不说圈地的事，同他们聊聊外面的世界，我们的到来会使他们的生活发生的变化。

第四天有的村民不再躲我们。开始愿意听我们聊天。他们也说出了心里话，你们修桥修路拉电线，我们的生活方便多了，我们也不想再闹下去，地圈在手里也不会去种的。你们把领头的说通了，就是占地最多的乾言组的两口子，把他们说通了，就好办了。让他们两口子打声招呼，你们就不用翻山钻林子地跑了，你们这样找法儿，怕是一个月也找不齐的，那不误事吗？海玉说我这脑袋，就是呀，堵乾言两口子就行了。闻哥，对不起，我怎么没往这上面想呢。我说这就是四天没白跑，开始他们躲我们，谁能知道缺口在乾言两口子身上？

乾言组的两口子早跑得没影儿了。我想与其在深山里同他们捉迷藏，不如守株待兔。这样也可以腾出木瓜回公司那边。第七天晚上终于把他们堵在家里。我们到他家时，男人正抱着肚子哀号。女人开门看到我们，摔下脸，要关门。海玉说家里有人病了吧？不快送医院就没命了。女人呸呸啐了两口，不要你们操心肺，快滚蛋吧。男人撑不住了，捂着肚子跑出来，搡了女人一把，你要哭还早哩！我想起地质老爹娘亲的话，我死谁给我哭哩？

他的脸色干腊肠一样扭曲着，豆粒大的汗珠滚着。说着话呕起来，弄了一身。女人哇的一声哭出来，又赶紧捂住嘴巴，拿毛巾去擦。男人焦躁地推开她。也许是这几天他们太焦虑，忙着占地闹事，起居饮食出了问题，病就找上身了。我说海玉咱们先救人要紧，我看病挺重，这么折腾下去就没命了。男人听到我的话就说是我不好，地我不要了，闻总救命。海玉说能走吗？他说能走我还在这里等你们呢？我说车子停在公路上。海玉说我背你，快！我们蹚过镇医院门前东倒西歪的人群，送到急诊室。医生问了几句，敲敲按按，症状似肠梗阻并发急性阑尾炎。医生说要抓紧手术。这里条件有限，赶快送到市医院。医生给挂上消炎针，派一名护士跟着往三亚狂奔。车子几乎飞起来。傍晚盘山道上时有摩托掠过。有去三亚的，有回镇里村里的。他们总是把车速调到最快。有一辆摩托险些撞上。我们的车子正要拐弯，对面嗖地飞出一辆摩托，驮着一家人。一个三四岁的女孩坐在车斗里，后座上的女人挺着扣着锅一样的大肚子，双手紧紧抓着车座。我一个急刹车，险些跌入山崖。海玉吼了他们，你们不要命了！他们竟龇牙对我们笑，女人也是满不在乎地笑，好像“不要命了”这句话很可笑。

我惊惧地趴到方向盘上，听到乾言两口子一迭声尖叫。我问没事吧？护士牙齿打战，结巴着说还、还好，吊瓶没、没打碎，针、针管回血了。马上就好。我说你们别叫了，要是掉下山崖，叫也没用。当车子重新奔跑起来的时候，我觉得车内的气氛变得舒畅了。不像起初那么紧张。刚才命悬一线的经历让我们有了共患难的亲近感。我听到乾言男人和缓地长出了一口气。乾言女人也不嘟嘟哝哝用本族语抱怨什么了。每个人的呼吸都变得均匀。乾言男人时而呻吟大声，哎哟哎哟的只是因为肚子痛。

我说就你这身板，还圈那么多地？男人说这女鬼说你们种的地，是村委会分给我们的。女鬼说书记说的呀。刚刮过的台风，政府给了救灾钱，二组的侯家领了二百块，我去要，他说没有了，只招待你们就万八的了。我说我不管，只要政府给我们的救灾钱。他说没有，就是没有，这小钱计计什么，村长把你们的好地都卖给了大陆的，边边角角的衰地留给了你们。那些地弄回来，要比二百块值。你们不问青红皂白就去圈地？记不记得当时买地时，开了村民大会，还请你们按手印，当场给了手印钱。你们有的人还重复按了好几次。另外还给村里一大笔，用于你们村的基础建设。我们出钱修路铺桥，拉电线，现在你们可以看电视了吧？他们嗯嗯地应着。你们原来有地吧？有有，女人说，房前屋后的有。圈的地离你们家二十几公里，你们能种过来吗？男人说也就撂着，以前也是撂着的，村里没分，也没人要，整天骑摩托来回跑，收不了几粒，人弄不好，要被赶尸了。女人说呸呸！现在差一点了。

在医院门口遇到南汇。我说这都半夜了，怎么没去睡？小仁他们呢？南汇说刚交接班。一切正常，你放心吧。有病人？我们扶乾言男人下车。男人又叫起来。南汇说这样不行。她转身进医院麻利地推出一辆床车，咕隆隆地把乾言男人推到值班室。值班医生说幸好来得及时，要是等到天亮阑尾就穿孔了。你们要办住院手续。我说你们快给他做手术，费用一分不会少。我给木瓜打电话，叫他马上过来交住院费、手术费。

看着乾言男人进了手术室，乾言女人一屁股蹾坐在候诊椅上双手抱着头哭起来。我说大嫂不用担忧，这个病对我们是天大的事，误了诊可能要命，对于医生来说不算事。做过手术好好养养就没事了。女人抽咽着说都是我不好，山神惩罚了我。我说我要去看看我们的伤员。乾言女人把头垂到膝上。她大约想起来他们挥着柴刀砍我们员工的情形。南汇拉起我，轻着脚朝院门口走去。我说这是去哪里？我要去看伤员。她说他们都睡了。半夜啦。你把半夜当清晨了。你放心吧，他们恢复得很好。

大月亮把广场照得亮堂堂的。左侧几株高大的幸福树，洒了一片斑斓的阴影。右侧墙边花池里的八仙花同样高大，举着一团团花球，月光下就像许多抱在一起的蝴蝶。靠门处肥大的滴水莲是种在大花盆里的，还有夹道的灌木，空气中游移着丝丝的米兰淡香，还有隐约的来苏尔的气味。南汇似漫不经心地说白天嫂子来过了。宋瑶林？我说不出什么心情，怔怔地望着南汇。她没对你说什么？她说过两天来把伤号接到白鹭公寓休养。她这么说？嗯，有什么不妥？没问你什么？我？南汇抖着肩笑起来。伸出一根食指戳我的胸口，这里做贼心虚？说什么呀？正经点。那就是这里有些见不得人的想法儿。她又点我的脑袋。你今天怎么啦？疯疯癫癫的。她说就这样在这月光下走走真好。她真的没说什么？你对你老婆这么没自信？她哪里知道我们在闹离婚。我尴尬地咳，我不知道，有时候你们女人真是难以捉摸。哎哎，这么说可不公平啊。你看今晚的月色多好，月色太好了。南汇扭头看看我，你看那片云在飘过来，很快就会把月亮遮住了，怕是有一场雨呢。我们停在那里，举头看着灰色的云向月亮移去，蒙上它，过一会儿月亮又破开云，云月开始相逐。这雨想落也不太容易呢。

南汇我该谢谢你。这几天多亏有你帮忙。不会是撵我走吧？哪里，我是想你那位副总妈不急着要你回去吧？管她呢，行程一会儿一变，烦死了。我白天刚同副总通电话，说朋友这边有难，他马上说准假，正好有人去广东，绕一下海口。我可伺候不起了。闹半天，你在这里躲清净。什么呀？我说手术该差不多了。海玉刚好来叫我。我想我们再聊下去，也许会破坏了心绪。海玉跑过来，闻哥，看到树影下的南汇顿了一下。我说南汇公司的朋友，帮忙照顾伤员的。他冲南汇点点头，你好！请包涵，那时我只顾忙着病号了，没注意。南汇说我可记得你，这是第二次见面了。海玉看看我。噢，她去过现场，帮着运伤员。她的路虎帮了大忙。海玉说你看我这眼神。遇到那种紧急情况，谁都无暇旁顾了。你们忙吧，我可得回住处睡个好觉了，明天还接小仁的班呢。那好，那好。海玉忙不迭地点头。我挥挥手。看着她开车离去。海玉说手术成功！人已经从麻醉中醒来了。去见见？

乾言男人躺在那里，看上去很虚弱。他看到我，呜咽起来，我握住他的手，告诉他，不用担心，住院费医药费我都付了。安心养病。女人就要跪地给我磕头。我忙阻止了她。还是男人开了口，那地我们不占了。女人说是的，是的。我说不论占不占，要说清楚。他们紧张地对个眼光。女人说要怎么说哩？我说很简单，把所有圈地闹事的人找到一起，镇上要给大家讲一讲，我也要讲一讲，把道理讲清楚，要让大家口服心也服，我们做朋友。

男人说要得，要得。女人脸上有了笑容。他们用本族语交谈了几句。女人说要我去找哩。我叫海玉派员工全天护理病号。我和乾言女人回村召集人开村民大会。在木瓜育苗基地野龙眼树前，镇乡村领导都来了。牡丹去海口把地质老爹接了回来。村长乡长镇长分别讲了话，无非是大陆人来这里搞开发的意义，土地隶属关系，租赁年限，租金分配一类的条条框框。村民们听厌了，顾自唠嗑，在提到租金时，有人喊了起来，我们是没有拿到租金的。村长说回去查查账就清楚了，确实漏领的，一定补上。有人笑起来，前几个台风救济款呢？正在发，正在发。镇长满头大汗。这天真他妈热。

地质老爹提高嗓音说，我说两句。大家立刻安静下来。听着，他指着我说，他是我的朋友，大陆的好朋友，他们是为我们出力干好事来了。你们要支持他们。来大家拍拍手，回去好好过日月，别胡闹了。有人喊老爹的朋友就是我们的朋友。大家拍手。我说将来收益好了，我还要在村里建小学、建卫生所，你们的孩子不用走很远的山路上学，发烧感冒也不必到镇医院排长队宿院子了。一个斜靠在野生龙眼树下，双腿拧在一起，高高举着赤脚的汉子，嘻嘻笑起来，挤眉弄眼地说，听着跟上天堂了似的。“懊恼”哇——！他这一喊，所有的村民便都跟着吼了起来。地质老爹霍地站起来，不要说别的，那地还圈吗？有几个人说听地质老爹的，朋友的地不圈啦。也有两个人没吱声。地质老爹说收了租金的，不能不讲道理。一直不出声的牡丹再也忍不住了，双手挥动着，海玉场长同你们“捞沓”了一个月的，有没有心肝？靠在野生龙眼树下的人跳起来，越过人群要来推他，你是大陆人吗？我说牡丹他们想吃就吃吧。去镇里吃，有十桌够了。有些事情只能慢慢来。牡丹没有去吃饭。

人大主任接了个电话走了，我的心不由悬起来，别有什么节外生枝的事吧。他几乎天天“懊恼”，一天不“懊恼”，第二天早早打电话来，闻总啊，今天安排哪里活动啊？高兰说先去安排这些人吧。他那里一会儿我再给他挂电话。村民坐定，餐前小菜碟摆上来，接通了人大主任的电话。高兰说他的老爹住院了。我说那得赶紧去看看。高兰说在镇医院内科病房。我把这里交给海玉照管，木瓜过来结账。尽量早点散。海玉说明白。我到镇医院给人大主任老爹交了住院费，又另外给了几千块营养费。主任说这里有人照顾，我们“懊恼”去。我在心里吐舌头。车走一半的路，接老篳电话，他想回上海姑姑那里养伤。我说主任啊，咱老爹有病的情况下，你还赏光酒宴，真使我感动啊！这不三亚那边受伤的兄弟来了电话，有急事。跟你告个假，回三亚一趟。他们为了地的事受的伤，我半个月没着面了。主任摆摆手，你去，你去，这边我照顾。我说海玉在。主任说那小子哇，好，能喝。我把他卸到饭店门口，急忙往三亚赶。

42 回家

老篳醒来了。我听到有人大叫。我说我口干得很。先是小仁过来了。大记者你可醒来了，吓死我们了。我说吓死了，还站在这里说话，我这是在阴间吗？我的嘴一下子被吸管堵住了。小仁说你不是口干吗？接着我看到木瓜一双布满血丝的眼睛。他的一脸倦容，使我立刻严肃起来，头在枕头上动动打招呼，使劲吮着吸管，温凉的矿泉水，使喉咙舒服多了。看到我喝完水，木瓜才说话，闻哥在忙着处理一些事情，抽不出身，嘱咐我们好好照顾你。你怎么搞的？现场采访？

我茫然地看着他，看来他啥也不知道，当然他不会了解那么复杂的过程。他怎么可能知道呢？我忙点头，是啊，真够糟糕的。我只问那个挑衅的村民，你凭什么圈用别人的土地？他说这是我们的土地，是你们占了我们的土地。我说闻总看到的这片地是荒芜的，他同村委会商定，已经通过合法手续租种五十年，你们已经拿到租金。你们现在没有权利随便圈用这块土地。他们把我围起来，谁说没权利？这里就是我们的土地，你们哪里来的，滚回哪里去！我急了，就喊起来，你们叫这块土地，让它答应你，叫哇，你们叫！瞬间静下来，接着有人喊起来，揍烂他，揍烂这个外乡人，扔到骨头岭喂狗！想不到还有这么蛮荒的地方。

木瓜说的确，住在与世隔绝的深山老林里的人，想怎样就怎样。早年，这里常发生与外乡人冲突的事件，人说打死就打死了，往山上一扔完事，骨头岭就这么来的。现在那边也很封闭。不知闻总那边怎么样了？他们不受任何约束力，而这边还要顾及国家政策问题，弄不好就出事。木瓜莞尔一笑，你就放宽心养伤吧。一些大陆人踌躇满志地过来，然后丢盔卸甲地跑了。你也有所耳闻吧？外地来这里搞开发的人，经常是险象环生，大老板被扔到山沟里的，烧场房烧别墅的，闻哥和他们不一样。闻哥是吉人天相，他从不知什么叫逃跑，这事情难得跟登天似的，他倒来了劲头。你看他不说不诉苦是不是？他这人就这样，天大的事也是无声无息地去办。闻哥会很快很好地把这次圈地事件解决的。你瞧我没帮上什么忙，倒是添乱了。你好好儿养伤，别出什么岔子，就是帮闻哥了。我想坐起来。木瓜按住我。还是别动，等医生叫你动，你再动。我这是在富国镇医院吗？哪敢让你在那里住？还不让肇事者吃了你。有这么严重？

这次骚乱是有人在挑唆。村民懵懂不知真相，跟着浑闹，野得很，不进盐酱。闻哥开车把你送到三亚医院又连夜赶回富国镇了。你千万别再出点什么岔子。这里还住着两个兄弟，他们从三亚买化肥回山上，车子在古溪桥附近被村民砸了。他们根本不知道山里发生的事，驾驶和副驾驶连还手的工夫都没有，腿都打折了。在这里处理一下，把他们转到海口那边去。我是公司和富国镇两头跑。明儿个我和小仁就送他们，还要安抚家属，把家属从大陆请到海口。这一次的纠纷损失可大了。那你快忙去吧，这里有护士。今天小仁留在你这头。有什么要求尽管跟小仁说。明天我再安排。小仁说明天那个叫南汇的就可以过这边来。木瓜说她是来看闻哥的，赶上了，帮一下忙。那就再请她帮一下，我去说，别折腾闻哥了。不用麻烦了，没什么大不了的伤。木瓜说肋骨断了，可不是小事，这事你就别撑持了。照顾不好你这个大记者，闻哥该责怪了。我的肋骨已经断过一次了，不过是旧伤加新伤，我扛折腾着呢。不会有事的。

又说了会儿话，医生来查房。说我体质不错，住半个月就可以回家养着了。木瓜这才放心地走了。第二天我认识了南汇。她不知哪儿有点像夏晔，使我的心情好了许多。唐闻禾来看我的时候，我脱口说有南汇就行了。唐闻禾眼神讪讪地盯了南汇一眼。南汇鼓起嘴巴做了个怪相，拿起暖瓶倒水，一边说你快派人来吧，这医院可不是久待的地方，一天到晚鬼哭狼嚎的，吓也吓死了。唐闻禾说辛苦你了，再有两天就出院了。去白鹭公寓养一段日子再说。我也没有地方可去，只能是这样。

出院那天，唐夫人宋瑶林从外地回来了。她比我上次见到她时瘦了，人显得又长高了似的苗条。我说这话，她笑得弯下腰，我都是老太婆了，还长个儿？她问我怎么搞得这么狼狈，烧鸡事件惹下的祸吗？原来她不知道山上发生的事情，难怪这些天没见过她到医院来。我说了事情的经过。她说怪不得。问她怎么了？她顿了一下说晚饭想吃点什么？你需要加强营养，明天去乡下买只杧果鸡给你煲汤。我这个人吃什么都长肉。做碗榨菜肉丝面，加碟小青菜就好。海南这点好，四季生长青菜，应有尽有。大海呢？大海？我突然感到一阵眩晕。怎么，你脸色不好？累了吧？你去床上躺会儿吧。陪你来的人呢？我喊南汇，南汇从最里面的屋子跑出来，换了一身长裙晚装。

你这是要去哪儿，花枝招展的？要去美丽之冠选美吗？宋瑶林说去阳台那儿了吧？那里能看到美丽之冠。灯光亮起来，确实迷人。我看着南汇，想起夜总会的大腿和胸脯。你还是把长裙收起来吧，这又不是T台。南汇红了脸，眼睛中的怒火像是要把我烧死似的。宋瑶林说大记者我觉得你这位朋友穿长裙挺好看的，完全可以进美丽之冠。我说对不起，我只是开玩笑。不过南汇还是去换了平素的短衫裤，看上去可爱多了。这使我心情非常愉快。她咬牙切齿地说你该再断两根肋条。我想这是危险信号。哲人说吵架挑剔是互相关注的开始。当苏格拉底的老婆把一盆水泼到他身上时，他对邻人说我就知道电闪雷鸣之后必有暴雨。根据演绎推理，完全可以化为巫山云雨。你发什么呆，吃饭。南汇把一碗面蹾到我面前。我刚想称赞几句宋瑶林的手艺。门铃大叫。

宋瑶林过去开门，英奇跳进来。谁去接你的？小仁他们吗？我自己乘公汽回来的，回家度个周末嘛，我都这么大了，今后不要人接我啦。你看你也不打个电话，这么冒冒失失的。哎呀给你个惊喜嘛。还惊喜？这么远的路。英奇笑有客人啊？老箪叔叔？他跟我说话，却看着站在桌边的南汇，大叫妈妈，她就是那个女水妖，你看我没唬你吧？你说什么呢，没礼貌！箪叔叔的好朋友，叫阿姨。就是女水妖嘛，箪叔叔的女朋友是夏晔阿姨。南汇很尴尬。宋瑶林说快吃饭吃饭，小孩子的话别在意啊。英奇叹口气，真不好玩，一头扎到洗手间去了。南汇说我想起一件事来，便急匆匆地走了。

英奇洗漱完了，坐到桌前扒了两口面，说了一些学校的事。他说班主任老师最近情绪不好，一进教室就找碴儿。你不是淘气挨批跑回来了吧？我？才不会那么蠢呢，中考全优。我现在就盼着放寒假，咱们去旅行。好像没问题。怎么好像啊？我是说凡事讲究余地。万一学校开补习班呢？呸呸！乌鸦嘴，我最讨厌补课啦，这是对学生的软暴力。软暴力？怎么会这样想？学校从没征求过我们的意见，是否愿意占用假期学习，如果学校开补习班，我们罢补！你们？罢补？真新鲜。怎么会有这样的怪念头？现在哪个高考前的学生不从中学就开始补课？英奇说这说明课堂教学是失败的。可是都这样做，你不做，就有可能在某些方面落后，为了这层担心也得捏着鼻子进补习班呀。妈妈瞧你，被人捏着鼻子走才落后呢。唔？学习只有你自己自觉自愿时，不用进任何补习班都会有好成绩。英奇，我要对你刮目相看了。嘻嘻，箪叔叔，这是英语老师说的。你怎么看？箪叔叔累了，别磨他了。我说有道理，只有自个儿想通的事，才会做得好。就是，箪叔叔，夏阿姨怎么没同你一起回来？宋瑶林说我正想问你呢。夏晔跟我说回去找你，她直觉你已经回卜奎城了。

我伸手抹了一下脸，要保持冷静，我对自己说。夏晔的事三言两语说不清楚，我们分手了。分手了？她那么辛苦地找你，不是为了分手吧？你做了什么对不起夏晔的事？不，没有，有点小误会，不全是，她家里出了些问题，给我们的关系造成了障碍。你一向说话挺痛快，今儿怎么吞吞吐吐的？我也搞不明白，她只说不让我找她，她想一个人静静。还以为她能回你这里。有些事只能由时间解决。英奇插嘴我老师也这么说的。宋瑶林瞪眼，你吃饱了吗？我说有点累先休息了。好，晚安！晚安！

我回房间，躺在床上。听他们拾掇碗筷。我想着刚才英奇说南汇的事。南汇的反应让人觉得挺蹊跷的。我心里一阵烦乱。我给唐闻禾打电话，他说事情处理得差不多了，只是还不能大意，要过几天回来，嘱我好好养伤，等回来再聊。我就是一瞬间想回上海看看姑姑。我说想回家看看姑姑了，她把我养大宠坏了，一直在外面游荡，没能陪她，现在我做不了什么，正好回去陪陪她。

唐闻禾说怎么也得过两个月再说。别再累着。我说姑姑一直催我成家。我想请南汇陪我回去安慰她老人家。他沉吟少顷说好哇，南汇一定会讨得你姑姑喜欢的。我还没跟南汇说。只是这么打算。要我给你说吗？不必了，你的事太多了，这小事还用得着你劳神？等她明天来的时候，我同她说。她现在正想换工作，也是个机会。话出口才觉得“机会”这个词，用得有点暧昧。他又沉吟少顷说好吧，订机票的事我会叫木瓜找你，给你姑姑带一些海南特产，也让木瓜他们办吧。你什么也不用操心，只管好好养着。好好，真是给你添乱了。他说咱们还客气什么呢。等你身体恢复，还请你到我们公司做总裁助理搞对外宣传销售呢。哎呀，到山里种地就行。那不是高射炮打蚊子吗！我笑起来。觉得有什么大事放下了。

第二天，英奇说箪叔叔后天见，同学开 party，还有篝火晚会呢。真羡慕你们，祝你快乐。宋瑶林说注意安全。英奇说我多大人了！门嘭地关了。宋瑶林冲我一摊手孩大不由娘了。南汇后半晌才来。一看就没睡好，黑着眼圈。宋瑶林切了几片土豆片给她贴上，说土豆片治黑眼圈特别有效。我说了请她跟我回家的事。她好像想都没想就说好哇，是不是姑姑要不行了，让我去冲冲？你说什么呢你，不吉利！宋瑶林忙解劝，你的突然决定，难免让人往多了想。你看你大男人小心眼。南汇说男人是不是都小心眼呀？宋瑶林一转身说我给你们沏壶茶。我狠狠瞪了南汇一眼，脑子里闪过英奇说她是水妖的话。宋瑶林搬来一张花榈木茶桌。这茶桌是从广东买的，放在一边就忘了。今天咱们好好享用一下，好好喝一回下午茶。南汇说茶要新，酒要陈。你这茶怎么样啊？宋瑶林把茶罐给她，今年的新龙井，济南的一位朋友送的。好久没认真喝一次茶了。这还是在卜奎时从景德镇背回的茶具。宋瑶林将一套青花瓷茶具烫过摆好。

喝茶时行了茶令。南汇很开心。聊起茶的历史，神农氏、蜀人甘露、陆羽《茶经》什么的。又转到宋瑶林庭院园林艺术。宋瑶林拍着脑门说我怎么就没想到融入老祖宗的茶文化呢，应该在庭院花园中有一所微茶室。我们的好东西自己倒淡忘了，倒叫外国人拾了去。远的不说，日本的茶道朝鲜的茶道都是从我们老祖宗那里学去的，如今茶法是越加讲究了。宋瑶林麻利地点茶分茶。南汇加油，好哇，我现在正琢磨换换工作，不如开家茶艺所吧，老箪你说怎么样？我嗅着茶香，小口小口品着，心里的郁闷似乎随着杯上的热气散远了。好哇，去看姑姑就带些茶好了。南汇笑了，鼻子凑近杯子吸气，好茶，真香啊。我的手机唱起来。上海的一家医院打来的。你是赵月娥的儿子吗？我愣住了，想了想，赵月娥？不是你母亲吗？我想是吧。什么你想！这是患者赵月娥提供的信息，是还是不是？是。请你马上回来一趟。你母亲病很重，邻居把她送来的，你这个儿子怎么当的？好好，请大夫费心，我马上打飞机回去。宋瑶林听我说了情况，马上操起电话让木瓜赶紧买票。我说南汇就算我求你，让姑姑，也就是我妈高兴一下，说不定病就好了。我不是已经答应了你吗？

我们当夜乘飞机赶回上海。姑姑已经是弥留之际了。我握着姑姑的手，那手是那么小，一层枯干的皮包着骨头，像是刚从冷水中拿出一样凉。她的一生，就如这柴棒一样的手，干瘪，没有生气。有谁关心过她的感受呢？我从来没有想过她一个人的生活，更不要说以儿子的情感爱过她。我拒绝做她的儿子，觉得别扭死了，她只是姑姑。她看出我的心思，倍加寂寞。她没有责备我，只是一味依着我的心愿。我苦命的姑姑啊！我心如刀绞，止不住的泪如决堤的洪水。我号叫着妈妈，摇着她，叫她睁眼看看桤栋回来了！妈妈！我还给你带来了你一直梦想的儿媳妇。

也许是上天怜悯她，突然她的眼皮动了动，竟然睁开了眼睛，她好像从很远很远的地方回来，费了很大劲儿弄清楚我是谁，然后看到了南汇。南汇把角色扮演得很好。她扑上去叫着妈妈！我是你儿媳妇，你不能狠心离开我们。我还要给你生个小孙子呢！妈妈，咱们回家吧！回家吧！姑姑笑了，我第一次看到她这么开心地笑。她颤颤地一只手拉着我的手，另一只手拉着南汇的手，两眼放出最后的光芒，喃喃地说回家，她说咱们回家……便咧嘴笑着合眼长眠了。

43 清晨

从深山里出来，回到市区才感到擦车的重要性。我的皮卡上落满了灰尘，足有两厘米厚。看不出车的模样了。进入三亚市区，烧柴油的噪音，变得格外刺耳，就像从蛮荒地跑出来的怪兽闯入现代城市。我想这太有碍市容了，便直奔距白鹭公寓最近的洗车房。开到半路腰也疼肚子也痛，我的肾结石病犯了，石头又长大了，堵了尿道。医生说不抓紧碎石不行。靠药物点滴，只能排出小的沙，大块的还在里面。这一段时间实在是脱不开身。尿急，在道旁停车，进了家餐馆找卫生间。管事的说我们这里没化妆间。我说我是前面镇上的，常同镇领导在这里消费。你们既是不欢迎，我就去别处订餐了。哎，哎，爷！开玩笑，你没那么小气吧？往右往左就看到了。我奔进卫生间，却只尿出几滴，疼得我直想叫妈。有一粒血滴滚落，我想这是医生说的血沙吧。我的脑袋嗡嗡叫起来。我出来，管事的说爷，你好像冷似的。我说能给我点温白开吗？

他提了壶，抓只碗，晌午沏的茶，刚刚老板要的，泡上了，他又临时有事走了。我说什么都行，是水就好。他就站在那里看着我喝，碗干了就续水。他个子不高，肚子大，脑袋大，头上顶着几绺干玉米缨子似的头发，脸色焦黄，嘴唇黑紫，一双醉眼，十有八九是胡吃匪喝豪赌的主。海南这地方，紫外线强，人显得老相。他看上去得奔六十了。我问他年岁，他说都三十八了。我笑起来，哎哟，还以为是二十郎当的小哥呢。他高兴得脸发酱。有些扭捏，噢，看你说的。哎，这个路口叫什么来，我怎么蒙住了？他说你总来的，贵人多忘事吧，这里是荔枝沟路和凤凰路交叉路口，这个店就叫“凤荔野味饭庄”。我叫凤翔。这名字好，不见人准当是女的。老妈妈喜欢女孩，她说你要是女孩多好，老妈妈就省心了。海南这地方在地里劳作的还真就是女人多，男人少。这里好多事情你都得两脚朝天看。天气热，懒惰，安于游手好闲。老周，周劳德已经完全被他们同化了。我呢？我想我一定不会。可是我的肾说你会的，你被碎石这件事弄得烦躁不安。还有那些镇里乡里村里的头人们，他们在接受大陆文明，以一场劫难似的醉醺醺的夜晚开始。我看着眼前这个人，你也是劫难的一部分吗？他露出傻呵呵的表情，哪个？还要加茶汤？凤翔！他惊讶地哎了一声，别人都叫我玉米胡子，听你叫大名还有点有点……不习惯是吧？这是你的名字，以后他们再叫你玉米胡子，你要声明你叫凤翔，这样就不会把你的名字当成别人的名字啦。

我给木瓜打电话，叫他开车过来。喝了茶汤，跑了两趟卫生间，好像疼痛减轻了些。凤翔，你把茶壶放到桌子上，举着多累？这里怎么你一个人？不是饭口，他们在后面歇着。你是大陆来的？嗯。你呢？我一看你就是大陆人，要说我们还沾老乡呢。听老妈妈说，外公是大陆过来的解放军。海南岛解放那年的事，外公在战斗中受伤了，外婆在医院帮忙照顾伤员，同外公熟上了。后来外公回大陆，外婆的老妈妈死活不让外婆去，外婆要去，她就要跳万泉河。接着不是朝鲜开战了吗，外婆和外公断了音讯。外公不知道外婆有了我老妈妈的。外婆死的那年我刚上学。老妈妈种玉米、甜薯，她还会绣青蛙童鞋，一两岁孩子穿的，拿到集市卖。总是叨咕攒钱要去大陆看看。我想帮老妈妈，读到中学就来城里做工了。老妈妈命苦哇，她到城里来看我，路上遇到醉鬼骑摩托撞了，送到医院就不行了。那时我老婆要生娃了。她没看到她的小孙女。

我心里升起一阵悲凉。这是你的店吗？我哪有这本事。我刚从落笔洞那边过来的。给一家大公司做保安。就是那家旅游农业采摘园？是啊，你知道？我和那家老板在一起吃过饭，她想兑出那片地，不在海南做了。还不是嫌这里落后，他愤愤地学着他的老板，电视怎么找不到音乐戏曲频道啊，精华版呢，国宝级呢，他像唱二人转似的扭着腰。我对她说老总，这里是山区，信号不好吧。她一甩剂子，真是没法干了。她不干了，我们失业了。我说你就偷了她的手机！她的手机是三星的，新版三星翻盖，价值七千多元。你怎么什么都知道？好事不出门，坏事传千里。我怎么会不知道？她的司机报的案。你不赶快还给她。等警察抓住，事情就大了。他冷笑一声，你吓唬不了我，警察说了，一个穷鬼，榨不出油，惹他干啥，买卖做这么大，还在乎几千块钱？这会儿轮到我瞪眼了。你还要茶汤吗？好。好是什么意思？我最不愿听的就是你们这有点身份的人，不管答应什么，就是一个好字。他蹾了一碗茶汤给我。这茶味道真不错。可是好茶，今年谷雨前的云雾瓜片，也有叫六安的。安徽齐云山那边的新茶，老板给自己喝的，能不好？他就喝这。倒掉可惜了，你在这里摆饭，赚你个回头客。

我有点不自在，刚才熥他呢，尿急嘛，要不准让尿憋死。一向办事麻利的木瓜今天怎么这么慢。打电话占线。凤翔说你不用急，你告诉他这里是凤荔野味山庄了吗，谁敢怠慢砸饭碗的？屁大点地方丢不了，准是有点什么意外事缠住了。正猜测着，木瓜满头大汗地跑进来，抱歉抱歉，他妈的，遇到歹人啦。你给我打电话时，我在万福隆超市那里，一辆奥迪 A4 倒车时撞了我的车一下，擦破点皮，不明显，这就纠缠不休喽，愣说是我的责任，车停得不对头。只好找来交警，结果验出他是酒驾。我对凤翔说谢谢你的茶。他说几点摆酒？我说办完事会给你电话的。出了店门，木瓜问，山里有事？在这里招待乡官们？都不是，找厕所，尿血了。肾结石犯了？我得上医院碎石。你去洗车，在山里跑得灰有两寸厚了。木瓜说我先送你上医院吧，回头再洗车。上次检查过了，到那里就碎，不麻烦。一个人行吗？怎么不行？在山里颠着没事，一到城里病就找上来了。那是你的精神太紧张忽略了。一放松下来症状就突出来了。还是我送你上医院。没事，别卖一个搭一个。木瓜说那好，从这里到医院也就十来分钟。上了解放路不远。我开着木瓜的捷达车去医院。我又犯了另一个老毛病，在山里不迷路，在城里迷了路。我和木瓜分头后，我奔三亚河东路，插到解放路口，从西往东，几分钟就能到碎石中心。我发现十五分钟过去，并没有看到涂满明黄底色广告画的围墙，以及那所灰色的阶梯楼。在二层楼的大阳台上，总是晾晒着很多白大褂，像旗帜一样，远远就可以看到。显然我走岔路了。

木瓜这辆破捷达没有安装导航仪，他不用安装什么导航，同我正相反，城市是他的河流，他是条鱼。从不知什么叫迷路。我放慢车速，看到车窗外的路标，金鸡岭街，我想再往前好像是椰梦长廊吧？果然是椰梦长廊。我把车停在一边。心情十分沮丧。跟路边两个年轻人打听道，他们说是来玩的，你问那个卖槟榔的吧。第三医院？海虹路，不像，是解放路。前边有路口转弯，你看到怡康公园吧，就是了。十分钟后我发现在三亚湾路上了。拐了个弯又驶到凤翔路。我想起凤荔野味山庄的凤翔，哑然失笑。急忙再往回转，却看到海虹路牌，我想槟榔女先说的是海虹路，或许这条路是正确的。疼痛好像被找路的焦虑覆盖了。上医院碎石的急迫完全被找路的急迫取代了。我开始思考在城里迷路的根源。我的头像开机的电脑，鼠标不为我所控，自个儿快速移动着，不停地弹出窗口。我的童年生活在这些窗口里探头探脑。我听到父亲嫌恶地吼叫，饭桶！饭桶！上学？你那死妈就会给你灌迷魂汤！不许说我妈！我捏着拳头，真想揍扁他。他的眼珠子要喷火，鄙夷地瞪着我，就你进城上学？想得美，进城你就转向！你给我老老实实搬砖头和泥巴吧。你不公平，为啥让她的孩子上学？我才十一岁，为什么？继母阴阳怪气，哟，我们碍着你上不得学啦，明儿个搬走就是了。父亲扯住我的头发往墙上撞。反了你个小兔崽子！我让你犟嘴，再犟！我挣扎着，喊叫妈妈救我！我恨这个暴君，那不是家，是贫瘠的沙漠。我听到弟弟和妹妹在后面叫我，哥哥不要扔下我们，哥哥你回来！我发觉自己泪流满面。车子疯一样跑。见岔路口就转弯，不辨东西南北了。上天，我在城里开车总是迷路。在山里开出多远多复杂的山路都不会迷路。暴君你好像说对了，在城里我就转向。但是我没有去搬砖头。

那是一九九六年吧，宋瑶林怀孕了。我们因为贫困颠簸的生活，一直不敢要小孩。现在可以保证给孩子提供良好的教育生活环境了。我去了父亲那里，他看到我阴沉下脸，他还像以前那样猛吸烟，把烟卷儿吸到烧指甲。他的左手食指和中指熏得焦黑。他是左撇子。在我小时候他就用这熏得焦黄的左手扇我耳光，叫我滚蛋。继母冷漠而警惕，提防贼一样看着我。可是父亲老了，他们都老了，显然力不从心了。父亲的样子很凶，说话没了锋芒，你不好好在你的窝里耗着，跑来干啥？我说爸，我是来告诉你，你要有孙子了。继母说那又怎么样？这两个大的，一个要上大学一个要陪嫁，小的也要考高中了，还不知去哪里倒腾钱呢。她的话软塌塌的，一屁股蹾到小板凳上抽咽起来。

我立刻声明别误会，不是来要钱的。我只是来告诉我爸他要有孙子啦，嫡亲骨肉。继母哽哽地咕噜，你看看，你看看，这不是明摆着在撵我们娘儿吗！父亲埋头吸烟，许久才说回去好好过你自己的日子吧。你能你的，我穷我的，井水不犯河水。他挥挥手。我本该转身就走，他垂到膝盖上的花白的头，突然使我一阵心酸，我强忍住泪水，把准备好的一万块钱放到地桌上。从那以后我再没回去过。我嘱咐小妹闻馨每年岁尾从账上提一万块钱给他送去，平时常问问。闻青说小时候他是怎么待我们的？给他？还不是被母夜叉搜了去，填了她的崽了。可是他毕竟是带我们来到世上的父亲。有十多年了，可是今天不知为什么，很想去看看。听闻馨说继母的两个女孩是被宠坏了，不想做事，啃老呢。对象没少处，总是不成。老爸跟着上火，那天他说了女孩一句，女孩给了爸一巴掌，说你是什么东西，你又不是我爸。老爸一股火卧床了，话也说不清了。我该去看看他，我们好好谈谈，现在海南的农场也稳定了，盖两间小房，让父亲在这里养老。突然我听到鸣笛声，我挡住后面的车道了，我单是想着自己的事，走神了。车速慢得足可以叫人骂娘。我鸣笛致歉，迅速拐上一条岔道，给人让路。

路两边生着酒瓶椰、滴水莲。有一种强大的蜂鸣音，把我从杂七杂八的往事中扯到现实中来，原来我跑到机场来了。我把凤凰路当成解放路，一直蹽到凤凰机场来了。我累了，想歇一会儿。便将车停到停车场，一个人朝站楼走去。准备进里面找口水喝，去趟卫生间。就在这时我看见宋瑶林了。旁边走着她的英语岛同学李公民。我只在憩园见过他一面。我的血一下子涌上头顶。大叫一声宋瑶林！他们同时朝我转过头，宋瑶林一脸茫然地望向我，李公民先是愕然，继而坦然走过来伸出手。闻总好！老同学可没说惊动你。宋瑶林说你不是在山里吗？我想说原来你是巴不得我在山里啊，大约最好像那个西瓜老板被被扔到山崖下。可是握了一下李公民的手，出口却是宋瑶林早就跟我说有个同学要过来，是你呀，带团过来的？休息两天。北北呢？北北有事回东北了。好好，各自方便，来上我的车。我们走到停车场，宋瑶林看到我那辆快散架子的破捷达，说你的车呢？美容去了。那还是坐小仁的别克吧。你上小仁的车吧，李导跟我坐一辆，你的同学就是我的同学，你还信不着我开车？我拍拍李公民的后背，把他拥上了捷达。宋瑶林怪异地看我一眼，耸耸肩，上了小仁的别克跟在捷达后面。

李公民哭笑不得的样子。我则大讲特讲农场。山里人的闭塞落后，我在努力和村民亲近，建立和谐的生存环境。前期修路、通电这些基本建设，目前都搞得差不多了。有一阵子发生了点冲突，不过已经没事了。我开始联系大陆医务界的朋友，在这里山村建卫生所，解决就医难的问题。另外帮助乡村建小学校舍。要做的事太多了。我从倒车镜里看到李公民一头雾水满脸迷茫的样子。趁我喘口气时他说，闻总你讲得太深奥了，我一点也不懂。我想你他妈懂个屁，就知道游山玩水。我的腰一阵剧烈的疼痛，像电波一样射到小腹。我停下车，对不起，我方便一下。他说刚好我也水喝得太多了。

有事吗？宋瑶林在后面喊。我烦躁地摆摆手。我们在路旁的一片椰树中找了一个隐蔽处。这有点不雅，李公民说，附近没有公厕吗？我在小心地尿，想减少痛苦。他说有一次我带五人团，包车去日本北海道，其中一位游客尿急，公路两边都是大荒甸子，司机却在导航仪上查沿线公厕，一边说坚持一下啊，马上就到。绕来绕去，足有十分钟，游客要跳起来了，总算到了。司机还一个劲儿道歉，我第一次到这边，让您久等了。游客后来说我真他妈想一脚把他踹下车！此时我真想他妈踹这个李导一脚，我这里痛苦万分，他还在讲文明笑话。小腹胀痛，膀胱里一定是满了，可是尿出的是一滴滴的血，疼痛使我浑身冒冷汗。这次是累大发了。我忍不住狼嚎了一声。李公民吓一哆嗦，不再斯文，转过身，他也禁不住惊叫一声。闻总你怎么了？我说你要随北北叫我姐夫。我觉得头重脚轻喝醉了似的，天旋地转，他过来扶我，我一推他，自个儿摔倒了。心想这次的确严重了。他说你生病了？我说你开车行吗？没问题。送我去碎石中心。哪里？三亚医院。宋瑶林站在别克的车门前，泥塑一样，他怎么啦？瞧瞧，她问李公民，不问我。我集中全身力气，想推开李公民，没成功。我喊了一声玩呢！

小仁霍地跳到我面前，闻哥你别吓着我们，是不是犯病了？我好像处于半昏厥状态。他们在讨论谁开哪辆车。小仁说他去开捷达，前面带路。李公民开别克跟着。宋瑶林好像在哭。李公民说你千万控制好情绪。他需要你的乐观支持。小仁说犯病了，该是旧病复发。他有肾结石。他便血了。可能是太劳累了。刚才他说一些农场的事，我对这些事不懂。他这个人就是这样，做事太用功，不要命。做事太用功，我冷笑，李公民腔。我发觉我的意识没昏厥。只是浑身都在疼痛。宋瑶林讲起我小时候的事，我们刚成家时的困顿。我提醒她，我在昏厥。我叫起来，车轮遇到坑，猛颠了一下。我总算被抬进急诊室内。医生问了一遍，在我身上按了一遍，没生命危险，疲劳过度，体质虚弱，建议住院调理一两天去碎石。木瓜跑来了，一个劲儿懊悔，他要坚持把我直接送到医院就好了，这事弄的。木瓜竟流开了眼泪。我说没什么事，你赶快回公司，那里一大堆事扔着，我不放心。这么大事了，还没事？你别轰我，我知道，公司的事你放心好了。李公民在和医生探讨能不能用中药调理？医生说先办住院，点滴消炎，再碎石。可以请中医科主任医师到病房会诊。我说木瓜回去吧，也就是碎石，没什么事。你看这里两个大活人呢。来，认识一下，这是我堂妹夫。李公民说我叫李公民，我刚好度假，在这里陪几天，没问题。那，辛苦你了。木瓜这才走了。走到门口，又回身说这回可得踏实地养着，农场那边有海玉呢，牡丹把三月要栽的木瓜苗都育上了。你就踏实养病。这个木瓜就是婆婆妈妈的。我连连摆手，让他快回去。

第二天中医科裴芬主任医师过来了。她是在大陆退休，应聘过来的。以前我找她看过。裴主任，让你操心啦。她生气，怎么搞的？没坚持吃药？你们这些年轻人呢，真是不知死活。这一阵子实在是太忙了，没留神累着了。忙是借口，没有足够的重视，用你忙工作的态度养病试试？治疗是三分，你那七分始终没做好，瞧这遭多大罪。如果你再不注意，就没下次了。是是，这次一定重视起来。我赔着笑脸，惭愧万分。我愿意吗？她倒是挺地道的中医，不需要患者说病情，你要讲，她觉得是不信任她。她靠的是几十年的临床经验，不断地刻苦研究。照例，先把脉，看舌。你这病反反复复的，弄得脾肾严重虚弱了。她像老妈妈似的说话。大石头长久地在肾里搁着，腰痛腹痛，血尿，排尿困难，疼痛难忍，体倦乏力，没胃口。我点头如捣蒜。结石太大，要尽快排出，缓解脾肾负担。我给你开一周的改善脾肾虚弱的中成药，参苓白术丸，日服二次，一次二至三钱，用金钱草煎汤送服。不要有精神负担，好好调养。做了碎石，再吃一个月的汤药。我连连道谢。

李公民送裴主任。我试着睡觉，还真睡着了。在睡梦里我看到的还是白色的墙壁、白色的枕头、白色的床单、白色的被子，冬天的雪，那雪一直落入深梦。我艰难地在雪原上跋涉，雪原上一个人影也没有，我好像来到了另一个世界。这是另一个世界，我看到了那些瑟缩的冬林，没有一片叶子，黝黑的枝条极力往天空伸展着，似乎要逃离这片雪原。一阵恐怖像发疟疾似的颤抖起来。我想奔逃，腿不听使唤，我大声地呼喊妈妈，那棵小松树出现在银白的月光里，那是我送给妈妈的小松树，妈妈我来了。妈妈我想你！妈妈我走得好累。要我在这里陪你吧。我踉跄着磕绊着，我就要走到小松树前面了，大声号啕起来。醒醒，醒醒，你怎么了？我听到身后有人喊我。这里没人，这里是另一个世界，我挣扎着，一只手在拉我，我听到自己长长叹息一声，李公民的脸在我的瞳仁里一点点清晰起来。你怎么啦？你不停地喊，你好像在喊妈妈？我晃着头，头又晕又沉。嗯，我做梦了，梦到小时候的事。来喝点水。什么时候了？凌晨三点。李公民说再睡会儿吧。以前在富国镇没有办公室的时候，这个时间我都开车上路了。农场有很多事等着呢。这病闹的。现在是十二月份，农场还有什么事？这是海南，四季地都闲不着。现在是育苗期。育什么苗，水稻？

不，我喜欢果木。香蕉两万多株，木瓜苗三万株，明年三月份就要种到山里那块坡地上。有一千多亩地。能够在冬季上市的香蕉，也就是这海南南部。可以搞反季的水果，创造新需求。我看出李公民在努力去弄懂我的意思。他不明白我躺在病床上干吗去想对他来说不现实的事，我为什么不考虑一下治疗的事。他半张着嘴，话被我堵在喉咙里干骨碌。我不想听他的安慰和开导的话，于是急急地说，就像一个人在夜晚走黑路，大声歌唱，驱散噩梦带来的恐惧，调整急促的呼吸。你不知道，我提高声音，很兴奋的样子，香蕉收获旺季也就两三年，所以同时要套种两万棵的橡胶苗，减产后的香蕉树就全部割掉了。木瓜比香蕉树好，抗台风。

他终于逮到说话的空隙了，香蕉树毕竟是草本，巨型草。我笑起来。还是放一放工作上的事，身体要紧。我说这都是小时候坐的病根，后来是惹恼了病根，疯长起来了，也不知是木本还是草本。他笑了笑，还有心说笑，趁早治病除根。不行去别处看看吧。你看世上有能治愈的病吗？值班医生推门进来，老远就听这边嚷嚷，在这里我是总裁，你可是病号，不好好休息嚷什么？这地方还能休息，头贴上枕头就做噩梦，你来得正好，你说这世上有治愈的病例吗？就是说康复如初。医生笑起来。呵呵的。笑本身就是回答了。治愈的意思就是人本身可以承受，并进行自我调解。同样的病在不同人身上可能是两种结果，就看个人的运气了。李公民似乎受到了打击。是我在生病，又不是他。这个人！医生环视一周室内，没什么事吧？再一个小时就交班了。有事按床铃。

休息，休息，到医院就是休息。睡个回笼觉。睡眠养生。来接白班的护士告诉我们这个夜班医生的外号叫“休息”。休息是从哈医大毕业的，来海南刚两年。三十出头，去德国留学攻读医学博士，考试差三分没领到毕业证。高度近视镜，瘦高个子，说话老气横秋的，患者总是忍不住私下里拿他取乐，他本人木个呆的全不知情。护士并没有笑，害牙痛似的苦着脸，挺愁苦地看看我们，俯身理药瓶，闷闷地来一句，有什么好笑的？我做梦都想好好休息一下。后来我们从休息嘴里知道这个护士是从哪个部队医院转来的，外号叫“伤兵”。我们没笑出来。觉得“伤兵”这个外号挺惆怅的。医生休息说是悲剧，是由闹剧飞跃成悲剧，就是由量变到质变的飞跃。护士长过来说你不要在这里讲哲学课了，还是去休息吧。我们笑起来。笑什么？休息吗！

伤兵是患者叫开的，她一天到晚嘟噜着个大长脸，愁容满面的，没见她乐过。说话间过去十来年了，那时她的孩子刚一岁多。不是刚刚改革开放吗，赶时髦，出国留学，也有叫插洋队的。她就天天跟老公唠叨，同学里这个去加拿大了，那个去美国了，法国英国的，都去插洋队了。有一天她老公说倒是有一个出国留学机会，不过不要结婚的。那怎么办？她老公说有的人办了假离婚。不就是一张纸吗？有了离婚证就能行？她老公说了一番实在不忍心让她一个人操持家务的话。她当真感动了。觉得不就是三四年吗，就办了离婚，高高兴兴送老公去加拿大留学了。结果你们也猜到了，一去无音信。她悔青了肠子，怎么也别不过劲来，怪可怜见的。

我由于点滴消炎挂营养喝中药睡觉，症状减轻了，觉得精神也强了。医生终于认为我可以去碎石了。护士长来安排我去碎石，宋瑶林刚好进来。她同护士长打声招呼，说了很多废话。然后对李公民说辛苦你了。她天天早上这么对李公民说，说英语。李公民用英语回答，再用汉语对我说谈不上辛苦，应该的。她回头对我说再不复习就忘了。你睡得好吗？这也是天天早上同样的话。在我碎石三天后，上午回到白鹭公寓。傍晚李公民来辞行。他急着走，弄得我很惊讶。在医院时说好他是要在这里待半个月的。一周同我在医院度过，还有一周我要带他去富国镇我的办公室看看，让他认识一下老阿婆。在接近村庄的公路上有一景，路上铺着一片片的稻谷，等待过往的车辆碾轧。男人蹲在道边吸烟或是抱着膀子发呆。女人把碾过的稻谷分开，米粒收走，剩下的稻壳再用簸箕簸一遍。男人若坐得累了，打个哈欠，伸个懒腰就去凑牌局了。待走过一片椰树槟榔林，会看到白发苍苍的老阿婆穿着大红牡丹家织布褂，褂襟悠悠荡荡地光脚在门前踝稻谷。她的绣鞋放在一边，鞋脸上绣着的两只大青蛙，好像随着她的脚步一跳一跳的。当你带着劳累的躁气进了这个院子，立刻像喝了一杯清茶一样神清气爽。在城里腻味的人，肯定喜欢这种别有佳境的山村野景。

他连连点头，还说这样的自然风光实在有意趣，更有益于生命保健。旅游嘛，就是生命的保健。你的建议太好了，体验各地民情风俗，还能减少出团费成本，这将成为心园旅行社的特色。我说起了农场、香蕉园、木瓜园，将来都可以让他带团来观光。不收费。旅行社和游客都会降低成本。当然，收获季只准看不准吃哟，要吃就得掏腰包喽。他说不要抠门，怎么也得摘一筐请大家品尝。我说这就算计上了，加上免费品尝项目，当然比别的旅行社多了一条优越竞争条件啦。他笑了，从下飞机第一次笑。我说就这么定了。他现在要辞行。我心里一阵不悦。他则不卑不亢的样子，非常想去你的庄园看看，因为临时有事，这次不能去拜访你的庄园了，下次，下次吧。宋瑶林说北北有事？他迟疑一下，哎。宋瑶林说这么急？我说你同小仁送他去机场吧。他说轻手利脚的，没有什么行李，乘坐去机场的大巴来得及。何苦呢？我又不是没车。

只是一个人来来去去习惯了，也没觉得不方便。不过恭敬不如从命。让司机辛苦一趟了。宋瑶林好好照顾闻总吧。他看着我说，打电话，还有电邮。下次一定要去你的庄园的。那时可以品尝鲜果了。这次只好给你带一些别处的果啦。我和宋瑶林送他至停在路边的别克上，小仁开车，木瓜提了一纸箱水果代我送他。望着车一溜烟跑去。我说宋瑶林，你不觉得李公民有点怪怪的？没有啊，人家临时有事，这不是常情吗？好了不说了。心里又惦记起去看看父亲的事。闻青来电话说父亲病了，如果想回来就回来看看吧。我顺口应了。那时正闹圈地纠纷，随后自个儿又病了。他们再也没有电话来。想起闻青电话里的口气，觉着还是快回去看看。父亲老了。记得那次他坐在可以做文物的山羊腿四脚凳子上，面前小桌子上放着一杯茶，脊背冲着我，低垂着头，肩在抖，一只手朝门口摆着撵我。继母在厨房摔盘子。你怎么了？宋瑶林递给我一条湿毛巾。我这才发觉自己泪流满面。我说我想起了父亲。还是纠结？不是，就是难过。还不是？不是。我弄不懂你。没事了。好了。

我来到阳台上。暮色已经晕染了临春河。街灯亮起来。宋瑶林提醒我该吃药了。我说明天去医院找裴主任，再开一个星期的药，汤药能不能改用中成药，我想带路上吃。裴主任不是说了吗，最好别间断，影响疗效。我没说不吃，我是说换成中成药。她满脸不高兴，瞪着我。年底了，我不知怎么，特别想去看看他，不管怎样，他是我老爸。她说我不反对，你把一个疗程的汤药吃完，英奇也到放寒假了。现在他正准备期末考试，你有病的事也没告诉他。我们一块儿回去不好吗？就别让他搅和这种事了。我一个人回去就行了。我同木瓜和海玉交代了，年底你同他们一块儿理理账，工商税务上的事不少呢。你想让我管账？别光盯着园艺。我还想建庭院园艺设计所，还要创新一下，将茶艺包括进去。现在很多人总是讲日本和韩国的茶道如何如何，言必称他们的文明如何如何。其实他们的茶道都是从中国学去的。你得承认他们的学习精神和坚持精神。茶道也确实推进了他们的精神文明。我们的茶道精神干吗不发扬光大？好好，这个问题以后再讨论。眼下是我有病，又到年终岁尾了，就算先帮个忙，好吧？你要是去，也还是带个人好。浪费人力。我又不是三岁孩子。你这人怎么不识好歹？我说过我不想吵，没力气吵。等我恢复体力再吵。你能帮我把药取来就成。

第二天上午我打车去机场，背着双肩包，里面装着我的药、水杯。十一点的飞机。登机前我先给荔枝园的六子打了个电话，告诉他我要回大庆那边看父亲，不知他在哈尔滨住处有车吗，借用几天。他说我就知道你没事不打电话。我说哪那么多废话？有还是没有？没有我撂了。他急了，哎哎，你是爷行了吧？在飞机上我总是半睡半醒的，心里的纠结一刻也没停过，最近我的梦里有了父亲，梦到他在哭，在一条路上不停地走，就像在寻找什么东西。醒来心里怅怅的，一面憎恨着他，一面又想东想西的。我不知自己怎么啦，有些坐立不安。我时常觉得有两个自己，不停地在争执。争执得好累。我是不是患了强迫症？午后三点到哈尔滨太平机场。六子安排接站的人打来了电话，在出站口围栏处看到有一高一矮两人举着我的名牌。两人穿着带帽兜的羽绒服，听话音才知一男一女。高个叫高明，小个叫刘小雅，六子在哈尔滨四季水果店的雇员。高明说我是管点事的，她是跑税务的，咱这里降温了，刚下过一场大雪，道上撒了盐，人工清雪不赶趟，盐那玩意儿来得快，污染空气。弊也有利也有。别去停车场那边了，看着不远得绕道，你穿得少了点儿，咱们还是门里站着，把车开过来吧，机灵点儿。刘小雅答应着麻利地朝停车场小跑去。回到市里先去吃口热乎饭。在这里住一夜，歇歇乏，明天再做打算。还没等我说话，一辆绿色路虎嗖地过来，高明冲出去打开车门，把跟在后面的我拉上去。一边说见谅见谅，这里只能一走一过，不让泊车的。想吃点什么？中餐西餐？来碗打卤面就好。有一家山西刀削面不错，就在南岗秋林那片的胡同里。我赶着回大庆，越简单越好。怎么也得住一夜。赶时间，这里到大庆一个多小时的车程，还行。连日地吃汤药，失了胃口，吃了一小碗青菜香菇卤面，又喝了两杯普洱茶。我说劳烦二位，趁亮天好赶路，回头再见。高明说不劳也不烦，应该的应该的。他们又叫了辆出租，坚持送我到出城口。

高速公路清理得很干净。一路上只遇到两辆车。晚上九点多到家，屋子里很暖。北方这点好，无论天气怎样寒冷，屋子里开着暖气，温度同春天一样。屋子收拾不久。两盆花开得正火。君子兰花茎足有两尺，高高举着橘红的花伞。红月季开了两朵，枝上还挂着有十来颗蓓蕾。阳台的晾衣杆上吊着盆蓬蓬勃勃的绿萝。想必是闻馨来过，也许是宋瑶林嘱咐岳母照看的。我一高兴给宋瑶林打电话，报了平安，说屋子里的花照顾得不错，准是闻馨心细。她说偏心眼儿，我叫你老丈母娘找人收拾的。她知道你病了。你打开冰箱看看，吃的都预备了。你这个人！我去开冰箱，果然喝的吃的塞满了。我早早躺下，睡得比平时安稳多了。一睁眼天就大亮了。起床后，我并不想去冰箱找东西吃。我穿上羽绒服很快来到街上。寒冬清冽的空气立刻使我精神起来。已有不少人提着草帽饼油条和一塑料袋豆浆往家赶了。现磨的豆浆装在保鲜袋里，回家煮个开就可以开早餐了。我喜欢这样吃早餐，一张薄饼卷一根大果子，就着豆浆，特别开胃。由于肾结石病反反复复的，医生建议我喝牛奶和稀粥，吃清淡的蔬菜。我一下子想起不远的憩园小镇，那里的早餐瑶柱粥，广式小菜。正适宜这冬天的早晨。

好久没有这样以步当车了。海南的老巷子感觉是长长的，名字也古怪，我常经过的大真岭巷，起初我总是联想到连绵的山岭，实际上巷道同鸡肠子一样。有一次星语来，要看临春河的发源地，我们沿着河岸走到城郊，那些小窄道儿没完没了的，走过一条又一条貌似大真岭巷，最后看到临河的房子挤成一团，缝隙也没留，无法判断哪里通向源头，就是说我们走进了死胡同，星语说这就是源头吧。天擦黑时，我们筋疲力尽地返回。临春河的源头仅留在了想象里。也许星语说得对，那些塞住视线的房子就是源头。北方的胡同不深，通向憩园小镇的胡同也不深，拐进路口就看见了玻璃采光花屋。胡同里没有人，花屋前也没有车子。莫非停业？紧走几步，才看到门前立了白牌子红字：营业中。放心推门进去，发现花屋比过去的花更全了，不过摆法变了，梯凳式，上面是一盆盆的花，中间留了狭窄的过道。宋瑶林倍加称赞的入门小小东方框景，难忘的梓室之美，曲径通幽的怡静没有了。这就像把拖拉机摆到屋子里啦。一次我责怪宋瑶林对造景大惊小怪，她说你是学农机的，开着东方红在田野里奔驰，同把它锁在仓库里不一样。我正迟疑着要不要进去，从里面出来一个人竟是北北。

北北你在这里？北北也惊讶地站住了，姐夫，你怎么会在这里？我问你呢，你倒问起我来！你是大忙人，我是一大闲人，怎么不问你？

44 夜曲

英奇跪在沙发上，翻弄墙上的挂历。学校放假了。他参加了英语补习班。他的口语始终是个问题，每次考试都影响总成绩。他数着日子，还有十五天过年，咱们哪天回姥姥家？要不，现在就去，反正爸爸没回来。你告诉他在那里等我们。

你的补习课怎么办？让我想想。

他拎起书包，我得去补习班了。我觉得这个外语老师不咋样，比公民叔叔差远了。你怎么知道？嘿，我和公民叔叔是好朋友。好朋友？这你就不知道了吧？他很得意地摔上门。

我望着英奇撞上的门发一会儿愣，李公民和英奇什么时候建立起的英语岛呢？真是有点蹊跷。我去煮茶。艾乐给我的福建福鼎的白毫银针。她说不是新茶，放了一年多了，听说白毫银针以陈年为佳。

从艾乐那里回来，我就每天早晨煮一杯茶。按茶经的规则，水不可煮老，只要水声欲沸便可。不过如今健康专家们说水要滚沸二三分钟才可以饮用，在古人那里岂不成正经的废水了。我选了单色透明水晶杯，可以看到茶在水中徐徐展开的雅致。取一小勺茶，将八分开的水倾入杯中，少顷，干叶在水中舒展，像是从沉梦中醒来，伸展腰身，随之变得褐绿肥嫩，叶鲜如生。这便是好茶如玉在璞的实景了。不禁心里漫开喜悦。我想李公民是一定喜欢这茶的。他匆匆地来，匆匆地去，似有什么心事。北北不接电话。不知这两人打什么哑谜？照理说李公民到家该有电话的。不会是出了什么事吧？呸呸，怎么会这样想呢！我啜了两口茶，给他打电话。

李公民带着鼻塞的声音响起。我说怎么感冒了？他在使劲擤鼻涕。我的手机上出现信息：我感冒了。

心情不好？

有点儿。

你来海南有事说吧？

沉默。

你同北北闹矛盾了？

沉默。

你倒说话呀！北北的手机一直无回应。

你不用找她，她回大庆了，让她冷静一下也好。

你们真的吵架了，什么大不了的事？

也许我确实做了错误的决定。

你来海南就是要同我说你后悔了？

我不知道今后怎么面对北北。

像以前一样。

没有以前。

他停顿了好一会儿，在擤鼻涕？她是很阳光很单纯的女孩。我不配她。

我拿起茶一口喝干，忘了细品。懒得再敲字发信息，又拨过去，他接了。我说我一个人在喝茶。

他用鼻子囔囔说话，这么说你不去品尝源于埃塞俄比亚一棵灌木的种子啦？

两回事。你不要转换话题。

是你在说喝茶。

对，是我在说喝茶。我是说你应该像喝茶一样同北北好好聊聊。

我们根本聊不到一起。

你跑来就是对我说你们没有共同语言？

沉默。还是沉默。擤鼻子。沉默。

我说你怎么回事，你怎么啦，说话呀！

要我说什么？

我居然没听到开门关门的声音，直到一个声音在我的脑后炸开，你一个人嚷嚷什么？吓我一跳，手机从我手中掉到沙发上。唐闻禾回来了。我瞪他一眼，忙捡起手机，还没断线，他擤鼻子嚷嚷说要我说什么？

我说对不起，一会儿打给你。

唐闻禾把双肩包丢在沙发上，就势仰靠在上面。我说木瓜接你的？怎么不上来？

他说我乘机场大巴回来的。我给他倒一杯茶。他满脸倦态，面色暗黑。药按时吃了？嗯。他喝茶。这是艾乐给我的。怎么样？口感还好吧？爽口。他问过账目的事，不经意似的说，给谁打电话？走廊里都听到了。

我说你怎么不问谁给我打电话？

怎么，想吵架？

哎，你看你，三句话不到就搂火。看在你长途跋涉的份上，不跟你计较，想听吗？随便。李公民的电话，满意吗？他立起眉毛，喝口茶，脸色又放平，你能不能好好说话？李公民找不到北了。

北北？我在大庆碰到她了。在憩园。赶巧，我去吃早餐，那里过去不是开广东风味早餐吗。

家里不是预备了吃的吗？

现做太麻烦了。一大堆事。还是留给闻馨闻青他们，不定哪天回来，也方便。再说要过年了，你老妈家那边进城置办年货，来来往往住住什么的。

行了，别编理由了，不想做就是不想做。北北也是去吃早餐？

是啊，没想到那里改成甜品鲜花店了。

换老板了？

是。北北说她刚下火车。我们找了另一家早餐店，吃了烧麦和红豆稀饭。他们好像闹矛盾了。我问她怎么一个人跑回来了？她说你不是也一个人吗。我问他是回同原还是卜奎兴国大厦？她说过两天再说。住处也没定。我就叫她先回咱家休息，我去看父亲。北北说就你那爹还值得看呀！北北说话总是火愣愣的。北北是受不得一点委屈的。

老爸还好吧？

人老了，原本很暴躁的人，现在是更古怪了。

父亲穿着旧军大衣，拄着手杖在院子里踱步。他见到我来，转身要进屋，我说爸我给你的羽绒服呢？那可是如今最受欢迎的白鸭绒做的，穿在身上又轻快又暖和。别叫我爸，我担不起！穿什么是我的自由。他气哼哼的。气嘘得厉害，呛了冷空气，要把五脏六腑咳出来似的。我上前捶背，他推开了我，径直进屋了。我跟进去，他坐在他山羊腿的四脚凳上，好像突然发现了我似的，你怎么来了？我这里搁不下你。阿姨从里屋出来，愤愤地说大清早的就惹气。你不知道老头子病着吗？我真想一甩剂子走人。想想还是忍住了。好言劝老爸不如跟我到海南来。东北的地方病风湿气管炎到海南就好。阿姨白了脸，鼻子不是鼻子脸不是脸的，让我少扯淡。她有些顾虑吧，她有三个孩子。或许是吧。三个孩子的出路，确实是个难题。我扔钱走人。快过年了，他们喜欢什么自己买点什么吧。

唐闻禾双手抱着头，呻吟似的。我知道他又回忆起小时候的事啦。我重新煮了一杯茶，叫他看那些芽叶的变化。他只是直着眼瞪着杯子。突兀地掉转话题，李公民没跟你说他和北北发生了什么？

我摇摇头。他打电话，大约以为北北来这里了。

我想自己只能这么说，减少沟通障碍。

北北没跟你透露点她和李公民之间发生了什么？

唐闻禾说也没说什么，抹了半天眼泪，说自己可能一时冲动，接受了李公民的求婚，也许过家庭生活对她来说太早了。我劝她早点回北京，别让李公民担心。她说一个人静静再说。

也许要一阵子小孩子脾气就好了。见到古言星语了吗？

就是想见见他们。有一年多没见了。其他人没少来海南，就这两人忙。

我从父亲那里出来，去给母亲上了坟。回来想马上出发去古言那里。北北要一个人留下逛逛。我说你去油田逛吗？去对着磕头机发呆？她说那又怎么样？苍天下，雪原上，站着一排磕头机，不断地向大地鞠躬膜拜，多么虔诚啊，去看磕头机有什么不好哇。我没说不好，我是说我一个人开车去卜奎长长的路太无聊了。我给你解闷，是不是？北北像一头暴躁的狮子，我还真不能把她一个人丢下。我说好，我先开车带你去看磕头机。你爸妈可给我打了好几次电话，想你了。你的电话一直是飞行模式。我可不想宅，我宁可飞天控。这是什么话？你不是庄园控吗！开发新农业是我的人生目标。可不是什么控！瞅空儿，你该去我的农场看看。

她说我现在不想听你的大道理。我想的是李公民为什么总喜欢同瑶林姐聊天。埃塞俄比亚的牧羊人呀，西汉蜀国甘露祖师呀，茶圣陆羽呀，还有神农什么事儿，一会儿英话一会儿汉话的，哈哈大笑，简直是兴高采烈，我一看他眉飞色舞的表情就知道准是在和瑶林姐聊天。他还说要组团去云南和四川去看千年古茶树。真是邪了门了，深山老林一股腐尸败叶的霉味儿，有什么好看的？去意大利，去威尼斯，在圣马可喂鸽子，逛古建筑，看大海多好。他说我不懂。他就是小瞧人。他根本不爱我。

喂，你直着眼嘀咕什么呢？我举着杯子在他眼前晃。我们好久没这么在一起喝茶了。

唐闻禾嘲弄地嘟哝着心里想着美事，当然没了火气。难怪你这么有兴致给我筛茶。他笑起来。

你笑什么？他说我想起同北北去看磕头机的路上露怯的事。

一辆交警的巡逻车大鸣其喇叭把我拦到路边。后面一辆客货经过，摇下车窗满脸怒气冲我破口大骂。两交警过来让我下车。其中一交警举过来一个什么机器仪表似的东西，吹口气吧！我疑惑地看着他手里的家伙，在海南的山里转，还没见过这玩意儿。什么意思？北北尖声说他没喝酒。那交警掂掂手中的家巴什，喝没喝它说了算。北北说你对着下面的喇叭口嘘口气。我照做了。他看了看上面仪表盘，表针纹丝没动，零！他把仪器递给旁边的，咧咧嘴。转回头看看我，又看看哭红眼的北北，刚才你们的车在公路上画蛇，要不是我们在这条路上经过，你们非惹麻烦不可。我说可能路滑。你看滑吗？昨天雪一停就撒融盐了。你没看这路就像新铺的柏油路一样油黑油亮吗？小两口闹情绪，可别开着车在马路上闹。有事回家商量去。北北忙说是我们不好，给你们添麻烦了。他摆摆手，可以走了。请注意安全驾车。

我说那是什么鬼玩意儿？北北带着泪痕咯咯笑起来，闻总你怎么连便携式酒精检测仪都不认识了？专门对付酒驾的。你刚才怎么开车的？你看，那不是磕头机吗？我把车靠路边，说好了，只给你八分钟欣赏。哼！抠门！她抗议着跳下车，张开手臂，使劲吼了一嗓子，铁人爷爷，你的玩具好棒噢！那声音让我想起儿时滚动的铁环，闪着青白的光，在白雪覆盖的平原上滚动着，穿过那些磕头机，一直奔向天边。我也忍不住吼了一嗓子，噢——噢！北北也噢噢！吼声此起彼伏。雪原上便好似滚起了许多的铁环。北北終于笑起来，好像郁闷都随着那亮闪闪的铁环远去了。北北说我小时候过六一，班主任总是带我们来看磕头机。那时候我总以为磕头机是巨大的鸟，被什么魔力锁在这里。我说这是一个铁人在半个多世纪前开创的蓝海。

闻总，你说什么海呀？这是冰冻三尺的东北大地。好冷啊，你的鼻子冻红了。你的头发都挂霜了。她嘶嘶哈哈搓着手说不用八分钟了，五分钟吧，本人高风格。

心情好多了吧？

她钻进车里，不好意思地哧哧笑，头往车窗外一点，郁闷冻跑了。

那就出发去兴国大厦？她说好吧好吧，现在我是你的累赘是不是？

我说是老叔老婶想你啦。小心眼儿。

老叔老婶都在兴国大厦，他们打算在卜奎过年了，不回同原那边的村里了。看到北北来了，老婶眉梢都是乐。去年北北没回来，今年能过个团圆年了。老叔说得赶紧办年货。咱这里跟内蒙莫旗两个多小时的车程，去买条全羊，雪花牛肉，草原白蘑和奶制品。公民喜欢吃这些东西，咱们多买一些回来，你们可以带回北京去。北北说你们张罗得我头仁疼，北京挨着赤峰，要想吃，自个儿过去买，方便着呢。老婶一拍脑门子，你看我，说了半天公民呢？怎么不一块儿来？

北北瞥了我一眼，意思是我就知道会有这麻烦，你偏带我来这里。我接茬说公民忙，这不前天带团出国了。老婶说眼瞅着年根了，他是公司的头儿，说了算的，不兴过了年再出国？越到年越忙，有人就想出国过年，有钱干啥不赚？赚钱就知道赚钱，别赚得没人味了。我忙说老婶，这是旅游公司的工作特点，很多游客就是利用年节的假期出去转转，平时工作忙也没空啊。李公民他们不是也得讲点为人民服务不是吗？就怕你二老寂寞，把北北派回来了。北北回来了，他就更忙了。赵大叔不是说理解万岁吗！北北说，闻总你是不是要调到中宣部啦？老婶说什么部？北北开怀大笑。

我说真是个孩子。

他说，你最好给李公民老总打个电话，请他给他的老丈母娘拜个早年，解释一下他因在国外出团赶不上回来过年了。

什么意思？北北不会说吗？

他说我是好心。北北不是同李公民有点误会吗。我帮他圆过去了。他自己亲自说效果更好，礼节吗。过大年的，别让老叔老婶担心。

我知道老叔老婶在他的心里比父亲的分量重。他把兴国大厦洗浴中心交给了他们，就是想让他们干几年，多赚几个，再回同原乡下养老享清福。我说试试吧。

北北就是让老叔娇惯的，说话明白，做事逮着个屁就嚼不烂。

我瞪起眼睛，哎哎，怎么说话呢？这种粗话可别在英奇面前说。

他自知说走了嘴，把情绪带出来了。他在嫉妒。你和李公民别总是煲电话粥啦。

我说我们别都逮个屁嚼不烂。我一蹾杯子，杯子竟碎了。

他的脸色一下子煞白。

我愣了一下，得了，俗话说碎碎平安。我去拿来笤帚扫了出去，又拿来只杯子，续上茶。

我想此时聊古言和星语是镇静剂。古言和星语还好吧？

他说还是老样子，淡淡的过日子，把日子过得白开水一样，现在呢，多了点茶味。星语特意煮了信阳毛尖。说是当年的秋茶。她说这茶产于五云两潭一寨。她泡的这种是云雾山的。能给我除心火。

我说我有什么心火。她笑起来，你看你烂嘴丫子啦。我的嘴角起泡了。这一阵子太紧张，上火了。她说所以呀，你要常抽空回这第二故乡来看看。冰天雪地，空气清爽，暖暖的冬阳，暖暖的屋子，捧杯清茶，逍遥自在。

古言叹口气，干大事没好身体不行啊，是得在意点儿。

我告诉他们这次回来是看看父亲。不去看看，心里上火，去看看心里窝火。每每年节，小时候的事总是跑出来，就像是同我过节似的，赶也赶不走。因此情绪变得很坏。发脾气，伤害无辜也伤害自己。逃离也许能避免一次灾难性的发作。我去看他，就是想逃离自己。我总觉得人最大的困惑，不是来自社会，他人，而是自身。

古言说没错，自身的结最难解。卜奎这边还有什么事吗？

我说没有了，看看你们我就回去了。

他说快过年了，早点回去也好。星语剜了他一眼说你看你这人？唐闻禾好心来看你，你倒撵上了。他说不是撵，我这是为他着想啊。星语恍然说可不是，你要再和宋瑶林吵架，我绝对站在宋瑶林一边。我连说老夫老妻的啦，不会的。

古言说，别骗自己，还是快回家吧。我说等有空儿你们一块儿来，我再找几个朋友聚聚。他说来日方长，来日方长。

我说他们的日子多平静啊。唐闻禾说又想什么呢？我忙岔开话题，去看他带回的土特产。我说这两袋地道的龙江小米不错，小米粥养脾胃，待会儿我给你煮一碗。他脸上有了笑模样，这是古言坚持给带的。老婶要给我羊肉啊牛肉的，我说海南都有，要了两包大兴安岭的木耳。我说真快，又过年啦。能休几天吧，英奇想去旅行，去新加坡或泰国转转。怎么样？

他说你记得吧，那年五一你回同原乡下去了，好像有个发小结婚吧？我带英奇去旅行，乘船从重庆去宜昌，英奇从下铺猴到上铺玩，一眼没照顾到，屁股在铺沿上坐空了，头朝下摔下来，当时摔死过去。船上的医生说要马上送医院。

船在临近的小城万县靠岸。从泊船处，要登好多台阶，才能到停车场，船长向医院要了救护车。我抱起英奇简直是飞上陡立的台阶的。到医院是半夜，挂急诊，检查拍片，不在一个楼层，抱着英奇楼上楼下疯跑。心想这是什么鬼医院，怎么连电梯也没有？待看完，把英奇放到病房，我一下子瘫到地上。其实电梯就在紧急安全出口旁边，竟然没注意到。完全蒙了。好险。现在想起来还是心惊肉跳的。从那以后再也没带他出去过。

确实，好险！那时是因为秋天他要上小学啦，带他到处看看。如果我不去参加婚礼就好了。有两三年，我一直担心会不会有后遗症。不过总算治疗及时，没留下后遗症。现在大了，懂事了，他会管好自己的。

再说吧。我还没有去农场。过了年就要种地了。职工宿舍和办公室要抓紧建起来。一大堆的事。

那就再说吧，晚饭想吃什么？他说去外面吃山西刀削面吧，省事。

然后他去冲了个澡，等英奇下课，一块儿去了面馆。爷俩比着吃面，直嚷肚皮要爆了。吃过饭他对英奇说儿子和妈妈回家吧，乖。爸爸得去三亚了，农场一大堆的事等我呢。英奇噘起嘴巴。刚回来就走，你不是说陪我玩几天吗？当然，等你补习班结束。我到农场安排一下就回来，也就一两天。说话算数。英奇伸出小手指，父子俩拉钩盖章。英奇还是很沉闷的样子。他说我先送你们回家。我摆手叫他快走，天不早了，从这里到富国镇至少五个多小时。今天就别上山了，身体刚好些，还是在意点，办公室那里歇一夜，明天上山。他说我知道。他还是开他那辆旧别克。这辆别克刚刚又大修了一次。木瓜劝他重新买一辆，他说再用几年，这辆老别克跟我在山里开发，从没出过事，那些在夜晚山道上飙车的醉汉，劫道的都不找它，我忠实的伙伴，怎么能轻易地丢弃呢。

我和英奇目送着他的车子隐入灰暗的夜色中。而海口仿佛一只刚起锚的游轮，灯光如波浪一样送来了又一个梦幻的夜晚。狂欢正开始。荡气回肠的夜曲鱼一样在游动。空气中充满美馔佳肴的气味，还有南国四季丰硕的果香，这一切在夜晚中合成一种奇特的兴奋剂，一种假日的浪漫。天空澄澈而宏远，星星总会准时地出现在头上。现在还有谁关心星星呢？

而我喜欢仰望夜空。大海使这里没有一些内陆城市的烟霾挤压和窒闷。我牵着英奇的手，走在横穿十三条小巷的长街上。街上摆着四季不变的各种吃喝likely档。人们喧哗着围着那些吃喝，享受着从白日解放出来的放松。我想起李公民的幽默。白天是系上风纪扣的阿波罗主宰，晚上是袒胸露体的酒神主宰。

英奇拉拉我的手，妈妈你笑什么？嗯？我笑了吗？你笑了，什么事那么高兴？噢，我看到那人狼吞虎咽吃火锅的样子，光着膀子，满头满身油光光的汗。想起你公民叔叔说的话。

什么话？说给我听听。这个吗，是说人们白天和夜晚的行为表现有很大的不同，时间和自然环境始终在参与人的生活。一句话两句话的说不清楚的，等你长大了自己去体验吧。

公民叔叔跟我说话第一句总是说小伙子怎么样啊？他用英文说。他说我外语口语差劲儿，不是我不够聪明，缺少语言互动，如果在国外的环境里，生活逼着你说，有半年就撸出来了。公民叔叔常在国外吗？

是啊，他们办的是境外旅游公司，常带团出国旅游。妈妈能不能带我出去看看啊。再说吧。什么是再说吧？你们大人说话就是没信用，行还是不行，别用再说吧，这样的搪塞话！

这事儿得找机会呀，什么时候见到你公民叔叔说说试试。

瞧你说的，多大点事，一个电话过去就行了。

你还是个孩子，出去要给人家添麻烦的。

我才不是麻烦呢，你要没意见，我自己联系。

哟，瞧把你能耐的。我都跟他提到这事了，他说留学这是个大事，要同父母商量好。定下来，还要选学校，通过考试，录取了，再办理入学手续，有很多事情要做。

你说的是留学呀？

当然了，旅游能解决多大问题？等我考高中时就迟了。

好吧，找机会同你爸爸商量一下。

你们大人就是麻烦，几句话的事。

事情可不像你想的那么简单。好了，我会快点同你爸说的。

他回来你就说。

好吧，我答应你。

这还差不多。

英奇兴奋得睡不着了，好像事情已经定了似的。聊他班的同学，谁同妈妈去了瑞典，谁又去了英国，闹腾到午夜，总算去睡了。

45 吃饺子

腊月二十三过小年，英奇的补习班结束。我同他回到三亚白鹭公寓。我们去万福隆超市买了些蔬菜水果，经过花店买了鲜花。白色的百合、康乃馨和勿忘我，很大的一束，放在一只蓝色的瓷瓶里，屋子里立刻显得喜气洋洋的。唐闻禾风尘仆仆地回来了。他在屋子里转圈儿，真快，这就过年了。我说农场的事顺利吧？他说嗯，树苗长得挺壮，过了年就移种。唉，事太多了。他脸上的笑容告诉我，事情在朝好的方面发展。我说一身土去洗洗吧。他说英奇呢？英奇有个同学也到三亚来过年，他们约在了白鹭公园。我去找英奇，一块儿去洗浴中心洗个澡。那好，我包虾仁冬瓜饺子怎么样？他说已经好久没在家里一块儿吃饭了。他找出换洗衣服塞到洗浴包里就出去了。我跑到阳台看着他走上临春河步行桥。他的背影驮着重物似的向前探着走路。炫目的阳光，使我又想起那张贺年卡，在沙漠上行走的一头骆驼。从我给他的那张贺年卡算来二十多年过去了，偶尔地，我还会想到它。我自嘲地笑笑，去准备晚饭。

他们爷俩回来时，我已经把饺子摆上了餐桌。英奇饿了。把整只饺子夹到嘴里，烫得咝溜咝溜的。唐闻禾咬了一口，皱起眉头，把筷子一撂，齁死了！你想变成“燕别古”（北方土话）哇！他又开始挑剔。我装没听到，笑着说这虾仁在海南也是偶遇的上等货。听卖货的说……英奇不管不顾地插话，爸爸，什么是“燕别古”啊？唐闻禾苦笑笑，问你妈去。英奇一双天真的眼睛期待地看着我。唐闻禾的“燕别古”在我心里刮起了一阵冷风。我克制着情绪，对自己说，过年了，要好好儿的。我灿烂地笑着，压抑着不快。“燕别古”嘛，这是民间土话，就是燕蝙蝠。英奇说还是不明白。我给你讲个故事吧。英奇鼓起掌来。从我上初中你就不给我讲故事了。还用我讲，你都多大了，自己能读书啦。今天过小年，就算是开个家庭文艺晚会。妈妈讲的时候，爸爸准备。我不由得笑了，都是你惹的。唐闻禾咧咧嘴。

这是听你姥姥讲的呢。很久很久以前呢，在乡下的一个谷仓里。英奇咯咯笑，这个开头真是我姥姥的，她给我讲的所有的故事都是这么开头。不听了？哎，谁说不听了，你还没解释清楚燕蝙蝠呢。那你就乖乖的，不许乱打岔，答案在后面呢。谷仓里住着一群老鼠。在春天青黄不接的时候，谷仓里吃的东西少了，它们便会在夜晚溜到谷仓附近的人家里去找东西吃。有一次它们发现了一大缸白花花的盐粒。原来这家是开泡菜铺子的。刚运来新盐，准备第二天腌渍山野菜的。对于它们来说这可是一大笔买卖呢。山野菜已经准备好，洗过，装在好几只大竹筐里控水呢。这群老鼠中的头，它们叫它老大，老大说你们别急着吃，等我检验一下。它跳到一只菜筐上，拿了一棵菜咬了一口，我敢说这是神农极力推荐的斑笋，好东西。它又跳到另一只菜筐上，尝了一种圆形的菜，啊，它欢喜地叫着，金山蒜头，口感好极了。群鼠口水都流出来了。可是老大还没发命令。它从一个筐里抓起大块茎，很响地咬了一口，噢，青菜头，蛮脆的，开胃。那是什么，有点甜，等我细细地品一品再说。下面的众老鼠终于急不可耐了，老大你这么尝下去，天就亮了，我们什么也吃不成了。老大一听有道理，就说先吃这三筐吧，要像绅士一样蘸着盐吃。它们还从来没这么吃过，于是吃一口菜，抓一把盐放到嘴里，狼吞虎咽的，不一会儿就把三筐美味和一缸盐吃光了。老鼠们打着饱嗝，挺着鼓鼓的肚子，摇摇晃晃地回到窝里睡觉去了。不一会儿，一个小老鼠叫起来，我从来没这么渴过，嗓子要着火了。另一个也说我想忍一会儿就好了，可是我实在是忍不住了，我们得去找水喝了。老鼠们都起来了。老大去门外看了看，回来说天快亮了。可是我们不能在这里渴死！群鼠七嘴八舌地说。老大其实也渴得要命，它怕被人和猫发现。不过经验告诉他，如果不快点找到水，它们真的就会渴死了。它垂头丧气地说好吧，一定要小心。它们走到村口水井旁，趴在井沿边的沟槽里喝起来。这时天已经亮了，很快有人发现了它们。人们围过来，这些家伙是什么怪物？样子太丑了。鼠老大羞愧地跳入井中，其他的也跟着跳，奇怪的事发生了。它们没有沉到井水中，而是飞起来了。它们身上生出了两只大翅膀。它们贴着井壁盘旋了一圈，就飞向空中，后来找到了一座山洞，它们就在那里定居下来。

唐闻禾嘲弄地说你讲了半天，一句话就说清楚了，民间传说一群老鼠吃多了盐变成了蝙蝠。英奇说太有趣了，一群人人讨厌的老鼠变成了人人祈福的蝙蝠。可以拍个有趣的动画片。人人祈福的蝙蝠？我哈哈大笑。唐闻禾愣一下，拿筷子点了一下英奇，臭小子！英奇说我可没说你啊，我是说蝙蝠，就是福的意思，我同学他爸过生日，他订了一个蛋糕，上面是五只蝙蝠捧一个寿字，他说这叫“五福捧寿”。我说可不是，人们常以蝙蝠寓意福寿喜庆。爸爸，你还怕饺子齁得慌吗？妈妈是要你变成咱家的福星寿星，这是天大的好事呀！唐闻禾终于笑起来，臭小子！你有事求我吧？

我知道这饺子不至于咸到燕蝙蝠的程度，又不知他哪根筋不对了。我说还剩块面，我去做两碗青菜肉丝面？英奇说好哇，爸爸你不愿变成燕蝙蝠，就吃面。我说英奇，怎么说话呢？你爸身体不好，要吃清淡的。算了，来碗饺子汤。我说还是沏杯茶吧。他拿起筷子又吃了几个饺子。一边说吃大药丸子吃得胃口坏了。英奇说喝一碗饺子汤就开胃了，原汤化原食嘛。唐闻禾说臭小子，别溜缝了，有事说吧。我说啦，你稳住点情绪。我把一杯新沏的大白茶及时放到他面前，福鼎的银针，败火的。英奇一字一顿地说我要出去留学。他端起杯子吹了吹热气，小口啜起来。我猜你就有事。还小，急什么？不小啦，我班同学都走了俩了。现在出去，好过语言关。他接了个电话，然后说公司那边同县乡安排了几项活动，这几天就不来回跑了。英奇等我有时间再说你的事好不好？英奇说我想回海口过年，同学都在那边。他说那就回那边过年。我这边忙完就过去。

年三十唐闻禾回来的。他已经在饭店预订了年夜饭。他说今年都把他们放回家度假了，把家里的事好好处理一下，过了年就忙了，我们自己吃个团圆饭吧。这是家新开业的综合餐馆，既有南方菜，也有北方菜，还有西餐。T字形格局也很有趣。唐闻禾笑我你看那么仔细干吗？要开饭店吗？我说难说。他说别看了，坐下点餐吧。给咱们的用餐时间是五点到八点半，九点已经订出去了。这么紧张？近几年外地人来海南过春节的人多起来，尤其是北方人。饭店宾馆爆满。我在菜牌上竟然发现有香茅草烤鸡、香茅草烤鱼，英奇点了烤虾，唐闻禾要水葵汤、田园大丰收，我说菜碗不能出单，加个干煸铁棍山药吧。主食呢？这些菜都吃不了。能不能都来半份？点菜员给后厨打电话，然后说你们是头一个要半份的。可以了？可以了。再来份炒蛤粉吧。这顿年饭吃得挺开心，我是说英奇开心得不得了。尤其对三烤感兴趣。每人还喝了杯长城红酒。英奇举杯说这样真好，年年岁岁这样！我们分离太多，尽管避免在英奇面前争吵，他毕竟大了，嗅出了我们之间时有蒺藜硌生的味道。我举杯祝愿英奇心想事成。这个年爸爸可以陪你几天了。想去哪里玩？有爸爸陪我就难得了。我说有情绪啊。事实嘛。爸爸在忙农场的事，刚开始千头万绪的，以后就好了。我看看唐闻禾，他看表，抓紧吃东西，别误了下一个订桌。吃过饭我们回家，一同收看春晚。他沏了杯普洱。他知道我晚上不喝茶。冲我举一下杯子，普洱助消化，不影响睡眠，喝点没事。我摇摇头。他便坐到沙发上，一边看电视一边喝。英奇白天与同学疯玩了一天，坐在沙发上看了一半睡着了。唐闻禾和我抬起沙发垫子，把他送到他的房间床上。折腾了半天，他竟没有醒。

我们回到客厅。他又续了一杯茶，喝完，在地上打了一个转儿，说我回去了。我愣了一下。他说哦，我在外面刚租的房子，这一阵子太累了。我心里揪了一下，但我还是笑着说好吧，你随意。我没问他为什么在外面租房的事。我一个人守着电视和春晚结束，脑袋一蹦一蹦地疼，虚脱似的疲惫，胸口闷得直想喊叫。我跑进洗漱间拧开水龙头，小区内响起此伏彼起的鞭炮，我把冷水拍在脸上。鞭炮声疏落下来的时候，感觉胸口透气了。我在眼周贴上土豆片。己丑辞去，庚寅进门了，英奇早晨起来要吃饺子的。我从冰箱里拿出现成的肉馅，用姜葱花椒炸好调料油，放上盐、酱油、香油煨上。和好高筋饺子粉放在一边醒着。在这样的忙碌中我的心情慢慢平复下来。我对着镜子揭下脸上的土豆片，拿凉水冲洗，看到眼睛还有点红肿，心想千万不能让英奇觉察什么。便又重新削了一只土豆，这一次我满脸都敷上了土豆片，有一种凉瓦瓦的感觉很舒服，脑袋也不涨痛了。我去床上休息。在枕头上铺一条厚毛巾，以免土豆片掉下脏了枕头。

我是被一阵爆竹声惊起的，天已经大亮，不知谁家抢先煮饺子庆贺了大年初一。这个小区里一半居民是大陆人，三分之二北方人，他们当中大部分过着候鸟的生活，秋来春去。新年的第一天，我要使自己快乐起来。枕巾上落下两片削得太厚的土豆片。脸上的薄土豆片好像同皮肤粘到一起了。我对着镜子扑水，一片片揭下来。用洁面乳清洗了两遍。镜中的脸色有点暗黄，肿眼泡没了。还好，我想。往脸上抹了保湿霜，涂了粉底和淡淡的腮红。我对着镜子中的自己笑了笑，我竟然能够睡着，真了不起。我看到自己现在的脸色很好。睡眠使我精力又变得充足。再过一会儿新年第一天的太阳就要升起来了。我回到卧室收拾好床上的被子。将荞麦壳枕头上的凹陷拍拍平。我特别喜欢这对枕头，它是我在卜奎上学临毕业时买的，没什么目的，因为枕套上手绣的田园小景清爽，配有一行小字“来自大自然的呼吸”。这对枕头一直压箱底。原本是要给英奇用的。荞麦壳枕清火。可是英奇小时候大多寄居在外面，已经习惯新式的真空棉的软枕。这个春节拿出来，心意是要给唐闻禾体验一下来自大自然的呼吸，结果又不知哪里出了岔头，他竟想出了在外面租房子，好像是一种无声的警告。想想自从圈地事件后也没有直接冲突过，那么只有北北的原因，不过又搞不清北北和李公民之间的事，与我们何干？英奇还在沉睡。那样子就像是踢了一天足球，累成一摊泥。待醒来得问问他玩什么去了，累成这样。

我开始包饺子。听着外面一拨一拨地放鞭炮。年初一早晨吃饺子时，每家都在门口放一挂鞭。有百响的，有千响的。小的时候就熟悉这情景，每当鞭炮响起，便恍惚在同原的乡下一样。我已备了一千响的十挂，原本是从初一到初五，每天早晚各两挂。这件事以往都是唐闻禾来做的。想着不觉又难过起来。我把汤锅放到炉灶上。包好的饺子存在木制托盘里。火苗静静地舔着锅底，这屋子里也是静静的。大年初一要火爆，我跑到客厅，拿起一挂鞭，这时听到门口响起了鞭炮声，听那激烈的响声是两挂同时放的。唐闻禾喜欢这么干，他说听动静就要大的。噼里啪啦炒哑巴豆似的，不如不放，听别人的还省钱。我放下手中的挂鞭，去敲英奇的门。英奇起床了，过新年啦！唐闻禾进来了，吼他，我鞭炮都放完了，你怎么还不起床？听到他的声音我竟吓了一哆嗦。你倒吱一声啊！那变了腔的声音不像从我嘴里出来的。他愣了一下，脸色变白。幸好，英奇光着脚跳出来。爸爸过年好！他双臂吊在唐闻禾的脖子上，拉长调子说爸爸我可是给你拜年了！我看到唐闻禾的脸上又恢复了血色，从裤袋里掏出鼓囊囊的红包。英奇接过来，在他脸上嘬了一下。你怎么不等我一块儿放鞭炮啊？等你该吃晚饭了。我其实早醒了，躺在被窝里听放鞭炮才有趣儿，一听到五千响两挂，就知道是你放的。

父子俩吃过饺子，商量怎么度过这一天。我说英奇，昨天玩得挺累吧？嗯，还可以。什么叫还可以，我在走廊里都听到你说梦话了。我说什么了？英奇立刻警觉的样子。我随便编了几句，没想到正中要害。你大喊大叫的船啊快点啊海浪什么的。英奇紧张地看唐闻禾，嘴里搪塞着，你肯定记错了，我们一直在同学家踢足球。说老实话，唐闻禾看着他，你的眼睛叽里咕噜什么？看着我的眼睛。英奇说你们不能生气，唐闻禾说那要看什么事。也不是什么大不了的。我和同学去海上渔排玩了。那里有渔民小孩跳船玩。我说我爸说的渔民的孩子比城里的孩子胆子大。同学们不服。就跟渔民小兄弟 PK。我说天呢，你胆子太大了。妈妈你紧张什么？那些船是用绳子穿起来的，中间不到一米宽。可是海水很深的，掉进去就完蛋了。英奇哈哈笑起来，你是想起三亚海上人家了吧？那些船是泊在深海里，这儿是小渔船，挨着沙滩不远，一个女同学掉下去了，水才到膝盖上。女同学？怎么了？我们一共十五个人，六个女同学。二十多条船从头跳到尾，再跳回来。我只掉下两次。唐闻禾说你起的头？没错。我跟他们讲跳渔船的事，他们便起哄要去看看。这要是哪个同学摔坏了，怎么同人家的父母交代呀？你们这些成年人就是啰唆，怕这个怕那个，我们怎么长大？

我担心唐闻禾跳起来揍他。上次在去宜昌船上摔昏死过去的事，一直余悸未消，想起来便后怕。唐闻禾嘲弄地看我一眼。我张了张嘴还是把话咽回去了。我明白他的潜台词，都是你惯的。可是你又做什么啦？我笑了笑。决定试一试李胜杰的心灵财富，像花仙子一样笑起来。唐闻禾似乎打了一个激灵，忘了自己要干什么似的，站起来在屋子里转了一个圈儿。英奇及时避入到自己的房间。唐闻禾走到门口拉了拉门把手，不知是要出去还是试试门把手是否牢固。顿了一下，回身径直去了阳台。海南的天气，阳台就像是收容所，四季昼夜都可以收容你和你的心事。今天可是大年初一。我把苹果、杧果和葡萄装在我精心挑选的高脚果盘里，沏上一壶普洱。我去叫英奇。他同我耳语，我以为我爸要取兵器同我决斗呢。我说你不能少说几句吗？妈妈你最好同他商量一下我想去留学的事，过了年，他又会忙得不见影儿了。我的好朋友下学期就去新加坡了，在那里读高中考大学。

我觉得唐闻禾无名火的来由不仅是北北，英奇一定是同他提过李公民帮他的事。你同你爸说公民叔叔啦？我说我和他是好朋友，只要你们同意，我请他帮我。现在去给你爸送杯茶去。我想问题不在于英奇的想法是否可以考虑，去西天取经回来做道场，已经是时尚。别扭的是在“公民叔叔”四个字上。正想着李公民的电话到了。他说给你拜年怎么不回拜啊？我这才看到他昨晚十一点发的短信。艾乐也发了短信。我只能抱歉说睡着了，没听到。他有点敏感，没事吧？过年呢，能有什么事？你在哪里？带团，在夏威夷。北北还没有信，我联系不上她。我打保票说，这样吧，我设法找到她。也许你们该要个孩子。沉默。他以往说话很干脆的，现在动不动三缄其口，吞吞吐吐的。你倒说话呀，是不是你们出现问题了？他笑了一声，听得出苦笑。你说能有什么问题？你不说我哪里明白？真的没什么。北北跟着我是委屈了，我总是在外面跑，也没时间陪她逛街，搞个烛光宴什么的，她需要浪漫，享乐，酒神的狂欢，这些我都没有。想想还真是对不起她。我有时真不知怎么办好。我叹息，北北确实不适合他。生活伴侣，也是精神伴侣。他更需要后者。你别急，我字斟句酌，耐心等待，等时间来决定。他叹口气，今天是大年初一，不该说这个，说快乐的。哎，这几日英奇可是张口公民叔叔闭口公民叔叔的。他是说留学的事吧，他的确需要加强外语训练的环境。一般是孩子在两岁至十三岁之间，接受外语的能力强，不容易忘，到初高中时期学起来就轻松多了。

英奇满一岁就送长托了。那时正创业，生活没规律。上学呢住寄宿学校。想想真不算是好父母。你先不要盲目自责，也许对孩子来说不是坏事，自主生活能力要比在父母羽翼下长大的孩子有优势。比如留学，你不用担心他不会洗衣服做饭照顾自己。英奇已经着急了，他班里的同学下学期开学有两名去国外留学了，一名去洛杉矶，另一名去新加坡。英奇曾在上海的什么赴美留学外语加强班学习了半年。我不知道唐闻禾什么时候从阳台那边过来的，他开门时我才看到他。我说哎，等一下，正好说英奇的事。他没作声，开门就出去了。李公民还一个劲地喂喂的，你在听吗？我说这事等年假结束，再从长计议。你在那边同你的团队能吃上饺子吧？他说中餐遍布世界各地。今天早晨吃的就是饺子。好，新春快乐！新春快乐！北北你不用担心，她不会亏待自己。等我消息。

我给艾乐回了电话。她在上海。表姐携老公回来过中国年。她大笑。不可笑的事情她也这么笑，神经质得厉害。你猜我们在哪里？你不是说在上海吗？具体一点儿。没心情。又闹别扭了？我说了没心情。我们在你一位老朋友这里。他叫老筸，同他媳妇开的一间茶馆。偏巧就是我原来开日本料理的店。我们本是来访故的。表姐的老公喜不自胜。见了茶，乐不思蜀了。原本待个五六天，现在的架势还不得出正月？表姐揶揄他，要不把日本茶室关喽，在这里重建一个？他竟说可以考虑。哈哈！我觉得没什么可笑的，老篁挺有勇气的。你还记得卜奎湖西春天吗？记得，经营茶和茶具，还备了四张桌的茶室，供客人饮茶，好像我们在那里聚过一次，喝了一壶铁观音。是啊，是圆子来找小海的那一回，可怜的圆子。就是那里。店主是中年夫妇，看我们是学生，还赏给我们一壶安徽的舒城兰花，还建议我们别只盯着那少数几样红茶绿茶的，中国是茶的故乡，好茶多的是。男店主特别爱讲话，讲陆羽的《茶经》，还给我们背了一首茶诗，很有趣的人。女店主不好说话，里外地忙活，总是笑吟吟的。年底，十二月吧，经营不下去了，那里换成了俄罗斯进口日用品店了。艾乐说哎呀太遗憾了，我还给东山树吉说过呢，他说要访访表姐秦艺的故里，一定要去湖西春天的。那就等我的园艺茶艺所开起来再说吧。我顺口这么一说，她却真真指望上了。

我们互道了平安。接着我给家里的各位亲友发了短信拜年。母亲打来电话，她说你们抽空回来看看吧。我说好吧。我看看。撂下电话浑身散了架，打电话也不知怎么这么累。英奇过来说，我爸走了？我说不是让你给他送茶吗？茶他喝了，我说留学的事，他就走了。也许你爸公司有事，今天怕是不能陪你玩了。那我去找同学玩吧。好吧，可不能去跳船啦。第二天，也就是初二，唐闻禾依旧是早早就来了。吃过饭看一会儿电视，领英奇逛街去了，买一堆几天就腻的玩具。

到了初四，我实在忍不住了。他就跟上班似的，白天在这里，晚上回出租房。节假期间，多半把午饭晚饭并到一块儿吃，四点前就吃完了。我们叫下午饭。吃过下午饭，唐闻禾又要走。我说儿子，你爸在外面有家了，我得走了。你和你爸一起过吧。唐闻禾立刻急了，你说的什么话？我一个人静一下不行吗？那你就静一下吧。儿子你陪你爸好好静一下吧。你姥姥打电话来要我们回去看看呢。英奇立刻高兴起来，爸爸，我们好久没一块儿旅行了，回老家一趟补偿旅行好不好？唐闻禾说好是好，农场的事很多，离不开。你读的补习班初八不就开课了吗？我心想你节前都没去看看丈母娘大人，这个时候更甭想了。我在手机网上搜机票，春节期间机票紧张，竟然搜到一张，不过是凤凰机场的。妈妈你真的要去呀？刚才姥姥来电话了，我得去看看，姥姥年岁大了。你爸爸难得有时间，你陪陪他，顺便商量一下你的愿望，这倒是个好机会。英奇乐了，对呀，好吧妈妈。我说唐闻禾，你和儿子好好的，我得立刻回三亚，赶明天中午的飞机。你这么急，什么也没准备。以后有时间一块儿回去看看他们，比什么都好。你自个儿也好好的。

46 滑雪

我从海口赶到三亚凤凰机场时间还早，随便找了个座位歇下来。旁边坐着一位漂亮的女孩，脸色郁闷，盯着一个方向发呆。我想必是一个人坐着很无聊。我的到来惊动了她，她瞭我一眼。我迅速调整一下表情，温和地笑笑，去哪里？去美国。我搜寻了一遍查询航班的记忆，好像没有飞美国的。她看出了我的惊愕。从这里去北京机场换乘，我们在美国读书。你们？我和男朋友。春节回家认亲订婚？就算是那么回事吧。我还没想好呢。她的话令我有点摸不着头脑，认亲，没想好？

本来是想好的，现在我有点怀疑我的判断，他究竟爱不爱我？怎么会这样想？我们老朋友似的显出很投机的趋势。向陌生人倾诉衷肠，我发觉这是当代人释放生存压力的一种调解剂。他不尊重我的父母。她很委屈地噘起嘴巴。我怕她哭。转移话题。家里还有哥哥或妹妹？就我一个啦。我带他回来本来想让爸妈高兴，没想到几乎气死他们啦。这么严重？爸妈知道我们回来过年高兴得好几夜没睡踏实。就商量着买什么，做什么。准姑爷头回进门嘛，都这样。他可好，我爸妈辛辛苦苦忙了一天做了一桌子菜，他筷子都不动一下，连个谢字也没有。一脸的不恭，直说这都是些什么呀？一看就没食欲。我说那你做做看。他真的上街买了一堆食材，重新做了一桌子西餐。

这时一个男孩走过来，高个儿，很帅，目光含着傲气。扫了我一眼，直盯着女孩。嘲讽地说你更年期了吧你？还在咀嚼那点破事。你才更年期了呢，你太没礼貌了。女孩忘了我的存在，专注地同男朋友理论。我坐在他们旁边旁听他们的谈话似乎不大得体，听着听着，觉得我有权选择坐在这里不动。这正是男孩关于虚伪和真实的解释，做人要襟怀坦白，在当下的最高境界是活成真自己。男孩很坚定地说，我就是不爱吃，我没有错。你想想我爸妈的感受。你怎么没想想我的感受？你太过分了。只是买菜我来重做，这有什么过分？如果你去你的好朋友家也是这样吗？当然啦，我会这样做。你太狂妄了。你要知道你是初次到我家，只能停留一天，你不能克制一下吗？我就是这样，吃我喜欢吃的东西。这点生活小破事，你计较什么？这不是小破事，是对长辈的尊重问题。若是我到你家，你爸妈做了一桌子饭菜，我说不喜欢吃，你怎么想？当然你可以自己去上街买菜，回来自己做，不愿意做，也可以去饭店。你说的是人话吗？我不会像你那么没礼貌。我要坐下来，勉强自己，也要让他们高兴。你这是虚伪，不真实的，我是真实的。再说了，又不是让你妈重做，是我，我来付出劳动重做。够礼貌够给面子的了。

啊？你是人吗？你知道这会让我爸妈有多伤心！你知道吗？小题大做，这本来是一件很正常的事情，瞧你弄得跟莎士比亚悲剧似的，是生还是死？是死还是生？至于吗？你给我听着，这不是一件很正常的事，非常不正常，你不懂得尊重长辈的劳动。女孩脸色涨红，愤怒到极点。

我本想劝劝他们不要再争了，双方冷静一下。可是我的好奇心驱使我听下去，我想知道一个结果，女孩是否能说服男孩。男孩以鄙视的口吻说这不是尊重不尊重的问题，这是两码事。女孩反唇相讥，你这样认识问题是自私的表现，完全以自我为中心。按你的意思，我撒谎，我作假，我虚伪就好了？这根本扯不到一块儿，只要你正常一点儿，懂得人情！我看你才不正常呢，这么一点儿小破事，从昨晚唠叨到现在，没完没了，你烦不烦呢？这件事必须说清楚，我们还没怎么样呢，你就这样啊！我怎么样啊？有什么值得说的，你不是陪我买菜了吗？还在这说什么，可笑。我那是为了不让你难堪，给你面子。那你还跟个更年期似的穷唠叨什么？我警告你，说话文明点儿，我要说清楚，是警告你下不为例，今后注意点儿。我？没什么可注意的，我没错，我是坦诚的。你还不认错？你就是错了，你必须好好反省一下。我没错为什么反省？女孩的声音高起来，你太没有男子汉气概，明明自己错了，却没有勇气承认。这和男子气概和勇气都没关系，我没错，就是没错。

我的航班开始剪票了。这冗长的争论，我听不到结果了。这件事究竟和谁有关系呢？究竟是错在哪里呢？我从剪票口回望他们，他们的背影侧脸依然前后晃动，在争论。多么可爱的年龄，九〇后，整个地球都任他们转动，又是多么幸福的年龄。我的恶劣心绪似乎让这两个年轻人冲淡了。好像我本来就计划了这次出发，给李公民找回北北。北北就像是这对年轻人中的男孩，李公民是那个受伤的女孩。我走进客舱在中间部位找到座位，我的左边是位上年岁的老外，他礼貌地点点头，我也回敬地点点头。我的右边是名年轻小伙子，他的心思在过道对面的一个女孩身上。扭着身子说话或递东西。我表示愿意同女孩调换座位。小伙子说她那是靠窗子的。我朝后一仰，靠实椅背，睡觉。正好补上昨夜缺失的觉。不知从哪个座位飘来肖邦的乐曲，细微得同一根丝线似的。我曾有过一整套肖邦的光盘，后来不知哪里去了。白鹭公寓就像是一座梦桥，很多寻梦的人从这里走过，走向他们希望的生活。也许这些光盘在这些来来往往的人手中。月夜，金色的小溪……我闭上眼睛。天降暴雨的夜晚，患病体质虚弱的肖邦在西班牙的乡间小屋，等待去帕尔玛买东西的乔治·桑和她的儿子莫里斯。闪电雷鸣使他坐立不安。他看到雨中的死亡幽灵，孤独惊恐使他战栗着求助钢琴，流着眼泪在琴键上敲击着忧伤和痛苦，许多可怕的念头折磨着他。午夜，他看到满身泥巴光着脚从雨地里走进屋子的乔治·桑和儿子莫里斯，他恍若隔世一样大叫。而这曲子是这么动人无与伦比。一段时间我简直离不开肖邦的乐曲。我最喜欢听的是他诺昂时期创作的短曲，他叫序曲的篇章是我百听不厌的。我仿佛走在春天里、夏天里、秋天里、冬天里，我也看到高山上冰雪中的雪莲花一朵朵开放出来，雨水打在芭蕉叶上，在泥泞的小路上走着披蓑衣的人，风吹落叶的沙沙声，那落叶该是广州西樵山上的无叶泉上的红枫叶，像不尽的红帆一样，顺流远行，在心里注满了曼妙奇美的感动。李公民说伟大的艺术会在世界任何一个角落使人怦然心动。

曲子突然中断了。有轻微的骚动。我睁开眼睛，看到空姐在发送食品饮料。她的微笑就像是一张旧贺年片上的色彩。我要了一杯白水。空姐将老外的食盒给我递给他，他在关闭笔记本。浩瀚的沙漠，朝地平线走去的骆驼留在黑屏里。我说撒哈拉。他谢过我，接过食盒，语音很逗地说三毛？我说一个迷人的世界。他又是微笑点点头，开始用餐。我什么也不想吃。撒哈拉的骆驼瞬间变成唐闻禾，他的背影、双肩包，在我眼前执拗地晃动。在这千万米的高空上，我又逃之夭夭！就像那次遁去离婚现场。不是惧怕是怕弄错。那位女法官就是这个意思，回去好好考虑一下，据我分析，你们的感情没有破裂。我们一块儿肩并肩地朝法院走去，我们好像都感到一块沉重的石头落地了。从某种重负中解脱了，说话的声音都温和了许多。他说离了婚，你不要离我太远，也好有个照应，直到你有了新的家。三亚河泽那边在建新小区，我想集中在那里。你让你的弟弟也过来吧，我也给他买好了一套房子。可是后来他像一头暴怒的狮子砸了家，我的退缩他应该高兴啊。我感到头一阵阵疼起来。旁边的老外提醒我，要茶还是咖啡？我懵懂地说，都要。都要？什么意思？一杯茶一杯咖啡。我喝光咖啡再喝茶。然后很快就到了。哈尔滨！老外冲我点点头，祝你好运！我也点点头。祝你在这里快乐！他说谢谢！大家都快乐！

下了飞机乘出租车，换了三次车。哈尔滨，大庆，同原。赶上同原去大茂一线的最后一辆乡村大巴，我心里甚至有了一点喜悦。车次顺利。田野上覆盖着白雪，显得暮色淡了，给你一种晨曦正在升起的错觉。大巴上的人几乎一上车就打起盹来。这些人不是进城游玩就是购物，一副筋疲力尽的样子。冷空气扑到脸上，我就像喝了苦咖啡一样兴奋起来。我望着窗外，乡村路，夏日人也很少，空旷渺无人烟，一眼望到天际线。路上突然出现一个人在踽踽独行。臃肿的羽绒服，背着大包，朝着车子同一个方向移动。他是从同原哪个村过来的？突然泪水无来由地涌出来。一种记忆唤醒了。

那一年，也是这个季节，这个时辰，唐闻禾穿着旧军大衣，背着水果罐头、两瓶白酒，徒步走了六十多公里，从清晨走到黄昏，来给我父母拜年，证明他能给我幸福。真正爱上他的是这一天，这一刻，一个冬日，正月里的一个黄昏。现在我不再怀疑我的感情。我为这个发现流泪不止。那个独行的旅人很快被留在后面的暮色里了。他还要走多久才能到达他的目标呢？而我的小村庄已经亮起灯火。正月初五是家家团聚的日子，过了这一天人们就要开始日常的劳作了。

母亲惊喜极了，一个劲儿往我的身后看，他们两个呢？开着的门从我身后灌进一股寒风。小弟跑过来关上门。谁们两个呀，这么冷的天你叫他们折腾啥？英奇还不冻个好歹的，再说啦，姐夫有病，腊月在大庆不是见了姐夫，给你一千块办年货吗？我惊奇地看着小弟，你怎么变得这么理解人啦？不是房子支的吧？姐夫跟你说啦？我跟他说不要说，等着给你一个惊喜的。父亲很少讲话，顶多说一句回来啦，就接着看电视。他靠坐的躺椅是海南乡下匠人制作的。同白鹭公寓阳台上那把摇椅大约出于同一匠人之手。纯正的深山老花梨木，手工制作，在头挨着的部位刻着双喜字。做工很粗糙，有一种童拙的趣味。父亲去海南，总是喜欢仰靠在阳台摇椅上看风景，进屋看电视，也要搬进来。唐闻禾就求地质老爹帮忙找匠人，照着样子打制了一把躺椅给父亲寄回来了。父亲听到小弟的话，慢慢转过身，多余给他买房子，赶那时髦干啥？好多人都去买房子，好像不要钱的，大多数房子空搁着，都成了鬼屋了。

爸，你别说那么难听好不好？姐夫这也是好心嘛，冬天过去住几天避避寒气不是很好吗？父亲火了，避寒？想摆谱自个儿挣去。母亲忙插进来，你们爷俩要么不说话，说话就吵。不成器的，都是你惯的。父亲摔下这话，进里屋去了。母亲说别去招他，过一会儿就好了。有冻饺子、冻馄饨，按俗理当吃面。我说别按俗理啦，吃碗馄饨吧，好久没吃妈包的馄饨啦。小弟说我去给姐煮馄饨。你还不煮成片汤啊。母亲扎上围裙进厨房了。我萎到沙发上，瘫成一团泥似的。累了吧？小弟仰到躺椅上摇晃着。不累，我是铁打的。小弟哧哧笑。你老婆孩子呢？初二回娘家啦。噢，她娘家在让胡路吧。秋天折腾到烟台去了，老丈儿老家原来不是烟台的嘛。夏天我去看了一眼，山清水秀的，前后院有果有花的，养老不错。你该跟着去。这不单位有事嘛。你进屋时，我正要回卜奎，明天上班呢。我想起北北。你见到北北了吗？她呀，在兴国大厦呢，今年过年他们都没回来。有事啊？嗯，明天咱们一块儿过去看看，我好长时间没见到北北了。

母亲端来热气腾腾的馄饨，看着我吃。从冰天雪地里走来，吃一碗母亲做的热馄饨，真是幸福啊。母亲还在为父亲的火气抱歉。你爸呀就那样，年轻时净过苦日子了，看不得人嘚瑟，半拉眼瞧不上那些自个儿不要强、总是琢磨着揩油取巧的，得罪人呢。我说自家人什么得罪呀，爸的意思没错，要自己努力过好日子，小弟明白，是不是？

小弟说就是，我可不是阿斗！我说你行啦，以后可不要同爸拌嘴。告诉你们，我想开个园艺茶艺馆好不好？母亲说茶馆好哇，茶提神养性，消愁解闷还健身呢。小弟笑起来，听着老气横秋的。母亲正色，茶寿茶寿，造福天下人呢。加个园艺什么意思？没听说过。就是要有个鸟语花香的优美生活环境嘛。做什么，只要你高兴就好。馄饨好吃吗？嗯，好吃极了，没吃够。母亲欣慰地抿嘴乐，还有呢，明天接着吃。我说明天小弟回卜奎上班，我跟他一块儿过去。这怎么刚来就想着走哇？过去办点事再回来。住几天再去不行吗？这么赶太累了。我怕人家走了。什么事？三两句说不清楚，北北的事，等以后慢慢地说给你。那就快歇着去吧，北屋年前就拾掇好了。

我和小弟赶的是头一天十六点多由北京发出的特快，经停哈尔滨和大庆。上车一个多小时就到了。我到了兴国大厦，北北还在捂被窝呢。老婶把我拽到办公室说，待会儿你好好劝劝她。怎么啦？我装糊涂。不过我的确不知道究竟发生了什么，北北一向很敞亮的。当初我们根本不同意他们的婚事，比她整整大了一轮呢。北北魔怔似的要跟他。这没几日又要离。我劝老婶先别急，等我问清楚再说，说不定两人闹别扭说气话呢。老婶长叹一声，但愿如此吧。她张罗要煮下车面。我说一下车就和小弟在加州牛肉面馆嗨了一大碗牛肉面。他要赶着去公司上班。他还在那个什么建材助理？我也搞不清他忙什么，总是抱怨烦死了，一天到晚跑跑跶跶。唉，都这样，老婶一脸落寞。现在的人都忙啊！也不知忙什么。

我去看墙上那幅临摹得很糟糕的高更的画——《春天甜美的梦》。而肖邦的乐曲声，就在这时流淌起来。如走出山间密林，眼前突地一亮，一条金色的瀑流，悬挂在峭壁上。接着北北穿着邋邋遢遢的波西米亚白色睡袍，打着哈欠，从卧室溜达出来。大清早的，谁在这里这么吵啊？一眼看到我，她立刻清醒了似的。瑶林姐？这里的人都巴巴地跑海南过春节，你怎么倒回到这冰天雪地里来了？当然是给老叔老婶拜年啦。顺便把我丢的肖邦 CD 取回去。她说我怎么知道是你的？她一头钻进卫生间。老婶说这孩子惯坏了，我去煮饺子，面吃了，再尝尝我包的冻饺子，五六样馅，还有你爱吃的西红柿馅的。明天再尝吧，我带她去外边找个地儿坐坐，说说话。老婶说也好，你好好说说她，不是小孩子啦。北北洗漱花了有一个小时，穿上一件粉绿的长貂大衣，黑羊皮靴子，英伦式宽檐黑呢帽，满脸慵懒厌倦的样子，走吧，你不觉得这里闷死了。

街上落了一层小清雪，空气凛冽。我忙把羽绒大衣的帽子拉起来。北北贴过来挽住了我的胳膊。瑶林姐，你这款风衣式米白羽绒服穿在你身上看着就贵重。嗨，能遮寒就行呗。这可不像园艺师说的话。你饿了吧？想吃点什么？我很少吃早饭，谈不上饿，不过大家都吃早饭，吃点也行。眼看到中午了，还早饭呢。北北说这家贝湖俄式西餐厅不错。面包烤得特好，原味麦香。红菜汤也地道，没有杂味。因为请了两位纯正的俄罗斯厨师。我刚到那天，同学在这里聚了一次。其实有些中餐馆饭菜挺好，就是用餐氛围不行，一股饱腹的饕餮躁气。我说心静万事休，君子和而不流就行啦。北北的帽檐下溜出的一绺发丝上染了白霜。没化妆的脸上露出细微的鱼尾纹，面现灰色和松弛的眼袋都说明她最近失眠了。我心里不由升起一阵伤感。她淡淡地说瑶林姐你说话怎么和李公民一个禅腔啊？不等我接话又飙上了，他妈的，读一通《红楼梦》就禅到家了。

把我的胳膊猛一拽就拽进贝湖西餐厅。她很熟路地带我走到最里面的角落，一张双人小方桌前，靠着的墙上挂着复制的小幅油画，安德烈·梅尔尼科夫的《相会在彼德洛夫斯基》。可是一抬头看到对面墙上挂着列维坦的大幅油画《墓地上空的云》。她说我这些日子一直在这里欣赏它们。女服务生笑吟吟地过来，姐，有朋友来了？北北说这是我姐，亲姐！特地从海南来看我的。噢！女服务生做出惊讶羡慕的表情。北北把菜单推给我，我又推回去，你喜欢吃什么点什么，姐还没请你下过馆子呢。你这一说还真是呢。在哈尔滨新东方学外语时，你总是大包小包地往家买菜买米，你要不是回去得早，整天吃你的绿色手工制作准吃呆了。她哈哈笑，女服务生抿嘴乐。这才叫狗咬吕洞宾不识好人心。她没看菜单，就点了八分熟黑椒牛排、烤青虾、香煎深海鳕鱼、蔬菜沙拉、薯片、红菜汤。来两杯托尔斯泰庄园的红酒。我一直在想怎么说服她。而我又搞不清说服她什么，关键的是我并不清楚他们之间发生了什么。

女服务生托来了两只高脚杯和装着红酒的醒酒器。醒酒器是深圳产的金色秋天，很漂亮，把手下镶嵌着一串紫葡萄。我说这就是托尔斯泰红酒？女服务生轻声对我说，就是很普通的摩尔瓦多半甜麻袋片，她把俄罗斯红酒一律叫托尔斯泰。北北的风格，对事物保持自己的趣味。她没吃菜。喝凉白开一样灌酒。我夺下她的杯子，慢慢品，如果愿意，可以待上一天。她说你不是来看我的，给叔叔婶婶拜年是由子，来做说客的，对吧？我就知道他会派你来。不用解释。她张开手挥舞了一下。我清清白白不需要解释，你先吃点东西。空腹喝酒容易醉。我他妈就想一醉方休！我天天在这里醉。你看这里是多么的完美，冰天雪地里的相会，在草木青青的季节，墓地上空的云汹涌澎湃。很完美是不是？我他妈的，她哭起来。

我忙看看左右。没有任何视线。女服务生已经退去。附近的餐桌空着。我说你尽情号吧，我不会劝你。在手包里翻出一条手帕递给她。她扑哧笑了，拿起桌上的餐巾纸抹到脸上。你瞧瞧谁还用那个，不卫生，还麻烦，天天洗。我想要转到李公民这个话题似乎有点难度。冷场。话不投机。我有点心躁。喝了一口红菜汤，叉了一片烤土豆片送到口里。北北土豆片烤得很不错。你猜我想起什么？我不猜你说吧，肯定是有意思的事吧？北北心猿意马地应着，眼睛钓着“墓地上空”。

我想起我小时候最喜欢在灶膛里烤土豆的事。大锅大灶，没烧透的柴灰，往里面放两个土豆。待柴灰冷下来，土豆也熟了。这样烤出的土豆有一股特别的香气。北北撇撇嘴，我才不信有电烤箱烤的好吃呢。我说眼前的烤大虾，是不能放到灶膛里烤的，我拿一只放到她盘子里，黑椒牛排移到她近前，这个也不能放到灶膛里烤的。她一龇牙。我想起在凤凰机场遇到两个大学生的事，就讲了他们之间的争论。她不假思索，立刻说男生没错。我说如果仅仅是他们两人之间，可以商量此事。问题是面对长辈，不应该尊重吗？北北瞪圆眼睛，都什么时代了？！所有人都应该服从道理。我简直晕菜了，可见在家庭里无道理可言。我在心里说李公民对不住，我无能为力了。

我们开始默默喝汤吃菜。她一按桌铃，女服务生笑吟吟跑过来，二位美女有什么需要吗？两杯埃塞俄比亚。她不说咖啡，说咖啡的产地，表示她不是好糊弄的。我说如果有红茶来一杯。服务生说现在流行普洱，助消化好些。北北看着我，你不是挺喜欢喝咖啡的吗？我怕晚上休息不好，一般想喝也是早晨。真不知道你这么会养生。现在满世界都在养生，自称养生秘诀的高招如雪花一样铺天盖地。服务生笑吟吟地把两杯咖啡和一杯红茶放下说，外面可是飘雪了呢。我站起身望向窗外。灰蒙蒙的。看看餐厅里，除我们之外，又有一桌，看上去是三个高中生，也许是大学生，现在很多年轻人都生得娇小，常分不清是哪个年龄段的。长发披肩的女孩在和身边的男孩亲热。他们对面梳着小蘑菇头形的女孩埋头吃牛排。我说真的下雪了。北北喝了一口咖啡说，该死的还得死，该喝的还是喝，该吃的还是吃，你看看世上有几个循着那些养生秘诀长寿秘诀去做的，除非老年痴呆。你这样说不大公平。健康快乐是人人需要的。那你说你快乐吗？你健康吗？你失眠你抑郁，那些秘诀管用吗？它能帮助你消除谎言和背叛吗？它能让你心情如花似玉吗？

蒙上眼睛，装聋作哑。来自身后的声音把我俩吓了一跳。回头看到梳蘑菇头形的女孩站在我后面。我忙站起来，真是抱歉，我想看看雪下得大不大。不大，雪花飘飘，恰到好处。他们在热恋。她嘴角流出讥笑。我奉行孔子的强者哲学，君子和而不流。你这个腔调我听着耳熟。除了某人，我过去合租办公室的白豆也喜欢。你终于想起白豆来了。我就是白豆。开什么国际玩笑！白豆只比我小两岁，现在也三十出头了。你呢也就二十出头。谢谢！她从临桌拉过把椅子。这位……不妨碍你吧？我堂妹北北。我从声音和举止上认为她是白豆。不过这张年轻的脸使我疑惑。北北笑吟吟地看着她，脸上的阴云在散去。如果你是白豆，我在瑶林姐的庭园艺术设计所见过一面的，可是你不像那个白豆。我就是那个白豆。白豆拍拍我的手背。这个动作是典型白豆的。她想对你透露点小秘密时会拍拍你的手背。这个动作完全是下意识的。你真是白豆？当然。梅恩还好吗？北北又叫了份咖啡，甜点。她还好。有一次我们去济州岛玩，遇到一个四川小伙子，总共一个星期，他们两人一见钟情。是吗？应该为她高兴。是啊，重新筑巢。白豆你的变化让我吃惊。我整容了。她说出了小秘密。我说新潮吗？她说这样说太歪，我可不是喜欢换脸的人。就是那次去韩国玩，中巴司机疲劳驾驶，追尾，后面还有几辆车，多米诺效应。好在没有死人，皮肉伤多，我的鼻骨折了。胳膊划破了。梅姐说反正得住院治疗，顺便好好拾掇拾掇脸。北北咯咯笑起来。举起咖啡杯，来，开心果撞一下，你是姐的朋友，也就是我又多了个姐。后来呢？我心里松了口气，但愿北北从忧郁状态中解脱出来。后来嘛，在韩国才知道漂亮女人都不是上帝创造的。

啊哈哈……！服务生慌张地跑来，问需要帮助吗？北北抹着眼泪说添咖啡。你还同梅恩干老本行？从韩国回来去了成都。她的小朋友在那里有家茶点店。一楼门市，二楼住人。我在那里休息了一个月。他们结婚的时候，我在大庆。因为好久没看望父亲了。你母亲还没回来？她同我小姨，就是她妹妹，由无锡去了深圳，应聘一家妇产科医院副院长。我小姨呢，一直独身，也没牵挂，有她在母亲身边我也没牵挂。我父亲刚到五十岁就办病退了。肺气肿。又不肯挪窝去南方。北北说可以请全天保姆。倒是试了一次，一个星期就让他赶跑了。还冲我们大发雷霆，保姆保姆总是保倒忙。我从成都回到大庆，父亲就住院了。他的脾气温和至极。从我记事起，他同母亲只要对话就吵，脏话出彩。母亲从不高声，软声细语地讥笑他。父亲便上厨房抓菜刀要捅了她。她便逃之夭夭。我上高三那年，小姨去无锡一所师范专科教学，随后母亲就去了。家里总算平静下来。他很少说话。每天只说必要的话。起床，吃饭，上学。声音像部留声机。他第一次用这么柔和的声音同我说话。豆豆有合适的就谈了吧。总这么漂着不是回事儿。我说你和妈妈的生活我看够了，一个人多自在。我很后悔说这话。住院的第三天他就走了。后来我想他是专门等我回来的。母亲赶回来，他只是一捧灰了。她哭得晕过去。小姨对我说你妈妈其实是爱你父亲的，一直是。只是她无法治好他的病。莫名其妙。一切都扑朔迷离。北北的脸又暗下来，白豆的故事触动了她的心事。

《诗经》上说“死生契阔，与子成说”。这个时候的人只会记得对方当初的好处，忏悔自己的疏忽。没什么费解的。宋瑶林你说呢？又一个不速客从身后插话。我说声音这么耳熟呢。原来是星语。不由惊喜，今天真是巧了。我家那位节假日很少休息，又有什么案子把他牵到外地去了，一个人不想开伙，就奔着这两幅画来坐坐，顺便吃点东西。没想到你们在这里。你来到家门口怎么也不言语一声？刚到哇，还没来得及给你打电话，你自动出现了。应该感谢这两幅画，它把我们召唤到一起。星语你是最有权利解说它们的。我们只是看热闹罢了。这两幅画就是艺术家本人在说话。我说话就是画蛇添足了。北北说我提议，为我不懂的伟大的艺术干一杯！我说这位是我堂妹北北，这位是……还没等我介绍，她笑吟吟握住白豆伸出的手，认识，新原点启蒙学校校长，蒙特梭利教育。白豆笑，没想到在这里碰到你这位大艺术家。别，可别这么叫，也就一个卖手艺的。你的壁画，雅俗共赏，在我的记忆里齐白石的画是雅俗共赏的。星语说哎，离谱了。我说白豆别弄这么多悬念好不好？我以为你会去你母亲那里呢，怎么又成校长啦？还没想好。母亲的确让我随她去深圳。我的家，应该说过去的家，那所三室一厅的房子，我把它卖了。呶，那边桌上的餐友是我的合伙人。除去有些泛爱，她是一个善良诚信的人。她去广东打工赚得一笔钱，想回故地干点事，瞄准了早教，这里早教近于空白。八〇后们正为自己的孩子找不到像样的早教学校发愁。我被她说服了。至于我们是怎么相识说来话长以后再说。我那所学校内部装修都是星语老师设计完成的。原来是这么回事。北北给姐姐们斟上红酒，我呢勉为其难陪一点，新春快乐！北北说哎呀，新春呀！艺术呀！相逢啊！尽是美事！气氛活跃起来。北北说豆姐选择了潜力股，有远见。远见谈不到，社会发展到这个时期，碰上了。星语说别的人怎么碰不上？还是有选择的。北北什么时候要孩子，会爬就可以来入学了。

我的心一下子提起来。北北笑了笑。调皮地翻起眼珠做思考状。真得认真准备一下，那是好大一笔开销呢。看出来北北挺喜欢这两位姐姐。吃过饭，我们乘坐白豆的捷达去看她的新原点。参观了教室、淘气堡、办公室、星语的抽象壁画，白豆示范了婴幼儿如何上课，北北咯咯笑着打滑梯，仿佛忘记了她为什么留在卜奎。然后又去看星语的艺术工作室。我告诉她这个地点是闹中取静的地方。窗子面对的水以前有两座西大桥那么宽，从大兴安岭放下的木排就在这里登岸。过去的木器家具结实，有的传用几辈子，是因为原木在绵长的漂流中散出木气，打出的家具耐用不裂。西大桥南边，齐齐哈尔大学一带就是繁华的码头。每天在你的斗室里，面对这样一条水，真是太美妙了。星语高兴极了，我才知道，原来我的窗口就能听到列宾和他的纤夫们高傲悠远的号子。只是现在是冬天了。白豆说都看过了，今天是春假的最后一天，明天要开工了。难得这么巧会于“彼德洛夫斯基”，晚上我带你们去个有趣的酒吧坐坐。我想确实太难得这么相遇，恭敬不如从命，北北的事再说，无论怎样北北的心情好起来了。

酒吧在南城区出城口，里面灯光幽暗，仿佛走进十五度灯泡的年代。待眼睛适应这里的光线之后，看到这里的设施都是用原木打造的，就像是森林古堡，感觉幽静质朴。星语说艺术也是这样欢迎憨态可掬的，不喜欢伶牙俐齿。白豆说有道理，稚拙的形象会在心里唤起良善。在靠墙卡座与中央圆吧台座位之间是很宽阔的空场，特别铺出一圈原木地板，已经有人在上面相拥随着乐曲摇晃了。北北说好像没空位了。白豆说去单行线。一扇大窗子前设置的四人座长条沙发椅，夏日面对窗外一片花圃，冬天很少有人坐这里。在这里吃什么不重要，也就清口小菜，特制的甜咸双口味的全麦小点心，主要是喝，你们来啤的还是红的？这里鸡尾酒调得不错。星语说你们随意，我来杯普洱就行了，近来胃不大舒服，普洱暖胃。那个晚上我和星语吃点心、喝茶，白豆和北北喝了不少鸡尾酒。她们旁若无人地叽叽咕咕耳语。我简直有点惊奇了。她们只是在我的前园艺设计室见过一次，相隔这么久第二次见面就闺蜜私房话了。

星语拿起茶杯碰了我的杯子一下，别盯着人说话，不大礼貌吧？我说白豆你们聊，我和星语转一下，看看那些画，北北挥挥手，意思是请便。我瞪圆了眼睛，咦？星语拿起我的杯子，走吧。我们转到吧台的背面。吧台上方挂一幅六尺水墨画，却只有四五片水仙花长叶，衬着两朵花，静气中透着勃勃生气。星语凝视着画不动。我说你喜欢？她说这是清初石涛的画，石涛的小品花卉册页，本是案头展玩的，放这么大，同后墙上的那“意在笔前，景生意”的浅浮雕山水呼应，妙极了。后墙上山水浅浮雕也是选自石涛的。少顷她猛地转回头，抱歉，脸上现出惯常的熨帖的微笑，烦了吧？烦什么？你倒是给我开了窍，我正在想未来园艺茶艺馆室内设计。到时候我去给你设计好了，采用明清时期的经典小品画，宁静而温润。哎？你不是来考察你的项目吧？不是，我是来找北北的。找北北？北北不就在你眼前吗？你不会知道的，说来话长。我讲了李公民，我，北北。我不知为什么把与唐闻禾的矛盾，上法院，冷战，一股脑都道出来了。也许是茶的作用，茶使我神经活跃，有了勇气。星语沉吟良久，她唤吧台服务生续了茶。端起杯子碰了我的杯子一下，喝茶。

你这个问题好像既简单又复杂。你想怎么办？我觉得很乱。你相信友谊像爱情则温暖吗？哎？这句话李公民说过，我们有一次午夜煲电话粥，那时又是我的情绪低落期。他并没有说他和北北要结婚的事。不过，他说汉语，突然换了英语，他只有在心情坏的时候才说英语。他说 A friendship like love is warm，星语说你接下一句是 a love friendship steady，然后你们就互道晚安。再不久，你鬼使神差地跑回来，找一个不是借口的借口，旧地重游，就好像你们用了密码，以这种方式破译。我瞪着她。不用看我，那天午夜电话粥，你的情绪妨碍了你，你并没有把对方的话听进去。这两句话就是告诉你他准备结婚了。你的回应是干巴巴，木头木脑。你不要以那么奇怪的眼神看我。在这句话之前，他提到了北北。对呀，他说北北是个可爱的阳光女孩，对她给予兰兰的救助他一直觉得无以回报。兰兰是谁？一位远亲姑姑带着的没妈的女孩。在英语岛经常看到她，四五岁，乖巧漂亮。那姑姑是一心要把她送出国留学。不知怎么得了白血病，赶巧北北骨髓相匹配。北北发疯地爱上了他。还说什么？这么明摆着的事，鬼都料到的。你说的也许是对的，当时我只是像做口语练习那样顺口一说，没往心里去。不过也没什么关系。可是现在这才几个月就吵翻了。李公民到处找不到她。之前李公民独自来海南一次，那时农场正闹土地纠纷，唐闻禾的老毛病又折腾犯了。他在医院做了几天义工，照顾唐闻禾。我问他北北怎么没来？他哼啊哈的。我知道北北任性。起初我只当他是为旅游开发踩点的。他走了，才觉得他有什么心事。后来我给他打电话，才知道他们争吵了，也没说具体。春节，她总得来看看父母。

星语小口小口啜着茶。眼睛含笑地瞭着我。我突然不想再解释什么了。也端起茶托，吹着茶叶末，小心啜了一口，茶已经冷了，便喝白水似的吞了一大口。干吗顺药似的，星语放下杯子，拿纸巾沾了沾嘴角。宋瑶林，我猜你是不知怎样劝说北北立刻回北京。你没做错什么，一切都在情理中。你也不用为此事伤脑筋，很多事不是刻意求到的，不经意间问题反而解决了。你没看到北北和白豆谈得有多投机。我敢保证，今天回去，也许是明天早上，她对你说的第一句话是瑶林姐我想回去了。你又寻开心了。我还没有同她讲李公民有多么焦急地在找她。星语说你没谈这事反而好，保住了她的脸面。李公民焦急，为什么就没想到北北的娘家？他不想把事情闹大。他也没直说请你帮忙。而他心里清楚，鲠在北北喉咙里的鱼刺是你，你自己把自己撇清，比他的一万句解释都顶用。我不得不重新审视眼前的星语。她素来少言，只是沉浸在画梦里。我们的交往源于唐闻禾与古言的友谊。有点简捷。我很少谈家事，她也是。园艺和艺术也限于一般的常识。李公民、北北和我，也只是今天提起来，却比我清楚事情的来龙去脉了。她笑吟吟地哎了两声，发什么呆？事情没你想的那么复杂。我猜得不错的话，你们后天就上飞机了，晚上就到三亚了，李公民再到三亚接北北，这事情就了结了。你还为什么愁眉锁眼的？我不置可否。好了。放宽心吧。时间不早了。估计你们回去该准备动身了。假期的最后一天，挺开心的。我也挺开心的，不期然而然，解决了个难题。

白豆送我们回到兴国大厦。北北并没有马上去睡。我们到了三楼客房。北北外套也不脱就坐到沙发上，心事重重的样子。我看到茶几上老婶留了条子，忙了一天先去睡了，锅里热着苞米和倭瓜。我拿了一穗玉米，一边啃，一边看网络上的航班信息。我说北北，我看老叔和老婶都挺好的，我想回三亚了。你还待几天吧？她说要不，我跟你一块儿回去吧，你一个人走多闷呢。我说走也走不到一块儿，你回北京，我到三亚。她说我跟你去三亚玩几天。真的呀？真的。太好了。明天飞往三亚的航班客满。北北也在网络上搜索起航班信息，结果可想而知。她锁着眉头，一副坐立不安的样子。我有点疑惑不解，只不过相隔一天，她竟来了一百八十度转弯。说回去就要马上动身。而且要同我回三亚而不是北京。她唐突地问我，李公民知道你在这里吧？你说呢？知道与不知道有什么关系吗？她有些不自在，这几天收不到他的信息了。也许出团，也许生病了。呸呸，闭上你的乌鸦嘴。我出了个馊主意，总算让她安心睡觉去了。我提议不如明早乘动车去哈尔滨太平机场碰大运，说不定有临时退票的。早起，我给母亲打了电话，告诉她海南那边有急事，回去时间紧，就不去她那里了。母亲说五一放假带英奇回来，怪想的。我说一定争取。我是打算如果运气不佳，就在太平机场候机了。

天气预报明天有西伯利亚的寒流过来。我们上车时还没有特别冷的感觉。下火车，脚一出车门，就觉得哈尔滨的风扎脸，空气冻得咔嚓咔嚓响，像是要把人封在冰窖里似的。我们没去等候机场大巴，直接打车去。我说这寒流，怎么好像回到童年冻掉下巴的年月。司机说可不是，要知道改做帽子。做帽子？

是啊。我爸是老转业兵。当年在北面的黑瞎子岛驻过防。兵们的冬帽比普通的冬帽多出一个护鼻套，那里可真的是冰窖，一不小心就会报销鼻子。今年这天气是冰得出奇，要是早知道今冬超寒，就照着我爸的帽样子做出一大批，拿到市场保证抢手，能小发一笔，比开这破车强，一不小心抓拍着什么，没收驾照、罚几百,一天就白干了。车子出城，道边有一男人要车。他放慢车速，摇下车窗，上哪里？他说去先富村，在城乡路和机场路交叉地带。司机摇摇头，加速。我说记得是顺路的，这死冷的天。北北说那附近有个村是挺富。家家有宾馆，专门接送赶航班的旅客，距机场八分钟的路，今天咱们不行也可以去那里等明天的。我说谁说赶不上，赶得上的。司机说你没看他喝多了吗？站着直晃，说话含混。拉上这么个醉鬼，麻烦就多了，你们还赶什么航班呢。有一天晚上我拉了个醉鬼，差一点没折腾到天亮。他一会儿说家在香坊，一会儿又说道里，就差没说在月球上了，最后我只好找个派出所一扔，一分钱没拿到，还搭上一百元油钱。这死冷的天。我心里还是有点不安，万一倒在雪地上就冻坏了。司机说你放心吧，冻不死。一会儿若有空车说不定就拉上了。没有，我到机场回来再送。能看着吗？说心里话，真不愿理他们。我稍稍安了心。

世界上的事就是这么巧。有一对去三亚度假的中年人，也同我们一样早早到达机场，还有两个小时才办理登机手续。女人挺爱说话的，你们也是去三亚？我们就搭上话。当然编排了一些不得已的理由。她还说了一句俏皮话，火车可以先上后补票，飞机不行。就在这时男的呻吟起来，快扶我去卫生间，没几步就哇哇呕了一地。他的眩晕症犯了。机场服务生黑着脸，病这么重还跑出来？女人苦着脸连连道歉。再后来我跟着苦着脸的女人去退票。她退我买。飞机正点起飞。北北的心情好起来。北北有些孩子气，就像六月天，忽晴忽雨的。在飞机上的几个小时里，除去空姐送来餐盒饮品的时间占据了她的嘴除外，她附在我耳边不停地唠叨，就如开关失灵的收音机。我不知为什么担心她会得抑郁症。像蜜蜂一样用一种不变的平音嗡嗡不止地诉说让我感到一种紧张。她怀疑兰兰就是李公民的女儿。她说婆婆那老灯一看就不是凡人，第一次去见她，她不作声，上上下下打量我足有十分钟，然后转向李公民，她救了兰兰？得到肯定回答后，她招呼保姆上茶。把李公民拉到一边悄声说兰兰都这样了，还不吐口？李公民沉默。然后说妈，我们下个月结婚。她惊讶地张着嘴巴，你来之前好像没说。我就是到这里决定的。我想这是李公民的风格。北北说我也吃了一惊，来之前他也没同我商量。没见到他父亲。他母亲说我们出去吃顿饭吧。李公民说以后吧，我马上要带团出去。他母亲说工作要紧。她好像对我们不留下吃饭，一点也不意外。她送我们出来，她对我笑的样子，弄得我极不舒服。我说，李公民你也太自信了吧，我们并没有谈婚论嫁，我是嫁不出去的老姑娘啊。他说现在你可以决定，来得及。我无言以对，我爱他。我说北北那是什么时候？圣诞节。我记起那正是李公民突然给我打电话，说了一段莫名其妙的英语。星语说他是在通知我他要结婚了。北北说是不是有点费解？为这事你离开？她垂下头。兰兰是他的女儿也没关系。我忍受不了他有事瞒我。你怎么就确定是他的女儿呢？直觉。他妈说话的态度。这只是猜测。不是能说明问题的证据。你现在已经决定回去，这些事就不要放在心里了。我不知道。你应该知道。既然放不下他。她选择三亚这个中间带，说明她还在考虑。我说你眯一会儿，休息一下。

她说哎，瑶林姐，你知道我为什么同白豆聊了那么久？我看着她。白豆姐挺不容易的。她同梅恩分开后，同一个老官邂逅。在上海你的同学开的酒吧里一见生情，有了孩子。艾乐在上海的酒吧？对，是她。这个老官得知她怀孕，让她做掉。她想留下孩子。心里很乱，便独自去了云南丽江，在当地参加了一个旅游团。团里还有个要单的小伙子，辽宁人，北京工作。别人都有同伴，他们两人没有，聊起来又是东北老乡，自然搭在一起。小伙一米八二大个子，挺帅气，有点忧郁。总是闷闷不乐的样子。她玩笑地叫他忧郁控。他们游玉龙雪山，在闻名的殉情崖那里，白豆说这下面不知有多少痴男怨女的游魂。他说他也想跳下去。这才知道他是因为失恋跑出来的。他辞去了工作，准备在丽江游荡够了，就在这里跳下去。白豆被他的痴情打动，便说自己也是因为失恋跑出来的。两人同病相怜擦出了火花。当然她没说怀孕的事。两个月后，他们一块儿回北京，第三个月领证结婚。七个月生下一子。他们平静的日子因为早产儿宣告结束。一年后就各自回到原点。平静地和和气气地分手了。她说忧郁控是个好小伙，他最受不了的就是背叛。其实可以完全忽视孩子的来源，过得很开心。他们都喜欢东游西荡，他高兴起来就叫她艾思米拉达。而面对那个无辜的婴儿就吼叫野种，摔盘子，经常是满地碎瓷片。他开始酗酒。不过，他不会再去玉龙雪山跳崖。因此他们可以称为成功的合同婚姻。她大笑，同我碰杯，她说现在是合同期满，但愿有一个能让他开心的女人进入他的生活。他们常通电话，偶尔地他会说你的野种还好吧？其实爱一个人就从发生爱的记忆开始记忆，何必纠结不属于你的历史？我觉得白豆这句话说得挺好。北北无意间钻出了牛角尖。星语说得有道理，刻意不是智慧。

我事先已经给李公民打过电话。我们到三亚，李公民已在机场等候我们。北北没问他怎么来了？她笑嘻嘻的，就像刚藏了个猫猫。李公民问了些路上还好吧？黑龙江嘎吧嘎吧冷吧？没去亚伯力滑滑雪吗？一类无关痛痒的话。顺便还聊起了长白山滑雪场，好像我们刚从冬季奥林匹克运动论坛凯旋。唐闻禾闻讯从山里也赶来了，听到我们在谈滑雪，来了交流的兴致。从吃饭到喝茶，没聊别的就聊滑雪，我们是听众，他是主讲。他说高山滑雪刺激，他一直打算去发源地阿尔卑斯地区看看，由此又说到挪威人对滑雪的创新和推进，英国人伦恩和奥地利人施耐德拍的影片《滑雪板的奇迹》。我知道唐闻禾喜欢自我挑战，冒险是乐趣。凡是同冰雪有关的，他都给以浓厚的关注。甚至找机会去尝试。比如爬雪山，高山滑雪，跳台滑雪，都让他兴奋不已。他说越野滑雪太平淡了。他简直要马上飞往北欧似的。

我们吃过晚饭，找了家茶点店喝茶。李公民只是没话找话，聊冬天的北方，聊冰雪似乎是一种中性话题，免得磕碰着北北。唐闻禾也许是因为一头扎在农场的农事里，也没有个聊得来的对象，这会儿可有人说得着了，聊得更起劲了。你们知道吗？坏事有时的确能变成好事。跳板滑雪在古代挪威是一种刑罚。就是把犯人带到雪山上，在他的两脚上绑上滑雪板，从山顶上推下去，在滑行中遇到断崖的凸起处，身体就会被弹起，高高抛向空中，落到谷底，摔死罪有应得，侥幸活下来，就会回到人间自由世界。北北祝贺你回到自由世界，这要归功你姐。原本绕开的话题，他不知怎么一下子又拐回来。他思维的跳跃性，比悬崖上的滑雪板旋转得还要快。李公民有些不悦，杯子放出了声，咣丁！我的心抖了一下，他一向用碗筷杯碟是无声的。他嘴角依然扯着笑意，眼中的目光已经冷下来。

我说这茶有点苦，若不换祁门红茶，可加牛奶、加糖，特别是配着坚果和甜蛋糕更有味道。北北拍手好哇。李公民总算给面子，没立刻抬屁股走人。北北开始没深没浅地说笑话。我觉得一点也不好笑。我始终弄不懂她是装糊涂还是真糊涂。不过紧张的气氛算是缓和下来了。话题转向孩子。北北说起白豆的早教学校。脸上完全被一种向往的喜悦罩住。我说，你们该要个孩子啦。李公民不卑不亢，只是微笑品茶。北北说姐，英奇不是想留学吗？趁我们旅行社还没黄，让公民把这事办了。我说怎么说话呢？什么叫还没黄？李公民说眼下还是要做的，将来打算做些比较稳定的事。英奇的事没问题，我有同学在外面做外教，西欧北欧都可以。唐闻禾再没说话，沉浸在一种不大好的情绪里，好像把我们忘了。他在兴奋之后总是变得忧郁。我想我和北北一定是把黑龙江的冰雪气息潜移过来了，致使他在高山滑雪的畅想中又回到故乡童年，重现了一个人在暴风雪中奔出坟地的情景。也许还有攀登珠穆朗玛峰八千米的遗憾。有一次他说等英奇初中毕业就带他去爬雪的宝贝（冈仁波齐雪山）。据说是圆一个他幼时的梦。也许他在想弄两副滑雪板，去考验一下自己的自由。这时候他的脸色是惨白的。仿佛一个人站在渺无人迹的雪漠里。他默然离开。我已经见怪不怪，估计他是找个地方想一个人待一会儿了。

李公民见状不知内里，忙起身告辞。他来时就买了返程票，要在第二天赶回北京。我说还有六个小时天亮。去家里歇息一会儿来得及。何必折腾？你们农场的事太操心了，不打扰了，以后有闲再聚。他拿过北北手中的小狼爪双肩包摞在自己的大狼爪背包上。街上被各种灯光包裹起来。夜晚和灯光把人们真实的面容藏起来。他站在路边叫车。有一刻钟，一辆出租车才放慢速度，司机从车窗伸出头，去哪里？机场。不行，我要交班来不及。北北说又吃又喝的不如往前走走，三亚河那边的路，车多些。

去什么三亚河路？怎么不叫我？唐闻禾缓过神回来了。北北说我以为你醉了，茶也能醉人的。瞎说，等我去那边取车。我心里暖一下。路上唐闻禾又同李公民讨论起滑雪的事。似乎还打算去挪威看看。今年不行，农场正在育苗，香蕉，木瓜，又增加了槟榔，过了春节就开始移种了。三四月天北欧就暖了。他说明年看看，明年冬天争取去挪威看看滑雪的发源地。我们送他们进候机大厅，换登机牌。在安检口挥手告别。北北又跑过来抱我一下。我说好好儿地过日子吧。

47 四月

三月过后，也就是种完木瓜之后的一天，唐闻禾回家里来了。也就是说从送李公民和北北回北京那天，他到白鹭公寓打个转就走了。他对我说，我得回富国镇，放海玉回家休息几天，过一阵子种木瓜就忙了。育苗期的定根水阶段完事了，这每天上午的一遍灌水也不可大意。明天要上山上去，育苗场就几个工人，没个管事的不行。他边说边下楼去了。我只听到他发动车子，然后按喇叭，开走，之后是漫长的沉默和偶尔的电话。

这段时间里我谋划着园艺茶艺馆的事。为此我开始在三亚周边走，即人们通常说的考察。几乎所有著名的景区景点我都考察了一遍。热带雨林、蜈支州岛、南山、亚龙湾以及周边的农村。我想我现在真正是喜欢上海南了。我请了本地小导游。他刚从海南大学毕业。总的来说他只起到了一个不迷路的作用。他对热带植物，这里的风土人情，这里的历史知识，还不如我知道的多。我很委婉地提醒到这一点。他说祖祖辈辈的天天看，都很平常的，也没什么的，也就是你们这些外地人大惊小怪的。

我对他的回答没有感到奇怪，世世代代居住一地，就是这个样子的，感官退化。俗话说人挪活，就是这个意思吧。人在陌生的环境里会感觉敏锐，长智慧，激发创造力。几乎在所有的城市里，你撞到的有钱人基本是外来户。不过在椰梦长廊我还是很感激小导游的。在这里我居然看到一个本地人打着横幅：东北人走出海南。标语还算客气。这使我有点沮丧。小导游安慰我，这不是对你这样的东北人的，是针对不法开发商，无节制地开发盖楼，把海南的城市弄得乌烟瘴气，物价炒高了，你看原来野味十足的椰梦，变得铜臭十足。三亚湾污染严重你也目睹了。原来这里城乡差别不大的。他原来熟悉的生活没有了。他被动地接受了新生活做了导游。我想我的园艺茶艺馆应时运而生，人们首先要在绿色环保的精神空间醒悟，才会有对物质膨胀的反思。

李公民来过一次电话。怎么样了？我还等着去你的园艺茶艺馆品茶呢。我说已经上日程。你们怎么样？我们？我想问兰兰的事，想想又忍住了。北北还好吧？北北不哭的时候是不会想起我的。他说她又去购物啦。明天我们去美国。在准备添人进口。北北说将来要去香港生育。他好像笑了笑。然后又改用英语说话。你每天早上还听音乐吗？我说当然，亲爱的歌德说一个人应该，至少是每天都要听一支动人的歌，读一首好诗，看一幅美的画，并且有可能，还要说上几句明智的话。我新购了一套肖邦作品精选。他沉默。我说你在吗？他说我在。我再给你添三支好听的乐曲。好啊，你发过来吧。我开了电脑。第一曲大提琴《昨日再现》，第二曲萨克斯《为你》，第三曲马头琴《天边》。那天放下电话，就让房间里充满《天边》悠远的琴声。然后我给星语、白豆和艾乐打电话。星语说最近在读马蒂斯艺术。白豆说早教班每天的课都排满了，聘了五位师范毕业生任教。艾乐说她希望今年九月十八日之前，我的园艺茶艺馆开张，表姐有一件重要事要做。园艺茶艺选址，还没确定。要不然，我帮你参谋一下？还不是时候。时间重要吗？应该说重要。这时唐闻禾回来了。我说好吧，我记着，就这样。

我说回来了。他嗯了一声。顺手拎起茶几上的凉水罐，倒了一杯，坐在沙发上。果苗都种完了？他又嗯了一声。举起杯子一气喝光。明天是星期日，把英奇接过来，还是我们去海口？他沉吟。我说过去也行，现在动身，周末还能在一起吃晚饭。他又举起杯子一气喝光。在纸抽里抻出一张纸巾抹抹嘴说，他那边有同学，不会闷的，昨天，我们通话了，他说周日要和同学去钓鱼、踢足球。我说有一次去给英奇开家长会，他的同学楠楠他妈说男孩上了学，自我意识渐渐就强了，他们总想在父母的视线之外。需要尊重。有一天早上楠楠睡过头，她进他的卧室，掀开他的被子，露出光屁溜，他愤怒地跳起来，拿起笤帚追得他妈满屋跑，嘴里嚷嚷着你这个臭流氓！唐闻禾哈哈笑起来。我说那才八岁呢。好在你没这样的错误。我也笑起来。他说，我，有事同你说。你要多长时间，我下楼等你。我说这里也没人打扰。他表情回到严肃，没出声，径自下楼了。他有事要说。我看着门关上。以我的经验，凡是他要出去说的事，没什么好事。我去照了照镜子，把披肩发绾成发髻，这样利索些。脸上补了防晒。其实坐车也用不着加防晒。习惯。这些日子在户外跑，将防晒从三十倍换成五十倍，脸还是黑了许多，我的肤色本来就暗，像是半个非洲人。我换上一身短袖月白旗袍。

我开车门坐到副驾驶位上，唐闻禾没有回头看我，直到他选定的海岛咖啡，在一个看海的窗口位置坐定，他都没转过头来，他扭头看窗外的海。海面上没有帆影，给游客观看的航行在天边的机帆船没有来。只有一排接一排的涌浪。他要了巴西黑咖啡、蛋挞、核桃仁酥饼。我要了一杯阿拉比，清淡一些。我说咖啡不再适于你，你的肾。他端起杯子抿了一口。依然只盯着杯盘。他说我不喝酒不吸烟。他的意思我明白，只能喝喝咖啡和茶了。我无言。有好一会儿，我们就这样一边望着窗外，一边面对自己的杯子。我说你说吧，神神秘秘的，这么隆重。究竟是怎么啦？他皱起眉头，眼神有些忧郁，似乎在为什么恼恨自己，第一次看到他这么谨小慎微，这么难以决断，我心里不由咯噔一下。这件事不会同农场朋友或父母有关，仅关乎我们两人之间的事。我已无心吃什么，喝什么。心里突生出伤感。看着他喝干了杯子，要再续。我说趁我现在还能说上话，听我一句劝，你要喝这种东西，仅限一杯，也很勉强了。他终于看定我，眼神温和下来，说你穿这个挺好看。我说别绕忽了，你找我到这里来，还能是别人家里的事？说吧，说出你的选择。他的脸竟红了一下。

真快，我们在一起生活了十八年，都四十岁了。我们要孩子晚。同学的孩子都上大学了，英奇才上初二。记得艾乐表姐说，夫妻之间突然变得很客气，没有了矛盾和争论，意味着他们的共同生活已经变成一摊死水。厌倦随之而来。表面上平静没有波澜，有一天晚上，你会看到月光下没有波光潋滟，唯有寒彻的沙漠覆盖了花前月下。我那时笑起来。她是一个夸张的人。我沉浸在英奇出生的喜悦里。亲着他奶味香喷喷的小脸蛋说你在读波德莱尔吗？我们根本没有花前月下，一直在创业。这孩子都是计划了又计划才要的。

你在想什么，那么出神？唐闻禾伸过手来，将我的额前的一绺头发撩到耳后。我在猜你想说什么？他又不自然地笑了一下，农场那边的地都种完了。终于可以说说我们的私事了。你说吧，是不是哪个女人怀了你的孩子，逼着你结婚呢？他的脸立刻白了，拿起杯子想摔。大约想到这不是家里，便轻轻放下。他压着喉咙说，你想激怒我，是不是？那样的话，你又可以逃跑了，是不是？他从不会用温情的声音说话，这压抑的声音，耗费了他的耐力，他按桌铃，服务生给他又加了杯咖啡。同时暧昧地瞟了我一眼，急忙走开低头掩嘴窃笑。他说你爱信不信，我没有情人。我鄙视偷鸡摸狗的行为。如果需要，我会正大光明。你瞧他就是这样，我笑说你现在打算正大光明哪一个喽？你只会说混话。他不耐烦了。在衣袋里摸索半天，将一页纸扔在我面前，我们离婚吧。一点儿也不突然，我还有点如释重负。我奇怪这种感觉，努力想悲伤一下，没有。而且那是一张多么无趣的离婚协议书！没有财产分割，以性格不合为由。毫无说服力。我说你这张破纸拿到法院毫无用处。他的态度反而轻松了。这个我们自己把握，同法院没关系。我不想离你太远。最好楼上楼下地住着，或者楼前楼后地住着。一辈子都在彼此的视线里。我像看外星人一样看着他。他有一种濒死的囚犯得到大赦一样的喜悦。开始不停地讲他的未来设想。我要在农场建一溜别墅，说白了就是隐在自然植物之中的小平房，加强点设计感，靠近一种建筑风格。我小时候住的平房，都可以叫简洁性别墅。我奶奶门前的柳树，春天里摆得有形有款，后院的老杏树有二十多米高，花繁叶茂，引来好多的蜜蜂粉蝶。奶奶拄着木杖站在杏树下仰头看那些花的舒坦样子，我常常会想起来，她嘴里还叨叨着又一年了，你是越来越高了，我是越来越抽抽喽。愿奶奶在天之灵安息。单是忙着种地，清明也没回去。他的眼里有泪花闪了一下，极力控制着情绪。我没有打断他。我们默默望向窗外。他喝咖啡。然后肯定地说，下半年运作，明年就干。你来搞庭院园艺设计。

我玩笑说愿意效劳。他说高薪聘用。给你几个技术工人支配。我还要开园艺茶艺馆。很像公民先生的口味嘛。你应该知道这是我的口味。现在谁的口味都无所谓，不是吗？我不知道该笑还是该哭。我们终于从恋人、夫妻走到人生的最高境界，无比亲密的朋友了。他举起杯子说，你人不错，还能找到比我更好的。我的眼泪止不住流下来。他过来用面巾纸给我擦拭。不知怎么竟拥到一起，相对流泪。他说我说了我不想离你太远，你一直在我视线里。给你弟弟和你的父母各留一套别墅。他们不会来，也不会要。你可别同我妈说咱们的事，她会气死。我们什么都不变，他说。我知道他指的是户口等等一些法律证件不分开。那一夜，已经生疏了的高潮突然回到我们身上。我们是亲密的朋友。我们如胶似漆地过了夫妻生活。他说有几年没这种感觉了？真好。好轻松。我们沉实地睡着了。也有一段日子没这么沉实地睡了。

第二天早晨我睁开眼，他已经走了。我回忆从海岛咖啡开始的夜晚，我们的聊天，到太阳再次升起，简直就是一个离奇的梦，就像儿时过家家，缺少一种严肃性，倒像是在开玩笑。我去衣袋里翻出那张离婚协议书，千真万确，我们在没有法律的参与下离婚了。我想我需要对着这一页纸大哭一场，使劲号啕一下。然而我发觉我的心情是那么平静。一边把这页纸叠成小飞机，顺手从书架上抽出一本书夹进去，一边抱怨说真不讲究，走，也不打声招呼！随后我想起我们已经离婚了。

四月，刚过了清明，木瓜种完了，香蕉种完了，槟榔也种完了，农场尘埃落定。唐闻禾的蓝海大农业梦正酣。我没有权利抱怨什么。应该把这张纸从书里拿出来放到装文件的盒子里。没料到，转身的工夫竟记不得放在哪本书里了，是左边还是右边。左边是唐闻禾的蓝海战略等等有关经济市场的书，右边是我的中国园林建筑语言、中国古典小说四大名著等等专业和文学方面的书。我左边抽一本没有，右边抽一本没有。这就像在森林里迷了路。我想算了，有什么意义？

48 喝茶去

寻找一个合适的地点建园艺茶艺馆已经成为我现在生活的中心。而艾乐好像比我还急，四月中旬的一天，竟给我发短信接航班。我没叫木瓜和小仁，租了辆大众去接机。两年前就考了驾照，唐闻禾要给我买辆车，我拒绝了。总觉得养辆车操心事太多。他有一辆别克城乡两处跑就行了。我有事不如乘出租或是到租车房租一辆。艾乐好像比上次见到时更年轻精致了。她总是这么注重形象，即使哭的时候也会注意衣表的整洁。她一见到我就说还犹豫什么，地点选好就动工吧！我说莫谈工作，让我先尽地主之谊吧。

夜幕初降，椰树和肥大的滴水莲浴在深蓝的光海里。视野里是无尽的蓝，朦胧而宁静，植物在蓝的背景上勾勒出重墨的形，很像是一幅幅的水墨画。啊，艾乐轻叹了一声，多么迷人！就这样走走多好。先填肚子吧，你一定饿了。你猜对了。我中午没吃饭。飞机上的一餐简直是垃圾，我只喝了杯咖啡。我一直对肚子说忍耐忍耐。由于你的忍耐，别人顺时针活，你呢逆时针活，简直要回到妙龄十八啦。谢谢！她立即挥洒她的澎湃大笑。我们去凤凰镇回新村好吧？那里霁云饭庄我去过一次，风味独特。客从主便。说话间，转过一条弯道，就看到了路边一处灯光醒目的农家大院，四周挑着红灯笼，接着看到大院木门上彩灯组成的牌匾：霁云饭庄。门框上还贴着新春的对子。那纸色却已经陈旧斑驳了。王羲之说得好，向之所欣，俯仰之间，已为陈迹，犹不能不以之兴怀。何处不是呢，包括我们的情感。院中那两株巨大杧果树还在，结满了绿色大杧果。前一次是唐闻禾带我来的，也是这个季节，满树的青杧果，唐闻禾笑着说喜欢吗？喜欢吗？喜欢吗？马达声轰地熄火。我说到了。

艾乐喜欢吗？艾乐说，真好，巨大的杧果树下摆着餐桌餐椅，有情调。黑夜从四方围着这灯火通明的院落，弥漫着一种世外桃源的气息。我说是到屋子里面还是……她立即打断我的话，当然在这里，坐在屋子里不是辜负了这么好的良辰美景吗？有小阿妹过来招呼，你们再晚一会儿这里就满了，来吃饭的没人愿意进屋里去的。艾乐说可以预订吗？小阿妹断然说不行，只讲先来后到。艾乐吐了吐舌头。我点了对虾、酸鱼汤、炒鲨鱼子、青菜地瓜叶、红豆饭。艾乐说点多了，吃不了的，再说现在多半是人工养殖的。我说这里的菜饭类似早茶，菜码小，食材都是纯天然的。传菜工送来了茶。先喝茶。苦丁茶加炒糯米，开胃。艾乐吧吧嘴，还是第一次品味到这样的香茶。你会留恋它的。现在我就有点钟情了。哎呀对虾。她举着筷子。小阿妹抿嘴笑，头一回吃吧？传菜工将椭圆形的白瓷盘放下，两只红彤彤的对虾长须弯曲像要蹦起来似的。你们有口福哇，小阿妹说下午送来的，很鲜的。艾乐举着的筷子迟疑着放回原处。看着小阿妹走去，头探过桌子，这么大的对虾，据说早没有了。用药喂出的吧？或者是淀粉类做出的？海参不就有用猪皮加淀粉冒充的吗？那上面的刺比真的还坚挺呢。我说哎，你养生养得成了怀疑主义者是不是？这对虾很难遇到的。这是深海野生对虾，出海即死，养不了的。捞上来立刻速冻运回。上次唐闻禾带我来就没遇到。你挺有口福，得了便宜还想卖乖？假的在城市里，真的在穷乡僻壤。小阿妹笑吟吟地过来，请问酸鱼汤是加杨桃还是酸豆角呢？酸豆角吧？我看艾乐。她一摊手。小阿妹一笑，厨师看着办吧。我说煮酸鱼汤的鱼也是深海鱼出水即速冻。比你的那一套养生食谱不知要绿色多少倍，营养多少倍。大葱炒鲨鱼子，鱼子有花生米粒大。红豆米饭是用柳叶煮的，香气特别诱人。艾乐瞪着怀疑的大眼睛看着。每上一道菜，她试探着吃一点，然后趴在盘子上，一阵风卷残云。结果我吃了三分，七分都让她卷了。我的三分里两分是嫩地瓜叶。艾乐抹抹嘴，形象还可以吧？小阿妹笑弯腰。希望下次来也这么好运气。小阿妹抹掉笑出的泪。阿姐，你这次是运气好。现在这东西少了。续茶吗？艾乐望着头顶上的青杧果，我看现在最需要的是散步啦。小阿妹又是一阵好笑。

我们回到临春河的住处，直接去了临春河公园。步行桥两侧的木栏上，靠满了人，慵懒地望着河水。灯光洒在河水上，好似点亮了一座水上城堡。快活人的夜夜歌声又响起来，海浪一样，一波一波地击打着耳鼓。站在桥头就能看到歌舞亭台，仿佛许多星星聚在了远处的林端。其实舞台很小，音响同我来时一样，有些陈旧了。快活人不在意这些。只要快活。灯光也不像在远处看着那么迷人。而星空下的热带植物，却永远是那么神秘迷人。高大的椰树和宽大的阔叶树的剪影，弥漫着海的气息的空气，浸润得疲沓的神经恢复了弹性。昼夜颠倒的日子，新的一天从午后开始，在华灯初上进入高潮。我和艾乐走过那群快活人。去河岸的鹅卵石滩上，这里已经有几个人赤着脚在石滩上按摩。我们也脱掉鞋子走起来，直到出了一身汗，才在滩头椅子上坐下来。她说好放松，真想就这样傻待着。这事还不是你自己做主的事！不，我做不了主，我大约患了强迫症。不做什么会疯掉。她哈哈大笑。我说别吓着人，在这林子里简直就是猫头鹰在叫。她说我妈说我出生的时候没有哭，接生婆以为我闭气了，提着我的双脚使劲拍我的后背，竟咯啊咯笑起来。把那声哭留在了成人后。艾乐，马尾巴不是你的错，父母、亲人、学校、老师都下跪也轮不到你。艾乐说有些念头不知觉就溜出来了，不想了，不想了。有椰树林的夜晚，多么让人心静。我觉得在这里建你的园艺茶艺馆不错。这里？不少建筑开发商在琢磨这里。还是说你急的事吧。先来的那几个按摩脚的人穿上鞋子走了。周边的树林发出琴弦似的轻轻拨动声，若有若无，若近若远。那些快活人的歌声飘到天上去了，落入星空中。面前的河水平滑如一面古老的铜镜，映出浅滩上团团簇簇的红柳树。艾乐说我其实想要的是这样的平静。叫作天籁的东西在这里似乎能够看到它摸到它。唉，还是说表姐的事吧。你表姐不是过得挺好的吗？

他们刚在一起生活时，东山树吉说樱，一切统统听你的。来去自由，不要孩子，两人挺快活的呀。最近变桃子了。不过他不直说。看到别人家牵着蹦蹦跳跳的孩子，他便盯着看，显得忧愁，闷闷不乐。表姐觉得守着茶室，每次茶会过后便是冷清，想必是他觉得寂寞了。很多日本男人喜欢夜生活泡酒吧。东山和表姐结婚后，便再不去居酒屋了，除去他那个什么软件开发小公司，就和表姐研习茶道。

有一次表姐说你若闷得慌，就去居酒屋热闹一下吧。他说樱，没有孩子继承你的美貌是可惜的。他差不多每天都重复着这句话。他的妈妈在乡下住，一个人住着一幢我们叫别墅的平房，房前房后很大的空地，种花草蔬菜。每星期他们回去一次。时间一久，老妈妈便也叨咕起来，怎么样，还是没有情况吗？我活着时能不能见到小孙子呀？就在表姐开始动摇，考虑是否冒着大龄的危险要个孩子的时候，有一位从故乡去的医生，偶然参加了他们的赏樱茶会。他乡遇老乡，自然亲。茶会散场后，留下老乡多聊会儿。不知怎么一来，就提起了那场罪恶的战争。你知道吗？日本天皇宣布投降后的第二天，小鬼子的一个班，竟在咱们那里屠村，整整一村人啊，惨遭杀害。真有此事？东山树吉的眼珠几乎蹦出来了。你若能去看看就知道详细了。表姐说他的妈妈那天也在。不知道她是否注意听了我们的谈话。她一个人跪坐在茶席的一角，并不看我们，很谦和地从我举着的托盘里拿杯茶，左手托着杯底，轻轻抿一口，顺着眼看小巧的茶碗，那是我从景德镇买的青花瓷茶碗。她双手捧着茶碗小心地放在对面墙上挂着的中国画下。这幅画是精仿五代董源的《夏景山口待渡图》卷。表姐是在杭州附近乌镇乡下买的。她是闲逛，在一家古董店，一眼就喜欢了这温润的淡焦茶色，古里古气的。我在上海时看过那幅画，仿得的确很地道。后来他的老妈妈一直仰着脸看那画。平远的江山茂林，林中村舍，摆渡的船家，和平宁静的乡野。把人引入一种悠远的心境。不过我不相信他的老妈妈会懂。她只是无聊罢了。

客人们陆续告辞了。老妈妈始终没动。以往她是会转身向客人们施礼，说一些谢谢您啦，或是欢迎您下次光临一类的礼节性的话。表姐说，后来她回忆，在送老乡医生出门的时候，仿佛听到一声叹息。低微的，像是从窗外飘过来的。待他们送客回到茶室，看到她依然跪在那幅画下，深垂着头，凝固像一块石头。东山树吉发现老妈妈已经没有了呼吸。就是在此时他决定去那个屠村遗址的。表姐让我在北方找一家茶艺馆，我竟没有找到真正品质相当的茶艺馆。那个说得过去的湖西茶苑，因为少有客人光顾竟黄摊子了。我想起你说的要开园艺茶艺馆的。如果能赶上开业再好不过了。为什么非要茶艺馆？找家宾馆住下不就行了。东山树吉崇尚茶道。日本荣西禅师把大唐盛世的茶道传入日本，成为日本人格精神。在上海时，他到表姐的茶点店里曾说过我怎么也品不出大唐的味道了。大唐的味道？大唐的味道！！东山树吉要去那个屠村遗址之前希望品尝一次大唐的味道，我想起你吹嘘说卜奎有大唐的味道，艾乐低下头。他们什么时间去东北？表姐想在九月。看来你想让我选择在卜奎。是。然后才是海南。是。我的超市想转手了。快活人的歌声突然又响了起来，好像是醉鬼们在合唱信天游。扯破了喉咙。临春河像被惊吓着似的，起一阵窸窣。我看到一颗流星划过暗蓝的天空，就在它坠落的一瞬间我许下了诺言：一定！

我的手似乎又触摸到了那只陶釉杯。杯中刚点好的茶汤，只透出淡淡的温热。手掌感到舒适愉快。这是个奇特的故事。它藏在我心里好久了。好像被锅碗瓢盆的叮当声淹没了。艾乐，你好像讲过甘露祖师？我是从表姐那里知道的。她做茶的生意后，特意用玉石雕刻了甘露祖师的名号供奉。你要办茶艺，当然也要尊奉茶祖。现在说来还是挺疑惑的。这事一直搁在心里。还是初到海南时，有一次因为小姑子闻馨和小叔子闻青的事，我同唐闻禾吵起来。我摔门而出，信步荡去。记得是个满月夜。清辉遍洒。当我觉得光线变暗时，已经站在森林里。生气的时候，不知惊恐。冒险和好奇怂恿着我前行。弄清楚我脚下有一条石垒的山路，便奋力爬起来。仿佛有风推着我攀爬。很快到达了山顶。风掀开了夜雾，眼前出现了一方林木环绕的台地。那是些巨大的古木，树干极其粗壮，枝叶茂盛阔大。月光从树木间筛下来，拢起一片阴影。空中飘荡着香悠悠的气息。正疑惑间听到有人说话。来了，坐吧。刚煮好一壶蒙顶茶，有口福哇。阴影里传出一老者嗡嗡的招呼声。这是哪里？蒙顶上清峰啊！我守着这片茶园已经两千多年了。我居然没吃惊。这么说来你是茶祖甘露祖师喽。正是。我的眼睛逐渐适应了这里的光线，看清了树墩，中间能围二十多人的长石桌。我想看清甘露祖师的模样，却怎么也看不清。

我在树墩上坐下来。对面有一团飘浮在半空中的白色，大约是甘露祖师的胡须和头发吧。声音就是从那里发出的。呵呵，自从上次喝醉，已经好久没下山啦，只记得那末一次叫醒我的是眉州人，口念“活水还须活火煮，自临钓石取深清”，直嚷要上等蒙顶点茶。你说的是大宋东坡居士，尝尽溪山与山茗。正是，正是。茶痴啊。他嘛，是个好人。嗯，好人！甘露窃笑。我去握那茶碗，那碗上半边粗瓷釉，下半边陶泥，手感温润得很。我举向月光，瓷釉钴蓝，陶部暗红砖色。朴拙贵雅。他说茶要冷了，趁热喝才好。他的语音儿清朗朗的，在四散的茶香中滚动。我托着杯底送到唇边，一股异样的香钻进鼻孔，不是碗里的茶发出的，茉莉花？我想回头去找。不要回头！不知是甘露祖师还是什么人在叫。茶碗从我手中落到石桌上。只听到有人说话吃茶去。吃茶去。天忽悠一下大亮。眼前是椰林，木屋。女孩手捧一碗茶，笑吟吟地看着我。晨起喝碗茶，一天都爽啊。茉莉？我的老爹爹刚从福州带回的茉莉花茶。四月茉莉开，五月品春茶。春茶要数茉莉花茶为贵。我接过茶。你不是本地人？大陆来的，四川人。你呢？黑龙江。听着就打激灵。那里雪大呀。去过？没去过，听说很冷。来几年了？二十来年了。这茶园是后几年的事。做什么都不成，后来有人对老爹爹说，你们四川人善理茶啊，世上种茶第一人甘露祖师就是你们那里人呢。后来我们就置了这茶园。

我怎么在这里？女孩笑笑说我怎么知道？我想是迷路了吧？在海南，常有人在椰林里迷路。我一边喝茶一边想来这里的路，却是什么印象也搜索不到。我在茶肆里睡着了？不，你睡在了我家的茶园里，呶，后山坡，那棵最高的树下。我惊讶地望向窗外。在这里看不到的。你好像是喝了酒。我什么也记不起来了。我的老妈妈把你背回的。老妈妈说定是甘露祖师的客人来了。甘露祖师？是呀，他是我们四川人。他在保护我们种茶人呢。上面有刻着他名字的石碑。夜里你也弄不清哪是哪的。爱茶人都知道的，你也知道吧？要不怎么会来我们家的甘露茶园呢？我想我怎么会来甘露茶园呢？后来在距小木屋二里外的公路上，我打了一辆出租，回到白鹭公寓，用了二十五分钟。艾乐说你大约在酒精的作用下，叫了出租，说了想去个茶园逛逛的意思。这同你的脑子里一直在想园艺茶艺的事有关系。或许吧。如果我喝了那杯甘露祖师的茶会怎样？我倒觉得没喝挺好的。你说呢？我不知道。迷迷糊糊的，现在想起来还有一股特别的茶香缭绕。艾乐不再说话。我猛然觉得空中缺少了什么。月已过了我们的头顶，在西边的天空。快活人收起了音响。月沉下去的时候，我们回到白鹭公寓。艾乐把自己丢到沙发上，我想好了，兑掉超市，我们一起干。哎，你同你老公说这事了吗？我苦笑，嘴上说他哪里有工夫哇。艾乐说我明天回济南。我说急什么，怎么也得玩两天。她说还有心思玩？我回去得好好安顿一下我的孩子们。让他们把贝贝超市连锁下去。我呢等你这边的信。她走后没两天，唐闻禾的老爸过世。我们一起回去奔丧。

49 蓝海

唐闻禾在农场给我打电话，哎，宋瑶林，我们得一块儿回老家一趟。我说我是什么身份呢？有一张纸隔着呢。我知道那张纸根本没有法律效用。而它的存在就是我们自己的法，一种可疑的承诺。他说当然是我的妻子。绝不能表现出来。这是我们之间的事。你是英奇的妈妈。我想我是英奇的妈妈，这世上很多东西，不是人为所能改变的。

我们带上英奇，一路上比想象的自然得多。实际上比没有那张纸时还要好。他甚至变得蔼然可亲。哆哆怪哉。当空姐推着饮料车过来，他竟然关心起我来。你喝点什么？来杯红酒解乏，还是不喝咖啡了吧？英奇说他想要蓝莓果汁。他没理会英奇，而是拿半杯红酒给我。好似初恋时的那种呵护。这种感觉恍如隔世。我们一直在为什么事争吵，却说不清具体有什么事。有了英奇以后吵的次数不多，质量却升级了。大多以上法院画上休止符。好在英奇是住校学习。不过他也有所觉察。常以审视的眼光看着我们。你的目标是好好读书，别管大人的事。唐闻禾每次都这样说。他不满地反驳，你们也得叫人省心呢！这次全家出行，老爸的表现绝对让他省心，他不但对老爸对他的要求充耳不闻没有表示不满，自己伸手从空姐手里接过蓝莓汁，还向老爸投去赞许的一瞥。有了这一纸协议，生活似乎变得和顺起来。大家都是如此放松，充满谅解的情味，说话做事关照着对方的感受。这种变化尽管有些陌生，有一点不自在，说真话心里还蛮喜悦的，带一点羞涩的喜悦。从旁观者的目光里看到了羡慕。我们是无比恩爱的一对。我接过红酒杯说了声谢谢！我们得习惯这一套。这比争吵别扭。不过听起来还是蛮舒服的。就像痒痒挠搔痒。这样说不够庄重。难道那张纸就这么有魔力吗？或许是它激活了奴性吧？这样说有点刻薄。我琢磨着这种变化的奥妙所在。是距离感吗？俗语说距离即美。

二十来年的夫妻就这么容易拉开距离吗？相反，我倒觉得这张纸没有拉开距离，而是缩短了这张纸之前的距离。就像他说的，我们离婚吧，不过我不想你离我太远。这是什么话？他不想我有自己的生活，他依然搅在我的生活里。我对他说，我有个同学来看我啦。他很关切的样子，男的女的？我说男的。他立刻说，你在家里候着，机场那么远的路，还是我去接吧。他请我们一起吃饭，然后陪我们去转。直到我的男同学提前离开。我说你干什么呀？像防贼似的，把我那老实巴交的同学吓坏了。他说东道主嘛，热情一些是应该的。我说本来是来商讨一下投资建园艺茶艺馆的，这下子泡汤啦。你满意啦？他叹口气，想什么呢，我是看笑话的人吗？我们在一起二十年了，你还是不了解我，我分分秒秒都盼你好！依我看你不要操之过急。等新泽湖畔那片新区建好，我们搬过去，再研究这事不迟。你这是何苦呢？我有我的生活呀！他说我得去医院开点药。我说肾结石又犯了？他说挺腻歪的病。我说病还有不腻歪的？我们每次谈话都这样，什么问题也解决不了。

你再来点吗？空姐来收空杯子，唐闻禾把我小桌板上的空杯子收过去，还殷勤地要为我加点饮料，再来点橙汁吧，他自作主张把一杯橙汁放到我面前。英奇起屁儿，老爸给我也来一杯。我把我小桌上的拿给他。唐闻禾瞪了英奇一眼。英奇哧哧笑。

傍晚到达太平机场，闻青闻馨接的我们。他们一大早就从大庆开车过来了。姐弟俩扑到唐闻禾胸前哭起来。英奇跑进停车场，去辨认那些车牌子。噢！仙人掌（雪铁龙），妈妈，大浣熊（雷诺），他一连串地叫着车的名字。从幼儿到儿童期他的玩具车几乎都在这里对应了。我裹紧风衣，看着路边几株连翘花在傍晚的风中抖着，等待他们情绪稳定下来。毕竟是父亲，给予了他们生命，同样给予了他们困苦的童年。现在他走了。那些爱恨的情感似乎失去了着落。后来唐闻禾回忆说，从来提到父亲时便是恨！恨得头发直立。听到父亲没了，心一下子沉下去了，从不打算为他流泪，却跑到椰林里大哭一场。那时正在计划着把父亲接到海南养老。只差一点点时间，说服自己，再去说服他。

我记得出殡那天早晨下着小雨。北方这个边塞之城花草未醒，看上去有些冷瑟。叔叔婶婶来了。北北和李公民带一个考察团在南非那边，打来一个电话。继母这边三个孩子，来了一个代表。继母不理唐闻禾。脸色难看，似乎始终提防着什么。她准是误以为唐家的长子带着弟弟妹妹来兴师问罪了。或者同有些家庭那样，人没下葬，开始争夺房产。大庆的一百三十多平米的简易楼房，是父亲卖掉同原乡下老宅买的。闻青那时还住在这里。有几年，他父亲这边的情况都是听闻青说的，父亲在大庆油田的下属公司做事，工资比原先高，生活好过了些。唐闻禾跟父亲吵得激烈时说过狠话，你没有我这样的儿子，我也没有你这样的父亲，从此你再也见不到我，一滴泪都不会为你掉的。闻青天真地问，哥，啥意思？哼，让他想去吧！现在唐闻禾流着泪同父亲遗体告别。叔叔他们说就家里几个人，工作单位的领导来了两位，还有得到信赶来的三五个生前好友，就这么个把人，搞什么告别仪式？

唐闻禾还是坚持搞了告别仪式。有哀乐。有花圈。有鲜花。我深深弯腰鞠躬，心里并没有哀伤。我突然抽咽起来，因为想到他同唐闻禾一生的纠结。仪式很短，殡仪馆工作人员很快把遗体送到焚化炉。唐闻禾将事先备好的红包，塞给炉工。我们在窗口外面等着。时间很慢。焚烧工把盛骨灰的盘子从窗口推出来时说，放心吧，我把炉膛清理得很爽，烧得净，纯粹老人家的。唐闻禾的眼里含满了泪。那人说千万别把泪落进去，这是忌讳。叔叔哎了一声，忙接过来。禾子哭吧，别憋着。你爸这是去享福去了，再也不用受累了。

又一拨等候的家属进来了。其中有个五六岁的男孩，挥舞着手中的一个小木棒又蹦又跳地一连气地喊，我爸爸再也不能打我喽！大人呵斥他，他躲闪着转圈儿跑还是喊，啊哈，老酒鬼再也不能打我喽！白色的孝带子在他的腰间扇动着，像是受惊吓要飞走的鸟儿。死亡是什么呢？它那古老的悲剧意义似乎在现代浮躁的世相中变异为黑色幽默。甚或是某种人际关系的庆典和联谊。接着是一支庞大的送葬队伍，我们赶紧让道，发动车子夺路。豪华车队依次停泊，车门开处男宾多有西装革履，女士精心装扮，花枝乱颤，莺声蝶语。如果你不去看那花圈灵车，准以为在举行盛大的创新派对。我们的车子驶出殡仪馆大门，我在想他们最后拉开桌的盛大宴席，来宾们一边估价餐桌上的饭菜，一边开始互留电话号码了。

我们几个家人，乘坐一辆面包车，没人说话，随后便是只有寂寞的旅程了。大约得半天的时间，要一直到同原乡下，那片睡着他母亲的树林里。有事先安排好的风水先生和安葬工。我们要在风水先生指定的时间到达。在去墓地的路上，天空慢慢晴开了。辽阔的平原，尽管还荒疏，间或的春迹点缀，使我觉得死亡在朝远处走去，生命还在这大地上。我们原本就属于大地的。我听到唐闻禾压抑地抽咽了一声。然后我看到了那片他给我讲过的小树林，这里已聚起一片娇嫩的隐约的鹅黄浅绿，仿佛是为今天他的父母在另一个世界团聚准备的。我的记忆里是唐闻禾童年的冬天，掉光了叶子的树木，北风在枝头嘶叫，大雪铺地，那时比英奇还小的他，匍匐在母亲的墓前，哭着睡着了。我一直觉得他是昏了过去。悲伤、严寒、长途跋涉的劳累，对于一个将满十一岁的孩子，实在是不堪重负了。他能够在北风呼啸中醒来，是冥冥中天堂中的母亲心疼地呼唤他吧？孩子，去吧，去奶奶那里吧！

风水师开始主持合葬仪式，我们肃立。我听不懂他在说什么，只觉得阳光特别好，金色的手指温柔地抚摸着我的头发，就像儿时母亲为我梳头。我想唐闻禾也感到了阳光的抚爱，他的脸色和缓起来。把他带到这个世界上来的爸爸妈妈团聚了。早晨的小雨洗净了树木上的尘灰，舒展的枝条新鲜得要滴水。没有风，那个时刻没有风，后来我一想起这个场景，首先想到的是没有风，那些树木是多么安静啊。一柄巨大的伞张开着，罩着打开的墓室。伞面用的是那种过去冲洗照片暗室里遮光用的红黑双层布制成的。当骨灰盒缓缓落入下面的时候，我忍不住放声大哭。生命啊，你是什么？！英奇紧紧抱着我的胳膊跟着哭起来。婶婶碰碰我，哭两声行了，看吓着孩子。我给英奇擦了擦脸。我说英奇爷爷去找奶奶去了，他们很快就见着了。英奇两眼放光，妈妈他们见面会说些什么呢？我愣了一下，会说些什么呢？……很多事吧。

我们回到面包车里等着唐闻禾。他又在墓前站立了一会儿才上车。他的样子就像是一下子老了。我们要等到烧周后回三亚。英奇先回海口，课程不能误太久。我照顾英奇睡下，其实他并不需要我照顾。一个劲儿催我离开，老妈妈你放心睡去吧，明天晚上七点我哥们儿去机场接我。我要睡了。你给我把单放机打开吧，要莫扎特的魔笛，九个音量就行。我没有一点睡意，便去客厅想看会儿电视。唐闻禾在沙发上歪着，没开电视，只亮着一盏昏黄的壁灯。我说累了一天啦，还不去睡？便要去开吸顶灯。他说就这样坐会儿吧，你也没去睡？我说我这两年落个毛病，累的时候倒精神了。他坐起来，拍拍旁边。有十来年了，我们很少一块儿走进大庆这个家门。实际上这所房子已经在小区门口公告板上贴了出售告示。他说起这房子终归要处理掉的。如果你的妈妈想来住就留下来。不过在海南那边留了房子，这里冬天又长又冷，也住不上几天。

我说真的没必要留下来。闻青闻馨迁到卜奎去了。叔叔他们也住在那边，他们想清净就回同原乡下，那里的红砖房大院套，又是果园又是花园的，比城里的所谓别墅还美呢。这种使用期超过十年的旧式楼没有保留价值了。我心里明白，往事不堪回首。你不是想开园艺茶艺所吗？他故作愉快的样子，如果真想干，就好好干，海南那边开茶艺馆，天然条件好。你原来可不是这样想的吧？他说世上的事是有变数的。他就像我们准备结婚那会儿，在一张白纸上给我画小房子，花园，设计晨练和晚饭后的散步路线。很多的废话，就像那些派不上用场的草图。我们的未来早已等在前面。有很多年没这么聊过了。父亲的故去，这个变数，使他茫然，他的生活似乎有些倾斜。现在他把父亲交给母亲，让他去向母亲忏悔。可是他的心里并没有轻松。忧郁没有离开他。所以他不停地说废话，不停地同我讨论以前他并不关心的事情。甚至做一些荒诞的设想。他说如果卜奎报社下面的两个泉眼不堵，那里现在很可能就是著名的游览名胜温泉洗浴了。如果齐齐哈尔大学与师范学校之间的商业码头保留至今，大小兴安岭的原木还在西大桥登岸，会是什么样子呢？

我摸了一下他的额头，有点烫。他抓住我的手说，我们不会分开是不是？我在想不仅在拥塞的产业市场中要开创蓝海，在婚姻生活中也要开创蓝海。我说你已经用一张纸开创了婚姻蓝海。再折磨自己有什么意义呢？这几天你太紧张了，你好像有点热，还是回卧室好好睡一觉。我看看窗子，夜过半了。他给我一纸分开的协议，却让我发誓不会分开，且在这么一个不合时宜的时间。我叹口气，你记得有句歌词吗？夜幕下我们永远分享希望，因为我们是朋友。是不是就像此时此刻？天要亮了。他转过头，看着窗外。别感冒着，去睡吧，你不是说趁空儿去看望省农机局的桐处长吗？嗯？是。听说他退休了，我该去看看他。当年我一个穷学生，他帮我安排工作，没吃过我一顿饭，没喝过我一杯茶呢。开车去？当然开车去，要先送英奇上了飞机再说。如果时间紧，我和英奇坐早晨的动车到哈尔滨再乘机场大巴，来得及的。用不着，你还折腾啥？

我没再坚持，去厨房找到一根大葱，切碎放到盘子里摆到卧室床头柜上。他诧异地看着我，你这是干啥？你明天要开车走远路，还带着英奇，你一定要睡个踏实觉，养足精神。这还是跟艾乐学的，大葱的辛香气催眠，能使人很快入睡。他虽然表示怀疑，却也没有反对。他很快睡着了，睡得很沉。我却睡不着了，担心他睡过了，误了英奇赶飞机。几乎睁眼到天亮。然后起身准备早饭。赶去早市买了两条果子和两块玉米小麦两和面发糕，卷心菜，西红柿，烤花生，现榨豆浆。回到家，他们还没起床。豆浆煮个开。煮三枚鸡蛋。西红柿，开水氽一下。卷心菜用加盐的水泡几分钟，清水冲一下放在网眼盆里滤着。将黑芝麻酱在盘子里调好。然后开始摆放碗筷。

我们这所房子还是安居模式，厨房和餐室是在一起的，不过是在厨房的一角摆一张小餐桌，四条方木凳。无法同三亚的二百多平米的大房子里的餐室相比，那里从窗口能看到草坪花圃远处的山林河流。这里框入窗口的是对面的楼窗，距离近，永远遮着窗帘。而我坐在这里却有了主妇的感觉。我们有多久没这样在一起吃饭了？我已经记不清了。我满意地看着摆好的餐桌。招呼他们，起床了！开饭了！

50 九月

转眼就至初秋了。卜奎城的天空是那么清澈，仰望星空的时候，心中总是填满感动。常常会想起凡高的画《星月夜》。现在我们终于可以稍稍放松一下，在晚饭后安静地散步。江堤上，长长的林荫路，很轻的风，抚着脸颊，裸露的手臂，脚步声和着枝头的窸窣声，就像是信口吹着轻轻的口哨。

我的园艺茶艺馆准备工作基本就绪，营业执照名“梦茶轩”。待工商和消防的人来现场检验一下安全设施一类的问题就可以择日开业了。想起春天那些日子的确如做梦一样。世上的事有时就是这样出人意料。常常你寻来寻去也寻不到你要的结果，而你无意间却撞到了。

那天早晨唐闻禾和英奇启程后，我乘大巴到了卜奎。白豆站在校门口，裹着一件卡其布风衣。她面色苍白，就像患了一场大病。你儿子没一同来吗？我说他爸送他回海南了，他还要上学。我和闻禾在这里待一周。你怎么啦？出什么事了？大清早的就给我打电话。她回身推开门。大厅里空荡荡的，孩子们的淘气堡不见了。进门的右侧依然摆着老板桌，上面放着电脑电话。另有几把椅子和一张小桌靠一侧放着。她说学校刚办得兴旺就出了意想不到的麻烦。合伙人说她不想干了。我们事先讲好的，违约要交罚金的。要全包一年五万的房屋租金及教职员工的工资等等一切费用。她说她全认。她马上就去外地，不可能再回来。并鼓励我干下去。当晚她把罚金打入我的账户，人就没影儿了。我说你要相信你自己，一个人完全有能力挺起来。问题是她走后没多久，家长们商量好似的，都来要求退学费。教职员们纷纷辞职。莫非是合伙人觉得交违约金吃亏，暗中使绊儿？只能是猜测，没有根据。我跟星语说了这事儿，她说好像不应该，也不像，有其他原因，也不是不可能。正说着一位来退学费的家长揭开了谜底。

这位家长说孩子挺适应这样的成长学校，只是出了那样的事，没有安全感了。白豆说哪样事？家长挺吃惊地说你们的事你还不知道？我们的事，我们有什么事？别装了，你老公杀人了，前天从辽城那边抓回来的。你不知道谁知道！就你们这号人还办幼教？把孩子都教成杀人犯了。家长摔门而去。白豆站在老板桌后，面色煞白，怔怔望着碰上的门。我说这位家长肯定搞错了。她颓然坐到椅子上，握着两个拳头砸头。我真笨，问题准出在合伙人的情事上。我说别这么没根据地猜，可以请星语问她的先生，最近是否破获了一起命案？能否了解一下其中的案情？她说瞧我这脑袋，我早晨给星语打过电话，告诉她你要来，她刚从丽江回来。我们也有几个月没见了。我说我给星语打电话，这种事还真得让她上上心。

中午星语过来了。她说旅途劳顿还未歇过来呢，不过白豆这事重要。她都问清楚了，最近确实破获了一桩命案。命案的制造者就是白豆合伙人的男友。案发时间是春假末一天下午。地点在南园花园内。有两个男人，坐在长椅上喝酒。面对冰天雪地，每人举着一个白酒瓶子，椅子中间摆着花生米，两人粗声大气，不知是讨论还是争论。公园里几乎没什么人，偶有路过的，便不由得盯他们几眼，奇怪他们为什么不坐在屋子里喝酒。在接近傍晚时，长椅上只剩下一个男人了，他躺在了长椅上，椅子下面躺着两只空酒瓶子。又一个偶然路过的人，他想肯定是醉鬼，这样会冻死的，应该叫醒他。走近，看到他胸口插着一把刀，一摊血已经冻住了。他立刻报了警。案子很简单，案犯和被害者是好友，因为妒忌过失杀人。案犯从作案现场直接去找了这女人。女人在美容院做按摩。她说你疯了，我们之间真的没什么，你会后悔的。他说我只是吓唬他。他逼我。他拽着我的手，一撕巴就完事了，刀子也不长眼睛。女人狼嚎一声，对服务生说他喝醉了，求你们快从后门送他出去。他躲到外地去了，所以费了点周折才抓捕归案。白豆愁闷地说这么说是确切无疑的了，我的合伙人卷入命案。星语说纯属她私人的事，同你这个学校没有干系。想想你的下一步吧。

白豆说事情太突然，我的脑子已经乱了。又能怎样呢？家长们已经不信任我们啦。你看我光顾着我的事了，这都中午了，去餐馆吃点东西吧。一来给星语接风，二来给瑶林洗尘。星语说算了，发生了这样的事，你大约得离开这座房子了。我知道你对这里寄予的厚望，充满了感情，不如在这里留一顿纪念餐，也别接风洗尘的了。我知道一家外卖不错，我在那里办了 VIP，随叫随到。省事。我说星语说得也是，这里清静，在一块儿说说话。外卖很快就送来了。我感到是太快了。选择食材做的时间都省略了，就像本来放在那里，一伸手就拿过来似的。星语说可不是一伸手就端到手里吃了。这家餐店，只做煮菜和蒸菜，一大早到菜市场准备食材，上午做好，中午开卖，下午准备晚餐的，到饭口顾客随叫随到，卖完为止。特别方便。我恍然，很可口的家常便饭。我觉得星语选择在这里用餐真是聪明的举动。我们可以毫无顾忌地聊天，扰不到别人。更没想到我得到一个意外的收获。我的园艺茶艺馆址就在这里落实了

白豆说我的收尾工作还没完，这算是工作餐吧。星语说这样想也不错。也许以后很长时间，那些可爱纯美的婴幼儿的笑脸，都会活跃在你的记忆里，这样的学校真是太好太理想了。而对于还在忙温饱的人们来说又太奢侈了。他们难免猜忌犹豫。一有点什么就像抓住了把柄，一哄而散。还是时机不大成熟。

白豆你就当积累经验交学费了。星语看我，你的园艺茶艺会馆怎么样了？我说起艾乐和她的表姐。原想是在海南先试做，再到卜奎，现在不得不改一下顺序，想在卜奎找个合适的地界先开起来，再在海南做起来。星语说好哇。找什么地界，这里不是现成的吗？屋子也不需要大动，做些小改动就行了。我说对呀，我怎么没想到？把艾乐叫过来，三个人合做，你说怎么样？星语说白豆这是不错的主意，你的早教梦呢可以等时机再圆。白豆说反正我也没想好去哪里。艾乐很快就来吗？她那边的事处理得差不多了，五月就可以过来。星语说在艾乐来之前，我偶尔地来住住，要好好规划一下，一楼开茶馆，二楼做办公室，庭园艺术设计室，休息起居室。怎么样？我说好，总设计师非你莫属了。

白豆说这里的厨房足可以开饭店，它是为婴幼儿和家长们准备午餐设计的。星语说既是有这样的方便条件，还可以烘焙些小茶点，来助茶兴。我看晚饭就在这里涮锅子吧。白豆说好哇，后面不远就是副食品商场菜市场。我说我会做蛋挞。那顿晚餐我们涮羊肉青菜，没有按习惯煮面条或面片。我做了加葱花的中式口味蛋挞，星语烤了奶油小饼。吃过饭煮茶。忙着做这些事，冲淡了房子里的冷清和合伙人所留下的郁闷。整个晚上，我们都在讨论茶事。一边啜着普洱，一边说着关于茶的书画、诗句。星语还诵了几首茶诗。她说元稹的宝塔诗，是极具妙趣的友谊诗，茶谊久长，深厚无比。说茶说人说友谊。真真是“洗尽古今人不倦”。苏轼的大雪梦茶回文诗雅美至极，万里雪飘，红日东升，取雪烹茶，乐声隐隐，忆着“梦惊松雪落空岩”，像不像我们现在的情景？白豆说有点意思，不过现在就是外面有雪也不敢取来煮茶，污染。星语说所以要兴茶，以茶洗污。我想象着大唐大宋那个让世界聚拢来的千茶万桑的起始兴旺时代，说起日本的茶礼、韩国的茶礼。白豆笑起来，说他们干什么，都是从大唐大宋时代拿去的。星语冷笑，如今也只能说说那是我们的东西了。好多的好东西是我们自己给丢了。白豆说老祖宗岂不白捡了干孙儿干孙女儿。这可开不得玩笑，一个民族的文化丢了，这个民族还存在吗？我说如果上至朝廷达贵下至草民妇孺像诵李白的“窗前明月光”那样，来寻找这种丢失，就一定会有个茶文化大复兴。

白豆说你看现在挺讲文化的，全国各地各种文化节此起彼伏。星语说现在是泛文化，多是借文化之由探囊取金，有几个有茶魂的？！

那一晚我们海聊到快天亮，终于说到实际问题。我说时间挺紧。星语说这几天我就住在这里了。明天就开始工作。除了屋子装潢的事，要列出书单，有关茶的各类书，辟一间阅览室，充实自己，以后也给来客提供阅读。我让星语说说装潢的初步设想，她卖了个关子，读了一首品画诗："古画画意不画形，梅诗咏物无隐情。忘形得意知者寡，不若见诗如见画。"读毕，她说试着来，再请两个小支应，不会误了开业，余事就看你们的了。再有就是茶室的名字，你想过吗？我想起海南那片甘露园，觉得叫"甘露茶苑"不错。星语说不如叫"梦茶轩"，塑立甘露和神农像。我说正应了我的甘露请茶梦！于是我说起很久以前迷路遇甘露祖师的事。白豆拍手说太妙了，梦茶轩，有故事。有了新的希望和奋斗目标，驱散了白豆心里的阴郁。我们好像又回到了青春时代，充满向往和热情。星语设计的那些早教画，本想留下来。星语觉得这些画不宜再留在茶室内，只怕白豆面对会黯然神伤，不如卖掉给筹建茶馆增添点资金。我和艾乐觉得这是好主意。白豆少数服从多数。闲暇时也聊起过梅恩和夏晔。不管怎样，梅恩有了归宿，只有夏晔不知所终，她是有意把自己隐藏起来了。我希望有一天她能出现在梦茶轩，还和我一块儿搞庭园艺术设计。她是一个挺有园艺天赋的人。

我每个周末同英奇通一次话。这几日天天招呼，他倒烦了。英奇说老妈妈怎么变得这么啰唆？准是你和老爸失联了吧？他一个半月前来看我一次，就没声音了。他说木瓜树苗长得可壮了，别人要三五年收果，我们的木瓜两年就可能收果了。现在他心里长满了木瓜树、橡胶树、香蕉林。对了，他还提到你啦，你老妈妈还好吧？我说你去问老妈妈不就知道了？然后他说他要出门休息几天。木瓜和小仁会来。每个星期日他们都来海口。我这里其实什么事也没有。钟点工阿姨每天把房间收拾得很干净，那天还给我做了一次苞米面汆汆汤，你跟我说了有一万次了，姥姥的绝活儿苞米面汆汆汤，我请我的好朋友一块儿吃的。他们都喜欢得不得了。哎呀，老妈妈，这个星期天我同学生日派对，有时间我再给你打电话。挂了啊。英奇大了，他要求自己的生活了。海口有一些东北人在那里做保姆和钟点工，家乡人好沟通，我真没有必要操太多的心。我给唐闻禾打电话，不在服务区内。后来才知道，他又跑到深山古刹去独处静修了。这次静修可能与父亲的离世有关。仇恨一生的人一下子没了，被仇恨力量填满的内心，需要调整。我给木瓜打电话，他说嫂子，你不用担心，闻哥只是休息一下。不到一年的时间里发生太多的事，农场的事，家里的事，确实够他喘的，这么休整一下是必要的。他要不走我们才担心他累垮了呢。心累，比身体累要命。我说你闻哥没白疼你。

艾乐表姐秦艺他们比预计的时间提前两天到的，这一天是九月十五日。艾乐说你们不是说十七日到吗？怎么也好去接你们呢！秦艺说接啥？我的家乡，闭着眼睛走也丢不了。她的变化很大，瘦多了，标致的身材倒没变，有着年轻美女们津津乐道的紧身马甲肚。不过面容上添了细碎的鱼尾纹，颧骨凸出来，看上去倦怠，又有些凌厉之态，不过一双大眼睛依旧是动人，笑起来依旧是灿烂。东山树吉就是个精神矍铄的小老头。五十八岁了。看得出年轻时很英俊，身体很结实。他每天都坚持锻炼身体，秦艺笑说，他说他一定要陪我到一百岁，不能把我丢在半路上一个人走。

我说你好！他的汉语说得蹩脚，回说你好的好字说成了扬声。我说先去餐馆吃点东西。秦艺说在哈尔滨下飞机就狂吃了一顿，现在最好喝茶。他们在月初就启程了，先到上海待了几天。白豆带他们去洗漱间。你们要先拜我们的茶祖，才可品茶。东山树吉十分兴奋。用半生不熟的汉语表示对中国茶祖的敬意。他去拜了茶圣神农氏和茶祖甘露的牌位。我们请人塑了两尊一米高的月白大理石像。专门辟了一间十平米的屋子。我从海南运来一张长方红木茶桌，一排蒲墩。此外有盆栽兰和竹，墙上挂了两幅仿元代古风的山水画。东山树吉换了一身正装，献茶，叩头。然后去茶室点茶。

那天喝的是黄山云雾。特别做了宋朝的末茶饮。茶具是艾乐带来的天青色汝窑盏。先用一只原色水晶杯冲泡芽叶，几个人专注地盯着雾气凝顶，芽叶展开汤中，鲜嫩成朵，徐徐沉入杯底。真是美极了。然后白豆拿起茶勺将罐里的末茶，分放到每人面前的天青盏中，再点入滚水，茶筅搅好，杯上浮一层嫩黄的末，如北方春天大地刚萌生的草色。白豆说这是风行我国大宋时期的饮茶法。茶盏也是当时民间汝窑烧制的款色。东山树吉高兴得直搓手。啊，这样的茶饮真是太令人享受啦，不饮自醉啦。谢谢啦。艾乐说这种茶，如果用黄山的山泉水冲泡就更美了，茶汤在杯里过一夜也不会在茶杯上留下茶痕。东山树吉又是一连串的惊叹。

秦艺托起杯垫，小心地啜一口，说在这里的事情办完，去黄山品品那里的山泉茶。那先谢谢啦。东山树吉喜出望外地行礼。秦艺剜了他一眼，你就不能把这虚伪的动作收起来吗？啊，十分抱歉，我是太高兴了。你们的祖先神农氏多么勇敢有智慧，尝百草一天遇到七十二毒，险些死掉，却被茶解毒救命。他的重大发现不仅关乎人类的饮食安全，也带来了人类精神文明的进步。然后你们的甘露祖师第一个种茶，使茶走入民间，传入世界。我们的荣西禅师两次来中国拜师学艺，将中国的茶道传入日本。我们两国的文化友谊真是源远流长啊！

白豆说可是你们后来做了什么呢？到中国来杀人放火！东山树吉立刻跪立，垂头。为此我很痛心。我的老妈妈也一样，她因心痛而死。我父亲的父亲也因这场战争而死。父亲由于哀痛过早离去。我恨法西斯主义者。明天请带我去吧，去那个被屠村的地方。行程安排在十八日。明日先去看看法西斯遗留下的罪恶吧。他吃惊地看看秦艺。秦艺皱皱眉头，我听说这里发生过芥子毒事件？白豆说正是。你会骑自行车吗？秦艺说会，我们常租脚踏车去郊游。白豆说那太好了。

第二日茶店挂上了“休假三日”的告示。在附近一家豆花店吃了早餐。白豆带我们去租车店，租了自行车。穿过了大半个卜奎城，绕来绕去，半晌午终于转到了事发的那条街民航路。原来这条路是很僻静的。树木多，空旷，路边开满了野草野花，才几年就都开发了。眼前路两边挤满了楼。临道的楼底座都是门市。变得陌生了。为找那个事发点颇费了些周折。后来问一个过路人，他手往对面楼山墙上一指。只见墙最顶端钉的一个牌子，北疆花园一号。我们走过去，看到小区中心地面凸起的地方正是车库，车库门对着黑色的铁铸小区门，门外的绿化带有一株大柳树，遮住了视线，不走到门前是看不到牌子的。实际上我们就在这附近转了半小时。星语是后来打的士赶过来的，她挥着手中的杂志，这里有一篇文章同这里有关。

白豆说好极了，我正在想怎样既简单又明确地说清楚事件的过程呢。东山树吉此刻站在车库门前，锁着眉头呆头呆脑地望着那个黑色的洞口。白豆把杂志给秦艺，文章不长，他看看就知道了。秦艺说我也不知详细，那时我在外地。白豆说我也没读过，你呢？那时我还在大庆。我看我来读，大家听。车库西面楼前，有两个小孩在骑三轮童车嬉戏。几个女人坐在树荫下打扑克。我想不会打搅他们。我们坐下来。下面就是这篇文章。题目叫《清晨的噩梦》。记录了整个事件过程。

大概内容是年轻的工人在清晨使用挖掘机在这里施工，挖出了五只铁筒。他们不知道这是日本鬼子侵华战争时埋在地下的剧毒芥子气。五只铁筒里面锈红的液体污染了工地，后被废品收购站收去，污染了所有铁筒经过的地方，而施工现场已经污染的泥土，被运送到学校操场、村庄。不幸的事情就这样在不知不觉中发生了。

二〇〇三年八月四日晚上八点，最先接触到五只铁桶的人，出现了严重的不明原因的疾病症状，他们的眼睛和身上开始红肿，在就近医院医治无效时，他们联想到莫名其妙的五只铁桶，铁桶里的锈红色液体，奇特的芥末油混合大蒜似的气味，于是向当地公安机关报案。这些患者立刻被转送到中国人民解放军二〇三医院就诊。这种陌生的奇怪的病症，引起公安部门的警觉，他们迅速组织有关人员，封闭了所有的污染源，向上级机关报告，并展开调查。

仅过了一夜，患者身上不同程度出现溃烂，而且患者在陆续增加，有几十人出现了同样的病症，他们大都是年轻人、可爱的少年儿童。接触过工地上泥土的孩子，他们的屁股、手脚，突然开始腐烂。病因是什么？五只铁桶是哪里来的，究竟装的是什么？有关技术专家对五只铁桶内的液体做出了鉴定。真相大白。这五只铁捅里装的是日本侵略军遗留下来的剧毒芥子气！这些人是感染了芥子毒气！他们轻者致残，重者死亡。

白豆说我的天，太歹了。秦艺流了泪，点着东山树吉的脑门，你看你们干的好事！就在这里，想想多可怕！东山树吉面色苍白，头低垂下去。我们都被这个恐怖的噩梦魇住了。一时无语。这时响起一个突兀的粗声，他是谁？他是小鬼子吗？揍死他，狗娘养的！

那个为我们指路的中年人原来是住在这小区里的人，不知什么时候站到我们身后的。他举起手里提着的一兜菜打过来。我忙拦住他，劝他别冲动。他说我都听到了。这时在院子深处玩耍的孩子和女人们都停止了他们的活动往这边张望。我们立刻抓起自行车赶紧离开了。那男人在后面还在咒骂。星语同我骑一台车。她说很可怕的残酷记忆。并没听说日本方面做出认罪赔礼的郑重反应。东山树吉几乎是瘫趴在车把上，有气无力地说我很抱歉。我太难过了。秦艺和艾乐始终没说话，很愁闷。事件发生时，我们已经离开这里多年了。今天才知道事情的全部情况，完全超出了我们的想象。东山树吉也没有想到，半个多世纪过去了，这里还遗留着战争的可怕阴霾。

我们把自行车还回租赁处，步行回茶馆。街上人群喧闹。通向梦茶轩的街路两边生长着高大的青杨树，阳光在初染秋意的叶子上跳跃，鸟儿在树间长吟短唱。空气清新。秋风和煦。宜人的日常生活气息，似乎冲淡了历史的阴冷。

后来秦艺对我说，从北疆花园回来这一路，东山树吉几欲崩溃，他无论如何想不到还会有这样的事。她担心他垮掉，怀疑他能否坚持到那个他想去的实际上已经不存在的村庄。在日本他很坚定地想去那个地方。他的母亲大睁双眼坐着冥归后，他说他一定要去这个被屠村的村子。他要向全世界说不要重复战争的悲剧。可是芥子毒事件太骇人了，他被这灭绝人性的恶魔行为击垮了。他不想喝茶了，想直接回房间去。我们留住他，大家的心情都一样的。白豆撑着给大家展示沸水冲泡玉露茶，芽叶在玻璃壶内渐渐展开，翠润如新生的样子，而后飘然落入壶底，那茶汤嫩绿晶莹，白豆执柄高倾，壶嘴便奔出一注纤泉入盏。这次白豆布的是纯白如雪的骨瓷茶盏，使嫩绿的茶汤分外悦目，一股清爽的香气弥漫开来，仿佛置身山林清泉之间。茶使人的心情柔和起来。

星语聊起茶诗。唐宋那个时代饮茶诗最盛。大家你一言我一语地读了很多诗。苏东坡，白居易，柳宗元，元稹的一至七字，文征明的诗和画，茶加诗提起了兴致。在茶汤和大家情绪感染下，东山树吉似乎恢复了常态，他也凑趣，吟了两首，一是陆龟蒙的《茶人》，另一首是钱起的《与赵莒茶宴》，读末一首，他举盏站起来，声如古人唱："竹下忘言对紫茶，全胜羽客醉流霞。尘心洗尽兴难尽，一树蝉声片影斜。"我们惊讶地看着他，一时无语。他的半生不熟的汉语使朗诵有一种奇特的味道，有点像抽象艺术，不过都听懂了。末了，他又补充一句，我喜欢的两首诗。秦艺像看怪物一样看着他，咦，怎么从没听说你读唐诗啊？他说不好意思啊，读不好瞎读。大家忍不住笑起来。东山树吉突然哭起来，那么孤独无助的样子。我悄声问秦艺，明天还继续吗？

秦艺的回答是第二天再说。第二天我醒来是早晨六点。我在二楼庭院园艺设计办公室临时搭了床铺，卧室腾给了秦艺他们。两个房间相隔三米长的走廊。我先出去附近的江畔公园三十分钟晨练，回来洗漱。为了节约空间，楼上两间洗漱间，只留下一间共用，另一间改做储藏室。洗漱间的用品都摆在各自储物架上，手巾都是干爽的，他们都在睡懒觉。八点整，我想该叫他们起床，如果今天去那个被屠村的遗址，时间并不宽绰。我把大家都叫起来。最后敲秦艺的房间门，却发现人已经走了。艾乐说这是表姐的风格，她不想太麻烦大家。我在床头柜上发现了纸条。

当你们看到这张纸条的时候，我们大约快到那个村子啦。你们不用担心，我们睡了一会儿。一个小时或两个小时。不知为什么一下子就醒来了。起初我以为是做梦，东山树吉站在床前，像座塑像，两眼凝滞，笔直地看着我。就像人们说的梦游人。

我腾地坐起来，你还没睡？他没有理我，我的心吊起来，我想起了他的老母亲。我小心推了推他，你没事吧？他打了一个激灵，终于看清了我，双眼一下子含了泪，他说樱，我看见了很多人，有军人有平常人，他们衣衫褴褛，跌在泥淖里，泥巴糊住了他们的眼睛，身上流着血，染红了泥土，有一个军人伸出手，叫我的名字，东山树吉！快来救救我出去吧！

我拿了一杯水给他。我说你在做梦，那不是真的。他说，很清楚啊。我说喝了水，你睡一会儿，就会知道的确是个梦。他喝了水，镇静了一些。又说樱，我的确配不上你，你讨厌我了吧？不会，我说你睡一会儿。樱，你说的不是真话，我看出你眼中的犹豫，你不想去那个村子，是吗？我说你因为失眠，思维混乱了，有点像妄想症，这样会生病的。你休息好了再说，好吧？他说我就知道你讨厌我了。我说战争和法西斯同你不是一回事儿，你现在需要休息。最后答应同他一起去，他这才又睡下。我利用这个时间给你们写下这张纸条。

实际上我动摇了，有点不想去那个村啦，可怕的芥子毒事件在我心里留下巨大阴影。残暴的法西斯主义所作下的罪恶，为什么让无辜者承受恶果？我想东山树吉是真心忏悔的。他醒来了。有一个小时吧。不过，总算休息了一下。他说我很抱歉，罪恶罄竹难书啊，步行表示我的诚意。你的朋友辛苦，不打扰了。这样，你们的茶馆继续开业吧。回来见。

秦艺他们没有回来。从那边乘火车走的。上车前打来电话告辞。我说下个月我要回海南。她说我们还会在梦茶轩相见的。我说这里永远欢迎你们，一路平安。一个多月后，她给我来了一封信。

瑶林，请谅解过了这么久才给你写信。我的生活完全改变了。我一直以为这是我最后的选择，同一个爱我的男人平静地过日月，如果幸运的话，还会有个可爱的孩子。可是生活从来都是高深莫测的，就如那一天我们本来说好要一同去凭吊那个有悲惨记忆的废墟的。可是后来都改变了。它使我措手不及。现在我终于可以平心静气地面对它了。

那一天出门的时候，早晨四点，太阳已经升起来了。我特意带着他从文化街，转向老师范学校后面的居民楼中的小路，很快就看到了湖水。沿湖走能使人放松。在靠东岸有一片荷花，肥大的荷叶，高举如林的莲蓬，上面的莲子已经成熟。如果不是去那个村子，而是走过南面那座桥，坐在岸边的长椅上，静静地与秋荷相守晨光多好啊。可是我们要赶路，我对东山树吉说回来时要来看秋荷，请宋瑶林她们在这里摆茶。我想着在这里湖岸摆茶，我们坐在一起聊天的情景，心情好起来。东山树吉唔了一声。

从湖畔上了公路，在路旁一家小餐馆吃了早餐。东山树吉说他没胃口，勉强吃了点。我买了两个面包带着，以备路上吃。按着地图指示，经过医学院那座像块积木似的长方教学楼，就看到高速公路了。我想沿着高速走，这样不会迷路。高速路两边有茂盛的阔叶林，一片金黄的秋叶，漂亮而宁静。林带以外是辽阔的庄稼地。大都是待收割的玉米和高粱。这是一个旅行的好季节。如果没有那个特殊的原因，该有多好啊。东山树吉也被这秋景感染。虽然看上去他依旧是萎靡，心事沉重，却开始惊讶这秋色的博大了。在这秋野中中国华电的巨大烟囱冒着滚滚的白烟。它打破了田野的抒情和怡静，现实生活的喧嚣，似乎又滚滚而来。好在不久又回到只有庄稼和树木的地方。这个时候是上午十点，从出门到现在六个小时过去了，我想前面应该有村庄了。又走了一刻钟，脚下是条岔路口，想找人家问一下路。放眼望去，绵延的庄稼地，有黄有绿还有土红，能分清大豆高粱和玉米，可是没有房子的影子。如果是旅行，走错路也没关系，可以在田野上落下帐篷，美美地贴近大地睡一觉，然后再出发。

东山树吉有些焦急，樱，是不是快到了？我突然想到，这路上怎么没有那个著名县城的牌子？出城区这么久了，至少该看到那个县城的广告牌子。这个地区的稻米优良远近闻名的。我们是不是走错路了？疑惑间，幸好时间不久有一辆客货过来了。司机说你们去托力河？走错路了，这是碾北高速。怎么不坐车？我说我们从上海来的，从地图上看，距这里北市区很近的。他哈哈笑起来，你以为是从前院到后院呢？这么走下去你们永远也走不到。你们也是去搞什么文化调研的吧？这两年那里火了。我忙点头。能请您帮帮忙吗？哈，算你们走运，我就是去那里，上车吧。他说那里有个渔业户，他的哥们儿。不是人工养鱼。而是从嫩江里打野生鱼。他们约好今天一块儿去撒几网。碰上好运气能打上百十来斤江杂鱼。我说愿你好运。

我们的确很幸运，搭上车，车子在我们走过的路上原路返回。行驶在碾北高速的对面。进入大齐高速。这条路的两边大多是黑杨林，绿色多一些，间杂着明黄的秋叶。玉米地已经在收割，视线里一片片放倒的玉米秆。在庄稼与树林之间，有大面积的沼泽地，丛丛芦花摇荡。车子经过去昂昂溪的路口。然后看到辽阔的草原，割下的牧草打成方方正正的草捆，平摆在牧场上。从这里看天空特别的阔远，不知什么时候，飘来了大朵白云，镶着灰边，低垂在草原上。太阳始终在云的中间，云就像是他的浓密的卷发。

车子似乎一直在草原的边界行驶。宁静的草原，祥和的乡村气氛，这一切都让我感动。东山树吉似沉静下来，凝神注视着田野。公路指示牌上有了洗温泉的广告后，草原上的草捆换成圆形的了，草色也变了，十分洁净的浅驼色。路边有绵长的沼泽地，芦苇别一样高大，没有杂色，一律是洁净的驼色，芦花饱满漂亮，轻轻摇荡。这里的草原完全是枯黄覆盖，在地平线处有几个绿团，我想那是几株柳树吧，柳树往往能挺到十二月才落叶。终于看到了我们要去的地方的广告牌子了。还有两百米的距离就清晰看到宽幅的长条牌子高高举在公路的上空：中国绿豆之乡，泰来四粒红，泰来大米。到了近前却看不到字了，只见巨大的木牌横在头上一闪而过。路边的指示牌上箭头处写着“大兴”，接着是“泰来”。这边路旁几乎都生长着芦苇，芦花都是柔美的米驼。而在芦苇的后面都是大片的玉米地，收割完的，或是待收割的。在到大兴前六七公里左右的路程中，路两边树林就像烧过一次大火，树干都是焦墨色的，落光了叶子。与此相接的却是一片黄绿相间的树林，立刻使人眼睛一亮。然后看到大兴收费站。

司机说很快就到了。你们要去的托力河，属于大兴镇管辖。司机窥探性地瞭了东山树吉几眼。他似乎觉出了不寻常的气氛。东山树吉的脸上挂着川端康成似的忧郁。眼睛望向田野的迷茫愁绪，沉重得像是蓄满雨的铅云。司机瞥了一眼东山树吉说，你是第一次到这个地方吧？我忙接过话，我家先生是第一次，我是本地人，这里来过两次。那时还在上学。学校组织夏令营。泰来的自然风光很美啊。他说那是。你先生哪里高就？他还不想罢休。我用很快的速度说他在上海的某个文化部门，搞民俗研究工作。东山树吉还不能完全听懂汉语，何况他沉浸在自己的忧思里。车子离开公路，走进乡村狭窄的土路。车子颠簸起来。司机顾不得说话。从拂晓村穿过，这里是丘陵地带，道路起伏，不过铺了柏油，路两边种植了青杨，很整洁。记得有一个应急码头路牌。从那里转弯，看到大片稻田，还有一部分未收割。接着是野草滩，然后又是稻田。从柏油路拐向了土路，土坎一个接着一个，我们都努力对付颠簸。穿过拂晓村狭窄的村路，进入村外的大片稻田，稻田间竟有很宽阔的芦苇荡相隔。打稻场就在距稻田不远的土台上，托力河养鹿场的广告牌竖在所有醒目的路段。司机说这就到了。这里是创新村。我的朋友住在这里。你们有朋友在这里吗？

我摇头，给您添麻烦了。您给我们指一下那个历史遗址就行了。我看一下表，现在是上午十一点十分，如果抓紧时间，我们在当天晚上能回到北市区。我就是这么打算的。所以也没去问东山树吉是否先吃午饭，我备了两个面包，还有矿泉水。司机有点发愣，历史遗址？我说谢谢你让我们搭乘，我拿出二十元钱给他。他立刻涨红了脸，你寒碜人呢？我又不是出租车。我说抱歉，你总得让我心里舒服一点儿，请喝瓶水可以吧？我把矿泉水给了他一瓶，他接受了。我说真的很抱歉。我忽然觉察到这是东山树吉的口头语，便回头看看他。他正焦急地盯着司机。这时他也转头看我，冒出一句生硬的汉语，地址？司机激灵一下，放下对嘴喝着的矿泉水瓶，瞪圆眼睛，你不是中国人？我忙说他在新加坡留学了几年，又做过几年翻译，说英语惯了，汉语就有点费劲了。这不是不断地到基层调研嘛，也让他多听听汉语。

司机说你有个多么好的老婆啊，你烧高香吧！你说的是历史遗址？我一向对遗址不感冒。这时他的那个哥们儿来了。他说你怎么不叫我呢，我还以为你直接去江边了呢。他们十来点钟就去撒网啦。估计这个时候快收网了。司机说我半路揽了客，要在你们这里看什么遗址？他说是屠村的地方吧？我说是。司机说你们对上暗号了，我得赶去江边啦。这两人归你领导了。他妈的，你这个没正经的。司机笑起来，对我说你真走运，他是管文化的村长，不明白就问他。司机跳上车扬起一溜烟尘。村长冲着烟尘骂了一句，他妈的，这浑小子就认吃。

后来的事，不用说你也会猜到了。村长立刻带我们去了那个地方。一个独立在田地中的地方。过去北方农村中常见的大围墙，将它同四面隔开。门前是宽阔的泥沙车路，路的对面和围墙的左右后面都是庄稼地。多半还没有收割。一望无际，在正午的阳光下，金灿灿的一片。我还记得在大门的右侧，一百多米的地方，有一井口大的凹处还摇曳着几枝高大的芦花。大门很高，上面几个赫然大字：日军屠杀申村遗址。东山树吉面色苍白。我拉住他，你冷吗？能行吗？他点点头。走进大门，就像掀开历史的帷幕。围墙里由一堵墙隔开前后院。前面种植了花草树木，树还绿着叶，只是叶片已经僵硬。花儿大多是菊科类，红色的多，还都开着。这使紧张的心理松弛了些。这些花草树木中间留了空地。村长说这里要勒座碑，记上事件过程，警示后人，明年动工。后面的院子是事发现场。

我们从旁边的甬道走进后院。空旷的院子茂密的荒草已经完全枯黄了。与前面的院子虽然只是一墙之隔却像是在两个季节里，这里已是冬季的模样了。屠杀现场就在这里。迎面是一栋土房，左边一栋厢房。村长说正房是住人的，厢房是过去的碾房和仓房，装杂物的。整个村子早已变成野狼出没的废墟。后来又有人开垦成庄稼地。现在这里是仿照原样修建了这么两间房。房子里特别阴冷。东山树吉在每一间屋子里行祭礼嚅动嘴唇。在厢房，村长说一个周岁婴儿就是在这里被刺刀挑起摔死的。东山树吉哆嗦了一下，出来后，他在即将勒碑的地方以中国的礼节叩头谢罪。村长看看我，却没开口问。

从这里出来，村长说沿着大道往东走不远，就是苏联红军消灭这股日军的地方，我们也正打算在那里建纪念碑。约摸走了有半小时，看到那块有三间屋大的岗地，旁边堆了些泥沙，红砖。村长好像无意说了句，那边不远就埋着所有被消灭的日军。我顺着他手指的方向看去，也就离这块岗地二百米的地方，有一块荒芜的土地。就在那下面。东山树吉哆嗦了一下，一脸冷色，就像站在雪地里。往前迈一步，又看看我。我去看村长说，可以走近看看吗？村长说可以，怎么不可以，一片荒土。东山树吉拦住了我，他一个人过去站了有五分钟。村长说你这个男人挺古怪，不喜欢说话。我说谢谢您带我们过来，就此别过。你给我们指指车站方向就行。他说哎？你们怎么也是客呀。现在是午时一点啦，你们一定饿了。吃顿便饭再走不迟。要回北市区吗？

我临时决定要去大连。因为我看到东山树吉像要生病的样子。从大连乘飞机，两个小时就可以到大阪。他说这里的车很方便，误不了行程。村长大约猜到了东山树吉是日本人。不过他不说破，在吃午饭的时候，他总是不经意地提到中日民间的友好，还说这个城市同日本的宇都宫是友好城市。讲了一些双方来来往往的事情。他一直用我们这个词说事。口气里把我和东山树吉也包括在内。当然我们爱好和平的人们要共同全力维护世界和平，清平盛世，我们要不忘国耻，居安思危，警钟长鸣。为祈世界之和平，悼同胞之冤魂，我们要勒石铭记，昭示后人。下次看吧，下次这里会修建得更完备。再来时不要急于走，多住几天，看看这里的好日子。这个创新村看上去的确很富裕，房子很漂亮。房前屋后有了自己的绿地花圃。这在我小时候是看不到的。

第二天晚上五点多到达大连。停留一夜，乘早晨的航班飞到大阪，从那里坐新干线到东京，又是傍晚了。东山树吉一直沉默不语。情绪消沉。仿佛成了木偶人。我想只有等待他调整好自己。回到东京的第七天，他开口说话了，樱，我非常抱歉，我真的是配不上你。樱，你能否原谅我，我想了很多，唯有让我为祈祷世界和平做些事才能安心。我说怎么做？他说我要去荣西禅师种茶的那座寺院，永生为中日和平祈祷下去，为世界和平祈祷下去。你要出家？他沉重地点点头。这是我唯一能做的。唯一能安心的。我说我只有尊重你的意愿。不过，听我一句劝，不必操之过急，你一定要调养一下身体，这次旅途太劳顿了，尚未休整过来。他现在的状态好多了，而决意已定。这就是我为什么才给你写信。明天我就送他去京都啦。他说待来日，他还要沿着荣西禅师当年到中国学佛之路去拜谒。樱，我们还会一起点茶的。

瑶林，我没跟乐儿说，乐儿的心里装了太多的伤感。梦茶轩刚使她平静快乐起来，我不想她的心情再度糟下来。待我以后慢慢同她聊吧。其实我觉得这样的结果是挺好的，我们都感到了从来没有的轻松。我会接着做我的茶室。我要收拾一下行装，其实也没什么可收拾的。茶磨、风炉、汤瓶、炭篮、瓷碗、水勺等茶具和从国内带回的罐茶是必带的。如果可以的话，他还想亲自种茶树。这样一说，又觉得事情真是不少了。那么，就这样，下次再聊。

爱你们大家　秦艺

我给秦艺回信：收到。祝愿一切顺利！期待下次共同点茶的日子！保重！

艾乐和白豆没有再问起过这件事。梦茶轩的生意使她们无暇旁顾。梦茶轩装下了天下的梦。有心事的人，或解不开结的人，他们都喜欢来这里，安静地品茶，听音乐，或者聊聊茶经，论论茶道，讲讲茶的历史、传统、典故。很多知识都是现学现卖的。我们企求神农氏帮忙，甘露祖师指点。而我的庭园艺术设计也有人在同我探讨。

我依旧喜欢听肖邦的美妙乐曲，听大海的潮汐把他的心事忧伤轻轻道来。每一个清晨被经典乐曲环绕，使我充满创造的欲望。我给秦艺回信后，便给白豆艾乐写信。我要告诉她们海南的梦茶轩位置基本敲定。我刚敲打出开头语，白豆艾乐你们好！她们却请求视频聊天。她们给我发来她们站在雪地里的照片，初冬的雪花铺满了北方大地。她们说茶馆的生意并没有受到天气影响，反而更加兴隆。特别是学生们多起来，从小学到高校。她们又增添了几种面点，挺受年轻人欢迎。在给我发来的图片中，我惊讶地看到，何止面点，简直是一幅幅面点袖珍风景画，采用了天然植物色素。托盘的衬纸上还配有唐诗宋词。我回复一串惊叹号。这一定是出于星语的设计。她们说没错。艾乐说她都想去济南找她那些孩子们加盟梦茶轩啦。

51 圣峰

深夜，我又听到了那个苍老的声音。他不是爷爷，不是地质老爹，他说“雪的宝贝”。我记起来了。童年在大庆列车段做装卸工时，疲劳至极，躺在工地上睡着了的事，就是那个嗡嗡的声音对我说过“雪的宝贝”。我睁开眼睛，看到夜空，有好一会儿，才弄清楚我躺在大东海的沙滩上，好像打了一个盹儿。我坐起来。沙滩上没有一个人影。海浪的呼啸声轰击着耳鼓。我回想着梦中那个苍老的声音，时而隐去，时而出现，他说过我的故事在远离我读书的地方，就像黄河离开源头巴颜喀拉山，从玛曲朝远方奔流的时候，沉重的泥沙又会使我痛苦不堪。

我重新扑进大海的怀抱。温暖的海水拥着我，感到心里酸酸的，我终于放声大哭起来。

我庆幸我还能哭，有眼泪。我可怜的妹妹闻馨啊，你怎么这样不幸啊！我看着她拉着她小女儿的手，孩子不要急着走，妈妈一定会想办法治好你。她只叹口气，天使般的眼睛就合上了。她是那么可爱，她刚会说话，就张开胖胖的小手叫我，舅舅抱抱。屋子在我眼前旋转，胸口炸裂般疼痛。有人在掐我的人中，在叫我，哭出来吧，哭出来就好了。我哭不出来，只有喊叫，闻馨啊，哥哥没有保护好你，哥哥怎么向妈妈说啊！

我哭出来了，真就像大家说的那样，我感到胸口不闷了。有大圆月亮的夜晚，人们才会来看海。今夜仿佛因为哀伤月光隐去，星光也淡淡的，好似在垂泪。温暖的海水在轻轻抚着我的伤口。还有那个苍老的声音，我想象中就像是遥远的鲲鹏，在某个困顿时，用它的长羽拍我一下，或用它的巨大的鳍推我一下，它在很远很远的地方，又在很近很近的地方，在心脏里暗暗陪伴着我，它随着我的心脏跳动。是时候了，我该带着儿子去看看这个又远又近的地方，同他讲讲我的故事。

有一天半夜，唐闻禾突然给我打来电话，一开口就叫老婆。老婆，你还好吗？叫得我一愣。我觉得这两个字太陌生了。你没事吧？你在哪里？你弄错了吧？我是宋瑶林。很久了，或者说十几年了，他要么什么也不叫，要么就是宋瑶林。宋瑶林我说过多少遍了，不要从中间挤牙膏，你怎么不长记性呢？！这就是他惯长的话语风格。若干年来他第一次叫老婆。

老婆，我已经从自己做的茧中飞出来了。我说你已经化蝶了？那就更是错了。他嘁了一声，要化蝶也是咱们两人一起化蝶。我说有事快说。他说你还在为闻馨使性子生气？我说怎么会呢？已经结束了，就是结束了。佛说的。她的女儿死了。你说谁死了？这可不是随便说笑的。你把我当成什么啦！老婆吵醒你啦吧，还在迷糊？谁？当真？今年暑假在卜奎还见到她了，出落成小美人啦。癌症。半个月前。

我惊得语塞。我这才知道，这个家里的事，除了我知道的，还有我不知道的，那就是闻馨。记得在同原，唐闻禾的老爸病逝，我们同闻馨闻青一同去烧周。车子刚开动，我发现自己没穿戴黑纱的外套，便叫唐闻禾调转车回去取。按规矩烧周后方可收起黑纱。唐闻禾虽然有些不悦，没说什么。我自知错在自己马虎，赔着小心，跑着上楼取回外套，喘吁吁地走向车子时脚步慢下来。闻馨说起风凉话，哟，就算你是阔太太也别这么摆谱，还要赶时间呢！我的火腾地蹿上头顶，闻馨我告诉你没资格同我这样讲话！闻馨嗷的一声大泼，哥呀，你看，他们都欺负我！

唐闻禾大发雷霆，宋瑶林！我不许你这样对我妹妹说话！闻青十分冷静，哥，闻馨因为家里事心情不好，情有可原，你也不懂事啊！唐闻禾这才噤声。闻青说嫂子你别往心里去，闻馨家里出了点事，是……闻馨说你闭嘴！闻青说你要知道家丑不外扬，你就消停点儿。闻馨这才不哭闹了。一路上气氛沉闷，再没有话。到了墓地，闻馨趴在坟前，哭得天昏地暗。哭得我心里也挺难受的，心里已然原谅她了。

唐闻禾说闻馨，是哥没照顾好你。你不要作践自己，哥给你做主，你放心。妈妈看着你呢。闻青说哥，这不是你的事，我们都成家了，应该有能力对自己负责了。闻馨一下子从地上爬起来，滚滚，你们都给我滚！一头钻回车里。闻青说哥你不用自责，妹妹叫你宠坏了。当初你也劝过她那男的看上去不靠谱，她死活的同意。唐闻禾说妈妈说过要我照顾好你们的。闻青抱住他，哥呀，我们拖累你了。走吧，回家再说吧。让妈妈爸爸安息吧。

烧周后，我和唐闻禾没有一同回海南。他心事重重，只说是去北京，从那里还要去什么地方。而我忙着筹备梦茶轩的事，回海口待了几天，同英奇度过一个双休日，便急着赶回了卜奎。只几个月。生命脆弱得来不及看清这个世界就匆匆离去了。我完全找不到安慰的话语。你怎么不早点同我说这事。我也好……

闻馨不想说。我知道她有误解，似乎我的一切对她来说都不顺眼。他说她嫉妒。她没有学历，没有自己的长处，把生活搞得一团糟，她唯一满意的是女儿特别漂亮。闻青没说错，我太宠她了。这也怨不得你，妈妈走时她才五岁。她只要对我开口，从不会空手而归。问题大概就出在这里。她得到了鱼，而不是渔。这事的确我有责任。北京那样的一流医院尚无回天之力，你也不必过责了。也许梦茶轩的氛围有助于闻馨复原。她想一个人走走，我找了公司的人陪她去国外了。需要我做什么吗？

我刚从天目山回来。清修了一段日子，感觉好多了。昨夜我又梦到“雪的宝贝”。“雪的宝贝”？对，就是冈底斯山的冈仁波齐峰，藏语的意思是“雪的宝贝”。你同儿子说过，要带他去看雪山。是这里吗？是。你的意思是现在想带英奇去吗？我现在在农场。年底，木瓜和香蕉都可以上市了。过了春节，把一千亩香蕉种完。我想五一左右，我们就可以带英奇去看“雪的宝贝”。我们？你还记得我们一起看电影《垂直极限》了吗？你等一下，若不，等我挂过去。QQ 在叫我。不会是李公民吧？没劲，你已经没资格妒忌了。老婆，你永远是我的老婆。你这样说很不得体。为什么？噢，为那张什么用也不当的废纸吗？撕掉或还给我就是了。你应该改一改你的语气。他没作声。别忘了，我这里不是海南。古风半存。他笑了一下。代我问候李公民，他是一个挺不错的人。你太自信了吧？英奇喜欢他。

他收线了。我想英奇的事该抓紧时间张罗了。也许我应该认真想一想。听得出唐闻禾是诚恳的。雪的宝贝，英奇，这两件事要透辟地聊一聊。是谁呢，这么晚叫我？艾乐表姐？也可能是李公民。我七上八下地猜测着。打开 QQ 邮箱，却是北北。附件一张婴孩照片。附言，瑶林姐，我生了个女孩，叫唐兰兰。我这才意识到，已经很久没通消息了。唐兰兰？我抓起电话，又放下了。说什么呢？他们是在美国，香港，还是北京？无论在哪里，此时都不是聊天的时间。唐兰兰？北北就是这样做她想做的事。我抓住鼠标点击了回复。一是祝福他们喜得千金，母女平安。二是我们在适当时机会去看望他们。三是卜奎梦茶轩已开业，期盼他们择时故里品茶。目前正在运作海南梦茶轩。然后我给唐闻禾打电话，告诉他刚刚是北北来信，告诉我们她顺利产下一女。我这两天就回海南，先到海口。他说好哇，冬天他们可以到海南来躲躲寒冷。老叔他们也请过来，古言和星语最好也能来，春节大家聚一下。他可是好久没有这样的心情了。他还要在农场忙一阵子，春节前回三亚。我说好吧，到时候再说，你要注意休息。他说你也是。你该同英奇说说你的梦茶轩，他问起过我。我给他讲了香蕉园、木瓜园、橡胶园，还带他去转了转，我说等你妈妈回来给你讲梦茶轩。

这个秋天忙着梦茶轩，艾乐表姐的事，把英奇冷落了。我回到他身边，告诉他，我可以一直待到五月我们一块儿去看“雪的宝贝”，他高兴极了。我同他聊梦茶轩的事，他说兴茶是不是就像一座茶的图书阅览室。我觉得他这个比方有点意思。我说有点像。我承认我也在学习。茶的道理既浅显又深刻，茶是一门大学问，要一代接一代地研学。茶德能让人修洁自新，会开启出人类本身的美好德行以主宰自己的生活。

他有些困惑，妈妈，每个人身上都有美好的德行吗？兴茶是让他们知道自己能够自新吗？比如我们班的捣蛋鬼，他总是在上课时出怪声，还故意撞翻我的水杯，他也有好德行吗？我看他就是大坏蛋。他大概不是有意撞翻你的杯子，他心情不好，或是急中出错。是啊，他考试全班第末，心情能好吗？你是第几？我？你知道啊，除一次外，我总是在前十名转悠。你看你的成绩这么好，你使他有压力，紧张，你可以找机会对他说，没关系，你本来是很聪明的，只是一时没有发挥好。再努力一下。这就是茶道吗？当然没这么简单，它综合了一个民族的思想性、艺术性、知识性。有这么宏大吗？当然，它塑造一个民族的性格。可我看不出来。那是因为忽视了它。它的文化精神作用被冷落了，它的物质价值被炒高了。你以为你一个小茶馆能有多大能量啊？你不是在读国学吗？知止而后定。从自己做起呀。妈妈，有多少人真的在意呢？可是在日本和韩国，他们是精通中国的茶道的，把大唐大宋的茶艺坚持到如今，还在不断发展，成为人与人、人与自然的和谐精神。因为这个你要开茶馆吗？它是一个重要的原因。我和你艾乐阿姨喝茶时想到的。你艾乐阿姨的心里一直有着说不清的痛苦。那你呢？我嘛，你就是我的快乐啊。我知道你和爸爸吵架一定很痛苦。小孩子，不要管大人事。刚刚我还不是小孩子呢，现在怎么成小孩子啦？这就是你的茶德吗？我愣了一下，自己倒笑了。可不是，他在婴儿期，我就像对成年人那样同他说话了。从他咿呀学语起，当唐闻禾在外地忙生意的时候，当我和唐闻禾的生活陷入困境时，我就像同成年人一样同他说话，说心中的苦恼，说我的庭园艺术梦。他总是歪着头忽闪着黑亮的眼睛认真地听着，好像他全懂得似的。他可以说完整的句子时，我鼓励他的话，他便会很恰当地用来鼓励我。办茶艺馆的事，对于他来说是个很枯燥的话题，我们却聊得很带劲。我说问得对，茶德里没有小孩子，只有平等的人。

妈妈，你喝茶吗？我知道橱柜里有一听新茉莉茶。好吧，我来煮水。你也来一杯吗？我喝糖茶。好吧，随你。我摆好茶桌。英奇叹口气，要是爸爸在多好啊。我不是说了吗，他在忙农场的事，春节前就回来了。你说他会不会去北极呢？你怎么想这个怪问题？那天我们一起看电视，北极圈里的故事，一头巨大的白鲸刚生出一头小鲸，它不是白的，是灰的。几秒内就长大了，变得同雪一样白。那是电影蒙太奇效果。我知道。蒙太奇能把一百年的事变成两个小时做完。电视里小白鲸转眼就到同妈妈分手的时候了。老爸说我到五十岁时，就不做生意了，去北极看看。我说那我们呢？他说你看母鲸只带它在海里游三年，它们就分开了。你可比它幸运多了。我说我们是人类。老爸说照理说人类应该比非人类懂道理。爸爸是在说你总有一天要自己面对生活，早面对比晚面对要主动。其实我也想去北极看看，白鲸，北极熊，北极狐，北极鸭，还有企鹅。老爸说那你就好好读书，做个科学家。你爸爸说得没错。我们该出去走走啦。想上哪儿？先去书店，再去万丽园，虽然那里的海滩没有三亚大东海好，也将就啦。我说等你放假我们就回三亚。那时爸爸也回来了。我们再研究留学的事。

英奇在老街书店选了两本书，海明威的《老人与海》，还有赫尔曼·麦尔威尔的《白鲸》。我说这两本书对你来说太老太早了。我读孔子和老子的书不是更早更老吗？没有老和早，只有古典、经典和现实。我喜欢未知的世界。老妈妈，我小时候，每个夜晚周老师就是读着这样的书，哄我睡觉的。我吃惊地看着他。对呀，老妈妈。我叹息不止，我是老妈妈啦，时间是真正的魔法师！我们走到万丽园，在那里骑双人自行车。穿过曲折的林中甬道，靠在围栏上看海。海水灰蒙蒙的，天也灰蒙蒙的。海滩上零乱的沙石上，搁浅着两条旧渔船。大海的尽头有一抹月白和深蓝的线。英奇就指着那条看去弯曲的天际线说，我希望明年我就可以去远方留学啦！老爸说只要通过他的试卷。一块儿去“雪的宝贝”

那里。那是他十四岁时，做装卸工时做的一个梦。你答应啦？我答应啦。因为我想去留学。老妈妈你去吗？

当然，英奇。我们一块儿去看那座圣峰。就像我们一起看《垂直极限》。

我知道如果我和唐闻禾从头再来，也会同样是记错开学的日子，在同原那个小车站的门口撞个满怀。然后在卜奎开始，经历我们生命中的人，讲述我们曲曲弯弯的故事。会有英奇，他会像我们一样走得很远，在这颗行星上寻梦。会有海，我们同海说着心事，然后一同去看“雪的宝贝”，仰望高耸云天的雪峰。我也会对英奇说，你看这山峰上亿万年的冰雪，它们是江河湖海的源头。它带着圣洁的宏愿奔向人类世界的时候，人类生起的贪浊之心却污染了它，江河湖海因此愤怒，变得狰狞，泛滥，吞噬或哀极干涸。孩子，记住这圣洁的雪峰，无论你走多远，不要忘了最初的源头，圣洁的开始是人的心里一盏明灯，护佑着你远离暗夜迷茫，总是清楚地告诉你该做什么。

妈妈。英奇像幼时一样拱在我怀里。我们默默地对着大海，想着圣峰。我的小英奇要像那头小白鲸一样，离开我的怀抱去独自闯世界了。我有些伤感，想着不久的五月，美好的季节，我们又一次新的开始，前面无论是什么，我们都会一起面对。

2016 年冬

2017 年春

2017 年冬

2018 年春

2018 年秋

图书在版编目（CIP）数据

温暖的海水 / 重阳著．　-- 北京 ：作家出版社，2018. 11（2023.2重印）
ISBN　978-7-5212-0271-7

Ⅰ．①温…　Ⅱ．①重…　Ⅲ．①长篇小说 - 中国 - 当代
Ⅳ．①I247.5

中国版本图书馆CIP数据核字（2018）第262294号

温暖的海水

作　　者： 重　阳
责任编辑： 史佳丽　李亚梓
装帧设计： 百丰艺术
出版发行： 作家出版社有限公司
社　　址： 北京农展馆南里10号　　**邮　　编：** 100125
电话传真： 86-10-65067186（发行中心及邮购部）
86-10-65004079（总编室）
E-mail:zuojia@zuojia.net.cn
http://www.zuojiachubanshe.com
印　　刷： 固安兰星球彩色印刷有限公司
成品尺寸： 170 × 240
字　　数： 423千
印　　张： 26.25
版　　次： 2019年1月第1版
印　　次： 2023年2月第3次印刷
ISBN　978-7-5212-0271-7
定　　价： 50. 00元